EN MEDIA HORA...
LA MUERTE

FRANCISCO MARTÍN MORENO

EN MEDIA HORA... LA MUERTE

Planeta

Diseño de portada: Genoveva Saavedra / aciditadiseño
Ilustración de portada: Shutterstock / Ungor (maleta), upthebanner (cerca);
stock.xchng / Billy Alexander (fondo)

© 2014, Francisco Martín Moreno

Derechos reservados

© 2014, Editorial Planeta Mexicana, S.A. de C.V.
Bajo el sello editorial PLANETA M.R.
Avenida Presidente Masarik núm. 111, 2o. piso
Colonia Chapultepec Morales
C.P. 11570, México, D.F.
www.editorialplaneta.com.mx

Primera edición: marzo de 2014
ISBN: 978-607-07-2053-6

Impreso en los talleres de Litográfica Ingramex, S.A. de C.V.
Centeno núm. 162-1, colonia Granjas Esmeralda, México, D.F.
Impreso y hecho en México – *Printed and made in Mexico*

A mi madre, Inge, alemana, berlinesa; y a mi padre, Enrique, español, madrileño, ambos víctimas de la demencia fascista, y a mis familiares brutalmente asesinados durante la Guerra Civil española y también a lo largo de la Segunda Guerra Mundial, cuando «el tal Dios» decidió voltear el rostro hacia otro lado.

A México, mi patria, que los recibió con los brazos abiertos.

Panchito, querido *Enkelchen*: nunca olvides que primero vienen los alemanes, luego los perros; más tarde los judíos y, al final, los mexicanos, como tú...

El eterno monólogo de mi abuela materna,
LORE LIEBRECHT DE BIELSCHOWSKY

Si quieres tener éxito en la vida, apréndete tres palabras de memoria: *Disziplin, Disziplin und Disziplin*...

Palabras reiteradas de mi abuelo
MAX CURT BIELSCHOWSKY

No he venido al mundo —decía— para hacer a los hombres mejores, sino para aprovecharme de sus debilidades.

ADOLF HITLER

Capítulo I

EL NACIMIENTO DE LA TRAGEDIA, PARAFRASEANDO A NIETZSCHE

Quisiera escribir este relato en una noche, contarlo todo según me sale del alma, ¿cuál alma?, de donde sea, tal vez de los mismísimos cojones, de las entrañas o de la mente dolorida o desconcertada con la urgencia de vomitar o de expulsar los venenos acumulados a lo largo de mi vida, sin olvidar los heredados y los que me contagiaron mis ancestros allende el mar. Con cuánto placer comparezco, como dijera cualquier tirano mediocre de la historia latinoamericana, ante este tribunal de la historia para gritar mi verdad, sí la mía, guste o disguste a quien sea y narrar aquí y ahora mi versión de los hechos, según me los contaron mi tío Claus, mi abuelo materno, mi padre y mi querido, muy querido tío Luis y cómo yo los fui descubriendo al revisar epistolarios, expedientes, archivos y hemerotecas y escuchar puntos de vista de los supervivientes de los acontecimientos en Alemania, España, Marruecos y México, imprescindibles para construir esta narración que concluirá tal vez con una nostalgia infundada parafraseando la última parte de un poema de León Felipe: porque no tengo «ni el retrato de un mi abuelo/ que ganara una batalla, ni un sillón viejo de cuero,/ ni una mesa, ni una espada/ y soy un paria que apenas tiene una capa,/ venga forzado, a contar cosas de poca importancia».

Todo comenzó cuando mi tío Claus, Claus Gerhardt Richard Emilio René, hermano de mi madre, Inge Lore Johanna Cecilia, ambos nacidos en Potsdam, Alemania, me invitó sospechosamente a comer después de no haberlo visto, si acaso un par de veces, en los últimos treinta años. La verdad sea dicha, jamás supe, ni la autora de mis días nunca quiso explicarme por qué se habían fracturado tan severamente las relaciones de nuestras familias al extremo de habernos distanciado durante tanto tiempo de seres tan queridos que llevaban mi misma sangre. Si bien semejante radicalismo podía adjudicárselo a la vertiente materna de la familia, no tardé en caer en cuenta de que, una vez analizados mis antecedentes paternos, encontré cierta perversa simetría al descubrir que mi tía Ángeles, Ángeles Martín Moreno, sí, mi tía la mayor, española de la más pura cepa, al igual que mi padre, había roto irreversiblemente las relaciones fraternales con él al final de la Guerra Civil española, distanciamiento «temporal» que tan sólo duró de marzo de 1939 a mayo de 1998, momento en que mi progenitor se rindió valientemente ante una agresiva, incontrolable y repentina enfermedad mortal. Los orígenes de mi furia y de mi violencia también debería buscarlos en mis raíces ibéricas: hijo de español autoritario y de alemana inflexible. A saber...

—Me estoy *murriendo*, Panchito, hijo mío —me disparó a bocajarro mi tío Claus en un restaurante del sur de la Ciudad de México, en el que yo deseaba halagarlo para festejar nuestro reencuentro a finales del año 2007. Él, un hombre exquisito y educado en el seno de una rica familia berlinesa adoradora del antiguo káiser expulsado de Alemania al concluir la Gran Guerra, arrojó sin más preámbulos a un lado la carta de vinos y con los ojos anegados, fijos en el plato, agregó directo y sin rodeos, con ese acento prusiano del que nunca pudo desprenderse—: no me dan más allá de un *parr* de meses de vida...

Consternado, traté inútilmente de escrutar su mirada en busca de alguna señal que me negara semejante realidad. Lo severo de su rostro cabizbajo y congestionado de sangre me convenció de la fatalidad de su dicho. Efectivamente se moría. Renuncié entonces al uso de las palabras, mis armas favoritas, y lo tomé de la mano sin atreverme a verlo a la cara.

—¿No hay nada que hacer, tío? —le pregunté con voz apenas perceptible a sabiendas de que caminaba sobre la superficie crujiente de un lago escasamente congelado.

—Nada —repuso cortante. El viejo prusiano habló: estaba invadido de cáncer y no quería ver a ningún otro médico ni someterse a los tratamientos clínicos recomendados. Decía enfrentar una batalla que todos perderemos y se mostraba dispuesto a perderla sin tardanza a cambio de no padecer carnicerías ni girar contra el escaso patrimonio familiar únicamente para engordar las cuentas de cheques de los doctores que escondían un placer sádico cuando lo conectaban con agujas, respiradores, sondas, mascarillas y detectores de toda naturaleza.

—¿Aunque ese sacrificio te pueda reportar más tiempo de vida...? —pregunté cauteloso.

—No, Panchito, no, esto se acabó y mientras más rápido, mejor, mucho mejor para todos —repuso estoico y contundente. Me hizo saber que en los quirófanos, en terapia intensiva, rodeado de batas blancas, con el cuerpo lleno de perforaciones, costras y cicatrices, presa de dolores de horror, con enfermeras que entraban y salían con su sonrisa estúpida, comprobando la mirada angustiada y piadosa de quienes lo querían y no resistían verlo sufrir mientras le sacaban sangre, lo llevaban en silla de ruedas a un laboratorio o al otro o le inyectaban o lo conducían otra vez a la sala de operaciones sólo para que después de una junta de doctores con el rostro circunspecto, resultara que no podía comer ni beber ni valerse por sí mismo y debía resignarse a perder su dignidad y su orgullo por las necesidades fisiológicas que un tercero tendría que ayudarlo a satisfacer.

—Pero tío...

—Nada, dejemos el tema, te agradezco todo lo que ibas a decir, pero no, no insistas. Mejor escúchame —replicó con la voz firme apretándome fuertemente de la mano con un cariño que no necesitaba más explicaciones. Cada noche se preparaba para la muerte, se la imaginaba, hablaba con ella, y cuando amanecía se daba cuenta que Dios, según él, no lo quería todavía a su lado. Había repasado los momentos cruciales de su vida y se iba en paz rodeado del cariño de sus hijos que tanto lo amaban. Le devolvía al Señor todo aquello que le había confiado—. Resígnate, Panchito, no tienes nada, todo es prestado y, tarde o temprano, habrás de devolverlo...

¿Qué querrá decir mi tío con eso de que Dios lo tuviera a su lado?, me pregunté en silencio. No quería ni imaginarme la eternidad con conciencia, es decir, conocer y padecer para siempre, desde el más allá, en absoluto silencio, la suerte de los míos. ¡No, no, qué tortura...!

Eso era el infierno.

El día en que yo muriera no quería saber si mi esposa se casaría con un *gigoló* que le privaría lentamente de los ahorros que yo le había entregado y confiado para tratar de asegurar su futuro y el de mi descendencia. ¿Qué me correspondía hacer, maniatado con escapularios y rosarios a un lado de Dios? ¿Recurrir a lo imposible y tratar de gritarle a mi mujer «no seas imbécil, pendeja, estúpida, animal, no firmes ese documento, es una trampa, tu pretendiente tiene una amante y disfruta con ella todo lo que te roba»? ¿Eh...? Esa angustia, esa infernal desesperación, ¿es la paz de los sepulcros? No, yo no quiero estar mudo, inmóvil y lúcido a un lado de Dios comprobando, en mi impotencia, cómo la desfalca un experto en las artes eróticas dotado de una magnífica capacidad para embrutecer a las hembras en la cama al extremo de hacerlas olvidar sus más elementales obligaciones familiares y su propio futuro a cambio de diez orgasmos sucesivos. ¿Para qué hablar de mis hijos y de su porvenir? ¿La muerte es la extinción de la vida? Entonces yo no quería saber de otra vida buena o mala o regular. El *Requiescat In Pace*, el RIP, era una canallada si en el supuesto paraíso se tenía conciencia. No, yo no deseaba tenerla después de la muerte. Soñaba con la extinción total, el silencio infinito y la ceguera absoluta. Por mi parte, Dios también se podía ir a la mierda con todo y sus santos, vírgenes y beatos creados por una cáfila de bandidos ensotanados expertos, bien lo sabían ellos, en la explotación de los miedos para lucrar con esperanzas de realización imposible. En ese momento vino a mi mente el texto que Shakespeare dejó consignado en su epitafio:

Buen amigo, por Jesús, abstente
de cavar el polvo aquí encerrado.
Bendito sea el hombre que respete estas
piedras y maldito el que remueva mis huesos.

Ante mi respetuoso silencio y una vez que pude comprobar cómo a mi tío Claus se le cortaba la voz y se esforzaba por recuperar la compostura, ¿quién era yo para arrebatarle, como él decía, la paz de los sepulcros?, asomó de golpe el temperamento alemán para agregar:

—Si te he convocado a esta comida no es para darme golpes de pecho ni para flagelarme la espalda ni para insinuar tu comprensión. Sé que eres escritor y no quiero irme al otro mundo sin contarte la verdadera historia de la familia, la que nunca escuchaste de boca de tus abuelos, ni siquiera de tu misma madre, mi hermana, mi hermanita, a quien tristemente no he visto por muchos años y que, tal vez, no volveré a ver más que en el cielo.

—¿No conozco la historia de mi propia familia, tío? —pregunté sorprendido, soltándole la mano helada.

—No, Panchito, no la conoces, al menos no la de este lado, la alemana, la nuestra, ni tienes idea de lo que yo sé por tu tío Luis y por tu padre de la vertiente española...

Me suplicó entonces que la contara, que la divulgara para dar a conocer qué le había pasado a nuestra familia, sin guardar un silencio cómplice y cobarde.

Intrigado, pregunté:

—¿Y qué es lo que desconozco?

—Para comenzar, tu apellido materno —contestó mirándome desafiante a los ojos.

—¿Quieres decir que a mis casi sesenta años de edad no sé ni cómo me llamo?

—En efecto...

—Entonces, ¿cuál es mi verdadero apellido? ¿No es Biehl?

—No, hijito mío, te apellidas Bielschowsky.

—¿Bielschowsky...?

—Sí, ¡Bielschowsky! —respondió adusto.

—Suena como apellido polaco —repliqué.

—Es apellido polaco y judío.

—¿Eres judío, tío?

—Somos judíos, Panchito, y de origen polaco, cierto: si tu madre lo es, entonces la herencia religiosa es muy clara: tú también lo eres —vomitó finalmente mi tío Claus un secreto que parecía haber tenido guardado durante siglos en lo más profundo de las entrañas.

—Pero si yo no creo en Dios ni en santos ni en vírgenes ni beatos ni reencarnaciones; jamás he entrado a una sinagoga, tío, no acepto la existencia de ninguna inteligencia superior a la humana...

—Eso es lo de menos, yo mismo caí en terribles confusiones: me casé con una católica fanática que nunca aceptó mis antecedentes judíos, que yo me ocupé de ocultar con mucho éxito desde que llegué a México huyendo de los nazis.

No había podido evitar que lo encerraran en un campo de concentración en la ciudad de Perote, Veracruz, durante la administración de Manuel Ávila Camacho, porque los alemanes y los japoneses eran sospechosos, en principio, de poder crearle un conflicto al gobierno de Roosevelt, por medio de México durante la Segunda Guerra Mundial, tal y como había sucedido en la Primera, cuando el káiser Guillermo II negoció con Victoriano Huerta, después con

Pancho Villa hasta que, más tarde, envió el famoso telegrama Zimmermann en 1917.

—¿Te acuerdas?

—¿Campos de concentración en México? —pregunté. Todo parecía una pesadilla, pensé en silencio.

—Resulta increíble, pero así fue. Consúltalo con quien quieras. Bastaba que nos oyeran pronunciar «Oirropa» en lugar de «Europa» para que nuestro acento nos delatara y nos encerraran.

—¿Cuántos nazis había en México? —pregunté, lleno de curiosidad.

Me explicó que tal vez mil o dos mil, a saber. La verdad era que nosotros los mexicanos siempre habíamos sido germanófilos ya antes de Porfirio Díaz, de Victoriano Huerta, de Pancho Villa y de Venustiano Carranza... No era nada nuevo.

—¿Cuánto tiempo estuviste encerrado?

—Tres años, aunque el campo de Perote no tenía nada que ver con Auschwitz ni con Dachau. El del estado de Veracruz parecía un club vacacional comparado con los de Heinrich Himmler, un maldito salvaje, la maligna cabeza de la Gestapo en Alemania.

—¿Por qué nunca nos contaron nada a mis hermanos y a mí, tío...? —pregunté intrigado.

—Queríamos romper con el pasado, borrar cualquier huella que nos delatara —me confesó cabizbajo. Nunca, ningún judío podría olvidar jamás los horrores del Holocausto en los campos de exterminio alemanes y polacos. Ser judío, según él, podía convertirse inesperadamente en una nueva pesadilla. El odio estaba vivo o podría revivirse en el momento menos pensado. Mi ingreso al Colegio Alemán respondía a una decisión destinada a confundir todavía más a quien en el futuro intentara dañar otra vez a la familia sólo por razones religiosas. Nadie en su sano juicio quería dar elementos o evidencias para volver a iniciar otra devastadora persecución, de ahí que hubieran cambiado nuestro apellido para no dejar rastro alguno y poder iniciar una nueva vida en paz y sin paranoias.

Cruzamos miradas. Guardamos silencio. Ordenamos la comida por pedir algo, lo que fuera, ¿qué más daba?, porque para ello, supuestamente, habíamos ido a un restaurante. Había tanto qué decir y no sabíamos por dónde continuar. El solo hecho de saber que tal vez no volvería a ver a mi tío me tenía impactado. Éramos un par de extraños abordando temas verdaderamente íntimos. Ahora resultaba que la mitad de mi familia era judía y yo lo ignoraba.

—¿Y entonces tu padre, mi abuelo, Max Curt Biehl, vino a México huyendo de los nazis?

—¡Qué va…! Embustes y más embustes —exclamó mientras bebía su limonada a través de un popote—. Mi padre llegó a este país mágico en 1929.

Si con algo no pueden los alemanes es con las imprecisiones, las inexactitudes, carecen de tolerancia cuando se encuentran con la desagradable sensación de estar frente a un idiota.

—Tu abuelo, no lo olvides, vino a México huyendo de su suegro, de tu bisabuelo, y en ningún caso de los nazis, en aquellos años unos nauseabundos enemigos de la República de Weimar. Todavía Hitler no había llegado a la Cancillería…

La pregunta era obligada: ¿Por qué huía de su suegro? ¿Qué había hecho?

Fue entonces cuando me contó que mi bisabuelo se llamaba Richard Liebrecht, un destacado fabricante de zapatos ortopédicos, especialidad que le había permitido gozar del monopolio del mercado y enriquecerse sin decir basta, claro está, sobre todo durante la Primera Guerra Mundial. Se trataba de un hombre de negocios intrépido, dueño de un gran sentido comercial, audaz y visionario, hombre de una sola palabra, valores que le permitieron acaparar una gran fortuna en su fábrica conocida como Benifer Schuhfabrik AG. Vivían en Potsdam, en Grünewald,[1] la zona residencial más exclusiva de Berlín. Su coche, por supuesto un Mercedes Benz, había sido producido especialmente para él en la planta de Zindelfingen, tomando las medidas de sus brazos para que las coderas de apoyo de los asientos del automóvil, tapizados con armiño, le quedaran a la altura de su cuerpo. Un coche hecho exactamente a su muy personal gusto… En fin, un potentado que, además de un ejército de sirvientes, tenía casa de descanso en el mar del Norte, en la isla de Sylt, donde pasaba los veranos devorando ostras y bebiendo champán rosé. Le gustaba contar la anécdota protagonizada por su agente de viajes, quien por un error del giro bancario no había podido comprar la *suite* más ostentosa del *Titanic*, por lo que le ofrecieron una similar pero sin terraza, misma que despreció al no estar a la altura de su categoría ni a la de

[1] Bosque verde.

su nueva mujer, Hedwig Rosenthal, mi bisabuela postiza, quien realmente había educado a mi madre y a mi tío llenándolos de cariño y compañía. ¿Cómo iba a permitir que un tal Guggenheim tuviera una habitación mejor que la suya? Sin duda alguna se embarcarían en el segundo viaje... Su arrogancia lo había salvado...

—Nunca nadie me dijo que fuera tan rico, tío... ¿Y qué fue de toda esa fortuna? —pregunté con justificada curiosidad.

—La historia es muy larga. Sólo debo decirte que con Hitler en el poder bastaba ser judío para que tus bienes, tu vida y la de tus familiares estuvieran irremediablemente amenazados —me aclaró con la mirada perdida en otros razonamientos—. Lo único seguro en el Tercer Reich, si eras judío, era la expropiación de tu patrimonio y la muerte. Al Führer no le bastaba gasearnos y cremarnos, todavía deseaba incinerar nuestras cenizas para utilizarlas como relleno en la construcción de carreteras, y no sólo las cenizas de los judíos alemanes, no, sino la de todos los judíos existentes en el mundo, de modo que ningún otro país movido por intereses semitas pudiera tomar represalias y obligar al Reich a devolver nuestras riquezas, riesgo que se deseaba evitar, por lo que era más recomendable asesinarnos en donde nos encontráramos.

Una sonrisa enigmática, tal vez parecida a la de la Gioconda, apareció en su rostro al hacer esta última aseveración. Todo me intrigaba. ¿Qué habría escondido atrás de esto?

—Pero, ¿y por qué huyó? —insistí en mi pregunta para no extraviarnos en la conversación.

—Max Curt, tu abuelo, mi padre, aun cuando me cueste trabajo confesarlo, se enamoró, o al menos eso dijo, de Muschi, Lore, tu abuela, la gran heredera, una mujer tan guapa y distinguida como los millones de marcos de su padre. Richard se opuso al noviazgo de su hija como buen lector de hombres, habilidad sin la cual no hubiera podido montar ni una triste zapatería de calzado de segunda. Algo vio en Max que no lo convenció desde un principio, sin embargo, su oposición fue inútil. Ni los manotazos asestados contra la mesa del comedor que hacían temblar o derribar vasos y copas de Baccarat la hicieron desistir. Ella, como la niña consentida, estaba acostumbrada a hacer lo que le diera la gana y pensaba que todo aquello deseado por las mujeres era deseado para ellas por Dios... ¿Cómo hacerla cambiar de opinión? La pareja de tus abuelos contrajo nupcias finalmente en 1920, en la Nueva Sinagoga, ¡claro que la más famosa de Berlín!, ubicada en Oranienburger Strasse, aquella en donde Albert Einstein tocaba conciertos de violín para la comunidad judía y que más tarde fue lamentablemente destruida en la Noche de los Cristales Rotos.

Como me percaté de que la plática se alargaba sin obtener la respuesta esperada, volví a interrumpirlo, sólo para que me contara que mi abuelo le había pedido prestados doscientos cincuenta mil marcos en oro a su suegro, una fortuna, eso sí, en plena depresión mundial, cuando los banqueros norteamericanos quebrados se tiraban por las ventanas en Nueva York y en Londres, en la City.

—¿Y se los dio?

Conforme me explicaba, el acento se hacía más suave, más cómplice.

—Sí, se los dio, claro que se los dio, a través del Dresdner Bank, más aún cuando tu madre, Inge, y yo, ya habíamos nacido, ella en 1923 y yo, un año antes. La presión era enorme. ¿Cómo negarse? El dinero, según mi padre, era para construir una nueva planta, también de zapatos, botas militares, en Baviera. Se trataba de ayudarlo a consolidar una nueva familia y como Lore, Laura Bertha era finalmente la dueña de la luz de sus ojos, pues aceptó lleno de los más funestos presentimientos. Su futuro yerno tenía cara de vividor y sabía cómo manipular y anular el cerebro de una mujer para exprimirla y luego desecharla como se avienta en plena calle la colilla de un cigarrillo.

—¿Y qué pasó? Si los nazis no habían llegado al poder ni había estallado la guerra, ¿qué fue de toda esa fortuna?

—¡Qué guerra ni qué guerra...!, Panchito... No bien tuvo Max los fabulosos marcos en su cuenta, esa misma mañana de cualquier día de 1929, huyó con todo el dinero a México abandonando a su esposa y a sus hijos, a su patria, a su dignidad y a sus amigos. Jamás volvió a pisar Alemania. Como dicen aquí en México: se chingó la lana de su suegro...

—¿Qué...? ¿Y mi abuela?

—Muschi —el tío Claus no podía contener las carcajadas— se sorprendió porque la noche en que le acreditaron el dinero a su marido, éste ya no llegó a dormir —me contó que mi abuela, a la que él había odiado hasta la muerte, llamó a la policía, dio las señales, proporcionó fotografías, describió su físico, lo buscaron en hospitales y en morgues, en todos lados, sin dar con el menor rastro del buen Max. Sólo Richard se imaginaba, en escrupuloso silencio, lo que podía haber acontecido con su dinero y, por supuesto, con su «querido» yerno. Todo lo suponía y lo esperaba, pero no tan atropelladamente. Ni siquiera había guardado las formas, según él. Se trataba de un ladrón sin el menor pudor, decoro e inteligencia. El dilema se había finalmente resuelto cuando más de dos meses después, Muschi recibió una tarjeta postal de Nueva York:

> Estoy bien, vida mía, sólo que vine a América a hacer fortuna. No lo ibas a entender y menos aún en plena depresión mundial. En este momento quien tiene recursos frescos y en efectivo puede comprar completo el estado de California. Las crisis son para lucrar. Cuando quintuplique, por lo menos, mi patrimonio, volveré por ti y los niños. Confía en mí. No tardo. Tuyo siempre, tu Max.

—¿Y qué hizo tu mamá?

—Llorar y llorar, y no sólo eso, también tuvo que tragarse las palabras, los insultos, los portazos, la furia y los reclamos de su padre, quien había visto venir el problema y se lo había advertido. Él se había quedado sin su dinero y ella sin su marido. Lo verás, lo verás: *deine Papa weisst alles... Dein Mann war immer ein Schwein, ein wirkliche Arschloch gewessen...*[2]

—¿Mi abuelo...? ¿Tu padre, tío...? ¿Esa es la historia? —preguntaba escéptico como si en la noche caminando sonámbulo me hubiera estrellado de pronto contra un muro. Pero si él me había enseñado a amar la música, a entenderla... Un hombre tan sensible y simpático, de risa pronta y amigable, tierno y cariñoso... ¡Cómo gozaba las óperas de Wagner y las obras de Beethoven, Mozart, Brahms, en fin, un lector voraz de Schiller y Goethe...!, me dije sin verbalizar mis razonamientos. Él me había enseñado aquello de «si quieres tener éxito en la vida, apréndete tres palabras de memoria: *Disziplin, Disziplin und Disziplin*», el gran consejo que le dio un giro a mi existencia. Me había dado lo mejor de sí, a pesar de que nunca fue disciplinado, pero, ¿qué más daba...? Yo había adquirido una deuda impagable con él.

—¿Tú qué opinas, tío? ¿No será un chisme? ¿En México no tenía dinero...?

---

[2] Tu papá lo sabe todo. Tu marido fue siempre un cerdo, un imbécil. [La traducción exacta de *Arschloch* sería «el agujero del culo», el peor insulto en Alemania.]

EN MEDIA HORA... LA MUERTE

—Yo supe del desfalco hasta muy tarde —me explicó, como si fuera a soltar una carcajada, pero quedaba claro que no era el momento de reírnos de nada—. Yo regresé a México en 1939, unos meses antes de que estallara la guerra, y sin saber nada, conviví como pude con mi padre y con sus mujeres en este país desde los dieciséis años de edad. Era el hombre más divertido y jocoso de la Tierra. Lo quise mucho. Era tanto mi amor por él que no me importaba lo que hubiera hecho. Al fin y al cabo los dos estábamos solos en México y teníamos que ayudarnos.

—¿Mujeres...?

—Sí, claro —me dijo que le encantaban las de piel canela, nada comparable con las sajonas, unas viejas cuadradas, desabridas, insensibles en la cama, sin la fiereza selvática de las mexicanas. Se enloquecía con sus largos cabellos negros que él decía sujetar como si montara una potranca salvaje y, por si fuera poco, él era alto, rubio, rico y simpático: el éxito estaba garantizado.

—¿Y ustedes vivieron juntos mucho tiempo?

—En un principio, muy breve principio, por cierto —agregó pensativo, porque no tardó en convertirse en un estorbo. Sabía que daba malos ejemplos al dormir cada noche con una mujer distinta, hasta que le rentó un departamento muy pequeñito en la colonia Roma, corriéndolo del suyo con argumentos injustificables. Sólo para demostrar lo caradura que era mi abuelo, me contó que daba clases de francés a una señora mexicana con un libro muy viejo de la Alianza Francesa y nunca pasaron del *je suis Marie Antoniette*, porque al segundo párrafo ya se estaban revolcando en la cama entre carcajadas por una simple razón: mi Opa —palabra de cariño con la que yo me dirigía a él— no hablaba una sola palabra de francés...

—Oye, tío, pero y si algún día la preciosa alumna presentaba a su «maestro» con un amigo francés, ¿qué hubiera hecho el Opa?

—Eso mismo le pregunté en alguna ocasión y mientras se enjugaba las lágrimas...

—¿Y qué te contestó?

—Que cuando alguien le hablara en francés en compañía de su amante, entonces se preocuparía, mientras tanto se cogería a la susodicha hasta por los lagrimales...

Ciertamente mi abuelo, por quien yo sentía una justificada debilidad a causa de la orientación y ayuda que cambiaron mi existencia aunque él en lo personal no creyera ni practicara nada de lo que me aconsejaba, podría haber sido un personaje digno de una novela. ¿Qué tal cuando me dijo en una ocasión que a él le gustaba levantarse muy temprano para tener mucho tiempo de no hacer nada? Quien inventó el trabajo no tenía nada que hacer... Si te despiertas muy tarde no disfrutas la verdadera vagancia... ¿Cómo olvidar cuando sostenía aquello de «coge, coge, *Enkelchen*,[3] coge todo lo que puedas y llévate esas sonrisas a la tumba...»? Y sí que murió feliz de contento, a sabiendas de que si llegaban a incinerar su cadáver, iba a arder todo el edificio y la colonia en la que se encontrara el horno crematorio por la cantidad de alcohol que había ingerido en su vida... Siempre se felicitaba por haber nacido después de que se inventara el *scotch whisky*, de otra manera su existencia hubiera sido una espantosa tragedia...

Mi tío Claus continuó abriéndose como un libro para revelarme hechos desconocidos y estremecedores que toda mi familia ignoraba. Me hizo saber que mi madre y él en realidad no eran hermanos, que ambos habían sido adoptados porque mi abuela jamás estuvo dispuesta a ver cómo se le desfiguraba su cuerpo con un embarazo y subía de peso diariamente hasta perder su esbeltez. Imposible prescindir, aun cuando fuera por poco tiempo, de su ropa tan costosa manufacturada por los más caros modistos alemanes, italianos y, desde luego, parisinos. ¿Su perfil romano y las líneas exquisitas de su rostro se convertirían *in eine grosse Knödel*?[4] ¡Ni hablar...! Si tenía senos de princesa prusiana no permitiría que se le convirtieran en globos por la leche materna. Ni pensar en la lactancia, amamantar para que los niños le succionaran la vida y destruyeran su físico, una cochinada sólo propia de los animales, de las especies inferiores, y ella era superior a todo y a todos, porque evidentemente formaba parte de la selecta raza aria. Tampoco toleraría que su piel, tan cuidada día y noche con las más sofisticadas cremas francesas, se pudiera cuartear o resecar. Para ella los hijos eran un mal necesario, tumores con ojos, en tanto no crecieran y se pudiera hablar con ellos de adulto a adulto, y eso, ya veríamos... Debido a ello había adoptado a una parejita de recién nacidos, huérfanos por una razón o por otra, después de investigar las fotografías de los padres y descartar malformaciones o defectos. Una pareja de niños hermosos, judíos,

[3] Nietito.
[4] En una gran albóndiga.

desde luego, de una belleza inusual, que si bien no serían hermanos de sangre, serían compañeros amorosos y solidarios para toda la vida...

Luego de otra risotada, un severo contraste con la gravedad de su enfermedad, me contó que su padre le había dicho que nunca había logrado acariciar los pechos de su mujer porque se los iba a dejar muy feos. Ya ni hablar de las nalgas, que se iban a marchitar. ¿Cómo creerlo? Además se quejaba de que Max pesaba mucho y la aplastaba, ella que era tan fina y delicada como el cristal de Bohemia...

Cuando le contesté a mi tío que podían haber hecho el amor de «angelito», como se decía en México, es decir, sin besarse ni tocarse con las manos, dio rienda suelta a su hilaridad muy a pesar de la espantosa coyuntura. ¿Por qué no había yo buscado a este hombre antes? Horror... Era ya tan tarde...

Continuó contándome cómo Muschi contrató a una nodriza alemana, de Hannover, que acababa de tener un bebé y necesitaba dinero, después de rechazar a una española, una andaluza de muy buen ver, por cierto, pero que no había pasado las pruebas de calidad porque la leche bien podría estar contaminada dado el lastimoso color de su piel oscura. Las anécdotas relativas a mi abuela se repetían las unas a las otras en tanto yo advertía el profundo rencor que Claus le tenía a su madre, ya no se diga por haber renunciado a tener hijos de su propia sangre por esas razones decadentes, sino porque tanto a él como a mi madre los puso en manos de una cadena interminable de institutrices, todas ellas absolutamente rígidas, almidonadas y apergaminadas de rostro, modales y espíritu. Lo que decían esas mujeres era la auténtica verdad. No había derecho a réplica, por lo que los niños habían crecido en un ambiente de injusticia e impotencia. ¿En qué momento se rompería la cadena siniestra? ¿Por qué transmitir los males de generación en generación? Cuando en el año 29 desapareció Max con los cientos de miles de marcos en oro, ambos niños fueron enviados a Breslau, donde vivían los abuelos paternos, quienes vieron por los menores un par de años, hasta que Muschi se apiadó de ellos y decidió traerlos por primera vez a México en 1931, pensando que todavía podría reconciliarse con su adorado Max. Richard le advirtió que si viajaba a México y ponía un solo pie fuera de Alemania, la desheredaría, la maldeciría, la escupiría, la odiaría por volver con un traidor, un ladrón, y la desconocería como hija.

Sin embargo, Muschi decidió ir en busca de su marido muy a pesar de que las cartas enviadas desde México no eran categóricas, firmes, convincentes, ni mucho menos entusiastas, pero como ella estaba saliendo de una relación amorosa frustrada con un dentista, decidió apostar el todo por el todo y mi bisabuelo perdió la partida desde el momento mismo en que su bellísima y millonaria princesa prusiana se embarcó en Hamburgo, en el *SS Orinoco*, rumbo a Veracruz.

Atrás quedaba Berlín, la capital de Prusia, y sus casi dos millones de habitantes, una metrópoli saturada de actividades culturales, generosa, divertida, culta, abierta a las artes e influencias de diferente naturaleza provenientes de donde fuera. En la mente se llevaría la presencia de la capital financiera y ciudad industrial, visitada por cientos de miles de trabajadores que la cruzaban a diario por trenes de superficie y de subsuelo. ¿Se podría comparar la célebre universidad de Berlín y sus diez mil estudiantes capacitados con un gran rigor académico con alguna escuela mexicana? Imposible no anhelar la Ópera Haus, una réplica perfecta de La Scala de Milán, que registraba llenos en cualesquiera de los tres espectáculos diarios que ofrecía al público. No olvidaría la antigua pista de patinaje sobre hielo ni los cincuenta teatros para asistir a obras de todos los temas y nacionalidades ni las trescientas salas de cine. Durante su viaje transatlántico extrañaría la primera emisora de radio que transmitía música clásica en todo el país, así como las librerías de la ciudad invadidas por sorprendentes y no menos abundantes ediciones relativas a todo el saber humano, en especial la literatura, su gran debilidad. Añoraría las galerías de arte, como las de Paul Cassirer y Flechtheim, y sus paseos de final de semana por los jardines del Tiergarten, en donde jugaba de pequeña. ¿Habría en México grandes almacenes como los de Hermann Tietz?

Berlín desafiaba a París y a Viena, las grandes capitales europeas. Adiós al Romanische Café, en cuya entrada se encontraba, a modo de portero, un enano disfrazado de *cowboy*, de la misma manera en que en la noche la recepción estaba a cargo de un banquero londinense vestido con jaqué, sombrero de copa y paraguas colgado del brazo; adiós al Die Café, decorado con terciopelos rojos, enormes espejos con escandalosos marcos dorados, tapetes persas, candelabros con mil diamantes y adiós también a sus cafés cantantes, a las colonias lujosas de Grünewald, al hotel Adlon o al Excélsior con vestíbulos de granito y mármol y sus exquisitos restaurantes internacionales. Adiós a Berlín y su red de calles detrás de la Alexanderplatz, llamada «Alex» por los berlineses, el Montparnasse alemán, donde encontraban asilo inmigrantes rusos, húngaros y de otras nacionalidades. Berlín era un invernadero mágico en donde florecía lo mejor del género humano. La libertad y la democracia estimulaban toda creatividad. De la misma manera en que existía un barrio judío, un ghetto, se escuchaba hablar el yiddish, los hombres usaban la kipá, existían innumerables sinagogas y los comercios anunciaban sus productos en caracteres hebreos, también se distinguían templos católicos, protestantes y musulmanes, por lo que era muy común encontrar mujeres vestidas con elegantes caftanes o chilabas o personajes de la política o de las letras hablando francés o inglés al entrar a los grandes restaurantes de la época. Berlín era el trampolín para conquistar el éxito. Berlín era una gran cantera de intelectuales, pintores, músicos, escritores, físicos, matemáticos, poetas, filósofos, arquitectos, guionistas y conductores de orquesta. Muschi nunca olvidaría la ovación que le tributaron a Wilhelm Furtwängler cuando entró repentinamente al Kranzler Café en busca de su *Apfelstrudel*... Imposible perder de vista cuando, en 1924, ella vio por primera vez al genio de Stravinski interpretar su concierto para piano y orquesta bajo la dirección del propio Furtwängler o cuando pudo asistir al estreno de la película *El ángel azul*, protagonizada por Marlene Dietrich, quien cantó la canción de *Ich bin die fesche Lola*,[5] para ya ni hablar de cuando vio llorar a Richard, su padre, en la Ópera Nacional durante la representación de *La mujer sin sombra*, de Richard Strauss. Berlín absorbía las ambiciones y las energías de toda Alemania. Adiós Berlín, *auf wiedersehen*...

La travesía con sus dos hijos en aquel verano de 1931 no pudo ser más tortuosa, no sólo porque descubrió que no tenía nada en común con un par de niños desconocidos, ajenos a su vida, y porque su relación con Max era impredecible, sino porque las voces de Hedwig, su madrastra, la perseguían en cubierta, a babor y estribor, en el comedor principal y en el camarote. Imposible dejar de escucharlas ni siquiera cuando colocaba la cabeza sobre la almohada. Richard, su padre, como hombre racional, descartaba las opiniones de quienes decían tener la capacidad de predecir el futuro y, por lo mismo, no confiaba en la intuición de Hedwig, su mujer, ni en el sexto dedo

[5] Yo soy Lola la descarada.

que, según ella, tenían todas las mujeres como un don que les había obsequiado la naturaleza... Le martillaban en la cabeza las ideas y recomendaciones consignadas en una carta que la propia Hedwig le había entregado en mano, al tiempo que le daba un fuerte abrazo, antes de partir a Veracruz junto con sus hijos, porque las palabras se olvidan, pero los textos escritos se pueden leer y releer y claro que mi abuela iba a tener tiempo de sobra durante la travesía transatlántica:

«Hitler va a estallar una nueva guerra en Europa, lo verás, hija mía, lo verás», comenzaba diciendo en una misiva inolvidable que guardo en mi poder.

Hedwig había estudiado, conocía, era una mujer de letras, muy interesada en la filosofía, en el pensamiento de los grandes sabios: Engels, Hegel, Feuerbach, Rée y Rheingold, entre otros tantos más. Ahí estaba su prioridad y no en los negocios de su marido. Nunca acabó de entender cómo era posible que alguien, aunque fuera Richard, dedicara toda su vida al acaparamiento de dinero en lugar de explotar y disfrutar su mundo interior. Para ella los empresarios y banqueros eran intelectos desperdiciados. *Das Geld ist Scheisse.*[6] Con un millón de marcos no se podía comprar el placer de leer un gran libro ni de contemplar atónita una gran pintura o disfrutar los acordes de una sinfonía. Son muy pobres los que no aprovechan sus sentidos y sobreviven como si el arte y las ideas no existieran.

Pues sí, *meine kleine Puppe,*[7] continuaba así la carta que Hedwig le había entregado a Muschi días antes de iniciar su viaje a América y que mi tío Claus puso en mis manos. La leí sorprendido al comprobar la visión política de esa mujer:

Hitler llegará a ser canciller de Alemania y a partir de ese momento nadie podrá controlarlo. Es un resentido y se debe tener mucho cuidado de los resentidos. ¡Cuídate siempre de ellos! Este monstruo no tiene credenciales académicas, lo rechazaron en Viena de cuanta escuela solicitó ingreso. Se trata de un ignorante saturado de venenos. Estamos frente a un líder extranjero que ahora se dice alemán, carente de estudios, imagínate, y además lleno de rencores y odios infundados hacia los checos, polacos, rusos, bolcheviques, húngaros, serbios, croatas y sobre todo hacia los judíos. Hitler es un su-

[6] El dinero es mierda.
[7] Mi muñequita.

jeto intolerante y convencido de que en la vida triunfa el más fuerte y el más astuto. Hitler está loco, absolutamente loco: igual puede ser un hombre cordial, ameno y comprensivo y un minuto después un carnicero, un caníbal, cruel e irascible. Lo he analizado en sus explosiones irracionales de cólera en Múnich y en Berlín. Nadie me lo contó. En sus ataques de rabia se le deforma la nariz, se le hincha el rostro, escupe a los lados, se retuerce en los templetes, amenaza con los brazos en alto, se contorsiona como si se fuera a salir de la piel, agita las manos y se golpea la izquierda con el puño de la derecha, como un salvaje, además de insultar, agredir y calumniar y, acto seguido, recuperarse y convertirse, como por arte de magia en un ejemplar páter familias, tierno, pacífico, encantador y cariñoso. ¿Qué es esto? Pobre de aquel que se atreve a contradecirlo y no lo adula. Paraliza a sus interlocutores con sus gesticulaciones, agresiones y modulaciones de voz, aunque en el fondo no dice nada, por más que sus ojos se encuentren vidriosos por la ira fingida o no. Por eso odia a los intelectuales, porque al tener mejores razones que él y no poder controlarlos con argumentos, prefiere la fuerza militar, contra la que nadie podrá discutirle. Es un tirano. Stalin y Mussolini son un par de lactantes a su lado. He estudiado sus discursos y son, créeme, una porquería salvo por la actuación de este gran mimo, un espléndido actor que se apropia por instinto de una inmensa audiencia que lo seguiría fanáticamente al precipicio. Maneja a las masas con emociones, de la misma manera en que un ganadero arrea a las reses disparando tiros al aire, ayudándose con chiflidos, movimientos de sogas y perros furiosos. El ganado no razona, sólo siente y por ello, víctima del pánico, se le conduce fácilmente al matadero. Eso mismo pretende hacer y hace con el pueblo alemán, tocado en su orgullo teutón después de la derrota en la guerra. Hitler lucra con la humillación sufrida en Versalles y nos manipula por medio del miedo y la exaltación de la grandeza.

Tras la capitulación alemana en 1919, se acordó en secreto que Alemania perdería sus colonias, además de la Alsacia y la Lorena, el corredor de Polonia, con sus casi siete millones de habitantes, el Sarre y los territorios que se extendían al oeste del Rhin. Se prohibió la construcción de aviones, submarinos, tanques y artillería pesada; se redujo el ejército alemán a cien mil hombres; se prohibió la anexión de Austria y, por último, a través de la famosa cláusula de la «culpa de guerra», se declaró culpable a Alemania del estallido de la guerra, imponiéndonos, como sabes, el pago de reparaciones por veinte mil millones de marcos-oro. Una locura, un absurdo. El Tratado de Versalles, en realidad el tratado de la venganza de los aliados, nos condenó a la muerte en vida, nos privó del trece por ciento de nuestra población, veintiséis por ciento de nuestros recursos de carbón y setenta y cinco por ciento de nuestro hierro, para sepultarnos en una grave crisis económica realmente humillante, situación inadmisible en un teutón, más aún porque se nos prohibió tener nuestro ejército, nuestro gran orgullo histórico. El barril lleno de pólvora está ahí, a la vista de todos, querida Lore, sólo falta alguien que le prenda la mecha y yo espero que no se llame Adolfo Hitler, quien agita a la nación con su lema nazi «*Los von Versailles. Nieder mit der schuldlüge!*» «¡Librémonos de Versalles. Nunca aceptemos la mentira de la culpa!» Dios mío, ¿qué pasará si ya se escucha ese grito nazi que dice: «La derrota ha de convertirse en victoria...»? Sí, Ingelein, ¿qué pasará...?

Si como bien decía Bismarck, una ópera de Wagner causa más impacto entre los alemanes que mil discursos en el Reichstag, los desplantes de Hitler, su fogosa pasión, hipnotizan al populacho si no se pierde de vista el montaje político con miles de hombres desfilando en perfecto orden mientras las bandas interpretan la música marcial que nos fascina en un entorno de incontables banderas multicolores, luces y sonidos que despiertan el más profundo patriotismo, el delirio nacionalista, la sensación de invencibilidad del más fuerte. Sí, pero no te sorprendas: Hitler no tiene escrúpulos ni hogar ni familia ni esposa ni hijos, ni conoce la lealtad ni la amistad ni profesa religión alguna ni respeta a sus semejantes, ¿cuáles semejantes? Todos son súbditos de este austriaco acomplejado que nos volverá a llevar a la ruina. Acuérdate de que al nacer el káiser Guillermo II tuvo muchos conflictos respiratorios que no sólo lo dejaron paralítico de un brazo, sino de una buena parte del cerebro por falta de oxigenación y ahí están los resultados. Hitler no es, memorízalo, un patriota fanático, sino un enfermo mental que desea vengarse del mundo para llenar todos los vacíos de su infancia y de su existencia en general.

¿No has leído su frase favorita?: «El judío es el fermento de descomposición de los pueblos. A diferencia del ario, el judío sólo es capaz de quitar, de robar o de destruir imbuido por el espíritu de la envidia». Nos odia, Lore, nos desprecia, lo dejó bien establecido en su libro *Mein Kampf* desde 1924, cuando lo metieron en la cárcel por tratar de dar un golpe de Estado en Baviera, el famoso *Putsch* de 1923, concebido en el Bürgerbräukeller, la famosa cervecería de Múnich. Hitler se siente un político con cualidades sobrehumanas, el salvador de Alemania enviado por la Providencia, el *Übermensch*, el superhombre que decía Nietzsche. Si él era un perfecto plebeyo, ¿cómo podía hablar de una raza superior a la que él no pertenecía? Basta con ver su fotografía para comprobar que de la raza aria, nada... Tiene sangre judía y odia a todo aquel que también la tenga. Desprecia a los seres inferiores cuando, en todo caso, él es inferior...

Desde que se inventaron los locos se acabaron los malditos, los perversos, como este miserable que nos acusa alegando que los culpables de la situación actual de Alemania somos los judíos y los comunistas y, lo peor, la gente se lo está creyendo. El partido nazi ha venido declarando desde 1924 que si llega al poder nos quitará la ciudadanía a todos los judíos para que no disfrutemos los derechos civiles de cualquier ciudadano. Los judíos alemanes somos tan compatriotas como los católicos alemanes y, sin embargo, nos excluirán de todo, nos quedaremos sin patria, por lo pronto. ¿Por qué tu padre no reacciona ni toma medidas al mostrarle evidencias, como cuando los nazis alegan que «los judíos deben ser destruidos junto con el marxismo para que renazca Alemania»? ¿Qué significa toda esa basura, por Dios, *meine kleine Puppe*? ¿No es suficiente argumento para reaccionar que erradicará a judíos y a comunistas? ¿Qué quiere decir con «erradicar...»? ¿Qué va a ser de nosotros mientras tu padre piensa que a él no lo tocarán porque es una personalidad en Alemania? Escríbele y hazlo entrar en razón ahora que estamos a tiempo.

Si hace tres años los nazis sólo ganaron tres por ciento de la votación, en este 1931 llegarán a más de treinta y cinco por ciento, porque el desplome de la economía norteamericana, la famosa depresión, tiene en la actualidad a cinco millones de alemanes en la calle, la hiperinflación acaba con lo que queda de nuestra moneda, del pobre marco, erosiona nuestras esperanzas, sin olvidar que miles de empresas están quebrando porque nadie consume y que los principales bancos alemanes están cerrando sus puertas ante la insolvencia de sus clientes y la monstruosa fuga de capitales valuada en seis billones de marcos. ¿Puedes imaginarte una declaración de bancarrota de nuestro gobierno porque no podemos pagar los gastos por reparaciones de la guerra ni con el peso de la deuda contratada con Estados Unidos? Es claro que todo este drama nacional lo capitaliza este miserable enano de bigotito estúpido, que si no fuera porque es un peligro para Alemania, hasta me daría risa. No olvides que su candidatura a la presidencia fue rechazada porque este maldito sietemesino no contaba con la nacionalidad alemana, por lo que tuvo que ser nombrado profesor de una universidad técnica para obtener la ciudadanía y estar dentro de la ley...

¿Sabes, para terminar, que de su libro *Mein Kampf* ya se han vendido más de un millón de copias y en él afirma que «los alemanes tienen el derecho moral de adquirir territorios ajenos gracias a los cuales se espera atender al crecimiento de la población»? Este mico inmundo no sólo se propone restaurar las fronteras anteriores al estallido de la guerra de 1914 llevado, según él, de la mano de la Divina Providencia, sino que además, tarde o temprano, se lanzará a la conquista de nuevas tierras del este, llámense Checoslovaquia, Polonia o Rusia. ¿No ves claro el estallido de otro conflicto armado? ¿Crees que dichos países se van a quedar con los brazos cruzados mientras mutilan sus territorios porque Alemania se asfixia en sus fronteras y necesita alimentos para garantizar su supervivencia, a expensas de las supuestas «razas inferiores», como la eslava o la rusa? Si buena parte de los alemanes se sienten el pueblo consentido por Dios y llega un resentido acomplejado como Hitler para comprobar que lo son, el conflicto está planteado. El incendio, no lo dudes, se producirá inexorablemente.

Si Hitler pretende más espacio tendrá que tomarlo de nuestro vecino por medio de las armas y con todas sus consecuencias. Por esa y otras razones Hitler volverá a estallar una nueva guerra en Europa, cuyas primeras víctimas seremos los judíos. ¿En qué estarán pensando en Washington, en Londres, en Moscú y en París? Por lo pronto, los yanquis tienen su atención puesta en la enorme deuda que tiene Alemania con los bancos norteamericanos, en lugar de ver cómo serruchan la rama del árbol sobre la que están sentados... ¿Stalin no habrá leído *Mein Kampf*...?

Escríbele por el amor de Dios a tu padre. Llega con bien a México acompañada de tus maravillosos hijos y no vuelvas a Alemania ni tengas nostalgia por tu patria. Te besa en la frente, Hedwig, quien siempre verá por ti.

Cuando Muschi llegó a Veracruz, horror de horrores, no sólo Max no tuvo la cortesía de ir a recogerla, ni siquiera por atención a los niños, sino que sintió desplomarse al comparar el mejor puerto mexicano con Hamburgo o Bremen o Liverpool o el Havre, de donde había zarpado varias veces en barcos de lujo durante sus repetidos viajes a Nueva York acompañada de su padre. ¡Cuánta pobreza, suciedad y atraso!

—*Mir stinkt es hier, ich muss unbedingt diesem Saustall entrinnen...*[8]

Todo lo que a mi abuelo le había parecido sorprendente, atractivo y encantador, absolutamente novedoso, un pueblo lleno de vida, de color y de alegría, la explosión misma del trópico, para ella había significado el arribo al inframundo. ¿Cómo alguien podía vivir en semejante inmundicia? Claro que no vio los paliacates teñidos de un rojo intenso ni los sombreros de cuatro pedradas de los cantantes de tríos o quintetos, ni escuchó el requinto interpretado por el Dedos de Oro, el mejor del puerto, o la guitarra del maestro Cuchumbé que siempre hacía llorar, de la misma manera que ignoró al mago de la marimba, el inolvidable Culongas, para ya ni hablar del Chilongas, el rey de las congas, del chinchón o de los timbales, como tampoco le llamaron la atención los grupos musicales y bailarines que interpretaban jaranas o el *Siquisirí* y entusiasmaban al público con un sonoro zapateado, vestidos ellos de punta en blanco y ellas con trajes multicolores, como si hubieran tratado de copiar los picos de los tucanes, las colas de los papagayos o de los faisanes. Nada, nada de nada. Ni pensar en comer en los portales, al aire libre, y apostar a la ruleta con los vendedores de nieve o comprar decenas de camarones hervidos, los que pudiera extraer de una canasta con una sola mano, por un peso, ni desayunar en el histórico café La Parroquia, rodeado de vendedores ambulantes de los productos de contrabando más diversos, así como artesanías locales. La cara que puso cuando una muy humilde anciana jarocha se le acercó fumando un puro para leerle la mano o cuando unos chamacos le ofrecieron moverle la panza a cambio de unas monedas, las que fueran y valieran lo que valieran y vinieran de donde vinieran.

[8] Aquí apesta, necesito escapar de esta pocilga.

La desquiciaban las moscas zumbonas gigantescas, unos bichos que jamás había soñado ni imaginado; la fastidiaban los olores y el calor; sudaba, y el sudor era propio de la gente insignificante, torpe e idiota que realizaba trabajos físicos y no se ganaba la vida sentada cómodamente en oficinas, museos o universidades con una indumentaria adecuada y debidamente perfumada. Sólo suda para ganarse la vida quien no desarrolla una actividad intelectual y quien no desarrollaba una actividad intelectual, no era digno de su respeto y consideración. ¿Max Liebermann o Thomas Mann o los Grimm sudaban al pintar o escribir? Menuda vulgaridad. Sus ropajes de seda comprados en la Kurfürstendam le daban asco al sentirlos empapados y pegados al cuerpo, una preocupación que atentaba en contra de su feminidad. Tuvo pánico desde un principio a la enfermedad, a cualquier contagio. Se lavaba las manos muchas veces al día a pesar de usar siempre guantes en pleno trópico, además de sombrero a la usanza de la aristocracia alemana. Al bajar del barco hizo un movimiento instintivo para recoger un papel tirado en la calle, pero desistió del intento. Su educación la delataba. Hitler tenía razón cuando hablaba con desprecio de las razas inferiores. ¿Dónde estaba el Mercedes Benz con vestiduras de armiño, chofer y ayudante para ayudarla a subir y a bajar del automóvil? El viaje a la Ciudad de México lo haría a bordo de un tren sin los lujos ni mucho menos las comodidades de los alemanes. Ni siquiera quiso darles unas monedas, aun cuando fueran marcos incobrables en México, a unos jóvenes que se ofrecieron a bailarle *La Bamba* en plena calle.

A dos horas de haber llegado a Veracruz, porque «sólo Veracruz es bello», ya lo había dicho el santo papa, fue lo primero que trataron de traducirle sin que le provocara ni una sonrisa esquiva, después de mirar despectivamente a bailarines, músicos y cantantes, Muschi le dijo al oído a mi madre, de escasos ochos años de edad, que contemplaba boquiabierta la escena:

—*Ingelein, dieser Gestank ist unerträglich... Dies ist ein wirklicher Saustall...*[9] *Ich kann nicht atmen... Ich ersticke...* Ya me quiero ir de esta porquería... Con cuánto gusto me comería un *Kugelkuchen* en el Kranzler Café en Berlín y un chocolate caliente con *Schlagene Sahne*, mientras una orquesta de cuerdas interpreta obras de Haydn... ¿No lo prefieres...?

---

[9] Este hedor es insoportable. Esto es un chiquero. No puedo respirar.

El paisaje verde intenso, el de un trópico candente y arrebatador, el calor asfixiante, el sol fortísimo, le impedían respirar en tanto presenciaba escenas patéticas de personas muy pobres, auténticos miserables, en algunas de las estaciones en donde se detenía el tren. «¡Cuánta pobreza! —se decía—: con cien maestros alemanes cambiábamos el rostro de este país abandonado.» Mujeres muy humildes con hijos enredados en sus rebozos elevaban charolas hacia su ventanilla para vender, tal vez, gelatinas llenas de moscas que le inducían al vómito. ¿Cómo no se morían? ¿Cómo sobrevivían? ¡Cuánta insalubridad y miseria! ¿Qué hacía su marido, un prusiano, en este muladar inmundo lleno de charcos pestilentes y perros callejeros famélicos? Sin duda estaba pagando el precio de la estafa cometida en contra de su suegro, porque en este país, segura estaba ella, por supuesto que no habría justicia para extraditarlo ante los tribunales berlineses como había sido la primera intención de su padre, objetivo del que ella lo había obligado a desistir en medio de otra feroz batalla familiar. La gran tragedia de toda esa gente, según ella, era la falta de educación: si se hubieran preparado, si hubieran estudiado, si supieran al menos leer y escribir, no irían descalzos por las calles pidiendo limosna ni los niños caminarían desnudos con el vientre inflado y la cara sucia llena de mocos de más de una vida. ¡Cómo cambiarían las cosas en México si tuvieran inviernos como los nuestros! Nadie podría dormir a la intemperie porque amanecerían muertos. El clima inclemente determinaría la conducta de los pordioseros, que no iban a sobrevivir sin un techo y sin un ingreso fijo para poder pagarlo. En Alemania nadie deambulaba alzando el brazo para alcanzar una penca de plátanos ni tirando un anzuelo en el mar del Norte. O se estudiaba y trabajaba o el medio ambiente era el juez de los zánganos, un filtro natural muy eficiente. ¿Cuál será el sentido de su existencia? Los animales nacían, crecían, se reproducían y morían... ¿Cuál era la diferencia con estos miserables seres extraviados que no aprovechaban su intelecto, el máximo tesoro del ser humano? ¿No hay gobierno en este país? ¿Dónde estarían los filántropos mexicanos? ¿Por qué la ruina social? ¿Por qué el atraso?

Si el encuentro de mis abuelos en la estación de trenes de Buenavista fue verdaderamente gélido, en el entendido de que hasta mi propio tío Claus, a su tierna edad, se dio cuenta de que sus padres se comportaban como un par de desconocidos, víctimas de culpas, corajes, furias y nostalgias, todos los sentimientos mezclados, cuando llegaron al departamento de Max a la colonia Narvarte y subieron los pesados baúles de Muschi por las escaleras, entre jalones, maldiciones y gritos hasta el tercer piso, ésta pensó que su todavía marido le estaba jugando una broma.

¡Claro que la Ciudad de México no le había gustado…!

—No vine desde Potsdam, desde Grünewald, del otro lado del Atlántico, para que me encierres como perro en el departamento de tus sirvientes.

La carcajada no se hizo esperar.

—¿Cuáles sirvientes? —repuso con el rostro enrojecido por la risa—, yo ya no tengo ni quien me prepare una torta cubana con milanesa, Lore. Ahora que acomodes tus cosas te invito a comer una, pero sin chile porque no te va a gustar…

—¡Basta, Max! —tronó mi abuela—. ¿Qué hiciste con todo el dinero? —agregó. No era momento para bromas, en realidad nunca hubo tiempo para bromas en su vida. Jamás me acuerdo de haberla visto esbozar ni siquiera una sonrisa.

Si mi abuelo hubiera contestado que a cuál dinero se refería su mujer, recurrido a evasivas humorísticas, hubiera estallado prematuramente la Segunda Guerra Mundial. Mi abuela se sentó en un baúl; bueno, en realidad casi se desvaneció en espera de una respuesta. Max se hallaba contra la pared enfrentando al pelotón de fusilamiento. Estaba obligado a contestar con argumentos contundentes y sin reírse, por más que el dinero le importara un pito y dos flautas, salvo que no lo tuviera para perseguir mulatas:

—Al llegar a Nueva York —finalmente se decidió a hablar y a contar su versión de la verdad— compré regaladas unas acciones de un banco de los más poderosos de Estados Unidos. Todo estaba quebrado y creí comprar una ganga porque se trataba del mismo grupo financiero que empezaba a construir el Empire State Building, un rascacielos, como dicen por allá, de ciento dos pisos de altura.

—¿Y qué pasó? —preguntó ansiosa mi abuela.

—Pues que a la semana en que me presenté a tomar posesión de mis elegantes oficinas en la Quinta Avenida, donde me habían recibido, toqué la puerta y ésta se abrió sola para descubrir que ya no había nada, Muschi, nada de nada… Se mudaron con rumbo desconocido al día siguiente de entregarles el dinero, según me dijo el portero… No se llevaron la vista de Central Park que se admiraba desde la sala de juntas, porque, como tú entenderás, era un poco más complejo —aclaró con su conocido humor negro.

—¿Te robaron los doscientos cincuenta mil marcos con los que ibas a comprar toda California? —interrumpió mi abuela burlándose y negando extrañamente con la cabeza como si no pudiera creer lo que estaba escuchando: sí que Max era un auténtico *Arschloch*, un agujero en el culo, como no se cansaba de repetir Richard.

—No, en realidad, no; me quedaron algunos marcos para comprar un boleto para México y aquí estoy...

—¿Sin nada...?

—No, porque abrí un restaurante, el Hamburgo, en el centro de la ciudad, comida alemana, claro está, y descubrí ya muy tarde que el negocio sólo funcionaría si yo iba, por lo menos de vez en cuando... Mi gerente me robó hasta la clientela y puso el suyo enfrente —agregó a punto de reírse como lo hacía mi tío Claus, la herencia era evidente.

—*Bist du verrückt geworden...?*[10] ¿Y ahora qué haces...? —preguntó mi abuela, desconsolada.

—Abrí otro restaurante, Muschi, cerca del bosque de Chapultepec, el Sep's, que es muy católico: no hemos cerrado sólo porque Dios no ha querido...

En ese momento ya no pudo más y empezó a reír y a reír mientras se le anegaban los ojos, que secaba oprimiéndolos con los pulgares o con la manga del saco que no había visitado la tintorería en dos años. Por supuesto que se abstuvo de contar que lo peor que le pudo pasar fue aprender la palabra «parranda», la memorizó tan bien que, cuando menos imaginó, ya estaba en la ruina. La mayor parte de las meseras, sus empleadas, ya habían pasado por su cama. Las mujeres, la diversión, el *whisky* y las compañías de vivales verdaderamente simpáticos nunca habían conocido a un alemán tan ocurrente y generoso, al que quebraron en medio de la juerga. Eso sí, nunca dejó de sonreír.

—¿Y qué vamos a hacer...? Mi padre me amenazó con desheredarme si venía contigo a México y aquí me tienes con los niños...

Por razones más que obvias no le preguntó si su padre le había dado, de cualquier manera, algún dinerito para salir de apuros; la sola expresión del rostro de mi abuela constituía la mejor evidencia

[10] ¿Te volviste loco?

para anunciar el inminente estallido de la violencia. Por lo anterior, Max repuso con cierta indiferencia y sin medir el peligro, que para ganarse la vida en México bien podría recurrir a una amiga suya que hacía chongos con pelo de mujer adquirido en los salones de belleza, para vendérselos a la señoras de la alta sociedad.

—*Was meinst du mit einem* chongo? *Ach du lieber Gott!*[11] —agregó Muschi a punto de perder los estribos.

—Te traerán aquí a la casa las cabelleras para que las formes muy bien y las ricachonas se las puedan poner fácilmente como si las hubiera arreglado una peinadora profesional...

Muschi se levantó de inmediato, como si fuera a vomitar, y abandonó el departamento. Ignoró las voces de su marido y las de sus hijos. Desde el balcón la vieron llorar desgarradoramente su tragedia. Al día siguiente buscaría una sinagoga, hablaría con un rabino, tenía que reencontrarse, hallar explicaciones y consuelo. En casa de su marido ya no se veía por ningún lado el candelabro de los siete brazos, ni corachas, ni kipás de gamuza o de simple tela, nada, todo indicaba que mi abuelo había abandonado el judaísmo. A la mierda con los chongos... ¿Ella, chongos...?

¡Cuánto tenían los alemanes que aprender del sentido del humor de los mexicanos! ¿De qué se trataba la vida? De ser felices, ¿no...? Pues los mexicanos eran mucho más felices que los alemanes a pesar de tener muy poco o nada, pero eso sí, compartían el pan, las tortillas y los frijoles aunque fuera lo único que tuvieran para comer. ¿La sabiduría, el rigor, el conocimiento científico y el dinero los iba a hacer más felices? No, ¿verdad? ¿Cuántas veces un mexicano se moría de las risotadas en una cantina gastándose lo que no tenía y cuántas otras un alemán lleno de marcos acaso sonreiría en un café apergaminado? Si la felicidad se medía por el número de carcajadas diarias, los alemanes estaban perdidos... Los rancios sajones nunca comprenderían que en México sólo iban a la cárcel los pendejos y los pobres. Las leyes se negociaban entre amigos y la anarquía se traducía en felicidad, el mejor estado del hombre, el cual podía enriquecerse con un par de buenos tragos de tequila o de mezcal al amanecer pa' matar al gusano...

Mi abuelo materialmente enloqueció al posar las plantas de sus pies en México. De inmediato resolvió que no lo abandonaría sino

---

[11] ¿Qué quiere decir «chongo», querido Dios?

muerto. Hablaba mal el español, jamás aprendió a pronunciar bien, pero muy pronto empezó a entenderlo al hacerse, como él decía, de «una diccionario con patas», una mujer que le tradujera y lo introdujera en la magia mexicana que atrapaba a los extranjeros para siempre. Le fascinaba que cantantes ambulantes subieran esporádicamente a los camiones urbanos acompañados de sus guitarras para interpretar canciones que el público aplaudía y premiaba al dejar unas monedas en los sombreros de paja desgastados y sudados de los músicos. Nada había pasado. Este pueblo, según él, se reía de todo, de la muerte también, de la mala suerte, de la infidelidad de las mujeres, de los políticos corruptos, de la pobreza, de la tristeza, de la soledad, de las traiciones y del abandono. ¿No decían que «eran de mecha corta...»? ¡Qué fuerza tenían los mexicanos! Se columpiaban, como ellos decían, a la mitad del alambre y sin red de protección. El día que encauzaran bien esa energía serían invencibles, pero por lo pronto, era muy contagiosa su concepción de la vida.

Mi abuelo repetía una y otra vez la anécdota vivida por un notable sociólogo europeo con la cual se explicaba la idiosincrasia mexicana. Dicho investigador, dedicado a conocer los orígenes del atraso mexicano, paseaba por la orilla de un gran lago en Jalisco cuando, de repente, a media mañana, encontró tirado sobre el suelo a un campesino que parecía dormir una siesta eterna con la cabeza cubierta por el imprescindible sombrero. El hombre estudioso espero a un lado hasta que despertó el sujeto de su análisis:

—¿No cree usted que mientras duerme podría atarse veinte hilos de *nylon* a cada uno de los dedos de pies y manos y arrojarlos al agua con unos anzuelos y carnadas para pescar mientras está tumbado sin hacer nada?

—¿Pescar...?, ¿pa' qué quiere *asté* que yo pesque...?

—Pues para vender los pescados en el mercado...

—¿Y para qué quiere *asté* que venda el pescado? —cuestionó intrigado el campesino.

—Pues para que tenga usted dinero y se pueda comprar una lancha.

—¿Y para qué quiere *asté* que me compre la lancha?

—Para que pueda pescar con redes en el lago...

—¿Y para qué quiere que pesque más?

—Pues para que tenga dinero y pueda descansar el día de mañana...

—¡Ay, patroncito!, *verdá* de Dios, ¡qué complicados que son *astedes*!, ¿no ve que ahora mismo ya estoy descansando sin toda esa maroma que propone?

Materialmente murió de la risa cuando escuchó decir en una carpa a Cantinflas: «En México nunca pasa nada, hasta que pasa, y cuando pasa, todos decimos, pos claro, tenía que pasar». Se divertía en los toros, aunque, justo es decirlo, casi vomitó la primera vez que asistió a la plaza de la colonia Condesa. Más aún gozaba la fiesta cuando la traductora, una mujer de piel canela y larga cabellera negra, le explicaba el significado de los gritos lanzados desde las butacas. ¡Qué pueblo tan risueño! No se perdía los encuentros de box, ni dejaba de asistir a los palenques, en donde vio por primera vez la pelea de gallos y una interpretación de bailes mexicanos, como el jarabe tapatío, la cacería del venado, el baile de los viejitos, el gran folclor nacional; comió caldo tlalpeño y enchiladas picantes y luego ate con queso. Se fascinaba con nuestras tradiciones, con el descubrimiento del albur, con los puestos de los mercados llenos de frutas y legumbres de mil colores y sabores, con los centros ceremoniales precolombinos, con nuestras playas de talco, con nuestro sol, con la exquisita calidez de trato de nuestra gente que nunca se lamentaba de su pobre condición y todavía mostraba una línea de generosidad y nobleza en la mirada. Imposible explicarle nada de esto a mi abuela. Jamás lo hubiera entendido. Ella iba por el país con una lupa para ver sólo lo malo, pero ¿en dónde no había algo malo? ¿En Alemania…?

Die Kinder[12] observaban atónitos lo desconocido. Mi madre, Inge, en lo particular, disfrutó varios aspectos de México muy a pesar de haber acabado de cumplir los ocho años de edad. Le sorprendía la permisividad mexicana. *In Deutschland alles ist verboten.*[13]

—Aquí —decía— podías cruzar la calle sin hacerlo forzosamente por las esquinas; no tenías que recoger las heces de tu perro en una bolsita; siempre era posible convencer a los responsables de los parques de la posibilidad de jugar más tiempo a pesar de haber concluido las horas de visita; nadie te regañaba si tirabas un papel en la calle ni si mascabas chicle con la boca abierta, ni te cerraban con violencia la puerta de la escuela si llegabas tarde ni era obligatorio presentarte con el uniforme perfectamente planchado y vistiendo

---

[12] Los niños.
[13] En Alemania todo está prohibido.

corbata, ya fueras niño o niña. Siempre era posible convencer a la autoridad para lograr una excepción y no estaba mal visto ni prohibido comprar fruta en la calle servida en cucuruchos de papel y mojada con mucho limón y un polvo de chile que te hacía llorar pero no por ello dejabas de comer, por más que el agua con que humedecían los pepinos, las zanahorias y las jícamas, algo parecido a nuestras papas, nuestras adoradas *Kartoffeln*, pudiera estar infestada de parásitos intestinales. En México nadie te gritaba ni te jalaba las orejas ni las trenzas y no sólo porque fueras güerita, sino porque parecía que no existían reglas, como cuando ibas a nadar en una alberca en Grünewald. Para entrar a la piscina en Berlín tenías que ducharte previamente, después ir por fuerza al baño, con o sin ganas, ponerte una gorra de plástico, no hacer ruido al introducirte en el agua, no salpicar, no gritar, no alborotar, no hacer movimientos bruscos y guardar un absoluto silencio para no perturbar la paz ni el orden de los demás; en tanto que en México te podías echar un clavado si querías hasta de bombita, reír, jugar, chocar con los demás, empujar a quien se te diera la gana, cantar si lo deseabas, sin gorro ni duchas previas ni visitas al baño. ¡Cuánta libertad! En Alemania cada ciudadano vigilaba al otro y se sentía con el poder necesario para llamar la atención de terceros cuando lo juzgara conveniente, mientras que aquí sólo la autoridad tenía la personalidad para reclamarte, pero era muy buena y te dejaba hacer y deshacer a tu antojo. —A ella le gustaba la gente feliz y libre y en México todos parecían ser felices y libres, más aún cuando entró por unos meses al Colegio Alemán, en donde hizo amigos con una gran facilidad.

A mi abuela le impresionó que apenas, a partir de 1930, hubieran empezado las transmisiones de radio en México y que contáramos con un número tan reducido de receptores y de periódicos. ¿Cómo se comunicarían los mexicanos, más aún cuando se acababa de inaugurar el aeropuerto internacional de la Ciudad de México, a un lado de la base militar de Balbuena? Nunca entendió por qué Serguéi M. Eisenstein había venido a filmar *¡Que viva México!*, cuando había tantos otros temas en diferentes latitudes ciertamente más atractivos que hacer películas con indios muertos de hambre. ¿Cómo comparar el impresionante físico y la voz poderosa de los tenores alemanes con los chillidos lastimosos y el tamaño insignificante de Agustín Lara? Nada le parecía. Por supuesto que jamás quiso oír hablar siquiera de Salvador Novo ni de Alfonso Reyes ni de cualquier otro autor o pintor mexicano de la talla de Diego Rivera, Orozco, Siqueiros, Rufino Tamayo o Carlos Mérida ni le llamó la atención el muralismo mexicano. Cuatrocientos años antes Hans Holbein, Alberto Durero y Lucas Cranach ya habían dicho todo lo que se tenía que decir en materia de pintura de todos los tiempos y corrientes. ¿Para qué perder el tiempo hablando de los músicos, de los poetas, de los filósofos, de los políticos y militares alemanes? La menor comparación resultaba odiosa. Nunca sonrió al escuchar una canción ranchera ni festejó la repentina aparición de los mariachis en una reunión social, ni apreció los tesoros precolombinos ni subió a lo alto de la Pirámide del Sol —«para lo que tenía que ver…»—, ni probó las garnachas en Xochimilco, en donde las salpicaduras de agua de los canales parecían producirle lepra o cualquier enfermedad mortal. Imposible que dejara de contemplar lo mexicano a través de los filtros germanos. Nunca quiso ir al teatro a ver la actuación de Cantinflas con tan sólo suponer la cantidad de borrachos que imaginaba ver tirados en el camino a la sala ni soportaba los perros callejeros que se acercaban a olerla; en esos momentos gritaba como si la persiguiera un fantasma en plena avenida Juárez. ¡Claro que entendía las razones de la Casa Blanca al deportar a miles de campesinos o albañiles mexicanos que regresaban contra su voluntad de Estados Unidos! ¿Para qué necesitarían gente así, unos tristes huarachudos, en un país civilizado? La sorpresa que se llevó cuando comprobó que muchos mexicanos, en lugar de viajar en burro picándole los ijares a los animales, utilizaban automóviles Ford en una ciudad de apenas un millón y medio de habitantes cuando la población total del país alcanzaba la cifra de quince millones quinientas mil personas.

—¿Cómo debe ser un pueblo al que le gusta comer los «voivos» —la peculiar manera en la que mi abuela alemana pronunciaba «huevos»— de los toros…? *Ach, Du lieber Gott…!*[14] —fueron las últimas palabras de mi abuela antes de tomar la decisión de abandonar México y volver a Alemania a pesar de los prudentes consejos de Hedwig, todos ellos llenos de sabiduría. Hitler o no, ella regresaría con sus hijos…

Cinco meses después de haber llegado a México, empezando el año de 1932, y una vez intercambiados con mi querido abuelo los más tremendos insultos pronunciados en la lengua de Goethe

---

[14] ¡Ay!, Dios mío.

y escuchados los gritos más estridentes que provocaron la ira de los vecinos, quienes golpeaban paredes, puertas, piso y techo del departamento para exigir silencio y respeto sobre todo cuando los pleitos se daban a altas horas de la noche; una vez comprobado que a mi abuela le daban asco los mixiotes, las criadillas, los gusanos de maguey y que no podía con las enchiladas, por más suizas que fueran, ni con los tamales ni el mole, convencida de que nada le llamaba la atención de México, Muschi recibió finalmente un giro de Hedwig que le permitió regresar a Berlín. La huida del país la ejecutó una mañana, en el momento en que Max intentaba revisar las cuentas agónicas del Sep's. Se trataba de aprovechar su ausencia para desaparecer lo más rápido posible y por sorpresa, de tal manera que mi abuelo no encontrara nada ni a nadie a su regreso. ¿Y los niños? ¡Ah!, a los niños se los llevaría consigo... Tres macheteros que ella contrató a señas, porque durante todo ese tiempo se negó a aprender a pronunciar al menos la simple palabra «gracias», tan mexicana, por cierto, bajaron los baúles que pesaban más que un matrimonio falso, según había sentenciado Max cuando llegaron de Veracruz, y salieron a toda velocidad a Buenavista para atracar casi cuatro semanas después en Bremerhaven, en donde los esperaba Rolf, el eterno chofer de Richard, quien los condujo ese mismo día hasta Potsdam.

No fue nada difícil comprobar cómo los más negros vaticinios de Hedwig se iban cumpliendo día a día, sólo que había sido imposible convencer a Muschi de que se quedara más tiempo en México, en la colonia Narvarte, en lugar de regresar a vivir en el Grünewald de sus sueños y de su feliz infancia. ¿Cuál infierno era mejor...?

Como bien me comentaba mi abuela antes de nuestro rompimiento irreversible, tan pronto regresó a Alemania se percató de que la recesión económica había catapultado la popularidad de Hitler. Me platicaba sorprendentes anécdotas, como la de una mujer que pretendía comprar unas manzanas con una enorme cantidad de billetes de diversas denominaciones que llevaba en un insignificante carrito y a la hora de pagar descubrió que un ladrón le había robado el pequeño vehículo tirando el dinero al piso...

—Esa era la Alemania de los treinta, Panchito —me confió en alguna ocasión en la sobremesa mientras bebía café chiapaneco que jamás faltaba en casa cuando ella nos visitaba—. Los marcos, nuestros queridos marcos, no servían para nada. ¿Te imaginas cuando fui con tu bisabuelo Richard a uno de los restaurantes más elegantes de Berlín y ordenamos la comida que al final costó el triple porque en unas horas la moneda se había devaluado seis mil por ciento? Podías cambiar unos cigarrillos americanos por un par de kilos de marcos...

Para mí resultaba inexplicable que el dinero no pudiera comprar absolutamente nada y, en cambio, se imponía el trueque propio del paleolítico, pero en la Alemania del siglo XX.

—Fíjate bien —me hacía saber—, en ninguna de las elecciones celebradas a lo largo de aquel año los nazis llegaron a alcanzar el control del parlamento alemán, nuestro Reichstag, sin embargo, la pavorosa crisis financiera, la hiperinflación, algo nunca visto entre nosotros, la depresión mundial, el escandaloso desempleo, las catastróficas condiciones sociales hicieron del Partido Nacionalsocialista de los Trabajadores el más nutrido e importante de Alemania.

La descripción de mi abuela del clima político y social de Alemania antes del arribo de Hitler al poder era impecable.

—La desesperación de la gente fue la gran aliada de los nazis —sentenció con su conocido radicalismo—. Todo a cambio de un cupón de racionamiento que le daría a las masas el derecho a comer algo. Nos asfixiábamos por la rigidez del Tratado de Versalles. Los millones de desempleados, hambrientos, agobiados por no poder llevar pan a una casa congelada ante la falta de recursos para adquirir gas, volteaban a ver a Hitler como su gran esperanza, su salvación. ¿Puedes imaginar las filas interminables de cuentahabientes en Berlín, Stuttgart, Dresden, Hamburgo, que exigían en las puertas de sus bancos el pago inmediato de sus depósitos y ahorros? ¡Claro que quebraron las cinco instituciones financieras más importantes de Alemania, chico, y al hundirse ellas, se nos vino encima la bancarrota de por lo menos veinte mil poderosas empresas que provocaron aún más desempleo y una mayor angustia social por la falta de víveres, de comestibles y medicinas! Por supuesto que Hitler aplaudiría a rabiar la ruina de la República de Weimar porque la catástrofe de Alemania era su principal apuesta.

»Hitler —me comentaba Muschi en las pocas ocasiones que me habló de él— dividió al pueblo alemán e inventó culpables del desastre al denunciar que los judíos y los marxistas deberían ser destruidos para lograr el renacimiento alemán. El caos y el desorden hicieron que Hitler, y también los comunistas, por cierto, fueran más escuchados que nunca. ¿Qué nos quedaba? —se preguntaba mientras fumaba su cigarrillo con una pequeña boquilla negra—: la extrema derecha o la extrema izquierda; a eso se reducía la oferta política de los treinta. ¿Y la democracia? Adiós a la República de Weimar: tendríamos que escoger entre dos dictaduras con todas sus consecuencias...

Adolfo Hitler, un fracasado que no se había distinguido en nada, ni en la guerra, ni en el trabajo, ni en el arte, un indolente con un bigote ridículo, lampiño, eternamente pálido, de ojos azul intenso, bajo de estatura, aspecto afeminado y de físico insignificante, se dolía en silencio al carecer de un «von» en su apellido. Ese hombrecillo enjuto, de aspecto incomparable con aquellos representantes de la raza aria a los que él mismo decía pertenecer y a los que tanto admiraba cuando cantaban *El anillo del Nibelungo*, en realidad envidiaba la virilidad de Mussolini, el porte recio, vigoroso y robusto del Duce, éste sí dueño de un poderoso torso de tenor napolitano y de un cráneo perfecto parecido al de un césar, tal vez al de Adriano o al de un Wotan, la versión de un dios según las óperas de Richard Wagner. ¡Cuántas veces este sujeto pequeñito y escasamente distinguible, un ser con un físico insignificante al igual que Himmler y Goebbels, soñó con tener un porte como el de su adorable Sigfrido, alto, muy alto, fuerte, de mentón sobresaliente, pelo rubio, fornido, de manos poderosas y rudas, viril, de voz estentórea y dominante! ¿Cómo perder de vista que Hitler era un frustrado vendedor de acuarelas en Viena sin futuro alguno?

Millones de alemanes que no habían oído ni visto a Hitler fueron gradualmente atrapados por la magia de su discurso vibrante y esperanzador con el que pretendía seducir a un electorado dividido por la presencia insistente de los comunistas. Durante sus viajes relámpago a lo largo y ancho de Alemania, llamaba a gritos furiosos a la unidad nacional, criticaba con pasión a los comunistas y a los judíos, acusándolos ruidosa y fanáticamente como los únicos causantes de la división y del desastre. Sorprendía a propios y extraños con su capacidad de organización y de respuesta. Sus palabras calaban de forma muy intensa en sus compatriotas. De la misma manera en que hablaba en Múnich en la mañana, volaba a Fráncfort y en la noche a Hamburgo ante crecientes concentraciones de alemanes sin empleo, sin acceso a alimentos y sin recursos ni esperanzas para superar un malestar material y anímico desconocido que no parecía tener solución. Alemania era un polvorín social que podría estallar en cualquier momento. Por doquier se encontraban mechas encendidas, cuyas chispas se dirigían jubilosas y apresuradas en dirección a un enorme barril de pólvora.

Durante sus giras agotadoras Hitler tomaba a la nación por las solapas y la zarandeaba, la sacudía, la agitaba, la despertaba, la animaba y la revivía motivándola y estimulándola no sólo para recuperar el bienestar perdido, sino para rescatar el orgullo teutón pisoteado en el Palacio de Versalles en 1919.

En ese mismo 1932, Hitler alegaba con inaudito cinismo que un voto en favor de los comunistas sería un voto en favor de la dictadura, al tiempo que juraba acabar con los treinta partidos políticos existentes en Alemania cuando llegara al poder, o sea, cancelar la democracia. No engañaba a nadie. Jugaba con las cartas abiertas. ¡Por supuesto que la prensa también sería controlada en todas sus vertientes! Solamente él tendría derecho a pensar, a decir y a decidir. La unión alemana se lograría a la fuerza sin consultar la opinión de nadie. Él conocía las fórmulas, los caminos y las alternativas a seguir, por lo que los sesenta y seis millones de alemanes deberían formarse como un solo hombre atrás de él y seguirlo sin cuestionarlo rumbo a la conquista de las estrellas. «Yo tengo en mis manos las llaves de la salvación: salvaré a Alemania de la miseria y de la pobreza si todos me apoyan y, sobre todo, si me obedecen ciegamente.»

Paul Ludwig Hans Anton von Beneckendorff und von Hindenburg, el segundo y último presidente de la República de Weimar, en realidad una república sin republicanos, a pesar de ser un anciano fatigado, harto y manipulable, desconfiaba justificadamente de los nazis, a quienes etiquetaba como intolerantes, violentos, fanáticos, en fin, «una minoría sin un proyecto político congruente, cuya agenda pudiera representar el sentimiento, principios y convicciones del pueblo alemán». Se negaba a entregarles el poder, es decir, la Cancillería. La oferta de Hitler fincada en la imposición del orden y de la disciplina a través de la fuerza; el paso frustrante de quince gobiernos, uno distinto cada año desde la terminación de la guerra en 1918; las reiteradas promesas nazis de una Alemania no sólo mejor, sino poderosa y honorable, con empleos, dignidad y riqueza;

la creciente convicción de que las teorías comunistas tarde o temprano atrasarían aún más a Alemania; la existencia de una ciudadanía
exasperada, escéptica, desahuciada moralmente; la instrumentación
de una campaña de terrorismo callejero contra comunistas y socialdemócratas destinada a reventar actos políticos, a golpear a los
candidatos de la oposición; la quema de locales, las amenazas cumplidas ejecutadas para crear caos, alarma y descomposición social; la
intimidación política por el exitoso manejo de las masas, una clásica
y conocida habilidad fascista; las intrigas palaciegas, la aparición
del pánico en los escenarios sociales y políticos, todo lo anterior
coronado por una alianza suicida de la derecha con la ultraderecha
y la patética senectud de Hindenburg; el llamado de «*Deutschland
erwache*», «Alemania despierta», el grito lanzado por el Partido Nacionalsocialista, el más poderoso del país, con sus trece millones de
militantes que odiaban o insultaban por igual a judíos, a sacerdotes,
a líderes sindicales y sus organizaciones, a demócratas y bolcheviques; este conjunto maquiavélico propició que Hindenburg accediera, sometido a innumerables presiones, a nombrar a Adolfo Hitler
como Canciller de la República. ¡Nunca fue electo por el pueblo
alemán! ¡Invariablemente se impuso por la fuerza!

Hindenburg al final dobló las manos, olvidándose de las advertencias de Ludendorff, y le entregó la Cancillería a Hitler el 30 de
enero de 1933, fecha a partir de la cual empezaría una cuenta re-
gresiva que concluiría con el peor desastre conocido en la dolorida
historia de la humanidad. Los planes urdidos por una clase política
asquerosa eran ignorados por la sociedad alemana. Muy pocos mi-
dieron el peligro que implicaba el arribo al poder de este engendro
de Lucifer en una noche de insomnio. Los políticos candorosos que
pensaron en la posibilidad de controlar a Hitler a través del parlamento no tardaron en darse cuenta de su patético error. ¡Cuánto
bien le hubiera reportado el padre de Hitler a la humanidad si en
lugar de procrearlo hubiera procedido a una solitaria y gozosa masturbación! Bastaba con decir que el noticiero cinematográfico sema-
nal proyectó la información del nombramiento de Hitler después de
una carrera de caballos y de un concurso de saltos de esquí... Otro
gobierno más mientras el pueblo moría de hambre... En muchos
sectores el escepticismo parecía irreparable. ¿Cuándo se acabaría la
pesadilla?, parecían preguntarse, sin poder suponer que ésta apenas
comenzaba...

La noche del ascenso de Hitler, el jefe de las tribus más feroces de los hunos, a la Cancillería, Erich Friedrich Wilhelm Ludendorff, uno de los grandes héroes militares de la Primera Guerra Mundial, respetado y admirado por la sociedad alemana, gran conocedor de Adolfo Hitler, le hizo llegar una nota a Hindenburg:

Puedo profetizar solemnemente que este detestable y execrable hombre va a conducir a nuestro imperio a un abismo y a hundir a nuestra nación en una inconcebible miseria. Las futuras generaciones van a maldecirlo a usted en su tumba por lo que ha hecho.

Si algo llamó poderosamente mi atención durante la comida con mi tío Claus, fue el momento en que me describió el colosal desfile nazi que Goebbels organizó para festejar el arribo de Hitler al poder después de diez años de lucha. Recordó que Richard, mi bisabuelo, lo disfrutó como nadie desde una ostentosa *suite* en el Adlon Hotel con vista a la famosa Puerta de Brandenburgo, una Acrópolis berlinesa, coronada por una monumental escultura de bronce que representaba una cuadriga romana tirada por cuatro enérgicos corceles que jalaban el carro de la diosa de la victoria en dirección al infinito.

Claus se enardecía, se enervaba, cambiaba por completo su personalidad; su entusiasmo era contagioso, se exaltaba, se encendía, dejándome muy impresionado con su descripción tan detallada y acalorada. Rememoraba cómo las tropas de asalto, en realidad escuadrones de golpeadores, a cargo de Ernst Röhm, otro despiadado asesino que encabezaba una nutrida fuerza paramilitar para intimidar a políticos y ciudadanos, marchaban en grupos simétricos perfectamente articulados y vertebrados portando banderas de Alemania o las rojas, las nazis, en cuyo centro se encontraba la esvástica, mientras las tropas regulares de la Wehrmacht entonaban canciones evocadoras, en coros poderosos y sonoros que le tocaban el alma a los asistentes, congelados a temperaturas siberianas de menos diez grados que podían matar cuando soplaba el viento. El aplauso era multitudinario, el contagio colectivo propiciaba el paroxismo total. Parecían muñecos de cuerda que se desplazaban mecánicamente a paso de ganso. Todos hacían temblar los adoquines de Charlottenburg y los de la histórica avenida de Unter den Linden, escuchándose en su máxima sonoridad los golpes de las botas al cruzar la puerta triunfal de Brandenburgo. Era la fiesta de los bárbaros, la del ejército pardo que parecía haberse apoderado del alma de los alemanes y que más tarde habrían de llorar avergonzados, vestidos de luto con el corazón destrozado. Unos cargaban, en orden preciso, pesados escudos de fierro con la esvástica rodeada por aros de fuego y coronada por altivas águilas imperiales con las alas desplegadas; otros caminaban marcialmente elevando refulgentes cruces gamadas para que todos las pudieran contemplar, en tanto, a través de los altavoces se escuchaban marchas militares conmovedoras. El sentimiento de grandeza era tan explicable como avasallador. Atrás circulaban jóvenes uniformados que con disciplina hacían tocar al unísono sus tambores, precedidos por bandas de guerra que interpretaban música popular para revivir el espíritu alemán, seguidas por nutridos bloques de hombres que tocaban fanfarrias como para introducir a interminables sectores portadores de antorchas encendidas para impresionar aún más a los presentes. Los reflectores aéreos escudriñaban el infinito en busca del Dios protector del pueblo elegido, como sin duda lo era, según los nazis, la raza aria, por encima de cualquier otra.

Alemania parecía prepararse no sólo para recuperar el honor perdido, sino para conquistar el resto del mundo. ¿Claus admiraba en el fondo a los nazis o lo atraía la soberbia teutona, su expresión de omnipotencia que tal vez lo tocaba desde su infancia?

No había tiempo que perder. Al día siguiente de haber sido ungido como canciller, el mismo primero de febrero, Hitler obtuvo la autorización del presidente Hindenburg para disolver de manera precipitada el parlamento y convocar a nuevas elecciones con el propósito de aumentar la participación nazi en el Reichstag y hacerse de todo el poder necesario para instalar la anunciada dictadura lo más legalmente posible... Atrás quedaba la farsa de un Hitler convertido en canciller parlamentario. El futuro tirano de corte fascista tomó desprevenidos a los propios socialdemócratas y a los comunistas, salvo a los militantes del centro católico. Los nuevos comicios, tan repentinos como perversos, se celebrarían de inmediato, tan pronto como el 5 de marzo siguiente, en medio de una tan intensa como eficiente campaña de propaganda que abordaría hasta al último de los alemanes para demostrarle que no existía otra alternativa más que el progreso nazi.

Adolfo Hitler, convencido de la idea de que los buenos políticos no son los que resuelven los problemas, sino los que saben crearlos, movido por el deseo de originar un sonoro escándalo nacional para culpar de los daños, del desorden y de la inestabilidad a los comunistas, dispuso el incendio del Reichstag a tan sólo cuatro semanas de haber sido ungido canciller de la República.

—¡Quémenlo! ¡Incéndienlo!

Sí, sí, dispuso la destrucción del histórico edificio del parlamento alemán, un recinto político diseñado específicamente para hablar, parlamentar y entenderse como nación. Los nazis, los auténticos culpables, acusaron a los bolcheviques del atentado sufrido en contra de las instituciones de la República. Fuera con ellos: *Raus! Raus! Raus!* El miedo y la furia en contra de los comunistas se propagó con la velocidad del fuego.

Hitler elaboró el gran pretexto para concentrar todo el poder en el puño de su mano de acero. La furia nazi se desató. Se trataba de crear pánico para convencer al electorado de que sólo los nazis podrían recuperar la tranquilidad y la normalidad en la vida cotidiana de la República. ¡Justicia, justicia!, se exigía en el Partido Nacionalsocialista: detengan a los criminales, a los representantes del Kommitern, los mismos que desean el estallido de una revolución. Hitler, aprovechando la ocasión, requirió la concesión inmediata de facultades omnímodas para volver a imponer el orden, sí, el orden, la palabra más amada por los teutones de todos los tiempos. Nunca se podría construir el país de sus sueños si no se concentraba la autoridad suprema, la legal y la política en su persona para que nadie pudiera cuestionar ni oponerse a sus determinaciones, imprescindibles para devolver la civilidad y el progreso a los alemanes... Con pasmosa determinación, ávido de ejecutar planes largamente concebidos, decretó de inmediato el estado de emergencia nacional y convenció al presidente Hindenburg de la conveniencia de abolir las disposiciones establecidas en la Constitución de Weimar relativas a las garantías individuales de los ciudadanos alemanes. Adiós a los derechos universales del hombre. Para gobernar por decreto sin requerir de la intervención del Reichstag, es decir, para convertirse en dictador dentro de un esquema legal, los nazis necesitaban obtener dos tercios de los votos de los legisladores del parlamento y tan sólo contaban con la mitad para promulgar una Ley Permisiva que le permitiría a Hitler legislar a título personal sin requerir la sanción del Congreso. Por lo pronto y con tal de salvar al Estado alemán de la supuesta amenaza comunista, fue cancelada de un plumazo la libertad personal, la libertad de opinión, la libertad de expresión y de asociación y de inviolabilidad domiciliaria, entre otras tantas conquistas históricas ciudadanas. «Haremos pagar caro a los comunistas el incendio del Reichstag...»

Hitler no deseaba pasar a la historia como un vulgar golpista latinoamericano, sino como un estadista que accedía al gran poder, al máximo poder, una vez cumplidos todos los requisitos establecidos por las leyes de una civilización que él destruiría por medio de la fuerza bruta. Si tenía que reducir el quórum en el parlamento y negar a los legisladores comunistas la entrada al recinto, impediría a como diera lugar su ingreso con tal de alcanzar sus objetivos. ¿Mandaría asesinar a los representantes populares electos legalmente por la nación alemana? Los mataría o los encarcelaría, por lo pronto... ¿Encarcelamientos? ¡Encarcelamientos! ¿Intimidaciones? ¡Intimidaciones! Por todo ello no tuvo empacho en ordenar que encerraran a unos doscientos mil alemanes opositores al nacionalsocialismo para ejercer el poder absoluto, libre de cualquier limitación constitucional.

Al impedir el acceso de los diputados de la oposición al Palacio de la Ópera, habilitado como congreso improvisado, conformaría la mayoría deseada con más facilidad, más aún si el Partido de Centro, el partido católico alemán, votaba, tal y como lo hizo, a favor de la ley que le concedería a Hitler los máximos poderes, según un acuerdo secreto al que había llegado con Eugenio Pacelli, secretario de Estado del Vaticano —un viejo conocido suyo cuando éste fue nuncio papal en Múnich y más tarde en Berlín—, para acabar con el bolchevismo ateo, en el entendido de que el clero podría educar en las escuelas a los estudiantes alemanes, entre otras canonjías, pero eso sí, los católicos, con el tiempo, se retirarían de la actividad política, un espacio estrictamente reservado para la dictadura nazi... Más tarde Hitler lograría la disolución «voluntaria» del Partido de Centro y declararía que el tratado con el Vaticano con fecha 14 de julio de 1933 era «especialmente significativo en la lucha urgente contra el judaísmo internacional. La Iglesia católica ha dado su bendición pública a nuestro nacionalsocialismo».

En los periódicos de la época, según me hacía saber mi abuela, se podía constatar cómo de lo alto del Palacio de la Ópera colgaban enormes estandartes rojos con esvásticas negras, además de ostentosas banderas nazis, una en cada fila, en donde se encontraban sentados los agentes vestidos con uniformes negros terroríficos de la SS a cargo de Heinrich Himmler, sin olvidar a las fuerzas paramilitares de la SA, de Ernst Röhm.

Las tropas de asalto custodiaban las entradas para evitar el ingreso masivo de la oposición. Dentro de un contexto de terror, amenazas y chantajes, Hitler logró, de esta suerte, 288 votos de los cuatrocientos legisladores presentes gracias, también, a generosas donaciones monetarias de empresarios alemanes que creían en su causa. Tenía las dos terceras partes del Reichstag en un puño. Los restantes 188 miembros del parlamento estaban «ausentes». Hitler había alcanzado sus propósitos a casi dos meses de haber sido elevado a canciller del Reich.

La Ley Permisiva, la norma que lo convirtió en dictador constitucional, se votó el 23 de marzo de 1933. A partir de entonces pudo administrar a su antojo el presupuesto de la República, tuvo facultades para suscribir tratados internacionales y reformar, derogar o modificar la Constitución de Weimar, así como dictar leyes que apuntalaran su absoluta autoridad inapelable e incontestable. El parlamento pasó a ser una mera figura decorativa. Para ser el amo y contar con el apoyo del ejército, sólo le faltaba la muerte del anciano Hindenburg, a quien había aprendido a manipular sin haberse atrevido a modificar los poderes presidenciales. Sí, claro, pero ya era dictador constitucional y, sin embargo, todavía no había sido electo, ¿pero qué más daba ya?

Una vez conocido en detalle el acceso fraudulento de Hitler al poder total, se convirtió en el líder fascista más poderoso de la historia. Sí que el mundo escupiría en la tumba de Hindenburg...

Si Hedwig levantó la ceja al leer el articulado de la ley que fundaba a la Gestapo, no pudo disimular su malestar cuando conoció las declaraciones de Himmler con las cuales evidenciaba las intenciones de las fuerzas siniestras que encabezaba: «Las órdenes y actos de la Gestapo no están sujetas a la jurisdicción de los tribunales...». ¿De qué se trataba...?

No tardaron en aparecer los primeros campos de concentración en Dachau para encerrar, en un principio, a los socialistas y a los comunistas y empezar a saldar cuentas con ellos: tendrían que aceptar las consecuencias de su derrota. ¿Los ingleses no habían utilizado, años atrás, el mismo recurso para dominar a los bóers en Sudáfrica? Todo era válido siempre y cuando se impusiera el orden y volviera la prosperidad y la grandeza perdidas. Para mayo de 1933, sólo los necios o los ciegos se negaban a ver la realidad. La tiranía se imponía radical y vertiginosamente con la fuerza de un huracán.

Mientras desaparecía la democracia en Alemania, Mussolini fruncía el ceño, al igual que lo hacía Stalin parapetado atrás de las murallas del Kremlin. Franco era, en aquel entonces, un grisáceo asesor militar de la República española. Jorge V y el primer ministro James Ramsay MacDonald, observaban con discreción, al igual que Albert Lebrun, en Francia. Sólo Franklin Delano Roosevelt se mostraba radiante y esperanzado el 4 de marzo de 1933 durante su toma de posesión, en medio de la depresión económica, cuando declaró que en la esfera de la política mundial establecería «la política del buen vecino, el que se respeta a sí mismo y respeta los derechos de los otros; el vecino que respeta sus obligaciones y respeta la santidad de sus acuerdos...». Más tarde concluiría con aquello de que «a lo único a lo que hay que temer es al propio miedo...».

¿El buen vecino que respeta los derechos de los otros?, se preguntaba Adolfo Hitler en tanto salivaba al pensar en la anexión de Austria y en la mutilación de Checoslovaquia para apoderarse de los Sudetes. ¿Cómo explicarle a ese paralítico de Roosevelt, un gran candidato para los campos de exterminio en razón de su incapacidad física, su proyecto de expansión territorial hacia el este, mejor conocido como el Lebensraum? ¿No había leído *Mein Kampf*? ¿Santidad de los acuerdos...? *Ach, du Scheisskerl...!*[15] ¿Temer al miedo?, se continuaba preguntando Hitler. Nunca nadie había conocido los extremos del verdadero miedo en la historia de la humanidad. «Sólo denme un poco de tiempo y sabrán lo que es el auténtico terror», pensó en silencio en tanto continuaba con la construcción de los campos de exterminio para judíos y bolcheviques y soñaba con bombardear Varsovia para tomar después Moscú y coronar su obra al llegar a la Península de Kamchatka, en el Pacífico, los mismos delirios imperiales del káiser, con la salvedad que éste no había sabido nada de estrategias militares. Muy pronto el mundo vería la forma en

[15] ¡Bastardo de mierda!

que él contemplaba a sus vecinos, así como el respeto que les concedía... ¡Ah, vaya que si sabría tratarlos...!

Hitler se mostraba invariablemente orgulloso de la frenética actividad que los arios podían desarrollar de sol a sol. No sólo eran incansables al trabajar, sino muy creativos, imaginativos, tenaces, innovadores y genialmente productivos. En cambio, la máxima aportación de los rusos al desarrollo de la humanidad se reducía al vodka y éste podía ser en extremo tóxico, al igual que el bolchevismo, por lo que resultaba inaplazable desaparecer de la faz de la Tierra a Moscú, la capital del proletariado, y extender las fronteras alemanas, por lo pronto, hasta los Urales, engullendo a Polonia y sus millones de judíos.

Hedwig no pudo superar el horror al saber que los bárbaros nazis, ayudados por un sinfín de estudiantes, destruyeron textos incunables, saquearon bibliotecas, quemaron libros escritos por autores judíos o de procedencia judía, igual o más alemanes que ellos. Incineraron toneladas de ediciones de autores semitas, textos prohibidos por Hitler, el canciller troglodita.

Joseph Goebbels, el jefe de la propaganda del Partido Nazi, cojo desde la infancia, un inválido físicamente incompetente, rechazado como combatiente en la Gran Guerra, se distinguió como un eficiente promotor del odio a través del cine, de la radio y de la prensa. Él, uno de los grandes arquitectos de la construcción de la imagen «divina» de Hitler, ayudó con precisión germana a organizar impresionantes desfiles coloridos, estruendosos y sonoros, así como a montar multitudinarias marchas de protesta con los grupos secretos de nazis golpeadores e incendiarios, de la misma manera en que controló los medios de publicidad, filtró en detalle la información proveniente del exterior y manoseó las noticias domésticas para lograr sus fines. Financió películas y programas de radio, ordenó la publicación de opúsculos y patrocinó obras de teatro orientadas a promover la fuerza de los trabajadores integrantes del Partido Nacionalsocialista. No había espacio público, social y familiar en donde los nazis no tuvieran una presencia destacada. Se apoderaban, día a día, de la mente del electorado. Goebbels, el mismo que, en razón de su temprana dolencia, se había visto obligado a usar los zapatos ortopédicos fabricados por mi bisabuelo, quien se los hacía llegar cíclicamente a título gratuito, ese supuesto gran amigo de mi familia, el mismo que les extendió una y otra vez las garantías en el sentido de que nadie, ningún Bielschowsky, se vería jamás atacado por el régimen nazi; ese auténtico monstruo, estimulaba el lanzamiento de maestros judíos por las ventanas de los edificios de las academias, organizaba enormes fogatas públicas para incinerar libros prohibidos, muy a pesar de sus deslumbrantes títulos académicos, en fin, todo un erudito que debería haberse convertido en un liberal titular de argumentos progresistas y no en un salvaje amigo de la sinrazón, que sostenía aquello de «una mentira mil veces repetida se convierte en verdad».

¿Cómo era posible, se cuestionaba Hedwig, que precisamente en las universidades más adelantadas del mundo, los grandes centros de cultura de Europa, las forjadoras de los hombres y mujeres del futuro, unos primates con rostro humano propiciaran la quema de libros, como en los peores años de la Inquisición católica en el siglo XVII, y se atentara en contra del conocimiento, de la sabiduría, de la erudición, como fundamento del crecimiento y del progreso, y lo que era aún peor, que los estudiantes se dejaran conmover y utilizar por esos rufianes? Ella nunca había creído en las culpas absolutas y por lo tanto no dejaba de preguntarse: ¿dónde terminaba la culpa de los nazis y comenzaba la de los alemanes de todas las edades y sexos? A pesar de que Hedwig sabía que Joseph Goebbels, un perverso devorador de prostitutas callejeras, había sentenciado aquello de «entregar a las llamas el espíritu diabólico del pasado» como argumento para avalar la quema de libros incunables, lo mejor de la inteligencia alemana; a pesar de ello tenía que soportar verlo en su propia casa invitado a comer por mi bisabuelo. Ella prácticamente vomitaba al ver cómo ese asqueroso nazi engullía, casi sin masticar, las *Leberknödel*, servidas con *Sauerkraut* y puré de papas, acompañadas de vino del Mosel, era algo así como si una enorme rata se comiera los dedos de sus pies sin que pudiera proferir el menor lamento.

Richard, por su parte, continuaba enviando los zapatos ortopédicos a Goebbels, seguía recibiéndolo en casa ofreciéndole sus mejores *Schnapps*, sus licores favoritos y encerrándose en una sordera inexplicable: para él no existía peligro, más aún cuando se convirtió en un poderoso abastecedor de botas para el ejército alemán. Los pedidos eran tan enormes y abrumadores que lo habían obligado a organizar una acelerada expansión de sus fábricas e instalaciones. ¿Por qué huir de Alemania cuando el negocio iba espléndidamente bien y sus relaciones con el alto mando nazi eran inmejorables? ¿Sólo por la paranoia de su esposa? ¿ Hedwig estaría enloqueciendo? ¿No vería la generosa realidad consignada en sus cuentas de cheques?

A la menor oportunidad que tuvo el Führer de asomarse por la ventana de su oficina y contemplar la vida que pasaba ante sus ojos en la Wilhelmstrasse, no podía dejar de pensar que a diez años de su encarcelamiento en Múnich a raíz del Putsch, estaba a punto de convertirse en el amo y señor de Alemania a partir del momento en que falleciera el anciano presidente Hindenburg, hecho significativo que se daría el año siguiente. Pasaba un tren y otro más. Se detenían. Subían berlineses muy bien abrigados y vestidos en esa última parte del invierno. Todos, en realidad, eran poderosas y eficientes máquinas de trabajo con quienes podría construir el gran imperio que se merecían.

Al hurgar en su pasado y experimentar una cálida sensación de orgullo que su madre hubiera compartido de haberlo visto llegar a semejantes alturas, no pudo dejar de pensar en los momentos más felices de su vida, los que había disfrutado en paralelo con su carrera política. Con escasas, muy escasas personas, había llegado a compartir intimidades como el inmenso placer que le provocaba la contemplación del cuerpo masculino. Sí, sí, a él, ¿y por qué no?, le atraían los hombres por sus voces poderosas, por su temperamento, por su vigor y su fortaleza, por su suave rudeza al acariciar, por su resistencia física, por su determinación y coraje para enfrentar las grandes adversidades de la existencia, por su musculatura, su estatura, su valor en el campo de batalla, su inteligencia, por el poder de su sexo, parecido a su fuete, hecho en África con piel de pene de hipopótamo. En el fondo despreciaba a las mujeres por pequeñitas, insignificantes, dependientes, torpes, frágiles, malolientes, sangrantes mensualmente e inútiles. El delirio que llegaba a sentir por los varones sería herméticamente guardado como uno de los grandes secretos de la patria. Él, Adolfo Hitler, el líder que atrapaba y cautivaba a las mayorías, el Mesías moderno, el nuevo constructor de Alemania, el Führer, el conductor del pueblo, el creador del nuevo orden, el dictador dueño inequívoco de la voluntad popular, el padre del futuro teutón que electrizaba al pueblo con sus discursos incendiarios y llenos de pasión y rabia, el prototipo mismo de la masculinidad, ahora resultaba que era homosexual, un caudillo gay con las debilidades y pujanza de un hermafrodita que sería muy criticado por su debilidad y confusión emocional entre el público de su país. ¿No exhibía y defendía la superioridad de la raza aria? ¿El máximo jerarca de un imperio creado para durar mil años, por lo menos, era un mariquita...? ¿Ese era el darwinismo que él proponía? Antes muerto que la realidad se divulgara...

Nunca nadie lo superaría en su capacidad para ocultar la realidad, sería un «maestro en las artes de la ocultación» y en la manipulación de la opinión pública. Quien se atreviera a indagar su pasado en ese sentido o intentara divulgarlo sería asesinado de inmediato por las fuerzas de la SA, de su querido, muy querido amigo el capitán Ernst Julius Röhm... No en balde había ordenado sustraer los seis volúmenes de informes de la policía de Múnich que contenían detalles escandalosos de sus inclinaciones homosexuales mucho más que comprobadas. ¿Quién iba a resistir una instrucción precisa dictada por el propio canciller? Él mismo quemó las carpetas en la biblioteca de la Cancillería y mandó incinerar los libros y documentos del Instituto de Investigación Sexual de Berlín, en donde se encontraban cuarenta mil documentos en los que constaba la participación de la alta jerarquía nazi en crímenes y conflictos homosexuales.

De pronto vio que al tren abordaba un joven militar uniformado, alto, rubio, fornido, tal vez un atleta por la dimensión de sus espaldas. En ese instante, por alguna curiosa razón, vino a su mente el recuerdo de aquellos años veinte cuando se reunía en el Bratwurst Glöckl, una taberna ubicada al lado de la catedral de Múnich, visitada por homosexuales, la mayoría integrantes del Partido Nazi desde sus inicios. Ahí, en esa famosa fonda bávara, en donde él se encontraba a sus anchas, habían nacido los símbolos nazis. De Karl Fischer, un gay que se hacía llamar el Führer, fundador del Wandervogel en 1800, una organización de jóvenes homosexuales excursionistas, había tomado también el *Sieg Heil!*, el saludo que se llevaba a cabo levantando el brazo derecho. A Jörg Lanz von Liebenfels, expulsado de una orden circense por actividades homosexuales, le había plagiado la esvástica. Hitler sonreía al pensar que las juventudes hitlerianas ignorarían para siempre el origen sexual del nombre que las aglutinaba. De modo que tanto el título de Führer, como el saludo nazi, el nombre en el partido de los jóvenes que lo seguían enardecidos y la esvástica tenían una clara génesis homosexual que muy pocos llegaron a saber. Secretos, secretos tiene la vida, pensaba con una expresión complaciente.

Los músculos de su rostro se contrajeron como si pasara una película de su vida al recordar a Dietrich Echart, el fundador del Partido del Trabajo alemán, su mentor, su primer amante, a quien le había dedicado nada menos que *Mein Kampf*. Nada tenía que ver con Ernst Schmidt,[16] Schmidli, otro soldado como él en la Primera Guerra Mundial, un hombre con el que sólo se besó apasionadamente por primera vez en las trincheras cuando se suspendían los combates. Claro que ya desde Viena había tenido encuentros tangenciales con otros hombres que lo habían ayudado a aceptar su sexualidad, pero sin ninguna identificación emocional. Pero no, con Dietrich la situación había sido muy distinta y de mayores alcances. Dietrich lo desvistió por primera vez, lo llamó Adolf, *mein König!*,[17] y lo poseyó entre gritos estentóreos de éxtasis. Jamás lo olvidaría, por ello lo había inmortalizado en su primera obra. Sí, sólo que en la vida también existían diferencias: con Reinhold Hanisch, August Kubizek, Rudolph Hausler, Wieland Wagner[18] (el nieto del compositor Richard Wagner) y Ernst Hanfstaengl, *Fräulein* Gusti,[19] había pasado, cierto es, momentos muy felices y no menos intensos, pero su maestro fue su maestro, como también lo había sido Julius Schreck, cuya muerte prematura le dolió tanto a Adolfo Hitler que colgó su foto en su habitación, al lado de la de su madre.

¿Y qué tal Rudolph Hess, su adorado Rudy o *Fräulein* Hess, su fiel Hagen, el antagonista de Sigfrido, la «masculinidad personificada», según Hitler, a quien le dictó *Mein Kampf* en la cárcel de Landsberg, entre arrumaco y arrumaco? Sin duda alguna, Hess había sido uno de sus amantes favoritos, el que sabía crear mejor que ningún otro el ambiente de confianza para desahogar su pasión sin recato alguno ni temor a malas interpretaciones. La identificación en la cama de la cárcel o en los sillones mullidos o en los tapetes de la Cancillería era total. Ni siquiera cuando se casó con Ilse Pröhl en

---

[16] Tomado de la revista *Bild*. «Hitler gay, el secreto de Hitler.»
[17] ¡Mi rey!
[18] «Raíces homosexuales del Partido Nazi, la Pink Esvástica». Artículo publicado en la revista *Time* por Frederic Spotts.
[19] Señorita Gusti.

1927, una gran farsa para cubrir las apariencias, se apagó el fuego existente entre ambos, por más que Hitler pasó uno de los peores días de su vida al imaginar a su amado Rudy frente al altar.[20]

Evidentemente que se le escapaban varios nombres en el marco de una vida amorosa tan intensa, pero de ninguna manera podía dejar pasar la figura de su noble Emil Maurice, un hombre de un porte distinguido y exquisito, de facciones muy viriles, trato cortés y amable, obsecuente a cada petición, un caballero invariablemente dispuesto y accesible en cualquier coyuntura.

De repente sonó el teléfono. No era el timbre sonoro del rojo. Todo podía esperar. Este momento que le regalaba la vida tardaría mucho tiempo en repetirse. La cadena de imágenes y de recuerdos era tan larga como gratificante.

Emil Maurice, Maurizl, Mauricito, un modelo de actor muy atractivo para las mujeres, sólo que él también disfrutaba los encantos del sexo opuesto, un galán que hubiera podido conquistar un papel estelar en Hollywood o ser contratado por Leni Riefenstahl, la directora favorita de Hitler, había prestado sus servicios inicialmente como su chofer personal a partir de 1921, hasta convertirse en un «íntimo» e imprescindible colaborador, un formidable y leal aliado en el Putsch de noviembre de 1923. Por supuesto que también había llegado a ser compañero de celda de Hitler, «mi querido Hitler», ocho años mayor, con todas sus enormes ventajas... y, no faltaba más, puso todo de su parte para ayudar a pasar en limpio, una y otra vez, el manuscrito de *Mein Kampf*, junto con Rudolph Hess. Recordar, no cabía la menor duda, constituía todo un privilegio, pero sólo si los instantes eran gratificantes. Las diferencias entre el Führer y Maurice comenzaron cuando la envidia, siempre la envidia, irrumpió con violencia en la vida de los felices amantes: Hitler odiaba que el bello Emil pudiera amar también a las mujeres y tener desempeño bisexual. Los celos podían devorarlo.

—¿Qué les ves a esas mugrosas peludas...?

¿Qué les veía? Cuando Ángela Raubal, Geli, sobrina de Hitler, hija de su hermanastra Ángela, llegó a su vida y éste trató de retenerla a su lado con el ánimo de escapar de rumores malignos que criticaban la autenticidad de su hombría, se percató de la necesidad de limpiar su imagen proyectándose públicamente al lado de una

---

[20] Ver en la bibliografía el apartado «La homosexualidad de Hitler».

mujer y nadie mejor que una pariente en la que pudiera depositar su confianza.

El plan, como casi todos los que él urdía, era impecable, con una «pequeña» excepción: Geli conoció al bello Emil y apareció, en pleno escenario, un triángulo amoroso. Ella ya no soportaba, justo es decirlo, las peticiones carnales de su tío, mismas que advertía degeneradas y asquerosas, no sólo por provenir de un familiar, sino que las insinuaciones escatológicas le parecían inadmisibles y obscenas vinieran de quien vinieran, pero aun así se enamoró perdidamente de Maurizl...

La relación entre Maurice y Hitler estalló por los aires. Hitler peleó con su sobrina al tiempo que ésta descubría que su amante lo era a la vez de su tío, el furioso Hitler.

—¡No vuelvas a pisar esta casa! —gritó Hitler.

—Si me echas de tu lado, le contaré al *Frankfurter Zeitung* toda nuestra historia. Venderán más ejemplares que nunca...

Así se abrió, con mucho tino, la vía del chantaje.

Hitler, justificadamente temeroso de que se ventilara públicamente su relación amorosa con Maurice y que de ahí se revelaran diversos romances con otros hombres aprovechados y mal agradecidos que lo denunciarían a cambio de dinero, prefirió indemnizar a ambos: a uno con la condición de no volver a verlo y a la otra con la condición de permanecer de forma indefinida a su lado como su acompañante femenina aunque, eso sí, encerrada en una jaula de oro. Geli cayó en una aguda depresión, intentó escapar un par de veces, padeció de insomnio, discutió a muerte con su tío, pelearon día tras día, perdió toda esperanza y optimismo en la existencia, mientras Maurice montaba negocios con los cuantiosos recursos recibidos de su querido amante, porque jamás dejó de adorarlo.

Una mañana de septiembre de 1931 Maurice se enteró por los diarios de que Ángela Raubal, Geli, una hermosa y joven rubia, se había suicidado pegándose un tiro en la cabeza con una pistola, propiedad de Adolfo Hitler. El caso fue archivado de inmediato por la policía de Múnich... ¿Y Maurice? En 1933 apareció retratado en la prensa vistiendo lleno de orgullo el uniforme de oficial de la SS, con la cadena de consejero al cuello, la mejor evidencia de una feliz reconciliación con el Führer, con quien no tardó en recordar los viejos tiempos y gozar como nunca de los nuevos.

Esa mañana se negó a abrir la puerta para que le sirvieran el café, que no perdonaba, al sentir que se inundaba de una energía mágica. Había resuelto asesinar a varios soplones, cómplices, amantes rencorosos o chantajistas que deseaban lucrar con su vida privada. No lo permitiría. Por esa razón mandó matar al capitán Röhm, la negra Paula, a pesar de la ayuda incondicional y la influencia que aquél ejercía en Hitler desde 1919. Era cierto que lo había protegido desde la primavera de 1920 y lo había recomendado en Múnich para que pudiera ingresar en el Puño de Hierro, una organización secreta de conspiradores de extrema derecha, además de otros círculos de voluntarios paramilitares de extrema violencia. Cuando ambos fueron puestos en libertad después del Putsch, Hitler, en reciprocidad, lo nombró comandante de las SA, *Sturmabteilung*, secciones de asalto, en realidad, el ala paramilitar del Partido Nazi. ¡Qué eficiencia la de Röhm! ¡Cómo lo había ayudado hasta llegar a la Cancillería! ¡Cómo olvidar la protección que Röhm proporcionó durante las campañas nazis para hacerse del poder y cómo irrumpió con sus hombres, con uso y abuso de la máxima fuerza terrorista, en reuniones de la oposición hasta desquiciarlas e impedir la toma de acuerdos! ¿Y los besos interminables que Hitler y él se daban en los privados del Bratwurst Glöckl, en donde Röhm siempre tenía reservada una mesa? Por supuesto que Hitler había ayudado a Röhm en 1925, cuando la comisión lo acusó públicamente de diversos crímenes homosexuales, de ser un hombre prostituto, razón por la que abandonó el Partido Nazi para exiliarse, por consejo de Hitler, en Bolivia. Su participación y la de sus decenas de miles de muchachos de las Camisas Pardas en el programa de boicots en contra de los judíos y sus empresas había sido invaluable, sí, pero a pesar de todo ello y de ser un amante fogoso e impetuoso en la cama, capaz de decirle a Hitler las peores obscenidades al oído mientras le hundía la cabeza en la almohada, tenía que matarlo, bueno, en realidad le concedió la oportunidad de que él mismo se quitara la vida en un plazo no mayor a un par de horas. No quería mancharse las manos con su sangre, por lo que, en un ejercicio de nobleza, Hitler le permitió suicidarse a lo largo de la Noche de los Cristales Rotos en que fueron asesinados más de mil nazis leales que amenazaban con salir de su control y el de la Wehrmacht. Antes de que la cúpula del ejército alemán actuara en contra de Hitler, él asesinó en masa a los jefes de los SA, los *Sturmabteilung*, y quemó sus archivos comprometedores... Pero existía otra razón de mucho fondo que obligaba a la desaparición de Röhm: había amenazado a Hitler con publicar los detalles de su vida amorosa, con lo cual suscribió su pena de muerte. Röhm tenía una foto de Hitler disfrazado de *Drag Queen* y bailando con Rudolph Hess, su Rudy.

La mirada de Hitler adquirió una expresión sombría y de furia, apretó las mandíbulas, puso las manos en la cintura al recordar las palabras de Maxim Gorky, el escritor ruso: «Ya existe un nuevo eslogan en Alemania: "Si erradicas la homosexualidad, el fascismo desaparecerá..."».

¿Pero sólo Hitler tenía secretos amorosos inconfesables? ¡Qué va! A través del espionaje nazi supo de las relaciones íntimas del nuncio en Berlín con la madre Pascualina Lehnert, una monja alemana de hermosas formas, trato exquisito e inteligencia emocional, de quien monseñor simplemente no podía separarse y menos aún desde que dormían juntos a partir 1920, un par de años después de la llegada del prelado a Múnich...[21]

Esta mujer de baja estatura pero de enormes ambiciones, dura, severa e intolerante, fanática del orden y del respeto, dueña de una voluntad de acero, disciplinada, pero dotada de un gran sentido del humor y depositaria de un profundo fondo de ternura cuando se sabía tocar sus fibras más sensibles —y sí que las tenía—, una monja adscrita a la Congregación de las Hermanas de la Santa Cruz de Menzingen, supo acercarse a Pacelli, quien estaba llamado a encabezar a la Santa Madre Iglesia Católica Apostólica y Romana, de la misma manera en que lo habían logrado en su momento la reina Cristina de Suecia, la condesa Matilde, Lucrecia Borgia y Olimpia de Maidalchini, entre otras tantas más, sólo que la madre Pascualina las superó a todas y con creces.

Cuando Pacelli la conoció en Múnich quedó prendado de ella, de su delicadeza, de la exquisitez de su trato, de su elegancia, si bien supo disimular, en un principio, sólo en un principio, la intensa atracción que sentía por esa monja de una belleza natural a sus veinticuatro años de edad, cuando el prelado acababa de cumplir los cuarenta y dos. Si algo le fascinó desde el inicio al nuncio, conocido como el Tedesco, el Alemán, por su notable inclinación por lo teu-

---

[21] La existencia de la madre Pascualina Lehnert y su notable influencia en Eugenio Pacelli, más tarde Pío XII, fue indiscutible, desde que se conocieron en la nunciatura de Múnich en 1918 hasta la muerte del papa en 1958. La intensa relación duró cuarenta años. Ella, la única mujer que ha asistido a un cónclave para nombrar al sucesor de San Pedro, estaba presente en la estancia papal cuando Pacelli exhaló su último suspiro.

tón, fue la laboriosidad de su colaboradora, su puntual ejecución de las tareas encomendadas, así como la discreción con que las acometía.

A la muerte de Hindenburg, en agosto de 1934, Hitler se apropió también del cargo de presidente de la República de Weimar. Se convirtió en el amo y señor del Estado alemán echando mano de nuevas trampas y manipulaciones. Invariablemente se impuso por el uso de la fuerza. El ejército le juró lealtad, ahora, al Führer, sin olvidar que la única manera en que un militar teutón podía romper su juramento era suicidándose: «Juro por Dios en este voto sagrado que observaré obediencia incondicional con el Führer del Reich y del pueblo alemán, Adolfo Hitler, comandante supremo de las Fuerzas Armadas y que estoy dispuesto como un soldado valiente a arriesgar mi vida por este juramento en cualquier momento». Ahora el temido dictador contaba también con el monopolio de la fuerza militar. La República de Weimar y sus garantías relativas a los derechos universales del hombre ardieron entre las implacables llamas que acabaron en una sola noche con el Reichstag y con la democracia, para dar cabida al nacimiento del Tercer Reich, una feroz dictadura fascista que nunca nadie olvidaría en los mil años por venir.

Las promesas de Hitler consignadas en *Mein Kampf* empezaron a cumplirse cuando grupos de uniformados que llevaban un brazalete con una esvástica manchaban con pintura amarilla los aparadores, puertas y fachadas de los negocios judíos o escribían con enormes caracteres «Jude» para alertar a la gente de la inconveniencia y peligros de comprar productos en esos locales, salvo que se atuvieran a consecuencias fatales. No sólo eso, se perpetraron crecientes desmanes de las tropas de asalto nazis en contra de los judíos a lo largo y ancho de Alemania, como en Núremberg, en donde arrestaron a cientos de ellos para conducirlos al estadio y obligarlos a comer pasto, tratándolos como animales. Se desató una espantosa persecución de judíos. Los quinientos veintitrés mil existentes en toda Alemania, menos del uno por ciento de la población nacional, se convirtieron en los enemigos a vencer. Los comunistas o estaban muertos o encarcelados o exiliados junto con cientos de artistas, científicos y escritores que habían huido del país ante la imposición del terror nazi. Alemania empezaba a desangrarse y simultáneamente a armarse, a reimplantar el servicio militar obligatorio prohibido por el Tratado de Versalles ante los ojos sorprendidos, paralizados, de la comunidad europea, en particular el Reino Unido y Francia, países que bien podrían haber evitado la debacle que se avecinaba al asestar un sonoro golpe sobre el escritorio de la Cancillería alemana encabezada por Adolfo Hitler. ¡Ni un submarino más ni un cartucho ni un mortero ni un avión ni un crucero de guerra ni un tanque ni un uniforme ni un cañón ni una granada más: nada, absolutamente nada o te volvemos a invadir; bombardeamos tus instalaciones militares y te deponemos del cargo usurpado como dictador constitucional! No cuentes con nosotros para tus trapacerías legislativas. Acabaremos con tu Ley Permisiva y arrancaremos de cuajo cualquier vestigio nazi en este país que vuelve a ser una amenaza mundial. Ya nos pasó en 1914 que Alemania arrastró a la humanidad a una conflagración mundial: no nos volverá a ocurrir. Acabaremos con todos los planes de ese enano de mierda.

¿Dónde termina la culpa de los nazis y comienza la responsabilidad de las democracias europeas que pudieron comprobar a tiempo todavía cómo se prendía de nueva cuenta el fuego y no hicieron nada para impedirlo, por cobardía, indolencia, comodidad o intereses electorales egoístas desvinculados de toda razón? ¿Para qué gastar millones de marcos en armas si no se trataba de matar, de invadir y de dominar por medio de la fuerza? ¿Para qué integrar un nuevo ejército con cientos de miles de hombres si no se pretendía ocupar los países ubicados al este de Alemania de acuerdo a lo contenido en su libro *Mein Kampf*?

No había nada nuevo bajo el sol, ¿verdad...?

El tiempo transcurría en forma relampagueante. Agonizaba 1938. Habían transcurrido más de seis años del feliz regreso de mi abuela de México. De inmediato se habituó, de nueva cuenta, a su vida en Berlín. Parecía que jamás se hubiera ausentado. Yo, por mi parte, nunca olvidaré la expresión de desprecio con que me miró cuando, mucho tiempo después, le pregunté, con una sonrisa sarcástica, si en su precipitado y no menos frustrado retorno a Alemania en aquel 1932, nuevamente a bordo del *Orinoco*, no guardaba ni un solo recuerdo hermoso de Veracruz:

—Mira, chico, lo único que yo quería era ver otra vez las enormes grúas del puerto de Hamburgo...

Nunca logró sacudirse de la cabeza la idea de que los mexicanos devoráramos los testículos de los toros con tortillas y salsas picantes. La fijación, como otras tantas, la persiguió hasta su muerte. Siempre nos percibió como una sociedad de salvajes, irresponsables, indolentes, flojos y fanáticos religiosos. ¿Acaso no se aterrorizó cuando contempló por primera vez las peregrinaciones guadalupanas durante las cuales los fieles se arrastraban con las rodillas ensangrentadas y los huesos expuestos a lo largo de kilómetros hasta caer desmayados a los pies de la virgen como muestra de amor y de respeto hacia ella? ¿No era una locura? ¿A dónde iba un país así? Los mexicanos, según ella, no podíamos ser de otra manera porque nuestros orígenes se encontraban en los horrores de la piedra de los sacrificios, en donde se les sacaba en vida el corazón a las doncellas y a los guerreros para mostrárselo, todavía palpitante, a los dioses. Y después, a la hora de la tan cantada evolución impuesta a sangre y fuego por medio de la traumática conquista española, habíamos sustituido dicha costumbre sanguinaria por la pira de la Inquisición, ésta importada de la presunta civilización ibérica, en realidad otra tortura macabra, en donde quemaban vivas a las personas a la vista del público, entre gritos espantosos lanzados por las víctimas que veían arder sus carnes antes de convertirse en cenizas, mismas que volvían a incinerar para que no quedara ni huella del diablo... ¿Ese era el progreso que deberíamos aplaudir? ¿Y la Revolución de 1910, casi cuatro siglos después? ¿No había visto Muschi boquiabierta unas fotografías históricas en las que aparecían cientos de hombres colgados de los postes de telégrafo hasta perderse en la inmensidad del horizonte del Bajío? Y en la rebelión cristera, los curas, auténticos hijos de Satanás, ¿no les habían cortado las orejas y la nariz a los maestros que insistían en impartir la educación laica? Todo nuestro pasado era una barbaridad, por ello nunca nacería entre nosotros un Beethoven ni un Mozart ni un Goethe, simplemente porque, a su juicio, éramos unos trogloditas que acabábamos de salir de las cavernas... Si los mexicanos nos hubiéramos capacitado en la universidad de Berlín o en la de Heidelberg y aprendido música y bel canto en los conservatorios alemanes, tendríamos otro país. Sólo que para ella ni con un millón de mexicanos se podría hacer un alemán, ya no se diga un Kant...

Las relaciones con su padre se estabilizaron y fue aceptada de regreso con sus hijos después de su frustrante reencuentro con Max, el odiado y malvado yerno de todos los demonios. Hedwig había jugado un papel determinante para que regresara.

Muschi había vuelto finalmente al Berlín de sus sueños, a gozar de la buena vida, de los choferes, de las reuniones palaciegas con la alta aristocracia alemana, de los *cabarets*, de los conciertos, de las sinfonías, de las óperas, de los elegantes cafés berlineses, en donde, arreglada con un vestido de flecos y su *canotier*, cuando no llevaba una pequeña banda roja en la frente que detenía un pluma de aves-truz, escuchaba música de cámara por las tardes, mientras los hom-bres asistían vestidos de *smoking*, a toda gala. ¡Con cuánta ilusión hubiera visitado en Holanda a Guillermo II, al káiser, el derrotado, el amargado, para intercambiar puntos de vista con él y ayudarlo a lamerse las heridas que nunca cicatrizarían!

Mi abuela había regresado a exhibir su guardarropa internacio-nal y multicolor, a usar sus joyas ostentosas, a embriagarse con los aromas de su enorme repertorio de perfumes franceses, a gozar las comidas opíparas de la antigua Prusia, a deleitarse con los cubiertos de Christofle, los manteles bordados de Brujas, las vajillas de Rosen-thal, los centros de mesa decorados con flores importadas del norte de África, los candelabros con velas multicolores y la cristalería de Bohemia. Siempre recordó cómo se complacía con las inolvidables noches de verano amenizadas con cantantes o músicos que inter-pretaban obras de acuerdo a los menús de época escogidos por los anfitriones. ¡Para qué hablar cuando se trataba de una fiesta de dis-fraces al estilo veneciano! Había retornado para encantarse con su dentista y sus pretendientes de Grünewald y otros tantos amigos, y a sostener interminables conversaciones con Hedwig, quien no dejaba de insistir en aquel tremendo 1938, con una ansiedad que rayaba en la desesperación, en la imperiosa necesidad de abandonar Alemania, regresar a México, con Claus e Inge a la brevedad, porque algo muy grave iba a acontecer y deseaba, sobre todo, cuidar a los niños de la violencia que estallaría en cualquier momento.

En los largos recorridos de Hedwig y Muschi por el Tiergarten, el jardín más grande de Berlín después de los enormes parques de Grünewald, veían a lo lejos la Puerta de Brandenburgo, la nueva estructura del Reichstag y la Potsdamer Platz, entre otros lugares emblemáticos de Berlín. Hedwig llevaba, como siempre, del brazo a mi abuela, quien en aquel entonces contaba treinta y ocho años de edad. Para ella, el hecho de haber nacido exactamente en 1900, en abril de 1900, para ser más preciso, era un curioso motivo de optimismo, la evidencia de su buena estrella. Mi bisabuela aprovechaba la menor coyuntura para hablar obsesivamente de Hitler y demostrar sus verdaderos motivos y mentiras. Cada una de sus afirmaciones equivalía a dar un martillazo, el golpe sonoro de una bota sobre los adoquines berlineses, la descarga disparada al unísono por un pelotón de fusilamiento. Resultaba imposible refutar a una mujer tan estudiosa, bien documentada y sólida en cada uno de sus argumentos. Era mejor, mucho mejor, escuchar...

Ella discrepaba porque oteaba la guerra en los próximos años, otra devastación similar a la de 1914, sólo que la catástrofe alemana adquiriría esta vez proporciones inimaginables. ¿Cuál imperio que duraría mil años? Todo acabaría en ruinas, fuego, cenizas, muerte y luto. De las águilas altivas nazis iluminadas ostentosamente en las noches con poderosos reflectores, gigantescos monumentos de piedra con los que coronaban los edificios públicos, sólo quedarían escombros. El tiempo, como siempre, tendría la última palabra. ¡Claro que Hitler no tenía facultades súper humanas como aducía la alta jerarquía nazi ni había sido llamado por Dios como guía para ayudarlo «a la sagrada misión» de llevar a Alemania a la conquista del universo...! Bastaba ver las puertas de la Cancillería cada 20 de abril, día del cumpleaños de Hitler, para demostrar el amor que la gente sentía por él, cuando al pie de una fotografía enorme del Führer, el pueblo agradecido depositaba flores hasta hacer intransitable la calle, de la misma manera en que en las escuelas, debajo de los crucifijos colgados en las paredes de las aulas, a un lado de los pizarrones, se colocaban imágenes del dictador para ser igualmente reverenciadas. Al concluir las obras de teatro o las óperas, el público debía ponerse de pie para entonar el *Deutschland, Deutschland, über alles*, «Alemania, Alemania, sobre todo», así como el *Horst Wessel Lied*, el himno alemán y el de las fuerzas de asalto, en tanto practicaban el *Hitlergrüss* con el brazo derecho bien en alto.

Para Hedwig todo se reducía a un problema de egolatría perversa y sonora, y a un cinismo ético e intelectual impropio de una raza que decía llamarse superior pero que en realidad era la mejor evidencia para demostrar el envilecimiento del ser humano. ¡Que no se olvidara cuando Jesse Owens rompió todas las marcas en las Olimpiadas de 1936 y Hitler se retiró precipitadamente del estadio con tal de no tener que extenderle la mano a un negro!

Hitler era contemplado por millones como un mesías redentor ante el cual se elevaban rezos y letanías como «yo creo en el
Führer Adolf Hitler...». Himmler, quien ordenaba las ceremonias
de iniciación de la SS colocando al fondo, a modo de un altar, un
busto de Hitler rodeado de esvásticas iluminadas, se refería a su
jefe como hombre-Dios, *Gottmensch*, dejando en claro que naci-
mientos como los de éste se daban cada dos mil años, una evidente
comparación con el arribo del Mesías cristiano. En las mesas alemanas se bendecía el pan «en el nombre sea de Hitler», no así de
Dios. El fanatismo se percibía en las familias, en las universidades,
en las empresas, en los cafés y parques, ciudades y pueblos del Tercer Reich. Los crímenes crecientes de los nazis los disculpaba la gente alegando: «¡Si esto lo supiera el Führer...!», como si el tirano no
ordenara cada atropello de su gobierno. Ni una sola hoja se movía
sin su consentimiento. ¡Cuánto candor! En cada casa debía existir
un retrato de Hitler, cuya profanación era castigada como delito.
¿Cómo era posible que una nación tan culta, tal vez la más culta de
la Tierra, adoradora de la música y de las bellas artes y amante de la
naturaleza, pudiera creer semejante embuste? La sociedad sería muy
instruida, ¿pero bruta...? No, de bruta, nada: ¿entonces por qué se
había obnubilado al extremo de permitir el acceso de un monstruo
al poder? Hitler estaba reviviendo el sentimiento teutón de grandeza
y, al ceder el paso a las emociones, las razones habían quedado dero-
gadas. ¡Qué manera tan hábil de saber tocar las fibras de los alemanes! Y pensar que había quienes negaban la inteligencia, el instinto
y la astucia de Hitler... Cuando entendieran realmente su talento y
su personalidad sería demasiado tarde, es más, en ese amenazador
1938, ya era demasiado tarde...

—Richard, mi propio marido —puntualizaba Hedwig con los
puños cerrados, golpeándose las rodillas, tratando de contener la
furia—, negó hasta el cansancio que Hitler fuera a privarnos a los
judíos de la ciudadanía alemana, según lo había prometido desde
1924. ¿Todos estamos ciegos, sordos y mudos...? Pero si el monstruo lo había jurado en público catorce años antes... ¿Qué sucedió? Que las leyes de Núremberg de 1935, tan aplaudidas por el
mundo árabe, finalmente nos la quitaron y ahora no somos nada,
ni alemanes ni nada, tal vez perros, pero nada de nada, y tu padre,
a pesar de que somos *Untermensch*, subhumanos, sigue confiado
en que Goebbels nos cuidará a los Liebrecht, judíos hasta el tué-

tano, porque es su amigo y proveedor de su calzado, como si los nazis tuvieran la menor noción del honor, de la amistad o de la piedad. Es desesperante —agregaba con la mirada vidriosa— tener la claridad mental para ver cómo se nos viene encima una locomotora a toda velocidad y en lugar de reaccionar de inmediato y saltar a un lado o al otro, ves a los tuyos cómo contemplan inmóviles los juegos de las golondrinas en el vacío... «Esto no es un plato, sino un Volkswagen», cuando les estás mostrando un plato... ¿No es evidente que los nazis están acabando con las libertades, la decencia y lo mejor del género humano, la democracia, el uso de la razón y de la moral que ellos consideran podrida? ¿Cómo debemos llamar a quien se niega a percibir la realidad sin tapujos, tal cual es? ¿Acaso es un cobarde o un necio o un apático, más aún cuando se está jugando la vida y la de su familia? ¿Cómo se llama, Lore, cómo, a ver, dime cómo...?

Mientras Hedwig revelaba, una a una, las agresiones sufridas por los judíos, mi abuela, en un críptico silencio, se empezaba a convencer del precio tan elevado que cientos de miles de personas como ella, niños, mujeres, hombres y ancianos alemanes, estaban pagando por profesar su religión. ¿Valdría la pena jugarse la vida, perder la libertad o el patrimonio labrado por generaciones y exponer la seguridad de las familias con tal de adorar a un Dios que ni siquiera los protegía? ¿O sería conveniente renunciar al judaísmo para vivir en paz y dejar de ser perseguida, insultada, golpeada, excluida y, tal vez, hasta asesinada, según las amenazantes palabras de su madrastra? ¿Y si jamás volvía a entrar a ninguna sinagoga y se abstenía para siempre de practicar los ritos judíos? Adiós a la *Halaja*, adiós a las oraciones diarias, adiós al Shabat... Se arrepentía de haber circuncidado a su hijo Claus, ahora tenía una prueba de su religión que lo marcaría para siempre. Ya no habría más Bar Mitzvá ni volvería a leer la Torá ni visitaría a rabino alguno ni estudiaría más el Talmud. ¿Qué tal si rompía con todos los protocolos y violaba las prohibiciones y empezaba a cocer alimentos crudos, a cubrir con una manta guisados colocados sobre una placa eléctrica, a encender un fuego o luces durante el Shabat, a lavar los sábados la ropa o plancharla, a cepillar todos sus sombreros y sus incontables trajes, a ducharse con agua caliente, a bañarse o nadar en la piscina de su casa en Wallotstrasse, a exprimir fruta, a tocar el piano, sus obras de Chopin, a recoger frutas caídas del árbol, a comer carne de cerdo, de conejo y ancas de rana, pulpos, esturión y atún, en fin, a renegar de su historia, de las obligaciones litúrgicas judaicas, de sus tradiciones familiares, a iniciar una nueva vida? Nadie se metía ni atacaba a los católicos y a los protestantes. Extrañaba esa comodidad. Todo, rompería con todo y evitaría riesgos y daños mayores y menores, perdiendo de vista que sería imposible salvarse del acoso nazi por sus antecedentes judíos difíciles de ocultar o de evadir. Su sangre era judía, cien por ciento judía y sólo por ello la condena ya estaba dictada y no había forma de sustraerse a ella, salvo que huyera de Alemania a la brevedad.

Muschi volvía a escuchar con un solo oído la misma letanía de los últimos años desde su regreso de México. La voz afligida de Hedwig insistía en señalar como pruebas de la catástrofe mayor que se venía encima, que ya estaba ahí presente, a la vista de todos, la expulsión de los judíos del gobierno, del ejército y de cualquier actividad pública alemana. «Los judíos y el marxismo deben ser destruidos para lograr el esplendoroso renacimiento germano», insistían los nazis hasta el cansancio sin discreción alguna. Sólo los sordos no escuchaban las condenas, pero podían leerlas quedándose sin la consabida justificación del «yo no sabía...». A los abogados y a los médicos judíos se les tenía prohibido ejercer su profesión a partir de ese 1938, en tanto que a los empresarios se les impedía contratar judíos dentro de su plantilla de personal; a los deportistas judíos se les había prohibido participar en las Olimpiadas de 1936, por mejor preparados que estuvieran; a los estudiantes judíos se les había limitado el ingreso en las escuelas públicas; a los editores de libros judíos ya no se les permitía practicar su profesión ni a los alemanes casarse, cohabitar o tener relaciones sexuales con judíos de acuerdo a la Ley para la Protección de la Sangre y el Honor Alemanes y, para rematar, una buena parte de las propiedades judías fueron expropiadas y rematadas al mejor postor, obviamente alemán, siempre y cuando demostrara no tener liga alguna ni mezcla de sangre con judíos en ningún grado de parentesco. El alcalde de Berlín llegó al extremo de ordenar que las escuelas públicas no admitieran a niños judíos hasta nuevo aviso. Al sancionarlos solo por su estatus racial, al estar excluidos de la vida económica alemana, antes de que se les obligara a cerrar definitivamente sus comercios o industrias, se condenaba a los judíos a la muerte civil, una severa sentencia para morir de hambre en un espantoso y patético aislamiento social.

Una Hedwig incansable, ávida de dar con más, muchos más argumentos destinados a convencer a Muschi de la importancia de salir de Alemania a la brevedad, como ya lo habían hecho muchos judíos, se esforzó en impresionarla para que aprovechara su influencia con su padre con el mismo objetivo de abandonar la patria antes de que tuvieran que pagarlo con sus vidas.

—*Muschilein*: debes fugarte de Alemania porque, según dicen, muy pronto se restringirá el movimiento libre de judíos por la ciudad y, lo que es más, se rumora que nos concentrarán a todos los judíos en un ghetto, en la zona de la Nueva Sinagoga, en la Oranienburge Strasse, en donde te casaste con Max. Es evidente que muy pronto no solamente no podremos poner un solo pie en la calle y morirnos de hambre, sino que nos sacarán de nuestras casas y nos concentrarán, quién sabe con qué objetivos siniestros, en barrios de la ciudad para tenernos mejor controlados, me imagino. Estoy convencida de que los nazis desean recurrir a la violencia, como último recurso, para acabar con nosotros. Ya hasta prohibieron que tengamos palomas mensajeras. El asilamiento será total, hija mía...

¿Qué hacía Muschi en Berlín, si lejos de que la situación pudiera mejorar, todo apuntaba a un desastre mayor, más aún cuando sus hijos estaban amenazados en su educación, en su futuro y, tal vez, hasta en su existencia misma? Qué ofensivo resultó para ella el hecho de que a su nombre consignado en su pasaporte se le agregara el «Sara» en su calidad de mujer y el «Israel» para los hombres, ambos marcados con una «J», la de judío, para que no quedara la menor duda. Se convertía en una apestada, una maloliente nauseabunda condenada a la muerte civil. Era la absoluta muerte de la esperanza, la mismísima muerte en vida.

—Pero si ya huyeron de Alemania muchos socios y amigos de mi padre, además de maestros y científicos, si ya se fugaron cincuenta mil judíos, el diez por ciento de los que existen en Alemania, además de Einstein y Freud, ¿por qué él no se va y nos vamos todos? —preguntó Muschi como si no conociera de sobra la respuesta.

—A Richard lo detiene el tamaño de sus empresas, el número de empleados, las ganancias que obtiene de los enormes pedidos de botas y calzado del ejército; ha ganado dinero como nunca...

—¿De qué le va a servir si nos arrestan y nos matan? Sus fábricas se las quedarán los asquerosos nazis.

—Él parte del supuesto de que a nosotros no nos tocarán porque Goebbels se lo ha asegurado en todos los tonos.

—Hedwig, querida, ¡por favor!, ¿quién puede creer en un nazi? Los hemos oído hablar y conocemos sus odios y resentimientos raciales. Goebbels es un hombre envenenado y malvado hasta la punta de los huesos. Yo no dudaría que fuera él quien se quedara con lo nuestro: empresas, casas, cuadros y coches, incluido nuestro refugio en la isla de Sylt.

—Pues explícaselo a tu padre, por favor, insiste en los argumentos que te acabo de dar, convéncelo de escapar hoy mismo, con cualquier pretexto rumbo a Hamburgo para tomar el primer barco que salga de Alemania, llevando con nosotros lo que tengamos puesto, y la vida, claro está; el dinero lo haremos en cualquier otro lugar, tenemos mil oportunidades, pero la vida sólo se pierde una vez...

—Lo haré —repuso Muschi motivada—. No se trata sólo de salvarlo a él sino de salvarnos todos.

—Tampoco importa si vamos a dar a México —agregó Hedwig con humor agrio al imaginar la cara que pondría Max, mi abuelo, al ver la cara de su suegro, su temido acreedor, bajando del barco.

Sonrieron ambas con alguna expresión irónica en el rostro.

—Tu padre te gritará, Muschi —advirtió mi bisabuela—; el tema lo irrita sobremanera. Sostiene que mis miedos responden a mi calidad de mujer, una especie de paranoia femenina que niega la realidad, y después de insultarme se larga azotando todas las puertas de la casa sin dejar de maldecirme, de modo que escoge un buen momento y abórdalo sin citar mi nombre para que no diga que te he contagiado aunque esté convencido de que así es.

Mi abuela no lo confesó en ese momento, pero sin dejar de percibir el peligro, en la vida existen las prioridades, continuaba pensando en la posibilidad de vender las empresas a los nazis, sacar el dinero de Alemania y depositarlo en bancos norteamericanos para garantizarse un exilio feliz y pleno. Ella no era ninguna *überzeugt*, una nazi convencida, ni tenía el *Weltanschauung*, la visión del mundo de los inspiradores del movimiento, no, pero jamás resistiría ni sobreviviría un minuto ya no se diga si se viera obligada a vivir en la calle de Morena, en la colonia Narvarte, en la Ciudad de México, sino que tampoco resistiría el castigo de alojarse en los horrendos vecindarios del Hinterhöfe o Mietkasernen, los barracones alquilados, en donde vivían los comunistas infectados de resentimiento por las condiciones de miseria en que se encontraban sepultados. ¿Por qué no evolucionaban y se enriquecían esos miserables devorados por la envidia? ¡Que trabajen, zánganos...! Soñaba con una residencia equivalente a la de Grünewald, con sirvientes, chef, choferes, jardineros y ayudas de recámara para vestirse y lucir irresistible. Eso de largarse de Alemania con lo que llevaran puesto tenía, ciertamente, sus complicaciones. De modo que esperaría hasta jugar la última partida al lado de su padre para sacar el máximo provecho de la situación. El dinero era el dinero...

Sentadas a la puerta de la entrada del zoológico en tanto comían una salchicha, una *Bratwurst* con mostaza añeja dentro de un pan de centeno y un vaso con cerveza, mi abuela y mi bisabuela continuaron recordando ahora la Noche de los Cristales Rotos, la *Reichskristall Nacht*, ocurrida trágicamente apenas unos días atrás en ese mismo noviembre de 1938. Todo comenzó cuando los nazis festejaban ruidosamente en las cervecerías el fallido Putsch, el intento de golpe de Estado asestado por Hitler y que se había traducido en un fracaso, pero que ahora se celebraba como un hecho histórico en el calendario nacionalsocialista. No tardó en filtrarse la noticia del asesinato de un cónsul alemán en París, a manos de un judío polaco. La *Judenkoller*, la cólera antijudía, estalló estimulada por Goebbels, quien invitó, de acuerdo con Hitler, a la SS de Himmler para participar en un episodio de vandalismo arrasador: los hunos en su máxima expresión. De inmediato se organizó un proceso efectivo de destrucción e incendio de más de ocho mil negocios de judíos que ostentaban la estrella amarilla en sus fachadas. Alemanes protestantes y católicos, quienes se disculparon después alegando inocencia e ignorancia, destrozaron a pedradas aparadores, residencias, profanaron cementerios y casi dos mil sinagogas para demostrar, en los hechos, su conformidad con las políticas nazis. El pillaje masivo duró la noche entera, treinta mil judíos fueron detenidos y otros asesinados impunemente, y muchos de ellos, en número indeterminado, fueron enviados a campos de concentración. Días después el Führer decretó un tributo que cubriría la comunidad judía por el daño sufrido a la nación, a través del cual se le obligó a pagar mil millones de marcos a título de indemnización al considerárseles responsables de los desmanes y de la reacción violenta del pueblo alemán y, por si fuera poco, todavía se les excluyó de cualquier actividad económica, cultural o social, se les impidió utilizar el transporte público, asistir a teatros, cines, restaurantes, parques y museos y cursar carreras universitarias.

Hedwig admitió por primera vez su vergüenza por ser alemana. ¿Quiénes eran sus compatriotas? Había vivido engañada casi toda su vida. En ese momento aún no sabía ni imaginaba, ni podía hacerlo, que las autoridades nazis buscaban una «solución más eficiente, sistemática y discreta» respecto a la «cuestión judía…».

De pronto un hombre humilde, un músico ambulante, se colocó a unos metros de ellas, extrajo un violín de un estuche desgastado, tiró un sombrero al piso y empezó a interpretar *El Danubio Azul*, de Johann Strauss. La música les cimbraba el alma a las dos mujeres. ¡Qué poco se necesita para ser feliz! A más bienes más problemas y preocupaciones. Esa persona con apariencia de vagabundo se ganaba la vida en las calles tocando un instrumento y despertando sonrisas a sus reducidas y esporádicas audiencias. ¿Se necesitaba más? Por la mente de este dulce intérprete de la música austriaca no pasarían las tesis raciales de los nazis ni se preguntaría si los seres humanos eran animales o si, dentro de este enunciado, solamente el más fuerte, por supuesto el ario, podría llegar a sobrevivir. Al artista callejero sólo le interesaba arrancar de su viejo instrumento las notas más vibrantes y emotivas que le fuera posible. Tal vez tocaba para complacerse a sí mismo y encerrarse en un reino íntimo de ensoñación y belleza, como si el mundo exterior no existiera. ¿Una esvástica…? ¿Qué era eso…?

Bueno, sí, ¿pero por qué la gente no podía entender que en el amor y en el arte descansaban las dos últimas posibilidades de reconciliación con el género humano? ¿Por qué no imitar a ese miserable indigente que tal vez era inmensamente feliz? ¿Por qué querer poseerlo todo? La envidia, el peor defecto de los hombres por ser constante e insaciable, acabaría con la civilización a través de la guerra. ¿Por qué mejor no tocar el violín, en ese momento ya el *Adagio* de Tomaso Albinoni, y provocar ensoñaciones que convertirían a las fieras salvajes en niños inocentes ávidos de juegos? Esa era Hedwig.

La conversación continuó cuando Muschi preguntó lo que ocurriría después de la anexión de Austria a Alemania, el famoso Anschluss, y de la incorporación de los Sudetes a partir de la reciente mutilación de Checoslovaquia: a su juicio, la expansión nazi parecía ya haberse salido de control.

—Acuérdate de cuando el retrasado mental de Neville Chamberlain regresó feliz de su entrevista con Hitler después de mutilar

Checoslovaquia y declaró en el aeropuerto de Londres: «Creo que a nuestra época le ha llegado la hora de la paz», su famoso *«Peace for our time...»*.

¿Habrase visto un estúpido mayor que éste en un cargo tan importante del que dependía la suerte de la humanidad? Por lo menos Churchill llegó a ponerlo en su lugar.

—¿Qué sigue?

—Sigue la guerra, mi pequeña *Puppe*: no hemos acabado de superar el traumatismo de 1918 y ya empezamos una nueva era de violencia, porque el hombre es el lobo del hombre... Nos mataremos otra vez. Destruiremos la civilización actual, pequeña *Puppe*. Todo terminará en humo, llanto, luto y ruinas. Como te lo he repetido: vete, Muschi linda, *verschwinde*, desaparece de Alemania, regresa a México con tus hijos antes de que sea demasiado tarde, si no es que ya es demasiado tarde...

Un momento después concluiría con el rostro apesadumbrado:

—Francia, Inglaterra, Rusia, Estados Unidos y el propio pueblo alemán prefieren hacerse los desentendidos en relación a los pasos, ¿cuáles pasos?, gigantescas zancadas que da el Führer en dirección a la destrucción total. Nadie quiere darse por enterado respecto a lo que acontece en Alemania para evitarse conflictos y enfrentamientos, sin darse cuenta de que al meter la cabeza en los agujeros como las avestruces están propiciando precisamente lo que desean evitar.

—¿Todos los ingleses se acobardaron?

—Sólo Churchill acusó a Chamberlain de incapaz ante la penosa alternativa de tener que escoger entre la guerra y la vergüenza de haber gestionado muy mal el «problema alemán». Todavía agregó que tenía la sensación de que Inglaterra elegiría la vergüenza para encontrarse después, de todos modos, con la guerra en condiciones peores a las actuales. ¿Cómo alguien podía creer que sacrificando a Checoslovaquia como pasto para los lobos se iba a lograr la paz? Esa era una ilusión fatal...

Muschi estaba convencida. El estallido de la guerra bien podría ser un problema de tiempo, pero lo último que se perdía, según pensaba, era la esperanza. Ya se vería...

—¿Y tú, Hedwig, no saldrás?

—Yo me quedaré al lado de tu padre hasta el final. Es lo malo de tener sentido del honor, que éste te compromete. La vida sería mucho más fácil para mí si no tuviera dignidad: es lo malo, pero también lo bueno...

Un día en que llegó dispuesta a hablar con su padre en relación al futuro de Alemania y de los judíos (en realidad deseaba saber la suerte de nuestra propia familia, ¿quién no tenía miedo?), Muschi se encontró con que el mayordomo había recibido instrucciones precisas de no interrumpir, bajo ninguna circunstancia, la reunión que se estaba llevando a cabo a puerta cerrada en la biblioteca. Herr Liebrecht sostenía una charla de café con Joseph Goebbels, cuyo ostentoso Mercedes Benz negro, escoltado por varios automóviles similares para impedir la identificación del alto funcionario nazi, se hallaba estacionado en la entrada de su residencia en Wallotstrasse, rodeada por un número indeterminado de ayudantes militares con uniformes negros de la SS.

A pesar de que el servicio doméstico le suplicaba a Lore, a quien conocían desde sus primeros días de vida, que no escuchara conversaciones ajenas y menos en la que intervenía un personaje tan temido como el propio Goebbels, ella permaneció con la oreja pegada a la puerta cuando el talentoso ministro nazi de Propaganda interrogaba a su padre entre broma y broma. Jamás habría pensado que Goebbels recurriera a la ironía, al humor negro, para alcanzar sus objetivos:

—Oye, Richard —preguntó el ministro de Propaganda, probablemente colocado de pie atrás del escritorio de mi bisabuelo—, ¿a quién le encargaste estos cuadros de Holbein que parecen auténticos...?

—Lo son, señor ministro, lo son, ¿cree usted que yo voy a tener copias...? —repuso Richard Liebrecht con una mezcla de coraje y de vergüenza. Al sentirse provocado e insultado salió a defender su pinacoteca, una pequeña colección de grandes pintores—: Este retrato es de Durero, aquel cuadro es de Liebermann, el de la esquina es un Cranach, el de más allá es de El Bosco; aunque no lo crea, el del biombo es de Winterhalter; aquél es de Slevogt...

—Bueno, bueno, era una broma —repuso Goebbels después de haber obtenido toda la información necesaria.

—Los he comprado con muchos esfuerzos a lo largo de mi vida y hoy por hoy constituyen una fuente de orgullo. Jamás me desharía de ellos salvo en el caso de una urgencia o un desastre natural. Este patrimonio es de mis hijos, de mis nietos y de mis bisnietos, de todo aquel que lleve sangre Liebrecht en sus venas.

—Haces bien —repuso el ministro complaciente y risueño—, estos acervos son propiedad de una familia y luego de varias generaciones. Maldito sea el que atente en contra de tu colección o de cualquiera de tus descendientes —agregó escondiendo una sonrisa sardónica—; sólo te suplico que Goering nunca sepa lo que tienes ni lo invites a tu casa porque estas tentaciones lo enloquecen. Él siempre ha sostenido lo que decía Oscar Wilde: «Resisto todo menos la tentación...».

Mi bisabuelo ni siquiera hizo caso del comentario humorístico relativo a Wilde. Su comportamiento, a pesar de que él lo negara, escondía cierta ansiedad cuando estaba frente a ese hombre y en su propia casa, y no era para menos... Para fortalecer aún más sus argumentos y convencer a Goebbels de la autenticidad de sus obras, le enseñó esculturas ubicadas adentro de la biblioteca y otras colocadas de forma estratégica en el jardín debidamente iluminadas, pero sin mostrarle ni hablarle siquiera de los cuadros de Zorn, su favorito, en la sala y en el comedor. Lore parecía petrificada escuchando la conversación. ¿Cómo su padre, con la inteligencia, el ingenio y la astucia que le había servido para escalar a las alturas en que se encontraba, no había sido capaz de descubrir la estrategia utilizada por Goebbels para extraerle información? Sólo había faltado que le preguntara en cuánto valuaría Sotheby's sus obras de arte... Las intenciones del ministro de Propaganda no podían ser más claras.

—En mi próxima vida seré zapatero —comentó el destacado nazi, envidiando esquivamente la fortuna en obras de arte que contemplaba. Era evidente que ya casi soñaba dónde colocaría en su residencia los cuadros de mi bisabuelo cuando concluyera el proceso de «despiojamiento» de judíos de Alemania, como lo resumía Heinrich Himmler con tanta gracia. Cómo disfrutaba el sentido del humor, negro, por cierto, de quien encabezaba la Gestapo y a quien no le importaba reconocer que antes se dedicaba a la producción de pollos.

Mi bisabuelo, deseoso, en el fondo, de inspirar admiración y piedad, reveló cómo había llegado de Polonia en un miserable tren de ganado acompañado de sus padres cuando apenas era un niño en brazos y cómo había trabajado de sol a sol empezando a remendar calzado en las calles de Berlín junto con su hermano mayor, de escasos diez años de edad. Dos recuerdos le dolían de su infancia: el hambre y los espantosos fríos invernales, durante los cuales llegó a pensar que cualquier mañana despertaría con los dedos de los pies congelados y gangrenados. En ese momento le mostró sin rubor a Goebbels sus manos de obrero con los callos originados por el trabajo arduo al doblar el cuero y usar a diario clavos, agujas y martillos para dejar fijas las plantillas a las suelas. ¡Cuánto orgullo le producía enfatizar su carrera y su origen paupérrimo! Contó cómo había arrendado un pequeño local en las afueras de Berlín y de ahí había saltado al primer taller con maquinaria hasta presumir la existencia de varias fábricas en Alemania. ¿Su presunción no era justificada?

Goebbels lo felicitó mientras bebía un *eau de vie* alsaciano servido en una copa globera de coñac. Le resultaba imposible no mencionar cierto paralelismo con el Führer: él también tenía un origen humilde y de niño había pasado hambre en Austria, además de enfermedades, hasta llegar a ser el máximo líder alemán de todos los tiempos pasados, presentes y futuros.

—Lo importante es no dejarse, querido amigo, la adversidad nos hace crecer —agregó satisfecho—. Yo mismo, a los cuatro años, y esto no es secreto para ti, sufrí osteomielitis en la pantorrilla derecha y lejos de acomplejarme por tener una pierna más larga que la otra, estudié historia, arte, filosofía, lenguas clásicas y literatura en varias universidades, como Bonn, Friburgo, Würzburgo, Colonia, Fráncfort, Múnich, Berlín y Heidelberg, en donde fui becado por mi superioridad académica, muy a pesar de que mis padres tenían un buen patrimonio para pagar mis estudios. Cuando tienes un temperamento aguerrido nada ni nadie te detiene, salgas de la plataforma que salgas. Tú de la tuya, el Führer de la suya y yo de la mía, lo importante es ser un triunfador y disfrutar la vida y las mieles del éxito.

En ese momento Muschi se quedó helada al darse cuenta de que su padre se dirigía de usted al ministro, quien no se dignaba a concederle un trato más amable y amistoso a pesar de ser un invitado. ¿Cómo un individuo con tantos reconocimientos académicos podía ser un salvaje?

—Lo creo, Herr Goebbels —contestó mi bisabuelo pensativo—, hay un momento en que termina la culpa de nuestros padres y comienza la nuestra, salvo que estemos dispuestos a morir maldiciendo las condiciones de las que partimos. Yo me juré no volver a pasar hambre ni frío ni permitir que los míos lo padecieran y aquí me tiene, gozando del producto de mi esfuerzo con amigos como usted. Qué quiere que le diga, hoy en día disfruto los manteles largos, los buenos vinos, los viajes y las lociones y amo profundamente a mi país, a mi querida Alemania, a la que abastezco de zapatos y en donde he creado cientos de miles de empleos y de fuentes de riqueza.

—Creo que en eso vuelve usted a coincidir con el Führer: a él le gustan los manteles largos y ama Alemania con todo su ser a pesar de no haber nacido aquí, al igual que usted, pero lo que no le gusta son las lociones, jamás se ha puesto una sola. Creo que los perfumes le producen aversión, por ello nunca los uso cuando lo visito en la Cancillería.

—¿Y cómo es él en la intimidad? —preguntó mi bisabuelo cuidadosamente para no herir susceptibilidades, pero sin lograr sus objetivos.

—Bueno, en la intimidad no lo sé, nunca lo he visto desnudo —estalló Goebbels en una carcajada que el anfitrión escasamente compartió—. De hecho, por alguna razón desconocida, jamás verás una fotografía del Führer ni siquiera en traje de baño. Es más, nunca se quita la capa en público por más calor que haga y el uniforme lo lleva siempre cerrado hasta el cuello aunque se encuentre solo entre nosotros, sus más cercanos colaboradores, en Berchtesgaden, en su querido Nido del Águila.

—¿Alguna explicación en particular? —escuchó Muschi la pregunta de su padre vivamente interesada en la conversación histórica. Goebbels, el propio Goebbels hablando del Führer y en su propia casa.

—Todos tenemos nuestras ideas fijas, Richard, y entre ellas es la terquedad de Hitler de no quitarse jamás el bigote o dejarlo crecer hasta cubrir todo el labio superior, pero él insiste que la moda no le importa y que si de eso se trata, muy pronto cada alemán lo imitará, pero que lo dejen en paz con su bigote.

—¿Y de qué le gusta hablar entre amigos?

—No creo que Hitler tenga amigos —agregó sin referirse en ningún momento al Führer como Adolfo, algo así como si se cuidara de que las paredes hablaran—. Sin embargo, a la menor oportunidad habla de sus años cuando fue soldado en la Primera Guerra Mundial o cuando era un aprendiz de pintor en Viena y nadie compraba sus cuadros, como le había ocurrido a muchos artistas impresionistas, unos incomprendidos hasta que el tiempo les dio la razón, como a él en la política, ¿no cree usted?

—Su carrera ha sido meteórica —adujo mi bisabuelo para no comprometerse ni aplaudir la trayectoria de Hitler.

—Bueno y al igual que tú, también tiene sus timbres de orgullo y los presume insistentemente, como cuando redactó *Mein Kampf* en la cárcel de Landsberg, de donde salió lleno de furia y de energía contagiosa para llevar al poder al Partido Nacionalsocialista, la gran causa de Alemania, la única que nos devolverá la dignidad perdida, misma que necesitamos recuperar para acreditarnos como la raza invencible que afortunadamente representamos.

En ese momento, cuando Goebbels iba a empezar a condenar a los miserables bolcheviques y a los judíos guardó un prudente silencio ante el gran zapatero que había puesto sus mejores empeños para esconder las malformaciones de su pierna, una invalidez que le hubiera costado la vida si no fuera el consentido de Hitler.

—Es sabido que adora la música de Wagner, ¿no...?

Goebbels volvió a soltar una carcajada. Mi abuelo cayó en otra confusión más.

—En las cenas de gala —se apresuró a aclarar— es capaz de dormirnos a todos con sus nuevas interpretaciones de *El anillo del Nibelungo*. Ya todos sabemos que de llegar a abordar ese tema en la sobremesa, debemos ponernos derechos en la sillas y tomar mucho café para no caernos al piso del sueño.

—¿Y nadie se atreve a interrumpirlo?

—¿A Hitler, amigo?, ¿interrumpir a Adolfo Hitler...? —cuestionó antes de volver reír—. Todavía no nace quien se atreva a cometer semejante fechoría, por eso mañosamente hablamos, a veces, de deportes, un tema que lo aburre hasta las lágrimas. Nuestro Führer siempre sostiene que el ser humano es el único animal que se mueve a lo tonto porque los demás se mueven para cazar o comer, pero el hombre se agita y suda a lo estúpido. Él jamás ha hecho ejercicio, salvo caminatas aisladas en las montañas de Baviera. ¿Tú te atreverías a interrumpir al Führer, Richard?

—Obviamente no, Herr Goebbels...

—Pues obviamente yo tampoco. Tú no sabes lo que es recibir su mirada fulminante, algo así como un poderoso relámpago que te convierte en ceniza en un instante. Él conoce como nadie el poder de sus ojos y lo aprovecha para intimidar a quien se deje. Le gusta ensayar a diario la fuerza que contiene un simple vistazo con el que apabulla al que sea. Y no únicamente eso, Richard, el Führer es un gran experto en la manipulación de las masas a través de la voz y de las gesticulaciones; se trata de un gran actor, de un extraordinario artista de la política en sus apariciones públicas, a las que se presenta siempre vestido de uniforme para impresionar con la mano levantada en el vacío durante horas. Nadie mejor que él para inflamar a la audiencia en los primeros minutos de sus discursos. Nosotros, por nuestra parte, sabemos adornar los espacios con grandes esvásticas, gigantescos pendones iluminados, luces artificiales que escudriñan el firmamento, interminables concentraciones humanas, himnos, cánticos, coros, disparos, antorchas, tambores, en fin, todo lo que exalte el orgullo de ser alemán hasta llegar al paroxismo —concluyó con una satisfacción inocultable.

—A mí, en lo personal —aclaró Richard reconociendo la capacidad magnética del Führer—, me cautiva cómo puede cambiar de un estado de ánimo al otro al expresarse al principio con una voz cálida y dulce y de repente estallar en gritos para luego volver a la calidez de un padre comprensivo. Lo he visto casi llorar en sus discursos y de pronto estallar en un ataque de furia cuando se refiere a algún atropello en contra de Alemania, algo obviamente inadmisible.

—Tienes la razón, Richard, Hitler es el mago de la sorpresa, nunca sabes con qué te saldrá ni en diplomacia ni en economía, ni en planes expansionistas ni en derechos sociales. Es un experto en despertar emociones en la masa, a la que hipnotiza con manejos histriónicos que dan la impresión justificada de un enorme poderío, de una voluntad invencible y de una sabiduría convincente que lo consolidan como nuestro máximo líder de todos los tiempos. Queremos que cada alemán se forme atrás del Führer, privarlo de toda independencia mental para someterlo a los elevados designios de nuestro guía. Claro —acotó, satisfecho— que nuestras estrategias en materia de propaganda también ayudan, justo es acreditarlo también, querido amigo.

—Es cierto, todos tenemos nuestras formas para controlar a la gente —repuso mi bisabuelo, estupefacto con eso de arrebatarle a los alemanes su independencia mental. Entendía el proceso de embrutecimiento al que se sometía al pueblo alemán, pero él no estaba ahí para criticarlo y menos, mucho menos, siendo judío y estando frente a Goebbels, el Mefistófeles moderno.

—Controlar no es malo cuando se es titular de la verdad absoluta, como es el caso de Hitler. Nadie mejor que él para saber lo que nos conviene a los alemanes, por lo que debemos tomarnos de la mano y seguirlo ciegamente y sin chistar como lo haríamos ante el Mesías. Se trata de convencer y de obedecer, y a quien no se convenza ni obedezca le tenemos reservadas sorpresas para hacerlo entender y sacarlo del error. ¿Es muy difícil comprender que «Alemania tiene que juntar a su gente para llevarla de nuestro actual espacio de vivir restringido a una nueva tierra y, por lo tanto, liberarla del peligro de servir como una nación esclava»? ¿No, verdad...? —Volvió a preguntarse sólo para continuar—: En Rusia, Stalin manda a los escépticos a los manicomios del Estado, nosotros a campos de concentración, para ayudarlos a entrar en razón... Que quede claro, Richard, Europa será parte de Alemania y no Alemania parte de Europa... En Rusia encierran a los no comunistas en los manicomios y nosotros encerramos a los comunistas... Nunca nos entenderemos...

—¿Y cómo hace el Führer para llegar a conclusiones tan luminosas? —preguntó cándidamente mi bisabuelo, a sabiendas de que si los dioses helénicos eran débiles ante el halago, ¿qué sería de los humildes mortales? Ahora el gran actor era él mismo: disimulaba los golpazos asestados por aquello de los campos de concentración y de los manicomios. Para él era claro a quién tenían que encerrar en esos centros en donde se destruía lo mejor del ser humano. ¡Qué trabajo esconder las emociones de modo que no se reflejaran en su rostro! ¡Qué cara pagaría él y nuestra familia una indiscreción, una salida de tono o un simple malentendido!

Muschi no escuchaba pasos en el interior de la biblioteca, de modo que ambos conversadores deberían estar sentados o su padre recargado con el brazo derecho a un lado de la cornisa de la chimenea, en donde se encontraban las fotos de la familia, en particular las del paraíso de la casa de descanso en la isla de Sylt. Mi bisabuelo debería estar vestido con su traje color gris de lana inglesa, su chaleco guinda y su corbata de moño, su mariposa imprescindible que nunca dejó de usar como su amuleto favorito. Fue precisamente en aquellos años cuando empezó a comprar brillantes de la máxima pureza y peso, sin jardín alguno, gran tamaño y cortes sofisticados para reflejar toda la luz. Los llevaba siempre en el bolsillo pequeño de su pantalón. En las noches los guardaba en una bolsa secreta de su pijama por si eran arrestados por la SS y no le daban tiempo ni de tomar su sombrero. Había que estar preparados. Nadie resistiría un soborno de cien mil *Reichsmark* contenido en cada piedra...

—Cuando el Führer tiene que tomar decisiones críticas se encierra en su enorme despacho de la Cancillería y cruza constantemente la habitación en diagonal, de esquina a esquina, con las manos entrelazadas en la espalda y la cabeza gacha, sin decir una palabra durante horas y más horas, hasta llegar a una conclusión deslumbrante que siempre escribe en un papel con una letra perfecta, como lo es él mismo. El día que yo encuentre al que hizo correr la voz de que sus caracteres manuscritos hablan de un instinto femenino, le meto con mi Luger dos balazos por el culo...

—¿Pero en qué se distrae después de las pesadas faenas de jefe de Estado? —preguntó Richard para no complicar la conversación, tratando de abordar banalidades de las que no se pudiera desprender compromiso alguno. Bastaba un guiño de Goebbels para perder su familia, sus fábricas, su patrimonio, su pinacoteca y sus vidas. En la dictadura no existían garantías ciudadanas y legales para nadie. Todo dependía de los estados de ánimo de los jerarcas nazis. La impunidad era total. La inexistencia de la ley era definitiva.

—¡Ah! —contestó eufórico—. Además de la música, sólo la de Wagner, se fascina con el circo, sobre todo con los trapecistas que se juegan la vida en las alturas sin red de protección para hacerlo pasar un rato feliz. Los alambristas que cruzan las pistas del circo en lo más alto, casi rozando el techo, ayudándose con una pértiga, lo conmueven como pocas cosas en la vida. Muchas veces envió flores o chocolates a los heridos o a los deudos de acróbatas para ayudarlos a paliar el dolor.

Richard escuchaba sin pronunciar una palabra.

—En el circo detesta la aparición de los animales salvajes a menos que una mujer, no un hombre, esté en peligro de ser devorada por las fieras hambrientas, como los leones. De otra suerte no le interesan los elefantes ni los perritos que hacen piruetas y maniobras.

—¿Y el cine...?

—El Führer ve películas de las prohibidas para el público alemán. Él es nuestro gran censor y sabe mejor que nadie lo que nos conviene o no. Los cómicos judíos le encantan y en ocasiones lo hacen sonreír, porque eso sí, verlo sonreír es todo un desafío. —Goebbels se cuidó de confesar que Hitler lamentaba que los cómicos judíos no pertenecieran a la raza aria porque hasta los habría invitado a Wilhelmstrasse a ambientar las recepciones privadas...

Repentinamente mi abuelo cambió la conversación para probar los nuevos zapatos del ministro. Los tenía en una caja de cartón a un lado de su escritorio. El calzado derecho tenía una plataforma especial muy elevada, precisamente para esconder la diferencia de tamaño entre una pierna y la otra. Al caminar era muy difícil descubrir los desequilibrios ni la cojera. El agradecimiento de Goebbels era enorme, porque su malformación lo tenía siempre apesadumbrado y señalado en silencio por los altos jerarcas nazis.

—¿Qué me cuenta de lo que ocurre en la calle en contra de los judíos, Herr Goebbels? El miedo entre nosotros es cada vez mayor.

—No te preocupes, amigo Liebrecht. Cada día recibirás más pedidos de la Wehrmacht y harás grandes negocios con nuestro partido. Si no te quisiéramos no estarías calzando a una buena parte de la orgullosa infantería nazi. Deja que se preocupen los judíos agiotistas, avaros y perversos que no queremos en Alemania y que expulsaremos por voraces, como aquellos que nos hicieron perder la Gran Guerra; tú dedícate a trabajar, que eres productivo y puntual.

—Pero si están destruyendo los negocios de muchos de nosotros, no los dejan trabajar y además los están reuniendo en campos de concentración...

—Nada, nada, tendrán cuentas con la justicia, pero además tú tienes en mí a un amigo agradecido que ellos ni en sueños tendrán...

Al ponerse de pie después de haberse servido varias copas de *eau de vie*, Goebbels se dirigió a la puerta de salida, momento que aprovechó Muschi para huir escaleras arriba. Al cerrar la puerta de su habitación alcanzó a escuchar un sonoro *Heil Hitler!*, que mi bisabuelo contestó con fingida pasión levantando bruscamente el brazo derecho. Cuando arrancó el automóvil del ministro, acompañado de su escolta, una larga caravana de guardaespaldas, mi abuela volvió a respirar sin saber que su padre se había dejado caer agotado en un sillón de la sala con los brazos y piernas abiertos, los ojos cerrados, al borde del llanto, como si se hubiera desmayado. Por lo menos había alcanzado a darle en la mano, con la debida discreción, un sobre cerrado que contenía el saldo voluminoso en marcos depositados en una cuenta secreta en Suiza, cuya clave indescifrable correspondía al nombre del ministro nazi de Propaganda... ¿Gratis...? ¡Nada...!

En cinco años Hitler había logrado revertir la catástrofe social alemana a través de una acelerada y eficiente economía de guerra sustentada en una enorme inversión militar, así como en puertos y carreteras, la mejor evidencia para demostrar el regreso de una nueva Alemania, poderosa y digna. Los mercados, anteriormente escasos de alimentos, empezaron a lucir como en los viejos tiempos. Los alemanes volvieron a reconciliarse con la existencia advirtiendo en la figura de Hitler a la de un salvador después de años de inestabilidad política y penurias. El desempleo casi había sido abatido a través de la contratación de deuda para crear nuevos puestos de trabajo. El programa nazi de rearmamento camuflado por medio de políticas para construir maquinaria agrícola, como «tractores para la agricultura», en realidad tenía como objetivo la construcción masiva de tanques. En otros proyectos supuestamente civiles continuaba la engañifa: en lugar de una flota mercante y aeroplanos fumigadores y pesticidas para abatir plagas agrícolas se fabricaban explosivos, barcos de guerra y aviones, en abierta violación del Tratado de Versalles. Se capacitaba a más de un millón y medio de hombres en cuarteles a lo largo y ancho del país. El Führer no dejaba de hablar de la paz en todos los foros, sí, ¿pero para qué armarse si no era para invadir militarmente otros países? ¿Y Stalin, el sanguinario tirano ruso, tampoco supo leer ni interpretar a tiempo las intenciones de Hitler? ¿Nadie?

Cuando Hitler logró un acuerdo internacional, en especial con Inglaterra, para reconstruir su flota, consideró que ese «había sido el más feliz de su vida». El dictador conocía a los hombres, a los políticos, los medía a la distancia, calculaba sus respuestas, sabía que nada de medias tintas: ubicándose en los extremos vencería en las mesas de negociaciones. Nada mejor que parlamentar con una pistola Luger bien cargada colocada distraídamente encima de los escritorios de los primeros ministros...

Si las democracias occidentales, si Estados Unidos, Francia y el Reino Unido, aliadas a la dictadura stalinista, le hubieran declarado la guerra a Hitler cuando en 1933 sacó a Alemania de la Liga de las Naciones, habrían condenado a muerte al nacionalsocialismo desde el primer año de su presencia en el poder. El Tercer Reich hubiera nacido muerto. ¿En 1933 era muy pronto para sujetarle las manos al monstruo? Bien, ¿y qué tal en 1938, cuando se anexó Austria y mutiló Checoslovaquia? ¿Qué harían las democracias occidentales cuando el Führer bombardeara Polonia para ejecutar su viejo proyecto del Lebensraum, el espacio vital que Alemania requería para no asfixiarse supuestamente en sus fronteras?

Mis bisabuelos despidieron el año de 1938 sepultados en una profunda angustia que Richard trató inútilmente de disimular. La propia Muschi no podía ocultar su nerviosismo. ¿Hasta dónde podía arriesgarse sin exponer su vida y la de sus hijos? El insoportable peso de la realidad empezó a aplastarla poco a poco. Inmerso en una profunda confusión, su padre se resistía a vender las empresas a precios de regalo a alemanes protestantes o católicos en espera de un cambio brusco y favorable del destino. 1939 llegaba cargado de negros augurios, sombríos presentimientos. Claro que celebraron sus ocho días del Janucá, prendieron las velas, cumplieron con todos los rituales judíos, a mi tío Claus y a mi madre les obsequiaron unas monedas como parte de la celebración dedicada a los niños, pero el malestar y las preocupaciones no dejaron de estar presentes. Aunque comieron los panqueques de papa fritos con abundante aceite, bizcochos de queso blanco, las tradicionales borlas de fraile rellenas de mermelada y cubiertas de azúcar, fingieron una alegría inexistente en el rostro. Imposible festejar la libertad en semejante coyuntura de amenazas fascistas.

Al terminar la reunión familiar de la noche del último de los ocho días, Hedwig, mi bisabuelo y Muschi se recluyeron en la biblioteca para analizar una vez más la situación y tratar de llegar a un acuerdo definitivo. ¿Abandonarían Alemania y partirían rumbo a América como si fueran a la ópera llevando consigo tan sólo lo puesto, con tal de salvar la vida y no volver jamás? ¿Quién vendería los bienes? ¿Dejarían algún apoderado para ejecutar las enajenaciones del cuantioso patrimonio? ¿Y si se robaba todo? ¿En quién confiar? Richard ya tenía más de setenta años de edad, resultaba imposible volver a comenzar. Paradojas de la existencia: él, que luchó desde niño para garantizarse una vejez feliz sin sobresaltos, unos últimos años de paz después de tanto esfuerzo, ahora resultaba que tendría que huir de su patria únicamente por practicar una religión que insultaba la inteligencia de los tiranos asesinos. Se trataba de una dolorosa injusticia a todas luces. Aunque perdió a varios familiares y caros amigos en la Primera Guerra Mundial, había salvado los años de la contienda regresando sin una sola herida. Ahí estaba de pie, listo para enfrentar la adversidad. Logró sortear los horrores de la depresión económica cuando Estados Unidos se desplomó financiera y comercialmente afectando a todo el mundo y, sin embargo, ni su energía ni las esperanzas desaparecieron. Sortear la crisis había implicado sacrificios ingentes para sobrevivir, pero había sobrevivido y con gran éxito; ahí estaban los hechos para demostrarlo. Sólo que los obstáculos impuestos ahora por la dictadura nazi eran en realidad muy difíciles de superar. ¿Cuánto tiempo podía resistir sin ser tocado? ¿Y si una brigada de judíos, justificadamente resentidos, mataba a Goebbels? ¿Y si el propio Goebbels llegaba a perder el control de la situación o simplemente lo traicionaba? ¿Cuántos cambios tan violentos como impredecibles podían darse de un momento a otro? Jugaba con fuego. Lo mejor sería que su familia se fuera de Alemania lo antes posible para proceder, por su parte, a la liquidación de su fortuna a los mejores precios posibles y, acto seguido, salir a Hamburgo o a Bremer para tomar el primer barco rumbo a América. Tener que volver a ver la cara de Max Curt, su exyerno en México, exyerno, porque Muschi se había divorciado de mi abuelo un año después de su regreso de Veracruz, representaba, en todo caso, un problema menor. ¿Qué más daba encontrarse con él una vez más? ¿Pero por qué México habiendo tantas ciudades norteamericanas en las cuales se podía vivir con comodidad? ¿Qué tal Hawái, Pearl Harbor, la perla del Pacífico? Ningún lugar más seguro y tranquilo que ese archipiélago.

A mi bisabuelo le enfurecía el hecho de que Alemania fuera la Estados Unidos de Europa y estuviera a punto de padecer una nueva guerra que pudiera echar por tierra, de nueva cuenta, el esfuerzo inteligente y eficaz de varias generaciones. Ahí estaba el titán electrónico de Siemens, el gigante del Deutsche Bank, la famosa Mercedes Benz, toda la industria automotriz, la maravillosa Bayer, el imponente conglomerado químico de IG-Farben, Krupp, BASF, Bosch, la industria cinematográfica más grande de Europa que competía con Hollywood, las compañías periodísticas teutonas igual o más poderosas que la cadena de Randolph Hearst, las tiendas departamentales como KDW, a la altura de Macy's, las universidades como Heidelberg y Tübingen, superiores en calidad y conocimientos a las mejores norteamericanas. ¿Por qué, por qué exponerlo todo? ¿Y la ópera y los conciertos y las bibliotecas y los museos y la naturaleza y

el futuro de los alemanes por nacer o crecer? ¿Por qué el suicidio colectivo por un problema racial, propio de comunidades incivilizadas
y atrasadas, un contrasentido si no se perdía de vista que una cuarta
parte de los premios Nobel habían sido entregados a alemanes? ¿Por
qué no aprovechar ese talento, esa inteligencia, esas habilidades y fa-
cilidades en el bien común? Nadie podía competir con los alemanes
y para mayor claridad ahí estaban los reconocimientos otorgados
por la academia sueca…

Mi bisabuela y mi abuela, sentadas en el sillón de la biblioteca,
escuchaban las palabras de Richard. Su evaluación tenía mucho sentido. ¿Talento alemán? Era innegable, sólo que las emociones podían echar por tierra todo lo que el talento podía construir. Se sirvió
entonces una copa del *eau de vie* que había tomado Goebbels. Se
quedó petrificado viendo el vidrio de Bohemia. Parecía que lo había
partido en dos un rayo. De pronto giró violentamente y arrojó el
lujoso recipiente en dirección a la chimenea en donde, al estrellarse,
se convirtió en astillas.

—¿Por qué, por qué, por qué? —gritó fuera de sí—. ¿Por qué
nos han perseguido siempre desde que el hombre es hombre, *Scheis-
sssseeee! Eintausend mal Scheisssseee!*, mierda de todas las mierdas…? Los papas nos condenan con sus encíclicas, nos expulsan de
los países donde creamos fuentes de empleo y riqueza, nos impiden
fundar fábricas y comercios y tener tierras, nos obligan a manipular
dinero y luego nos llaman usureros y nos castigan por volvernos ricos al poseer bancos en todas partes cuando no nos dejan hacer otra
cosa. ¡Claro que las familias más ricas del mundo son judías!, ¿y
qué? —reclamó furioso secándose la saliva que escupía al hablar—.
¿Quién nos lo regaló? Todo ha sido producto de nuestro trabajo.
Eso significa que nosotros somos los superiores y por ello nos quieren destruir. ¿Por qué preocuparse por los que sí son inferiores? Yo,
yo lo sé, porque para quienes nos llaman piojos somos los amos
del mundo, somos los verdaderamente superiores y por ello quieren
extinguirnos, por envidia —concluyó sin voltear a ver los rostros
aterrados de Hedwig y Muschi. Por supuesto que se trataba de un
hombre por completo distinto de aquel que aparecía obsecuente en
las reuniones con Goebbels.

Se hizo un pesado silencio mientras él se acercó a la chimenea
para juntar las astillas con sus zapatos de levita diseñados y fabricados especialmente para él.

—Rotschild, el banquero judío, acabó de enriquecerse porque mandó con la armada francesa a un soldado con palomas mensajeras para saber, antes que nadie, el resultado de la batalla de Waterloo —explicó como si estuviera impartiendo una cátedra de historia—. Al conocer la derrota vendió discretamente todas sus acciones en la bolsa de valores francesa para no causar pánico financiero, antes de que nadie supiera de la debacle de la gran armada napoleónica. Cuando un par de días después se divulgó la magnitud del desastre francés el público remató sus títulos a precios de fantasía, oportunidad que Rotschild aprovechó para comprar auténticas gangas que después de unos años, dueño de media Europa, vendió para hartarse de dinero —prosiguió su exposición mientras buscaba un par de troncos para calentar la habitación. Nunca resistió el frío, y era obvio que jamás lo toleraría—. ¿Qué hay de malo en ello? ¿Qué...? ¿Por qué las condenas y los insultos, por qué pretender quitarle todo lo suyo? —se preguntó sin obtener contestación. En esas circunstancias la prudencia y la experiencia recomendaban no participar ni interrumpir la diatriba—. ¿Por qué les enoja hasta nuestros días que contemos con información privilegiada de la que carecen hasta los gobiernos y lucrar con ella? ¿Les frustra que no se les haya ocurrido a ellos? ¿Es envidia? ¡Claro que es envidia, el peor de los defectos!

Muschi y Hedwig permanecían mudas con las manos colocadas encima de las piernas. Una evidente señal de resignación y paciente espera. El temperamento era un ingrediente fundamental en los hombres de éxito. La garra, el coraje, la determinación y la audacia, además del talento, tenían que concurrir obligatoriamente en los triunfadores que por ningún motivo podían ser personas aburridas y apáticas sin vibración alguna. Los arranques de furia y pasión eran propios de las personalidades vencedoras, acostumbradas a derrotar a la adversidad y todavía crecer a partir de ella.

—¡Claro que nos gusta obtener y controlar riquezas en cualquier parte del mundo para influir en los gobiernos y tratar de recuperar el territorio completo de Israel, ocupado en la actualidad por musulmanes absolutamente decadentes e inútiles! A ver, ¿qué han aportado a la civilización salvo las fotografías que nos hacemos con sus camellos cuando visitamos sus países...? Nada, *nichts*, nada de nada. Son unos salvajes. Y claro que nos beneficiamos en las guerras —agregó asintiendo con la cabeza pero sin bajar la voz—. ¿Por qué no aprovechar la oportunidad para hacer negocios? ¿Todo porque los demás no pueden o carecen de nuestra portentosa imaginación financiera? —Antes de continuar hizo una breve pausa para sentenciar, sin retirar la mirada del rostro de su mujer, a quien no se le movía ni un solo músculo de la cara—: El odio en contra nuestra se funda en la impotencia de otros empresarios y políticos de comprobar cómo un grupo tan pequeño como el nuestro acapara y ha acaparado tanto poder y riqueza a lo largo de la historia universal. ¿No es evidente un problema de envidia? —preguntó como si se tratara de lo obvio—. ¿Hitler no se anexó Austria y los Sudetes por la ambición que en nosotros critica? ¿No quiere invadir Polonia porque desea apoderarse de territorios muy ricos, según él desperdiciados? ¿Y a nosotros nos atacan porque cada día deseamos controlar más mercados de Alemania y del mundo? ¿Cuál es la diferencia? ¿Que nosotros sí tenemos éxito y otros no…?

Richard parecía haber guardado en lo más profundo de su alma una serie de reflexiones y conclusiones que, por lo menos Muschi, jamás había escuchado y menos en la persona de su padre, un hombre permanentemente hermético y muy poco sonriente. Esa noche nadie podría contenerlo.

—¿Que queremos quedarnos y nos quedaremos con el sistema bancario mundial y controlaremos las economías del mundo para gobernar el planeta tras bambalinas? Bueno, ¿y quién no tiene ambiciones? Si el judío es el amo verdadero del mundo, como se dice en Gran Bretaña, si los hebreos constituimos una supranacionalidad que domina a los pueblos con el poder del oro, que se promueva una competencia leal para detenernos pero que no nos encierren como perros en campos de concentración para amarrarnos las manos o cortarnos las cabeza porque nadie puede con nosotros. ¿Hitler, en el fondo, no quiere ser el amo del mundo? Entonces, ¿por qué las agresiones si cada quien tiene su propia agenda de control y superación? ¿Por qué no podemos tener la nuestra? Otra vez la envidia —adujo en una actitud de fatiga—. Si no tenemos una patria, ni gobierno, existimos dispersos por la tierra y, sin embargo, coexistimos firmemente unidos, ¿por qué separarnos, dividirnos, detenernos y tratar de impedir que regresemos a nuestro lugar de origen a fundar nuestro propio país? ¿Se resisten porque piensan que desde ahí dominaremos a todas las naciones del planeta comprando y vendiendo ropa usada o prestando grandes capitales a los gobiernos sin sudar, usando sólo nuestra inteligencia y astucia? ¡Claro que no servimos para cargar bultos ni pegar tabiques ni rascar carbón en las minas ni talar árboles en las selvas ni para cultivar los campos! Para eso están los esclavos o los analfabetos, los dependientes e inútiles que crea a diario la Iglesia católica en nuestro beneficio —de inmediato concluyó cruzando ambos brazos sobre el pecho—: nosotros compramos y vendemos la producción, no nos servimos de la fuerza física, sino de nuestro talento y de nuestra cohesión social, no nos quemamos el lomo a luz del sol ni perdemos la vida en las entrañas de la tierra, pero eso sí, controlamos los mercados del tabaco, del algodón y del azúcar, del oro o de la plata y nos ayudamos fraternalmente entre nosotros; no nos mezclamos, en tanto los demás se despedazan por dinero o rencores. ¿Qué hay de malo en ello? Nunca verán a un judío lucrar a costa de otro judío: ¡jamás!, pero entre católicos se sacan las tripas, y después de la confesión y del perdón vuelven a delinquir los muy cínicos.

Cuando Hedwig se levantó para servirle otra copa de *eau de vie*, mi bisabuelo la atajó, sonoro.

—¿A dónde vas?

—Por otra copa para que bebas tu licor.

—Siéntate, no quiero nada —era evidente quién gobernaba en la familia. Mi bisabuelo se había acostumbrado a mandar desde muy joven, sabía dirigir y controlar a miles de empleados y otros tantos miles de proveedores y banqueros. ¿Cómo pedirle que dejara fuera de casa las herramientas con las que había conquistado el éxito y el reconocimiento público que tanto disfrutaba? No había concluido la perorata antes de entrar en materia.

Fue entonces cuando explicó la política de Eugenio Pacelli, nuncio apostólico en Berlín y ahora secretario de Estado en el Vaticano y muy probablemente el próximo papa, para la tragedia de todos los judíos, como ya lo había sido de todos los españoles que luchaban su Guerra Civil:

—Ese gran cómplice de las persecuciones, arrestos, asesinatos y desapariciones de judíos en Alemania es uno de los grandes responsables de que Hitler se hubiera podido convertir en dictador, anulando para siempre la República Democrática de Weimar.

—¿Por qué? —cuestionó Muschi, intrigada.

—Sí, Muschi linda —contestó mi bisabuelo como un paciente maestro en la cátedra—, a Hitler le importaba, y mucho, lucrar políticamente con la existencia de veintitrés millones de católicos, sus organizaciones, escuelas y universidades, además de las cuatrocientas publicaciones en circulación en Alemania, en donde ejercían una gran influencia a través de Partido del Centro, el Zentrum, el instituto político católico que coadyuvó a la promulgación de la Ley de Plenos Poderes, de modo que el Führer pudiera legislar lo que se le diera la gana sin tener que pasar por el Reichstag. O sea que el Zentrum fue uno de los agentes que utilizó Hitler para convertirse en tirano, sobre la base de que el Vaticano se benefició al quedarse con un gigantesco y muy poderoso mercado espiritual, pero los nazis ganaron también porque obtuvieron garantías de Roma en el sentido de que jamás condenarían sus acciones, fueran cuales fueran. Los nazis compraron el silencio del Vaticano a través del Concordato y, por ello, al hacer pedazos a judíos y comunistas, nunca escucharás un reclamación del papa ni mucho menos del maldito Pacelli, un demonio en San Pedro —agregó un Richard agitado sin poder sentarse, víctima de una tremenda ansiedad. Caminaba de un lado al otro de su biblioteca—. La encíclica de Pío XI es una vergüenza porque no condena el antisemitismo hitleriano ni las persecuciones políticas ni el vandalismo racial, es decir, no ve nada ni oye nada ni tampoco sabe nada de las barbaridades de Italia y Francia, países con los que el Vaticano, claro está, no faltaba más, ya firmó sus respectivos y no menos asquerosos concordatos; *eine grosse Scheisse*, una gran mierda, por donde lo veas...

Hedwig clavó entonces su mirada en el rostro de Muschi, quien, pensaba sin confesarlo, ya debería haber estudiado a fondo estos temas:

—¿Por qué crees que la encíclica papal, la de estos miserables que se visten con faldas, que se dicen infalibles, sostiene en su texto publicado el año pasado que nosotros, los judíos, somos responsables de nuestro destino porque Dios nos había elegido, pero lo negamos y matamos a Cristo cuando lo crucificaron los romanos, y que «cegados por nuestro sueño de triunfo mundial y éxito materialista» nos merecíamos «la ruina material y espiritual» que nos habíamos echado sobre nosotros mismos? ¿Qué tal? ¿No se están lavando las manos? Pase lo que nos pase nos merecemos nuestro destino y allá nosotros con Hitler...

Muschi volteaba para ambos lados cuando sus padres disparaban razones desde todas las esquinas:

—¡Claro que Pacelli y Pío XI estuvieron de acuerdo con el rearme alemán y callaron, como callaron cuando Hitler se anexó Austria, como se han callado y callarán con cualquiera que sea nuestra suerte! —afirmó mi bisabuelo echándose un breve trago de *eau de vie* y otro de agua mineral con gas—. Pero si apuestan a Hitler es porque piensan que cuando éste se lance militarmente a la conquista de Polonia y de Rusia, el Vaticano heredará esos estupendos mercados espirituales sacando a patadas a los ortodoxos y llenando sus malditas urnas por todos lados. ¿Se creen que porque soy zapatero ni estudio ni me fijo ni entiendo de política? ¿Piensan ustedes que la persona que está enfrente es la misma que conoce o se imagina Joseph Goebbels? ¡Entiendan que cuando ese marrano asqueroso llega a mi casa y se bebe mis licores y se sienta a mi mesa es porque no tengo más remedio que aceptarlo! No estoy ciego, salvo que ustedes crean que soy un imbécil, un *Arschloch* que va por la vida como una maleta...

—No... —alcanzó Muschi apenas a balbucear.

—Si acepto que ese miserable me visite es por intereses recíprocos: ambos nos necesitamos y compro su protección pagándole millones de marcos, de la misma manera en que la sociedad norteamericana la adquiría de los *gangsters* de Chicago...

—Por lo pronto nos necesitamos... —adujo Hedwig—, sólo por lo pronto...

—Claro que por lo pronto, pero que yo decidiré cuándo se acaba el «por lo pronto» y saldré de este país, mi país que tanto quiero, garantizándonos nuestro futuro.

Abordaron otros temas de interés familiar, pero mi bisabuelo no estaba dispuesto a distraerse ni a dejar de defenderse de las críticas lanzadas en contra de los judíos. La pausa era necesaria para comer unos panecillos *Pumpernickel*, un pan de centeno negro con una cama de mantequilla, otra de queso blanco, una rebanada de salmón con alcaparras y unos pequeños trozos de jitomate. Hans, el mayordomo, trajo una charola de plata con un recipiente de vidrio opaco de Limoges lleno de caviar ruso, unos blinis tibios, además de huevo picado, cebolla y tres cucharitas de maderas africanas con nácar, sin faltar una botella de vodka a punto de la congelación y una más de vino del Rin. Otras de las que habían sido nanas de mi abuela montaron una pequeña mesa con arenque frío, crema agria y pescados ahumados del mar del Norte. Momentos después traerían un samovar también de plata lleno de café negro, una jarrita de leche y el *Kugelkuchen*, el pastel favorito de Hedwig.

—A nosotros nos tiene sin cuidado la amistad de los pueblos, lo que nos interesa, y por ello vuelven a atacarnos, es estar cerca del que manda, de la nobleza, de los reyes, de los príncipes, primeros ministros, presidentes, zares o comisarios del pueblo; ésa es la única relación que nos interesa, el acceso al verdadero poder y a los grandes negocios. ¿La Iglesia católica no ha estado invariablemente del lado del poderoso? Los empresarios de todo el mundo, ¿no están siempre cerca de los oficiales del gobierno que ejercen la autoridad? ¿Entonces...? Los judíos no estamos hechos para la mediocridad ni para los sentimentalismos. Si a Goebbels le vendo millones de pares de zapatos y de botas, ése es mi objetivo, tener relaciones que valgan millones de *Reichsmark* y no pequeños asuntos que nos dejen unos pocos *Pfennigs*, monedas insignificantes. ¡Calzaré a la Wehrmacht hasta el último de mis días!

—¡Richard! —interrumpió Hedwig sin más.

—No he terminado —repuso mi abuelo—, cuando tú hagas uso de la palabra prometo callar... —Y retomó la conversación como si se tratara de una avalancha de nieve de los Alpes alemanes—. Nos critican —adujo, a título de ejemplo, agitando las manos— porque un grupo de judíos entramos en un negocio integral que incluye la construcción de una central eléctrica, la compra de una acerera para fabricar rieles y tranvías urbanos, todo ello con crédito de uno de nuestros bancos que ganan con los intereses. La empresa tranviaria hace su utilidad vendiendo el boleto, la central enajenando el fluido eléctrico para mover los trenes, la acerera colocando los equipos de transporte y los rieles y todos contentos. ¿No es inteligente una operación así? Sí, ¿verdad? Pues la gente nos critica cuando subimos el precio de la energía, con lo cual se dispara el costo del boleto y empieza una cadena muy lucrativa para nosotros, los socios. ¿Les parece un exceso? ¿Es un estafador quien recurre a dicha práctica? ¿Por qué en la bolsa de valores inglesa o en Wall Street no juzgan estas prácticas ejecutadas por empresarios protestantes y sí nos encañonan a los judíos por hacer lo mismo? Pues que nos imiten, si pueden, en lugar de criticarnos como nos critican por ser dueños de estaciones de radio, salas de cines, teatros, periódicos y revistas, y por fabricar noticias en nuestro beneficio, orientar a la opinión pública para lograr que la gente deje de pensar por cuenta propia y sólo dependa de nuestros mensajes. ¿Hitler no quiere que se le escuche a él y que sus mensajes sean verdad absoluta? ¿Por qué nosotros no podemos hacer lo mismo? Quienes no están de acuerdo con nuestras políticas y estrategias que funden sus compañías de comunicaciones y que nos desmientan sin destruir nuestras instalaciones ni tratar de detenernos agarrándonos del cuello o de las piernas.[22]

Richard no se cansaba. Lejos de ser un fabricante de zapatos y vivir ajeno a la política y a otros negocios, estaba profundamente involucrado en la dinámica de su tiempo y tenía la información en las yemas de los dedos.

—Por supuesto que vamos a exhibir las atrocidades de los curas católicos, pero jamás la conducta deshonesta, en caso de que la haya, de un rabino. Si la prensa es poder, entonces dominemos a la prensa y que sólo se vean nuestras películas, nuestras obras de teatro y se escuche lo nuestro, sólo lo nuestro, lo que obviamente nos conviene, en donde haya negocio. ¿Tampoco les parece? Pues entonces que redacten leyes para impedirlo sin olvidar aquello de tú haces las normas y yo hago las trampas... Que hagan leyes a prueba de judíos —agregó antes de sonreír por primera vez en la noche. En el fondo le despertaba simpatía el estilo y los modos de los suyos—. ¿Provocar una huelga en una empresa de la competencia a través de nuestros periódicos y escondiendo, claro está, nuestras manos, es éticamente cuestionable? Pues en la guerra, en el amor y en el comercio todo se vale: el pez grande se come al chico. Ley de vida, ¿o Hitler no coincide en que el pez grande se come al chico? En la vida opera la ley de la selva, el sálvese quien pueda y que no vengan ahora a detenernos con pruritos morales que nadie respeta, un pretexto, otro pretexto idiota que, de nueva cuenta, tiene su origen en la envidia, el gran motor del mundo... ¿Que vendemos caro? Pues que no nos compren. ¿Que pagamos poco a los obreros y no subimos los sueldos? Pues que no trabajen en nuestras empresas. Nosotros sí, no obligamos a nadie ni recurrimos a los campos de concentración ni a las cárceles ni a golpeadores profesionales para someter. Hay libertad. ¿No te parece? Ni me compres ni trabajes aquí, ya está. *La commedia e finita!*

Cuando se percató de que Muschi empezaba a bostezar y de que había muy poco que agregar, tomó asiento en un sillón frente a la chimenea en espera de la recepción de las mismas razones de su mujer fundados en el peligro y en la necesidad de huir. Esta vez, él

---

[22] Ford: 1920.

aceptaba en su fuero interno que la situación era mucho más grave, pero necesitaba tiempo, un poco de tiempo para vender y largarse... Concluyó su charla con el siguiente argumento mientras solicitaba, ahora sí, su *eau de vie*:

—Queremos un rey David pero a nivel mundial. «El hebreo pertenece a una raza y a una nación, para las que ansía un reino terrenal, que domine por encima de todas la demás naciones y tenga a Jerusalén por capital del mundo.» No es cierto que la raza aria sea el último escalón al que se puede aspirar en términos de la evolución del ser humano, sino que nosotros los judíos integramos dicho escalón: ahí están nuestros científicos, nuestros poetas, nuestros políticos, nuestros banqueros, nuestros empresarios, nuestros investigadores, nuestros artistas, nuestros maestros universitarios y nuestros escritores. ¿Qué haría Alemania sin nosotros, sin nuestro espíritu creativo, por más que insista Hitler en que el alemán es superior al judío, cuando todos somos alemanes?

Hedwig no se movió de su lugar. Se echó para delante. Colocó los codos encima de las rodillas y apoyó la cara sobre las palmas de sus manos abiertas. Con la cabeza fija en el suelo, empezó a repetir su eterno discurso de la persecución judía y no sólo eso, sino que oteaba en el ambiente, como la mayoría de los europeos, el próximo estallido de una nueva guerra.

—Todos los días desaparecen amigos nuestros, Richard, o porque huyen de Alemania despavoridos o porque los recluyen en campos de concentración; nos condenan a la muerte civil y tú aquí, esperando venderles más botas a los asesinos de los nuestros, a quienes nos tienen con la frente pegada al piso.

—En el Club Rotario aceptan a los empresarios judíos, es una señal de que no debemos preocuparnos —repuso mi bisabuelo.

Hedwig no pudo más:

—Tú eres mucho más inteligente que eso. ¿Cómo fundas nuestra estancia en Berlín por el Club Rotario, Richard? ¡Por favor! Sal a la calle, habla con la gente, ve al Kranzler Café, no te fíes de los periódicos, habla con tus socios, convive más con los amigos que todavía nos quedan, no continúes aislado y confiado en Goebbels, quien es el mismo demonio encarnado —explotó a su vez, ahora poniéndose enfrente de mi bisabuelo, mientras se golpeaba desesperada la frente con la mano derecha—. ¿A dónde vas negando la realidad? ¿No ves a todos los nuestros con la estrella de David amarilla cosida en el saco? ¿No ves cómo han destruido los comercios de judíos? ¿No leímos juntos *Mein Kampf*? ¿No sabes quién es Heinrich Himmler ni Goering ni Heidrich, otro diablo? ¿No, no, no...? ¿Ignoras que son asesinos...? Un buen día Goebbels ya no se dará por satisfecho con el dinero que le entregas y querrá quedarse con todo, *ist ein Schwein!*, ¡es un marrano!

—¡Basta, Hedwig! —se levantó Richard movido por un impulso—. Estoy harto de tus miedos: mañana mismo váyanse a Hamburgo en el automóvil junto con los niños y aborden el primer barco que zarpe al extranjero...

—Yo me quedaré hasta el final contigo —recordó Hedwig apuntándole a la cara con el dedo índice.

—Yo también me quedo —agregó Muschi en plan solidario.

—Tú te vas, hija mía —trató de imponerse mi bisabuelo.

—Tiene razón tu padre, debes irte con los niños y tratar de reconstruir tu relación con Max, si es que eso es posible.

—Tú también te vas, Hedwig, he dicho...

—Antes muerta, Richard, antes muerta: ¡No!, no me iré sin ti y lo sabes...

—¿Y si pasa lo peor? —preguntó mi bisabuelo.

—¡Ah!, entonces sí sabes que estamos amenazados de muerte y a pesar de ello te quieres quedar.

—No soy tan imbécil para no medir el peligro, pero quiero ver qué salvo para garantizar el futuro de nuestros nietos. Es mi obligación. Que Muschi se vaya y nosotros la seguiremos —se resignó Richard ante los ímpetus incontrolables de su mujer, momento que aprovechó para abandonar la biblioteca sin dejar de escuchar las últimas palabras de Hedwig.

—¡Que Dios nos proteja, Muschi! Arregla tu equipaje y márchate mañana...

Cuando el 12 de enero de 1939 se inauguró el edificio de la nueva Cancillería, comenzó una nueva era de la historia de Alemania: el último capítulo del Tercer Reich llamado a tener una duración de mil años, la misma que había tenido el Sacro Imperio Romano desde los años de Carlomagno.

«Suprimiremos lo feo de Berlín», había sentenciado Hitler. «No habrá nada demasiado bello para enriquecer a esta ciudad universal llamada a ser la capital del mundo. Entrando en la Cancillería del Reich, se debe tener la impresión de que se penetra en la morada del dueño del mundo. Darán acceso a ella amplias avenidas jalonadas por el Arco de Triunfo, por el Panteón del Ejército y la Plaza del Pueblo: algo que cortará la respiración. Sólo así llegaremos a eclipsar a nuestra única rival en el mundo, Roma. Habrá que construir a una escala tal, que San Pedro y su plaza parezcan juguetes en comparación. Berlín producirá una impresión que evocará al antiguo Egipto; no podrá compararse más que con Babilonia o Roma.»

Hitler pensaba construir una megalópolis a la altura de la jerarquía militar, científica, económica, política y cultural que reflejara la superioridad universal del pueblo alemán. Y, claro, la obra faraónica la ejecutaría de la mano, en toda la extensión de la expresión, de Albert Speer, el arquitecto del Tercer Reich, amigo íntimo, ahora también, en toda la extensión de la palabra, del Führer.

Si la Cancillería berlinesa estaba destinada, según Hitler, a convertirse en la morada del «Dueño del Mundo», antes tendría que declarar la guerra a Polonia, invadir ese país, incluirlo dentro de las fronteras alemanas y posteriormente extender el brazo asesino y mecánico hacia los Urales, de acuerdo al plan original consignado en *Mein Kampf*. No cabían las sorpresas ni existían los ocultamientos. La teoría del Lebensraum, del espacio vital, era del dominio público, o mejor dicho, se suponía que era del dominio público. El Führer tenía que mover sus alfiles, caballos y torres con gran habilidad diplomática, astucia y capacidad de engaño. No deseaba cometer el mismo error de Napoleón y abrir dos frentes simultáneamente. ¿Cuál era la encrucijada? Invadir Polonia, bombardearla, hacerla pedazos con la Luftwaffe de Herman Wilhelm Goering, quien declaró «lista y en orden» a la fuerza aérea nazi para no dejar una piedra sobre la otra en territorio polaco. Los planes militares en relación al frente oriental estaban claros: Polonia jamás entregaría voluntariamente su territorio ni lo enajenaría ni lo cedería a título alguno. Era menester tomarlo por la fuerza, arrebatárselo en términos de las leyes darwinianas de la selección natural. ¿Y el pacto de no agresión suscrito entre nazis y polacos en 1934? ¡Ay, por favor: se trataba de un mero papel mojado que se desharía con el tiempo! ¿Quién podía exigirle al cínico de Hitler que cumpliera con sus compromisos...? Si según Goering, «Dios había creado a las razas, era porque el Señor no creía en la igualdad, por lo que jamás se debería atentar en contra de esta justa realidad racial». ¿Cómo ignorar las diferencias entre humanos establecidas por la propia Divinidad? Los arios tenían que engullirse en términos de su manifiesta superioridad, a los eslavos, seres inferiores, incompetentes, ignorantes e improductivos. De modo que atacar Polonia procedía sobre la base de no precipitar una disputa armada en el flanco occidental, es decir amarrándole las manos a Francia e Inglaterra para que se mantuvieran neutrales mientras Hitler «arianizaba» su frontera oriental.

El Führer admiraba, en el fondo, a los ingleses. La jugada diplomática consistió en instruir a Joachim von Ribbentrop, embajador de Hitler en el Reino Unido, para que convenciera a los británicos, a quienes él supuestamente respetaba, de la conveniencia de compartir Europa con los nazis. ¿Por qué no trabar una alianza expansionista para disfrutar en conjunto una buena parte de Eurasia...?

En el Foreign Office, como en el parlamento, advertían con la debida claridad la trampa tendida por el Jefe de Gobierno alemán: si Gran Bretaña autorizaba a Hitler en secreto la toma de Varsovia y buena parte del territorio ruso, sobre la base de que Stalin fuera vencido fácilmente, ¿cuánto tiempo tardaría para que el malvado Führer, una vez consolidadas sus posesiones y posiciones euroasiáticas, mandara a la Luftwaffe a bombardear Londres y París y así apropiarse del resto de Europa? No, no caerían en el garlito, ya se habían extralimitado cuando accedieron irresponsablemente a la anexión de Austria y más tarde a la de los Sudetes: si en esta ocasión también permanecían inmóviles y obsecuentes ante la nueva jugada orquestada por la Cancillería nazi en contra de Polonia arguyendo pretextos ingrávidos, advendría desde luego la guerra. No existía otra alternativa. Habría llegado el momento de detener al monstruo entre todos. Cualquier agresión en contra de Polonia sería entendida por Francia e Inglaterra como una declaración de guerra en contra de dichas potencias. Tal cual lo señalaba el pacto suscrito por Chamberlain, primer ministro inglés, con Polonia.

Mientras la Luftwaffe cargaba sus aviones con bombas después de la exitosa experiencia en España, en donde había ensayado sobre Guernica matando a miles y miles de personas, además de otros pueblos y ciudades españolas que había destruido casi en su totalidad con un escandaloso saldo de muertos, mutilados y heridos, en el archipiélago británico la Royal Air Force y la armada en general se preparaban ya para la guerra. Todos temían lo peor.

De tiempo atrás se había perdido la dorada oportunidad de someter al nazi salvaje, ahora armado hasta los dientes, desatado, ávido de sangre y tierra; la fiera resentida y rencorosa destruiría todo a su paso. ¡Qué caro pagaría la humanidad la cobardía, la indecisión y la tolerancia suicida de las potencias democráticas! A los alacranes mexicanos los aplastamos en el piso antes de que se reproduzcan y puedan seguir envenenando y matando. Una vez muertos los temidos bichos, todavía se recomienda mojar con alcohol los restos de la alimaña y prender fuego para convertir en cenizas los huevecillos que prometían el nacimiento de más alimañas. Esas eran medidas radicales y eficientes que no se conocían en 10 Downing Street... ¿Qué opción le quedaba a Hitler una vez conocido el pacto Inglaterra-Francia-Polonia, similar a la *Entente Cordiale* de la Primera Guerra Mundial? Firmar, a su vez, un pacto con Rusia, un pacto secreto, un pacto de no agresión, una alianza militar, para no tener dos frentes abiertos: el occidental con Francia e Inglaterra y además el oriental con Rusia. ¿Polonia? Polonia no contaba: bastaba un par de soldados de la Wehrmacht del Tercer Reich para someter a millones de polacos, unos más inútiles que los otros. ¿Que Hitler no cumpliría con lo establecido en *Mein Kampf* y en lugar de anexarse territorios se aliaría con los comunistas, unos piojos un poco menos odiados que los asquerosos judíos? Sí, por el momento, en lo que arreglaba cuentas con Inglaterra y Francia, tendría que diferir su proyecto expansionista. Entre tanto engañaría a Stalin ofreciéndole la mitad de Polonia. En el tratado Ribbentrop-Molotov del 23 de agosto de 1939 quedó garantizada la no agresión y la paz entre ambos países. ¿Estaría enloqueciendo Stalin? Qué temeraria ignorancia...

Hitler preveía que Stalin atacaría a Alemania en el año 1941. Había, pues, que ponerse en marcha cuanto antes para no dejarse tomar la delantera, y esto no era posible antes del mes de junio, por lo que el Führer descansó cuando en agosto de 1939, Joachim von Ribbentrop, con la mano izquierda adornada con un anillo muy vistoso, puso sobre su escritorio las páginas del acuerdo germano-ruso suscrito con Molotov.

El Pacto Tripartito suscrito entre Alemania, Italia y Japón, las Potencias del Eje, sólo se firmaría para atacar, en su caso, a Estados Unidos... Lo anterior, claro está, por lo pronto... José Stalin no debería abrigar temor alguno por más que los japoneses hubieran derrotado a los rusos en la guerra de 1905. Rusia podía llegar a tener simultáneamente abiertos dos frentes, el europeo, a cargo de los nazis, y el del Pacífico, representado por los bárbaros nipones; pero Hitler había empeñado su palabra de honor, de modo que no había espacio para temor alguno: la palabra era la palabra. ¿La qué...?

Una cálida noche de verano berlinés, cuando Hitler se encontraba acostado y desnudo, abrazando por la espalda a Rudolph Hess, su Rudy, pensó en silencio: «Todo el mundo sueña hoy con una conferencia mundial de la paz. Pero yo prefiero guerrear durante diez años antes que verme arrancar por este medio los frutos de la victoria. Por lo demás, no tengo ambiciones desmesuradas. En total, sólo se trata de territorios donde ya han vivido los germanos... La guerra al "infrahombre" polaco constituye una manifestación coherente de la lucha por la vida. Se trata de impulsar una reestructuración étnica con fundamento en la superioridad de la raza aria y así empezar a construir un nuevo orden germanizado en Europa». Antes de cerrar los ojos, en tanto le acariciaba el pecho y el cuello a Hess, imaginó el placer de poderle meter mano a los tres millones de judíos que vivían en Polonia. Soñar con semejante oportunidad le hizo caer en un sueño pesado, pero breve, muy breve...

El primero de septiembre de 1939 se cumplió al fin la promesa contenida en *Mein Kampf*. Nadie tenía derecho a llamarse sorprendido. Hitler leyó enseguida, cuidadosamente, los despachos que testimoniaban el pánico del universo. Los ingleses y los franceses se mostraban aterrados. Varsovia se preparaba para lo peor. Mussolini era presa de una rabia impotente, en tanto caía el gabinete japonés. El canciller había dejado a su perra, Blondi, y a Eva Braun —¿a cuál de ellas prefería?— en Baviera. En Berlín se preparaba la guerra total contra Polonia para el primero de septiembre.

Los altavoces colocados en las calles desiertas de Berlín anunciaron que Polonia había sido bombardeada por la Luftwaffe a cargo de Herman Goering. Se trataba de intimidar a la población indefensa, aterrorizarla, sorprender al ejército polaco y a las fuerzas armadas europeas al acabar con sus defensas y destruir ciudades, pueblos, puertos y aeropuertos. Se requería exhibir el músculo teutón. El objetivo consistía en desmoralizar al enemigo, a su gente y a su gobierno, que se había negado a entregar «pacífica y civilizadamente» su propio territorio. Al no cederlo de manera voluntaria en su propio beneficio, había que arrebatárselo a través de la política militar de la *Blitzkrieg*, la guerra relámpago: provocar una rendición inmediata con el objetivo de obligar a prosperar, aun en contra de sus deseos, a ese país atrasado y extraviado.

La mañana del 3 de septiembre, un domingo tibio y soleado, los altavoces ubicados en el Tiergarten, por donde Muschi y Hedwig caminaban regularmente, anunciaron el estallido de la guerra contra Gran Bretaña y Francia.

El Führer tenía la mirada vidriosa, extraviada, la de un loco. Fue entonces cuando pálido, el rostro de un color verde aceitunado, se preguntó en su ansiedad:

—Muy bien y ¿ahora qué...?

Más tarde diría Eva Braun, su supuesta amante y cómplice: «Esperaba que la guerra levantaría la moral de la población. A partir de ese instante, algo oscureció su cerebro, hasta entonces tan lúcido. Disminuiría sensiblemente el contacto entre él y el pueblo alemán. Ya no podría suscitar los entusiasmos de antaño...». A partir de entonces ella, a pesar de tutearlo, continuaría llamándole «mi Führer» en los escasos momentos de distante intimidad. Él, por su parte, jamás volvió a dirigirse a ella como *Tschaperl*, «Tontita» o «mi Niña», o *Häscherl*, «Liebrecilla» o «Conejita». La palabras cariñosas empezaron a desaparecer gradualmente...

Capítulo II

LA ESPAÑA DE LA GUERRA CIVIL TAMBIÉN
ESTALLÓ EN EL SENO DE MI FAMILIA

A raíz del atroz atentado cometido en contra de la II República por la «gracia de Dios», murieron doscientos mil españoles en los frentes de batalla. No se sabe cuántos hombres, mujeres y niños perdieron la vida durante los bombardeos de la aviación franquista, italiana y alemana, sobre ciudades y pueblos indefensos, ni los que fallecieron cuando los nacionales golpistas ocuparon los territorios republicanos con ayuda militar extranjera. Fueron fusilados doscientos cincuenta mil ciudadanos al término de la guerra, sin olvidar la represión y tortura de un millón de presos políticos en ciento cincuenta campos de concentración en territorio español como Los Almendros, Albatera, Cedeira, Horta y Miranda de Ebro. Tampoco se debe perder de vista el más de medio millón de exiliados que huyeron de España ni a los miles de patriotas españoles que fueron gaseados y cremados en los campos de exterminio nazis.

MARTINILLO

No permito que en mi presencia se hable mal de Franco porque él me hizo rey.

JUAN CARLOS, rey de España,
a Selina Scott, periodista inglesa.

Cuando se sabe de cierto que al morir y al matar se hace lo que Dios quiere, ni tiembla el pulso al disparar el fusil o la pistola, ni tiembla el corazón al encontrarse de cara a la muerte.

ANICETO DE CASTRO,
canónigo de la catedral de Salamanca.

Acabamos de matar a Federico García Lorca. Yo le metí dos tiros en el culo por maricón.

El empresario JUAN LUIS TRESCASTRO MEDINA,
asesino del poeta andaluz.

Mi abuelo paterno, Ángel Martín, nacido en Toledo, España, el 12 de mayo de 1880, se desempeñaba como director de una prisión en el puerto de Castro Urdiales, lo que él llamaba un rincón del Cantábrico abierto al mundo. Si algo hacía las veces de un poderoso detonador de interminables discusiones con mi abuela Felisa Moreno, ella sí castreña de nacimiento, ambos enamorados del terruño, era la disputa por la paternidad de la expresión «Castro soy y Castro he sido», declaración que le correspondía exclusivamente a ella por mera tradición familiar y derecho de suelo, del que él a todas luces carecía. Por supuesto que mi abuelo alegaba ser castellano de la más pura cepa, manchego de abolengo y convicción, amante fervoroso de las gachas, del pisto, de los gazpachos y del buen caldo de patatas y, para mejor proveer de corajes a mi abuela por más incongruente que fuera, también castreño, devorador de bogavantes, almejas langostinos, nécoras, bueyes de mar, percebes, navajas y mejillones. Las contradicciones continuaban cuando él afirmaba, sin ocultar una sonrisa traviesa, que quien renegara de Castilla sería condenado a tomar las cañas sin derecho a la tapa, tendría que beber caliente el tintorro de verano y le estaría prohibido echarse el cigarrete, un pitillo, con los amigos… «Un manchego, como yo, nunca estará gordo, sino lustroso. Nosotros —continuaba—, no dormimos, estamos traspuestos…» ¿Cómo ser castreño y castellano simultáneamente? «Muy simple, que te lo digo yo, mujer…»

Debo dejar constancia que las rivalidades entre ellos también se daban al surgir los temas políticos en la sobremesa o en los clásicos aperitivos, en los postres, en la cena o donde fuera. A lo largo de estas discusiones o desde el principio de lo que parecía ser una simple charla, se presentaba repentinamente un radicalismo fanático con la fuerza de un pavoroso huracán, que León Felipe, uno de los grandes poetas españoles muerto en el exilio, supo plasmar como nadie:

[Los españoles] Hablamos a grito herido y estamos desentonados para siempre, para siempre porque tres veces, tres veces, tres veces tuvimos que desgañitarnos en la historia hasta desgarrarnos la laringe...

La severa formación de mi abuelo como jefe de penales, su convivencia permanente al lado de criminales de la peor ralea ubicados en diversas provincias de la península, el terrible endurecimiento de su temperamento de por sí acerado, su clara vocación monárquica, sus convicciones espirituales fundadas en un respeto intransigente por la religión católica y sus dogmas, el miedo al más allá después del Juicio Final, su concepción intolerante del poder de los padres respecto de los hijos y del gobierno sobre los gobernados; la imposibilidad de hablar o de cuestionar cuando externaba sus puntos de vista, mismos que debían ser escuchados con escrupuloso respeto y la cabeza gacha; la consideración que se le debía guardar al rey Alfonso XIII cualquiera que fuera el impacto de sus decisiones; la imposibilidad de refutar al jefe de familia, el titular de la verdad suprema que todos deberían acatar, habían hecho de mi abuelo Ángel una figura ultraconservadora que pretendía imponer sus puntos de vista con un criterio dictatorial que ni mi abuela ni algunos de mis tíos estaban dispuestos a consentir. Por algo, cuando fue director del penal de Dueso de Santoña, en Santander, los presos se amotinaron para protestar por sus políticas brutales y desalmadas que provocaron su traslado a otro centro penitenciario. Él encarnaba sin disimulos al tirano que muchos llevamos dentro... Mientras más sabía yo de él y comparaba su personalidad intolerante con la de los llamados conquistadores de México, una de las tantas invasiones europeas que azotaron al mundo entero, en tanto más me informaba del feroz Virreinato y de los horrores de la Inquisición, más fácil entendí la presencia histórica de caciques, caudillos, jefes máximos, intérpretes infalibles de la voluntad popular de los mexicanos, líderes déspotas y avasalladores que impidieron el arribo de la democracia a mi país y a todas aquellas naciones administradas en su tiempo por la Corona española. Heredamos lo peor del autoritarismo hispano, que sumado al temperamento autocrático mexica resultó una pésima combinación. La tragedia de México comenzó cuando nació el primer mestizo...

Felisa, sin embargo, la querida «Abue», hablaba, en marcado contraste, de mandar la confesión a la mierda: ningún sacerdote mejor que ella para escuchar y absolver a sus hijos, a sus seis hijos, de sus errores, ¿cuáles pecados? Ahí estaban Ernesto, Ángeles, María Luisa, César, Enrique y Juana, mis tíos, entre ellos mi padre, todos ellos concebidos sin mancha dentro del matrimonio con Ángel. ¿De qué culpa o vileza se le podía acusar a un crío para tener que bautizarlo de inmediato so pena de que se fuera al infierno por la eternidad? La única urgencia, según ella, imposible acusar a un pequeñín de nada, era la prisa del clero de hacer plata al bendecir al menor. Por algo el propio Jesús, a la voz justificada de «raza de víboras», había echado del templo a los fariseos, esos comerciantes de los miedos espirituales llamados posteriormente sacerdotes católicos. A mis tres tías nunca se cansó de repetirles en secreto, después de contarles el consabido cuento nocturno por mayores que fueran:

—Cuando vayáis con el cura a confesaros, poned atención en sus manos porque o querrá acariciaros el culo o estará masturbándose debajo de la sotana... ¡Cuidado!

Tan pronto mi abuelo se daba la media vuelta, ella arremetía con furia no sólo en contra del clero, sino que hacía valer las diferencias con su marido al exhibir al rey como a un sietemesino, un redomado imbécil como todos los borbones; bastaba con verles el mentón para entender que se trataba de personajes dignos de ser inmortalizados por Velázquez en más cuadros de las Meninas.

—Dejémonos de cuentos, chicos —decía con asombrosa seriedad mientras mi abuelo dictaba órdenes en las cárceles—, Alfonso XIII, que me perdone vuestro padre, no es más que un pedo debajo de la corona...

Felisa impulsaba las discusiones entre sus hijos después de merendar churros con chocolate, crema al horno, naranjas con canela, natillas ligeras, peras al queso, piña con miel al vino. Los asuntos serios había que endulzarlos con azúcares y, por ello, su repertorio en materia de postres resultaba interminable. Ella siempre sostuvo que dinero no habría, porque su marido no era un hombre de fortuna, pero su herencia personal consistiría en el aprendizaje del uso de la mejor arma con que se podía contar en la vida: la lengua. De ahí que a mis tíos los adiestrara en el arte de la conversación sin perder la paciencia ni el estilo ni mucho menos la discusión.

—Quien se calle es que se quedó sin argumentos y el que se quede sin argumentos está muerto. No permito los insultos consecuencia de la impotencia, concedámosle el paso a las razones.

A pesar de ser una mujer que jamás había pisado un aula, alegaba que las madres eran las que formaban a los hijos en el interior del hogar y que si ella era una triste paleta, una cateta, palurda y aldeana, jamás lograría forjar, en su ignorancia, a los hombres que requería la España del futuro. De ahí que no existiera otra alternativa más que estudiar. «Las mujeres a la escuela o España será para siempre un país de pastores.»

La monarquía y mi abuela no se encontraban por ningún lado. Ella culpaba a Alfonso XIII de todos los males españoles, de la crisis política y social, de la huelga general, del famoso «desastre», del hambre, de la desesperación, de la falta de empleo y de comida en las mesas de la gente, en tanto las escasas pesetas se desperdiciaban para sofocar una guerrita en el Marruecos español que nos habían regalado los franceses como una propina al repartirse África, en tanto los curas invitaban a vivir una vida de perros en este mundo, a cambio de disfrutar la paz y el bienestar eternamente, pero en el más allá y no en el más acá... ¿No eran unos comemierda esos sacerdotes con el rostro rollizo y enormes papadas, bien alimentados, mientras el pueblo se moría de hambre...? Mejor, mucho mejor el aquí y ahora...

—No hay nada en los platos de las familias humildes en tanto la burguesía, la aristocracia, la milicia y el clero tienen su alacenas llenas... Cabrones, son unos cabrones y además, el que se queja se muere.

La discusión entre mis abuelos era interminable, así como los gritos que se escuchaban en la vecindad. En mi propia familia se tomaba partido a favor o en contra de Alfonso XIII por ignorancia o por simple emotividad. Mi tía Ángeles y César estaban con el rey y sus políticas. Pensaban que la democracia implicaba atraso y anarquía, por ello era inevitable la imposición de la mano dura, una conducción férrea sin recabar opiniones ni llevar a cabo consultas que sólo producían desconcierto, follones y jaleos. El pueblo era un fantasma que nunca había existido. Ellos eran proclives al «aquí mando yo y a callar». ¿Está claro? ¿Sabéis conjugar el yo me callo, tú te callas, él se calla...? Bien, pues había llegado la hora de empezar a conjugarlo para poder conducir sin chistar al pueblo español a un mundo de prosperidad. Todos los paisanos eran demasiado torpes y paletos para discernir. Mi tío Ernesto, el mayor, y Enrique, mi padre, a pesar de su insultante juventud, como decía el tío Luis, creían en la libertad, en el derecho de exponer ideas y confrontarlas, en las elecciones y en los parlamentos. Enrique imitaba a Ernesto en el hablar, en el comer, en el reír y en el ser. Tenían la escuela de mi abuela Felisa. Poco a poco quedaba claro cómo se preparaba la Guerra Civil en el seno de los hogares españoles, en donde sus integrantes tomaban rabiosos partidos políticos y las divisiones feroces no parecían tener contención alguna. Mi abuelo, Ángeles y César se habían alineado a un lado de la monarquía conservadora; Ernesto y Enrique eran liberales confesos, abiertos, declarados. Las demás eran mujeres sin mayores preocupaciones políticas.

Mi padre, Enrique, había nacido en 1916, como el penúltimo de los hijos de la familia Martín Moreno. Unos meses después de la imposición de la dictadura de Primo de Rivera, en 1923, mi abuelo murió repentinamente después de una espantosa agonía derivada de una enfermedad estomacal. Nuestra numerosa familia se quedó a la deriva, padeciendo mil penurias. Mi abuela, a sabiendas de que la mísera pensión de mi abuelo «no alcanzaba ni para la comida del perico», se cuidó de ocultar esa penosa realidad a sus vástagos, a quienes convocó a la mesa llena de torrijas, las últimas por cierto, al día siguiente del sepelio:

—Quiero que sepáis que vuestro padre pudo ahorrar y dejó una importante cantidad de dinero depositada en el Banco de España y me comprometí con él, días antes de que agonizara, a no tocar esos ahorros producto de muchos años de esfuerzo y privaciones, salvo en caso de vida o muerte, de modo que todos tenemos que trabajar para mantenernos y guardar la gallardía evitando que nuestra familia se sepulte en el fango. Quien tenga que estudiar y laborar al mismo tiempo no contará con pretexto alguno para no aportar pesetas a la hucha de todos.

La mística del honor y de la dignidad funcionó a la perfección. Todos cedieron parte de sus ingresos a la causa familiar, una sólida unión fraternal nacida para no tocar jamás «los ahorros de papá». Un sentimiento de frustración y fracaso se apoderaría de los hermanos en el evento de tener que echar mano de ellos. ¿Serían unos inútiles? Nadie se quedó atrás. Unos tiraban de los otros. Los mayores aportaban más y ayudaban a los menores, además, con las cargas escolares. Ernesto continuó con su carrera de filosofía y ciencias políticas y, por las tardes, se empleaba como corrector de estilo en una empresa editorial; Ángeles se ganaba la vida en un comercio, era una mujer de empresa y estudiaba derecho; María Luisa decidió ser enfermera; César nunca dio golpe ni tuvo mayores ambiciones, pero no dejaba de meter unos buenos duros en la hucha; Enrique siguió estudiando en la primaria por las mañanas y, por las tardes, prestaba sus servicios como mensajero en una imprenta en la que llegó a ser linotipista; y Juana, la menor, se encargó, junto con mi abuela, de las faenas domésticas sin abandonar la escuela.

Con el paso del tiempo, en 1930, siete años después de la muerte del abuelo, el año del derrumbe de la dictadura de Primo de Rivera, una vez salvados los escollos económicos y, de alguna manera garantizada la estabilidad familiar, mis tíos invitaron a su madre a una cena de postín en Madrid —donde vivían desde hacía varios años— para comunicarle que las penurias habían quedado atrás, que cada quien, en las debidas proporciones, se valía por sí mismo y si no ahí estaban los hermanos para ayudarse entre sí, por lo que ella, después de haber forjado «en el mejor de los aceros» a ciudadanos de éxito, podía disponer a su gusto de los ahorros de su marido, tal vez para comprar una casa en la que recibiera risueña la vejez y disfrutara con justificada tranquilidad los últimos años de su vida...

Una vez concluido el discurso de presentación a cargo de un Ernesto ufano y pletórico de satisfacción, mi abuela permaneció como petrificada, inmóvil. No respondía, ni parecía entender el discurso emotivo pronunciado por Ernesto. Se encontraba ausente, como si hubiera recibido un mazazo en la cabeza. Se abrió un desconcertante compás de espera. ¿Qué ocurría cuando se esperaba una explosión de euforia? Vamos, que hiciera lo que le viniera en gana con los ahorros de papá...

Ante la extrañeza de los presentes, sin mediar explicación alguna, mi abuela estalló en llanto, en un llanto compulsivo que contagió de inmediato a las mujeres.

—Pero, madre mía, si es una buena noticia, por favor... ¿Pero qué es esto? —alcanzó a decir Ernesto atropelladamente y sin esconder una expresión de confusión mezclada con duelo.

Nadie salía de su asombro hasta que ella, limpiándose la nariz y las lágrimas con la servilleta almidonada, esforzándose por pronunciar unas palabras y sin dejar de gimotear arropada por mis tías, al final pudo confesar:

—He esperado este momento por mucho años, hijos míos —aclaró enjugándose las lágrimas como mejor pudo. Su pelo canoso prematuro, semejante al de mi abuelo y al mío, irradiaba aquella noche con una pasmosa claridad.

Nadie se atrevía a interrumpirla. Todos clavaban la mirada en su rostro compungido. ¿Qué sucedía? El silencio se apoderó de nueva cuenta de la reunión.

—Debo confesaros que nunca existieron tales ahorros... —agregó tratando de verlos a los ojos, tal vez en busca de perdón o de comprensión, a saber.

Mis tíos se vieron a la cara confundidos. ¿De qué se trataba? Sin dejar más dudas en el aire, continuó mientras esbozaba sonrisas esquivas sin dejar de sollozar:

—Todo fue mentira para daros seguridad y confianza en el porvenir —dijo echando mano de su conocida fortaleza para recuperar su aplomo—. Para mí era muy importante que supierais que en el peor de los casos siempre tendríais algo de dinero a qué recurrir en caso de urgencia, una red de protección como la que ponen para los trapecistas en el circo, pero no, no hay na', nunca hubo na', ni red ni na', ni siquiera existió tal cuenta en el Banco de España, na': debéis saber que vuestro padre se llevó a la tumba las llaves de la despensa... Y que, como él siempre decía, bien os acordaréis, no hay más realidad que una ilusión y a mí me correspondió engañaros con una ilusión...

Mis tíos, según supe, se pusieron de pie, la rodearon, la abrazaron sin permitir que se levantara, acariciaron sus mejillas, su pelo de plata, besaron sus manos. No había quien no tuviera los ojos húmedos y dejara de negar con la cabeza. ¡Qué mujer! ¿Cómo agradecerle el poder de semejante mentira que, de golpe, los había hecho hombres y mujeres valiosos, seguros y determinados para emprender la conquista de la vida? Las armas para el combate estaban listas, afiladas, para quien quisiera echar mano de ellas.

Imposible fracasar después de haber aprendido a utilizarlas. Se trataba de repetir y repetir lo bien aprendido. El círculo virtuoso ya se había iniciado.

Si bien mi padre aprendió a escribir en la escuela, mi tío Ernesto le enseñó a redactar y no sólo le enseñó a redactar, sino que, de hecho, lo adoptó, lo cuidó como si fuera a ser su obra maestra. Su paciencia parecía inagotable. A pesar de la diferencia de casi quince años de edad, a ambos los unía una identificación en la manera de ser, en la necesidad de saber, descubrir y de evolucionar. Sufrían una insatisfacción permanente por todo. Los vinculaba una misma curiosidad incendiaria por el contenido de los libros, un mismo temperamento impetuoso, un mismo sentido del humor y una misma sensación de urgencia. La simpatía contagiosa del mayor por el menor, la inevitable admiración que Ernesto, el coloso, despertaba en mi padre, elevaron a aquél a la calidad de amigo incondicional, a quien el autor de mis días recurría invariablemente en busca de apoyo seguro y confiable para aliviar la sensación de orfandad que sólo suavizaba la presencia constante del primogénito, dueño de consejos oportunos y eficaces que el joven Enrique pudo asimilar a pesar de tratarse de puntos de vista propios de una convivencia entre hombres maduros que ayudaron a su formación prematura. Fue Ernesto y sólo Ernesto quien convenció a mi abuela de la importancia de solicitar la emancipación civil de Enrique, de modo que un tribunal lo liberara de la patria potestad y de cualquier tutela materna y pudiera disfrutar de todos sus derechos ciudadanos desde los dieciséis años de edad. La resolución judicial le permitió dejar de usar pantalones cortos, fumar pitillos en público y tomar un jerez o vino, o lo que quisiera, en la comida, cuando, por alguna circunstancia, había vino para la comida.

¿Quién politizó a Enrique? ¿Quién acercó a Enrique a la lectura, desde los libros infantiles hasta los grandes clásicos? ¿Quién le enseñó a beber a Enrique? ¿Quién le contó los primeros chistes tan jocosos como vulgares? ¿Quién le habló por primera vez a Enrique de mujeres? ¿Quién le mostró a Enrique la importancia del sentido de urgencia con el que se debería existir? ¿Quién preparó a Enrique para la gran aventura que era la vida? ¿Quién lo llevó de la mano al Museo del Prado? ¿Quién le descubrió a Enrique la importancia de la historia? ¿Quién no se separó jamás de Enrique? ¿Quién lanzó a Enrique a una existencia en grande durante los años de la infancia y de la juventud? ¿Quién le inculcó a Enrique los principios elementales de la nobleza y de la hombría de bien? Ernesto, naturalmente, Ernesto.

Desde los ocho años de edad mi padre se hizo de un carrito que jalaba para repartir periódicos y revistas a domicilio, a lo largo y ancho de la Plaza del Progreso, en el barrio de Lavapiés, en donde había nacido. Ni hablar de eso de morir de hambre. Se alquilaba como mensajero para llevar medicinas a casa de los enfermos; bañaba perros ajenos y los paseaba cuando sus dueños no podían atenderlos; vendía limonada en la puerta de su casa en los días de calor insoportable del verano madrileño; lavaba automóviles, a veces acompañado por César, quien no mostraba una especial inclinación por el trabajo, hasta llegar a convertirse en limpiabotas de los vecinos durante los fines de semana, servicios por los que cobraba un generoso honorario, sin dejar de asistir a la escuela nocturna por consejos de Ernesto:

—Que no te deslumbre el dinero, si te vieras en la necesidad de abandonar las aulas habrás abandonado tu futuro... Estarás, Quique, más muerto que los muertos...

El día en que mi padre concluyó el bachillerato, precisamente cuando cumplió diecisiete años de edad, el 20 de noviembre de 1933, Ernesto lo invitó a festejar su onomástico en compañía de Luis Yáñez, su eterno amigo, en el viejo Café Gijón. El querido «tío» Luis, un vasco de la más pura cepa, nacido en Guipúzcoa, aun cuando siempre vivió en Sevilla, un hombre que presumía de poder asustar al miedo cuando golpeaba la mesa con sus manotas capaces de sostener dos pelotas de *fúrbol* —imposible hacerlo pronunciar correctamente—, en cada una podía comer una tortilla de patatas de diez huevos, a fuerza de pan y de vino, mejor todavía si era de la Ribera del Duero, no faltaba más. Nadie como él para jugar al *jaialai* y bajar tres kilos de peso en cada encuentro. Su simpatía era arrolladora porque sus padres eran andaluces dotados de una gracia natural inconfundible entre todos los habitantes de la Península Ibérica. Así, entonces, un vasco con un cuello más ancho que mi cintura, un apetito voraz, una agilidad sorprendente, un consumado atleta, un nadador excepcional, orgulloso de sus piernas de acero, un hombre carismático que cuando le preguntaban: «¿habla usted inglés?», contestaba con un elocuente: «ni Dio' lo quiera», era el compañero de tertulia, de parranda, de reuniones en el ateneo para unir a las fuerzas liberales, el hombre de todas las confianzas de Ernesto, con quien discutía las últimas noticias hasta el amanecer, entre pitillo y pitillo, brandy y brandy —ambos masones eran fogosos devoradores de noticias, además de analistas de las tendencias de políticos, escritores, novelistas o filósofos—. Estaban al día en información, misma que compartían arrebatándose la palabra. Era un espectáculo verlos discutir airadamente —¿por qué habla tan alto el español?—, echando mano de diversos argumentos, lanzando piedras para defender sus puntos de vista, elevando la voz para explicar sus visiones de largo plazo, asestando golpes sobre la mesa para rechazar el fascismo o las tiranías de derecha o de izquierda, dictaduras en donde se destruía el máximo valor a tutelar de los seres humanos: su intelecto.

Aquella noche en que empezaba a soplar un amenazador cierzo invernal, los Tres Caballeros, como ellos mismos se hicieron llamar, vestidos como siempre con traje y corbata, abrigos y sombrero de fieltro, fueron al Café Gijón, en la calle de Recoletos, a la misma hora de siempre, se sentaron en la misma mesa que siempre compartían Luis y Ernesto y ordenaron los mismos platillos de siempre, sin exigir el menú. Cuando el mozo recomendó el vino Dehesa de los Canónigos, un cambio tan repentino como impensable, como la gran novedad, el tío Luis fue el primero en dar un manotazo:

—¿Nos tenéis por curas, buen hombre? —preguntó risueño el tío Luis.

—Me refiero al vino, señor —repuso el chico, intimidado.

Para zanjar diferencias, entre broma y broma, Ernesto pidió el de la casa y ordenó al centro, para picar, un abundante revuelto de papas con jamón ibérico, camarones al ajillo, croquetas caseras y para cenar una lubina a la bilbaína, callos a la madrileña, una paletilla de cordero asado al Gijón y un entrecot de buey a la parrilla.

—El postre luego lo vemos, *shavá* —remató Luis con su gracia andaluza.

Antes de retirarse, el mesero hizo una sugerencia burlona al escuchar el acento de mi tío:

—También tenemos *ensalá* de bonito…

—No —respondió Luis—, lo que pedimos está bien *pa'comenzá*…

Sin medir consecuencias y para vengarse del comentario de los curas, el mozo, también andaluz, que les había atendido un par de veces, nuevo relativamente en el café más famoso de Madrid, remató con una media verónica nunca antes vista ni imaginada siquiera en la Plaza de las Ventas:

—Debería comer la *ensalá* de bonito, tío, con la falta que le hace a *usté*... —devolvió el golpe con maestría provocando una sonora carcajada entre los comensales.

La cena en honor de mi padre transcurrió entre risas, recuerdos, planes, deseos, pronósticos y análisis de la realidad europea y española en aquel noviembre madrileño del año 1933. Recordaron cómo habían sido clientes recurrentes de ese mismo Café Gijón escritores o científicos de la talla de Ramón Gómez de la Serna, Severo Ochoa, Gregorio Marañón, Jacinto Benavente, Pío Baroja, Santiago Ramón y Cajal y don José Canalejas, entre otros tantos más. ¡Cuánta riqueza literaria la española! Subrayaron la existencia de mentes brillantes como las de la Generación del 98 y la del 27, indistintamente. ¡Qué país tan poderoso con personajes como Miguel de Unamuno, Azorín, Antonio Machado, Ramón del Valle Inclán, Ramón Menéndez Pidal, Vicente Blasco Ibáñez, José Ortega y Gasset, sin olvidar a pintores como Zuloaga, Sorolla, Joan Gris, Miró, Picasso, Dalí o Madrazo, ni a músicos como Isaac Albéniz, Enrique Granados, Manuel de Falla, ni a Luis Cernuda ni a Federico García Lorca, Max Aub y Enrique Jardiel Poncela, la llamada «Generación de la República». ¡Cuánta inteligencia reunida! ¡Qué caminos tan promisorios tenía España por recorrer! ¡Cuántas promesas! ¡Qué futuro! Si la República lograba que los españoles se tomaran firmemente de la mano y emprendieran la marcha hacia un destino común, muy pronto volvería a ser el dominio sobre el que no se ponía el sol... Sí, sólo que la reconciliación anhelada estaba todavía por verse. Los españoles no habían aprendido a parlamentar ni a llegar a acuerdos para construir otra España non plus ultra. En cada ciudadano había un partido político distinto, un punto de vista irreconciliable con los demás. ¿Cómo tomarse entonces de la mano para emprender la marcha hacia un destino común? ¿Quién iba a decidir cuál era el destino común? ¿Un tirano, un sátrapa, un cura, un militarote o un aristócrata, en realidad un parásito social? ¿Quién? A ver, ¿quién?

Después de que mi tío Luis se sirviera una impresionante ración del revuelto de papas que a su gusto le faltaba más jamón, pidió de inmediato otra orden al observar el rostro azorado de mi padre, quien no dejó de contemplar el colosal apetito vasco del comensal.

—Come, come, *shavá*, que a eso *hemo venío* —agregó eufórico mi tío Luis—, tú come de *tóo*, pan y vino tinto que *despué* de *dié* vuelta en la piscina *etá* listo *pa'volvé* a *comé* —insistía invariablemente en la natación como el mejor de los deportes, además del *jaialai*. Si el agua era el origen de la vida, pues a ella había que volver, ahora, mejor, mucho mejor si el líquido era vino... Quien no tenía buenas piernas no tenía nada, era como un edificio que sin cimiento se vendría abajo—: las *pienas*, *shavá*, las *pienas* o eres *náa*...

Los Tres Caballeros reían y festejaban las anécdotas amorosas de Ernesto, en particular cuando expuso cómo se las arreglaba para tener dos novias en el mismo edificio, en pisos diferentes, eso sí, no faltaba más, sin que ninguna se enterara. Sí que era un cara dura... Se trataba del eterno Don Juan, un seductor incansable, audaz y simpático y, por si fuera poco, bien parecido, un tío majo con toda la barba; a veces un chulo, más chulo que un ocho, en fin, la pareja ideal para cada mujer si no fuera porque las deseaba a todas y trataba de tenerlas a todas. ¡Qué manera de reír! Si cualquiera de las dos dulces doncellas hubieran escuchado al menos una parte de la conversación, hubieran envenenado a Ernesto a la menor oportunidad.

Cuando el jamón ibérico, los camarones, las croquetas, la lubina, los callos, la paletilla de cordero, el entrecot, la cesta del pan, las rebanadas generosas de queso manchego y las fresitas con jugo de naranja desaparecieron de sus respectivos platos, en tanto traían el café *cortao*, un carajillo y los puros, surgió el tema obligatorio que mi tío Luis puso sobre la mesa, como quien apuesta su resto a las barajas: la política. Todos se jugaron sus restos a la primera mano.

La conversación detonó en el salón comedor del Café Gijón como si hubiera caído de repente un pesado obús en el centro mismo de la mesa. Vaya tema tan explosivo entre españoles. Cada palabra era un manotazo.

Una vez fundada la Segunda República, en 1931, después de la abdicación de Alfonso XIII, ese raquítico renacuajo vestido con mantos de armiño, sombreros emplumados, guerrera decorada con ridículas condecoraciones, medallas y bandas de diferentes colores cruzando su pecho diminuto, a raíz de que el pequeño enano de las mil ventosidades, como hubiera dicho mi abuela Felisa, hubiera huido al exilio, se había integrado en España un parlamento de vanguardia representado por una mayoría de legisladores de izquierda: socialistas, republicanos, liberales con conciencia social, en donde hasta los comunistas habían tenido cabida.

El 14 de abril de 1931, inolvidable 14 de abril de 1931, día de la celebración de las elecciones municipales, había nacido, según comentaban mis tíos y mi padre, un nuevo país encabezado por Niceto Alcalá Zamora, primer presidente de la Segunda República, y Manuel Azaña, presidente del gobierno. Era la España de todos los españoles, la opuesta al iracundo inmovilismo, la ávida de cambios impostergables, la igualitaria, la que impondría una reforma agraria en contra de los terratenientes, la que lucharía por los estatutos autonómicos para instaurar sus propios gobiernos locales, la que instalaría una estructura laica para tratar de erradicar el embrutecimiento de la nación producto de la educación religiosa. Una nueva generación de políticos honorables y visionarios que deseaba la separación de la Iglesia y Estado, que se oponía a que los curas pudieran disponer del presupuesto del Estado o tuvieran influencia en los medios de comunicación o en la red de instituciones culturales y filantrópicas, la que construiría siete mil escuelas, capacitaría intensamente a los maestros e incrementaría sustancialmente sus percepciones.

Las palabras se las arrebataban uno al otro. Era un deleite asistir a una conversación entre fanáticos liberales ávidos de ganar hasta el argumento más nimio. La batalla era sin cuartel ni agresiones personales. Como decía mi padre: «se trataba de jugar futbol, patear el balón sin herir en la espinilla al contrincante».

¿Cómo explicarle a los jóvenes españoles en las aulas del siglo XX, sí, del siglo XX, que del famoso «non plus ultra», del imperio en donde «jamás se ponía el sol...», el orgullo de Carlos V, no había quedado nada, entre otras razones porque el clero peninsular, una de las instituciones más siniestras en la historia de España, había ordenado a las colonias españolas en América, que se independizaran de la metrópoli, para que la Constitución de Cádiz de corte anticlerical no produjera la ruina de la Iglesia católica americana, tal y como todo parecía indicar, acontecería con la española? El clero, sí, el clero, le había asestado la cuchillada final por la espalda al imperio español y, como siempre, todo por dinero y por poder, un asco, también, como siempre, un asco. ¡Que se hundiera la Iglesia peninsular al aplicar la Constitución, ni hablar, sí, pero que no arrastrara en su escandaloso naufragio el inmenso patrimonio católico de allende el mar, labrado con el sudor y la muerte de millones de indígenas! ¿No era muy curioso que la independencia de las colonias españolas se hubiera dado casi simultáneamente? ¡Claro que los ensotanados de mierda contribuyeron con gran eficacia a la desintegración del imperio español con tal de que no le tocaran ni sus privilegios ni sus fueros ni sus exenciones fiscales! ¿Qué había hecho la Corona, una monarquía hereditaria, una corte saturada de parásitos, de nobles incapaces de trabajar, de aristócratas, unos más inútiles que los otros, pero eso sí, especialmente aptos para devorar, junto con la Iglesia y los militares, el presupuesto del Estado nutrido con las gigantescas riquezas del suelo americano? Destinaron el oro y la plata a la importación de brocados belgas, vinos, cuchillería y perfumes franceses, sedas chinas, mantelería holandesa, vajillas alemanas, cristalería de Bohemia, a la construcción de inútiles palacios e iglesias y al enriquecimiento de comerciantes y banqueros de Ámsterdam y de Génova, en lugar de erigir una España con empresas prósperas y alfabetizada con universidades y centros de enseñanza de vanguardia.

España, una sociedad cerril en comparación con las potencias europeas, había quedado sepultada en el Medievo hasta bien entrado el siglo XX, claro está, de nueva cuenta gracias al clero...

Ernesto recordó, apretando instintivamente los puños, cómo a las tres de la tarde del día 14 de abril de 1931 se había visto ondear la primera bandera republicana en Madrid y en casi todas las capitales españolas, en donde, del día a la noche, fueron destruidos los símbolos monárquicos.

Sólo que un año después, en 1932, el ejército invariablemente golpista, supuesto defensor de la unidad del país, tomado de la mano de la Iglesia, intentó decapitar a la Segunda República, como lo había hecho con la primera en el siglo XIX, en esta ocasión a través del general José Sanjurjo, un héroe ficticio, según Ernesto, cuyo mérito consistía en haber dominado a las tribus rebeldes del norte del Marruecos español. La famosa Sanjurjada fracasó y, aun cuando se encarceló a los culpables, más tarde fueron liberados sin consecuencia alguna. ¡Ay!, si Azaña no hubiera ignorado el consejo del general Plutarco Elías Calles, en esos momentos Jefe Máximo de México, con poderes superiores al mismo presidente de la República, cuando éste fue informado de la probable absolución de los militares españoles golpistas: «Si quieres evitar un derramamiento de sangre en todo el país y garantizar la supervivencia de la República, ejecuta a Sanjurjo», le escribió Calles a Azaña.[23]

[23] Preston, 2011: 59.

Un Azaña pensativo escribió en su diario sus conclusiones: «Fusilar a Sanjurjo nos obligaría a fusilar a otros seis u ocho que están incursos en el mismo delito, y también a los de Castilblanco. Serían demasiados cadáveres en el camino de la República».

De haber seguido el consejo de Calles, quien junto con el general Álvaro Obregón habían mandado pasar por las armas a casi un setenta por ciento de la alta oficialidad que se había jugado la vida junto con ellos en el campo del honor durante la sangrienta Revolución mexicana, hubiera cambiado para siempre el futuro de España. Sin duda Azaña tenía que haber fusilado a Sanjurjo en 1932... Mola, Sanjurjo, Franco, Queipo de Llano y Yagüe tendrían que haber acabado sus días con un tiro de gracia en el centro de la frente, después de recibir una nutrida descarga de fuego disparada por un pelotón de fusilamiento, porque quien hace la revolución a medias, cava su propia tumba, y Azaña la hizo a medias no para cavar su tumba, ¡qué va!, sino la de España...

—Era muy difícil conciliar tantos intereses políticos y económicos, egoísmos, narcicismos y ambiciones incontrolables —me dijo mi tío Luis años después recordando todavía sus históricas reuniones en el Café Gijón.

Cuando fue promulgada la Constitución el 9 de diciembre de 1931, los anarquistas adujeron que las reformas eran tibias e intrascendentes; los radicales de izquierda chocaron contra los ultraconservadores defensores del inmovilismo. Los liberales se enfrentaron a los clericales. Empezó el incendio de iglesias y conventos, el envenenamiento del ambiente social, la respuesta del clero que excomulgaba blandiendo el hisopo, ante la impaciencia de quienes se negaban a seguir mordiendo el polvo y de quienes insistían, pistola en mano, en continuar aplastando la cabeza de los eternos subordinados contra el piso.

Los Tres Caballeros continuaron con que si en España había más curas que feligreses, más generales que soldados y más partidos políticos que ciudadanos, menos maestros que toreros, y que si en las últimas elecciones habían concurrido por lo menos veintiséis entidades políticas, entre coaliciones, confederaciones de derechas, partidos políticos, uniones, ligas, Falange, sinarquistas, anarquistas, comunistas, conservadores, fascistas camuflados, republicanos, militares, entre otras muchísimas más. ¿Cómo se iban a poner de acuerdo si, además, en cada español existía un tirano dueño de la verdad absoluta y eran casi veinticinco millones de personas con quienes no se podía hablar, ya ni se diga discutir, y que, por si fuera poco, estaban dispuestas a jugarse la vida como quijotes y a dejar su espada, su palabra, en prenda de su honor, el más preciado don de un hidalgo, con tal de ganar la partida...?

Que si Hitler acabó de un plumazo con los partidos políticos de izquierda, de derecha o de centro. Al final había exterminado cualquier germen de democracia para instalar una feroz dictadura de consecuencias imprevisibles.

Que, bien visto, el fascismo entendido a la inversa, en términos liberales, una broma, podía tener ángulos envidiables, porque matar a pedradas a los reaccionarios, encarcelar a los curas, a los militares, unos parásitos educados para asesinar a la gente, a condes y duques, unos gusanos inútiles, y a los industriales y banqueros, hacendados y separatistas españoles que lucraban con el hambre y las necesidades del pueblo y que todavía se apoyaban en el ejército para aniquilar a los inconformes mientras los ricos saqueaban aún más a España y a los españoles, constituía una gran ventaja del nacionalsocialismo. ¿Por qué no abrir campos de concentración en las Canarias para encerrar a las sanguijuelas que chupan la sangre de la sociedad?, celebraron entre broma y broma en tanto chocaban las pequeñas copas globeras cargadas de anís o de coñac.

Sí, sólo que la inquietud central de la noche consistía en que en el siguiente parlamento que dirigiría los destinos de España por los siguientes dos años, a partir de 1934, se iba a dar un cambio radical porque estaría dominado por curas, señores feudales, militares, aristócratas y empresarios de la clase media: la reacción en pleno, los conservadores enemigos del cambio y de toda innovación, los defensores del statu quo. ¡Claro que derogarían las leyes progresistas promulgadas durante los dos años anteriores y por supuesto que retirarían uno a uno los ladrillos con los que se había empezado a construir la España moderna! Las futuras cortes reaccionarias dinamitarían los cimientos del nuevo edificio republicano, la gran casa de España que iba a dar ocupación y satisfacción a los marginados, a los desposeídos; el hogar en donde se alfabetizaría a los ignorantes y se procuraría dotar de empleo y vivienda a los excluidos del bienestar y del progreso. La reacción nunca dormía, por lo que muy pronto despertaría el país de su maravilloso sueño liberal para ingresar otra vez al mundo de las pesadillas, de las cuales, por lo visto, jamás volvería a librarse. El fascismo alemán y el italiano rondaban el nuevo hogar republicano como un lobo hambriento que acababa de descubrir una exquisita presa indefensa.

De la crisis política se pasó a la económica y de ahí a la represión, a la descomposición social, a la imposibilidad de satisfacer en el corto plazo los intereses más encontrados y a la convocatoria de nuevas elecciones en noviembre de 1933, que ganaría la Falange Española de corte fascista y proclerical, patrocinada por José Antonio Primo de Rivera; una siniestra ultraderecha más en Europa.

La joven República, toda ella promesas y esperanzas en 1933, se tendría que enfrentar con las armas melladas a quienes habían detentado el poder económico, el político y el espiritual desde hacía una eternidad. España se partiría en dos bandos feroces durante el gobierno de Azaña: el del orden y el de la revolución. Sí, de acuerdo, pero ¿cómo imponer el orden, acabar con privilegios, generar riqueza, propiciar la estabilidad, controlar a los radicales invariablemente impacientes, ejercer el poder y la autoridad sin incendiar España y sin detonar una revolución? ¿Cómo mantener el orden público? Ahí estaba el gran desafío, afirmaron al unísono azotando sus copas contra la cubierta de madera del Café Gijón como si desearan rubricar su conversación con un elocuente «Hemos dicho...».

—Hemos dicho, *leshes* —dijo mi tío Luis.

—No se dice *leshes*, sino leches, coño —replicó Ernesto burlándose de mi tío Luis, quien lo tomó cariñosamente del cuello como si intentara estrangularlo. Los hermanos de la vida jamás dejarían de ser niños...

¿Cómo concluir la cena sin abordar el tema de las mujeres, un tópico vital, imprescindible y muy atractivo? El momento ideal se presentó cuando mi padre habló por primera vez de María Luisa, su novia, una chica hermosa por fuera y por dentro con la que llevaba saliendo un tiempo sin que nadie lo supiera. Ernesto había insinuado tangencialmente detalles de una relación con la hija mayor del embajador de Noruega en Madrid, llamada Solveig, «mujer de la casa», según la traducción más cercana, quien lo convencía a diario, y en absoluto silencio, de la necesidad de renunciar a las demás novias que tenía en el barrio de Lavapiés. En ella encontraba virtud, elegancia, educación, exquisita sensibilidad, discreción en el vestir, prudencia al hablar, inteligencia y cultura, además de una belleza insuperable. Su compañía, con el paso del tiempo, se hacía imprescindible, al extremo de orillarlo a sentar cabeza para integrar finalmente una familia a sus treinta y cuatro años de edad. La charla fraternal no podía ser sino el remate de un señor festejo de cumpleaños en honor de mi padre.

—¿Y ya te la follaste, tío? —preguntó Luis a punto de apartarse de la mesa para no recibir un castañazo—. ¿Cómo se llama tu nueva víctima porque, joder, mira que te he oído decir lo mismo en los últimos cien años...?

—Si serás canalla, Luis —repuso Ernesto como si quisiera empezar una persecución—, ¿no puedes tomar nada en serio en esta vida...?

—¿A mí me vienes a hablar tú, mal bicho, de seriedad, cuando te echas diez polvos diarios con diferentes tías?

En ese espacio de intimidad, Ernesto se abrió el pecho para reconocer que sí, sí, Sol de cariño, se transformaba en la cama en una pantera, una fiera insaciable que vibraba, exhalaba, gritaba, se empapaba y empapaba, se retorcía, temblaba, sudaba, se agitaba y suplicaba, hasta parecía rugir como si fuera a estallar en mil pedazos en medio de la selva. Ernesto comparaba las reacciones de esta rubia espectacular con una potranca salvaje que al montarla se desbocaba al bajar una montaña sin que él pudiera controlarla ni predecir su suerte en el galope desbridado. No tenía cómo saciarla, cada vez le pedía más y más, mucho más, al extremo de confesar que él, con toda su experiencia a cuestas, no podía someterla ni aplacarla.

—¿Vosotros sabéis lo que es beber y beber agua y no poder calmar la sed? Pues eso me pasa con esta tía fantástica.

—Pues yo —interrumpió mi padre la fraternal diatriba— también tengo novia y no pienso tirármela ni jugar con ella ni es mujer de una noche, sino una compañera para toda la vida y tan lo será para siempre que me voy a vivir a Valencia con María Luisa. Su madre se muda al mar porque no resiste los fríos madrileños y yo me marcho con ellas —adujo con un aire grave de solemnidad para no dejar sembrada la menor duda de su decisión.

Se produjo un silencio sepulcral e inesperado. Parecía que todos los comensales del Café Gijón hubieran dejado de hablar al mismo tiempo. ¿Sería una broma fuera de lugar? No podía ser: mi padre nunca fue amigo de las cuchufletas, es más, odiaba las chirigotas. Jamás tuvo sentido del humor.

—¿Pero te has vuelto loco? —preguntó Ernesto en tanto el tío Luis no salía de su asombro—. Pero si es ahora cuando debes salir con todas las chicas y divertirte; tienes toda la vida para casarte, como pienso hacerlo a mi edad. ¿Entiendes? No te pongas plomo en las alas, porque de volar a donde sueñas, ni hablemos... Ten experiencia, goza tu momento, no atropelles las etapas, así te equivocarás menos y te evitarás sufrimientos... Yo no quiero que la pases mal, ¿me crees? ¿Quién te puede dar un consejo más desinteresado que yo?

—No te imaginas lo que es no tener leche para los críos, Quique —interrumpió Luis para que todo el peso de la discusión no recayera sobre Ernesto—. No se lo deseo ni a mi peor enemigo...

—María Luisa es todo para mí y me marcho a Valencia la semana entrante —repuso cortante sin dejar espacio a réplicas.

—¿Y cómo te vas a ganar la vida, eh? —cuestionó el hermano mayor para tratar de intimidarlo—. ¿Te vas de *gigoló*...?

—Varios amigos me invitaron a fundar una revista que se llamará *Argos*, un semanario que analizará la política actual y la historia de España...

No se dio por aludido en lo relativo al *gigoló*. Evitaría las provocaciones.

—A mí qué hostias me interesa ni tu política ni tu puñetera revista, Enrique, me importa que no arruines tu vida echándote a cuestas cargas que no corresponden a tu edad —adujo Ernesto furioso, perdiendo la compostura al comprobar cómo se malograba su obra.

Sin dejarse impresionar por el estallido de furia, Enrique recordó, todavía sin levantar la voz, que él, Ernesto, le había descubierto la importancia de la política, que él mismo se dedicaría a la construcción de una España mejor, que todas las trincheras eran buenas y que más tarde sería diputado a la Cortes, de donde brincaría al gobierno y después, de ser posible, a la propia presidencia. Sin detenerse agregó que no temía las penurias y menos aún con la mujer amada por más que ambos tuvieran la misma edad.

—Eres un inmaduro, no sabes ni de lo que hablas, eres un iluso, un soñador, en fin, un imbécil —disparó Ernesto en su impotencia—: ¿Vas a abandonar la escuela? ¿No juraste que serías abogado? Quien abandona su carrera abandona su futuro. Yo dejé la «uni» para que el hambre no acabara con nosotros cuando murió nuestro padre y tú ahora, quieras o no, vas a estudiar, que de eso me encargo yo... Ya está bien de tratar de jugar al maridito, ¡vamos, hombre...!

En ese momento Enrique se puso de pie, empujo la silla con una pierna, encañonó, apuntó y jaló el gatillo:

—Ese argumento no lo usaste cuando le pediste a nuestra madre mi emancipación porque, según tú, yo ya era un hombre maduro y ahora te desdices y me insultas... Nadie puede darme órdenes, ¿te queda claro? Ni tú ni nadie...

—Escucha, muchacho —trató de intervenir inútilmente el tío Luis...

—No me faltes al respeto, no te equivoques —adujo Enrique blandiendo el dedo índice derecho como si amenazara con una espada desenvainada—, porque yo también te lo puedo faltar a ti y no quiero, ¿entiendes...? No me provoques que somos iguales...

—Qué respeto ni qué coños —tronó Ernesto—, tú no vas a ningún sitio sin mi consentimiento. Soy tu hermano mayor y harás todo lo que me salga de los cojones.

—Hace mucho que sólo hago lo que sale de los míos, Ernesto. Entérate de que ya nadie tiene ni tendrá control sobre mí. Mis equivocaciones me las he venido comiendo con mi propio pan —concluyó elevando la voz y girando para desprender su sombrero y su abrigo del perchero y abandonar apresuradamente el Café Gijón sin voltear a los lados y clavando la mirada en la puerta de salida. En ese momento sólo tenía una persona en la mente: María Luisa, una chiquilla de diecisiete años, como él.

Ernesto y Luis permanecieron sentados cruzando en silencio sus miradas. Mi tío Luis se concretó a aclarar que mi padre había sido educado en la línea dura para ser un gigante y ahora no podía hacer de él un triste enano repentinamente sumiso. Que Ernesto jugó a convertirlo en un hombre con temple y coraje y que ahora no podía mandarle un mensaje contradictorio.

—Yo estaría encantado de tener un hermano menor con esos cojones...

—No sé si son cojones o son caprichos. Creo que se está dando un tiro en el paladar para no fallar. Es un mozalbete imbécil que no tardará en venir a pedirme unas perras gordas de préstamo porque no tendrá ni para el parto de sus hijos.

—Mejor piensa en que te sorprenderá con una revista maravillosa y un matrimonio feliz. No te hagas mala sangre, dicen los argentinos. Lo que aprendió ya es suyo y lo que no aprendió pues que se joda; así aprendimos todos, a mulazo limpio.

—Es muy pequeño para los mulazos. Yo hubiera querido cuidar-lo más, llevarlo de la mano y conducirlo...

—Hiciste de él todo un hombre en poco tiempo y te niegas a aceptarlo... Ya no es el niño huérfano. Déjalo volar, que el chaval tiene buenas alas...

—Me encantaría decirte que Dios lo ampare, pero como no creo en Dios ni en las vírgenes, ni santos ni infierno ni paraíso ni hostias ni mierdas de esas, que tenga suerte —susurró Ernesto mientras apu-raba el último trago de anís.

—Todos nos hemos roto el hocico aprendiendo a caminar, ¿no...?, pues déjalo caminar, joder... Que la vida sea su maestra...

Enrique llegó con gran atraso a la casa de María Luisa, su novia. Se le veía muy alterado. La discusión con su hermano mayor, la pri-mera en muchos años, lo lastimó profundamente. Había adquirido impagables deudas con él desde pequeño. Se sentía devorado por un sentimiento de deslealtad. Había cortado las amarras y se lanzaría al mar de la vida con los pocos o muchos instrumentos de navegación que tenía a su alcance. Imposible dar marcha atrás. ¿Quién no tenía miedo? El torero, el soldado, el cantante, el piloto de un avión, el ci-rujano, el ingeniero, la parturienta, todos sentían miedo pero sabían controlarlo, disimularlo, superarlo y, en ocasiones, hasta disfrutarlo. Él también tenía derecho a sentirlo, ¿por qué no?, pero lo domina-ría. Era el momento de saber de qué estaba hecho. ¿Se trataba de un hombre o de un payaso?

Esa noche hablaron, discutieron, se irritaron: María Luisa no coincidía con mi padre en las formas. Al final ella impuso sólo una condición antes de partir a Valencia:

—Quiquiriqui, no te irás de Madrid sin despedirte de tu her-mano. Necesito saber que lo abrazaste y lo besaste. No pido que te bendiga ni que te perdone, pero ve y habla con él, preséntate, dale la cara y retírate sin remordimientos: nunca se sabe lo que pueda pasar... No vale el orgullo con quien amamos. Guárdatelo.

¿Estaba claro por qué mi padre estaba perdido por María Luisa? Pero había más, muchos más motivos por los que buscaba y disfruta-ba plenamente su compañía: ella era poeta, adoradora de Espronceda, de quien recitaba una y otra vez «La canción del pirata» con la que deleitaba a su novio hasta que éste llegó a memorizarlo por completo.

Con diez cañones por banda,
viento en popa, a toda vela,
no corta el mar, sino vuela
un velero bergantín.
Bajel pirata que llaman,
por su bravura, El Temido,
en todo mar conocido
del uno al otro confín.

Ah, cómo reían cuando juntos recitaban ese poema y otros como la carta de *Don Juan Tenorio*:

Doña Inés del alma mía.
Luz de donde el sol la toma,
hermosísima paloma
privada de libertad,
si os dignáis por estas letras
pasar vuestros lindos ojos,
no los tornéis con enojos
sin concluir, acabad.

Para rematar leían las «Redondillas» de Sor Juana Inés de la Cruz, entre otros tantos poemas más de diversos autores. La noche era joven e infinita:

Hombres necios que acusáis
a la mujer, sin razón,
sin ver que sois la ocasión
de lo mismo que culpáis;
si con ansia sin igual
solicitáis su desdén,
¿por qué queréis que obren bien
si las incitáis al mal?

Mi padre, según me contó, disfrutaba particularmente la lectura en voz alta de los poemas escritos por «Mari». Se deleitaba contemplando sus manos blancas, sus dedos alargados y finos con los que sostenía las cuartillas o el libro de versos románticos, sus preferidos.

Mientras ella tocaba el piano, porque también tenía esa habilidad, ambos cantaban como chiquillos traviesos... ¡Qué tiempos aquéllos cuando uno se divertía con nada y con todo...! Se dieron el primer beso cuando permanecían sentados frente al teclado y él entraba invariablemente tarde a pesar de las señales para cantar a tiempo. En el canto, estaba claro, clarísimo, no se encontraba su futuro. Entre carcajada y carcajada empezaron los arrumacos y las caricias desconocidas entre ellos dos... Si la pareja ya estaba unida por una natural atracción, las posibilidades de escuchar la palabra requerida en el momento adecuado por la persona idónea, la urgencia de comunicar sus emociones, la mágica sensación de consuelo al sentir la mano del ser amado al rozar la mejilla o el cabello, el luchar juntos en contra de la adversidad, el placer de la música, de las letras, el justificado interés por la otra persona, quien renunciaba a ser a cambio de que el otro fuera, los ató, los empalmó y los acopló preparándolos para enfrentar los grandes vaivenes y los desafíos de la existencia. Juntos, mientras se tuvieran, serían invencibles. Era la magia del amor y con la magia del amor, encerrados en una burbuja, aislados del medio ambiente adverso, iniciaron la marcha por la vida.

La casualidad, una jugadora siempre presente, exigió barajas para formar parte de esta nueva aventura que Enrique había entendido como estrictamente personal. Imposible predecir las reacciones. Para su sorpresa, mi padre descubrió que su hermana María Luisa tenía novio en Valencia, José San Martín, un tío majo, su Tachuela, como le decía de cariño, que ya la había pedido en matrimonio pero ella se negó porque no quiso dejar a su madre en Madrid. De modo que la posibilidad de ir a vivir al puerto le cayó del cielo. Abrazó a Enrique con un entusiasmo contagioso. ¡Claro que lo acompañaría a Valencia si iban todos juntos! Ángeles, por su parte, siempre había adorado el mar y la idea le parecía maravillosa para seguir haciendo negocios en el Mediterráneo. Al fin y al cabo en todas partes se cocían habas... ¿César? Él se trasladaría a donde fueran los demás. ¿Y mi abuela? Ella sólo quería estar en donde estuvieran sus hijos. Si volvían a Castro Urdiales, pues los seguiría a Castro Urdiales o a Jerez de la Frontera o a Bilbao: sin ellos no podía vivir. En cambio Ernesto permanecería en Madrid por cuestiones de trabajo. Nadie lo sabía, pero había sido invitado a formar parte del gobierno de Niceto Alcalá Zamora en una lejana plaza de asesoría, pero como sentenciara alguna vez, lo importante era estar montado en el carro de las calabazas, más tarde ellas se acomodarían solas, y sí que se acomodarían...

El día anterior a la salida hacia Valencia mi padre se armó de valor y se presentó en el piso de mi tío Ernesto. Después de recibirlo y estando ambos de pie, viéndose fijamente a la cara sin pronunciar palabra alguna, Enrique le extendió la mano con timidez, acción que Ernesto ignoró al abrazarlo en medio de un impulso. Enrique era su debilidad. ¿Cómo negarlo? Le acarició la cabeza y le dijo con un nudo en la garganta que era un imbécil, pero que estaría con él hasta la muerte, que jamás lo abandonaría, pasara lo que pasara, que su relación iba mucho más allá que una fraternidad, que lo quería mucho, que se cuidara, que esperaba verlo pronto para comer juntos unos *sacsacollóns* en el puerto con una botella de vino, pero que si nunca volvían a encontrarse no debería olvidar el principio de la bicicleta: el que deja de pedalear se cae...

—¿Y por qué tan dramático? —cuestionó Enrique ante semejantes afirmaciones en tanto ambos se enjugaban las lágrimas. El amor entre hermanos es uno de los sentimientos más puros y gratificantes que puede experimentar una persona. Quien ha vivido una sensación tan genuina e intensa puede saberse un privilegiado.

—Nunca sabes lo que puede pasar mañana, por ello vive el momento. No sabes cuánto te agradezco la visita y el abrazo. No habría sabido qué hacer conmigo si te hubieras marchado a Valencia sin despedirte. Yo no tengo una María Luisa como tú.

—¿Y la chica de la que nos hablaste en el café?

—¡Ah!, se desvaneció como una raya en el agua.

—Pero, ¿por qué no te comprometes con una sola mujer y le das lo mejor de ti? —dijo mientras le preguntaba por una copa de coñac—. Además te dará hijos, los chicos que tanto quieres.

—Tengo problemas de fidelidad. Me gustan todas y deseo tenerlas a todas y he podido tenerlas a todas.

—Sí, pero finalmente estás más solo que la una.

—Es lo malo de ser tan de buena planta y buen mozo —respondió con una sonrisa agria—; ellas son las que me buscan.

—Pues retírate y ponte de rodillas sólo con una.

—Ese es el problema, que me arrodillo por un momento y luego me vuelvo a arrodillar una y otra vez, y así con una y con otra y con todas...

—Así estás condenado a la soledad, sin mujer, sin hijos y más tarde sin nietos...

—¡Uy!, sí que te fuiste lejos... ¿Nietos? Yo no tendré nietos y tal vez ni siquiera hijos.

—A veces te expresas como un condenado a muerte...

—¿Por qué mejor no hablamos de tu revista? ¿Qué hay con *Argos*? —Ernesto cambió el tema bruscamente, como si lo estremeciera un negro presagio.

—Somos diez jóvenes, ya tenemos fotógrafos, periodistas, caricaturistas y diseñadores. Nadie cobrará, somos socios. Mientras despega la revista tendremos que ganarnos la vida por fuera, tal vez haciendo tejidos de macramé como los hace mamá, en lo que crecemos —expuso sonriente pero intrigado por la actitud sospechosa de su hermano—. Te hablaré, te escribiré y te visitaré cuando tengamos duros para volver a Madrid. ¿Y tú, qué harás...?

Ernesto se abstuvo de comentar que había sido invitado a trabajar en el gobierno de don Niceto en el área de prensa. Se sabía que la política y la República eran su vida, que tenía la oportunidad de materializar sus sueños, pero guardó silencio por no contaminar los planes de su hermano menor ni colocarlo en una compleja disyuntiva entre dejar a María Luisa o trabajar con el jefe del Estado español. Ya vería...

Cinco días después la familia Martín se instalaba en la calle Doctor Sumsi número 8, en un séptimo piso. Nadie resintió el cambio. Al día siguiente Ángeles ya buscaba un local comercial; María Luisa, Cuqui de cariño, ya salía a pasear con José, un fanático de las palomas; César buscaba empleo en un taller, y Enrique rentaba unas oficinas improvisadas cerca de Sagunto, la sección más barata, afuera de la ciudad, para armar el primer número de la revista. La abuela y Juanita permanecieron en casa cumpliendo las faenas domésticas que no eran una tarea menor. Mientras tanto, el tiempo se escapaba todos los días como arena fina entre los dedos de la mano, según decía Ernesto...

Argos salió finalmente al concluir el año de 1934, para ser más exacto, en el mes de noviembre. Mi padre y sus socios, vestidos como voceadores, obsequiaban el primer número en las calles de Valencia, en el centro del puerto, uno de los lugares más concurridos. Se trataba de dar a conocer la revista para que más tarde «fuera imposible vivir sin leerla». El entusiasmo de los jóvenes era contagioso. Constituía una novedad el hecho de ganarse la vida como periodistas, revelando verdades, investigándolas y publicándolas con audacia y temeridad. Ellos eran los vientos renovadores de la sociedad, la sangre nueva y vital que impedía el envejecimiento y la decadencia de cualquier país. Convencidos de la trascendencia de su trabajo, no conocían la cobardía ni la resignación ni la corrupción: la fecunda mística, el idealismo, la insatisfacción permanente, la lucha incansable para cambiar, para alterar el destino de España, purificándola, animándola, descubriendo sus valores y destacando sus fortalezas, los impulsaba a trabajar sin descanso. Alterarían mentalidades, influirían en la gente, la llenarían de conclusiones, descubrirían nuevos horizontes, sacudirían por las solapas a los lectores para alertarlos en relación a los peligros y otras alternativas, explicarían las herramientas con que contaban para construir el país de sus sueños y recuperar la grandeza perdida desde la época del emperador Carlos V. La fraternidad operaba sin espacio para envidias, con fundados deseos de cooperar por el bien general, de hacer viable el proyecto común del que todos estaban convencidos. No me costaba trabajo alguno escuchar a mi padre gritando por las calles con su pelo negro, un tanto ondulado, su bigote ligeramente recortado, sus anteojos inevitables, bajo de estatura, delgado y atlético porque pasaba buenos ratos en el gimnasio, de acuerdo a los insistentes consejos de mi tío Luis.

—¡*Argos*, *Argos*, su revista! ¡Léala y jamás volverá a ser el mismo...! ¡*Argos*, *Argos*, la revista esperada por toda España! ¡Llévela, llévela! ¡Es gratis, gratis, gratis...!

María Luisa lo observaba sentada a la mesa de un café ubicado a un lado de la catedral, con la vista franca y libre al Miguelete, en la Carrer de la Corretgeria. Si algo le atraía de mi padre era la manera como contemplaba el diminuto tamaño de los obstáculos, sin impresionarse jamás por sus dimensiones ante su incapacidad invariablemente optimista de verlos en su verdadera magnitud.

—Tengo que ir al oculista para que me corrija los problemas de la vista —alegaba cuando se sentía halagado por los comentarios que hacía su novia en relación a sus estrategias para atacar los desafíos diarios—, nunca olvides que los toros bravos se crecen al castigo y yo no soy una vaca lechera...

—¿Y qué tienes en contra de las vacas lecheras? —preguntaba Mari con curiosidad sin dejar pasar comentario alguno que dañara al género.

—Qué voy a tener, mujer, nada, qué barbaridad, no podría imaginar mi día sin un café con leche. Pero ese no es el punto, lo que pasa es que en el reino de la naturaleza el sexo masculino es el más hermoso de todos —aducía para provocar a Mari.

—Mira, sí, claro, el tío bestia al habla... Ahora resulta que desprecias lo femenino...

—¡Qué va! —se apresuraba a aclarar—, lo digo porque basta con comparar a un auténtico toro con una triste vaca, a un elefante con sus poderosos colmillos y a la pobre elefanta, o al gallo y su plumaje y actitud desafiante y a la gallina, un bichajo insignificante; al león con su impresionante melena y a la leona, una humilde gatita afeitada, para ya ni pensar en la cola majestuosa del pavo real y la pajarraca espantosa de la hembra...

—En tu estúpida generalización desde luego nos incluyes a nosotras, las mujeres, ¿verdad, querido gilipollas?

—¡Por supuesto! —aclaraba mi padre todavía sin estallar a risotadas—: Compara el *David* de Miguel Ángel con la *Venus de Milo* y ya no necesitarás más explicaciones...

—Es obvio entonces que las mujeres estamos en un segundo término, ¿no...?

—Bueno, pues imagina la estructura atlética del *David*, su musculatura, su actitud, la de un coloso, la de un titán, la de un semidiós con su cabellera abundante, su mirada desafiante, su talante divino; y ahora piensa en la *Venus*, chaparilla, redondilla y sin mayor chiste...

Cuando Mari se llevaba la carabina al hombro para tirar del gatillo a quemarropa, el novio perdido de amor se derrumbó muerto de la risa a sus pies invocando «perdón, perdón, perdón...».

En esa actitud de absoluta obsecuencia y humildad, Mari aprovechó la ocasión para tirarle de las patillas:

—¿Juras amar y respetar a las mujeres y si no que tu novia te deje calvo...? —preguntó ella jalando lo suficiente para imponer su ley.

—Amaré y respetaré sólo a las que me gusten —repuso Enrique soltando una cuchufleta inoportuna.

—¿Qué has dicho, gilipollitas...?

—Nada, nada, me entendiste mal... Sí, sí, respetaré y amaré a todas las mujeres gordas, flacas, altas y bajas, jóvenes o viejas, feas o bonitas, rubias o trigueñas, ¡pero ya, ya suelta...!

Cuando Enrique recostó delicadamente su cabeza en el regazo de María Luisa se sintió invadido por una paz desconocida. Ella y la revista eran mucho más que todo.

Uno de los ejemplares de *Argos* contenía un pequeño reportaje firmado por Enrique Martín Moreno: «Una descalificación de la República» que sorprendió a sus propios socios por haber sido escrito por un auténtico republicano:

¿Qué ha acontecido en este «bienio negro» legislativo que va de 1934 a 1936? La coalición de derechas que controla a las Cortes no sólo revirtió la reforma agraria iniciada por los republicanos de izquierda, sino que sepultó la existencia de por sí miserable de nuestros campesinos, en peores condiciones a las vigentes en el momento de la caída de la odiosa monarquía, invariablemente retardataria. ¿Cómo no íbamos a alarmarnos cuando el gobierno de Niceto Alcalá Zamora le abrió las puertas en su administración a siniestros personajes como José Gil Robles, un admirador de Hitler y de Mussolini, un político, si así se le puede llamar, radical e intolerante como todos los de su clase, en realidad, un agente agitador extraído de las más decantada escuela de los nazis? ¡Claro que la incorporación de elementos fascistas no podía sino resultar en una convocatoria de una huelga general a título de protesta! ¿Queríamos a un nuevo Hitler a la cabeza de España? ¡No! Pues a la huelga entonces. Con lo que tampoco contábamos era que Niceto Alcalá y Alejandro Lerroux iban a cometer un segundo error igualmente catastrófico al mandar reprimir una revuelta organizada por los mineros asturianos enviando al ejército de África, a esos salvajes que habían sometido a los marroquíes cometiendo todo tipo de atrocidades imperdonables urdidas y ejecutadas por un criminal de la talla de Francisco Franco para ahogar en sangre a nuestros compañeros de filiación izquierdista. ¡Por supuesto que en dos semanas fue sofocado el movimiento con un saldo de dos mil personas asesinadas sin olvidar una cantidad indeterminada de pueblos y aldeas incendiadas o bombardeadas! ¿Ése será el destino de España si la derecha llegara al poder? ¿Qué hacen que no encarcelan al tal Franco...?

Si la Segunda República está en crisis, ¿nos dirigimos hacia una guerra civil, que de civil no tendrá nada, como ya se vio en Asturias? Si la derecha española recuperó tanta autoridad en las Cortes debemos analizar este fenómeno a la luz del arribo del fascismo en Alemania y en Italia. Una prueba adicional para demostrar lo anterior, la encontramos en la Falange Española de las Juntas de Ofensiva Nacional Sindicalista, la perversa JONS, cuyo líder principal, el propio José Antonio, ya fue citado por las Cortes acusado de tenencia ilícita de armas. ¿Para qué se compran armas si no es para usarlas? ¿Se podía esperar otra cosa de los malditos fachas, enemigos de la libertad y de los más elementales derechos del hombre, mismos que han llevado a cabo innumerables redadas para detener a los líderes obreros? Se habla de dos mil detenidos sin causa justificada y de cárceles saturadas de nuestros labriegos y jornaleros, además de la clausura ilegal de ayuntamientos y de la destitución arbitraria de 1,132 de nuestros alcaldes socialistas sustituidos arbitrariamente por militantes de derechas... ¿No se cerró también el ayuntamiento de Madrid y se largó al alcalde republicano? Pero, ¿qué es esto...?

¿No se comprometió José Antonio Primo de Rivera a detonar la lucha armada para aplastar a la República que implica la esperanza de la inmensa mayoría de los españoles? Ya está la maldad de pie, ya está la mecha colocada en el interior del barril de pólvora, sólo hace falta que alguien le prenda fuego...

La República se descalificó al admitir a fascistas en su seno, al traer a Franco para asesinar a los asturianos y al no percatarse de que la Falange está llamando a la Guerra Civil... ¡Pobre España con líderes tan ciegos y otros asesinos fanáticos y, por si fuera poco, el odioso estatuto de autonomía catalana, otra invitación a los militares para tomar el poder por la fuerza y evitar la desintegración política de España! ¡Pretextos, sólo pretextos...!

Mi abuela Felisa llegó a zurcir y a lavar ropa ajena en Valencia, a servir comidas a domicilio, nunca nadie mejor que ella para preparar los callos a la madrileña, claro está, cuando había para callos, chorizo, morcilla, pimiento dulce y manitas de ternera. En casa, como ella decía, «siempre tendrán un plato, una cuchara y techo quienes abandonen la cama antes de las siete de la mañana». Se contrataba también en las casas de los adinerados de Valencia para cuidarles a sus hijos en las noches o durante las largas ausencias veraniegas o invernales. Trabajaba de sol a luna, ya bien entrada la luna y, sin embargo, jamás se quejó ni enfermó ni acusó a alguien de falta de cooperación. ¿Quién podía desfallecer o fallar o flojear ante una mujer así que invariablemente tenía una palabra de aliento o de consuelo cuando alguno de la familia, como César, se encontraba a diario con la adversidad sin lograr superarla? Pues ahí venía ella, sonriente, con la mano suave y cálida a acariciar la cabeza, a dar alivio, a despenar al caído. ¿De dónde sacaría tanta energía, tanta contagiosa fortaleza? Con una lógica graciosa y nada sofisticada no dejaba de insistir:

—Si de cualquier manera tienes que hacer las cosas, entonces hazlas de buenas y no seas asno... Si de los malos pensamientos se desprenden las malas acciones, entonces no tengas malos pensamientos, pedazo de jumento. Si al regalar sonrisas eres feliz y haces felices a los demás, entonces, ¿por qué no sonríes cuando te ves en el espejo diciendo que eres el tío más simpático que has conocido?

Todo podía imaginarse Enrique menos que la Guerra Civil pudiera estallar en su propia casa entre su hermana Ángeles y él, ya que las posiciones liberales de éste, sus escritos y la «audacia demencial y descabellada» de atreverse todavía a publicarlos, llegaban a sacarle ronchas a ella. El hecho de leer sus columnas, a su juicio irracionales y suicidas, le producían erupciones en la piel, más aún cuando el autor de los libelos lamentablemente llevaba su mismo apellido, una auténtica fechoría:

—Imagínate nada más si mi confesor, el padre Miguelito, llega a pensar que tú y yo profesamos las mismas ideas...

—Tus curas me tienen sin cuidado, son los culpables del atraso español, junto con los militares...

—¿Ah, sí? ¿Te imaginas una España sin auxilio espiritual, sin contención moral y en la que todos hagamos lo que se nos dé nuestra puñetera gana sin que los militares pongan el orden? ¿Ya se te olvidó que los españoles somos unos menores que necesitamos un padre protector que tenga la mano dura?

—¿Ah, sí? —repuso mi padre imitándola, casi burlándose de ella—. ¿Entonces tú quieres un país que se conduzca por dogmas, que a la gente se le prohíba pensar y razonar, que se trague todas esas imbecilidades sin masticarlas y que obedezca a los militares, históricos enemigos de España, otra vez sin pensar ni razonar, obedecer a ciegas en ambos casos? ¿Ya te diste cuenta de que propones la existencia de un zoológico, una nación de animales? De democracia ya ni hablamos, ¿verdad?

—Nada de democracia, mozalbete, los españoles necesitamos mano dura para progresar, una voz superior y autoritaria que nos diga el qué, el cómo, el cuándo y el dónde, lo demás son pamplinas... Déjalos sueltos, que piensen y verás a dónde vamos a dar...

Mi padre analizaba estas discusiones interminables con María Luisa Reig, la novia, quien, por otro lado, evitaba las disputas políticas y teológicas porque irremediablemente conducían a la violencia. Desde un principio, todavía viviendo en Madrid, habían empezado las diferencias políticas entre mi padre, el tío Ernesto y Ángeles, comentaba Enrique mientras caminaban tomados de la mano, por la orilla del Turia en las ardientes tardes de verano. Tomaban café, como siempre a un lado de la catedral o en un bar, el Paquirri, ubicado enfrente del casco histórico de Valencia, cerca de la casa en donde supuestamente había nacido Joaquín Sorolla, el pintor de la luz. Les gustaba recordar la primera vez que habían visitado el famoso Tribunal de las Aguas, las Torres de Serranos, el Museo de Bellas Artes y la Lonja de la Seda. Poco a poco Mari se dio cuenta de que todo aquello que no estuviera relacionado con la política podía aburrir a su novio hasta las lágrimas, sin embargo, ella insistía en llevarlo mansamente a su mundo encantado.

Enrique aceptaba, ante Mari, la imposibilidad de conciliar los diferentes puntos de vista que tanto él como Ángeles defendían como si se jugaran la vida en cada lance. Las discusiones llegaron a ser de tal intensidad que el departamento de la calle Doctor Sumsi parecía ser un campo de batalla. Las intervenciones de mi abuela resultaban inútiles para aplacar el temperamento explosivo de ambos. Ya no estaba mi abuelo para imponer el orden con un terrible grito del director de prisiones que dejaba quietos a todos. La ausencia del árbitro provocaba interminables embates de donde nunca resultaba un visible triunfador y las escenas eran rematadas por sonoros portazos, antecedidos por el inevitable «Vete a la mierda...». En casa, al menos, nunca pasarían de las palabras a las balas...

María Luisa, la novia, era conciliadora por naturaleza: apaciguaba, calmaba los ánimos, se decía una feliz constructora de recintos de paz. Ella se veía como una mujer amante de la poesía y de la música, que vivía inmersa en el mundo mágico del arte y de la belleza, encerrada en una burbuja juguetona que le permitía existir en plenitud, apartada de los brutales enfrentamientos ideológicos y de la patética realidad; sí, de acuerdo, rehuía hábilmente las confrontaciones, los ataques verbales, escapaba de las diatribas hasta el límite de sus posibilidades, sí, pero su novio era un individuo absolutamente politizado, un rabioso liberal, un idealista, un bisoño, tal vez un chapetón, pero al final un luchador de la justicia social dispuesto, junto con sus colegas de *Argos*, a hacer añicos los moldes medievales heredados por un milenio de generaciones ibéricas que habían demostrado una insignificante capacidad de transformación. Mari tendría que prepararse a resistir el interminable monólogo del guerrero incansable o resignarse a perderlo para siempre.

Claro que la joven pareja hablaba de su relación amorosa y hacía planes en común. Ambos contemplaban el futuro con optimismo. Se casarían, con el paso del tiempo tendrían hijos, vivirían en el puerto, comprarían un piso cuando las condiciones económicas lo permitieran, es decir, cuando *Argos* llegara a ser la primera revista de Valencia y quien dejara de leerla estaría fuera de la agenda política, de las discusiones de sobremesa, de la realidad de España, es más, vegetaría aislado del mundo y de la vida... Así, entre pláticas de café o comiendo el arroz caldoso con alubias y nabos o la paella en las fondas de la playa con vista al mar, o la carne enrollada, o el Blat Picat o los *calamars farcits* y los limones o naranjas confitados, el café helado con hielo frapé, acabó el año de 1935 entre más discusiones con Ángeles y el nutrido intercambio de cartas con Ernesto y el tío Luis desde Madrid, quien no dejaba de alarmarse por las brutales decisiones de Hitler y por el rumbo que estaba tomando Alemania, que bien podría desembocar en una nueva confrontación mundial.

Una de las misivas, breve, por cierto, reflejaba el punto de vista de mi padre en torno a la alevosa invasión italiana a Etiopía en 1935, otra evidencia incontestable de los propósitos del fascismo internacional. ¿Cómo ignorar tantos avisos sobre todo cuando Mussolini intentaba crear un nuevo imperio italiano apoderándose del Mediterráneo, claro que empezando por invadir un país pobre e indefenso como Etiopía para encumbrar su popularidad asesinando a miles de personas arrojándoles gas mostaza, específicamente prohibido por los tratados internacionales? Cuánta razón tenía el depuesto emperador Haile Selassie cuando declaró su desprecio y enojo contra la comunidad internacional que no hizo nada para evitar la conquista de su país a manos de los asquerosos fascistas y declaró de manera casi profética: «Hoy nos sucedió a nosotros. A ustedes, mañana».

Una hoja de calendario anunció repentinamente la llegada del primero de enero de 1936...

Ernesto, por su parte, había rehabilitado su relación con Solveig, la hermosa noruega extraída, tal vez, de una de las obras de Henrik Ibsen, y la había invitado a vivir finalmente con él. ¿Sentaba cabeza? Todo parecía indicar que, por primera vez en su existencia, estaba dispuesto a apostarle todo a una mujer, a comprometerse con ella, a explorar y a disfrutar el hechizo del sexo opuesto en su máxima expresión sin derramar la mirada en otras novias y compañeras de parrandas y borracheras. Concentraba toda su atención en Sol, la esperaba en ocasiones a la salida de la embajada cercana a la calle de Atocha y caminaban, entre besos y arrumacos, hasta la Plaza de Santa Ana, en donde bebían café cortado y un carajillo, siempre obligatorio para despertar el color rubí de las mejillas en un bar ubicado al lado de la Academia Nacional de Historia. A pesar de que vivían en la calle de Tetuán, cerca de la Puerta del Sol, muchas veces se vieron obligados a saciar la sed del amor en un pequeño hotelito, en realidad una casa de huéspedes, ubicada en la calle del Príncipe. Imposible caminar unas cuadras más hasta llegar a casa, el templo en donde elevaban a diario sus plegarias y practicaban entre sudores, gritos y súplicas de éxtasis, sus ritos eróticos, sus inagotables arrebatos carnales que escuchaba y envidiaba media vecindad. ¿Cuántas veces, ya entrada la noche, próximo el amanecer, en un giro en la cama, daba Ernesto con la mano o con un pie de Solveig y al despertar empezaba por besar aquella parte del cuerpo de la rubia crepuscular para continuar devorándolo entre alaridos de muerte? A ella le parecía particularmente sensual sorprender a mi tío a la mitad de la ducha para enjabonarlo detenidamente sin importarle un pito y dos flautas si aquél llegaría o no tarde a la oficina de gobierno, cercana ya a unos pasos de la del presidente Azaña. Era evidente su carrera meteórica. La escena era rematada con un «no, no, por favor no», cuando Ernesto tiraba de ella y la metía en la tina, aún con la pijama, prenda que no tardaba en caer empapada en el piso del baño, mientras se tomaban, se estrechaban, se poseían, se trenzaban, se estremecían, se mordían, se acariciaban con la pastilla del jabón, arrebatándosela el uno a la otra entre carcajadas, sin dejar de juguetear, como correspondía a un par de enamorados. Cuando él la hacía girar, murmurándole fantasías al oído, picardías con el aliento cálido, y la recorría tocándola escasamente con las yemas de los dedos de su mano izquierda que viajaba por su piel despacio, muy despacio, desplazándose por sus senos, por sus muslos, rozando con delicadeza su vientre y besaba su frente, sus mejillas y sus labios, sin dejar de apretarla firmemente con su brazo derecho, Ernesto esperaba que ella, Solveig, suplicara piedad e invocara misericordia y compasión. Acto seguido, ella tomaba la iniciativa y giraba sobre sus tobillos para encontrar el rostro risueño de Ernesto, quien se sentaba en el suelo de la tina a la menor insinuación, acomodándose como fuera entre bromas y comentarios hilarantes mientras el agua de la regadera parecía la lluvia celestial que hacía las veces de bautismo de esa pareja de enamorados que disfrutaba la insuperable imaginación del Señor desde que había creado al hombre y a la mujer para su eterno deleite: gracias, Dios, mío, gracias.

Cuántas veces Ernesto la desvistió en el momento mismo, el más inoportuno, en que ya estaban listos para salir a un coctel del gobierno o de la embajada, arrebatándole el pan tostado de las manos y la taza de café o antes de partir a una función del teatro clásico español o bien al regresar de un mitin político para poseerla en el lecho o tirándola delicadamente sobre el piso o simplemente levantándole la falda cuando la sorprendía después de trabajar en el lavadero de la cocina, en donde la hacía apretar los puños jalándola de la cabellera para hurgar en su interior en busca de la paz de los sepulcros. No, no había contención ni pretextos ni desprecio ni evasivas ni eximentes, cualquier excusa o pausa era rechazada de antemano sobre la base de la conocida expresión de Ernesto que hacía las veces de sentencia inapelable: siempre hay tiempo para el amor, pobre de aquel que no tiene tiempo para el amor...

En marzo de 1936 llegó a casa, en Valencia, un sobre sospechoso color blanco con un sello postal horizontal referido a la Expedición al Amazonas, cuyo remitente era un tal Martinillo. Enrique descubrió de inmediato la identidad del autor sin leer el nombre del destinatario escrito a máquina: Familia Pentapolín. Se trataba de Ernesto, era todo su estilo. Al trabajar en el gobierno de la República tenía que guardar todas las precauciones por él y por los suyos, más aún en un momento político que amenazaba ser álgido y controvertido.

25 de marzo de 1936

Queridos todos:

Si bien festejé el arribo a las Cortes de una coalición de partidos de izquierda y aplaudí hasta con los zapatos el afortunado desastre electoral de las derechas —finalmente España reconoció el rostro de nuestros peores enemigos— en el actual parlamento, de nueva cuenta liberal, no pude menos que preocuparme mortalmente cuando entendí que los reaccionarios de siempre, los curas, los militares, los dueños del dinero, los latifundistas ancestrales, los aristócratas, los fascistas y los falangistas de Primo de Rivera no se resignarían a la pérdida del poder y tratarían de recuperarlo por la fuerza ignorando la voluntad política de la mayoría de los españoles, según quedó evidenciado en las elecciones del 16 de febrero de este año. El Frente Popular ganó, ganamos, sí, pero tratarán de derrocarlo a balazos y no con votos, con armas y no con argumentos, como correspondería a unos adversarios políticos civilizados. Veo venir la guerra. Escucho ya desde Madrid los tambores que llaman a la violencia entre hermanos. El éxito electoral del pueblo lo puede llegar a pagar el propio pueblo. Aquí, en las calles y cafés de la capital sólo se habla de una conspiración militar.

Acordaros que en febrero pasado no resultó electo ni un falangista y que la reapertura del parlamento catalán, el impulso al proceso autonómico del País Vasco promovido en Guernica, la amnistía general, la reforma militar, la clerical y la reforma agraria irritaron a todos aquellos ultraconservadores que sueñan con el regreso de la autocracia española. Recordad que el general Franco, jefe del Estado Mayor Central, trató de proclamar un estado de guerra para anular las elecciones de febrero, pero fracasó cuando la Guardia Civil se mantuvo leal a la República. Se le vio la cola al mal bicho... ¿Cuánto tardarán en armar otro plan, éste más eficiente y definitivo, que acabe, ahora sí, con nuestros ideales republicanos...?

Las derechas, aliadas con el ejército, hablan únicamente de Guerra Civil y la preparan a diario al promover el descontento popular con cierres artificiales de industrias; al incitar al sabotaje en el campo para no recoger las cosechas y estimular el hambre y el malestar del sector obrero; al alentar la fuga de capitales al extranjero; al fomentar el estallido de huelgas; al incentivar la quema de iglesias y el asesinato de curas, para culpar a las izquierdas del pistolerismo falangista, agresiones callejeras que hemos devuelto con furia para precipitarnos en la inescapable espiral descendente de la venganza, que habrá de conducir a España entera, a ciegas, hasta la mismísima puerta del infierno. Como si todo lo anterior fuera insuficiente, los sindicatos afines a nosotros nos demandan soluciones inmediatas, absolutamente inviables de momento o harán explotar una revuelta. No les bastó que obligáramos a los patrones a admitir nuevamente a los obreros despedidos. No se puede satisfacer a nadie. Horror.

Cuando Manuel Azaña, presidente de la República, nombró presidente del Consejo de Ministros a Casares Quiroga, un sombrío personaje sin temperamento ni personalidad para ejercer un cargo de tanta envergadura, comenzó la debacle porque el hombre idóneo era Indalecio Prieto, el único que podía haber controlado y sometido a los miserables uniformados y sus planes golpistas que me tienen muy alarmado, mientras que el imbécil de Quiroga es incapaz de medir el peligro. Mentira que los grandes hombres estén a la altura de los grandes momentos nacionales. Mentira.

Aquí, a gobierno, nos llegaron los informes de cuando un grupo de encumbrados generales, encabezados por Emilio Mola, se reunió en marzo pasado para acordar detalles de otro golpe militar. El ejército es monárquico por definición y nosotros antimonárquicos por convicción. Las trincheras están cavadas. Ahí está el hijo de puta del general Sanjurjo, el mismo que Azaña se negó a fusilar y que ahora prepara el levantamiento en Portugal, como también lo planea Franco en Marruecos, Cabanellas en Aragón y Queipo del Llano en Andalucía. Teníamos que haberlos pasado a todos por las armas. Muerto el perro se acabó la rabia... Joder...

¿De qué nos sirve tener encarcelado a José Antonio Primo de Rivera si desde la prisión conjura para acabar con la República, tal y como lo demuestra su correspondencia secreta que interceptamos y secuestramos? ¿De qué nos ha servido la colocación de escuchas telefónicas en casas, cuarteles y cárceles si no aprovechamos la información que nos demuestra la existencia de la conspiración? ¿Para qué queremos una lista de cientos de implicados en el futuro golpe de Estado, las evidencias irrefutables que justificarían su aprehensión inmediata, si ni Azaña ni Casares Quiroga actúan ejecutivamente para desmantelar el movimiento? ¿Para qué la policía, la Guardia Civil, las cárceles, los juzgados y los paredones? ¿Son instituciones decorativas? ¿Este par de presidentes imbéciles ignoran que a las víboras se les toma por la cabeza y a tiempo y jamás por la cola? La inacción hace crecer los ánimos de los golpistas al sabernos acobardados. ¡Claro que los reaccionarios matan, como asesinaron al juez Manuel Pedregal, por haber suscrito la orden de arresto de Primo de Rivera! Nos intimidan y callamos...

Hemos empezado a matarnos. ¿Está claro? ¿Cuál va a ser el detonador final? ¿Cuándo va estallar? ¿Quién o quiénes van a ser los cabecillas? ¿Podremos controlarlos? Tenéis que notar que no hablo de la posibilidad de un golpe de Estado, no, eso, para nuestra tragedia histórica, ya lo doy por descontado, me pregunto en qué momento convertiremos a España en astillas...

Os beso a todos sin saber en qué momento nos va a devorar el fuego...

¿Novedades en la vida del querido tío Luis? ¡Todas! Había sido ascendido al cargo de redactor en jefe del periódico *La Fuerza de Castilla* y continuaba instalado en la búsqueda de la verdad política, sí, pero también en el feliz hallazgo de la mujer de sus sueños. Él sí deseaba comprometerse con una «tía» formidable que debería reunir un requisito inexcusable, entre otros, claro está, como el de tener unas señoras tetas como nunca nadie las hubiera siquiera soñado ni imaginado en su existencia. De no satisfacer esta mínima condición, «favor de no presentarse...». Por sus manos pasaron diversas, por cierto, muy diversas candidatas que, a la hora de la verdad y sin saberlo, no aprobaron el examen de admisión.

Mi padre se cansó de decirle a mi tío Luis que se convirtiera en un poeta erótico o en un bardo, sin obtener el menor éxito, «tienes tanto qué decir», de la misma manera en que le reclamó su indolencia al negarse a guardar sus escritos para publicarlos posteriormente reunidos en un libro de poemas. Ninguna de sus líneas, producto de su inspiración, tenía, para él, el menor valor. Fracasó, siempre fracasó, como fracasé yo mismo al sugerirle, muchos años después, la importancia de dejar un testimonio de su talento a sus hijos, en el caso de llegar a tenerlos, a sus amigos, a los suyos, o a otras generaciones. Nada, según él, lo que hacía en el mundo de las letras era del todo inservible, no así su labor periodística, la búsqueda de aquella verdad publicada que ayudaba a curar a las sociedades. Vivió inmerso en el mundo de la negación de sus facultades literarias. En alguna ocasión, cuando mi padre le confesó que tenía frío en el alma, Luis contestó lo siguiente en una breve misiva:

Yo no tengo frío, Quiquiriqui, no tengo tiempo para tener frío: soy fuego, he sido fuego y moriré siendo fuego. Me fascina tenerlo en mis manos, jugar con él, abrasarme a veces, desafiarlo, gozarlo, disfrutarlo, compartirlo y provocarlo. Mis letras son brasas, fuego de artillería, fuego de cañón, emoción refulgente y fuerza, fuerza, mucha fuerza, pasión y coraje, furia en cada renglón, protesta en cada párrafo.

—¿Y entonces por qué no escribes y publicas tus ideas?

—No lo divulgues, pero creo que lo que voy a decir alguien ya lo dijo mejor que yo...

No había modo de convencerlo de lo contrario ni de insistir alegando egoísmo o miedo a decir y a dejar un ejemplo de sus fantasías a quien quisiera embriagarse con ellas.

Sus ideas, a las que intituló «El milagro de las tetas», las escasas que llegó a redactar, se perdieron para siempre en el olvido. «Las tetas te reconcilian con la existencia, son, también, amparo y consuelo, refugio para el extraviado, un encuentro con la melancolía cuando ya no son tuyas...» «Pobre de aquel que ya no disfruta su hechizo y no adquiere conciencia de su belleza antes de que sus manos se sequen como las ramas de un árbol muerto.» «Las tetas son la fuente del verdadero poder, son los grandes detonadores de la imaginación, un obsequio de la Creación, un contacto con la gloria, el mejor alimento del alma, la almohada divina donde habrá de acostar la cabeza el guerrero infatigable antes de cerrar los ojos para siempre...» «Al tocar unas tetas cósmicas, siderales, magníficas y repletas se homenajea a Dios, el genial Creador de estos tesoros: amémoslo todos los días de rodillas ante ese altar mágico con que nos premió a los mortales adoradores de una belleza que jamás podrá superar ni el mejor de los pintores...» «Es mejor que acariciemos las tetas de nuestras mujeres a que nos matemos entre todos en una pavorosa guerra civil...» «No cambio unas buenas tetas por todas la pesetas depositadas en el Banco de España...» «Las tetas esconden la gran magia del tacto, aceleran el pulso y alertan a la fiera que llevamos adentro...» «La existencia de las tetas derrumba el mito de que los hombres no podemos poner atención en dos objetos al mismo tiempo...» «¡Qué injusto hubiera sido el Señor si a los hombres nos hubiera dotado de tan sólo una mano y, además pequeñita, y a las mujeres con dos senos rebosantes y esplendorosos: ésa es sabiduría divina...!» «La evolución política y social de una nación se mide por la independencia de que disfruten los senos y los traseros. A más mojigatería clerical, menos libertades y desarrollo económico. El atraso de un país —era su tesis— se mide por el tiempo que le lleva admitir públicamente a una sociedad, libre de prejuicios, la suprema majestuosidad de las nalgas.»

Y ya que hablamos de traseros, admitamos con la guardia baja que las nalgas de una mujer son otro feliz motivo para reconciliarnos con la existencia. «No sólo se es feliz con la batuta o con el cincel o el pincel o el arco del violín en la mano, no, qué va, claro que no, cuando puedes observar, sólo observar las nalgas de la mujer deseada y ya no digas acariciarlas, recoges una de las grandes esencias y de los motivos de la vida. En razón de las nalgas pueden estallar guerras, y si no, preguntarle a Helena de Troya, entre otros miles de casos más. Gracias a las nalgas hay desarrollo artístico y científico, por ellas el mundo vive, vive intensamente, evoluciona, goza, se expían culpas, se perdonan los rencores amorosos, se olvidan las diferencias, se acercan las parejas, se derrumban las barreras, se agotan las disputas, se disculpan los disgustos, se vuelven intrascendentes las riñas, se estimula la imaginación, se sublima el alma, se suscriben armisticios, se construyen monumentos, detonan las economías, se construyen academias y se embellece el cielo, brillan más las estrellas, sopla el viento acariciador, el sol calienta y revive y aparece la mejor sonrisa del ser humano. Unas nalgas voluptuosas, magnéticas, jugosas, atrevidas, mordibles, tersas, perfumadas, llamativas, aventureras, provocativas, descaradas, invitadoras, bailarinas, juguetonas y retozonas iluminan el futuro, inyectan entusiasmo, nos inundan de un contagioso optimismo, disminuyen el tamaño de los obstáculos, cambian la perspectiva de los problemas y nos llenan de esperanza en el porvenir. ¡Bendito sea quien tenga la fortuna de morir con la imagen de unas nalgas suculentas en su mente! No hay otra manera más feliz de dejar de existir...»

El tío Luis, gracioso por naturaleza, un periodista valiente y liberal con un agudo sentido de la política, iba por la vida a la caza de la mujer de sus sueños sin olvidar la maldición gitana, una muy arraigada entre los andaluces de todos los tiempos: «Ojalá y que te encuentres con un culo a tu medida». Sabiduría popular que, en un principio, parecería una bendición del cielo al dar finalmente con una pareja completa en todas las dimensiones de la palabra, pero que, por otro lado, bien podía significar un perverso maleficio desde que los exquisitos y no menos poderosos atractivos físicos de la doncella podían conducir a la pérdida del equilibrio del supuestamente afortunado pretendiente, quien, animado a complacerla en cualquier momento, no se detendría ante capricho femenino alguno. El galán alucinado se dedicaría a complacer a su dama sin percatarse del daño financiero que implicaría el desbordamiento del gasto económico y físico; olvidaría los compromisos matrimoniales y comprobaría la incapacidad de besar dos bocas apasionadamente con el consecuente desastre familiar; asistiría a la destrucción de sus relaciones con sus socios o superiores; comprometería irresponsablemente su patrimonio o lamentaría el despido de su empleo, otra repercusión de su descontrol que acabaría por extinguir la imagen de seriedad y de respeto conquistadas durante años de esfuerzo. Ante la sorpresa de terceros dejaría de ser un individuo confiable. ¿Quién podía desear tener un culo a su medida en semejantes condiciones? Mi tío Luis, ¡claro que mi querido tío Luis!, quien se persignaba al revés, como si creyera en Dios, suplicando que, por favor, el destino no le tuviera preparada una jugarreta de esa naturaleza y al mismo tiempo deseaba con ansiedad someterse a dicha prueba de fuego que él sabría aprobar con excelencia: lo que más trabajo le costaba en la vida eran los milagros; los imposibles, según concluía sonriente, los resolvería con la zurda, mejor dicho con la *zuda*...

Mi tío Luis era un pozo de sabiduría. Jamás hizo sentir mal a nadie que careciera de sus conocimientos o que no entendiera un entuerto político. A mí, en lo personal, sin embargo, siempre me llamó la atención percibir que estaba frente a un hombre, quien, a pesar de sus edad, pasados muchos años, jamás había tenido contacto con la maldad muy a pesar de haber enfrentado una interminable cadena de escenas dantescas de las que ya daré cuenta y razón. ¿Sería un iluso, un soñador? Explicaba, desanudaba, describía, esclarecía, despejaba y hasta iluminaba como si su vocación natural fuera la enseñanza, y en el fondo creo, a pie juntillas, que hubiera podido ser un gran maestro universitario. Sus concepciones de la vida, congruentes hasta la muerte, siempre fueron para mí un profundo mo-

tivo de reflexión. Por ejemplo, argüía que él jamás llegaría a ser un
hombre rico, carecería de un patrimonio sobresaliente, y no porque
no tuviera la capacidad de lograrlo, sino porque no le interesaba
dedicar su vida al acaparamiento de dinero; él tenía otros objetivos
mucho más útiles y constructivos. No sería millonario ni cirujano ni
astrónomo ni filósofo ni escultor ni modisto ni tendría pelas ni pasta
ni *náa*, no, no las tendría... «Quien escoge reduce su universo y renuncia a una gama de posibilidades», como decía Ortega y Gasset...
Bien, pues sería periodista, en el entendido de que la tenencia de
dinero de ninguna manera justifica la existencia. Uno podría lograr
sus fines al vaciar notas en un pentagrama; otro al abrir un vientre
con un bisturí; el de más allá al descubrir una nueva constelación o
diseñar ropa de marca, de acuerdo, sólo que su camino era la sana
preservación de los intereses superiores de la sociedad. Si tenía que
escoger dentro del enorme abanico de posibilidades que le brindaba
su efímero paso por la existencia, se decidiría por la actividad que
más satisfacción le reportara:

—Si he de vivir una vez, sólo una vez, por lo menos, coño, hacer
algo que te salga de los cojones, ¿no...?

Para él, un autor sin obra de los muchos que he conocido en mi
vida, un talento desperdiciado, sólo el periodismo llenaba sus días.
Su capacidad creativa, su inmensa erudición, su sensibilidad social
y su imaginación, las aprovechaba para interpretar el acontecer
político. Si la prensa existía era, como decían los clásicos, para
«exponer los secretos de todos e impedir el abuso del poder». Y
claro que él se sentía un representante del Cuarto Poder, un agente
profiláctico de la sociedad que veía por la aplicación de la ley en
beneficio de la comunidad, que denunciaba, acusaba, demandaba,
exhibía y atacaba a los enemigos del orden legal establecido arro-
jando cubetadas de luz sobre los oscuros asuntos públicos. Mi tío
Luis decía llamarse el olfato, los oídos, los ojos de la nación, «un
fiscal honorario» que trataba de vigilar la salud de España y delataba la presencia de elementos patógenos, mismos que señalaba
como un maestro estricto, que advertía furioso las faltas de ortografía al golpear con el puño cerrado su mesa de trabajo en el salón
de clases.

Él estaba para exhibir a los funcionarios corruptos, a los altos
burócratas ineficientes, a los gobernantes traidores y también para
proponer soluciones a los graves problemas nacionales, no sólo

para criticar las malas decisiones. *La Fuerza de Castilla* se imprimía para describir el acontecer internacional dentro de la feroz dinámica de los tiempos; se distribuía cada mañana para dar las voces de alarma, para adelantarse a los acontecimientos, hacer perfiles de los hombres que tomaban las grandes decisiones que alteraban el rostro del mundo; para interrogar a los estadistas, hasta a los tiranos si ello fuera posible, a los golpistas, para cuestionarlos, escuchar sus versiones de viva voz, comprometerlos y mostrarlos, tal cual eran, tras una vitrina. Con cuánto gusto hubiera entrevistado a Stalin, a Hitler, a Mussolini, el peligroso fascismo en su máxima expresión; a los militares españoles, sus hijos bastardos, a Franco, a Sanjurjo, a Mola, a esos miserables enemigos de la democracia que acaparaban las preocupaciones de los españoles y que los tenían sepultados en el insomnio, al extremo de amenazar el futuro inmediato y el remoto de España.

¿Se trataba de ser feliz? Pues a buscar la verdad, a encontrar nuevas alternativas, a denunciar felonías, conjuras, mentiras y dobleces en la inteligencia de que ningún momento mejor para intentarlo que en ese 1936 en que España entera se estaba convirtiendo en un polvorín que estallaría en cualquier momento. Su profesión jamás sería mejor aquilatada.

Mientras que mi tío Luis descubría la afortunada presencia de Anita, la mujer que le había enseñado a acostarse como «cucharitas» para poder acariciarla a plenitud durante sus escasas horas de descanso, Ernesto se ganaba, día a día, la confianza de Casares Quiroga y, simultáneamente, se embelesaba con la riqueza espiritual de Solveig, Sol, su Sol, y mi padre consolidaba la posición de *Argos* al mismo tiempo que afianzaba su relación con María Luisa, los militares de extrema derecha sólo esperaban el momento idóneo para decapitar de un solo tajo a la Segunda República, de la misma manera en que lo habían logrado con la primera. Ernesto no dejaba de criticar en sus cartas enviadas en clave la decisión del presidente del Consejo de Ministros de sacar de Madrid a los generales facinerosos acusados de conspirar contra el gobierno. Para resolver el problema, ingenuamente los habían dividido adscribiéndolos a regiones militares periféricas. Franco fue enviado a las Canarias; el general Manuel Goded, a las islas Baleares; el general Mola, el cerebro del golpe, a Pamplona; el general Sanjurjo, ya perdonado y fuera de prisión,

conjuraba desde Portugal en contra de la democracia de la misma
manera en que Primo de Rivera lo hacía desde la cárcel... ¿Repar-
tirlos a lo largo y ancho de España era una medida suficiente y eficaz? Ni un menor de edad podría haber pensado en una medida tan
torpe para desbaratar la conjura. ¡Cuánta estupidez! El ejército se
alzaría simultáneamente en toda España y en el Marruecos español,
para evitar una revolución bolchevique. ¿Qué...? ¿Una revolución
bolchevique como la de 1917 en Rusia...? ¿Y dónde estaban, coño,
los bolcheviques españoles o los zares o las mismas condiciones pre-
valecientes entre los rusos? En España se trataba de acabar con una
República democrática y no con un imperio retrógrado... La clave,
insistía Mola, debía ser el uso de violencia extrema. «Hay que sembrar el terror y eliminar sin escrúpulos ni vacilación a los que no
piensen como nosotros.» Curiosamente el sueño dorado de mi propia
tía Ángeles, quien coincidía con José Sanjurjo, el ejecutor de la suble-
vación, descansaba en el principio de regenerar la patria sobre la base
de «desaparecer los partidos políticos y barrer de las esferas nacionales cualquier tinglado liberal y destruir su sistema». ¡Pobre España...!

En lugar de que los ministros armaran al pueblo, cuyo voto les
había dado el poder, pero cuyo radicalismo temían, la torpeza y la
cobardía jugaron a favor de los golpistas. ¿Cuál radicalismo sería
peor, el del pueblo armado listo para el combate o los fanatismos
clerical y militar dispuestos a acabar hasta con la última simiente de
libertad?

—Armemos a la gente ahora que estamos a tiempo —le dijo mi
tío Ernesto al presidente Casares Quiroga la noche anterior al golpe,
después de una reunión del presidente con un grupo de periodistas,
a quienes respondió en los siguientes términos:

—Ustedes me aseguran que se van a levantar los militares. Muy
bien, señores, que se levanten. Yo, en cambio, me voy a acostar...

Esa fue la respuesta de la autoridad ante el movimiento armado... ¿A dónde iba España...?

Los grupos extremistas de irrelevante representación parlamen-
taria, expertos, eso sí, en movilización emocional de las masas, los
terroristas de la más pura cepa, decidieron incendiar España. «¡A la
mierda con la opinión de los ciudadanos —escribió mi tío Luis—, de
la misma manera en que Hitler, Mussolini y Stalin se habían hecho
del poder sin consultar a sus respectivos pueblos!» «Aquí no hay
más autoridad que nosotros», se escuchaban los gritos airados de

los militares enardecidos, los históricos enemigos de la libertad y de la democracia que se disponían a secuestrar, una vez más, la voluntad popular. ¡A callar!, ¿quién te crees tú para saber lo que quieres? ¡Come y calla! ¡Cuando seas padre comerás huevos! Ante la incapacidad de controlar el estallido de la violencia callejera impulsada por los pistoleros falangistas y por otras fuerzas ultramontanas, la maldad se desbridó con el asesinato del diputado José Calvo Sotelo, el máximo líder político de la ultraderecha. España estalló por los aires.

El golpe tan esperado se ejecutó finalmente el 18 de julio de 1936 en pleno estío, durante el ardiente verano, mientras los madrileños se reunían a beber horchata, agua de cebada en los cafés cercanos a la Puerta del Sol que lucía tan animada como siempre. Horas antes del amanecer continuaban abiertas la mayoría de las cafeterías, cuyas mesas permanecían ocupadas por una clientela ávida de noticias, integrada por bohemios, cómicos, músicos y artistas que aparecían, según cerraban los centros nocturnos, sin olvidar a diversos redactores de periódicos matutinos, como mi tío Luis, quien después de lanzar la primera edición, todavía disfrutaba de alguna energía para tomar una taza de café acompañada de una magdalena digna de remojarse en una interminable tertulia. Nadie se imaginaba que Franco ordenaría, poco tiempo después, el bombardeo despiadado sobre la capital de España para matar indiscriminadamente a centenares de miles de compatriotas de diferentes sexos, edades y profesiones. ¿Que morirían alevosamente familias enteras y sacrificaría a inocentes como niños, mujeres, ancianos; que acribillaría a cientos de miles de españoles; que destruiría con obuses la capital de la República y más tarde el país entero, incluidos museos, academias, parques, teatros, bibliotecas, hospitales, monumentos, casas y edificios? ¡Qué más daba!, me comentaba el tío Luis en sus misivas:

El único objetivo —*mushasho*, parecía yo escucharlo— de estos sanguinarios criminales, los uniformados y los ensotanados, consiste en hacerse del poder a cualquier precio, asesinando a diestra y siniestra, pasando por encima de la voluntad de la nación, aniquilando las libertades y la civilidad para regresar al Medievo, sin detenerse a pensar en el futuro de España ni en el sacrificio intelectual y social de la patria ni en la destrucción del gran sueño español, cuya edificación había iniciado la República: ahora nos entenderemos con las manos, como los animales, con la gran diferencia de que el ser humano es la única criatura que se aniquila en masa... Adiós a la razón, adiós a la inteligencia, adiós al progreso, adiós a los derechos universales del hombre, adiós a la virtud, adiós a la vida: es la hora de los salvajes... Liquidemos, eliminemos, fulminemos, despedacemos, ultimemos y destruyamos hasta el último legado de nuestros abuelos, bendita sea la muerte: acabemos con la herencia de nuestros ancestros, volvamos a la época de las cavernas, sometámonos a las leyes del más fuerte, del más bruto, del más iletrado, del más inculto, del más bárbaro, montaraz, del más primitivo y cerril. Acatemos las órdenes de quienes tienen prohibido pensar y sólo saben cumplir órdenes de matar a mansalva sin escrúpulos ni remordimientos...

No podía faltar su posdata de siempre: «PD: ¿Has nadado, chaval...? Mientras más tiempo pases en la piscina más tiempo vivirás... Que te lo dice tu tío... A nadar, a nadar, a nadar... Ten piernas, te lo agradecerá tu mente...».

Las manecillas del reloj español de la historia se fueron para atrás por lo menos medio siglo, en el entendido de que las revoluciones sirven para concentrar aún más el poder o no sirven para nada, según decían los filósofos franceses. ¿Falso? Las revoluciones como la mexicana, la rusa, la china, la cubana y, claro está, la española, entre otras más, ¿se convirtieron en herramientas para oxigenar a las naciones y democratizarlas? ¡No!

La guerra, en el orden social, fue particularmente útil para definir personalidades, aclarar posiciones políticas, buscar identificaciones y también para propiciar rompimientos irreparables, muy a pesar de que los integrantes fueran de la misma sangre y hubieran recibido la misma educación. Lo mismo acontecía en las calles entre compañeros de la escuela, amigos del barrio, camaradas de parranda, casi hermanos de toda la vida, integrantes del mismo equipo de futbol, antiguos amigos que habían hecho travesuras en sus años de niños que ahora se buscaban los unos a los otros para traicionarlos, detenerlos y llevarlos ante los falangistas o que, llegado el caso, los mataban para vengarse por otro mal hecho a diferentes terceros. La sinrazón de la sinrazón.

Ernesto nunca dejó de enviar información confidencial, en clave, de lo que acontecía en el seno del gobierno. Las circunstancias no impidieron que mandara reportes criticando la gestión de Azaña ni de los jefes de gobierno que nombró, desde Casares Quiroga, Martínez Barrio, José Giral Pereira, Largo Caballero, hasta terminar con Juan Negrín, uno más equivocado que el otro, comenzando por el propio jefe del Estado. Mi abuela Felisa resolvió que no se entregara a Ángeles la correspondencia de Ernesto porque su lectura provocaba verdaderos incendios que en nada ayudaban a la convivencia familiar. Sus escritos estimulaban un severo intercambio de insultos entre mi padre y ella y acababan, por lo general, a gritos que escuchaban los vecinos de la calle Doctor Sumsi. En lugar de llegar a acuerdos y coincidencias, se desbordaban las pasiones y estallaba la violencia hasta en un grupo tan insignificante como el nuestro.

Ernesto hizo saber a la familia en Valencia que entre doce y quince mil salvajes legionarios africanos, una parte de los mismos que había utilizado Franco para asesinar a los mineros asturianos en el año 34, estaban siendo transportados, por medio de aparatos Savoia-Marchetti 581, aviones italianos, dotados de ametralladoras y porta-bombas, y de Junkers 52, alemanes, para mover cualquier tipo de carga. Franco se había adelantado a negociar con Hitler y Mussolini la ayuda a través de aeronaves, equipos, personal y municiones, para bombardear ciudades y pueblos españoles. ¿No estamos frente al más grande hijo de puta de toda la historia de España? Franco aliado con líderes fascistas extranjeros para masacrar a sus compatriotas y destruir a su propio país: «No me importa si destruyo toda España junto con Hitler y Mussolini y muere la mayoría de la población, si a cambio de ello me hago del poder absoluto. Mis compatriotas son tontos, yo sé lo que les conviene...».

Si ya constituye una canallada, una traición a la patria, intentar el derrocamiento de un gobierno electo por la mayoría de los españoles; si acribillar a inocentes y destrozar tu suelo natal, asesinar a tu gente a bombazos por convenir a tus intereses políticos, representa una vileza innombrable, peor, mucho peor aún que fuerzas foráneas sean contratadas, en secreto, por compatriotas bastardos para demoler lo muy nuestro conquistado con el sacrificio y el esfuerzo de muchas generaciones. ¿Más? ¡Sí! Franco había acordado también con la Texaco estadounidense el envío de dos millones de litros de gasolina que aquélla cobraría de mil maneras al estilo de los *gangsters* de Chicago, con sus lujosas oficinas en Wall Street. Franco ya contaba con una poderosa ayuda militar exterior y gasolina. ¿Cómo detenerlo?

Ernesto reflexionaba: «¿Qué es esto? ¿Qué hemos hecho los españoles para merecernos un atentado de semejantes proporciones cometido por uno de los supuestos "nuestros"? ¡Claro que los nazis sueñan con el control de Gibraltar y, por ende del Mediterráneo, en una guerra mundial que ya se avecina, y claro, también se les entregarán concesiones mineras españolas para la fabricación de explosivos! ¿Y nosotros? ¿Y nuestra República? ¿Y nuestro futuro? ¡Hijos de puta! ¡El que la hace la paga...? ¿Quién se las cobrará a estos desalmados que nacieron de vientre de hiena? Espero que la vida me conceda la dorada oportunidad de poderles sacar los ojos, uno a uno, con mis propios pulgares...».

Azaña nombra en primera instancia a Casares Quiroga. Lo sustituye por Martínez Barrio, quien renuncia, en pleno caos, para entregarle el cargo a José Giral para licenciar a las tropas, cuyos cuadros de mando se han colocado frente a la legalidad republicana, lo cual equivale a liquidar al ejército en plena Guerra Civil. ¿Quién defenderá a la República? La defenderá el propio pueblo, en cuyo heroísmo confía, y lo arma para que forme sus propias milicias y defienda el orden constitucional. La decisión permitió que milicianos idealistas lucharan por la construcción de una sociedad justa, pero al mismo tiempo invitó a delincuentes y marginados sociales a tomar venganza en contra de los bienes de los ricos y comenzar una lucha de clases en plena revolución. Además, ¿de qué iban a servir esos tristes mosquetes, si Hitler ya había acordado el envío, por lo pronto, de doce bombarderos y tres cazas con abundante provisión de bombas de cincuenta, cien y quinientos kilos?

Por otro lado, Giral solicitó armas y aviones a Léon Blum, presidente francés, cabeza de una de las democracias occidentales, para defender a la República española por intereses supuestamente comunes. De no acceder Francia podría quedar rodeada al este por los nazis; al sureste por los fascistas italianos y al oeste por los miserables fachas hispanos. El auxilio convenía a todos por igual, debió haber pensado Giral, sin imaginar el miedo que le despertaba al jefe del Elíseo el hecho de que Hitler llegara a saber que Francia apoyaba bajo el agua a la República mientras que aquél estaba, también en forma encubierta, en contra de ésta. Por si fuera poco, Inglaterra le había advertido al Elíseo del peligro de provocar a los nazis y a su creciente y atemorizante espiral militar. Nadie deseaba otra guerra mundial... Por lo pronto habría que dejar actuar a Hitler sin oponérsele frontalmente y que a España se la llevara la trampa. Si París apoyaba a España con armas y el Führer le declaraba la guerra a Francia por este hecho, entonces el Reino Unido abandonaría a Blum a su suerte. El Reino Unido, como siempre, se lavaría las manos. La cobardía en su máxima expresión. ¡Qué cara la pagarían...!

Si bien es cierto que apenas iniciada la guerra en agosto de 1936, en casa, salvo mi tía Ángeles, la mayoría aplaudió a rabiar la noticia de la muerte del general Sanjurjo en el momento en que se proponía despegar del aeropuerto portugués de Boca do Inferno para volar a España con el ánimo de presidir la insurgencia —Franco, por su parte, en la más hermética intimidad de su cuartel general, habría dado saltos de alegría al saber que la Santísima Providencia le pavimentaba el camino al poder—, no es menos justo recordar que María Luisa, la novia de mi padre, lloró desconsoladamente, también por aquellos días, el artero asesinato perpetrado por los golpistas de Federico García Lorca, su poeta favorito, de quien podía recitar de memoria muchos poemas y parlamentos de teatro.

Como consumada actriz dramática, sin haber estudiado jamás en academia alguna por prejuicios sociales y religiosos, María Luisa echaba mano de sus facultades histriónicas y se deleitaba al representar en el íntimo círculo familiar a personajes como la madre en *Bodas de sangre*, o Adela, su Adela, en *La casa de Bernarda Alba* o a la propia zapatera en *La zapatera prodigiosa*. Al actuar en la sala de casa aparecía su verdadera personalidad cuando se oponía con ferocidad a la sumisión femenina en una sociedad aberrantemente conservadora. María Luisa se convertía en otra mujer por completo distinta a la de su vida diaria, en la que tal vez deseaba ser realmente aquella que, como la cara oscura de la luna, más atraía a mi padre, quien sabía que en ella había más, mucho más, y sí que lo había, no se equivocaba...

Si alguna obra de García Lorca la había conmovido como ninguna otra, ésa había sido *Yerma*, una mujer estéril obsesionada con la maternidad. María Luisa no se percató en su momento de hasta qué extremo la impactó en lo personal dicha pieza del inmortal Federico. Una fibra íntima había sido tocada en exceso, como cuando se rompe la cuerda de un violín por la pasión del músico. ¿Qué tal que ella también estuviera impedida de ser madre, que jamás pudiera amamantar a su crío ni conocer la sensación de los labios del lactante succionando tímidamente sus pezones o no pudiera arrullarlo en las noches después de contarle un cuento o que jamás sintiera qué era llevarlo de la mano al «cole» o ayudarlo a hacer los deberes? Y lo peor, dentro de este contexto de miedos, angustias y compulsiones, ¿qué tal si durante la guerra una bomba la mataba a ella o a mi padre sin haberse casado y sin haber tenido descendencia?

Pocos como ella para recitar en trance de llanto y con la voz sonora:

> ¡Ay, Antoñito el Camborio,
> digno de una Emperatriz!
> Acuérdate de la Virgen
> porque te vas a morir.

> [...]

> Tres golpes de sangre tuvo
> y se murió de perfil.
> Viva moneda que nunca
> se volverá a repetir.

Nunca nadie como ella podría recitar los últimos versos de «La cogida y la muerte», de tal manera que parecía el pueblo mismo quien gritara su dolor al cielo:

> Un ataúd con ruedas es la cama
> a las cinco de la tarde.
> Huesos y flautas suenan en su oído
> a las cinco de la tarde.
> El toro ya mugía por su frente
> a las cinco de la tarde.
> El cuarto se irisaba de agonía
> a las cinco de la tarde.
> A lo lejos ya viene la gangrena
> a las cinco de la tarde.
> Trompa de lirio por las verdes ingles

a las cinco de la tarde.
Las heridas quemaban como soles
a las cinco de la tarde,
y el gentío rompía las ventanas
a las cinco de la tarde.
A las cinco de la tarde.
¡Ay, qué terribles cinco de la tarde!
¡Eran las cinco en todos los relojes!
¡Eran las cinco en sombra de la tarde!

María Luisa maldijo, escupió al piso y al viento, renegó, blasfemó y sentenció a gritos sin esconder sus lágrimas:

—Si pudiera matar con mis manos a un millón de franquistas ni aun así se pagaría la muerte de Federico —clamaba furiosa una mujer quien, a pesar de su juventud, siempre había invitado a la conciliación, al acuerdo y al enfriamiento de las pasiones. Si las noticias de la guerra la tenían aterrorizada, algo indigerible para una personalidad tan sensible como la suya, el asesinato de García Lorca la desubicó por completo. Los coprófagos falangistas jamás serían capaces de saber el daño que le habían producido a su movimiento, a España y al mundo al haber matado a un príncipe de las letras. «No le tires margaritas a los cerdos», había sentenciado siempre mi abuela. Su mirada, sus hábitos, su conducta, su voz, sus palabras, habían cambiado. No era la misma, es más, nunca volvería a serlo. Adiós a la inocencia. ¡Cualquiera podía correr la suerte del poeta en este mundo de salvajes! «¡No me matéis porque creo en la virgen!», había suplicado Federico cuando las armas falangistas ya le apuntaban a la cabeza. ¿De qué sirvió? De nada: lo mataron como a un perro. ¿Cuántos milenios tendrán que transcurrir para que nazca otro Federico García Lorca? ¿Y qué hicimos? ¡Privarlo de la vida cuando apenas contaba treinta y ocho años de edad! ¡Cuánto hubiera podido aportar al arte y a la sabiduría universal este andaluz singular! Me avergüenzo de la condición humana, pensaba María Luisa en silencio. Mi padre fue el primero en advertir el cambio y el agotamiento de su paciencia, la pérdida de la sonrisa de su novia. El daño había sido profundo e irreversible, la había politizado por completo. Era el momento de dejar de soñar, de abandonar el piano, de abstenerse de cantar, de actuar y de recitar poemas. Cualquiera podía ser atacado y devorado por gusanos como lo fue Lorca.

El último día del año 1936, cuando estaba por cumplir los veinte años de edad, María Luisa le comunicó a mi padre su decisión, no sólo su deseo, sino su decisión, ¿está claro?, de casarse a la brevedad y de procrear un hijo sin tardanza.

—Pero si tenemos la vida por delante, mujer —repuso mi padre sin esconder su sorpresa.

—¿La vida por delante cuando Franco bombardea Madrid todos los días sin piedad alguna? ¿La vida por delante cuando mueren miles y miles de españoles incinerados, gaseados por italianos o alemanes o sepultados bajo las ruinas de sus viviendas? ¿La vida por delante cuando de caer Valencia en manos de los franquistas, tu vida estará en juego al igual que la de nosotros? ¿La vida por delante —repetía una María Luisa desesperada como nunca— cuando tú sabes mejor que yo cómo fusilan a los republicanos en la ciudades tomadas por los carniceros franquistas? ¿La vida por delante —continuó incontenible— cuando sabemos la suerte de las hijas, esposas, hermanas o madres de los republicanos, quienes después de violadas por media tropa, desangradas, todavía son asesinadas a tiros en la cabeza? —agregó como si disparara una ráfaga de ametralladora—. ¿La vida por delante cuando asesinan a García Lorca y muere Unamuno hundido en una espantosa decepción después de que los franquistas ultrajaron su templo del saber, su universidad? ¡Claro que uno de los máximos escritores españoles, otra víctima del fascismo, tenía razón cuando les dijo en su cara a esos canallas: «Ganaréis pero no convenceréis...». Después de eso ya nadie puede estar en paz, Enrique.

Nada quedaba de la joven poetisa, quien, hasta entonces, había vivido en un mundo color de rosa cubierta por una burbuja de vidrio.

—Lo decía para tranquilizarte.

—¿Tranquilizarme? ¿Crees que estoy ciega o sorda? ¿Crees que no escucho la radio o no leo la prensa ni las cartas de tu hermano Ernesto ni los artículos del tío Luis? No soy idiota —precisó como si se dispusiera a dar un gran salto en el vacío—. ¿Y si te mata una bomba o me mata a mí? ¿Cuándo tiempo va a pasar antes de que los franquistas, los italianos o los alemanes invasores incendien Valencia desde el aire? No, Quique, no, si he de morir quiero hacerlo como tu mujer ante Dios y ante la ley y además quiero tener un hijo porque no quiero irme de este mundo sin haber sido madre. Tú decides, tienes la última palabra, no tenemos tiempo que perder...

—¿Pero por qué esa maldita obsesión con la muerte? No te va a pasar nada, lo verás; además no me quisiera casar por la Iglesia, Mari, no creo en los curas ni en Dios…

—Tendrás que hacerlo por mí, no me dejarás pasar la eternidad en el infierno por tu culpa —agregó, clavando la mirada en el rostro de mi padre—. Si Dios no puede castigarte, según tú, porque no te ha dado pruebas de su existencia, a mí me las ha dado de sobra, baste el hecho de haberte conocido…

—Si tu Dios existiera no permitiría que Franco estuviera matando a miles de personas inocentes y destruyendo lo nuestro —repuso sin hacer alusión alguna a las pruebas de la existencia de Dios, según su novia.

—Hoy no vine a entrar en otra discusión teológica contigo: sólo te pido que nos casemos y que me cuides del más allá. No quiero despertar la ira de Dios… —agregó mientras caminaban cerca de la Albufera.

—¿Pero qué Dios es el tuyo que sufre de ira? ¿No te das cuenta de lo que dices? No puedo entender cómo crees en un Dios vengativo, Mari, por favor…

—Enrique, ¿qué más te da complacerme? Tú no tienes mis miedos. Si me quieres cuídame, quiéreme y demuéstramelo o déjame para siempre —exclamó mientras soltaba la mano de mi padre.

—Haré lo que sea por ti, Mari de mi alma, Mari de mi corazón —repuso Enrique con un nudo en la garganta y tomándole ambas manos para besárselas devotamente como si creyera en la virgen.

—¿Cuándo nos casamos?

—¡Hoy, ahora mismo, cuando tú lo dispongas, en donde lo dispongas y como lo dispongas! —acotó mi padre sin dejar espacio a la menor duda.

El abrazo parecía ser eterno. Las lágrimas, también.

Un breve editorial de la revista *Argos* firmado por «Todos nosotros» —había que cuidar el apellido Martín Moreno para no despertar sospechas en torno a Ernesto, de ahí que fuera imposible que lo firmara mi padre— decía así, según el texto que encontré en su expediente:

Si a Hitler se le hubiera obligado a respetar al pie de la letra los acuerdos de Versalles que prohibían el rearmamento de Alemania es evidente que este ser indeseable no hubiera podido enviar a España los aviones Ju-52 ni hubiera sido posible que bombardearan nuestras ciudades infligiendo tantos daños, matando a tanta gente y destruyendo nuestro país. Inglaterra, Francia, Estados Unidos y Rusia son los grandes culpables del genocidio que se está cometiendo en España. Están permitiendo que se arme irresponsablemente a un demente, como Franco, que se resiste a aceptar la voluntad política de los españoles. ¿No es evidente? La cobardía de las potencias la pagará el mundo entero. Hoy en día España es el territorio en donde ensaya las armas que más tarde el fascismo alemán y el italiano emplearán para aplastar a las democracias, por lo pronto, europeas, sobre todo aquellas que se niegan a intervenir en nuestro rescate.

Sabemos que a diario llegan aviones Ju-52 o Savoia-Marchetti 81, de Stuttgart o de Turín a España llenos de armas, de cañones, municiones y tropa para acabar con nuestros sueños republicanos. ¡Auxilio! ¡Auxilio! ¡Auxilio...! Sabemos que Goering desea y obtiene el hierro de Vizcaya y el wolframio español que la industria alemana de guerra precisa desesperadamente a cambio de la ayuda militar y también sabemos que el propio Goering, Ministro del Aire, matará a decenas de miles de españoles con su Luftwaffe para impedir supuestamente que España caiga «en poder de los comunistas». ¿Cuáles comunistas? ¿Dónde están los comunistas si son una fuerza insignificante entre los trabajadores organizados? Nos saquean para matarnos con nuestra propias riquezas naturales. Sabemos que el traidor, el malvado y afortunadamente exrey Alfonso XIII, ayudó a convencer al Duce, a Mussolini, para abastecer a Franco con innumerables trimotores Savoia, Fiat CR-32, cinco tanquetas Ansaldo CV-3 y cuarenta ametralladoras. ¿Creerá este singular imbécil que Franco le va a reponer en el trono? ¿Nadie entiende nada?

Sabemos que la «Operación Fuego Mágico» (*Operation Feuerzauber*), proveerá a los vendepatrias con veinte aviones Ju-52, seis cazas H-51, veinte cañones antiaéreos, equipos de transmisiones, dieciocho Junkers, seis cazas y seis baterías antiaéreas, junto con treinta pilotos alemanes y veinte italianos que ya se encuentran en Sevilla, mientras que en Madrid los tres aviones de caza al servicio de la República se encuentran, además, descompuestos en el aeródromo de los Alcázares, en donde los obreros del taller de reparaciones se niegan a prolongar una hora la jornada y a trabajar los domingos. ¿Nadie entiende el grave peligro que corremos? ¿Estaremos enloqueciendo...?

Sabemos que Stanley Baldwin, el primer ministro inglés se encuentra desesperado por la boda del rey Eduardo VIII con la americana Wallis Simpson, una casquivana y divorciada, por lo que le ha encargado los «estúpidos» asuntos españoles a Anthony Eden, en lo que él resuelve el entuerto político amoroso... Ni a Baldwin ni a Roosevelt se les ocurre que el mejor recurso para detener el fascismo en Europa es luchar por la supervivencia de nuestra Segunda República antes de que acabe con todo, ellos incluidos. Van a salir de su sordera ante nuestras súplicas cuando bombardeen 10 Downing Street o la Casa Blanca... Lo anterior, mientras nuestra democracia está en juego y Francia, con el pretexto de la neutralidad, permite que nos aplasten. ¿Neutralidad o complicidad abierta con el fascismo internacional y español...? ¿Cuál supuesta No Intervención cuando se sabe de la abierta y descarada intervención alemana e italiana en España? Cobardes, los líderes democráticos son unos cobardes o ciegos, quienes habrán de pagarla muy caro cuando nosotros ya no existamos...

La ayuda proporcionada por la Unión Soviética y las Brigadas Internacionales sirve sólo y únicamente para darle de comer al perico... Si bien es cierto que el 28 de octubre de 1936 llegaron los cazas I-15, los Chatos, los I-16, las famosas Moscas y los bombarderos Katiuska para defender los cielos de Madrid y que se enfrentaron a los cazas Fiat, no es menos cierto que Stalin, también temeroso de Hitler, no tardará en traicionarnos. Lo veremos...

El 13 de enero de 1937 mi padre le escribió una carta sin remitente a Ernesto dirigida a Solveig, a la embajada de Noruega en Madrid, territorio neutral, en la que le informó de su precipitado matrimonio con María Luisa precisamente ese día. Hizo constar todas las razones de su atropellado enlace, así como la necesidad imperiosa de respetar los sentimientos de la ya entonces su esposa. No podía ni imaginarse su sentimiento de culpa si sus presunciones resultaban válidas. Él le había restado toda importancia con el conocido argumento de «mujer, no pasa nada, no seas pesimista, la guerra pasará, tendremos muchos críos y moriremos ancianos en la cama tomándonos de la mano», pero ella, cerrada de mollera, necia e inflexible se negó a entrar en negociación alguna. Vestida de blanco, según Enrique, parecía una colegiala que desempeñaba una obra teatral en la escuela, sin perder de vista que, a partir de ese preciso día, se comportaría como una mujer madura, decidida y deseosa de quedar preñada tan pronto como fuera posible, de modo que las hazañas amorosas que relataría en su siguiente carta no las hubiera imaginado siquiera el propio Giacomo Casanova... El sentido del humor nunca debería faltar. Mujeres, mujeres, mujeres, ¿pero qué tenía mi padre que contarle de nuevo a mi tío Ernesto en relación a las mujeres...?

En la carta escrita a mano con una letra que bien podía corresponder al gótico tardío, mi padre volvió a comentar la feliz recepción que se le había brindado al presidente Manuel Azaña cuando Largo Caballero, el presidente de gobierno, había decidido cambiar la sede del gobierno a Valencia para convertirla en la capital de la España republicana en noviembre pasado; una buena determinación porque Valencia era una zona liberal de profundas convicciones democráticas. Madrid, la primera capital europea sometida a monstruosos bombardeos aéreos, había dejado de ser un lugar seguro para la máxima autoridad española. Ambos comentaron el tema del papel de la radio, el más eficaz y valioso instrumento de propaganda, más efectivo que la revista *Argos* que, por cierto, iba viento en popa a toda vela. La radio era más veloz que los periódicos y no se necesitaba estar alfabetizado para entender los mensajes, además de que la señal podía llegar a ambos frentes sin tener que jugarse la vida al introducirlo en una zona o en la otra. Enrique se dolía del pánico de los madrileños cuando escuchaban las sirenas de alarma que precedían a los pavorosos bombardeos seguidos del clamor de las ametralladoras y de los morteros. Familias enteras subían y bajaban enloquecidas las escaleras en busca de los niños y de los abuelos para esconderlos en los sótanos desde los cuales, en ocasiones, ya no lograban salir al quedar sepultados por el cascajo. La muerte se escondía aviesamente detrás de cada puerta, en un parque, café o iglesia. Nada era respetado cuando llovía fuego del cielo. Para mi padre no representaba mayor sorpresa el hecho de que en territorio de los nacionales, según los había etiquetado Goebbels, hijos del nacionalsocialismo, se persiguiera rabiosamente a los francmasones, a los maestros universitarios etiquetados de izquierdistas, a militares opuestos al alzamiento, a diputados y exdiputados republicanos o socialistas, a gobernadores y alcaldes, a diferentes adversarios, en fin, a intelectuales y políticos y a ciudadanos inocentes opuestos a sus ideas y, una vez sitiados, se les matara con lo que se tuviera al alcance como si se tratara de perros rabiosos. Los franquistas eran famosos por su salvajismo, pero le costaba trabajo aceptar que en la zona republicana se devolvieran los golpes y se asesinara por igual a terratenientes, aristócratas, clérigos, frailes, militares fascistas, patronos y líderes y periodistas de filiación derechista. «¿Esperaban esos imbéciles criminales —había escrito a Ernesto— que nos quedáramos con los brazos cruzados? ¿De qué parte de la historia patria surgía tanta barbarie? ¿Dónde se había engendrado semejante resentimiento? ¿Por qué los odios feroces encubiertos? ¿Así somos los españoles? ¿Finalmente apareció nuestro verdadero rostro?»

Toda España era una orgía de sangre, según los informes de Madrid. El país se enlutaba día a día. Los crespones negros aparecían cada vez en más casas españolas. En las cárceles tomadas por asalto por ambas facciones se fusilaba a presos fascistas o republicanos. En las embajadas, como la de Alemania, una vez expulsado el asqueroso jefe nazi de la misión, se habían encontrado decenas de españoles franquistas refugiados, «así como parapetos, sacos terreros, armas cortas, largas, bombas de mano y abundancia de municiones». Otra evidencia de la intervención de Hitler en los asuntos españoles.

Los milicianos, masas de voluntarios, de paisanos sin capacitación ni armas ni disciplina, genuinos patriotas, defensores de la República, macilentos y anémicos, enfurecían al encontrarse con los curas cebones, bien nutridos y mofletudos, aprovechaban el caos para hacer justicia con sus propias manos y saqueaban, prendían fuego a las miles de propiedades del clero católico y pasaban por las armas a miles de religiosos o, a falta de pistolas o rifles, los colgaban entre alaridos primitivos de felicidad, del primer árbol que encontraban.

Las mujeres, mujeres como mamá, serían capaces de ganar la guerra porque pareciera que el racionamiento no existiera: hacen el milagro de los panes y de los peces. Si al principio sólo se despachaba a diario y por persona un cuarto de litro de leche, medio kilo de pan, cien gramos de carne, veinticinco gramos de tocino, medio kilo de frutas, cincuenta gramos de sopas, un cuarto de kilo de patatas y cien gramos de judías, garbanzos o lentejas y, a veces, doscientos gramos de pescado, dos huevos, cincuenta gramos de azúcar y cien gramos de arroz, con mamá se podía vivir como en los mejores tiempos. ¿Qué hará cuando los anaqueles de las tiendas estén vacíos y el dinero escasee? ¡A saber! Nunca ha dejado de sonreír. ¿Se habrá dado cuenta de que estalló la revolución? En muy poco tiempo sólo podremos comernos las uñas. El hambre y la enfermedad matarán más que las bombas. ¿Puedes creer que en las noches anteriores a mi matrimonio, mamá todavía venía a mi habitación caminando de puntitas, a contarme los cuentos como cuando yo era pequeñito y me daba un beso como si no hubieran pasado los años? Tenemos una madre milagrosa, además es la única que pone a Ángeles en su sitio. Si papá viviera ya se hubieran divorciado porque él seguramente se hubiera colocado al lado de los nacionales y ella, al de la República. Las diferencias hubieran sido irreconciliables. Nos hubiéramos quedado sin vajilla en un fin de semana.

En una de las posdatas, mi padre escribió:

Soy incapaz de tomar un fusil y dedicarme a matar españoles tengan o no la razón. No me critiques por esa decisión. No soy cobarde. Me han nombrado ya capitán en la «Campaña de Alfabetización en el Frente». Formo parte de las Milicias de la Cultura. Muy pronto habremos de rescatar del analfabetismo a cuarenta por ciento de los españoles y podremos comunicarnos con ellos por escrito. ¿De qué les sirven los panfletos que arrojan desde los aviones si no saben leer ni escribir...?

En otra misiva Ernesto recordó a don Miguel de Unamuno: «Si triunfan los franquistas España se transformará en un país de imbéciles».

Cuando mi padre venía de la oficina de correos a finales de enero de 1937, después de haber depositado el sobre en su respectiva urna y se disponía a tomar un café *cortao* a un lado de la Catedral de Santa María de Valencia, mientras leía el último ejemplar de *Argos* y se preparaba para otra salida al frente con el objetivo de insistir en la campaña de alfabetización, de pronto escuchó un silbido de horror en el infinito, algo así como si el cielo llorara o lanzara un profundo lamento. Jamás había escuchado un sonido tan siniestro. De repente dejó de oírlo al tiempo que se producía una espantosa explosión en la parte trasera del Museo de las Bellas Artes. En ese momento sólo pensó en Mari, en encontrarla sana y salva, en llegar a tiempo a donde estuviera. Corrió despavorido a través de la Plaza de Emilio Castelar mientras las bombas disparadas desde un buque de la marina italiana fascista parecían perseguirlo en su desesperada carrera para llegar a abrazar a su mujer. Los obuses caían uno tras otro destruyendo la ciudad, levantando unas nubes a veces negras, otras blancas, en medio de una polvareda infernal. Franco había acordado con el Duce la destrucción total del puerto en el que se encontraba resguardado el gobierno español. Que no quede una piedra sobre la otra, habían sido las indicaciones de los nacionales. Cárguense lo que tengan que cargarse, pero que Valencia se rinda de inmediato después de ser castigada con bombas incendiarias y gases letales, que la fuerza aérea italiana estaría probando en España. Se trataba de matar, ¿no?

En las casas, antes decoradas con pequeñas macetas que colgaban de los balcones, en las calles adoquinadas, en los parques, plazas y jardines, en donde señoreaban los árboles, los monumentos a los héroes locales, en los cafés y restaurantes que exhibían sus mesas en el exterior, en la salida de las escuelas y universidades, antes llenas de niños y estudiantes, en los puestos de periódicos, en las iglesias y hospitales, en los edificios con sus fachadas bien pintadas, en las oficinas de gobierno y en las empresas privadas, en las delegaciones de policía y de la Guardia Civil, de golpe se presentó la muerte blandiendo su malvada guadaña matando a todos por igual.

En cuestión de horas cambió el panorama de aparente paz y construcción cívica. Se derrumbaron inmuebles, las paredes se mancharon de negro, estallaron cañerías, los incendios proliferaron por toda la ciudad entre quejidos y maldiciones de muerte en tanto la gente corría aterrada en busca de refugios. Las mesas de los cafés volaron por los aires, se destruyeron las vitrinas de las tiendas, se decapitaron o mutilaron estatuas, se produjeron enormes hoyancos en las calles al tiempo que se percibían hedores de las cañerías y drenajes reventados y se veían cadáveres de niños o de mujeres, ancianos y hombres por igual. Sus cuerpos se hallaban sin brazos o piernas, sin olvidar los casos de personas que zarandeaban de rodillas a un ser querido caído que no respondía a sus súplicas de volver a la vida, antes de que los deudos explotaran a gritos en un llanto desconsolador. El ruido era brutal porque los obuses disparados por los italianos sobre territorio español sin haber mediado declaración de guerra alguna caían puntualmente, como si cada mortífero artefacto viniera guiado por un artillero romano.

Muy pronto llegó mi padre a la calle Doctor Sumsi, apenas viendo de reojo cómo el autobús que tomaba Mari para ir a sus clases de piano en el conservatorio estaba patas para arriba mientras que sus pasajeros pedían auxilio al verse atrapados en sus asientos entre espantosos dolores. No había tiempo que perder, Mari era Mari. Al entrar en la habitación y proferir gritos a diestra y siniestra su esposa salió junto con mi abuela de la habitación para abrazarse y llorar de alegría en tanto el yeso del techo y un humilde candil se desplomaba encima de ellos cubriéndolos de polvo; entre tanto, no dejaban de escucharse ráfagas sonoras e interminables de ametralladoras aéreas. ¿Dónde refugiarse si el edificio no tenía sótano y las bombas disparadas por la fragata extranjera no dejaban de caer ni de destruir aquello en lo que hicieran blanco?

—Maldito Franco, hijo de la gran puta, he de envenenarlo en el infierno —fue lo único que alcanzó a decir mi abuela antes de ocultarse bajo la mesa del comedor a esperar el final del ataque con la esperanza de que salieran vivos.

—¿Y Ángeles? ¿Y César y María Luisa y Juanita? —se preguntó mi abuela, como lo hubiera hecho cualquier madre olvidando y perdonando las diferencias políticas—. ¿Estarán bien? —se dijo mientras que se escuchaban las primeras sirenas de las ambulancias que empezaban a recorrer la ciudad—. Pobre Ernesto, hijo mío, lo que habrá sufrido durante el tiempo que los salvajes han bombardeado Madrid de día y de noche.

—Todos estarán bien, mamá: lo primero que habrán hecho es refugiarse, como miles de valencianos...

Ernesto y el tío Luis continuaron reuniéndose, de acuerdo a la costumbre, en el Café Gijón. Por supuesto que ya no había ensalada de bonito ni gambas al ajillo ni lubina a la bilbaína ni entrecot de buey a la parrilla. Nada, no quedaba nada, sino un par de meseros para atender a los comensales extraviados, hijos o parientes de los propietarios que servían tortilla de patatas sin huevos y sin patatas; hojas de lechuga hervidas y rehogadas con algo de ajo, de tenerse a la mano, para hacerlas parecer espinacas; chuletas sin carne hechas con un puré espeso de algarrobas rebozado con pan duro rayado que se freía con un palito de madera para dar la apariencia de un hueso. También se podía comer «filete de merluza» confeccionado con arroz cocido de la Albufera valenciana que una vez dejado secar y convertido en pasta compacta, se recortaba para darle la forma de una merluza rebozada cuando había aceite. El café se preparaba con cáscaras de cacahuates tostadas y molidas, en tanto el agua se trataba de hervir al quemar las suelas de las alpargatas usadas que despedían un olor fétido, otro precio para tomar, al menos, un alimento caliente que supiera a algo...

Esos eran los restos del espléndido menú del afamado café madrileño, restos comparables con lo que quedaba de Madrid después de padecer diariamente implacables bombardeos franquistas, un castigo interminable ejecutado por una siniestra alianza fascista europea en contra de una naciente e indefensa democracia.

Ernesto sabía por sus hermanos que mi abuela cultivaba hortalizas en macetas en la azotea del edificio de Doctor Sumsi, práctica ingeniosa que se llevaba a cabo igualmente en Madrid. Ella le hizo saber a Ernesto del pleito mortal que se había propiciado cuando descubrió a una vecina robándose una de las gallinas que ella alimentaba en secreto, junto con un par de conejos y perros que cruzaba para comerlos indistintamente. No hay mejor salsa que el hambre, decía la gran matriarca, por lo que nunca, nadie de la familia se percató de lo que en realidad comían. ¿Qué hubieran hecho de haber sabido que el pedazo de carne servido en el plato era de los perros alimentados en la azotea por mi abuela de los milagros...?

¡Claro que habían desaparecido las palomas de los parques, así como los gatos, el gran símbolo de Madrid, mismos que se habían convertido en suculentos platillos, al igual que las pipas de girasol! Cualquiera que viera los rostros demacrados, macilentos y secos de los madrileños y comprobara el grado de destrucción de las ciudades retenidas todavía en poder de la República podría entender que ésta estaba perdiendo la guerra. El derrotismo era una fatal epidemia. La debacle era inminente. Nadie digería la propaganda republicana relativa a las posibilidades de éxito. ¿Quién podía sobrevivir con un racionamiento draconiano de cien gramos diarios de pan? Los vecinos se abstenían de registrar a sus muertos ante la autoridad para no disminuir las raciones familiares por persona. Un horror.

Bebiendo cáscaras hervidas de cacahuate en el Café Gijón o caminando presas de pánico en El Retiro, por el miedo a un nuevo bombardeo, o sentándose a conversar en un parque, Ernesto y Luis no dejaron nunca de intercambiar puntos de vista. De la misma manera en que criticaban el gran negocio que había hecho Stalin al mandar a España equipo militar insuficiente y anacrónico, además de absurdamente caro, a los frentes, al extremo de dejar exangües las reservas monetarias y de metales del Banco de España. Les llamaba la atención la «buena suerte» de Franco desde que Sanjurjo y Mola, sus más poderosos adversarios, habían muerto en sospechosísimos accidentes aéreos y José Antonio Primo de Rivera había sido afortunadamente pasado por las armas republicanas y ahora todos ellos estaban dedicados a criar malvas... Según ellos, a partir los años de la campaña militar española en Marruecos, los moros hablaban de la «baraka» de Franco, la suerte divina, «la protección que el cielo derramaba sobre los elegidos como él», a pesar de que no olvidaban cuando aquél les cortó la cabeza a sus principales líderes y las colocó en las puntas de las lanzas del ejército de Alfonso XIII...

Recordaron el espantoso bombardeo sobre Guernica, precisamente el lugar en donde, en 1936, se había proclamado la autonomía del país vasco. ¡Ya veréis, parecía decir el perverso gallego, lo que sé hacer con los separatistas que pretenden desintegrar España! Los italianos habían probado con gran éxito sus nuevos aviones Savoia 79, más veloces que cualquier caza, con una carga de hasta mil quinientos kilos de bombas, en tanto los nazis habían aprovechado la incomparable ocasión para estudiar la desmoralización de la gente una vez que su división Cóndor dejó caer cientos de toneladas de bombas sobre una población tan inocente como indefensa, masacre que Franco homenajeó al «conceder honores de general a la virgen de Fuencisla, patrona de Segovia, en reconocimiento por su generosa protección otorgada a las tropas nacionales en ese delicado momento». ¿Una virgen generala para que viera con sus santos poderes por la muerte de los españoles republicanos? Joder con la virgencita.

Un día hablaban del papel desempeñado por la alta jerarquía católica en la guerra y recordaban aquello de que «Hay que escupir y hasta negar el saludo a los republicanos. Debemos llegar a la Guerra Civil antes de consentir la separación de la Iglesia y el Estado. Las escuelas normales sin la enseñanza religiosa no formarán hombres sino salvajes». El desprecio que Ernesto y Luis sentían por esa institución diabólica era mucho más que justificada: coincidían en que de la misma manera en que los curas habían acabado con el imperio español en el siglo XIX al ordenar la independencia de las colonias americanas para salvarlas de la aplicación de la Constitución anticlerical de Cádiz, de igual forma habían acabado, de nueva cuenta, con la Segunda República. Nunca España había enfrentado a un enemigo más feroz, algo así como una enorme y gelatinosa sanguijuela negra enredada en torno del cuello de la nación española para succionar sus mejores esencias hasta asfixiarla. La inmensa mayoría de los sacerdotes se habían aliado con los golpistas, tan hijos de la gran puta como los miserables ensotanados, quienes, como siempre, se habían puesto al lado de los poderosos. Los curas habían lanzado homilías desde los púlpitos con el saludo fascista en nombre de una guerra santa; amenazaron con la excomunión, con el uso de un poder divino para obligar a los penitentes republicanos a pasar la eternidad en el infierno; habían bendecido las banderas franquistas y a las tropas nacionales para que ganaran las batallas con la protección de Dios; colocaron francotiradores en las torres de las iglesias para que dispararan sus metralletas en contra de la población republicana; habían hecho acto de presencia con rifles en mano y cuchillos en ristre en los diversos frentes con las cartucheras cruzadas sobre las macabras sotanas para matar a diestra y siniestra a los milicianos del Frente Popular, igualmente católicos, liberales, sí, pero opuestos a su enriquecimiento y a sus históricos privilegios mientras la mitad de los españoles moría de hambre... El coraje y la rabia en la zona republicana venía de las bases populares, de la gente, del pueblo, mientras que los franquistas, los malvados militares, eran quienes ordenaban el asesinato a mansalva de civiles opuestos a su movimiento. Una gran diferencia social...

¿Cómo no iban los milicianos a quemar iglesias, parroquias y catedrales, a ahorcar a cuanto cura se encontraran en el camino o colgarlos del primer poste o árbol que tuvieran a la mano si hasta el propio papa, en abuso de sus creencias de infalibilidad, había afirmado que «el fascismo era la mejor arma para aplastar la revolución proletaria y defender la civilización cristiana»? Había que colgarlo de los cojones como enemigo de lo mejor del ser humano. ¿Qué significaba el ajusticiamiento de siete mil curas si en España existían más de ciento quince mil? ¡Nada! Tenían que haberlos matado a todos, las monjas incluidas, más aún cuando a diario se encontraban enormes tesoros, monedas o lingotes de oro y plata y millones de pesetas escondidos en monasterios y conventos o en cajas de seguridad de bancos extranjeros localizados en territorio español, así como diversos títulos de propiedad de cientos de bienes rurales o urbanos o acciones millonarias representativas del capital de empresas internacionales.

En una de esas charlas fraternales discutieron el ataque japonés a China, precisamente el 26 de julio de 1937, a un año del estallido de la Guerra Civil española. La expansión fascista no se reducía a un conflicto meramente europeo. ¡Qué va...! La economía del Japón se encontraba dañada por la crisis económica del año 1929, de la misma manera en que se había visto lastimada la alemana y, en general, la de casi todo el mundo. La depresión había sido de dimensiones planetarias. Los nipones requerían la apertura de nuevos mercados y el abasto de materias primas inexistentes en su archipiélago. O me las das o me las tomo... ¿Qué hacer? Al igual que Hitler y su política del Lebensraum, movidos por la envidia y las justificadas pretensiones fundadas en una razón superior, echaron mano de la violencia militar cuando ya contaban con posesiones en Corea, Taiwán y algunas islas del Pacífico. Se trataba de crecer, de explotar, de avasallar, de dominar e imponer para satisfacer sus necesidades y apetitos nacionales al precio que fuera. Por eso y sólo por eso, en 1931 habían invadido Manchuria, en manos de los chinos, más tarde Jehol y, al final, la zona al norte de Pekín. Se apropiaban de buena parte de China. ¡Claro que Japón había llevado a cabo la intervención armada en Asia de consuno con Alemania! Tanto era cierto lo anterior que bastaba recordar el pacto tripartita Antikomintern suscrito entre Italia, Japón y Alemania, las futuras «Potencias del Eje». Ese 26 de julio de 1937 los japoneses ocuparon casi toda China y llegaron a apoderarse no sólo de Pekín, sino también de Shangai y hasta Nanking, que tomaron después de un brutal bombardeo que sorprendió a la humanidad entera. ¿Quiénes eran estos endiablados japoneses que podían decuplicar su territorio en cuatro meses en términos de una crueldad sin precedentes? La cara que tendría Stalin al recordar la presencia de un perro rabioso en su frontera que ya había mordido y acabado con las tropas rusas en la guerra de 1905. ¿Y si después de la toma de Pekín seguía la de Moscú...? Y Hitler, ¿qué planes tendría Hitler en torno a la Unión Soviética? ¿Y si el Führer y el emperador Hirohito decidían hacer una pinza para desaparecer a Rusia del mapa y repartirse el otrora imperio zarista? Polonia era un estorbo para ejecutar esos planes. ¿Otra vez el planeta en llamas? ¿No sólo España...?

Los amigos intentaban entender ¿por qué los vacíos emocionales, los daños irreversibles padecidos por los protagonistas de la historia a lo largo de su infancia, sus complejos personales, tenía que pagarlos España entera? ¿No se decía aquello de «Madre pía, daña cría»? Y Franco, hijo de una madre fanática religiosa, controladora, autoritaria y castrante, una católica fervorosa, abandonada por su marido, resentida y rencorosa en relación a los hombres, ¿no había contagiado al tal «Franquito» con un cierto aire de feminidad acentuado con su dulce timbre de voz, aunque chillante e insoportable? Ahí estaban «sus marcadas tendencias a ocultar su propia debilidad, impotencia u homosexualidad bajo la apariencia de invulnerabilidad o heroísmo». Era entendible que su sentimiento de minusvalía provocado por su insignificante estatura de la que hasta Hitler se mofaría en privado porque sus pies no tocaban el suelo cuando se sentaba, lo obligaran a demostrar su hombría hasta llegar a extremos de crueldad.

Sí, sí, pero no todo era política. El tío Luis le reveló a Ernesto, en una de tantas ocasiones que se reunieron a hablar, un hecho singular que le había ocurrido con el padre de Anita, a esas alturas ya su feliz prometida. Resultaba que su futuro suegro se deshacía en atenciones hacia él. Se preocupaba por el lugar desde el cual resistía los bombardeos, es decir, si reunía los más elementales aspectos de seguridad; preguntaba por el botiquín de emergencia con el que contaba para el caso, nada remoto, de llegar a ser herido; le entregaba legumbres frescas que cultivaba en Cercedilla, un auténtico privilegio durante la guerra; llegó a obsequiarle una frazada y hasta a proporcionarle cigarrillos y *whisky* comprados de contrabando, en el estraperlo, excesivas atenciones que no tenía ni con su hija. Le hizo saber que la finca de su propiedad en la sierra la pondría a su nombre tan pronto volviera la paz a España, si es que ambos salvaban la vida al ser republicanos.

—De sobra sabes, chico, cómo son las mujeres, y tú eres un señor con toda la barba que me inspira la confianza necesaria como para confiarte una parte importante de mi patrimonio que Anita podría descuidar...

Luis nunca creyó en la filiación política de su futuro suegro, lo percibía como un facha camuflado, además de un hombre extraño, confuso e indefinible, cuya manera de ver la vida y de comportarse no llegaba a entender; sin embargo, aceptaba su presencia y sus excesivas atenciones exclusivamente en razón de su novia. Las verdaderas intenciones de José de Dios Orzamendi, este personaje alto, atlético, canoso e invariablemente perfumado con loción Varón Dandy, idéntico a Ramón Serrano Súñer, el cuñado de Franco, las descubrió Luis el mismo día en que Hitler se anexó Austria a través del famoso Anschluss, el 12 de marzo de 1938.

Pues bien, sentados en las sillas de un café, o de lo que quedaba de él, en una esquina de la Plaza Mayor «Pepe, dime Pepe, Luisito, que nada te cuesta», Orzamendi le confesó a mi tío Luis la admiración que sentía por él, por su profesión, por su periodismo valiente y genuino en el que él creía a pie juntillas, además del agradecimiento que le profesaba por cuidar con tanto respeto y esmero a su hija sin detenerse ante ningún riesgo. En su discurso introductorio, previo a las acciones, José no dejó de reconocer el justificado y no menos contagioso amor que Luis sentía por España, por sus libertades y derechos, en fin, las razones y las adulaciones eran interminables, hasta que el ínclito y perínclito suegro, padre de Anita, en un impulso incontrolable decidió tomar de la mano a mi tío Luis para confesarle el amor y la ternura que sentía por él desde el momento mismo en que lo había visto por primera vez vestido con ropa arrugada y sucia, el cabello desaliñado y la barba azul de tres días, por lo menos. De inmediato había descubierto que Luis, el futuro marido de su hija, era el hombre de su vida, el que había buscado desde su juventud...

—Pero, ¿qué se ha creído usted? —repuso mi tío Luis aventándole la mano y poniéndose bruscamente de pie como si lo fuera a picar un arácnido ponzoñoso—. ¿En qué momento ha visto usted en mí a un marica para atreverse a decirme esa barbaridad...?

Orzamendi palideció al enfrentar un rechazo tan brutal. Había cometido un gravísimo error de cálculo al suponer que podía comprar el amor de mi tío Luis ofreciéndole una parte importante de su patrimonio.

Antes de que pudiera pronunciar una sola palabra, mi tío le disparó en pleno rostro, apuntándole con el dedo índice como si blandiera un revólver:

—Qué amor ni ternura ni qué hostias… No se le ocurra volver a acercarse a mí ni a dirigirme la palabra, hijoputa, porque lo tiro por el balcón de su piso. Me cago en la madre que lo parió…

—Pero Luisito, escucha…

—Qué Luisito ni qué leches, hágame usted el favor de irse ahora mismo a la mierda porque es mi privilegio decirle que se vaya ¡ahora mismo!, y no cuando usted quiera, ¿me ha escuchado? —dicho lo anterior se dio la media vuelta y se dirigió a los restos de la Puerta de Cuchilleros, por la que descendió hasta perderse entre humaredas, animales muertos y hedores vomitivos de la calle del mismo nombre, en tanto escupía, contra su costumbre, y se tallaba repetidamente la nuca con el dedo índice y meñique de la mano derecha como si quisiera sacudirse una maldición.

—O sea, Luisito guapo y bien guapo, que tienes un suegro mariquita, ¿no…? Pues todo sea por España, sacrifícate, hermano…

Lo que mi padre hubiera dado a cambio de escuchar desde Valencia las carcajadas de Ernesto al saber lo acontecido…

El afecto entre Ernesto y Luis crecía a diario. No eran hermanos de sangre, no, pero lo eran de la vida. Tenían el mismo sentido del humor, sabían reír de la adversidad y de ellos mismos cuando cometían algún error. Para ellos las personas solemnes, quienes hablaban como si se hubieran tragado una espada, si acaso girando con desdén a los lados para constatar la presencia de sus semejantes, los mismos que decían agarrársela con papel de fumar, eran unos gilipollas. Sus coincidencias no se limitaban a sus concepciones políticas, ¡qué va!, ni a una parte de la comicidad con que entendían la existencia en la que jugábamos al baile de las mil máscaras hasta ser descubiertos o no (todo dependía del talento del elenco); el entendimiento alcanzaba igualmente los terrenos del amor, en donde ambos rendían culto a la majestuosa belleza femenina, que idolatraban y disfrutaban. En ocasiones hasta llegaron a compartir y gozar en sus respectivos lechos a las mismas mujeres, esos seres únicos y exquisitos.

En uno de esos encuentros, entre bombardeo y bombardeo, cuando paseaban por la Plaza de España y recordaban cómo era ese espacio histórico antes de la guerra, Ernesto le reveló al tío Luis uno de los pasajes más traumáticos que había vivido con cierta mujer en uno de sus viajes a París, enviado por el gobierno de Negrín a negociar armas con los franceses, unos cobardes y traidores que pagarían cara, muy cara su felonía en contra de la República por haberle negado toda ayuda militar sólo por miedo al dictador nazi. El primer acto de la obra se escenificó cuando Ernesto llegó a una *boite de nuit* en la Ciudad Luz verdaderamente frustrado junto con la selecta comitiva española, por tener que regresar a Madrid con las manos vacías después de haberse entrevistado con Léon Blum, Jefe de Gobierno del Frente Popular Francés. ¿Cooperaría con el Frente Nacional Español? Por supuesto que no... Sentado en la barra, antes de que comenzara el espectáculo, advirtió la presencia de un grupo de jóvenes francesas que festejaban, por lo visto, un onomástico. De pronto lo atraparon los encantos de una de ellas, para él una auténtica aparición. Estuvo observándola largo rato. Se deleitaba por la forma como jugaba con su cabellera trigueña, su risa contagiosa, por las miradas traviesas que le lanzaba de reojo, por su estatura, ciertamente sensual —jamás soportó a las hembras altas, de manos y pies enormes como las de las atletas norteamericanas—, por su vestido floreado ligeramente escotado que detonaba toda su imaginación como un obús en una vidriería, por su frente amplia y luminosa, el evidente anticipo de una persona talentosa, sin olvidar sus labios carnosos apenas pintados de color rosa pálido y su escaso maquillaje, porque ella no requería de afeites para lucir a su máximo esplendor. Si algo lo perdió fue la percepción de su perfume cuando pasó varias veces a su lado en dirección a los lavabos para acompañar a sus amigas, un pretexto más que él supo captar a la perfección.

La oscuridad del club nocturno no le impidió adivinar sus formas, por lo que de un impulso se puso de pie y sin más la invitó a bailar en la pista antes del inicio del espectáculo. Conversaron como pudieron, echando mano de palabras comunes, pero firmemente comunicados por el lenguaje del deseo mientras la orquesta intrpretaba a todo volumen música francesa. Lo único que Ernesto llegó a entender en medio del escándalo y del bullicio parisino es que ella vivía en Biarritz o en Nancy o en Aviñón... ¿Dónde? ¿Qué más daba...? Si la atracción entre ambos fue evidente desde un principio, más lo fue cuando ordenaron un Kir Royale tras otro y otro más en pleno jolgorio. Uno y otro y otro más, los que fueran. Él siempre pensó que quienes eran buenos para trabajar deberían ser buenos para divertirse. Pobres de los que eran sólo buenos para trabajar o sólo buenos para divertirse. El equilibrio era mezcla ideal. Ya para entonces intercambiaban palabras en arameo, francés, español, chino mandarín y mongolés hasta que ella, mareada, le pidió que la llevara a su hotel, uno de cien cuartos, recién construido en la parte trasera del Arco del Triunfo, en la avenida de la Gran Armada, la continuación de los Campos Elíseos. Hasta ahí llegó la feliz pareja a bordo de un taxi, momento que aprovecharon de principio a fin para besarse y acariciarse como si fueran amantes de toda una vida. Pasaron por el vestíbulo soltando carcajadas al estilo de los estudiantes de bachillerato haciendo la gran travesura de sus días. Subieron en el ascensor sin contener las ganas de desvestirse entre los dos. Llegaron a la habitación dando tumbos contra las paredes del pasillo. Abrieron la puerta, la azotaron tras de sí y empezaron a engullirse a besos, a tocarse, a quitarse la ropa frenéticamente como si estuviera incendiada hasta quedar como habían llegado al mundo. No había espacio ni tiempo para contenerse. Las caricias llegaron a su máxima tonalidad y en el momento que Ernesto se arrodillaba ante esa musa para homenajearla como a una diosa disfrutando los néctares con los que la Divinidad premia a sus hijos privilegiados, de golpe ella lo apartó bruscamente de la rosa negra que se encuentra a la entrada del jardín de las delicias, lo detuvo, lo empujó con violencia en tanto se llevaba las manos a la frente y sentía desplomarse: «*Un jus d'orange, s'il vous plais, ou je meurs.*»[24]

—¿Qué…? —preguntó el tío Luis encantado por el curso de la narración—, ¿que se te moría la tía en ese momento…? Joder…

—Yo no entendía nada. Sólo veía cómo se desplomaba sobre la cama sin dejar de enloquecerme con la belleza de esa mujer: no sabes, los senos, la piel, la piernas, el pelo, las nalgas, Luis, jamás había estado ni visto ni soñado con alguien así…

—¿Y qué hiciste? ¿Qué pasó, joder?, ¡habla…!

—Pues entendí que era un problema del azúcar, que necesitaba algo dulce o se moría, lo cual comprobé al sentir un sudor helado en la comisura de los labios y ver cómo empezaba a temblar, casi a convulsionarse…

—Y ya me imagino conseguir un zumo de naranja a esas horas…

—Me vestí en un segundo, me puse los zapatos y el saco con la rapidez de un rayo, como si se tratara de un acto de magia. Antes de salir se me ocurrió llamar a la recepción pero nadie contestó, así que salí como loco corriendo por el pasillo, bajé por la escalera porque no había tiempo para que llegara el ascensor y al llegar a la planta

[24] Un jugo de naranja, por favor, o me muero.

baja busqué el comedor, abrí la puerta de la cocina, encendí la luz y me dirigí a la nevera para dar con las naranjas. Las encontré a un lado de una de las mesas de trabajo. Corté dos apresuradamente, con el peligro de llevarme un dedo por la prisa, y salí casi dando gritos desesperados rumbo a la habitación de regreso, sólo que ¿cuál era el número? ¿Cuál era el piso de los siete que tenía el hotel? ¿Cómo se llamaba o cómo se apellidaba la chica? No me había dado cuenta de nada en medio de la borrachera. Me quedé petrificado. Toqué el timbre de la recepción como loco para que llegara un botones o quien fuera. Salió el gerente de guardia alarmado y le di las señas de ella, en tanto él requería del apellido; la descripción física no serviría de nada. El hotel estaba lleno y él no permitiría que llamara a todas las habitaciones para preguntar por una joven de Biarritz o Nancy o Lyon o Aix-en-Provence...

—¿Y qué hiciste?

—¿Qué hubieras hecho tú? Me senté en un sillón del vestíbulo a esperar con mis naranjas en la mano y ella nunca bajó... Amaneció y ella nunca bajó... Me dormí y ella nunca bajó... Jamás la volví a ver...

—¿Y se murió?

—Que no volví a saber de ella, ¡coño!, a ver si me entiendes... Me llevaré su recuerdo a la tumba. Si creyera en Dios te diría que fue un castigo...

Los amigos no sólo hablaban de la guerra, no, también festejaron la noticia del feliz nacimiento de las hijas de las dos María Luisas, una, la esposa de mi padre, quien cumplía así sus más caros deseos al haberse casado y ser madre; y la otra, mi tía, quien había contraído nupcias con José San Martín, un hombre químicamente puro, hecho a la perfección para mi tía, el esposo ideal, absolutamente despolitizado al igual que ella. Mi media hermana fue bautizada con el nombre de María Sol, la Chupi, y mi prima con el de María Luisa, Cuqui, ambas nacidas en la primavera de 1938 en medio del fuego fascista. ¿Se iba a detener el mundo por los bombardeos franquistas? ¿Ya no giraría la Tierra alrededor del sol por la Guerra Civil española? ¿No?, pues a procrear descendencia como lo establecen las leyes de la naturaleza, las sociales y las religiosas. Creced y multiplicaos. Ambas prefirieron el amor sin dejarse intimidar por la violencia. A vivir, como le dijera una voz al poeta: «¡Vive, vive, vive! Era la muerte».

¡Claro que al presidente Juan Negrín se le había muerto el niño en los brazos! Al llegar al poder ya se podía advertir que la derrota de la República era una mera cuestión de tiempo, plazo que se habría de recortar al haber apostado por equivocación al encadenamiento de la Guerra Civil con el estallido de un nuevo conflicto armado en Europa, la Segunda Guerra Mundial, que según él habría de beneficiar directamente a España. Negrín confiaba en que las potencias democráticas beligerantes en contra del fascismo, atacadas por el salvajismo nazi, trabarían al final una alianza internacional que incluiría a los defensores de la República en contra del franquismo. España recibiría las armas, pertrechos, municiones, obuses, aviones, tanques y submarinos largamente esperados de Estados Unidos, de Francia y de Inglaterra, para aplastar a los nacionales. Ya no habría más Guernicas. A partir de ese momento se devolvería el fuego en una proporción muy superior al recibido. Alemania e Italia tendrían que defender sus fronteras y olvidarse de España retirando de la Península Ibérica hasta el último de sus soldados. ¡Qué equivocado estaba! Ya no sólo se trataba de defender a España, sino que ¿quién rescataría a Europa de las garras de la sangrienta fiera nazi? Si Inglaterra, Francia y Estados Unidos no habían hecho nada para impedir la anexión de Austria ni habían dado un sonoro paso al frente para salvar a Checoslovaquia, con mayor razón se desentenderían y se seguirían desentendiendo de la malhadada República española.

Si la espantosa tragedia que sufría España resultaba estremecedora, la que padecía mi familia no era menos patética que la del resto de la nación. Era obvio que nunca se podrían disfrutar todos a todos durante todo el tiempo: la pálida blanca, escondida arteramente en una esquina de la calle Doctor Sumsi, sosteniendo firmemente la afilada guadaña entre sus manos, le arrebataría a mi padre de un sola cortada, precisa y puntual, aquello que más quería en su existencia, sin olvidar que apenas contaba con veintidós años edad. Una mañana de enero de 1939, cuando la guerra agonizaba, María Luisa, su joven mujer, fue a rezarle a San Vicente Mártir, patrón de los valencianos, para que nadie de los suyos resultara herido ni perdiera la vida durante las hostilidades que estaban por concluir. En cualquier momento se dejarían de escuchar los obuses que disparados desde el mar por alemanes e italianos mataban a diestra y siniestra; ya no se oirían las ráfagas provenientes de los frentes cercanos ni se presenciarían más ajusticiamientos callejeros ni tendrían que soportar más explosiones de bombas caídas en hogares, seguidos de llantos, alaridos y maldiciones ni tendrían que soportar más hambres, enfermedades y penurias, porque un día muy próximo se impondría la paz y, en el fondo de su alma candorosa, porque todavía esperaba alguna benevolencia de parte de los vencedores. ¿Franco bondadoso, generoso y compasivo cuando a lo largo de toda su vida se había esforzado en demostrar la ausencia del más elemental sentido de la piedad...? ¡Ay, si Manuel Azaña hubiera tenido el mismo temperamento que el endiablado Caudillo...!

María Luisa suplicaba, pedía en silencio, elevaba sus plegarias a cualquier hora del día, clamaba a Dios, oraba en el parque, en el apartamento, después de memorizar un verso de Machado, o en la ducha, si es que había agua y las bombas no habían destruido cañerías y drenajes; también, por supuesto, antes de dormir o de comer, cuando además se persignaba y bendecía los alimentos y a los comensales y a los ausentes. María Sol nunca se durmió sin oír un par de cuentos y recibir, al menos, cinco bendiciones e invocaciones a todos los ángeles imaginables. En aquella ocasión, una mañana fría, típica del invierno levantino, cuando mi padre se encontraba repartiendo libros y alfabetizando como siempre sin disparar un tiro cerca de Alicante, María Luisa, su esposa, después de encargarle a mi abuela la custodia por unos momentos de su hija, de un escaso año de edad, tomó sus rosarios, escapularios, medallas y estampillas para, una vez envuelta en su mantilla negra, misal en mano, cubierta la cabeza, dirigirse como cualquier otro día a la iglesia, sin saber, claro está, que tenía una cita con la muerte, una de esas decisiones incomprensibles de Dios aun para los propios creyentes.

María Luisa caminaba apresuradamente por la calle Doctor Sumsi en dirección de la Plaza de Toros cuando, de pronto, escuchó un silbido aterrador que la hizo correr en busca de un refugio seguro. De sobra conocía el significado de semejante zumbido y del desastre que se produciría a continuación. Con lo que no contaba Mari es que el proyectil parecía seguirla a donde se escondía. Ningún lugar le parecía adecuado para guarecerse. El tiempo apremiaba. La lluvia de fuego había iniciado una vez más. Tenía los segundos contados. En su desesperada agonía se dirigió a la entrada del templo de San

Vicente Mártir: en el casa de Dios estaría a salvo... Al menos eso creía, porque a unos pasos del atrio se le presentó Dios en forma de relámpago. Una luz deslumbrante, enceguecedora y resplandeciente, un rayo refulgente disparado desde el infinito por una fuerza superior la desintegró de inmediato, la pulverizó sin que se escucharan sonoras carcajadas de ultratumba para festejar la sagrada puntería de la Divinidad. De sus versos, sus cantos, sus piezas al piano, sus representaciones teatrales, sus sonrisas contagiosas, sus invitaciones a la reconciliación y a la armonía, sus ilusiones cumplidas de ser novia, esposa y madre, sus cariños y afectos, sus deseos de vivir y exprimirle a la existencia hasta la última gota de su sagrado elíxir, sus sueños de disfrutar una hermosa familia hasta el último de sus días, sólo quedaron sus dos zapatillas llenas de lodo y sangre. El «Señor» se la llevó alevosamente, al menos, sin hacerla sufrir. Sus premoniciones no se habían cumplido: ya estaría descansando a un lado de Jesús después de haberse casado y haber saboreado efímeramente su matrimonio y sus momentos felices de inolvidable maternidad. Ninguna madre mejor que ella...

La llamada de mi abuela alcanzó a mi padre en Alicante mientras él abría unas cajas de libros de Emilio Salgari y sus novelas de piratas que lo habían conmovido de joven. En el mismo cuartel de alfabetizadores de los milicianos republicanos, contestando el teléfono de pie como en tantos otros momentos en que escuchaba los balbuceos de su hija María Sol, en esta ocasión oyó la voz apenas audible de su madre que le anunció tartamudeando, envuelta en llanto, la mala nueva. Sin que las piernas pudieran sostenerlo y sin tener siquiera fuerza para sujetar la bocina en sus manos, se desplomó de rodillas hasta que la cabeza fue a dar contra el piso. Se veía como un pedazo de carne amorfa sin osamenta alguna. Jamás pensó en sus insignias de capitán durante su viaje incontenible al suelo, es más, tampoco cayó en cuenta de que había dejado hablando sola a su interlocutora, la única que se había atrevido a informarle lo acontecido. Las madres dan la vida, sí, pero en ese momento a ella misma le había tocado por contraria suerte arrebatársela a su hijo. Hay hechos que matan, que hieren, que marcan para siempre, que tuercen una existencia y que alguien, ni hablar, tiene que comunicar a pesar de saber el daño irreversible que estará ocasionando. Enrique lloraba como un crío sin que nadie pudiera consolarlo ni levantarlo para brindarle una silla. ¿Qué importaba la dignidad en el momento más trágico de su vida? Caía, se descolgaba, se despeñaba en el vacío, en la dirección opuesta del infinito, del cielo, se precipitaba en un agujero negro sin fondo, sin luces ni sonidos ni esperanza ni colores.

Quienes permanecieron a su lado en esos días aciagos, como mi tío César, advirtieron cómo su mirada había empezado a cambiar hasta convertirse en la de un loco. Cayó en un mutismo encerrado en un mundo inextricable. Absolutamente prohibido el paso a su interior. Resultaba imposible arrancarle una palabra. Sus allegados sólo recuerdan cómo un buen día entró al depósito de armas, ubicado a un lado de la enfermería, para pedir una carabina y un par de peines en los cuales no debería faltar ni un cartucho. La expresión de sus ojos delataba una furia silenciosa, profunda, dolorida. Si antes no había matado, ahora lo haría. ¿Para eso era la guerra, no...? Pues entonces a matar interviniendo aunque fuera en los últimos combates. ¿Libros? Ahora tenía otras prioridades diferentes a la alfabetización. Mi padre se había jurado no tirar jamás de gatillo alguno, pero no contaba con la muerte de María Luisa ni con el rabioso sentimiento de venganza que se había anclado con firmeza en el fondo de su alma. El salvajismo bélico también tenía una compensación maravillosa: la gratificante posibilidad del desquite, de la exquisita represalia anónima. Por cada nacional que asesinara, ¿asesinara?, no, en ese caso, que matara, en la guerra todo se valía, estaría honrando la memoria de su mujer, aun cuando ella jamás hubiera deseado ser dignificada de esa manera. ¡Por supuesto que mi padre se enlistó de inmediato en el frente y se jugó la vida como el que más con tal de dar con un alemán, un italiano, un franquista o cualquier fascista, en la inteligencia de que jamás conocería la identidad del piloto que había dejado caer esa lluvia de bombas sobre la ciudad de Valencia! ¿Era imposible saberlo? ¿Y si investigaba? ¿Se podría...?

El grito desaforado del «No pasarán» proferido por los republicanos desde el corazón de Madrid empezaba a perder sonoridad hasta extraviarse para siempre en la inmensidad del horizonte castellano. ¿Y si pasan...? La última de las esperanzas para evitar la inminente debacle republicana se había desplomado con la suscripción de los Tratados de Múnich que cancelaban toda posible ayuda militar y económica a España. Por otro lado, la España liberal había entrado en un pavoroso tobogán con las negociaciones secretas entre Hitler y Stalin, las de un maniático anticomunista y un feroz antinazi, que tendrían como resultado la cancelación del auxilio soviético; otro golpe demoledor se asestó al descubrirse que en enero de 1939, Rusia enviaba petróleo a los franquistas. Sólo un ciego era incapaz de ver con meridiana claridad el rostro de la derrota cuando fueron retirados los voluntarios de las Brigadas Internacionales precisamente en la coyuntura más dramática de la batalla del Ebro, el hilo delgado, delgadísimo del que dependía la suerte de la República, el mismo que Franco cortó al lanzar a un ejército bien armado integrado por trescientos sesenta mil hombres para aplastar lo que quedaba de la democracia.

—Me cago en la hostia —fueron las últimas palabras pronunciadas por mi tío Luis antes de huir en dirección a Valencia, obviamente sin Anita, ni mucho menos con su suegro, de quien supo en el último momento que ya estaba en tratos con los nacionales concediéndoles cualquier género de atenciones, entre otras, proporcionándoles datos de su paradero y de mi tío Ernesto, un par de asquerosos comunistas enemigos de la causa de la libertad...

En enero caería Barcelona y en marzo Madrid y Valencia. Todo estaba perdido. Sólo quedaba salvar la vida cuando Azaña se exilió en Francia el 5 de febrero de 1939 para facilitar el proceso de reconocimiento diplomático de la dictadura franquista a partir del 27 de ese mismo mes, fecha en que Azaña renunció desde el exilio a la Presidencia de la República. Francia e Inglaterra se apresuraron a reconocer vergonzosamente al nuevo tirano español, para continuar después Italia, Alemania y Estados Unidos, entre otros países más, sin olvidar que Rusia ya se había olvidado de España en beneficio de Hitler, el dueño absoluto de los escenarios internacionales, en donde cundía el pánico. ¿Huir? Sí, a donde fuera, pero huir, huir, sí, huir. Tiempo después se suscribiría un decreto en los siguientes términos:

> En el día de hoy, cautivo y desarmado el Ejército Rojo, han alcanzado las tropas nacionales sus últimos objetivos militares. La guerra ha terminado.

No tardaría en publicarse otro mensaje dirigido a los felices militantes franquistas:

Dos naciones, Alemania e Italia, han reconocido al gobierno nacional. Ellas, junto a Portugal y España, forman el baluarte de la cultura, la civilización y la cristiandad en Europa.

España se desangró. A la historia le correspondería dejar constancia de cómo un pueblo noble y valeroso, unos milicianos valientes y convencidos de las ventajas de la libertad y del derecho, una inmensa mayoría de la nación mal armada, dotada de una gran fortaleza moral, había sido derrotada por fuerzas superiores movidas por una vesania, una enajenación mental llamada a destruir la civilización. La primera gran víctima sería España... A pie escapaban los vencidos y sus familias de la horca, de las cárceles y de los paredones, rumbo a la frontera francesa o en dirección de los puertos de Levante para abordar apresuradamente un barco a donde fuera. La patria era abandonada por ingenieros, médicos, filósofos, poetas, doctores, abogados, maestros, catedráticos, técnicos en diversas especialidades, empresarios, jueces, magistrados, editores, directores de cine o de orquesta, compositores, pintores, escritores, dramaturgos, lo mejor y más selecto de la patria española. A salir con lo que llevaras puesto o a morir en los sótanos de tortura franquistas...

Si la tragedia de España agredía a millones de familias, la mía no era, no podía ser, una excepción. Si bien mi tío Luis decidió a tiempo abandonar Madrid para dirigirse a como diera lugar a Valencia, una de las últimas plazas en caer en manos de los franquistas, le resultó imposible convencer a Ernesto de las ventajas de acompañarlo antes de que los fascistas lo buscaran hasta debajo de las piedras como lo harían con el resto del gobierno republicano. La demencia nacionalista, como la del nacionalsocialismo alemán, perseguiría a los así llamados «rojos» hasta dar con el último reducto en donde se encontraran, de la misma manera en que los nazis gasearían y cremarían a tanto judío, gitano, comunista, republicano, alias bolchevique, o inválido —con excepción ya dicha de Joseph Goebbels— que localizaran.

¿Y Ernesto...? En los días previos a la caída de Madrid, mi tío Luis se las arregló para visitar una y otra vez a Ernesto para convencerlo de la imperiosa necesidad de huir porque irían por él antes que por muchos otros. No fue suficiente llevarle escrito en un papel el texto de un decreto firmado por Franco el 13 de febrero, la Ley de Responsabilidades con efectos retroactivos: «Se consideran delincuentes todos los seguidores de la República desde el primero de octubre de 1934».

—Te matarán, chaval, que te matarán, que te lo digo yo —arguyó Luis—, y me matarán a mí también si me quedo. Existen traidores, Ernesto, que lucharon del lado de la República y ahora se presentan como fanáticos nacionales delatando a quienes combatimos juntos por la libertad. Te matarán, chaval, te matarán, créeme que te matarán, ya lo ha anunciado el enano de mierda...

—Me matarán si me atrapan, pero no me atraparán, Luisote, y no me atraparán porque me esconderé en la embajada de Noruega: el padre de Solveig me ofreció asilo diplomático, además así estaré siempre a su lado. Finalmente encontré a la mujer de mi vida y no la dejaré por ningún concepto.

—¿Y cómo saldrás de la embajada?

—Con un salvoconducto, Luisín: Franco se cuidará mucho de meterse en un lío diplomático violando el terreno de la embajada, de modo que nos veremos en Oslo a la menor oportunidad y te invitaré un *gravlaks* o un *rakfisk* en el mejor restaurante de Noruega, ya me enseñó mi mujer a comerlos.

—Estás tonto del culo, Ernesto —repuso mi tío Luis enfurecido—, no te das cuenta que toda Europa está paralizada por Hitler. Hay terror en el mundo por este loco de mierda y que este loco de mierda, precisamente este loco de mierda, apoya a Franco, y si Franco viola una y mil embajadas nadie va a protestar por pánico a los nazis. ¿Crees que el gobieno de Oslo va a mandar tropas a Madrid si los fascistas españoles violan su recinto diplomático? ¿Crees que ignoran en Noruega que un conflicto con Franco es al mismo tiempo un conflicto con Hitler? ¡Por favor, recapacita!

—Los nacionales no quieren exhibirse como salvajes ante la comunidad internacional y, por lo mismo, respetarán los tratados con otros países...

—A los nacionales les importa una mierda y un cuarto su imagen, Ernesto, ¿ya se te olvidó que bombardearon toda España y mataron a cientos de miles con la aviación alemana e italiana...?

—Me darán un salvoconducto y volaré a Oslo con Solveig...

—Salvoconducto ¡mis cojones!, Ernesto: si te quedas en Madrid te matarán...

—Ya te escuché con la debida calma y prudencia, ahora respeta mi decisión, Luis querido, hermano...

En ese momento mi tío Luis se lanzó encima de Ernesto para golpearlo y llevárselo inconsciente a Valencia. Era claro que no estaba en sus cabales. Ambos rodaron por el piso. Luis ganaba el pleito porque asestaba golpes más sólidos y puntuales aprovechando el factor sorpresa. Ernesto apenas se defendía porque se negaba a lastimar a su hermano de toda la vida. Entre porrazos y leñazos de pronto Luis empezó a sacudir de las solapas a Ernesto en tanto aquél empezaba a gimotear.

—Reacciona, Ernesto, reacciona: te matarán, vendrás ahora mismo conmigo por la mala o por la buena —le repitió montado sobre el estómago de Ernesto, quien recibía en el rostro las lágrimas doloridas de mi tío Luis—. ¡Vendrás, cabrón! ¡Vendrás, vendrás! ¡Júrame que vendrás, hijo de puta, o te matarán, te matarán, te matarán! Mira lo que pasó con María Luisa, ya no enlutes más a tu familia.

Cuando Ernesto pretendía inmovilizar las manos de Luis, ya no fue necesario porque éste, impotente, se dejó caer a un lado, en el suelo, enjugándose las lágrimas de la desesperación. ¿Cómo defenderse ante un ser humano de semejantes proporciones?

Permanecieron un momento tumbados hasta que Luis se tranquilizó.

—¿Vendrás conmigo...? —preguntó Luis cerca del oído de Ernesto—. Dime que sí o te arranco la oreja ahora. Abajo nos espera un automóvil que nos llevará a Valencia con tu madre y tu hermano Enrique. Ahí tomaremos un barco de los que ha conseguido Negrín y nos iremos al exilio, al primer puerto en el que atraquemos. Aprenderemos juntos árabe, inglés o griego y volveremos a España clandestinamente para asesinar a Franco en cualquier acto público que se presente. ¿No te gustaría meterle un cohete en el culo?

—Déjame ponerme de pie... —suplicó Ernesto, sonriente, secándose también el rostro. A saber si eran sus lágrimas o las de Luis—. Lo pensaré...

—No tienes nada qué pensar, es ahora o nunca. Ya están entrando los franquistas, según me dicen, por Casa de Campo y en un momento más tirarán tu puerta como la de tantos otros republicanos... No hay tiempo ni para hacer la maleta. Ahora mismo ya nos podrían detener en los retenes de la carretera —insistió categórico Luis limpiándose la sangre del labio.

—Me quedo...

—Hostia...

—No puedo perder a Solveig...

—Dile que la ves en Oslo, siempre y cuando nos vayamos ahora mismo. Si te quedas no la volverás a ver nunca más...

Ernesto se acercó a Luis y lo abrazó:

—Gracias, Luis, gracias, soy como los capitanes de los barcos: me hundiré junto con la República...

—Eres un capitán, pero un capitán imbécil: nadie agradecerá tu sacrificio...

—Está bien, ahora lárgate porque no quiero sentirme culpable de que te atrapen conmigo...

—Es que...

—Es que lárgate, ¿me has entendido? Lárgate o seré yo ahora quien te saque a golpes de mi casa: ¡Largo, he dicho, largo...!

—Pero...

—¡Largo, mierda, largo...! —lo empujó de su casa recogiendo a su paso la gabardina y la boina que Luis había traído consigo para guarecerse del frío madrileño de los últimos días de marzo de 1939. Le aventó varias prendas a la cara.

En la puerta se dieron el último abrazo. Luis llegó a su automóvil, lo abordó sin volver y desapareció en la sospechosa oscuridad nocturna de la derrota.

Sin disimular su nerviosismo, a sabiendas que en cualquier momento podría presentarse por él una avanzada de fascistas que tal vez ya estarían violando cientos de casas de Madrid, Ernesto buscó una maleta pequeña, arrojó tres tristes trapos, su pasaporte, algunas pesetas, sus libros favoritos que no podían pasar de media docena, las fotos de su madre, de la familia, las de Enrique con Mari y su hija, María Sol, sonrientes y felices después del día del bautismo; las de él con Solveig, en el parque de El Retiro; las de él con el abuelo, en la entrada de la cárcel de Toledo, la mañana en que lo nombraron director del penal; sus manguillos, su tinta, hojas de papel, como si no las fuera a encontrar en la embajada y su loción de Heno de Pravia. Vio por última vez el piso en el que había vivido cinco años. No era momento para recordar a todas las mujeres con las que había pernoctado disfrutando las delicias del amor, contagiado por sus sonrisas, sus gemidos inolvidables de placer, sus broncas espectaculares cuando habían desaparecido el atractivo y simpatía, y el espacio, antes compartido sobradamente, se había convertido en una habitación tan pequeña que no podía entrar ni el sol. Lanzó besos a diestra y siniestra, tocó las paredes rumbo a la puerta de salida y la cerró mecánicamente, a sabiendas de que sería destrozada después por los franquistas, unos más salvajes que otros. Caminó con prisa en la noche, pero giraba a cada rato como si sintiera que alguien lo seguía de cerca. En la acera de enfrente vio a dos tipos que se hicieron los disimulados cuando pasó a su lado. Llevaba su carnet de identidad y su pasaporte, pero tal vez esos documentos lo inculparían más rápido. ¿Era mejor tirarlos a la calle y esconder su identidad? Tal vez así nunca lo descubrirían, salvo que alguien lo acusara y lo señalara. Nunca faltaban los traidores que con tal de hacer méritos con los nacionales, «esos magníficos españoles que habían rescatado a España del caos y del desorden», podrían denunciarlo con funestas consecuencias.

Al fin llegó a la embajada de Noruega, más precisamente a la residencia del embajador. Solveig salió de inmediato a su encuentro rompiendo los protocolos de seguridad. No esperó a que los encargados de su custodia le notificaran su presencia y lo hicieran pasar ni evitó ser vista por cualquier viandante, curioso o espía que le podría estar siguiendo los pasos a su amado. Entraron, se abrazaron, se besaron, se acariciaron en tanto el embajador, padre de Solveig, le explicó en la sala el inminente arribo de los nacionales al día siguiente. Sería cuestión de resistir un par de semanas el asilo político antes de poder tramitar ante las nuevas autoridades un salvoconducto. Él pensaba que el encargado de las relaciones exteriores sería Serrano Súñer, el cuñado de Franco, un conocido, no amigo suyo, pero a saber...

Pasaron días de agónica espera, mientras que los nacionales se apoderaban de Madrid, de Barcelona y de Valencia. Ernesto no dejaba de pensar en la suerte de sus hermanos. ¿Habrían logrado huir a bordo de un barco, junto con Luis, con destino desconocido? Una parte de los madrileños hipócritas o tal vez convencidos de las ventajas del fascismo, si es que había alguna, recibieron a los franquistas, hijos del demonio, arrojándoles claveles desde los balcones y tributándoles aplausos a su paso. No faltó quien les cantara saetas desde las ventanas, como en la Semana Santa, sin que se detuviera el desfile de los asesinos de la libertad y del progreso.

La semana siguiente, tal y como lo había prometido, el diplomático interpuso una solicitud de salvoconducto para Ernesto Martín

Moreno, asilado en la residencia de la embajada de Noruega, ante el nuevo gobierno español. Si anteriormente la espera había sido insoportable, más aún lo fue cuando la autoridad no contestaba, si bien empezó a merodear gente extraña en los linderos de la representación nórdica. ¿Quiénes serían?

La mañana del 10 de abril de 1939 el mayordomo de la residencia despertó sobresaltado al embajador, a su esposa, a Ernesto y Solveig, que dormían juntos. Les hizo saber que desde el amanecer había visto la formación de varios tanques de guerra apuntado con sus cañones a la misión de Noruega, rodeada de policía secreta y de la malvada Guardia Civil. Por unos altavoces le hicieron saber al embajador que contaba con una hora para entregar a Ernesto Martín Moreno o abrirían fuego contra la casa hasta no dejar una piedra sobre la otra. Él y sólo él sería el único responsable de la muerte de inocentes y de los daños que pudieran causarse. A partir de las nueve de la mañana empezaría a contar el tiempo y eran las ocho con treinta minutos. Luis había tenido toda la razón, pero ya de nada serviría, ni concedérsela ni arrepentirse.

La crisis no se hizo esperar en el seno de la familia de Solveig. ¿Cómo era posible que no se respetaran los tratados internacionales ni la inmunidad ni la extraterritorialidad diplomáticas? ¿Interponer una queja ante la Sociedad de Naciones? En lo que se resolvía burocráticamente la protesta diplomática, Ernesto ya estaría más muerto que los muertos. Nada. Franco no tomaría la llamada ni Serrano haría el menor caso antes de tener un enfrentamiento con su cuñado. Se trataba de la pérdida de todas las formas, la violación de los acuerdos y de la más elemental etiqueta diplomática. ¿Pero cómo hablarle de modales a unos perros fascistas, quienes por definición y costumbre ignoraban la ley, cualquier ley? Ya se estaba viendo lo que hacía Hitler con la ley, con los tratados y con las normas internacionales, con sus nacionales y con los extranjeros. El padre de Solveig habló de resistir porque los franquistas no se atreverían a disparar contra la legación de su país. Era una bravata para presionarlo. La madre de Solveig aclaró, con la debida pena, que si bien había que ayudar a Ernesto hasta el límite de sus fuerzas, también era conveniente pensar en sus hijos y en el personal diplomático. Después de arrojarle una mirada de odio a su madre, Solveig propuso entregarse como rehén, en tanto se escuchaban los altoparlantes que anunciaban la hora cada cinco minutos. Ernesto, por su parte, decidió que resultaba imposible lastimar a inocentes y que se entregaría en ese momento. No podría perdonarse jamás una matanza como la que se avecinaba. Solveig se negó tomándolo de las manos y proponiendo que salieran al mismo tiempo. Si disparaban se irían juntos al otro mundo. La madre se escandalizó y cayó en un ataque de nervios. Ninguna solución parecía factible. El embajador todavía propuso esperar a las diez en punto para ver qué acontecía. En el caso de que empezaran a disparar él mostraría una bandera blanca y todos se entregarían. Era la única forma de desenmascararlos. Ernesto no pudo más cuando dieron las diez menos cuarto y encaró a Solveig con mentiras:

—Me tengo que entregar. No tiene remedio. Es la mejor opción. Habrá un juicio justo de acuerdo a la Constitución...

—¿Cuál Constitución si la van a derogar de inmediato como tantas veces me lo dijiste? No me mientas.

Fue entonces cuando, ya sin argumentos, Ernesto decidió salir de la residencia. Se despidió formalmente de sus suegros, del personal y de los hermanos de Solveig. A ella la abrazó, la besó y palideció: como que sabía lo que le esperaba. Sin embargo, a los presentes les obsequió una sonrisa para tranquilizarlos. Solveig se negaba a soltarlo hasta que él, sin dejar de pensar en las sabias palabras de Luis, la fue retirando gradualmente sin poder consolarla. Cuando ella se dio por vencida, alcanzó a decirle unas palabras al oído:

—Espero que las semillas que sembraste estos días en mi vientre se traduzcan en un niño hermoso que llamaré Ernesto.

Mi tío cerró los ojos por toda respuesta, los crispó y salió dejando a Solveig llorando desconsolada en la puerta por la que días antes había entrado pensando que era su salvación.

Ernesto salió a la calle vestido con unos pantalones claros y su eterno suéter azul celeste, su color favorito. Levantó los brazos para demostrar que iba desarmado. Tan pronto advirtieron su presencia varios uniformados corrieron a atarlo y amordazarlo. Uno de ellos, por lo visto el de mayor jerarquía, le dio un terrible golpe en la cara que hizo rodar a mi tío por el suelo.

—¿Cómo os atrevisteis a pedirle a los rusos, esos comunistas de mierda, a que vinieran a bombardear a vuestra propia patria, hijos de la gran puta?

Todo esperaba el franquista que abusaba de su autoridad y de su poder, menos que Ernesto, un republicano indefenso y cautivo, que sangraba abundantemente por la nariz y por la boca, se fuera a levantar como una pantera herida para lanzarse a morderle la nuez o lo que fuera en su impotencia, antes de que lo inmovilizaran y lo sometieran entre varios soldados. Era la rabia de los vencidos. Todavía pudo abalanzarse encima de su agresor para derribarlo y morderle la nariz, arrancársela de cuajo. El uniformado que exhibía condecoraciones de gala, en realidad reconocimientos por haber matado a sus compatriotas, profirió un espantoso grito de dolor sin poder liberarse de mi tío, ni siquiera cuando el resto de los hombres intentaron separarlo de su superior que pateaba el piso y se convulsionaba tratando de girar la cabeza enloquecido de un lado al otro para impedir mayores daños de la fiera. Ernesto echaba mano de fuerzas desconocidas y vengaba a la República vejada y derrotada, a las mujeres violadas, a sus compañeros asesinados, a los niños muertos, heridos o mutilados, a la patria y a las familias destruidas, a las escuelas abandonadas, al futuro extraviado, a los campos yermos; vengaba la tragedia española y en el fondo sonreiría al sentir en su boca, entre los dientes, un pedazo de la nariz del fascista, cuyos gritos de horror nadie podría olvidar y mi tío se los llevaría a la tumba. Los subordinados sólo pudieron apartarlo golpeando la nuca de Ernesto con las culatas de sus rifles, apuñalándolo con sus cuchillos por la espalda y rematándolo a tiros en plena calle y ante la mirada aterrorizada de Solveig, de su familia y de algunos vecinos escandalizados. Su padre no pudo contenerla y ella logró salir a la calle a gritar:

—Asesinos, sois unos asesinos. Pobre de España si vosotros vais a gobernarla. ¡Cobardes, asesinos, miserables…!

Cuando los franquistas se llevaron los fusiles al hombro para vengar el agravio y estaban a punto de dispararle a Solveig, el mayordomo, un anciano, se interpuso y la jaló lentamente rumbo a la residencia.

De Ernesto sólo quedó un charco de sangre cuando arrojaron su cuerpo como un saco de papas a un camión del ejército, de ese que había acabado con la vida de cientos de miles de hombres amantes de la libertad y del derecho.

Tres golpes de sangre tuvo
y se murió de perfil.
Viva moneda que nunca
se volverá a repetir.

A mi tío Luis lo buscó la policía secreta franquista por cielo, mar y tierra. ¡Claro que no lo encontraron en el balneario que él frecuentaba a la salida de Madrid, por la carretera a Toledo! No faltaba más. Un nutrido destacamento de nacionales invadió la sede del periódico para secuestrar a los periodistas que ingenuamente podrían haber estado esperando a los facinerosos fascistas. Por supuesto que ya no había nadie. Destruyeron a marrazos los linotipos y las impresoras como si esos equipos fueran los responsables de la edición de noticias democráticas escritas por mentes liberales. Algo parecido a una persona que rompe el teléfono porque le dieron una mala noticia. Hicieron pedazos los escritorios, los anaqueles, las fotografías de Azaña y de Negrín; se llevaron el papel y las tintas, así como libros que no tardarían en ser prohibidos por la dictadura. ¿Para qué arruinar máquinas impresoras que bien podían haber sido utilizadas para «revelar hechos monstruosos cometidos por los republicanos»? ¿Acaso pensaban que dichos sistemas sólo podían ser utilizados para imprimir temas liberales? Esa era la mentalidad de los asesinos.

Después de despedirse de Anita y de llevarse sus aromas de mujer a donde fuera, la textura de la piel de sus manos, el espacio cóncavo en el que cabía a la perfección su seno derecho, o mejor dicho, *deresho*, imposible arriesgarla a semejantes peligros, se dirigió de inmediato a Valencia con la esperanza de abordar el mismo barco en el que saldrían, rumbo a Casablanca, mi tío César y mi padre. Tuvo que pasar más de treinta retenes organizados por milicianos republicanos hasta llegar a la calle Doctor Sumsi y encontrarse, en su carrera desesperada por la escalera, a mi abuela vestida de negro. La abrazó como se abraza a una madre, suponiendo que el luto lo guardaba por María Luisa, sólo que no tardó en caer en cuenta, por el llanto descontrolado de ella y por la manera compulsiva como lo sujetaba del cuello, que había algo más, mucho más. De reojo podía observar un pañuelo apretado en su mano, la evidencia misma de que no había dejado de llorar:

—Ernesto, Ernesto, hijo mío, hijo de mis entrañas, mi hijo, Luis, mi hijo, por Dios, mi hijo…

—¿Qué ha pasado? —preguntó aterrado sin apartarse de mi abuela, presintiendo lo peor.

—Que lo ha matado la Guardia Civil en la embajada de Noruega hoy mismo en la mañana; que nos ha hablado por teléfono la pobre de Solveig.

Mi tío Luis —según me contó— sintió como si se le hubiera atorado una espina gigantesca de bacalao en la garganta antes de llorar en silencio, contagiado por mi abuela.

—No, por favor, mamá Felisa, dígame que no es cierto —repetía una y otra vez haciendo contacto con la mejilla empapada de mi abuela—. Por favor, no, no, no…

—Sí, hijo mío, lo molieron a culatazos y lo mataron a puñaladas esos hijos de puta de la Guardia Civil, ¡ay, ay, ay…!

—Se lo dije, señora, se lo dije, se lo repetí hasta el cansancio, lo juro, lo juro, lo juro. Tuve que golpearlo para llevármelo a la fuerza, sacarlo jalando de la corbata a la calle y no pude, no, no, no pude, señora, no pude… ¡Yo soy el único culpable, yo, yo y nadie más que yo! —repetía Luis tirándose desesperado de los cabellos.

—Hijo de mis entrañas, ¿dónde estará ahora mismo? ¡Cuánto habrá sufrido! ¡Ay!, si yo pudiera matar a Franco…

Luis acariciaba las manos de mi abuela para consolarla y consolarse. Negaba con la cabeza en tanto la mirada se extraviaba en el infinito. No se atrevían a verse a la cara. Se producían interminables silencios en los que ambos recordaban a mi tío asesinado. Imposible creerlo, ya no estaba, ya no está, ya jamás estaría…

Pasado el impacto de la noticia, ambos se sentaron en un rellano de la escalera a hablar.

—Dígame, ¿y Enrique y César? ¿Qué sabe de ellos? ¿Están aquí en Valencia todavía? ¿No se han ido?

—Se embarcaron ayer los dos en medio de dos zozobras y penalidades de última hora…

—¿Por qué?

—César estaba preso, ya sabes, otra vez por deudas de juego y borracheras, y los dos se habían jurado no salir de España el uno sin el otro, de modo que si atrapaban a uno, el otro tendría que quedarse y ver por su liberación.

—¿Y quién lo sacó de la prisión?

Después de sonarse y de sonreír esquivamente, mi abuela contó cómo, cuando quedaban tan sólo un par de días para que el barco partiera, Enrique se había reunido a tomar un café con sus amigos para hacerles saber su suerte y la de su hermano preso en una situación tan crítica. Durante la conversación, en que ninguno encontraba la solución y el destino de mi padre se veía más negro que nunca —si por lo menos César hubiera estado preso por alguna falta grave—, llegó repentinamente otro colega de la revista *Argos* y les invitó a todos un anís porque un juez acababa de dictar la liberación de su cuñado a través de una sentencia que llevaba en el bolsillo y que mostró orgulloso a los presentes. Después de leerla precipitadamente, mi padre solicitó permiso para llevársela por unos momentos y regresarla al día siguiente a quien hubiera sido el propietario del papel salvador. Enrique había corrido a la imprenta en donde imprimían su revista y solicitó que le prestaran una máquina de escribir de las mismas que se usaban en las delegaciones de policía y en los juzgados. Ahí mismo falsificaron el sello del poder judicial valenciano, mientras uno de los socios practicaba una y otra vez la firma del juez. Terminaron al mismo tiempo. Texto, sello y rúbrica estuvieron listos en un par de horas y así, con esa cara de que aquí no ha pasado nada, Enrique se presentó en los separos en donde César se hallaba detenido y, vestido de capitán, habiendo pedido prestadas un par de condecoraciones que colocó en su uniforme para impresionar más, mostró la orden al guardia de turno y agregó, con voz imperiosa, que venía por ese sujeto miserable, que se lo entregara de inmediato porque había que llevarlo a otra correccional por órdenes superiores. Para la sorpresa de él, le trajeron a su hermano con una ropa que parecía de cien años atrás. Con el gesto descompuesto y apenado, unas con ojeras de horror, se lo entregaron, no sin antes solicitarle su identificación y la firma para que se hiciera cargo de cualquier responsabilidad originada por la liberación.

—Tú sabes, tenía que llenar los requisitos...

—¿Y lo trajo a casa?

—¡Claro que lo trajo a casa, sí!, pero golpeado, bueno, ambos golpeados.

—¿Pero quién los golpeó, madre de Dios, qué es esto...?

—Entre ellos, Luis, casi se matan entre ellos.

—¿Pero cómo es posible?

—Pues ya venían en un automóvil prestado de regreso cuando César le preguntó a su hermano menor cómo había hecho para liberarlo tan rápido, cuando estaba amenazado para pasar por lo menos quince días en prisión.

—¿Y entonces? —preguntó Luis, ansioso.

—Entonces Enrique le confesó que había falsificado la orden de liberación, la firma del juez y el sello de la autoridad. Todo falso, habrase visto... ¡Qué audacia! ¿No era para felicitarlo...?

—¿Pero por qué los golpes?

—Porque César empezó a gritar en el automóvil que los iban a detener y los iban a acusar de otros delitos de los que él era inocente, que cómo se le había ocurrido falsificar documentos oficiales, que los iban a fusilar por tramposos; que a él lo iban a dejar salir en cualquier momento; y entre tantas reclamaciones intentó descender del automóvil y regresar corriendo con la policía para decir que él era inocente de lo que estaba haciendo su hermano, que él no había falsificado nada, que no lo culparan y que no le alargaran la sentencia por lo que más quisieran.

—Claro —interceptó Luis—, y en ese momento, como Enrique no lo podía dejar ir de regreso a la comandancia de la policía, trató de detenerlo a golpes, ¿no...?

—Pues sí. Como César bajó corriendo del auto gritando como loco, Enrique no tuvo más remedio que dejar el automóvil encendido a mitad de la calle y salir a detener a su hermano. A los dos les hubiera costado la vida. Por supuesto que se liaron a golpes como si fueran eternos enemigos, hasta que Enrique recordó que llevaba el uniforme de militar y que iba armado, por lo que desenfundó la pistola y amenazó a César con dispararle en una rodilla; no lo mataría, no, pero no volvería a andar en toda su vida. Y así, con las caras hechas pupa, Enrique encañonando a César, llegaron los dos a casa. Ya podrás imaginarte la escenita...

Luis sólo se pasaba los dedos por la cabellera como si quisiera peinársela. No podía creer la reacción de César en lugar de festejar a carcajadas la audacia de su hermano.

—Pero, ¿por que dijo usted, mamá Felisa, que dos penalidades, dos zozobras?

—Sí, Luisito, mi vida —repuso mi abuela cariñosa como siempre, sin soltar su pañuelo que mantenía arrugado en su mano derecha—, resulta que César, ya tranquilizado, fue después, de acuerdo a su costumbre, a un bar a darse su latigazo de *brandy*; siempre supo dónde encontrarlo, ya sabes, y ahí escuchó, una de esas curiosidades de la vida, mientras estaba recargado en la barra, en voz de un extraño que conversaba con un amigo que, entre otras personas, los franquistas arrestarían a un tal Enrique Martín Moreno tan pronto tomaran Valencia, porque a través de los confesionarios se había descubierto que contaminaba en los frentes republicanos con ideas marxistas y era un pernicioso agente estalinista, que hacía más daño que un obús... Su propia hermana lo había delatado...

—Pero qué suerte, mamá Felisa... ¡Ozú...! Y, claro está, llegó César y convenció a Enrique de la importancia de huir en ese momento, ¿no..?

—Pues no —repuso mi abuela clavando la mirada extraviada en el descanso de la escalera—: mis hijos, no todos, son tozudos como lo era Ernesto y como lo es Enrique...

—No me diga que se quedó en casa después de semejante advertencia...

—Pues como tú lo dices, sí señor, el señorito estaba leyendo *Mi lucha*, el libro de Hitler, tirado sobre la cama, al lado de una calavera, un cráneo horrible que usaba como lámpara, desde donde le contestó a su hermano mayor que mañana hablarían, que mañana llegaría el barco en que se irían... Mañana, ¿sabes?, ¡mañana, coño, mañana cuando podían arrestarlos en cualquier momento! Habrase visto...

—¿Qué hizo César...?

—César se hartó y, sin preguntar más, sacó un maletín debajo de la cama, abrió el armario y tiró ropa, la que pudo, la que escogió y encaró a su hermano que lo ignoraba:

»"Nos vamos ahora mismo..."

»"Calla, hombre, calla, déjame leer o date un latigazo de algo, no me jodas ahora, que estoy muy entretenido..."

»"Pero, Enrique, es que vienen por ti, ¿no te das cuenta?"

»"Embustes, chismes, rumores, déjame en paz, ¿quieres...?"

»César pateó entonces el libro de Hitler de las manos de su hermano sólo para que Enrique se levantara furioso a dar la segunda pelea en el mismo día. Los golpes y el ruido eran espantosos, al igual que los terribles insultos que tuve que escuchar. Yo no podía detenerlos ni separarlos, hasta que se impuso Enrique, que hacía ejercicio a diario de acuerdo a tus consejos. Es un roble, lo sabes...

Sin ocultar una sonrisa traviesa, el gran atleta, volvió a preguntar:

—¿Pero cómo César se llevó a su hermano al puerto?

—Pues con la pistola de Enrique...

—¿Lo amenazó con ella...?

—No, de esa manera, bien lo sabía él, jamás habría conseguido nada. Lo único que hizo César fue buscar el uniforme de Enrique, desenfundar el arma y apuntar con ella a su propia sien:

» "O vienes conmigo ahora mismo o me pego un tiro —advirtió mi hijo César, por primera vez determinado a hacer algo y todavía contó—: a la una, a las dos y a las…" Enrique siguió leyendo como si nada.

»En ese momento César tiró del gatillo y disparó tres veces al aire. Hizo pedazos el techo de la habitación…

»Enrique se puso de pie y lo amenazó con los puños cerrados.

» "Juramos irnos juntos y es ahora que nos iremos o no me volverás a ver; te lo juro por la virgen de la Macarena: yo no sobreviviré si te arrestan a sabiendas de que podría haberlo evitado. Cumple tu palabra de honor. ¿Para eso me rescataste de la cárcel, para que ahora te prendan a ti? Me muero, Enrique, me mato, antes de que eso suceda. Bien pensado, o me muero ahora mismo o me mato el día que vea cómo te llevan preso los nacionales. De cualquier manera soy hombre muerto, salvo que nos marchemos ahora mismo… Tú cargarás con la culpa si yo me quito la vida…"

» "Tenéis que iros —intervine al fin, ya que había cesado la violencia—. Enrique, tal vez tu hermano tenga la razón en la posibilidad mínima que quieras concederle; si la ignoras, a pesar de que él oyó que venían por ti, y realmente vienen por ti y te atrapan habiendo podido salvarte, sería imperdonable. Además os tendríais que embarcar mañana o pasado, ¿qué más da un día más o menos? ¿Y si tu dichoso barco no llega o arriba lleno de nacionales? No es justo que angusties a César de esa manera, no se lo merece. De modo que largaos los dos ahora mismo, esta vez te lo ordena tu madre: ¡Fuera de esta casa, ahora mismo, con lo que tengáis puesto, largo, fuera, se acabó!"

»Enrique se convenció. Entendió de golpe que el riesgo era enorme y me obedeció, me abrazó; fue a la habitación en donde dormía la pequeña María Sol, de un escaso año de edad, la besó también en la frente, tranquilizándola por los balazos, los golpes y los gritos. Pensaba que volvería a verla muy pronto porque Franco no duraría mucho en el poder y se fue de prisa sin despedirse de Ángeles, que había salido precipitadamente de la habitación al oír los tiros. Todavía en ese momento se dispararon miradas de odio entre hermanos. Algo inadmisible.

»Al acercarme a la puerta alcancé a Enrique para advertirle como madre: "Te encargo a tu hermano César. A ti y sólo a ti te responsabilizo de su suerte. Nunca lo abandones. Siempre deberás ver por él, ¿de acuerdo?"

»"¡De acuerdo!", me contestó haciendo un gran esfuerzo por complacerme.

»De pronto, Luis, caí en cuenta de que Enrique llevaba dos maletas, una más grande que la otra, y no pude resistir la tentación de preguntarle:

»"¿Pero qué llevas ahí, hijo mío, por qué tan sospechoso?"

»"¿A dónde?", se hizo el disimulado, el gran caradura.

»"En esa otra maleta. ¿No te basta una?"

»Al sentirse descubierto se me acercó al oído para confesarme la verdad:

»"Llevo azafrán."

»"¿Azafrán? ¿Y qué, vas a hacer paella para dos millones de moros en África?"

»"No, madre mía, es para comer..."

»"¿Pero vas a comer ese azafrán?", le pregunté sin entender una palabra.

»"Te lo explicaré por carta..."

»Resignada y sonriente a fuerza, me despedí diciéndole:

»"No sé si volveremos a vernos, pero cuida de César, hijo mío..."

»"Claro que volveremos a vernos y antes de lo que supones..."

»¿Tú sabes para qué llevaba Enrique tanto azafrán? —preguntó mi abuela, intrigada.

Luis sonrió esquivamente.

—Es que en el mundo el azafrán se vende a precios de oro, mamá Felisa, y este gran tunante ya estaba pensando en hacer negocios para no pasar penurias en donde desembarcara...

—Pues sí que tiene imaginación el chiquillo.

—¿Y se fueron agobiadísimos...? —preguntó Luis con una sonrisa insignificante, apenas disimulable.

—Muy angustiados, Luisito, hijo mío —aclaró mi abuela—. Como si todo el nerviosismo fuera insuficiente, no habían transcurrido más que un par de minutos de la salida de mis hijos por la puerta de la calle cuando subió un pelotón enloquecido de soldados que tiró la puerta de nuestro piso, ya la verás ahora, en busca de Enrique...

—¿Pero qué es esto, Dios mío? —preguntó asombrado mi tío Luis al ver los restos de la puerta.

—«Sólo somos mujeres... No sabemos nada, señores», les dije sacando la voz de donde podrás imaginarte, sin pensar que en ese momento Ángeles se iba a poner a bramar como loca: «Mi madre miente, se acaban de ir mis hermanos, un par de ratas comunistas; huyen esos cobardes ahora que están vencidos», gritó acercándose a la ventana y llamando a los nacionales para ver si todavía podían localizarlos a la distancia corriendo como forajidos que hubieran asaltado a una anciana. «Ahí van todavía, atrapadlos; se esconden entre la gente. Si os dais prisa aún los podréis alcanzar... ¡Atrapad a esas ratas comunistas! ¡Atrapadlas, que no huyan...!»

—¿Ángeles hizo eso...?

—Como oyes, sí, Ángeles, su propia hermana, mi hija, carne de mi carne, sangre de mi sangre, que antes los había denunciado...

Sin poder cambiar la expresión de tristeza, mi abuela todavía contó cómo, en presencia de los asesinos, furiosa había tomado del pelo a Ángeles y la había metido a la habitación para que no pudiera seguir señalando a sus hermanos. El pleito entre ambas, los insultos y los rencores acumulados de varias vidas no se hicieron esperar. Sólo concluyeron cuando Ángeles, a su vez, también fue por una maleta y se fue de casa para siempre, o al menos con eso había amenazado.

—Pero no los atraparon, ¿verdad...?

—Qué sé yo, hijo mío, lo que sé es que se marcharon de esta casa y que César le salvó la vida a Enrique...

—Seguro que los burlaron. Enrique no es un enemigo menor; siempre se las arreglará a donde sea que vaya.

—Es cierto, Luis —continuó hablando mi abuela con un aire de resignación—, sólo que las angustias no acaban ahí, porque César también había escuchado que los barcos llenos de republicanos serían hundidos en el Mediterráneo por los submarinos alemanes o los cruceros italianos o de los nacionales... De modo que el peligro nunca termina, ni las penas ni las tragedias...

—Nada, mujer, nada, que no pasa nada —interrumpió mi tío Luis la conversación para decir que hoy mismo ya estarían en Marsella comiendo sopa de *pejcao* y que ya no había motivo para dar crédito a más rumores.

—Imagínate, Luisito, vida mía —agregó mi abuela contrita, sollozante—, en lo que haces un chasquido de dedos me han vestido de luto, porque me han matado a mi nuera María Luisa, a mi hijo, amadísimo hijo Ernesto; Enrique y César han huido para salvar la vida y me ha abandonado Ángeles a saber por cuánto tiempo. He perdido cuatro hijos en un día, me han destrozado mi familia, soy viuda sin pensión, nos amenaza el hambre y, por si fuera poca cosa, todavía tendré que quedarme a vivir en España en la dictadura, con los criminales, con los curas de mierda, con los militares; no sé si voy a poder cargar con tanta pena. Algo habré hecho mal en mi vida para merecer este castigo.

—No diga eso, mamá Felisa —aclaró mi tío Luis—, toda España está de luto. No hay un hogar en donde no haya un moño negro. O hay un muerto o un prófugo o un mutilado o un encarcelado o un exiliado o una mujer violada con la vida igualmente destrozada; la pregunta que usted se hace, se la hace casi toda España: aquí sólo hay un culpable que torció nuestras vidas y ese se llama Franco, el español más hijo de puta nacido en estas tierras de gente buena y noble...

—¿Y tú, Luis, qué harás? ¿No vendrán a por ti? Esto va seguir siendo una carnicería. ¿Quién se va a meter con una vieja como yo? —se preguntó, para continuar de inmediato—. Pero a ti sí que te pueden echar la mano encima y adiós —precisó mi abuela como si quienes la rodearan fueran sus hijos.

—Yo venía decidido a embarcarme con Enrique y con César, pero si ya no encuentro barco en Valencia lo buscaré en Alicante o me iré nadando a Marsella —adujo haciéndose el gracioso— o a pie a los Pirineos, pero no me dejaré prender por los asesinos...

—Pero ¿y cuándo te marchas, hijo de mi vida? Aquí corres peligro. Todos corren peligro si ya los hermanos denuncian a los hermanos. De modo que márchate, pero márchate ya; aquí no tienes nada que hacer. Si das con mis hijos diles que los quiero con el máximo amor con que puede querer una madre. ¡Que tengas buena suerte!

La maleta pesaba. ¿Para qué quería Luis una maleta que lo exhibía como prófugo republicano en un medio lleno de traidores? Extrajo una cazadora por el frío de los últimos días del invierno de aquel espantoso 1939, se la vistió y se dirigió al puerto de Valencia con lo que tenía puesto. El coraje, las ganas de vivir, el turno por la represalia constituían su mejor indumentaria. ¿Barcos? Ninguno, ni siquiera a la vista. Los nacionales estaban por tomar la plaza, así que optó por dirigirse a Alicante, en donde, se decía, el expresidente Negrín, exiliado cómodamente en Francia, había dispuesto de varios barcos de bandera francesa o inglesa para que transportaran a los derrotados, sobre la base de otorgarles todas las garantías para llegar al exilio. «Enemigo que huye, puente de plata», reza el dicho, sí, ¿pero cómo creerle a los franquistas? Sólo un iluso, un candoroso, o mejor dicho, sin eufemismos, un imbécil podría hacerlo.

Al pasar un camión de carga con la bandera republicana pidió auxilio con el dedo pulgar para que lo llevaran a las afueras de Valencia, sin saber que el vehículo lleno de republicanos iba en dirección precisamente de Alicante. Por un momento pensó que la bandera republicana era una trampa para atrapar fugitivos, pero afortunadamente se había equivocado: eran compañeros de batalla, compartían las mismas angustias y perseguían los mismos objetivos. A bordo, incómodos, friolentos y apretados venían republicanos, comunistas, libertarios y socialistas: junto a un catedrático había un albañil o un periodista, abogados, metalúrgicos o ferroviarios; diputados y secretarios de sindicatos con campesinos; jueces, militares profesionales con labriegos manchegos o gráficos madrileños, doctores, filósofos, empresarios y un par de carpinteros. En ese carro viejo y destartalado iba la historia moderna de España.[25] Dada la trágica situación por que pasaban los vencidos, todo el mundo debería haber ido silencioso y cariacontecido y, sin embargo, empezaron a cantar canciones populares con letras alusivas a los frentes y unidades en que habían combatido. No dejaron de entonar curiosamente hasta La Marsellesa, a pesar de las traiciones del gobierno del Elíseo.

Al llegar a Alicante se produjo un espeso silencio. No había barcos, por lo menos sobre las aguas: sólo allá en el centro de la dársena interior emergían los mástiles de un buque, cuyo casco reposaba en su fondo. Pasaban del calor al frío. Una carta de mi tío redactada durante esos días aciagos y enviada a mi padre seis meses después de los hechos, reveló lo acontecido a finales de la Guerra Civil española en el puerto de Alicante:

---

[25] Nunca nadie contó mejor esta historia que Eduardo de Guzmán en su libro La muerte de la esperanza. Gran republicano, idealista, reconocido escritor y periodista, condenado a muerte durante varios años por el franquismo y finalmente liberado. Fue amigo entrañable de mi padre hasta su muerte. En buena parte le debo a él el hecho de haberme decidido a ser novelista. Donde quiera que se encuentre gracias, Eduardo, gracias, gracias, gracias, por haberme ayudado a ser escritor. Como un insignificante homenaje a su memoria tomé algunas ideas de su famoso escrito.

Querido Quiquiriqui:

Ya te podrás imaginar nuestra espantosa frustración cuando esperábamos encontrar la salvación al llegar al puerto de Alicante y no ver ningún barco en el horizonte y darnos cuenta que la ciudad parecía fantasmal ya que quedaban escasos muros de pie; los edificios, convertidos en montones de escombros, habían desaparecido por los bombardeos y los agujeros enormes de las calles producidos por los obuses impedían la circulación de vehículos. El hambre pululaba por doquier, al igual que la enfermedad y la muerte. Franco había dado asentimiento para que saliera quien quisiera salir, ¿pero quién le iba a creer a ese bellaco malnacido?

Constantemente llegaban soldados o milicianos de los frentes del Centro o Levante y campesinos de Cuenca, Toledo, Ciudad Real o Albacete, que se descorazonaban como nosotros al descubrir la realidad. Lo sabíamos: a todos nos esperaba la muerte. Nos habíamos metido en una ratonera y eso lo sabían los franquistas. A ojo de buen cubero no éramos menos de cuarenta y cinco mil personas ávidas de huir antes de caer en manos de los carniceros. Se decía que Francia e Inglaterra iban a mandar barcos para ayudarnos, pero si nos habían traicionado durante la guerra, ¿crees que iban a ayudarnos entonces, cuando tanto les interesaba ponerse a bien con Franco, Hitler y Mussolini? Vamos, hombre, no seamos tontos. Se conjuraba en contra nuestra como siempre. Nada me haría más feliz en la vida que una guerra entre Alemania, Francia, Inglaterra y Rusia, con la esperanza de que se hicieran mierda entre ellos.

Hubieras escuchado las conversaciones entre nosotros: los militares soñaban con que los franquistas respetarían la Convención de Ginebra y tratarían a los prisioneros de guerra con toda clase de consideraciones. Si serán imbéciles: los van a fusilar. Que si traían una o mil pesetas como si los billetes republicanos no hubieran perdido su valor con la derrota. ¿Quién le iba a dar francos o libras por el dinero republicano? No se daban cuenta de nada. Que a quien pudiera llegar a Francia le darían documentación y trabajo o pases de salida para ir al Marruecos francés y Túnez: lo que hace la mente narcotizada de los fugitivos desesperados. Imaginan fantasías inalcanzables. Al llegar a Francia los meterán como cerdos en un campo de concentración hasta que mueran de hambre o de enfermedad. Que si el fascismo es una moda fugaz que desaparecerá muy pronto del mundo civilizado y que ni Hitler ni Mussolini estarán en el poder dentro de una década. Yo propondría la creación de un grupo selecto de asesinos encabezados por mí para garantizarnos que no continúen al frente de sus países. Le haremos un favor al mundo. Yo estoy dispuesto a dar mi vida a cambio de la de Hitler o la de Mussolini.

De pronto los ánimos se exaltaron por la llegada de un barco enorme que en lugar de atracar se quedó detenido a trescientos metros de distancia, como si estuviera basculando los riesgos. Si intentaban subir a tropel los miles de personas desesperadas que deseábamos embarcar, el barco se podría ir a pique y de no hacerlo resultaba imposible que hubiera espacio para todos, además de que las condiciones sanitarias hubieran producido una peste sin precedentes, sin olvidar la imposibilidad de alimentar a esa muchedumbre. Lo anterior mientras los franquistas podían llegar en cualquier momento. El barco dio marcha atrás y se fue por donde había venido después de que el capitán se lo habría pensado varias veces. Hubiera sido un suicidio colectivo. La frustración fue de escándalo. La pérdida de la esperanza resultaba contagiosa. La histeria se apoderaba de más personas a cada instante. A lo lejos veíamos pasar barcos que se dirigirían a Argelia, de bandera desconocida, sí, pero ninguno volvía a entrar a Alicante.

De pronto llegó otro y otro más y se repitió el mismo número. ¿Quién se iba a arriesgar a subirnos a bordo? Mientras esto acontecía yo pensaba en Azaña, en Negrín, en la Pasionaria, en Modesto, en Líster y compañía bebiendo en los Campos Elíseos el amarillo champán del exilio, en lugar de estar aquí, a nuestro lado librando la última batalla por la vida por quienes nos jugamos todo por la República...

Las malas noticias no se hicieron esperar. La división Littorio, italiana, anunció su llegada a Alicante. Nosotros contábamos, según rumores, con escasos dos mil rifles, una muy escasa munición, pocas ametralladoras y casi nada de metralletas, una insignificancia si los invasores deseaban abrir fuego con sus cuatro batallones de tanques, sus tres batallones de infantería y dos regimientos de artillería. ¿Cómo defendernos? No habría dónde meterse si empezaban a bombardear. Nadie se salvaría. Aclararon a través del cónsul de Francia que sólo deseaban entrar y que respetarían todo y a todos hasta que nos embarcáramos. No son asesinos. Respetarán las convenciones. Matarnos sería un comienzo deplorable para un régimen nuevo y la peor propaganda ante el mundo civilizado. Era preferible dejar que nos fuéramos. ¿Cómo creerles, Quiquiriqui?

Llegó un buque francés en el que difícilmente cabrían ciento cincuenta personas. Se detuvo. La tripulación volvió a bascular los riesgos. El barco giró y salió del puerto mientras se escuchaban disparos de la gente que no resistió y se pegaba tiros en la cabeza. Preferían la muerte, pero ya, sin más sufrimientos. Muchos de los presentes se tiraron al agua para ahogarse. Resultó imposible rescatarlos a pesar de que tratamos de ayudarlos en medio del agua helada en esa época del año. Las vidas se perdían por instantes. Los cadáveres flotaban boca abajo cerca del rompeolas.

Llegaron otros barcos en la madrugada y se impusieron nuevas pretensiones para los vencidos a través de los llamados cónsules que nunca vimos: si no entregábamos las armas no habría rescate posible, eran condiciones impuestas por los capitanes. Los italianos no nos atacaban, no, pero los capitanes no aceptarían gente armada a bordo que pudiera acabar con la tripulación y también secuestrar los buques. Teníamos una hora para decidir o se retirarían a otros puertos españoles. Mientras se deliberaba en caótico desorden pasaron cinco cazas de los nacionales en vuelo rasante. Si hubieran disparado no hubiera quedado nadie vivo. Nos intimidaban. Todos aceptaron desarmarse. No había opción. Las pistolas y los rifles y las granadas fueron depositadas en mantas y cargadas en camiones con rumbo desconocido. Si antes estábamos indefensos, ahora más, mucho más.

A media mañana entraron finalmente al puerto los supuestos buques franceses. Para nuestro horror, cuando intentábamos recoger nuestras pertenencias e iniciar el abordaje, descubrimos la bandera bicolor franquista: eran barcos de guerra nacionales que nos apuntaban con sus cañones, metralletas y ametralladoras. La inmovilidad y el azoro fue total. Habíamos caído en una nueva trampa. Para dejar clara constancia de que no habría escapatoria posible y que más valía que nos sometiéramos sin oponer resistencia alguna, empezaron a disparar encima de nuestras cabezas. Todos nos tiramos al piso, pero las balas rebotaban en las rocas o muros y herían a muchas personas. Estábamos en la mitad del agujero del infierno. A mi lado saltaron varios al agua y desaparecieron en segundos.

Otros se tomaron de las manos mientras jalaban los gatillos de las pistolas que no habían entregado disparándose en la cabeza. Las jóvenes se tiraban de la cabellera y otros se convulsionaban en el piso víctimas de un ataque de lo que fuera. Jamás imaginé asistir a una escena dantesca como ésta en mi propia patria. Quienes antes habían exhibido un mejor derecho para abordar primero los barcos en razón de sus méritos republicanos de campaña, ahora tiraban las maletas al mar con documentos comprometedores y alegaban, para salvar la vida, que sólo habían cumplido órdenes superiores: ¡Ay, la naturaleza humana! ¡Cobardes de mierda!

Cuando constaté que hacían una fila larga, muy larga y se entregaban resignadamente a sus captores, yo, que había jurado jamás caer en manos de los fascistas, pero que también me había jurado que podría hacerles mucho más daño vivo que muerto, me tiré al mar como lo habían hecho tantos otros antes que yo, sólo que quienes me antecedieron en la faena no sabían nadar como yo ni tenían mis piernas ni mis pulmones ni mi resistencia física. Cuando llegué atrás del rompeolas me di cuenta de que había salvado la vida y que contaba con otra oportunidad para matar a Franco o, por lo menos, a cuanto fascista me encontrara en mi camino. ¿Tú gustas?

Tu tío que te quiere, Luis

Cuando Franco entró en medio de vítores a Madrid, Hitler apuntaba en un cuaderno de notas:

La actual Iglesia católica no es más que una sociedad anónima hereditaria para la explotación de la necedad humana. Si en 1936 no hubiera decidido enviarle nuestro primer avión Junker, Franco nunca hubiera sobrevivido. ¡Y ahora se atribuye su salvación a santa Isabel! ¡Isabel la Católica [sic, por Isabel II], la mayor ramera de la historia, que fue condecorada por el papa con la Rosa de la Virtud más o menos en la época en que se crucificaba a nuestro Luis de Baviera debido a Lola Montes! La verdadera tragedia de España fue la muerte de Mola; ése era el verdadero cerebro, el verdadero jefe. Franco es, en realidad, el enterrador de la España moderna...

La guerra duró casi tres años. Empezó el 18 de julio de 1936 y terminó, en medio de una espantosa devastación, la peor tragedia en la historia ibérica, el primero de abril de 1939. Si los militares trogloditas y facinerosos escondidos en sus diabólicos aquelarres supusieron ingenuamente que la inmensa mayoría de los españoles iba a permitir pasivamente la sustitución de la nueva República por la brutal imposición, con el uso de fuerzas ajenas, de una dictadura fascista al estilo de la alemana o de la italiana, como si asistieran a una corrida de toros, quedó evidenciado que los siniestros uniformados y sus aliados se equivocaron de punta a punta. Si pensaron en el simple expediente de derrocar, exiliar o hasta asesinar a Manuel Azaña y a Santiago Casares Quiroga, para hacerse sencillamente del poder en un trámite militar que no se extendería más allá de un par de semanas de conjuras, intimidaciones, crímenes y violencia, cayeron en un gravísimo error de cálculo. El atroz atentado cometido en contra de la democracia, de las libertades, de los derechos constitucionales, de la civilidad, del crecimiento económico y de la estabilidad social, pero eso sí, por la gracia de Dios, tuvo como consecuencia la muerte de doscientos cincuenta mil hombres en los frentes de batalla, más decenas de miles de víctimas de bombardeos, sin olvidar el fusilamiento masivo de cientos de miles de ciudadanos en pueblos y ciudades durante o al término de la guerra, o la represión y tortura de un millón de presos políticos republicanos, alojados miserablemente en más de ciento cincuenta campos de concentración en territorio español. En el conjunto de España, tras la victoria definitiva de los nacionales a finales de marzo de 1939, a más de medio millón de refugiados no les quedó otra salida que el exilio y muchos perecieron en los campos de internamiento franceses. Miles de presos republicanos acabaron en los campos de exterminio nazis, como Gusen, Mauthausen, Dachau, Steyr, Flossenbürg y Sachsenhausen, un aterrador Holocausto en el que no deben quedar excluidos ni los mutilados ni los heridos ni los irreparables lutos familiares ni la destrucción de la esperanza. Ahí están las fosas comunes en donde se encontraron cuarenta y siete mil osamentas de víctimas irreconocibles del franquismo. A saber quiénes eran...

Capítulo III

¿DÓNDE ESTABA DIOS CUANDO LOS NAZIS
CONSUMARON EL HOLOCAUSTO?

Nunca olvidaré cuando Franz Ziereis, el comandante nazi del campo de exterminio, nos recibió a un nutrido grupo de españoles republicanos, con el siguiente discurso de bienvenida: «Habréis entrado por la puerta y saldréis por la chimenea del horno crematorio».

LUIS YÁÑEZ

En previsión de mi muerte hago la siguiente confesión: Desprecio a la nación alemana por su necedad infinita y me avergüenzo de pertenecer a ella.

ARTHUR SCHOPENHAUER

Rascad al hombre civilizado y aparecerá el salvaje.

ARTHUR SCHOPENHAUER

Según las leyes de la naturaleza, el suelo pertenece a quien lo conquiste.

ADOLFO HITLER

La historia enseña que el aniquilamiento de un pueblo extranjero no es contrario a las leyes de la vida, siempre que sea definitivo y total.

WERNER BEST,
ministro nazi en Dinamarca

Quien quema libros termina, tarde o temprano, quemando hombres.

HEINE

La muerte de una persona es una tragedia; un millón de muertes es una estadística.

STALIN

Días después de caminar a través del campo, recorriendo veredas durante la noche, aterido mi tío Luis hasta los huesos, al amparo de la luz de la luna para no ser atrapado, escuchando, presa de pánico, los ladridos de los perros celosos de sus territorios, comiendo las hierbas o raíces que tuviera a su alcance, bebiendo agua de la que encontrara en su camino cuando daba con ella, sufriendo fatigas en su amenazadora soledad, desmayándose del cansancio, temblando de miedo sin saber en qué momento se rendiría o lo aprehenderían, padeciendo desesperantes insomnios, temiendo el disparo aislado de un francotirador o el piquete de un bicho venenoso, nunca dejó de avanzar al amanecer, guiado, en ocasiones, por campesinos lugareños para evitar pueblos, caseríos y zonas peligrosas, hasta llegar a encontrarse una semana después, con una interminable caravana integrada por decenas de miles de republicanos, huérfanos sin patria, como él, quienes caminaban monótona, apesadumbradamente, sobre la carretera o sobre cualquier brecha, lo que fuera, rumbo a los Pirineos para salvar la vida.

No faltó quien le obsequiara un pedazo de pan duro ni la manta de un abuelo muerto durante la marcha. Si algo movía e inspiraba a ese vigoroso andaluz era la posibilidad de la venganza fría o caliente, ¿qué más daba? ¿Por qué no soñar, mientras arrastraba los zapatos, con la magnífica oportunidad de sacarle a Franco los ojos con los pulgares, destrozarle la cabeza azotándosela contra el suelo hasta carecer de la fuerza necesaria ya no sólo para levantar los brazos una sola vez más, sino siquiera para poder maldecir a ese miserable sujeto nacido del vientre de una hiena? ¿Cómo había sido capaz de aliarse con los alemanes y los italianos para bombardear sin piedad a su propia patria? ¿Hitler, Mussolini o Stalin iban a suscribir un pacto secreto para que escuadras aéreas extranjeras convirtieran a Berlín, Roma o Moscú en ruinas, acribillando a los suyos e incendiando y destruyendo la herencia de generaciones de compatriotas desde que había comenzado la historia? Todo se había perdido. ¿El futuro? Allá cada quien que pudiera construírselo siempre y cuando no le faltara el talento, las agallas y el optimismo para vencer la adversidad. ¿Pero de dónde sacar el entusiasmo si la inmensa mayoría de las familias españolas estaban de luto o sin empleo, en la miseria y sin esperanza, sepultadas en el hambre y en la postración y los exiliados se dirigían mecánicamente hacia la nada o, en el mejor de los casos, hacia la muerte? ¡Claro que se envidiaba a los muertos...!

Imposible ignorar que Franco había apostado una serie de agentes secretos dedicados a detectar «ratas comunistas» por localizar en Francia, figuras influyentes de la República, para hacerlas desaparecer en silencio, internarlos sigilosamente en la España fascista y retrógrada hasta colocarlos con el rostro cubierto por una banda negra en el rostro y las manos atadas en la espalda, frente a un pelotón de soldados de la Guardia Civil acostumbrados a matar poetas, pensadores progresistas, filósofos o escritores liberales de aquellos que con sus escritos luminosos son capaces de cambiar para siempre el rostro de las naciones.

Algunos de los desterrados llevaban una maleta, otros cargaban a sus hijos menores sentados a horcajadas alrededor del cuello fatigado, en tanto conducían a sus hijas mayores tomadas de la mano engarrotada por el frío, animándolas, tranquilizándolas con argumentos increíbles hasta para ellos mismos. Las madres y las abuelas consolaban a los críos agotados, incapaces de entender lo sucedido ni de aceptar las incomodidades ni las frustraciones del exilio. En su amorosa discreción infantil los pequeños no criticaban los evidentes embustes de sus padres, igualmente víctimas del miedo a lo desconocido. Imposible ignorar la realidad y menos aún el peligro. ¿Cómo explicarle a los chiquillos los horrores de una guerra entre hermanos cuando la conversación podía ser interrumpida con la llegada a vuelo rasante de la aviación alemana con instrucciones de disparar sobre las columnas de exiliados antes de obtener refugio en Francia? Algunos perros se desplazaban lealmente al lado de sus dueños. De los hombros de las mujeres colgaban bultos con algunas ollas y ciertos alimentos, provisiones insignificantes condenadas a agotarse a la brevedad. Muy pronto cualquier esfuerzo sería inútil.

De súbito, un anciano caía desmayado en medio del camino. Los familiares intentaban prestarle auxilio entre gritos hasta comprobar la irremediable fatalidad. No había tiempo que perder. Después de un par de bendiciones y de elevar plegarias efímeras de rodillas, las familias maldicientes echaban el cuerpo a la cuneta, junto con otros cadáveres, para continuar cabizbajos y gimoteando la marcha hacia la frontera. ¿Cuál «cristiana sepultura»? ¿Dónde estaban los curas de mierda que habían ganado la guerra para consolidar, una vez más, su poder político y económico...? ¿Y el auxilio espiritual y el amaos los unos a los otros y el cuento de la otra mejilla...? Rufianes, eran unos rufianes de la peor calaña, un auténtico detritus humano, parásitos sociales que vivían a expensas de los demás, de una supuesta caridad con la que lucraban al vender lugares a los incautos en el paraíso: Jesús había tenido razón al expulsarlos del templo llamándolos raza de víboras...

¿Dónde había quedado la jota aragonesa, los apasionados bailes flamencos con el sello y la fuerza de España, los trajes alegres de las *bailaoras* coronadas con una peineta y una rosa roja intensa prendida del cabello, el cante jondo, los sanfermines de Pamplona, la colorida fiesta de los toros de San Isidro, los olés del público enardecido, las palmas de la plaza, la imponente Semana Santa en Sevilla y sus saetas inolvidables, las romerías para celebrar a la virgen del Rocío, las fallas valencianas de San José, la Tomatina, la famosa Tamburrada o el sonoro carnaval de Santa Cruz de Tenerife? ¿Y el vino y la paella y la tortilla de patatas y los churros con chocolate caliente y espeso? ¿Y las guitarras melancólicas y Velázquez, Sorolla y Don Quijote y Quevedo? Ahora todo era pesar, luto y muerte. No faltaba quien recordara los fusilamientos de españoles liberales y rebeldes durante la invasión napoleónica en 1808. Más extranjeros asesinando a los auténticos patriotas.

Cuando caía la noche y se detenían, la hipotermia congelaba las extremidades y hacía que muchos de los exiliados no despertaran de su eterno sueño. ¿Qué les esperaba en Francia? Mi tío Luis suponía que sería recluido en un campo de concentración, el de Argelès-sur-Mer, el más cercano de la frontera y anexo al mar Mediterráneo. De ahí vería la manera de huir a como diera lugar y volver camuflado a España para armar una banda criminal dedicada a cazar a Franco y asesinarlo sin que pudieran atrapar a ninguno de sus cómplices. Pero todo a su tiempo. Primero llegar con vida a dicho campo sin perder dedos de las manos y de los pies. Lo demás era lo de menos. Se trataba de sobrevivir sin confiar en nadie para evitar que los delatores cobraran jugosas recompensas pagadas por el Caudillo de España, no por la gracia de Dios, ¡qué va!, sino porque, como decía mi tío Luis, Dios debía ser muy gracioso, tanto que el dichoso Señor ya podía irse mucho a la mierda con sus guasas...

Se hablaba de ofertas para salir en barcos fletados por Francia a diferentes lugares del norte de África. Sí, pensaba mi tío Luis: la alternativa consistía en morir ahogado en el Mediterráneo torpedeado por un submarino nazi o bombardeado por un crucero nacional o italiano o morir de difteria o de cualquier otra enfermedad o estrangulado o envenenado por un franquista en el campo de concentración o deportado a España y ejecutado a garrote vil o morir, morir, morir: la mejor alternativa era apostar a su fortaleza física y a su ingenio para escapar, así no dependería de nadie. Y claro que llegó a Argelès-sur-Mer y claro que lo recibieron a patadas y claro que lo mataron de hambre y claro que se enfermó y claro que sobrevivió y claro que desde su llegada hizo una composición del lugar, cambios de turno en lo que hacía a la vigilancia, el arribo y salida de los camiones abastecedores de alimentos contenidos en enormes toneles para transportar las sopas intragables y fétidas. ¿Un tonel? ¿Un bidón? ¿Dónde los dejaban? ¿Quién los subía vacíos a los carros? ¿Quién los custodiaba? ¿A qué hora se llevaban a cabo las operaciones de carga y descarga? Ajá, ajá, ajá...

La entrada al campo de concentración estaba custodiada por enormes soldados senegaleses más negros que el carbón más puro. Amenazaban a los recién llegados con su «Allez, allez refugiés, allez», «vamos, vamos, refugiados, vamos», al tiempo que les apuntaban, fusiles en mano, con los dedos colocados temerariamente en los gatillos. Con exceso de rudeza separaban a los hombres de las mujeres. Los africanos no se inmutaban por los cuerpos humanos sin vida tirados a los lados de las alambradas. La procesión de decenas de miles de republicanos avanzaba penosamente. La marcha integrada por filósofos, doctores, catedráticos, cirujanos, ingenieros, lo mejor de la intelectualidad ibérica, los auténticos constructores de España, además de artilleros, *mossos d'esquadra*, escoltas presidenciales, marinos, aviadores, albañiles, maestros de escuela, carabineros, modistas, guardias de asalto, periodistas, voceadores, los restos de la sociedad republicana, se reunían derrotados en esa inmunda letrina diseñada para quienes habían perdido la patria. Francia ya no era sino una gigantesca cárcel para encerrar a los amantes de la libertad y de la democracia españolas. Si Francia no hubiera abierto sus puertas la masacre hubiera sido aún más devastadora. ¿La muerte civil? Sí, pero en un país desconocido obligado a recibir a cientos de miles de refugiados, a gastar enormes recursos en su alojamiento y manutención, a aceptarlos a pesar de ser acusados como comunistas o anarquistas, «destructores de las propias instituciones españolas» y que bien podrían contaminar y corromper a las francesas, constituía un conflicto doméstico. Los malvados «rojos indeseables» tendrían que volver a la España de la que huían y a la cual habían devastado. ¡Que enfrentaran su responsabilidad ante los tribunales de los vencedores...! Pero, como casi siempre acontece, también existían personas que razonaban con un criterio liberal y social de vanguardia apartándose de aquellos atenazados en el mundo de las emociones y de los sentimientos, es decir, sepultados en la irracionalidad y en el egoísmo. Si bien una parte significativa de la prensa y de la población francesas se manifestaban en contra de la presencia de los «comunistas españoles», y aducían que el Frente Popular derrotado no era sino el desecho de un «Frente Crapular» llamado a convertir a Francia en el «vertedero de Europa», también surgían connotadas personalidades de diferentes niveles de la sociedad francesa que apoyaban a los refugiados ofreciéndoles alimentos y satisfactores materiales, una generosa acogida, organizando comités de ayuda, además de comprensión y solidaridad por la villanía de la que eran víctimas.

Mi tío Luis encabezó un grupo destinado a sepultar cadáveres no sólo por razones caritativas, sino para evitar una epidemia que podía matar a los refugiados. De modo que a ponerse un cubre bocas y empezar a cavar con palas improvisadas o con lo que se tuviera a la mano, para enterrar las carnes fétidas y putrefactas, si no las moscas serían los agentes tóxicos que envenenarían alimentos o heridas para iniciar una curva de mortandad de consecuencias insospechables. Otra amenaza, según contaba, además de la disentería y de la diarrea, había sido la presencia de piojos, chinches y pulgas a las que se combatía al bañar con petróleo a casi la totalidad de los exiliados, a temperaturas inferiores a los diez grados, que si bien curaba ciertos procesos infecciosos de la piel, podía provocar la muerte por hipotermia en las personas mayores o una pulmonía difícil si no imposible de curar sin los medicamentos adecuados. ¡Pobres de aquellas mujeres que se vieron obligadas a dar a luz en condiciones de horror que no viene al caso describir, baste dejar constancia de que la mortalidad infantil enlutó a la inmensa mayoría de los matrimonios de los refugiados de cualquier estrato social! No había diferencia alguna en semejante situación sanitaria.

Mi tío Luis escribió en sus notas:

La mística nos ayudaba a continuar la lucha, a cavar agujeros en el suelo para protegernos de la nieve y de la inclemencia del mistral que nos congelaban los huesos. La existencia de una República en el exilio implicaría una amenaza permanente para la consolidación de los objetivos dictatoriales franquistas. Todo menos rendirnos. Jamás le concederíamos al tirano el placer de sabernos liquidados. Mientras existiera un republicano, el dictador no podría descansar en paz. De nada sirvieron mis intentos para hacer desistir a miles de personas de la decisión de volver a España apoyándose en las promesas de Franco de servir de puente para la reconciliación de los españoles. «Si regresáis os matará o hará lo imposible por encerraros en sus campos de concentración hasta haceros morir de hambre. ¿Cuál amnistía? ¿Cómo podéis creerle a quien se coludió con extranjeros para asesinar a nuestros padres, hermanos y amigos? Si sois tan candorosos como para volver escucharéis mis palabras, una a una, cuando el garrote vil os estrangule hasta romperos el cuello.»

Me felicitaba de estar solo en esas condiciones sin hijos ni una mujer porque a mi espantoso malestar hubiera tenido que añadir el de mis seres queridos, un infierno mil veces peor. Nadie podría imaginar la muerte de un crío en los brazos de sus padres desesperados, por hambre, frío, fiebre o una enfermedad curable con una aspirina. Yo mismo, viéndome esquelético y con la barba de un siglo, infectado hasta el último poro, hambriento hasta el límite me entrevisté con Luis Ignacio Rodríguez Taboada, ministro plenipotenciario de México en Francia, enviado por Lázaro Cárdenas, el presidente mexicano, al igual que lo habían sido el distinguido médico Salvador Zubirán y Narciso Bassols, ministro en Francia, encargados de hacer una selección cuidadosa, sin banderías políticas ni sociales, para acoger a los grandes valores científicos españoles refugiados de la dictadura franquista. Se trataba de ofrecer asilo a cien mil personas, de diferentes áreas del quehacer profesional que nos hallábamos en los campamentos de refugiados en Francia y que dormíamos entre alambradas de púas en una nauseabunda inmundicia.

El trámite se reducía a llenar una simple solicitud y esperar unos meses la llegada de un barco fletado por aquel país. Entendí el enorme gesto de generosidad, la oferta no podía ser más tentadora, pero yo no podría combatir el fascismo español a pedradas desde el otro lado del Atlántico, ¿verdad...? Fue el propio Rodríguez, un diplomático muy fino, sencillo y accesible, quien me informó de la creación de campos de concentración en Bram, Agde, Rivesaltes, Septfonds, Gurs, Le Vernet d'Ariège, Barcarès, entre otros tantos más, en donde se llegaron a recibir hasta quinientos cincuenta mil republicanos con sus familias, además de centros de internación para milicianos. ¡Sí, quinientos cincuenta mil refugiados, además de los muertos o mutilados durante la guerra! Gracias a este dadivoso personaje caído del cielo y que nunca olvidaré, supe que el gobierno francés deseaba vaciar los campos lo más pronto posible no sólo por las pésimas condiciones alimentarias y sanitarias, sino porque volvían a sonar intensamente en Europa los tambores de la guerra. Hitler concentraba tropas en la frontera con Polonia, país que negaba la menor posibilidad de ceder un milímetro cuadrado de su territorio a los nuevos hunos, los endemoniados nazis. A los refugiados nos vendían el ideal de la repatriación a la España franquista o nos proponían la incorporación a la Legión Extranjera o nuestra integración a las Compañías de Trabajadores Extranjeros o la matriculación en el ejército regular francés. La única que me seducía era la Legión Extranjera, una forma de servir en contra de la causa fascista como lo habían hecho las Brigadas Internacionales durante la Guerra Civil. Si estallaba otro conflicto armado en Europa yo estaría del lado de Francia, a pesar de habernos traicionado al no sumar fuerzas en contra de Franco por cobardía o timidez que habrían de pagar muy caras. ¿Ir a México en busca de la paz interior y del olvido, además de correr el peligro de ser torpedeado a mitad del Atlántico? ¡No! ¿Volver a España para que la Guardia Civil acabara conmigo? ¡No! ¿Trabajar en la CTE? ¿Cómo trabajar cuando ahora ya no sólo España, sino Europa entera estaba en jaque? ¡No!, tampoco deseaba vestir el uniforme del ejército francés. ¡No! Este problema de la búsqueda de la democracia y de la libertad sólo se resolvería a tiros, a balazos, a bombazos: yo quiero un fusil, denme un fusil, es el único lenguaje que entienden los fascistas: un fusil.

Mientras los franquistas, los asesinos, aceitaban sus armas, incapaces de hacer una simple operación aritmética o de escribir su nombre sin cometer faltas de ortografía, en los campos de concentración se improvisaban actividades de tipo cultural. Los intelectuales y catedráticos universitarios, vestidos en andrajos, con los sacos hechos jirones y mugre en el cuerpo, impartían lecciones a quienes deseaban escucharlos o armaban grupos para tratar de producir periódicos en condiciones paupérrimas con el objetivo de informar los avances de los acontecimientos. El tío Luis fue nombrado editor responsable. ¡No faltaba más! Una señal inequívoca de que la República estaba viva. Volverían. Se unían los desterrados, se abrazaban los refugiados, se animaban los exiliados echando mano de las cenizas de la esperanza. Tarde o temprano, de una forma o de la otra, la razón tendría que hacerse valer en contra de los amantes del inmovilismo atenazados por un feroz egoísmo que atentaba en contra de lo mejor del ser humano. Si había triunfado la intolerancia, el empecinamiento y la obnubilación política, se trataba de un mero problema de tiempo para que volvieran a imponerse la libertad y la democracia con su gigantesca estela de beneficios sociales.

Los primates, los simios elegantemente uniformados, con sus bandas multicolores cruzándoles el pecho galardonado con condecoraciones que los distinguían por su notable capacidad para asesinar en masa, arrasando pueblos y ciudades enteras desde el aire, no podrían mantenerse para siempre en los mandos supremos de España en contra de la sensatez y de un gobierno de todos y para todos. Al menos, esa era su esperanza, una fuente vital de optimismo para poder soportar el peso del infortunio. Un mandril disfrazado con la guerrera saturada de medallas brillantes, guantes blancos impolutos para esconder la sangre de sus manos, botas lustrosas y gorra de plato, espada curva refulgente y pistola de plata al cinto, no podría perpetuarse en el cargo y apoderarse de la voluntad de millones de ciudadanos por más que se hubiera impuesto con arreglo a las bayonetas extranjeras. Tendría los días contados. Su sola indumentaria ya hablaba de brutalidad, de la ausencia de argumentos, del uso de la fuerza para ejecutar sus determinaciones. ¿No les apenaba su imagen? ¿Un filósofo, un catedrático, un amante de la intelectualidad o un jefe civil de Estado electo democráticamente se vestiría así? Imposible aparecer ante el público como un mono con cachucha sin avergonzarse por su aspecto.

Cuando en el verano de 1939 empezaron a abandonar los campos contingentes importantes de refugiados que habían logrado un contrato de trabajo o habían sido requeridos por amigos o familiares o se habían incorporado al ejército francés o simplemente habían vuelto a España para encontrar una muerte segura o habían viajado a México, la mañana del 3 de septiembre llegó hasta el campo de concentración de Argelès-sur-Mer, la tremenda noticia de que Alemania bombardeó Varsovia y la Wehrmacht y la Luftwaffe invadió Polonia. A continuación, y de acuerdo a los tratados suscritos con Francia e Inglaterra, en los que se establecía que cualquier invasión alemana en territorio polaco sería entendida como una declaración de guerra, Europa entera volvió a estallar por los aires hasta convertirse, una vez más, en astillas. ¡Cuánta razón tendría con el tiempo el querido poeta León Felipe cuando advirtió al mundo aquello de «El lobo, que viene el lobo...», y el lobo nacionalsocialista llegó a España y devoró a su joven democracia, tal y como pretendía hacerlo después con la de toda Europa. Si la propia Francia, si Inglaterra hubieran entrado militarmente al rescate de la España republicana, la democrática; si hubieran amenazado a Hitler y a Mussolini alegando aquello que ahora sí habían acordado al defender a Polonia, la violencia no hubiera vuelto a producirse. ¿Qué tal si las democracias europeas hubieran defendido a la española aduciendo: «No toleraremos un solo bombardeo alemán o italiano en España, de llevarse a cabo lo entenderemos como un acto de guerra en contra de nuestra propia causa»? ¿Por qué ingleses, franceses y americanos tardaron tanto en reaccionar? ¿Cómo consintieron cruzados de brazos el apoyo militar alemán a Franco en contra de la República, además del alarmante rearme teutón, el Anschluss y la cesión de los Sudetes? Si nunca imaginaron lo que sintieron los españoles cuando la Luftwaffe bombardeó Madrid y el resto de España y jamás hicieron nada por combatir a las fuerzas del mal, ahora sufrirían en carne propia la destrucción de Londres y de París, verían llover fuego del cielo como lo presenciaron los españoles republicanos en 1936, desolación y muerte producidas precisamente por los mismos salvajes, los malvados nazis hijos de Lucifer, a quienes no pudieron o no quisieron detener a tiempo cuando bombardearon, entre otros objetivos, Guernica...

Había llegado el momento de ingresar sin tardanza a la Legión Extranjera o luchar en cualquier trinchera dentro de la resistencia francesa y combatir al fascismo con escupitajos, balas, escritos, organizaciones clandestinas de sabotaje y espionaje, piedras, golpes, sabotajes, palos, bombas, arañazos o insultos. Su vida iría otra vez en prenda...

Mi padre y mi tío César llegaron como pudieron a Alicante y todavía lograron inexplicablemente abordar el *Stanbrook*, un barco de carga cuyo destino, según lo descubrieron unas horas más tarde, sería el puerto de Orán, Argelia. De haberse entretenido apenas un par de minutos o haber descansado más allá de lo debido al cargar las dos maletas llenas de azafrán, habrían sido apresados por los franquistas instruidos para matarlos en donde los encontraran. ¿Garantías? ¿Cuáles garantías...? Como dijera más tarde el autor de mis días:

—La embarcación estaba llena hasta el palo mayor, de modo que los rayos del sol no alcanzaban a tocar el suelo de cubierta. No había espacio ni para respirar en semejante concentración humana, ni en la cocina ni en los tres camarotes destinados para la tripulación ni en las bodegas en donde podías morir de la claustrofobia. Cuando subimos al barco por una pequeña escalinata, resultaba ya imposible ver la línea de flotación, el peso de tantos miles de pasajeros constituía una temeridad. En broma se decía que entre los tres mil cien pasajeros, unos debían inhalar y otros exhalar a diferentes tiempos para evitar las caídas a las aguas frías del Mediterráneo en aquellos días. El *Winnipeg*, el *Marionga*, el *African Trader* ya habían zarpado. Si en un momento de mi vida creí en mi buena fortuna fue cuando pude abordar el *Stanbrook* el 28 de marzo de 1939 cuando ya me veía frente a un pelotón de fusilamiento. Gracias, César, gracias, gracias, hermano...

Cada uno de los refugiados tenía una historia que contar digna de una novela. ¿Dónde los había pillado la Guerra Civil, si en territorio nacional o republicano? ¿Qué hacían para ganarse la vida antes del estallido? ¿Cuántos riesgos habían corrido y cuántos fascistas habían matado? ¿Cómo habían logrado sobrevivir hasta abordar el barco? ¿Cuántos de sus familiares habían muerto en la contienda o habían quedado inválidos? ¿Qué pensaban hacer en el futuro? ¿Continuarían la batalla en contra del fascismo desde cualquier trinchera o se dedicarían a «hacer la América» en otro país de aquel continente que les diera asilo en un ambiente de paz? ¿Casados o solteros, con hijos o sin ellos, profesión, filiación política, novias o esposas abandonadas en el puerto de Valencia o en cualquier pueblo o ciudad de España? Prevalecía una atmósfera de pesimismo propia de los vencidos, se hablaba de venganza, del dolor, del atropello de la aviación nazi y del ejército italiano, de la impotencia ante una derrota injusta, de la marcha atrás de la España democrática, de la involución social, del desperdicio generacional, de la hemorragia de talento español fugado como consecuencia de la violencia y de los apetitos egoístas de militares ávidos de poder para imponer sus caprichos en contra de los deseos de las mayorías españolas.

A las once de la noche finalmente se soltaron las amarras en tanto seguían llegando al puerto miles de republicanos que hacían desesperadas señales con las manos para que regresara el *Stanbrook* al muelle del puerto. Sus gritos y hasta insultos se escuchaban mientras el *Stanbrook* se hacía temerariamente a la mar. Momentos más tarde, cuando se empezaron a perder de vista las luces de la costa levantina y los pasajeros exiliados se sintieron fuera del alcance de los obuses fascistas, se comenzó a respirar con más tranquilidad. Había terminado una pesadilla, habían salvado la vida, pero comenzaba otra de proporciones similares. Dado el apiñamiento de exiliados, el pavoroso hacinamiento, el capitán Archibald Dickinson, un héroe que se jugó la vida con los republicanos y cuyos merecimientos son suficientes para que una avenida importante de España lleve su nombre, ordenó a través de los altavoces que nadie se moviera de su lugar salvo por casos de extrema necesidad porque el barco podría desequilibrarse y naufragar, de modo que todos quietos. Alguien invitó a elevar plegarias para que un submarino nazi no disparara un torpedo nocturno que hiciera blanco en el cuarto de máquinas del *Stanbrook* o para evitar que la aviación italiana dejara caer bombas que estallaran sobre cubierta. El barco atracaría al otro día en Orán, Argelia. Mientras tanto se abría un nuevo compás de espera para que durante la noche la embarcación no estallara en el aire y se fuera a pique hasta el fondo mismo del *Mare Nostrum*, con una parte de los auténticos quijotes constructores frustrados de la España moderna.

Con el mayor orden y calma posible para evitar un percance, se procedió a ubicar a las mujeres a babor y a los hombres a estribor para poder cumplir sin vergüenzas, y con cierta intimidad, con las necesidades fisiológicas a falta de condiciones sanitarias adecuadas y de agua para tantos miles de personas. Nadie podía darse el lujo de perder el control. El doloroso exilio estaba lleno de aventuras y vicisitudes. Desde el puente de mando y proa se escrutaba el mar en busca de algún periscopio, la señal inequívoca de una muerte próxima. Nada. Nunca se vio una línea blanca submarina dirigiéndose presurosa hacia el *Stanbrook*. La navegación era plácida. El mar se encontraba inmóvil como el agua de una tina. Las conversaciones se reducían a meras especulaciones relativas a Orán. ¿Cómo sería el puerto más importante de Argelia? ¿Cómo recibirían a tantos extranjeros? ¿Cómo se harían entender quienes no hablaban ni francés ni dos palabras elementales de inglés, para ya ni imaginar expresarse en árabe? ¿Cómo se ganarían la vida? ¿Dónde dormirían? ¿De dónde sacarían siquiera un triste franco argelino para comprar un *khobz*, un pan, según se decía a bordo? ¿Aceptarían las pesetas republicanas cuando ya se trataba de dinero derrotado al igual que la causa política? ¿Cómo conseguir un empleo? ¿Los árabes, los moros, eran violentos? ¿La ciudad era segura? ¿Cómo tratarían a las mujeres españolas?

De golpe se esparció el rumor en el sentido de que el *Stanbrook* no se dirigía a Orán, sino a las islas Baleares, en donde lo esperaban las tropas fascistas para arrestar y matar a los prófugos republicanos, los amantes de una «España soviética», a quienes Franco les había cancelado la nacionalidad, como Hitler lo había hecho con mis abuelos alemanes. El escándalo cundió cuando se hizo correr la voz de que habían sido traicionados. El alboroto y los movimientos desordenados de la muchedumbre podían hacer naufragar al *Stanbrook*. Un movimiento en falso provocaría el hundimiento e irían a dar al fondo del Mediterráneo. ¿Qué era mejor, morir asesinado a garrote vil o perecer ahogado...? Se habló de un motín para matar al capitán, hasta que éste, conocedor de las inquietudes de los angustiados pasajeros, explicó las razones de sus constantes giros y repentinos cambios de rumbo orientados a confundir en la noche a los barcos enemigos; eso y sólo eso, en un momento más se tomaría la ruta correcta: «Paciencia y confianza, señoras y señores...». Algunos dudaron de la veracidad de las palabras de Dickinson y arrojaron documentación comprometedora por la borda, en tanto otros se tiraron al mar para desaparecer casi de inmediato de la superficie del agua. Era preferible suicidarse a caer en manos de los sedientos asesinos franquistas.

En fin, las dudas eran infinitas, hasta que al día siguiente, cuando se soñaba con una regadera, una cama, agua potable, un baño decente, ropa limpia, el placer de unas sábanas frescas, apareció Orán, una ciudad blanca a la distancia, que el barco saludó con tres largos sonidos secos y ensordecedores salidos a los costados de las chimeneas. Los refugiados observaron en silencio el arribo del buque para no perder detalle del aspecto del puerto ni de la gente ni de la ciudad en la que enfrentarían un destino desconocido a saber por cuánto tiempo y en qué circunstancias. ¿Cómo serían recibidos? Mi padre mostraba una sorprendente seguridad y ausencia de curiosidad sin apartarse, eso sí, en ningún momento de sus maletas llenas de azafrán. Esperaba que el barco se acercara a la dársena sin problema alguno hasta que éste se detuvo sin poder llegar a Ravin Blanc, el muelle. Los marineros no pudieron arrojar las primeras sogas para atracar firmemente la nave a tierra ni se les permitió colocar la escalera para descender en tierras africanas. La sorpresa era mayúscula. ¿Qué coños pasaba? ¿Por qué nos los dejaban descender? La ansiedad fue mayor cuando constataron cómo el *African Trade*, con ochocientos pasajeros republicanos a bordo permanecía anclado de varios días atrás sin poder desembarcar por disposiciones del gobierno argelino, al igual que acontecía con barcazas provenientes de Almería, de Murcia, Valencia y Barcelona. ¿Qué hacer? ¿Cómo sobrevivir ante un sol implacable, un calor asfixiante y, por si fuera poco, en semejante hacinamiento en condiciones de hambruna e insalubridad?

Pasó un día y otro y las negociaciones no parecían avanzar. Se decía que los republicanos eran caníbales, devoradores de niños, que tenían rabo y cuernos, que venían a destruir la paz argelina, las costumbres y a arrebatarles el empleo hasta apropiarse del país. Cuando la desesperación estaba a punto de desbordarse y gracias a que varios grupos de argelinos desafiando a las autoridades coloniales francesas obsequiaban agua y pan desde unos humildes lanchones, de pronto se autorizó el descenso de mujeres, niños, ancianos y enfermos graves. El alivio fue transitorio si bien empezaron a llegar víveres, escasos, ciertamente escasos, antes de que los pasajeros se tiraran al mar y fueran batidos a balazos por las tropas formadas en Senegal con tal de que no tocaran tierra. Casi un mes pasaron a la intemperie antes de que se permitiera el descenso de los republicanos que finalmente pudieron hacerlo en los huesos, con graves quemaduras por el efecto del sol y víctimas de una gran incertidumbre al desconocer su destino inmediato y la suerte de sus mujeres e hijos. Al desembarcar se les ordenó a gritos y empujones, amenazados por las armas de los senegaleses, formar una sola línea para registrarlos debidamente y entregarles unas chilabas cafés claro, la evidencia, según decían algunos, de que serían recluidos en una cárcel o en un campo de concentración.

¿Cuándo acabará el castigo?, pensaban mi padre y César haciendo la línea con sus maletas llenas de azafrán. Al llegar a una mesa en donde se encontraban sentados dos oficiales franceses uniformados, quienes le preguntaban su nombre, apellido y ocupación en España, advirtieron cómo dos de los negros inmensos tomaban por la fuerza su precioso equipaje. Inútil resistirse. A donde iban no necesitarían ropa ni ningún otro objeto personal. Les arrebataban una cara esperanza. Había invertido tanto tiempo y esfuerzo para hacerse del azafrán con el que paliar transitoriamente el hambre en lo que se hacía de un puesto de trabajo o de algún negocio... ¿Para qué resistirse?, más aun cuando quedó claro que esos hombres no estaban jugando y tenían instrucciones y licencia para matar... Adiós futuro. ¿Qué habría sido del tío Luis? Si él supiera lo que les estaban haciendo los franceses en Orán...

La orden siguiente que cumplieron a base de empujones, disparos al aire, encañonamientos con los rifles y pinchazos con cuchillos y bayonetas, fue abordar un camión abierto para transportar ganado y forrajes que conduciría a los refugiados a trabajar como esclavos en Relizane, uno de los casi cincuenta campos de concentración que habrían de existir en Argelia. Cuando al año siguiente Hitler se apoderara de Francia, utilizarían la mano de obra de doce mil exiliados españoles para construir el ferrocarril transahariano, un capricho de las autoridades colaboracionistas francesas a cargo del mariscal Pétain que intentaba comunicar las colonias subsaharianas con el Mediterráneo, atravesando el Sahara de norte a sur. Quien intentara fugarse o se resistiera a cumplir instrucciones sería enviado al campo de Hadjerat M'Guil, en pleno desierto del Sahara, de donde nadie, nunca, había salido vivo.

Encerrados en unas celdas pestilentes, sin alimentos ni agua suficiente, salvo la esencial para sobrevivir, durmiendo en literas llenas de piojos cuando no eran visitados por cualquier familia de peligrosos arácnidos, comiendo un kilo de pan repartido entre una docena de compatriotas, utilizando un retrete para mil personas, mi tío César y mi padre permanecieron en Relizane cargando piedras de una esquina a la otra de un enorme patio junto con los demás presos que las regresaban al lado opuesto cuando el sol se encontraba en el cenit. Eso hacían los fascistas con quienes habían cometido el pecado mortal de luchar por la democracia y la libertad. ¡Qué lejos estaban los franceses de imaginar que muy pronto requerirían a gritos la ayuda de los republicanos para luchar con lo que tuvieran a la mano en contra de un enemigo común que ya había destruido España!

Mientras otros organizaban cursos de astronomía, clases de gramática y de esperanto, el idioma de la paz, se armaban equipos de futbol, se improvisaban coros para cantar en las noches, se anunciaban representaciones teatrales, así como tertulias para abordar diferentes temas y los franceses entendían que los republicanos no eran, en modo alguno, monstruos venidos de ultramar. Mi padre empezó a tramar la fuga desde el primer día del arribo al campo de concentración antes de perder energías y morir de hambre o de sed o de alguna enfermedad. Mucho mejor perecer, si ese iba a ser el caso, luchando de nueva cuenta por la libertad. Salir de la prisión no parecía ser un problema mayor, pero sí que lo era el desierto sin brújula, sin agua, sin equipos ni nada para guarecerse del sol ni de calores de más de cuarenta grados a la sombra. ¿Cuál sombra?, se repetía ante el hecho de que nadie pudiera imaginar una superficie interminable de arena sin la presencia de una sola palmera. Se daba la misma paradoja de una isla adaptada como cárcel en la que no se pondrían rejas electrificadas ni torres de vigilancia ni reflectores ni se gastaría en alambradas ni en muchos cuerpos policiacos para controlar a los reclusos que de intentar una fuga morirían víctimas de ataques de los tiburones o deshidratados o de hambre o ahogados, si es que llegaban a unir tres palos para construir una balsa que se volcaría al primer oleaje. ¿Con qué sobornar a los transportistas que hacían el viaje para traer a más reos si no tenían ni un franco y las pesetas se podían utilizar como papel higiénico? La fiebre tifoidea, la disentería, la picadura de un animal ponzoñoso, podrían ayudar para tener ciertas canonjías en las enfermerías y hacerse de más relaciones y contactos. ¿Qué hacer? ¿Engañar a los carceleros como lo había hecho Edmundo Dantés antes de convertirse en el Conde de Montecristo?

Después de casi dos meses de terrible estancia en Relizane, una mañana fueron convocados a la oficina del intendente un nutrido grupo de republicanos a los cuales, una vez revisadas sus aptitudes, se les extendió una visa firmada por el prefecto de Orán para poder cruzar la frontera por Oujda, Marruecos, rumbo a Casablanca. Sorpresas que da la vida. Volvían a recuperar la libertad y podrían ganarse la vida en un país desconocido en tanto sonaban cada vez con más fuerza los tambores de la guerra en Europa.

Una vez en Casablanca mi padre y César caminaron en dirección al número 204 de la Avenue Saint Aulaire y se apresuraron a visitar a Rafael Vivas, español, residente en el Marruecos francés, quien ayudaba a los refugiados de la Guerra Civil a instalarse y a conseguir documentos de identidad. Vivas los recibió con los brazos abiertos. Mi padre quedó registrado como extranjero con el número 682/Folio 27, el primero de julio de 1939. Tendría derecho a trabajar.

«Mucho ayuda una conocida en un baile, ¿no, Enrique?», fueron las palabras con las que un Rafael Vivas, nacido en Extremadura y radicado en Marruecos veinte años atrás en busca de un amor perdido y que nunca recuperó, ya para entonces se había dejado hechizar por el mundo árabe que conocía como la palma de su mano. Había contraído nupcias con una española virtuosa, Conchita, Conchi, quien jamás supo lo que era la adversidad muy a pesar de haber vivido la mayor parte de su existencia con estrecheces, penurias, privaciones y calamidades. ¡Cuánto se puede llegar a extrañar la presencia de una persona eternamente sonriente, dulce y cariñosa, Conchi, a quien tuve la fortuna de conocer y llamarla la madre universal, la que hubiéramos querido tener!

Rafael Vivas, un personaje de muy escasos recursos económicos, alojó a mi padre y a mi tío en una vecindad cercana a la suya. La humildad era tan patética y lacerante, como refrescante y gratificante dar con amigos que carecen de lo esencial y comparten hasta lo que no tienen con una sonrisa en el rostro. ¡Qué manera de vivir el momento! ¡Cuánto había que aprenderles de su concepción de la riqueza y de los verdaderos motivos para justificar la existencia! Bastaba escucharlos hablar de sus preocupaciones y valores para entender que vivían en otro mundo absolutamente envidiable, por muchos motivos, según decía mi padre. ¿Cuál era el sentido de la vida, cuál su esencia? En todo momento constituía un privilegio intercambiar puntos de vista con el español Rafael Vivas y tomar el té de menta, un elíxir de los dioses, que confeccionaba afanosamente su mujer.

Cuando al día siguiente se preparaban para salir a comprar una chilaba, unas babuchas y un fez, la conocida indumentaria marroquí, imprescindible para pasar desapercibido y empezar a ambientarse en Marruecos, Enrique solicitó la ayuda y el consejo de Rafael para tratar de comunicarse a Valencia y conocer la suerte de mi abuela y de sus hermanas María Luisa y Juana. De Ángeles no deseaba volver a oír nunca más. Ya sabía lo que podía esperar de ella al recordar los gritos lanzados a los soldados fascistas desde el balcón del apartamento de Doctor Sumsi.

«¡Atrapad a esas ratas comunistas! ¡Atrapadlas, que no huyan...!», recordaba mi padre todavía, como si estuviera oyéndolo en ese preciso instante, las palabras estridentes, desquiciadas y arrebatadas de mi tía Ángeles, que se tiraba enloquecida de los cabellos y urgía a los franquistas para que arrestaran a sus hermanos y los fusilaran sin más.

¿Y Ernesto? ¿Qué habría sido de Ernesto, su mentor, el gran idealista y su «la democracia es el invernadero donde germina lo mejor del género humano»? ¿Seguiría en la embajada? ¿Habría logrado el salvoconducto y estaría en Oslo con su Solveig, su diosa noruega, la hija del sol, comiendo los pescados ahumados que tanto le disgustaban y padeciendo fríos mortales propios de los pingüinos? ¿Qué habría sido de él? Le urgía tener noticias del Madrid tomado por los fascistas. Ernesto, Ernesto, Ernesto, la curiosidad le devoraba las entrañas. Durante la travesía a bordo del *Stanbrook* no dejó de pensar en él como si lo persiguiera un negro presagio. Mientras no volviera a escuchar su voz no podría recuperar de nueva cuenta la calma ni escapar de un estado de ansiedad que le había arrebatado la paz, pues conocía el nivel de maldad y la ausencia de escrúpulos de los asesinos, por eso eran asesinos, ignorantes de cualquier género de piedad.

Conducido por Rafael, Enrique y César llegaron en escasos minutos a un mercado local que despedía un extraño olor a historia antigua. A lo largo de una calle cerrada al tráfico se encontraron con enormes canastos llenos de frutas y legumbres del campo marroquí: manzanas, granadas, mangos, apios, pepinos, nabos, papas, uvas, lechugas, jitomates, sacos abiertos repletos de granos de café, de mijo, de arroz, de frijoles, de soya y de anís, sémola de trigo y de otros cereales, garbanzos, dátiles, cacahuates y diferentes especias desconocidas, en realidad, una fiesta de colores y aromas digna de una acuarela de la escuela italiana del siglo XIX. Les llamaba la atención contemplar un escenario desconocido, otro mundo en el que permanecerían por la fuerza y por tiempo indefinido. Las voces sonoras de los vendedores vestidos con caftanes amarillentos, el bullicio de la concentración humana, los regateos en cada esquina, las mujeres vestidas con abayas y pañoletas que les cubrían el cuerpo y la cabeza, los perros callejeros que masticaban cualquier inmundicia, los cuerpos de los cabritos destripados y colgados de ganchos improvisados en plena vía pública sin refrigeración alguna, el suelo de polvo, los niños jugando descalzos con fichas tiradas en el piso cuidando que no salieran de círculos concéntricos dibujados con hojas de palmeras, los pescados y mariscos expuestos al aire libre para ser vendidos envueltos en papeles de estraza, así como aves vivas enjauladas que los clientes se llevaban tomándolas de las patas en tanto los animales se agitaban desesperados como si presintieran su inmediato destino en los fogones. No era posible dejar de ver las montañas de grandes piezas de pan redondo recién horneado ni de contener la respiración al pasar por cocinas callejeras, donde se confeccionaban diversos platillos en enormes calderos vaporosos, en los que se hundían los cucharones para servir los líquidos hirviendo sobre platos con arroz, carnes y vegetales que la gente comía con verdadera fruición, sentada sobre bancos que rodeaban mesas de madera desmontables sobre las que había vasos con diferentes jugos, en la inteligencia de que las bebidas embriagantes estaban prohibidas por el islam. En otros puestos de comida se preparaban cabritos asados o pollos y chorizos sobre unas parrillas incandescentes que despedían una intensa humareda. Unos gritos destemplados obligaban a voltear para ceder el paso a un comerciante que tiraba de un carro cargado de barriles, tal vez lleno de aceite o de aceitunas o de otro que llamaba la atención al jalar del hocico de un par de mulas que transportaban cebollas o ajos en sacos, para concluir con la voz suplicante de un ciego digno de fotografía, con barbas luengas, chilaba desgastada de centurias, dientes ausentes, rostro arrugado y aliento mefítico, que golpeaba delicadamente el piso con un cayado pidiendo limosnas con palabras incomprensibles. No sorprendía ni irritaba el hecho de que las bestias defecaran a lo largo de su ruta monótona y aburrida de cada día. Entre la clientela, unos cobraban, otros pagaban, por allá contaban las monedas para no exceder el pago ni hacerlo en una cantidad inferior. Las básculas de los mercaderes se accionaban permanentemente para, a continuación, envolver las mercancías y entregarlas con el brazo extendido para recibir los francos, en tanto los adquirentes se retiraban con canastas colgadas de las largas mangas de las chilabas que impedían ver las manos.

Había que tener cuidado para no pisar a mujeres totalmente cubiertas de negro, si acaso con un breve espacio a la altura de los ojos, que sentadas en el piso, a lo largo de los comercios, vendían diferentes tipos de hierbas, algunas aromáticas. De pronto dio con locales donde se vendían cerros de ropa tirada sobre unas planchas cubiertas con plásticos, donde era difícil, en apariencia, distinguir las tallas, de la misma forma en que acontecía con las babuchas y otras prendas que igual podrían haber sido diseñadas para hombres o para mujeres. No podían perderse de vista las tiendas de alfombras ni de telas ni las joyerías ni los expendios de té o de hachís, donde los hombres fumaban con pipas de agua que se compartían fraternalmente.

Los transeúntes no tenían aspecto de lamentarse por la inmensa aglomeración ni por el ruido ni por los empujones involuntarios ni por los olores, en ocasiones fétidos, ni por las densas humaredas ni por los animales muertos. Se escuchaban en la lejanía cantos rítmicos, alegres, obviamente inentendibles, en ocasiones dolorosos, un conjunto de lamentos proferidos por los ancestros de los cantaores del flamenco de nuestros días acompañados tal vez por crótalos, cascabeles, laúdes, flautas y tambores, sin faltar los sonidos de las palmas de las manos, un ingrediente indispensable en este furor musical. El paisaje era cotidiano, de la misma manera en que los franceses no se sorprendían al deambular por los Campos Elíseos. De vez en cuando se veía una bicicleta destartalada recargada contra uno de los muros del mercado que sólo había sido pintado el día de la inauguración. Un aparato mecánico, la maravilla de finales del siglo XIX...

A continuación resultaba imperativo dar con un negocio de telefonía que Rafael obviamente conocía por sus constantes llamadas a España antes y durante la guerra. Después de los trámites de rigor y de solicitar la comunicación a Valencia con la señora Felisa Moreno (Rafael se haría cargo de los gastos), le indicaron a mi padre que entrara a la cabina número tres. Abrió la puerta del locutorio, seguido por César, sin ignorar un leve temblor en la mano derecha. La comunicación estaba lista después de esperar por espacio de media hora.

—¿Quién es...? ¿Enrique? —preguntó mi abuela.

—¿Madre? —contestó mi padre para garantizar la identidad de su interlocutora.

—¡Hijo mío, hijo mío, hijo mío, Quiquiriqui! ¡Ay, Quiquiriqui! —alcanzó a decir mi abuela antes de estallar en llanto.

A mi padre le recorrió un calosfrío de muerte a lo largo del cuerpo. Sintió que la espalda se le erizaba y que le flaqueaban las piernas.

—¿Qué es, madre, qué pasa...?

—Hijo de mis entrañas —gritaba mi abuela entre gimoteos apenas entendibles—, Ernesto, tu hermano, Ernesto, hijo mío, Ernesto, tu hermano...

—¿Qué, madre mía? ¿Qué pasa con Ernesto? —preguntó mi padre también a gritos que se podrían haber escuchado del otro lado del Mediterráneo.

—Que lo han *matao*, que lo han *matao* los fascistas, lo han *asesinao* a palos los franquistas, hijo mío, esos hijos de puta se lo han *cargao*, Enriquito, Enriquito, Enriquito...

—¿Cómo? ¿Qué dices? ¿Cuándo...?

—A la semana que esos cabrones asesinos tomaron Madrid fueron por él a la embajada de Noruega y lo mataron a palos en la calle misma, ¡cabrones, cabrones, cabrones! —repetía mi abuela llorando desconsoladamente. Parecía que al oír la voz de mi padre detonaran de golpe los sentimientos que tenía guardados en lo más profundo de su pecho.

Mi padre apoyó el codo contra la pared del locutorio y recargó la frente en su mano mientras le extendía la bocina a César, quien no sabía cómo reaccionar y repetía y repetía las mismas preguntas hasta que un nudo en la garganta le impidió continuar hablando.

Mi padre nunca lloró la muerte de mi abuelo Ángel, tal vez ni siquiera la de María Luisa, su mujer, pero cómo lo destrozó saber la pérdida irreparable de su querido hermano mayor. Comenzó a llorar compulsivamente en la cabina mientras gritaba:

—¡No, no, no, por favor, no, Ernesto, no...! —se lamentaba desesperado en tanto negaba una y otra vez con la cabeza deseando rompérsela contra la pared, mientras pateaba el piso sin que Rafael pudiera saber lo que acontecía, si bien lo imaginaba por las conversaciones previas que había sostenido con ambos hermanos.

De pronto recuperó algo de calma sólo para pronunciar unas palabras pidiéndole a César la bocina:

—No te preocupes, madre, nosotros veremos por ti. Aquí estamos bien y seguros. No dejaremos de enviarte dinero a como dé lugar. Te adoro con el alma; estaré llamándote —fue lo último que alcanzó a decir antes de salir de la cabina, cruzar la reducida recepción del negocio telefónico y correr como enloquecido por el mercado hacia donde fuera, a la nada, a la mierda, al infinito o al vacío...

Corrió por los puestos de verduras, los de frutas y granos, los de telas y hierbas, hasta dar con la calle y emprender una fuga eterna hacia el vacío. Nunca nadie llenaría los espacios huecos que le heredaba Ernesto. Bien lo sabía él. La pena se la llevaría a la tumba. A sus veintitrés años, en plena juventud, no podía mentirse, pensaba mientras llegaba al puerto agotado y sollozante: imposible que en lo que le quedaba de existencia pudiera encontrar a alguien que compensara, ni siquiera medianamente, la ausencia eterna de su hermano. Fue bajando la marcha poco a poco, arrastrando los zapatos, enjugándose las lágrimas, jadeando con los brazos colgados de los hombros sin fuerza alguna, maldiciendo a los franquistas, hijos de su puta madre, jurando venganza, lamentando su suerte, execrando la guerra; primero su mujer y ahora Ernesto, el hermano insustituible, y, por si fuera poco, el destierro, que lo hacía abandonar a su madre y a su familia a su suerte en España. ¡Cuántos giros podía dar la vida y en tan poco tiempo! Nunca nos tendríamos todos a todos, pensaba en su dolor, ¿pero por qué así...?, ¿por qué, por qué, por qué a palos...?, se repetía en tanto se sentaba sobre una bita y colocaba sus piernas a un lado de las cuerdas que inmovilizaban a un barco carguero.

Las gaviotas revoloteaban en el vacío, jugueteaban entre graznidos gozosos una vez satisfecho su apetito. No se disputaban la comida. Había de sobra para todas. Las manchas de pescado aparecían de vez en cuando alrededor del puerto, sí, sólo que mi padre no estaba para saber de nada. Viendo el horizonte, recostada la quijada sobre las palmas de las manos y los codos colocados encima de las rodillas, empezó a serenarse hasta sentir la mano cálida de Rafael sobre sus hombros. César, turbado y con los ojos hinchados por el llanto, permanecía a su lado enmudecido y cruzando miradas lastimosas. De pronto ambos hermanos se abrazaron estrechamente y lloraron su desgracia irreparable. Rafael les acariciaba la cabeza en tanto caía lentamente la tarde.

—Venid conmigo, chicos, tomemos té, un té que cura cualquier mal, reanima y vitaliza.

Tomándolos de la mano al puro estilo árabe, los condujo a un comercio en el que había, si acaso, cuatro mesas para sentarse y poder hablar y maldecir sin preocupación ni pudor alguno. Un mesero vestido con la chilaba y un fez antiguo, bigote grueso y piel oscura, trajo *l'abarrade* y tres vasos. El líquido ardiendo, caído de lo alto con el brazo lo más extendido posible, fue la señal esperada en el sentido de que la vida debía continuar.

Cayó una noche y otras más. Los días transcurrían a veces rápidamente y, en ocasiones, el sol se ponía antes de lo previsto. La marcha incontrolable de los tiempos lo atropellaba todo. Nadie podía contener la rotación de la Tierra ni la cíclica aparición de la Luna ni el vuelo de los pájaros ni la fuerza del viento. No existía posibilidad alguna de detener aquello. La vida era una aplanadora. ¿Cómo podía continuar la existencia, las risas de los niños, los juegos de los mayores, las fiestas populares, el bullicio de los mercados, las fiebres por el dinero sin que se guardara luto por su dolor? ¿Tanta apatía? Finalmente ¿qué era mi padre dentro del microcosmos en que vivía? ¿Qué significaba su pena en la milenaria historia de las naciones? ¿Qué podía hacer, tirarse en la cama de la pensión y no levantarse más? ¿Vestir de negro y buscar un templo católico para pedir por el eterno descanso del alma de Ernesto? Si Dios no había impedido el crimen, ¿lo iba a cobijar ahora a su lado? ¡Qué contradicción! ¿Dónde estaba María Luisa? ¡Claro que Dios no era un gilipollas, simplemente porque no existía, sólo por esa razón no se le podía calificar de esa manera! ¿Cómo era posible que hubiera estado del lado de los curas durante la Guerra Civil y hubiera permitido el genocidio de casi un millón de españoles? ¿Ese miserable se iba a preocupar ahora por Ernesto? No había otra alternativa más que trabajar, crecer, sobrevivir, encarar la adversidad con las dos manos sujetándola por las solapas y zarandeándola. La espalda no se le encorvaría ni caminaría cabizbajo ni hablaría en voz baja ni volvería a llorar en público ni permitiría que le preguntaran en lo sucesivo si algo le acontecía: de ahí en adelante disimularía sus sentimientos. Un hombre debía ser de una sola línea: nadie podía advertir lo que sucedía en su interior, de igual manera en que las piedras invariablemente se les veía de la misma forma. Nada cambiaba. Imitaría entonces a las rocas...

¿Cómo penetrar y luego apoderarse de la sociedad marroquí sin hablar el idioma? Por supuesto que estaría atento a las noticias provenientes de España. ¿Qué tal si un día al tomar su *cafe au lait* leía que un grupo de republicanos había metido una bomba debajo del automóvil de Franco y no había quedado nada del asqueroso tirano? Las que debía el cerdo ése. Las precauciones que debería tomar el miserable para seguir con vida. Por lo pronto comería el cuscús, panes como *ferrah* o del *harsha*, el alimento más noble, junto con el vino. Al mediodía comería el *djej msharmal* o el *tride* o las *kebaps*, el *khlli'*, la *harira* que se sirve durante los días del ramadán, además del *sharmoola* y del *hut bu-etob*, las pastillas de pichón, una gama de la gastronomía marroquí entre la que no podían faltar los dulces demasiado azucarados para su gusto. Imposible olvidar a mi tío Luis cuando sentenciaba con sobriedad británica:

—Un hombre no es digno de mi respeto a menos que coma tres postres al día...

¿Y Luis, el tío Luis? ¿Qué habría sido de él? Sólo faltaba que lo hubieran fusilado, o hubiera muerto de hambre o hubiera enfermado en los campos de concentración españoles y franceses. Luis, tío, Luis, ¿dónde estás? ¿Qué es de ti? Por lo visto la paz nunca volvería. ¿Cómo olvidar los años en que se sentaba en el piano al lado de María Luisa y cantaban o recitaban versos de Machado o ella actuaba pasajes de García Lorca? ¿Y las comidas en el Café Gijón, en el restaurante de la parte baja, donde era imposible dar con la salida por el humo de puro y de cigarro? ¿Y el jaleo en los *tablaos*? ¿Y su revista *Argos*? ¿Y el periodismo? Ahora tendría que vender bolsas de mujer de puerta en puerta o lo que fuera con tal de ganarse la vida y poder comer un plato de *tanzhiyya*, además de poder pagar la renta. Sí, pero que quedara muy claro: las privaciones no se habían hecho para él, si bien podría sobrellevarlas con simpatía por un tiempo muy limitado, por cierto. La pérdida de Ernesto le había dado un giro radical a su existencia. La política era muy riesgosa y, por el momento, había que mantenerse al margen o correr el peligro de perecer ahorcado en el mejor de los casos. Se obsequiaría un espacio, haría un paréntesis para hacer dinero, el que fuera posible, eso nunca estaría de más. Mientras más recursos económicos tuviera más puertas se le abrirían, con más posibilidades y alternativas contaría, más bienes y lujos podría disfrutar, más mujeres podría tener, más respeto podría acaparar, más poder podría tener, más movilidad existiría a su alcance, más influencia tendría a su disposición. Se convertiría en un intocable, en un auténtico magnate, en un destino. El dinero llamaba al dinero. Lo invitarían a más negocios, acrecentaría su fortuna, su nombre correría de boca en boca. En el país de los ciegos el tuerto era el rey y en Marruecos la ceguera era masiva si no es que total. Había que aprovechar la oportunidad a como diera lugar. ¿Cuál competencia...?

Un soltero empedernido y codiciado por las marroquíes. Era un ganar-ganar, nada que perder, en tanto cambiaban las condiciones en España. Si llegaba a estallar una nueva guerra europea, el tema de que se ocupaban los periódicos franceses de Marruecos, habría que lucrar con la crisis, el momento y la coyuntura ideal para *enri*-*que*cerse, por algo se llamaba precisamente Enrique. ¿Que estallaría un conflicto armado entre Francia, Inglaterra y Alemania si ésta se atrevía a poner un pie en Polonia? ¡Qué gran recompensa emocional si llegaba a darse semejante debacle! Si Francia e Inglaterra habían permitido indiferentes y acobardados que Alemania bombardeara España y destruyera la República, nada mejor que se despedazaran ahora entre ellos. Coincidió, sin saberlo, con la opinión de mi tío Luis. Soñaba con que no quedara una piedra sobre la otra ni de Berlín ni de Londres ni de París, tal y como los nazis habían dejado a Madrid, hecha pedazos, devastada, destrozada y aniquilada. ¿Con que venía el lobo y no lo creísteis, verdad, cabrones...? Pues ahora, eso anhelaba mi padre en su furia desbridada, que os coma a vosotros vivos también como hicieron con nosotros...

Bien pronto cayó en confusiones políticas porque si los nazis llegaban a apoderarse del mundo sería la peor tragedia en la historia de la humanidad, bien, sí, de acuerdo, pero que por lo pronto esos países se redujeran a escombros entre ellos, sobre la base de que el fascismo finalmente fuera destruido en cualesquiera de sus manifestaciones y se ejecutara una purga militarista europea de la que Franco resultara, en primer término, colgado del astabandera de la Plaza Mayor por las democracias triunfantes. Si el saldo de la guerra por venir tenía como consecuencia el fusilamiento o la muerte lenta en la cámara de gas o el garrote vil impuestos a Hitler, Mussolini y Franco y, tal vez, a Stalin, otro monstruo enemigo de las libertades, de lo más caro y preciado del ser humano, la convulsión armada habría tenido sentido... ¡Que no quedara vivo uno solo de esos criminales y el mundo sería diferente, se podría vivir en paz y el intelecto universal crecería a niveles insospechados!

Empezó a hechizarse con Marruecos, más aún cuando paseó por la Corniche, Los Morabitos y el barrio de Habous. Recorrió las calles, el puerto, las mezquitas, plazas, fondas, cafés, museos y lugares recónditos de Casablanca llevado de la mano de Rafael, ya por aquel entonces, el hermano Rafael. Visitó la antigua medina, se impresionó con las puertas de Bad Jeedid y Bad Marrakech, el santuario de Sidi Kairouani, La Scala y las mezquitas de Ould el Hamra y la de Dar El Makhzen. Dejó su tarjeta de visita en la ciudad de Fez, en Marrakech, en Rabat y en Safí, entre otros puertos, pueblos y ciudades más, además de la cordillera del Atlas y las dunas y oasis del desierto del Sahara. Evidentemente que se cuidó de pisar siquiera el Marruecos español para evitar cualquier peligro. ¡Claro que le hubiera encantado convivir con sus paisanos en Tánger, en Melilla, Tetuán o Ceuta y contemplar Gibraltar a la distancia, pero no era momento para guasas ni para exponerse inútilmente! ¿Mujeres árabes? Rafael era un mal consejero en ese sentido: algún defecto tenía que encontrarle. «No era un tema de su incumbencia», según decía mi padre. A él le gustaba comer invariablemente en casa y no derramar la vista en ningún otro lugar... ¿Mujeres, decíamos...? Las tendría, según se cansó de decir, en la misma proporción en que crecieran los depósitos en su chequera, su mejor amiga, leal e incondicional, solidaria e invariablemente presente. Bastaría con que se tocara el pecho, mejor dicho, la bolsa del saco donde se encontraba la chequera, para sentir alivio y fuerza, la del conquistador todopoderoso e indomable. Todo estaba en el mercado, absolutamente todo se podría comprar con francos y, muy pronto, bien lo sabía él, estaría lleno de francos. Viviría como un sultán rodeado de odaliscas que sustituiría a su antojo tantas veces se le diera la gana. Ellas vendrían a su palacete en busca de favores y billetes y él concedería los favores y entregaría los billetes a raudales. ¿Ése era el juego? ¡Sí! Vengan las cartas. Comencemos. Fichas al centro de la mesa. ¿Quién reparte? Va mi resto...

¿Para qué decir el exquisito morbo que le despertaba quitar el *niqab*, el velo con el que se cubrían las mujeres el rostro? Se imaginaba vivir en el reino de *Las mil y una noches*. Soñaba con descubrir las facciones delicadas de una princesa bereber y más tarde, al desprenderla de la *ayaba*, daría con el cuerpo de una hembra que envidiaría el más rico y ostentoso de los jeques. ¿Con dinero podría comprar un tapete mágico? ¡Por supuesto que sí, y un palacio como la Alhambra de Granada, sin duda también...!

César y él comenzaron por vender bolsas de mujer de puerta en puerta. Más tarde tijeras y cuchillos. Posteriormente mi padre se empleó como ayudante para revelar películas y amplificarlas en el cuarto oscuro, con un fotógrafo musulmán que hablaba español con inmensas dificultades, pero su simpatía y generosidad, la oportunidad de aprender árabe, lo estimularon para trabajar a su lado. No tardó en descubrir que su primer patrón era un fanático religioso. Bastaba con que el muecín llamara desde el alminar a la oración, tal y como lo hacía cinco veces al día, para que Abdul Hadi colocara una pequeña alfombra y unas veces de pie y otras de rodillas tocando el suelo con la frente, elevara sus oraciones, sus azalá, en dirección a la Meca, de la misma manera en que los marroquíes suspendían sus actividades donde se encontraran para comunicarse con Alá. ¡Claro que antes de rezar hacía puntualmente sus abluciones y se lavaba la cara, las manos, los pies y la cabeza y a falta de agua se frotaba con arena limpia! Se tomaba con una gran seriedad y compromiso la oración del alba, la del mediodía, la de la tarde, la de la puesta del sol y la de la noche. Jamás había probado el alcohol ni imaginaba los efectos en el cuerpo ni las sensaciones ni las fantasías que podía despertar. Entregaba puntualmente su *azaque*, sus limosnas, una caja llena de dátiles o de berenjenas a sus semejantes sepultados en la miseria para purificar su alma y apartarla de la avaricia y del egoísmo y practicaba el *sawn*, el ayuno durante el ramadán el noveno mes del calendario lunar. En esos días no se le ocurría más que sacrificarse para honrar a Alá absteniéndose de fumar, de perfumarse y de tener relaciones sexuales desde la salida hasta la puesta del sol. Evidentemente que Abdul Hadi no toleraba broma alguna en ese sentido ni se permitía omitir ninguna parte del rito. Ya se sabía que el llamado del muecín paralizaba la ciudad y había que llenarse de paciencia, sobre todo si se era escéptico.

Las hojas del calendario caían una tras otra sin que los hermanos encontraran la solución a sus problemas económicos, hasta que, sentados en un café ciertamente humilde a un lado del puerto donde se encontraban atracados varios barcos sardineros, llegó la inspiración deseada precisamente en uno de los primeros días de agosto de 1939. Una vez concluida la jornada de trabajo, mientras descansaban después de vender lo que fuera y como fuera, y analizaban su futuro en Le Miñaret de la Koutoubia, un nombre retumbante para una cafetería de ínfima categoría, se quejaban, se lamentaban de la poca suerte que tenían por ser refugiados, ignorantes del idioma, de la cultura y de la sociedad de Marruecos, condenados al hambre y a la segregación, sin percatarse de que enfrente de ellos estaba flotando la gran oportunidad de su existencia sin que su imaginación deprimida alcanzara a percibirla. Que si nos embarcamos como polizontes en un transatlántico rumbo a América, a México concretamente, aceptando el ofrecimiento de Lázaro Cárdenas a los republicanos. Que si viajamos a Cuba, un país lleno de oportunidades y mujeres hermosas. ¿Qué tal si nos dejamos seducir por la belleza? Trasladarse a Francia cuando la guerra podía estallar en cualquier momento, era un locura, más aún cuando ya habían entablado comunicación con el tío Luis, quien desaconsejaba esa posibilidad por encima de cualquier otra, como quedará aclarado posteriormente. ¿Estados Unidos? El idioma se convertía en un serio inconveniente por más atractivos que aparecieran en el horizonte. Discutían alternativas cuando mi padre tronó los dedos de la mano izquierda y se golpeó la frente con la derecha.

—Si seremos un par de bestias —afirmó encorvado como si se dispusiera a dar un salto. Su mirada resplandecía inyectada de una energía repentina mientras daba vueltas reclamándose y azotaba los zapatos contra el piso—, si seremos bestias, si seremos bestias...

—¿Cuál es la idea? —preguntó mi tío César sin salir del asombro—. ¿Qué pasa, qué pasa, di, di...? —insistía lleno de curiosidad.

Llevándose ahora las manos a la cabeza como si quisiera tirarse de los cabellos, mi padre señaló con el dedo índice derecho:

—¿No has visto que desde que llegamos a esta ciudad hace ya casi tres meses ese barco ha estado atracado sin salir ni un solo día al mar a pescar sardinas o lo que se pueda?

—Sí —repuso César confundido y levantando el ceño—, ¿y qué con eso...? No entiendo —agregó clavando la mirada en la embarcación que permanecía meciéndose levemente, según lo dictaban las olas del mar.

—¿No entiendes...?

—No...

—¿Por qué no se lo rentamos al dueño...?

—Mira qué imaginación, felicidades —contestó César irónico—, no tenemos ni para el café y tú sales con que rentemos un barco. Sí que tienes gracia, tío...

—No, hombre, no, claro que no tenemos ni para el café, pero podemos tratar de convencer al propietario de que nos lo alquile pagándole las rentas vencidas, es decir, le liquidaremos al final de cada mes sin hacerlo por anticipado...

—Hombre, sí, claro, el interfecto te va soltar el barco sin que le entreguemos ni una perra gorda, ¿no? ¿Eso es lo que propones? Déjame ver qué tiene tu café —todavía agregó burlándose.

—Piensa, hermano, piensa —adujo Enrique con la mirada extraviada en el cielo. La luna aparecía tímidamente en el firmamento—. Este tío, como tú dices, tiene el barco parado, ahí arrumbado sin cobrar ni un céntimo, ni medio franco, ¿no...?

—Sí...

—Pues entonces, ¿qué preferirá, seguir perdiendo dinero a lo tonto o correr el riesgo de rentarle el barco a un par de desconocidos pero trabajadores y de buena fe, que seguramente lo llenarán de dinero al final del mes? ¿Tú mismo qué preferirías, seguir sin cobrar o correr un riesgo mínimo y hacerte de recursos...?

—¿Riesgo mínimo...?

—¡Claro!, le diremos que él escoja la tripulación de su confianza, pescadores profesionales, para que nos acompañen y se garantice de que no haremos estropicio alguno... ¿Qué tal? —se preguntó eufórico chocando el puño derecho contra la palma de su mano izquierda.

Corrieron entonces por Rafael para que los ayudara a localizar al propietario, hiciera las veces de traductor y los auxiliara para convencerlo y apoderarse de la embarcación a la brevedad posible. Si a mi tío César la idea le pareció en un principio descabellada y condenada al fracaso, Rafael no pudo salir de su asombro. Trató de echarle el brazo al hombro a mi padre, invitarlo a serenarse, él no conocía a los moros, ni a los musulmanes, era un extraño en la vida y en las costumbres marroquíes, no sabía cómo abordarlos ni la desconfianza ancestral que ellos sentían por los extranjeros. El plan fracasaría de punta a punta y los largarían con cajas destempladas antes de concluir el planteamiento. Mejor, mucho mejor tomar un té y analizar los proyectos con otra perspectiva.

—Tal vez tengas razón o, mejor dicho, yo creo que la tienes, querido Rafael, pero lo único que no puedo negarme es la oportunidad. El «no» ya lo tengo, bueno, ya lo tenemos y es más grande que la torre de la Giralda, pero no puedo menos que intentarlo...

—Enrique, hijo, entiende...

—Ayúdame como nos has ayudado siempre, Rafael. Sólo la negativa rotunda me devolverá la paz —agregó Enrique firme y confiado—. Si nos dan con la puerta en la nariz hay otros barcos, otras oportunidades, otros dueños, alguno cederá, lo juro por las barbas de Neptuno...

—¿No te apena que nos echen como si fuéramos un trío de locos que venimos a pedir la mano de la preferida del rey de Marruecos...?

—Nada, hombre, nada: de mejores lugares me han echado —adujo mi padre sintiendo que estaba a punto de convencer a Rafael. No se equivocó.

—No soy amante de las aventuras, pero en ésta los acompañaré mañana temprano, después de la segunda llamada del muecín. Comenzaremos por preguntar en las autoridades del puerto si alguien conoce al dueño del barco. Por cierto, ¿cómo se llama?

—*Sardinero I* —repuso César sin tardanza.

—Que Dios nos ampare y nos socorra —concluyó Rafael sonriente y generoso, como siempre.

Al día siguiente se dirigieron juntos a la capitanía del puerto. Dieron de inmediato con el nombre del dueño de la embarcación y con la dirección donde se le podía localizar. Se trataba de un hombre mayor, vendedor de telas, vestido con chilaba y babuchas, bigote ancho que le cubría el labio superior por completo, barba cerrada, robusto, de andar y mirar cansados. Su despacho, mejor dicho, su escritorio diminuto, una mesa sin barnizar, en la que no se distinguía la presencia de algún objeto personal, una fotografía familiar, algún recuerdo, un amuleto, se encontraba en una bodega llena de mercancía de piso a techo en la que era prácticamente imposible respirar. No se localizaban ventanas ni ventilación alguna. El calor era sofocante, casi se diría asfixiante. Por supuesto que el individuo no hablaba una sola palabra de español.

Rafael se encargó de la negociación en árabe. Mi padre interpretaba gestos, leía miradas, observaba la conducta del comerciante. Aceptó ser dueño del barco. Había sido propiedad de su hijo que había muerto durante las batallas del Rif. Los españoles lo habían matado y no quería volver a saber nada más de ellos. Les indicó gentilmente el camino a la salida mientras Rafael terminaba la traducción. De los términos para pagar la renta no quiso ni hablar.

—Dile que nosotros somos enemigos de los asesinos que acabaron con la vida de su hijo —interceptó mi padre la indicación—. Dile que Franco mató a muchos marroquíes que buscaban su independencia cuando él era general en el Marruecos español y que nosotros somos enemigos de Franco porque se alió con Alemania para ganarnos la guerra y tuvimos que huir de España gracias a él —insistió como si quisiera aferrarse a una de las mangas de la chilaba de su interlocutor, quien curiosamente ponía atención a las palabras de mi padre sin entenderlas, salvo la traducción de Rafael y los gestos vehementes de Enrique y César.

El propietario negaba con la cabeza sin pronunciar una sola palabra.

—Dile —le suplicó mi padre a Rafael— que nosotros queremos hacer dinero para poder volver a España y asesinar a Franco a la primera oportunidad. Que lo que se llegue a ganar será destinado a formar un grupo de rebeldes antifranquistas para hacer justicia y vengar muchas muertes, entre ellas las de un millón de españoles y de marroquíes que fueron víctimas de un malvado carnicero del que queremos vengarnos y él puede ayudarnos a financiar la venganza... Es lo menos que puede hacer por su hijo —concluyó sin saber si la traducción era la correcta y exacta o Rafael se estaba conduciendo con timidez.

El comerciante dudaba.

—Dile —le dijo mi padre al oído— que igual que Franco mató a su hijo, el propio Franco mató a nuestro hermano Ernesto.

De pronto el susodicho dueño del barco, con el rostro impertérrito, se puso de pie al tiempo que tomaba su viejo bastón de madera, algo así como el palo sin tallar de la rama seca de un árbol. Mi padre sintió perdida su oportunidad ante semejante radicalismo. Cuál no sería su sorpresa cuando el individuo, siempre circunspecto, comentó clavando la mirada en Rafael:

—Vuelvan mañana a la misma hora. Nunca digo sí ni no de inmediato —repuso mientras se alejaba del escritorio sin despedirse ni mostrar cortesía alguna.

—Tenemos prendida una vela hasta mañana —exclamó mi padre con su conocido entusiasmo—; no tenemos el «no» definitivo. Ahí está la oportunidad, esperemos —alegó en un tono pensativo, pero optimista—. Si no lo hubiéramos tocado nos hubiera echado sin la menor consideración. ¡Cómo se me antojaría una copa de vino tinto, aunque sea francés...!

—Nos espera una noche larga —concedió Rafael—, pero lo más difícil ya se dio y no nos echaron de la tienda...

Al día siguiente, a la misma hora, el páter familias recibió a la misión comercial española de pie atrás del mostrador, sin que se le moviera un solo músculo de la cara. Evitó las palabras ordenadas por el más elemental protocolo:

—He decidido rentarles la embarcación. He decidido que me paguen al final de cada mes. He decidido confiar en ustedes. He decidido convertirme en su aliado para vengar a mi hijo, en el nombre sea de Alá y que Él me perdone. He decidido que me paguen mil francos y he decidido imponerles una condición de caballeros: si al final del mes no han pescado nada me regresarán el barco sin necesidad de reclamárselo y me pagarán la renta cuando puedan. He decidido no regalársela. ¿Están de acuerdo?

—Trato hecho —repuso mi padre tan pronto concluyó la traducción—. Cuente con ello. Somos quijotes españoles y le pagaremos absolutamente, si pescamos como si no pescamos. Adquirimos una deuda entre caballeros. Bien, ¿pero no nos facilitará la tripulación?

—Desde la muerte de mi hijo no me ocupo de sus barcos. Su recuerdo me duele. Si llego a este acuerdo con ustedes es porque sólo pienso en la venganza que me prometieron. Dispongan del barco y páguenme. Actúen como dueños y como hombres de bien. La renta es accesible, lo saben. Que tengan éxito, nos conviene. Ya saben dónde encontrarme.

Dicho lo anterior se perdió en el mundo de clientes que compraban telas en ese comercio que parecía tener mil años de existencia.

Mi tío César se montó a horcajadas sobre mi padre tan pronto salieron a la calle. Lo despeinó, lo besó, lo celebró, lo abrazó, al igual que Rafael, quien no salía de su asombro. Para él y para cualquiera el resultado era una hazaña. El vino no se hizo esperar. Hasta Rafael bebió con ellos. Las risas se seguían las unas a las otras. Hacía tanto tiempo que ni siquiera sonreían.

—¿Y el combustible? —preguntó César.

—Yo lo pagaré por esta vez —adujo Rafael eufórico.

—¿Y con qué le pagaremos a la tripulación? Entre tú y yo jamás podremos maniobrar el barco. Es imposible. Además, tú y yo, ¿qué coños sabemos de navegación? Las únicas sardinas que he visto en mi vida han sido las que me traen fritas en el plato...

—Muy fácil —respondió mi padre de nueva cuenta como si lo tuviera planeado—, en el puerto y en el país hay muchos marineros y personas sin empleo, hagámosles la misma oferta que al Mustafá ése: si pescamos que cobren el doble de lo que les pagarían en cualquier lugar. El mundo es de los audaces. Tendremos tripulación y de sobra, lo verás. Al menos tienen la oportunidad de apostarle a algo y salir momentáneamente de la nada...

Entre trago y trago, brindis y brindis, mi padre cortó de repente la conversación elevando su copa para decir:

—Creo que no se ha mencionado lo más importante —aclaró para dejar una sombra sospechosa sobre la mesa al guardar un hermético silencio antes de reventar en carcajadas.

—¿Qué? —preguntaron César y Rafael frunciendo el ceño.

—Que nuestro amigo Mustafá, el elegido por Mahoma para ayudarnos, no dijo en su pésimo español, que desde la muerte de su hijo no se ocupa de su barco, sino de *sus barcos*. ¿Está claro el significado preciso del plural? ¡Sus barcos, diantres, sus barcos!

—Claro —saltó entusiasta Rafael—, claro que lo dijo. Se refirió a sus barcos; es exacto, Enrique.

—Entonces, si pagamos la renta —agregó César entusiasmado como nunca— y nos ganamos la confianza del viejo, tendremos más barcos y por lo mismo más francos hasta hincharnos de francos, todos los francos de la Tierra.

Las risotadas hacían eco hasta rebotar en la cordillera nevada del Atlas. ¿Cómo era posible haber estado un par de días antes sepultados en el pesimismo y unas horas después disfrutar un optimismo contagioso? ¡Cuántas jugadas inesperadas podía deparar el destino! Cuando ya buscaban nuevos derroteros en otros países sin percatarse de que la solución estaba a la vista, de golpe, como una maniobra caprichosa del viento, éste daba la vuelta para llenarlos de esperanza.

Al día siguiente la actividad sería febril. ¡Cuánto tiempo había tardado en amanecer! La agenda estaba congestionada por primera vez desde su llegada a Marruecos: Uno, contratar marineros recomendados sobre la base de que cobraran por meses vencidos. Dos, revisar el motor del *Sardinero I* y el estado general de la embarcación para que arrancara y no hiciera agua a mitad del Atlántico. Tres, comprar provisiones y agua para no morir de hambre y sed por si alguna corriente marina los alejaba de la costa contra sus deseos. Cuatro, adquirir un botiquín para urgencias. Cinco, revisar la existencia de sábanas o mantas por el frío de la noche. Seis, consultar la posibilidad de llevar figuras de deidades para quienes quisieran rezar en alta mar y no fuera a cundir el miedo por alguna circunstancia imprevisible. Siete, localizar lanchas o botes o chalecos de salvamento para el caso indeseable de un naufragio por la razón que fuera. Ocho, encontrar a un capitán experimentado para evitar errores catastróficos. Nueve, recabar las autorizaciones navales del caso. Diez, llevar amuletos para encontrar bancos abundantes de sardinas a la brevedad. Once, abrir varias cuentas de cheques para poder depositar los francos que ganarían durante la operación...

Una semana agónica, interminable, ardua y fatigosa se tomaron para tener el plan a punto. Nada faltaba la noche del 8 de agosto de 1939 para hacerse a la mar. Rafael desde luego los acompañaría a la aventura sin saber tampoco ni una palabra de labores y faenas náuticas. Sería la gran experiencia de su existencia. Dos jóvenes compatriotas habían venido a cambiarle la vida de un momento a otro. Ninguno de los dos sabía nadar, en contra de las recomendaciones juiciosas del tío Luis. Ignoraban de qué lado era babor o estribor, si acaso habían escuchado las palabras proa y popa, pero para terminar, era la segunda vez que se embarcarían después del viaje a bordo del *Stanbrook*. Lo que sabían del mar se reducía a las vistas que tenían a diario desde Valencia. A las diez de la noche, gorra en mano, guantes gruesos para tirar de las redes, emoción extremosa, ambición y audacia desmedidas, vestidos con chamarras y pantalones amarillos e impermeables para la ocasión, dispuestos a extraer de la vida sus más caras esencias y fuerza para controlar el miedo a lo desconocido, echaron a andar los motores del sardinero y se enfilaron a mar abierto a la conquista de su futuro. Mi padre contaba con veintitrés años de edad, César con veintisiete y Rafael con cincuenta y cuatro, cuando pusieron proa a la luna, al infinito, al todo o nada, al o te compro una casa o te visto de luto, al los toros bravos se crecen al castigo, al ser o no ser, al te apuesto mi resto, al mejor morir de pie que vivir de rodillas...

No habían salido del puerto de Casablanca, se habían apartado si acaso un par de kilómetros del atracadero, no habían acabado de fumar ni siquiera un par de pitillos ni de tomar un par de tragos de coñac, ni habían empezado a sentir el frío de la brisa marina nocturna, cuando dieron de golpe con un enorme banco de sardinas que dejaban ver jubilosas sus lomos plateados en tanto se hundían revoltosas y felices de nueva cuenta. La luz de la luna las delataba como una mancha enorme de acero refulgente que en ocasiones brillaba y luego se perdía cuando se cubría por el agua. Las gaviotas en números incuantificables eran testigos ávidos del tesoro. Graznaban enloquecidas al observar el banquete que les esperaba, que sólo contrastaba con los gritos de júbilo de la tripulación que de inmediato empezó a hacer descender los brazos de la embarcación para hundir las redes en medio del banco que reportaría bienestar para todos, además de júbilo. Los motores funcionaban a la perfección. Nada podía fallar. El capitán había dejado caer su pipa en la espuma de mar sin darse cuenta, por la sorpresa, de que para detenerla entre sus dientes, tenía que cerrar la boca...

La estrategia marchaba a la perfección. Las órdenes y súplicas entre los marineros daban resultado para lograr el máximo éxito de la operación. Cada quien cumplía al pie de la letra con su cometido y con las instrucciones giradas sobre la marcha. Sólo que nadie imaginaba el problema que se presentaría ante semejante abundancia obsequiada por la madre naturaleza. Cuando a los ojos de los expertos marineros fue necesario dar la orden para subir los brazos de los que pendían las redes llenas de sardinas, saturadas de sardinas, repletas de sardinas como nunca se había visto, los motores empezaron a rugir desesperados; el peso era exorbitante. El agua rebasó en instantes la línea de flotación y pronto, empezó a inundar la cubierta del *Sardinero I*. Al darse cuenta del peligro el capitán hizo accionar las palancas para descender los brazos antes de naufragar. La carga era excesiva.

—Nos hundimos —llegó a gritar desesperado uno de los marineros que observó cómo el agua cubría sus botas de plástico.

Cuando las redes escasamente suspendidas en el vacío volvieron a hacer contacto con el mar y el *Sardinero I* recuperó el equilibrio perdido. Les llevó un buen rato recuperarse del susto. Si habían salido ilesos había sido gracias a la pericia del capitán y a su eficaz capacidad de respuesta. Sin embargo, la moral no había naufragado. ¿Qué hacer? ¿Cortar las redes y liberar esa preciosa carga? ¿Arrastrarla hasta el puerto y sacar las sardinas a cubetadas? Muy pronto llegó la respuesta de mi padre:

—¡Liberen las sardinas! —ordenó a gritos.

La tripulación lo miró sorprendido.

—Ha dicho el señor Martín que suelten a las sardinas, pero ya... ¿Están sordos? —repitió esta vez la instrucción el capitán desde el diminuto puente de mando en la proa.

Después de accionar un par de palancas colocadas a babor, la preciosa carga fue dejada en libertad, momento jubiloso que aprovecharon las sardinas para escapar felices y apresuradas como si supieran que segundos antes les esperaba un lugar al aire libre sobre una plancha del mercado principal de Casablanca. La línea de flotación del *Sardinero I* volvió a salir a la superficie. Era visible de nueva cuenta. A la instrucción girada por el capitán de achicar a la brevedad, la tripulación se ocupó de sacar el agua a cubetazos para evitar el naufragio.

—¿Y ahora, qué? —preguntó un moro enfurecido quien, por lo visto y a pesar de la evidencia incontestable, no había percibido el nivel de peligro. Lo único que deseaba esa noche era cenar cuscús con su familia por primera vez en muchos años.

Recuperada la calma, se decidió volver a sumergir las redes pero por un tiempo mucho menor, de modo que sólo se pudiera atrapar la mitad de las sardinas sin comprometer la estabilidad del barco. Instantes después volvió a tronar la voz del capitán en medio de la noche:

—¡Suban los brazooooosss!

Después de escuchar unos rechinidos de horror, los de una maquinaria vieja y oxidada, que nadie oyó en la primera ocasión, las redes se vieron de nueva cuenta suspendidas en el vacío, en tanto los brazos giraban para ir a colocarse sobre un orificio, en realidad la bodega en la que iría a dar el pescado fresco. Las sardinas cayeron en tropel en aquel oscuro y fresco almacén como una lluvia de dinero; caían del cielo miles de francos, el sueño de la tripulación. Rafael, mi padre y César brincaron abrazados sobre cubierta en un estallido de carcajadas. Celebraban la gran fiesta de la victoria. Entre todos se estrechaban, se sacudían la cabeza fraternalmente, se daban cariñosas cachetadas, se quitaban los gorros los unos a los otros, levantaban los brazos agradeciendo al cielo ese momento esperado durante muchos años. El júbilo era incontenible, sin que ninguno pudiera imaginar la tragedia que les esperaba a continuación en tanto los pescados aleteaban agónicos en la cripta submarina diseñada para alojarlos.

Habían pensado en cada uno de los detalles menos en el hielo ni en otro elemento fundamental para alcanzar el éxito: el proceso de distribución inmediato para evitar la putrefacción de la plateada mercancía. La justificada precipitación para contratar el barco, la euforia de haberlo obtenido, dejó de lado otro momento clave, la comercialización para hacerse de los francos tan anhelados, operación más delicada aún por tratarse de productos perecederos, de corta, muy corta vida tan pronto se les extraía de las aguas saladas del mar.

Al regresar al puerto y atracar el barco en las bitas se dieron cuenta de que faltaban vehículos de transporte para llevar las sardinas al mercado, por más que se había hablado con un par de comerciantes de pescados y mariscos del puerto. Resultó imposible acarrear tanto pescado en condiciones que se prestaban a la hilaridad, sólo que de haberse logrado depositar el producto capturado sobre las planchas de los mercaderes, éstos tampoco lo hubieran adquirido por exceder tanto a su escasa capacidad económica, como a las necesidades de su clientela. Los locatarios podían adquirir sólo cierta cantidad de sardinas, por no contar con refrigeradores. La descomposición de la carne era inmediata, por lo que sólo podrían vender un número reducido de kilos que en nada satisfacían las pretensiones del osado grupo de pescadores de los siete mares... Resultaría inútil ofrecer sus preciadas «frutas del mar» en otras plazas como Marrakech, Fez y Rabat porque a falta de transportes se convertirían en una apestosa inmundicia mucho antes de llegar a su destino. ¿Qué hacer? ¿Salir a pescar mañana de nueva cuenta para tirar al mar unas buenas toneladas de sardinas sacrificadas inútilmente junto con sus ilusiones? Mi padre nunca olvidaría cuando habían arrojado, sin otro recurso ni remedio en las aguas del puerto, a miles de pescados muertos desperdiciados por su imprevisión. ¿Qué hacer...? ¿Insistir en el daño y en el error? No, mejor, mucho mejor ocupar su atención en la búsqueda de soluciones y escapar ágilmente del capítulo de los lamentos y recriminaciones. ¿Venderlo en salmuera? Tampoco resolvía el entuerto. ¿Entonces...?

—Una enlatadora —advirtió mi padre entusiasmado como si hubiera descubierto que para ir a la Luna se requería un cohete. Sí, en efecto, se requería un cohete, pero, ¿de dónde sacar una nave espacial?—, necesitamos una enlatadora, consigamos una, que nos la renten, que nos la vendan o que nos maquilen nuestras sardinas, lo que sea...

—¿Quién nos va a vender una fábrica de conservas si no tenemos ni para pagar la renta del *Sardinero I*, Enrique? Ya basta de tonterías —adujo César pesimista, como de costumbre. Rafael hizo las muecas del caso para dejar en claro que coincidía con el mayor de los Martín Moreno y anunció sombríamente que se retiraba del proyecto para resolver sus asuntos personales. Él tenía responsabilidades familiares, no era un chamaco que pudiera jugarse el todo por el todo en una aventura que podría tener consecuencias imprevisibles. Lo vieron alejarse triste y solitario envuelto en su desgastado caftán hasta perderse de vista en el gentío.

—¿Tú también te vas? —preguntó mi padre a César a quemarropa—. Porque yo me jugaré los restos en este negocio. No tengo otra opción más que el éxito. Tú dirás...

—¿Cómo vas a comprar una enlatadora? ¿Me lo explicas? Sólo contéstame eso, joder, pensemos lo que estamos haciendo —respondió cruzándose de brazos creyendo haber arrinconado a su hermano menor.

Después de pensar un momento mi padre decidió abrir su juego:

—Iremos a ver al tal Mustafá y le explicaremos lo que ocurre. Que sepa que sardinas nos sobran, ¿pero cómo conservarlas? Los mercados de productos frescos son insuficientes. Llevémosle los mil francos que ya tenemos y ganémonos su buena voluntad. Él nos ayudará con alguna indicación y si no, busquemos una enlatadora, salvo que no haya una sola en Marruecos... ¿Lo crees?

—¿Cómo pagaremos la renta?

—Encontremos una enlatadora que esté cerrada o quebrada: tiene que haberla. Sólo daremos con ella si la buscamos o, mejor dicho, si la busco...

—Nada de que si la busco —respondió César con el orgullo herido. No podía abandonar a su hermano a la mitad del camino. Empezaba a entender el esquema y a sumarse al proyecto—. Si logramos convencer a Mustafá de que nos prestara el barco, tal vez demos con un empresario que nos alquile su planta o una parte de su tiempo desperdiciado por la noche y le pagamos con rentas vencidas...

—Ese es exactamente el camino, Cesarín: las rentas vencidas y una enlatadora quebrada o con tiempos ociosos —adujo mi padre estrellando los nudillos con los puños de César. De inmediato se dirigieron al comercio de su «amigo» Mustafá, no sin antes haber convencido a la tripulación de la conveniencia de esperar y de tener fe. «Nos espera el paraíso, créanme, créannos...» Lo encontraron, como siempre, en el mostrador midiendo telas con un metro de madera muy vieja para vendérselas a una anciana. Nadie podía imaginar que un humilde comerciante de paños tuviera anclados barcos pesqueros en el puerto. Las apariencias, como siempre, engañaban. ¿Resultado de la brevísima entrevista con un hombre de muy pocas palabras pero que su mirada esquiva delataba una cierta admiración hacia los jóvenes españoles?

—Sé que en el puerto de Safí existe una planta enlatadora de sardinas que está quebrada por malos manejos, debéis ir allá —sugirió en un pésimo francés, mientras se embolsaba los mil francos en su chilaba de seda cruda, disimulando una sonrisa sardónica. Una última voz de su amigo marroquí los sorprendió cuando ya alcanzaban apresuradamente la puerta de salida y tropezaban con un par de clientes:

—Siempre supe que con vosotros no me equivocaba —adujo con el rostro sombrío de siempre sin percatarse de que una chispa de entusiasmo iluminaba sus ojos cansados.

En la misma noche ya estaban ambos hermanos en Safí buscando la enlatadora y a su propietario. Después de preguntar a señas o hasta haciendo dibujos o recurriendo a su francés cavernícola, diccionario en mano, dieron con una planta, tal vez la que buscaban a un lado del puerto que apestaba a pescado podrido desde el nacimiento del primer rey marroquí. Fracasaron. Estaba desmantelada y en su lugar habían instalado telares. Después de buscar y buscar, dos días después, encontraron lo que necesitaban: una planta de conservas quebrada localizada a la salida de Safí, rumbo a Agadir.

¡Claro que hace más quien quiere que quien puede! Los obstáculos insalvables sólo los ven los perdedores. Se encontraron con un segundo Mustafá que rechazó la propuesta de las rentas vencidas, ni hablar de ellas, él deseaba ser socio y participar de las utilidades. Él tenía infraestructura. Traigan las sardinas a Safí y yo me ocupo de lo demás. Tengo posibilidad de alquilar camiones y cargadores. ¿Cortadoras? Tengo. Las cabezas las convertiremos en harina, rica en proteínas. Tengo al abastecedor de aceite de oliva, siempre y cuando le pague por adelantado. Lo tengo. Tengo al proveedor de lámina para las latas. Lo tengo. Sabré convencerlo. Vamos, jóvenes, vamos, yo voy con vosotros a la aventura, amo las aventuras. Lo tenemos todo: ¡Ya está...!

Dos o tres días después llegarían a Safí con la carga de sardinas recién pescadas. Era la plena temporada. Sólo que algo no le había parecido a mi padre de la conducta de su nuevo Mustafá. César no tardaría en sacarlo de la duda.

—Yo le pregunté la razón por la que había quebrado y cerrado su planta que podría ser una mina de oro...

—¿Y qué te contestó?

—Que no lo divulgara aun cuando en Safí se sabía que era un jugador empedernido y había perdido al póquer sus barcos pesqueros, sus máquinas enlatadoras y sus camiones de carga.

—¿Perdió su patrimonio en las cartas? —preguntó Enrique sin salir de su asombro a sabiendas que tanto César como él mismo eran apostadores natos, pero que, en principio sabían cuándo poner límite en las apuestas. Ambos adoraban el juego y se extasiaban cuando sentían la sangre recorrer su cuerpo al exponer hasta lo que no tenían. La gran diferencia era que ellos lo hacían por diversión, no por profesión y sabían controlarse.

—¿Y entonces cómo nos va enlatar? —volvió mi padre al tema—. Si le embargaron sus bienes...

—Lo que no sabes es que sus antiguos acreedores tienen sus equipos y camiones en una bodega y sus barcos anclados en Agadir mientras se oxidan. Si él se los alquila y les paga al día sin duda se los facilitarán para que los explote con los operadores de los acreedores porque nuestro amigo no debe ser trigo limpio, aunque él parezca el hijo prodigioso de la virgen del Rocío... No nos confiemos, cuidemos sus manos...

—Y sus mangas —agregó Enrique haciendo alusión a las trampas de los apostadores, por definición mentirosos.

Los siete dioses de la fortuna, la diosa de la *abundatia*, los reconfortantes vientos de la prosperidad, la alineación precisa de las estrellas y de los demás astros, un conjunto mágico que los condujo al éxito. La pesca fue gigantesca. Recogían plata viva del mar. El milagro de los peces se daba y se repetía, noche tras noche, en la costa marroquí a bordo del *Sardinero I*. Todo parecía indicar que las sardinas se acercaban al barco para ser atrapadas como el ganado en estampida se dirige a los corrales, azuzado por los vaqueros. Ganaban experiencia día con día. Su amigo Fath, el dueño de la enlatadora, cuyo nombre significaba «Victoria», según lo descubrieron más tarde, no había fallado hasta ese momento. Los camiones esperaban puntualmente en el puerto la preciosa carga. La transportaban de inmediato a la planta para procesar el pescado. El júbilo fue enorme cuando tuvieron la primera lata en sus manos. Volvían a abrazarse, disimulando las lágrimas. Si María Luisa, la mujer de mi padre y Ernesto, adorado Ernesto, hubieran podido verlo. Saltaban, se estrechaban con la tripulación que compartía la alegría y esperaba compartir también las utilidades... ¿Qué tendría que decir la etiqueta? Habría que seleccionar un nombre comercial. Ninguno mejor que Establecimientos Martín Moreno, Établissement Martín Moreno. Sardinas enlatadas. Trabajaban de día y de noche. Las latas de conservas iban a dar a unas cajas y las cajas se estibaban en una bodega y la bodega empezaba a llenarse sin poder desplazar la mercancía. ¡Claro que vendían una buena parte de las sardinas frescas en los mercados de Casablanca, Rabat, Safí y Agadir!, sí, pero el grueso se almacenaba sin tener cliente a la vista. La pobre economía de Marruecos no los sacaría del problema en ese año promisorio de 1939. España estaba en ruinas. La gente moría materialmente de hambre. Había que descartar esa posibilidad como en casi el resto de los países de África. Europa estaba atenta a la concentración de tropas nazis en su frontera con Polonia. ¿Quién iba a pensar en importar sardinas, vinieran de donde vinieran en esa coyuntura? La solución a sus problemas se dio cuando se encontraban al borde de la asfixia financiera: los diarios de Marruecos anunciaron que Hitler había invadido Polonia. Los voceadores gritaban las últimas noticias y mostraban al público los terribles encabezados en las principales avenidas de Casablanca, Safí y Agadir:

A las 4:45 de la madrugada del 1 de septiembre de 1939, sin mediar declaración de guerra, Alemania invadió Polonia... Con la ayuda de una eficiente red de espías, tropas aerotransportadas, inmensas brigadas de paracaidistas y una quinta columna bien organizada, las divisiones Pánzer, seguidas por una infantería motorizada y con mil ciento cincuenta aviones de la Luftwaffe que barrían el suelo polaco desde el cielo, las tropas alemanas avanzan rápidamente sobre territorio enemigo sin dar siquiera tiempo a una movilización de fuerzas del ejército polaco.

La guerra había estallado de nueva cuenta en Europa. Inglaterra y Francia entrarían al rescate de Polonia. El viejo continente se envolvería en llamas antes de poder contar los dedos de una mano. Advendría el caos, la destrucción de pueblos, ciudades y capitales, presas, puertos, carreteras y universidades, proliferarían los asesinatos en masa, retrocederían una vez más las manecillas de la historia europea; la dictadura fascista, la nazi, decidiría qué pensar, qué comer, qué leer, en qué soñar, a qué hora hacer el amor, qué pintar, qué componer, qué escribir, qué esculpir, qué expresar y cómo, en qué fantasear, a qué hora ponerse de pie y en qué momento descansar, qué decir, qué vestir, a quién atacar, a quién respetar y venerar, a quién reconocer y a quién ignorar, a quién matar y a quién dejar vivir, qué himno cantar y a qué bandera y a qué símbolos, como la esvástica, honrar. ¿Qué más habría?, sin duda alguna hambre, hambruna, un hambre de muerte. ¿Qué vender en los frentes de batalla a falta de productos perecederos? ¡Sardinas! Era la hora de las sardinas enlatadas. ¿Cómo entrar en contacto con las autoridades francesas, con el ejército galo, para hacer llegar las cajas estibadas en los almacenes de Safí, más las que se acumularían día con día? Por otro lado, el francés de mi padre mejoraba cotidianamente a pasos agigantados. Se había conseguido un «diccionario con patas», es decir, una mujer mora que lo hablaba a la perfección, lo dominaba. Lo aprendía en un lecho de plumas tocando la piel del desierto, a la luz de la luna, viviendo y reviviendo la realidad ojival envuelta en la luz de las estrellas... Los tapetes mágicos existían, por supuesto que existían, es más, eran una delicia...

¿Más noticias de Alemania? Hedwig había logrado convencer a Richard, mi bisabuelo, de la imperiosa necesidad de que Muschi, mi madre y mi querido tío Claus abandonaran Alemania a la máxima brevedad posible. Los ataques a judíos y a sus negocios, las persecuciones, los incendios de sus viviendas, las repentinas y no menos alarmantes desapariciones de personas en campos de concentración, la pérdida de la ciudadanía alemana, la imposibilidad de trabajar en el gobierno y de recibir ayuda médica, la expropiación masiva de sus bienes, las golpizas organizadas y ejecutadas por los SA y los SS, los impedimentos para educar a los niños en las escuelas, la muerte civil y un escenario de horror que habían librado exitosa y sospechosamente los Liebrecht hasta ese momento, bien podía revertirse en cualquier instancia. ¿Qué tal si un día no regresaba a casa en Grünewald ninguno de los niños, mejor dicho, de los jóvenes, o mi propia abuela o Hedwig o cualesquiera de mis tíos o primos? ¿Goebbels se iba a ofrecer a ayudarlos cuando cada día era más complejo entrar en contacto con él? Mejor, mucho mejor salir de Alemania como lo habían hecho miles de judíos visionarios y previsores capaces de anticiparse a los acontecimientos y de advertir que lo peor estaba aún por venir.

En julio de 1939 imperó finalmente la razón y los tres: Muschi, Claus y mi madre, abordaron un tren en dirección a Hamburgo, en donde los esperaba el *SS Orinoco*. ¿Destino? Veracruz. Ya vendrían tiempos mejores, los de la abundancia, los de la exquisita burguesía y la excéntrica aristocracia, los de la paz constructiva sin racismo como había acontecido siempre en Alemania, el país del mañana, el del futuro, el de las oportunidades, el de la ciencia, el de los grandes filósofos y pensadores, el de la riqueza, el que dominaba los mercados e imponía su lengua por encima del inglés y otros idiomas. Quien no hablara alemán era un analfabeto funcional. Sí, pero por lo pronto a Veracruz, México.

El control de cambios para los judíos era en extremo severo y riguroso. Mi bisabuelo vería, por su parte y mientras tanto, la manera de empezar a vender el patrimonio familiar y depositar los recursos en Suiza, un lugar seguro en el que disfrutaría de un anonimato garantizado. Bien sabía él que los propios nazis, los más escépticos, hacían lo mismo para dejar a salvo sus ahorros mal habidos. Más tarde, una vez salvada su fortuna, se movería cautelosamente a Estados Unidos o a Canadá, desde donde volvería a llamar a su familia para arroparla, cuidarla y disfrutar su compañía en lo que le quedara de vida, junto con sus hermanos y sobrinos. Mi bisabuelo contaba con información confidencial. Fue informado por sus contactos de la concentración de tropas alemanas en la frontera polaca y del inminente ataque nazi en contra de aquel país. Se frotaba las manos al recibir pedido tras pedido de botas para abastecer a la gigantesca infantería alemana integrada por tres millones de soldados. ¿Había acaso una mejor coyuntura para venderle calzado al ejército alemán? Expondría a su familia a un arresto repentino y le ocultaría a la necia de Hedwig el peligro que evidentemente corrían al confiar todavía en Goebbels. Esperaba vender sus industrias a un jerarca nazi como Goering y después de cobrar el último *Pfenning*, saldría por la frontera suiza rumbo al exilio, en donde podría disfrutar su inmensa fortuna lleno de lujos y de sirvientes, gozando los últimos modelos de los automóviles americanos y residencias con vista a los campos más exclusivos de golf. Bien sabía él que con un millón de marcos los yanquis le extenderían el pasaporte a los suyos, los haría ciudadanos norteamericanos de primera en un instante. ¿Qué no se podía comprar con dinero en Estados Unidos en donde todo se vendía al mejor postor...?

Contra los pronósticos y prejuicios mi abuela, mi madre y el tío Claus lograron abordar el *Orinoco* sin mayores contratiempos. Muschi llevaba una buena cantidad de marcos en efectivo para sobornar a quien se le pusiera enfrente. ¿Quién había dicho que los nazis eran honrados? Además de asesinos eran profundamente corruptos. Si bien para Muschi la huida de Alemania constituía un motivo parcial de paz porque se quedaban sus padres sujetos a una suerte de imposible previsión, su nuevo destino veracruzano y su estancia, ahora sí indefinida en la capital azteca, provocaba un desplome absoluto de sus energías y oscurecía la más optimista de las perspectivas. ¿Qué haría en México además de tomar un pésimo café acompañada por las damas de la colonia alemana, una más aburrida que la otra? ¿Manufacturar chongos en el inmundo departamento de la colonia Roma para vendérselos a las señoras de la alta sociedad, como le había aconsejado Max, mi abuelo, el amo de la simpatía? Ni hablar, buscaría empleo en una empresa alemana radicada en México y se las arreglaría de cualquier manera. Claus e Inge adoraban a su padre, por lo que no convenía apartarlos nuevamente de su presencia. La prioridad, al menos durante dicha encrucijada, la tendrían sus hijos: Inge de dieciséis años y Claus, de diecisiete. Nadie más importante que ellos, más aún si el mundo se volvía a incendiar como había acontecido en 1914, exactamente veinticinco años antes...

La moral de mi abuela fue a dar al piso tan pronto apareció la fortaleza de San Juan de Ulúa y volvió a pensar en el Chilongas y en el Culongas y en los vendedores ambulantes, en la suciedad, en los perros callejeros, en los niños que movían la panza a cambio de unas monedas, en los limosneros, en los músicos callejeros carentes de técnica alguna, en los olores, en el calor sofocante y en los sudores que le pegaban la húmeda ropa al cuerpo. Mi abuelo, en cambio, sólo veía la cordialidad de los mexicanos, su calidez, su generosidad, su alegría, su sentido del humor. México, sin duda, alegaba, es el país más feliz de la Tierra y deseaba más, mucho más de él. Tenía colocados unos lentes invisibles que sólo le permitían disfrutar la belleza de ese país que lo había recibido con los brazos abiertos. Por esa razón se apresuró a aprender español, a leer los periódicos locales, a oír la radio, asistir al teatro, comer chalupas y mixiotes, beber cerveza y pulque, a disfrutar los bailes, las canciones y las costumbres mexicanas. ¡Cómo se sorprendió la primera vez que asistió a un panteón el día de muertos y conoció la costumbre de colocar las golosinas y la comida favorita del difunto alrededor de la tumba, sin faltar sus puros ni su mezcal ni sus objetos personales! Se impresionó al descubrir que los muertos se morían dos veces, una cuando perdían la vida y la otra cuando ya nadie se acordaba de ellos ni les llevaban flores cempasúchil al cementerio. Adiós para siempre, adiós... ¿Y las posadas antes de las navidades y el día de los Reyes Magos y su rosca llena de muñecos para celebrar el día de la Candelaria el 2 de febrero a quien los encontrara al partir el pan y comerlo con chocolate caliente? ¿Y los toros y las fiestas de los charros y los mariachis y las «puñaladas» de tequila y el cubilete y las cantinas y las mujeres todo pasión, furia y exquisitos complejos?

Muschi llegó a mediados de 1939 cuando faltaba poco más de un año para que concluyera la gestión de Lázaro Cárdenas como presidente de la República. Ya se había dado la expropiación petrolera por lo que su popularidad se encontraba en el cenit. Mi abuelo, el gran Max, había leído que los mexicanos, como tantos otros ciudadanos del mundo, habían sufrido invasiones extranjeras, mutilaciones, guerras defensivas, muertes, desolación y atraso provocados por la intromisión alevosa de diversas potencias. Le contó a mi madre algunos detalles de la Conquista de México a manos de los españoles, unos rufianes extraídos de las cárceles castellanas en contra de su voluntad. Menuda calidad de tipejos para fundar una nueva nación... Sólo un par de ellos sabían leer y escribir... Imposible compararlos con los peregrinos cultivados y educados que tocaron por primera vez las costas de Nueva Inglaterra a bordo del *Mayflower*. Gracias a que los conquistadores habían importado la viruela, la peste de España, lograron eclipsar a una de las civilizaciones más impresionantes del continente americano. No había sido la superioridad militar con la que se había logrado someter a más cien mil guerreros adiestrados en las mejores escuelas militares aztecas la razón por la que pudieron imponerse tan sólo doscientos cincuenta españoles, de los cuales cuarenta y tres eran de a caballo, ¡qué va!, la única explicación válida no era el uso de la pólvora, sino la primera guerra bacteriológica en América. Los indígenas carecían de anticuerpos para enfrentar epidemias como las que azotaban Europa, por lo que había perecido más del noventa por ciento de la población azteca, al igual que la inca. Las fiebres porcinas y equinas, producto de los animales que trajeron los invasores, además de la viruela, diezmaron a la población prácticamente sin haber librado grandes batallas. ¿Cuál superioridad militar? Había sido la peste, la peste y sólo la peste. El odio a los extranjeros creció hasta el infinito cuando tres siglos después se produjo la intervención armada norteamericana, esta vez expresada en idioma inglés, que tuvo como consecuencia la mutilación de la mitad del territorio nacional. Los yanquis invadieron Tejas, así, con jota, y se apoderaron de sus inmensas planicies fértiles, además de arrebatar Nuevo México y California por la fuerza de las armas. El odio hacia los extranjeros volvió a desbordarse cuando tiempo después, ya no los españoles ni los norteamericanos, sino los franceses, impusieron su superioridad militar para colocar en el trono mexicano a un príncipe rubio, austrohúngaro, llamado Maximiliano de Habsburgo, el mismo que perecería fusilado, afortunadamente, por un indio zapoteca llamado Benito Juárez. ¡Qué historia la mexicana! ¿Cómo no odiar a los extranjeros y cómo no amar a Lázaro Cárdenas, cuando con el velado apoyo del presidente Roosevelt, expropió la industria petrolera de manos de ingleses y yanquis? Otro indio, éste michoacano, finalmente había hecho justicia y defendido, como nadie, el patrimonio de los mexicanos.

—Ése es Cárdenas, el actual presidente de México, Ingelein —había explicado mi abuelo a una semana de la llegada de su familia a México.

El nuevo encuentro entre mis ancestros no pudo ser más desastroso. No se saludaron. Ni siquiera el obligado *Wie geht es dir...?*[26] se intercambiaron por elemental cortesía. Nada. Claus e Inge lo abrazaron, intercambiaron besos, escurrieron las lágrimas y se repartieron caricias y promesas. A continuación acomodaron las maletas en una habitación en donde dormirían Muschi y mi madre. La otra estaba reservada para Claus y mi abuelo. Reinaba la paz, al menos por un momento, breve por cierto, pues mi abuela resolvió ir a guardar una parte de su enorme repertorio de calzado al armario de su exmarido, para encontrar ropa escandalosa de mujer, de colores muy vivos, alegres, la fuerza del trópico en casa, la presencia del mar, de los tucanes, de las guacamayas, las cotorras, los loros silvestres, el cielo infinitamente azul, la tierra bravía, la música contagiosa, el clima ardiente, la lluvia feroz, la comida picante y los tragos rasposos, como parte del paisaje mexicano. Muschi creyó enloquecer de la rabia. Jamás había visto unas maracas como las que encontró tiradas en el piso ni un güiro y su baqueta metálica. ¿Para qué quería Max Curt Bielschowsky un güiro, una guitarra y unas mangas floreadas enormes como si fuera a tocar los tambores en un festival de caníbales? ¿No había sido educado en las grandes academias de Prusia? ¿No se decía amante de Beethoven, Brahms y Haydn? ¿Era un farsante? ¿Maracas...?

Muschi se fue de la casa el mismo día con Inge. Se mudó a un departamento en la calle de Veracruz, número siete, sexto piso. Desde ahí comenzaría su vida en ese país siempre desconocido para ella, rodeada de personas desconocidas que hablaban un idioma desconocido, que tenían costumbres desconocidas, en fin, todo desconocido: su soledad y tristeza también eran desconocidas. ¿Cómo tener fuerza para levantarse ante un escenario tan sombrío, ante perspectivas tan oscuras en relación a su futuro y al de sus hijos? ¿Su vida en Berlín? *Aufwiedersehen*, adiós, Berlín... ¿Trabajar en México? ¿Ella, trabajar...? ¿Cómo entretenerse? ¿Y las escuelas de sus hijos? ¿Y sus obligaciones maternales de las que se ocupaba Hedwig con puntualidad y afecto, auxiliada por el ejército de personal doméstico uniformado a su servicio? El peso de las responsabilidades la aplastaba. No veía salidas posibles. ¿Y el suicidio? ¿Qué tal suicidarse? ¿No era una fuga definitiva que le permitiría no volver a padecer los horrores de la adversidad? ¿Por qué vivir en ese cuartucho en lugar de su ostento-

[26] ¿Cómo te ha ido...?

sa residencia en Grünewald? ¡Había errores tan caros en la vida que no terminarían de pagarse ni a lo largo de toda la existencia! Uno de ellos había sido su matrimonio con mi abuelo, Max Curt. Las palabras de su padre le golpeaban la cabeza, la desmoralizaban, las escuchaba de día y de noche, como repetidas por una sombra maligna que nunca se cansaría de perseguirla ni de acosarla estuviera donde estuviera. Sufría la misma pesadilla despierta o dormida. Se tapaba la cabeza con la almohada o cerraba los ojos, crispaba los párpados y, sin embargo, escuchaba la misma voz con un eco macabro:

—*Dein Vater hat immer Recht! Das darfst du nie vergessen. Dein Mann war immer ein Schwein, ein wirkliche, Arschloch gewessen...*

Empezó a idealizar el eterno silencio, la bendición de la puerta falsa, la fantasía de una paz sepulcral en la que no tendría que tomar decisiones y nadie dependería de ella: era mucho mejor estar supeditada a las órdenes y deseos de su padre y de su madrastra; de su marido, ni hablemos...

Una mañana, la primera de septiembre de 1939, cuando salió de su departamento después de haberle ordenado a mi madre que hiciera el aseo, limpiara muy bien los inodoros, ordenara la cama, lavara los edredones, barriera la estancia, preparara la comida y llevara su ropa a la tintorería, en lugar de enviarla, sin más, al Colegio Alemán a estudiar, en el momento menos apropiado, cuando se dirigía a una fonda en la que servían un café más o menos tragable, se detuvo paralizada frente a un puesto de periódicos. Creyó que la había partido un rayo. Imposible moverse ni tener fuerza para pellizcarse. No entendía bien los encabezados, pero las imágenes, como decían los chinos, decían más que mil palabras. Se veía un enorme avispero de aviones de la Luftwaffe alemana dejando caer bombas y fuego sobre la ciudad de Varsovia. Por muy poco que entendiera el español las fotografías sólo podían hablar del estallido de una nueva guerra en Europa. Lo que Hedwig siempre había dicho.

—¿Hitler, Pöln... Polonia? —preguntó, como pudo, al humilde vendedor de diarios y revistas del puesto cercano a su casa.

—¡Guerra! —trató de explicar el vendedor de periódicos la terrible noticia como bien se le ocurría—. ¡Pum!, ¡balazos, bombas, muerte, señora, guerra, guerra, guerra! —alzaba los brazos como si quisiera representar unos fuegos artificiales.

—*Krieg, meinen Sie?*[27]

—¡Pum, pum, pum, señora! —volvió a responder con mímica a la mujer extranjera.

Mi abuela había entendido, pero se negaba a aceptar la realidad. Hitler, Polonia, Luftwaffe, bombas, un enjambre de aviones sobre Varsovia. La noticia ni siquiera en chino necesitaba de más explicaciones. Corrió a un teléfono. Contestó Claus con voz de aburrido. No sabía nada. Su padre se había ido al Sep's a trabajar. Tomó el primer taxi y se trasladó a la calle de Michoacán con el periódico en la mano. Encontró a mi abuelo discutiendo con el cocinero. Le faltaban cinco kilos de filete, comprados el día de ayer, que alguien se había robado. Sin esperar más razones ni estar para bromas le enseñó el diario. Max Curt palideció. Le arrebató el periódico. Se golpeó la frente y se dejó caer en una de las sillas del restaurante. No sabía nada, ni intuía nada. Se había apartado de la política europea. Sólo deseaba ganarse la vida a como diera lugar y evitar que lo saquearan, tal y como estaba aconteciendo. No contestó una sola de las preguntas de mi abuela hasta no terminar la lectura de la extensa nota. Al concluir pareció quedarse con los ojos en blanco, con la mirada extraviada viendo, tal vez, a la cocina.

—¿Qué pasa, Max? ¡Habla! Hitler invadió Polonia, ¿verdad? Di, di, di...

Giró lentamente la cabeza y la encaró.

—Sí, Muschi, sí, ha estallado la guerra. Se espera que Francia e Inglaterra salgan en la defensa de Polonia en cualquier momento, de acuerdo a los tratados firmados entre ellos.

—¿Y qué pasará con mis padres? ¿Y Alemania?

—En la Primera Guerra Mundial no se bombardeaban ciudades, la guerra se libraba en los campos de batalla, como en los viejos tiempos, pero después de que Hitler bombardeó las ciudades españolas, ahora en Varsovia demuestra lo aprendido: ha decidido atacar a la población civil para causar pánico y acelerar la rendición.

—¿Pero qué va a pasar? —insistió Muschi afligida por su familia.

Mi abuelo aparentaba no escucharla, pero respondió:

—No me cuesta trabajo imaginar que si Inglaterra y Francia entran a la guerra del lado de Polonia, Hitler echará mano de los mismos recursos en contra de ellos y bombardeará Londres, Manches-

---

[27] ¿Guerra, quiere usted decir...?

ter y Liverpool, el archipiélago inglés y al mismo tiempo mandará a la Luftwaffe a no dejar piedra sobre piedra en París ni en Lyon ni en Toulouse ni en Marsella ni en el Havre...

—Horror... —alcanzó a decir Muschi.

—Más horror será cuando la famosa Real Fuerza Aérea inglesa bombardee Berlín, Fráncfort, Stuttgart y Hamburgo, salvo que creas que la Gran Bretaña se va a quedar con los brazos cruzados...

—¿Por qué matar civiles, si es un asunto de militares? —cuestionó Muschi inquieta ante tanta incertidumbre.

—Esa gran pregunta debemos hacérsela a Hitler, que comenzó atacando Varsovia desde el aire, a gente indefensa, inocente. Ahora no sólo el Führer, sino los alemanes tendrán que pagar las consecuencias. Tanto admiraban al monstruo, lo ovacionaban, lo homenajeaban y lo reverenciaban. Tanto hicieron sentir un semidiós a ese canalla y asesino, que les toca pagar las consecuencias de su ceguera.

—¿Y mis padres y mi tío Walter y Fritz, y Gerta y mis primos y tu propia familia, Max, qué será de ellos? —preguntó mi abuela como una chiquilla en busca de consuelo.

—¿Por qué no salieron contigo...?

—Porque mi padre decidió vender antes sus empresas y luego escapar por Suiza.

—Siempre el cochino dinero, antes inclusive que su vida y la vida de los tuyos... El dinero es una mierda que pierde a la gente y la confunde al extremo de no poder distinguir lo más importante. Tu padre cayó en esa trampa, como dicen por aquí, por pendejo... —agregó lleno de coraje. ¿Para qué tener más dinero del que se puede gastar?

—Pero, ¿cómo ayudarlos desde aquí? ¿Es posible que no los vuelva a ver si cae una bomba en Grünewald? —preguntó a punto del llanto sin cuestionar si su padre era o no un pendejo. Ya habría oportunidad para eso.

—Estás a tiempo, Muschi, escríbeles y diles que es ahora o nunca. Que abandonen todo y que salgan de Alemania antes de que la marina inglesa, mil veces más poderosa que la alemana, empiece a hundir los barcos nazis de pasajeros. Para ellos todo lo alemán estará manchado de nazismo. Es ahora: cablegrafíales, comunícate con ellos, pero que salgan hoy, no mañana, o los matará la fuerza aérea inglesa o los asesinará Hitler por judíos.

—Mi padre no saldrá hasta no haber vendido...

—Entonces se quedará sin empresas, sin dinero, sin familia y, además, sin vida...

—¡Max!

—¡Claro, Lore, claro! Seamos honestos: esto no es un juego, se van a matar entre todos porque alguien tiene algo de lo que el otro carece y desea apropiárselo a como dé lugar, así de simple. ¿Por qué Hitler invade Polonia? Porque quiere más territorios para Alemania y quiere apoderarse de ellos por las buenas o por las malas.

Mi abuela no estaba para disquisiciones filosóficas.

—¿Qué hacer? —insistió, a punto de perder la paciencia. Con Max nunca se entendería.

—Diles que salgan con lo que llevan puesto o que se preparen para lo peor. Además tu padre siempre dijo que tenía el bolsillo secreto de su pantalón lleno de diamantes de mil caras, de modo que es el momento de usarlos en el extranjero a cambio de sobrevivir... ¿Para qué los quiere? ¿Para coleccionar dinero como lo ha hecho siempre?

—*Ach, rede kein Quatsch, Max...*[28]

—¿A qué viniste a mi restaurante, a pedirme consejos o a insultarme? Ya acabé de hablar contigo, ésa es la salida. ¡Fuera! —señaló la puerta clavando la mirada en esa dirección sin bajar el brazo y con la cara congestionada de sangre. La pregunta no consistía en saber por qué se habían divorciado mis abuelos, sino por qué se habían casado personas tan distintas...

Cuando Hedwig supo del bombardeo a Varsovia, antes de hablar con su marido, subió a su habitación, sacó una hoja de papel con su nombre grabado con letras color de rosa, tomó una pluma, la llenó de tinta y escribió:

Hedwig Rosenthal de Liebrecht

Sábado 2 de septiembre de 1939

Querida Lore, hija mía:

Lo sabía, lo sabía, lo hablamos mil veces en el Tiergarten, en los cafés y en la casa: este hombre, el Führer, un líder de supuestas cualidades sobrehumanas, un político mesiánico, según dicen los

---

[28] No digas tonterías, Max...

imbéciles, enviado por la Providencia para llevarnos de la mano de Dios a la Tierra Prometida, en realidad nos conducirá, como ya lo está haciendo, al mismo infierno. Supo, como nadie, tocar y pulsar las fibras más sensibles y las más perversas del pueblo alemán, ha sacado todo lo bueno, pero también todo lo malo de nosotros al hacernos sentir invencibles, seres supremos, extraordinarios, lo mejor de la creación y una vez convencidos de semejante estupidez se ha dispuesto arrojarnos al abismo. Ha utilizado el enorme poderío teutón para provocar nuestra propia destrucción. Ha convertido el rencor originado en el Tratado de Versalles en una fuerza colosal para acabar con nosotros mismos. Ha propuesto, el tal «salvador», a cambio de recuperar la honra y la grandeza enterradas en los campos de batalla de 1918, convertir Alemania en un conjunto de ruinas humeantes.

Este supuesto Napoleón del siglo XX que despierta furor entre las masas, que materialmente enloquece a las multitudes, que genera emociones y un proselitismo nunca antes visto en Alemania, este redentor de almas descarriadas, instalado en el cenit de su popularidad, que ha puesto de pie a la nación como si se tratara de un solo hombre que le aplaude, le vitorea, lo ensalza y lo adora identificándolo con una deidad, ha sabido lucrar políticamente con los miedos de Francia e Inglaterra hasta que estas potencias pusieron un hasta aquí dramático, categórico e irreversible, alto que pagará Europa convocada, de nueva cuenta, a reducirse a escombros por la megalomanía patológica de otro criminal más magnético y poderoso que Guillermo II, el káiser destronado.

Sabes bien que no creo y que nunca he creído en las culpas absolutas. Los éxitos de Hitler, sus anexiones territoriales, la nueva capacidad militar ha sido bien recibida y aplaudida por nosotros, los alemanes, que como él, nos sentimos con un derecho superior a apoderarnos de un patrimonio ajeno. De lo que suceda en el futuro nadie puede llamarse inocente desde que la inmensa mayoría de la población tiene esvásticas y fotografías de Hitler en sus casas y en sus empresas, sin olvidar universidades, teatros, academias en los que a diario se adora al monstruo saludando como él lo hace, levantando el brazo derecho y gritando el *Heil Hitler!*, mientras se estrellan los tacones de los zapatos, se yergue la cabeza y se eleva la mirada desafiante con un complejo de superioridad, una displicencia que habremos de pagar muy cara.

Para mí la presencia de este miserable sujeto enfermo de egolatría, sólo ayuda a envilecer la condición humana y hace que nos
avergoncemos de nuestra nacionalidad que, por otro lado, ya nos fue
arrebatada a los judíos. Y pensar que los grandes políticos ingleses, franceses y norteamericanos subestimaron las habilidades, las
capacidades y la audacia suicida de Hitler y todavía creyeron que
lo podrían maniobrar como a una marioneta... ¡Qué extraviados
estaban! ¡Cuánto pagaremos por su torpeza!

Hoy bombardearon Polonia, mañana harán lo mismo en Londres. ¿Cuándo lloverá fuego sobre nuestro Berlín, salvo que mis
paisanos no se hayan dado cuenta de que en la guerra nos destruiremos salvajemente los unos a los otros? Se acabó la hora de la
idolatría, de las reverencias y de los aplausos al monstruo. Ahora
nos tocará lamernos las heridas y despertar de un sueño malsano
con el que nos durmió el dictador y que consentimos.

No sabes cuánto celebro que te encuentres en México, lejos,
muy lejos junto con Claus e Inge, de este incendio devastador que
apenas comienza. El viento puede jugarnos una mala pasada so-
plando en dirección opuesta a nuestra propia casa. Podemos perecer devorados por el fuego. ¿Qué nos espera a los judíos si Hitler
nos señaló como los grandes culpables, los únicos responsables de
la derrota alemana en la Gran Guerra? ¿Nos amarrarán las manos
encerrándonos en los campos de concentración de los que tanto se
habla? Si seguimos siendo un peligro para Hitler, ¿qué será de nosotros, la mitad de los judíos que todavía permanecemos en Alemania...? Mientras tanto tu padre cree tener un cliente, un destacado
nazi, para comprar la fábrica de Stuttgart. ¿Será...? Algo me dice
que me miente. Lo sabremos pronto.

Te beso con el amor de la que siempre quiso ser tu madre biológica.

Hedwig

Europa estalló el 3 de septiembre de 1939, cuando Francia e Inglaterra le declararon la guerra a Alemania. El viejo continente explotó
como un polvorín, un enorme depósito de pólvora que detonó al
mismo tiempo que varias mechas encendidas entraron incontenibles
en ese antiguo almacén. La pavorosa humareda se podía contemplar
desde el infinito; en tanto, el tal Dios disfrutaba gozoso su obra y

el diablo fruncía el ceño, en clara protesta muda porque alguien usurpaba abiertamente sus funciones. Rusia no tardó en invadir Finlandia, así como los países bálticos, Estonia, Letonia y Lituania, además de rematar a los polacos que emigraban desesperados hacia Rusia huyendo del salvajismo nazi. Las fronteras mundiales se desplomaban si no se olvidaba la invasión japonesa en China. El fascismo se expandía como una feroz marabunta que destruía todo a su paso. Hitler había suscrito un pacto secreto de no agresión, un acuerdo estratégico con Rusia, el Ribbentrop-Molotov, para no tener abiertos dos frentes y cometer el mismo error de Napoleón. El Führer despreciaba a los comunistas, los odiaba y despreciaba al igual que a los judíos y, sin embargo, cínica, mafiosa, talentosamente se alió con Stalin, el jefe de la pandilla comunista. En la política, en la guerra y en el amor, todo era válido... ¿No...?

Por supuesto que Chamberlain renunciaría meses después, entregándole el cargo de primer ministro a Winston Churchill, no sin antes pronunciar las palabras sombrías de un político que jamás entendió a los hombres de su tiempo, ni su circunstancia ni sus intenciones encubiertas, en fin, uno de los grandes culpables del estallido de la guerra, porque habiendo tenido sobradas oportunidades para detener al monstruo soñó candorosamente en una paz y en acuerdos que sólo se darían entre pares y jamás con interlocutores asesinos que él nunca pudo desenmascarar para descubrir que deseaban apoderarse del mundo entero. Pedazo de imbécil. El precio que pagaría el mundo por su inocencia o, tal vez cobardía. *I hope you rot in Hell, Mr. Chamberlain...*[29]

«Éste es un día triste —aclaró el ya afortunadamente, exprimer ministro el día de su dimisión—, todo en lo que creía se ha derrumbado.»

Le faltó agregar que con el derrumbe de sus creencias, se derrumbaría el mundo entero...

Sin embargo, Winston Churchill declararía, tiempo después, en su primer discurso como primer ministro:

Me preguntáis: ¿Cuál es nuestra política? Os lo diré: Hacer la guerra por mar, por tierra y por aire, con toda nuestra potencia y con toda la fuerza que Dios nos pueda dar; hacer la guerra contra una

---

[29] Espero que te pudras en el infierno, señor Chamberlain...

tiranía monstruosa, nunca superada en el oscuro y lamentable catálogo de crímenes humanos. Ésta es nuestra política.

Mirando de reojo a Chamberlain y pensando en la actitud pusilánime de los franceses, a ambos les dirigió estas palabras que retumbaron en el parlamento y que merecían estar escritas en letras de oro en sus paredes: «Os dieron a escoger entre la guerra y el deshonor... Elegisteis el deshonor y tendréis la guerra».

Al final agregaría: «No tengo nada más que ofrecer que sangre, esfuerzo, lágrimas y sudor».

Cuando Alemania atacó Polonia, Roosevelt reconoció extemporáneamente sus errores, su falta de visión y previsión política y militar en la soledad del Salón Oval de la Casa Blanca: cuando Hitler bombardeó despiadadamente España en los años cruentos, sangrientos y desalmados de la Guerra Civil española, Roosevelt habría aprovechado una coyuntura ideal para detener al teutón enloquecido. Si en el momento mismo en que los aviones de la Luftwaffe y los de la Aeronautica Militare Italiana de Mussolini, bombardearon por primera vez el territorio español, el presidente de la Unión Americana, el de la República Francesa y el primer ministro inglés, las democracias occidentales unidas, hubieran dado simultáneamente un manotazo sobre el escritorio del amo de Alemania y lo hubieran encarado a gritos sacudiéndolo por las solapas, amenazando a ese salvaje huno del siglo XX con similares represalias aéreas sobre territorio alemán y le hubieran advertido que la caída de un casquillo más sobre la Península Ibérica se hubiera entendido como una declaración de guerra, el hombrecillo del bigotito estúpido hubiera respetado el Tratado de Versalles, cancelado sus planes de expansión militar y, por ende, no hubiera pasado siquiera por su mente la idea de atacar Polonia. Se habían perdido tres años preciosos que la humanidad habría de pagar muy caros. Ahora la bestia nazi estaba enardecida, embravecida y fuera de control.

El «Versailler Diktat», «El Tercer Reich», el *Sieg-Heil!* fueron los lemas de su campaña para acceder a la Cancillería: La derrota ha de convertirse en victoria... ¿No estaba claro, clarísimo...?

En seis semanas se rindió Varsovia y los alemanes conquistaron la mayor parte de Polonia occidental, en tanto el ejército polaco retrocedía hacia la línea del Narew y el Vístula, sólo para encontrarse con los escuadrones rojos que los esperaban apuntándoles al corazón. Adiós Polonia. La guerra relámpago, la *Blitzkrieg*, las nuevas tecnologías bélicas, el talento militar teutón, el factor sorpresa, las deslumbrantes estrategias de ataque por diferentes flancos y frentes, la brutal intimidación de la Luftwaffe, el avance matemático y coordinado de la Wehrmacht, similar a una tabla gimnástica germana o a un desfile con paso de ganso, el *Stechschritt*, doblegaron en términos inmediatos a los desesperados polacos.

El derrumbe fue estruendoso, inmediato, simultáneo, total y alarmante ante la comunidad de naciones. Si ningún enemigo era pequeño, el tamaño y fortaleza de este nuevo monstruo era ciertamente muy digno de preocupación y de la más justificada aflicción. Sí, sí, bien, pero, ¿y mi tío Luis? Querido tío, ¿qué había sido de ti...?

En el campo de concentración de Argelès-sur-Mer se produjo una tremenda efervescencia cuando se supo que Francia también le había declarado la guerra a Alemania. Las hostilidades podían comenzar en cualquier momento. ¿Cuánto tiempo transcurriría antes de que lloviera fuego sobre París de la misma forma en que había acontecido sobre Varsovia? Quien hubiera nacido en 1900, como mi abuela Muschi, habría podido asistir a dos terribles enfrentamientos armados en Europa. Mi tío Luis llegó a pensar que el resto de su vida lo pasaría atenazado por la violencia. ¿Qué dirían los locos internados en un manicomio?, se preguntaba con su cáustico humor andaluz, cuando escuchaban la detonación de bombas que estallaban alrededor del hospital y los edificios circundantes se convertían en escombros. ¿Quién estaría privado de sus facultades mentales? ¿Los de dentro o los de fuera...?

Los franceses animaban a los españoles republicanos antes presos en los campos de concentración, para salir en defensa de Francia en contra de los fascistas, de la misma manera furiosa en que habían luchado en contra del franquismo y de la intervención militar alemana durante la Guerra Civil. Es el mismo enemigo, aplastémoslo juntos, alegaban entusiasmados, olvidando que el Elíseo se había abstenido de hacerlo a favor de España cuando más se necesitaba.

Ahora sí, estos cobardes galos que habían cooperado con su omisión al derrumbe de la República, exigían la suma de esfuerzos en contra de los miserables nazis. Luis pensaba, y con razón, que no era el momento de rencores, sino de encarar la realidad. Jamás saldría a un exilio cómodo y gratificante en México, no, no lo haría, pero eso sí, empeñaría su ser, gastaría el resto de sus energías y de sus fuerzas, hasta el último aliento para combatir a pedradas, si fuera el caso, a esos criminales alemanes que venían dispuestos a militarizar al mundo aplastando cualquier germen de libertad y democracia. No podía concebir un planeta en el que sólo se hablara alemán y estuviera obligado a vestir un uniforme con brazaletes decorados con esvásticas y usar botas altas al estilo de los asesinos de las masas. Para él lo que pasaba por las manos de los nazis se convertía irreversiblemente en mierda. Estaba dispuesto a luchar con lo que tuviera a su alcance en contra del fascismo alemán, el italiano o el japonés combatiendo a este último en la misma Conchinchina si así tenía que ser. ¿Acaso no embrutecían a las masas? Saqueaban pueblos y ciudades como había acontecido en Checoslovaquia y acontecería en la pobre Polonia, hoy aplastada por los bárbaros, los Atilas modernos que pretendían otra vez crear un imperio que se extendería del Báltico al océano Pacífico echando mano, como siempre, de recursos bestiales. Se trataba de imponer la maldad por medio de la violencia, de la fuerza bruta. Hitler era un rey Midas invertido, porque convertía en mierda y no en oro lo que tocaba. Creaba lagos de sangre, levantaba murallas raciales en Europa, intentaba hacer de ella un protectorado teutón con arreglo a las armas. Bastaba comprobar cómo en Checoslovaquia habían clausurado universidades, quemado libros contrarios a la ideología nacionalsocialista, incendiado bibliotecas, encarcelado a los maestros, perseguido a los judíos por más que fueran grandes catedráticos, investigadores, científicos, artistas o empresarios destacados, prohibido hablar en lengua checa, además de haber sustraído el tesoro público de ese país y robado su acervo pictórico y plástico. El salvajismo del conquistador en su máxima expresión.

Para acometer sus metas, mi tío Luis se felicitaba de estar rodeado de españoles desterrados que compartían su pasión por la libertad y se encontraban ávidos de articular una venganza, la que fuera y como fuera, en contra de los nacionalsocialistas.

La reunión para trazar planes no se hizo esperar. Cinco mil o diez mil españoles muy poco podrían hacer si decidieran volver a la madre patria con el ánimo de derrocar a Franco, a cambio, por lo pronto, sumarían esfuerzos para defender la frontera francesa con Alemania, ubicándose a lo largo de la Línea Maginot, una red de fortificaciones parecidas a la muralla china, construida desde antes de la Gran Guerra para prevenir posteriores invasiones teutonas. Miles de españoles se apostarían a lo largo de la inmensa barrera militar para recibir a tiros y a bombazos a los invasores. El plan funcionaría a la perfección. Recibirían armamento y capacitación del ejército francés. No tardarían en volver a escuchar el rugido del enjambre de aviones de la Luftwaffe, tal y como lo habían escuchado en Madrid y lo habían resentido en Guernica, entre otros pueblos y ciudades.

En su camino a la frontera alemana, una vez abandonado el campo infernal de Argelès-sur-Mer del que por momentos pensó que no llegaría a salir con vida, Luis pasó unos días rodeado de compatriotas en Montpellier, al sur de Francia, donde viviría una experiencia estremecedora. La primera vez que tuvo acceso a un café con leche y, además, caliente, y a un *croissant* relleno de chocolate después de mucho tiempo de añorarlos, en tanto los degustaba sonriente y goloso sentado en una silla de metal de una cafetería que invadía media calle, vio de pronto a un grupo de paisanos enfurecidos que vociferaban y se desgañitaban pateando a un sujeto que se encontraba tirado en el piso suplicando piedad y compasión en tanto se cubría la cabeza con las manos. Era obvio que se trataba de un nuevo linchamiento. El hombre no se defendía mientras recibía trancazos e insultos a diestra y siniestra. Acostumbrado como estaba en el campo de concentración a comer la sopa ardiendo para volver a formarse y solicitar otra ración aunque se le quemaran la lengua y el paladar, de un trago apuró el café y se desplazó al lugar en donde se encontraba el tumulto. No tardó en descubrir que se trataba, nada menos, que de otro espía franquista sorprendido in fraganti al intentar atrapar a un conspicuo republicano para secuestrarlo, llevarlo a punta de pistola de regreso a España y entregarlo a la «autoridad» con el propósito de fusilarlo ante un público morboso. Era parte de la justicia impartida por Franco. Ya se sabía que buscaban a Lluis Companys, presidente de Cataluña. El objetivo era dar un sonoro golpe de publicidad: otra rata comunista arrestada al intentar lastimar al gobierno del Caudillo por la gracia de Dios... Se publicarían de inmediato las fotografías del ajusticiamiento por lo que se requería matarlo en territorio español. Los desterrados republicanos ya habían dado con otros agentes franquistas a los que la chusma enardecida había colgado del primer álamo negro a su alcance. El clamor popular se había producido al ver cómo se agitaban desesperados en el vacío los cuerpos de los agentes secretos colgados del cuello hasta llegar gradualmente a la inmovilidad total. Esa era la ley del pueblo, sin tribunales ni juicios ni pruebas documentales. Los jueces eran los desterrados y en ejercicio de una soberanía improvisada mataban con justificada impunidad. Esta vez, mi tío Luis deseaba encarar a uno de estos sujetos y entrevistarlo o juzgarlo si así podía llamarse el trámite, antes de que la muchedumbre diera cuenta de él. ¿Cuáles serían sus móviles? ¿Por qué se prestaban a cumplir una misión de esa naturaleza? ¿Por dinero, por razones políticas, por venganza social o sólo por alguna aventura pasajera digna de contarla a sus nietos?

Este andaluz de origen vasco se abrió paso entre los verdugos con esa voz estentórea y esa imponente autoridad de su físico. Se comportaba como representante de una autoridad inexistente. Pidió paz y solicitó la oportunidad mínima de defensa a un acusado. Hasta a los condenados a muerte se les concedía una última gracia. Bien pronto se acalló el griterío para escuchar la interpelación después de ayudarlo a ponerse de pie y devolverle al reo alguna dignidad.

—¿Quién te envió? —preguntó mi tío Luis colocando los brazos en jarras—. Te advierto que con un giro breve de mi cabeza ordenaré que te cuelguen o que te muelan a palos, de modo que dime la verdad, sólo la verdad y únicamente la verdad —alegó al tenor de los lemas británicos que la costumbre y la ley obligaban a pronunciar en voz alta a los acusados de algún cargo o a los testigos después de colocar su mano derecha sobre la Biblia.

Aterrorizado y pálido, el espía camuflado de civil desterrado contestó que pertenecía a la policía secreta franquista, pero que lo hacía por hambre, que él creía en la República, pero que estaba obligado a llevar el pan a su casa y que España estaba en bancarrota después de la guerra, que los puestos de verduras y legumbres en los mercados estaban vacíos y que no tenían otra alternativa más que traicionar sus propias convicciones políticas a cambio de poder alimentar a su familia.

—¿Y tú crees que nuestras familias están mejor que la tuya, grandísimo cabrón? —gritó enardecido un madrileño—. Tú por lo menos tienes familia, miserable fascista, a las nuestras nos las mataron cerdos como tú...

—¡Colguémoslo! —demandó el grupo furioso como un solo hombre—, ¿qué más tenemos que oír? Ya confesó, traigan las cuerdas...

—¿No te bastó que en la guerra nos matáramos entre todos? —inquirió mi tío Luis a gritos mientras la víctima guardaba silencio.

—¿Y a pesar del dolor, el daño, la destrucción y la muerte, todavía vienes a secuestrar hermanos tuyos para matarlos? ¿Nada te basta, nada es suficiente? —adujo otra de las voces enardecidas.

—Es el hambre... —insistió cabizbajo y sin argumentos el espía.

—¡Qué hambre ni qué hostias! —tronó un navarro que escupía fuego por la boca—. ¿Crees acaso que nosotros estamos en el paraíso y que comemos a diario en los restaurantes franceses de lujo? ¿Eh...?

—Sí, claro, este miserable es como las putas, lo que sea a cambio de dinero y no sufrir privaciones; ellas y esta mierda de tío siempre tienen un pretexto para hacer lo que sea: ¡colguémoslo!

—O sea —arguyó mi tío Luis— que con tal de no padecer hambre ni ver sufrir a los tuyos eres capaz de venderle tu alma al diablo. ¿Te imaginas que el mundo estuviera tan podrido como tú? ¡Al carajo con los principios que se subastan por un puñado de pesetas!

—Estoy muy arrepentido y quisiera sumarme a su causa, la de la libertad y la de la República —respondió el indiciado.

—Eso lo hubieras dicho antes, canalla —atacó otro de los asistentes, un destacado cardiólogo santanderino que había perdido absolutamente todo en la guerra, salvo la vida—. Te hubieras presentado como agente franquista antes de ser descubierto por nosotros...

—Sí, sí, es tarde, busquemos una rama, ésa, ésa se ve gruesa. Atémoslo ya sin ninguna contemplación.

Luis flaqueó creyendo, como creía, en la nobleza de la gente, como si no hubiera conocido lo contrario durante la guerra.

—¿Y cómo creer en ti? —todavía preguntó Luis, marcando mucho su acento andaluz—. ¿Cómo saber que no nos traicionarás?

—Lo juro por la virgen que todo lo sabe —contestó el procesado a sabiendas que se estaba agotando la paciencia del populacho.

—Yo también creí en la virgen antes de la guerra y asesinaron a los míos, de modo que tu juramento te lo puedes meter por el culo.

A la horca con él, ¿qué esperamos...? —gritó otro de los integrantes del gran jurado.

—¿Estás arrepentido? —preguntó Luis para convencerse, animado de sentir que rescataba a un franquista para su causa.

—¡Qué arrepentido ni qué leches! Las víboras siempre serán víboras sin que de repente se puedan convertir en elefantes, ¿verdad, compañeros?

—¡Sí! —contestaron al unísono—. Además, ¿quién se opone a que nos carguemos a este tipejo? Somos la mayoría, a la mierda con él o con los dos...

Luis, sintiéndose acorralado y dándose cuenta de que estaba por perder la partida, les dijo mirando a la cara al procesado:

—Nosotros estamos en un país extraño porque perdimos la guerra en razón de sujetos como tú, arteros y tramposos —disparó a quemarropa de modo que lo oyeran—. Es claro que no nos importó ni el hambre ni nuestras empresas ni nuestras profesiones ni nuestra posición social, como tampoco contó la muerte y no sólo la de nosotros, sino la de nuestra familia y, querido amigo, nada, no nos importó nada a cambio de la democracia y de la libertad y tú te vendes por un plato de lentejas —agregó a punto de concluir—. Yo propongo que a este hombre arrepentido se le deje cargar como Judas con su culpa y con su traición hasta el último de sus días. Propongo —gritó con el poder de su voz— que se le deje en libertad para que el remordimiento acabe con él. La muerte por ahorcamiento será muy breve y su culpa la cargará durante el resto de su miserable existencia sin que pueda liberarse jamás de ella. ¡Liberémoslo!

—¡Nooooo! —gritó el gran jurado—: ¿Qué cara pondremos si llegamos a descubrir que este hijo de puta se cargó a uno de nosotros en el futuro?

Mi tío Luis fue arrollado por la multitud alborotada ávida de sangre. La turba lo rebasó sin que pudiera controlarla. Había pasado su gran oportunidad. Alguien sugirió que lo colgaran de los pies y que le dispararan en esa posición. Obviamente lo tomaron, lo retuvieron y lo ataron en tanto lo conducían a un árbol. El agente franquista se resistía y le suplicaba a mi tío su intervención mientras gritaba para salvarse.

A la distancia Luis observó cómo se distribuían el derecho a la venganza. Unos echaban la soga por encima de la rama del árbol, otros lo colgaban de pies y los demás, los armados, se disputaban el privilegio de disparar después de ganarse un lugar en el pelotón improvisado. Uno de los perdedores alegó:

—Por lo menos tirarle a los cojones...

Momentos más tarde mi tío Luis regresó frustrado a la mesa para dar un último trago de café y acabar de comer su *croissant*, mientras escuchaba los balazos y los gritos de alegría del gentío alborotado. ¡Cuánto rencor! ¡Cuánto resentimiento tan justificado! ¡Cuánto tardarían en cicatrizar las heridas y expulsar los venenos! El español estaba tocado de muerte, de acuerdo, sí, ¿y la Línea Maginot? Era la hora de detener a los nazis, la peor inmundicia del género humano.

Terminó el año de 1939 sin que se produjera el ataque alemán ni se rompieran abiertamente las hostilidades a pesar de que la guerra había sido declarada. Era evidente de que los nazis consolidaban su triunfo en el este y se preparaban para tomar Inglaterra y Francia con la misma rapidez que Polonia. Hitler sabía de sobra los peligros de un largo conflicto armado. No lo deseaba. La *Blitzkrieg* era la gran solución. Asestar golpes rápidos, secos, rotundos y demoledores evitando cualquier posibilidad de respuesta. La sorpresa era fundamental dentro del diseño de la estrategia militar. Mi tío Luis se encontraba en Mulhouse, cerca de la frontera alemana y suiza, en la Alsacia, en espera de instrucciones del alto mando francés, en uno de los puntos clave, una más de las sólidas fortificaciones de la Línea Maginot. Mientras tanto aprendería más francés, lo mejoraría y nada mejor que una hermosa mujer, llamada Adèle, para lograr sus objetivos. Nunca, a sus treinta y ocho años de edad, había conocido los extremos de un sentimiento tan intenso como el amor muy a pesar de la cantidad de mujeres que habían pasado por su lecho, hembras, magníficas la mayoría de ellas, hermosas y divertidas, tal vez para una noche, pero jamás para pasar toda una vida su lado.

¿Cómo era Adèle? Adèle tenía una mirada intensa, irradiaba una emoción desbordante, luz, ilusión por la existencia, brillo, azoro, curiosidad por lo nuevo, inocencia y candor propios de una adolescente audaz dispuesta a hacer travesuras; agua fresca y cantarina, risas prontas, infantiles y contagiosas, palabras y expresiones oportunas, humor negro y espontáneo, generosidad en el trato, una madurez oculta y una sensibilidad a flor de piel, en donde la maldad no parecía tener la menor cabida. Alegre, jocosa, intuitiva, abier-

ta y natural, dispuesta a bañarse en el río Rin desnuda en pleno
invierno y a media mañana con vecinos o sin ellos; lista para escuchar un recital en cualquiera de la iglesias antiguas de Mulhouse
o para caminar en el campo a solas o acompañada por mi tío Luis
para arrancar flores silvestres, violetas si las encontraba a su paso, y
adornar su sombrero o morder el tallo de una sosteniéndola con los
labios; una mujer apartada de la política, amante de la naturaleza y
del vino blanco como correspondía a una alsaciana nacida entre las
interminables líneas de los viñedos, que deseaba hablar de los sentimientos, del temperamento, de extraer las esencias del momento,
exprimirlo hasta la última gota, entender finalmente las razones y el
sentido de vivir, ¿para qué habíamos nacido? ¿De qué se trataba
este instante entre dos eternidades que deberíamos aprovechar hasta
el límite de nuestras fuerzas? Antes de nacer no éramos nada y después de muertos volveríamos a la misma condición, de nueva cuenta a la nada. ¿Entonces cómo aprovechar dicho instante? El juego
sólo podía llamarse, según ella: ¡búsqueda! Y la búsqueda implicaba
audacia, imaginación, talento, seguridad y fortaleza en el empeño.
¿Cómo morir en paz al exhalar el último suspiro? Siendo feliz. ¿Y
la felicidad dependía del reconocimiento de terceros en relación a
nuestras capacidades y alcances? No, qué va: para ella el éxito consistía en una íntima satisfacción de haber dado rienda suelta a sus
instintos, a sus impulsos, a sus deseos entrando y saliendo de los
laberintos, exponiéndose en su lucha por el encuentro de ella misma.
¿Quién era? ¿Qué pretendía? Cazar emociones, descubrir las más
intensas, repetirlas, saciarse, embriagarse con el placer de los sentidos, gozarlos y disfrutar el uso de su razón en tanto la tuviera y en
este rastreo incansable se encontró a Luis Yáñez en una pastelería,
la Cafetería Colmar, de Riquewihr, otro pueblo alsaciano ubicado a
una hora de Mulhouse, en donde mi querido tío degustaba un pastel
de zarzamoras, un café con crema batida y una copa de licor de pera
sentado en una terraza en una tibia tarde otoñal en tanto la luz del
día agonizaba, disolviéndose en colores pocas veces vistos juntos. Si
llegaba a ganar dos francos haciendo cualquier faena se los gastaría
en placer, sólo en placer...

Adèle, de escasos veintidós años, era menudita, de labios mag-
néticos, senos rebosantes y plenos, según se advertían a través de la
blusa ajustada con la que lucía sus formas de mujer que el viento frío
y picarón proveniente de los Alpes suizos recorría sin pudor alguno

escondiéndose goloso bajo sus faldas, acariciando sus piernas, humedeciéndolas con sus mil lenguas, alborotando su cabello trigueño, inhalando sus esencias y embriagándose con sus aromas en tanto los detenía con sus dedos invisibles y juguetones.

Cuando ella llegó a la Cafetería Colmar vistiendo unas sandalias blancas como si fuera una princesa helénica, mi tío Luis imaginó a una bailarina envuelta en gasas ingrávidas que pasaba a su lado ligera, vaporosa y perfumada. ¿Acaso la imaginación no es una cómplice silenciosa? La vio subir escalón por escalón desde la calle, ¿subir?, bueno, flotar en dirección a los postres y a los termos de café después de obsequiarle una sonrisa esquiva, pero elocuente. ¿Podía ser? Ya se la debía la vida, pensó inmóvil sin llevarse ni un bocado más de pastel a la boca. Se quedó perplejo contemplando el infinito. Por su mente pasaron los bombardeos nazis sobre Madrid, el horror de la guerra, las muertes, su fuga de España, el espanto de la salida del puerto de Alicante, los días agónicos e interminables de Argelès-sur-Mer. Se sintió con derecho a todo, también, por supuesto, a tener y disfrutar a la mujer más hermosa que había visto en los últimos años de desesperación y abatimiento. El «no» ya lo tenía y garantizado, el «sí» había que arrebatárselo a la existencia con los dientes y con las uñas. Mi tío Luis entendió que era momento de abordarla. Ella compraría un par de pasteles, lo que fuera y se retiraría sin que él volviera a saber de aquella aparición cuando la muerte bien podría presentarse otra vez y en cualquier momento. Era ahora o nunca. Se puso de pie y sin pensarlo se situó a su lado esperando ansioso el momento de pagar.

En un francés que, como él decía, bien podría haber envidiado el propio Molière, mezclado con su conocido acento andaluz, se dirigió a ella exhibiendo su mejor sonrisa y enseñando unas monedas en la palma de una de sus manos:

—*Permete mua invité le gateaux que vous va achetté avec le dernier deux francs de mon propieté avant mon mort...*[30]

Adèle giró para conocer el rostro de su interlocutor que le hablaba en un idioma chapurreado pero suficiente para entender sus intenciones. Con gran cortesía le dobló delicadamente sus dedos insinuándole que guardara su dinero.

---

[30] Permítame invitarle los pasteles que usted va a comprar con los dos francos de mi propiedad que me restan antes de morir.

—¿Usted es el español que parte el tronco de un árbol de un hachazo, según cuentan en Mulhouse? —preguntó ella para arrebatarle la iniciativa.

—¿Cómo lo sabes? —cuestionó atónito mi tío Luis sin dejar de sorprenderse por la belleza de esa joven mujer a la que él le llevaba considerable cantidad de años. De golpe sintió que la conocía antes de nacer... Casi se atrevía a tomarla de la mano como si hubieran sido amantes en las últimas cien vidas.

—En Mulhouse todo se sabe. Aquí nací, en plena guerra mundial, cuando Alsacia todavía era alemana. Los extranjeros nos llaman mucho la atención, mucho más si son de los españoles derrotados por los nazis que ahora nos atacarán a nosotros.

—¿Y cómo hablas tan bien español?

—Mi madrastra es gallega. Mi madre murió el día que yo nací...

En ese momento le entregaron a Adèle un pastel también de zarzamoras y dos tazas de café con crema batida, estilo vienés.

—¿Esperas a alguien? —preguntó mi tío Luis sin ocultar su desconsuelo.

—No, claro que no —repuso ella—, uno es para ti y el otro para mí. Vayamos a tu mesa porque el tuyo ya se habrá enfriado.

Sin consultar el rostro de Luis se dirigió a la misma mesa en la que él estaba sentado en la terraza. ¡Qué mujer! ¿Sería realidad?

Como un perro siguiendo a su dueño, confundido, perdida su posición de galán, mi tío Luis, ese hombrón de cuello monumental y manazas con las que podía sujetar dos pelotas de futbol en cada una de ellas, espalda y piernas de roble, siguió dócilmente a Adèle hasta acomodarse a su lado. De inmediato le clavó la mirada, le escudriñó el rostro, la vio detenidamente con el ceño fruncido.

—¿Ya me conocías?

—¡Claro!

—¿Desde cuándo?

—A los pocos días de que llegaste.

—¿Y por qué no te hiciste presente?

—No es el papel de una mujer.

—¿Invitar un café a un desconocido, lo es?

—Tú no eres un desconocido, eres mi amigo, salvo que no quieras serlo.

Joder con la cría, pensó mi tío Luis. ¿Quién puede con ella?

—¿Y estás acostumbrada a mandar y a imponer tus puntos de vista?

—Por supuesto —soltó Adèle de inmediato una carcajada que iluminó el rostro de mi tío—, y si me dices cómo te llamas me atrevería a hacerte una pregunta intrépida.

—Luis, me llamó Luis —afirmó sonriente—, pensaba que lo sabías todo.

—No todo —contestó cautelosa—, pero, a ver, dime, ¿te gustaría dejarte conducir por mí? —preguntó sin volver a contener una risa espontánea y contagiosa. Los ojos se le inundaron al reír tan intensamente.

—Yo me dejaría conducir por ti hasta el infierno mismo —agregó, contagiado por la felicidad y la seguridad de aquella mujer.

—Eso confirma lo que pensé desde el primer día que te vi cuando salía del templo de Saint-Etienne...

—¿Qué...?

—Que eres un hombre sabio e inteligente...

—Arrea que va por hilo con la muchachita —alcanzó a decir Luis antes de compartir las risas estruendosas con Adèle.

Ella repitió entonces cómo lo había conocido entre un grupo de refugiados españoles. Eran compañeros de la misma causa. Adèle era modista en Mulhouse. Le fascinaba la ropa femenina, en particular la lencería. A diario manufacturaba modelos sin poder venderlos porque las mujeres habían empezado a ahorrar en previsión de los malos tiempos por venir. Tenía el privilegio de poder afirmar que desde el primer momento del día hasta el último de la noche, hacía lo que le venía en gana. Recortar, pegar, coser, comprar telas, brocados, moños de diferentes colores, hilos, botones, ganchos, rellenos, sedas y satenes importados. Diseñaba en su mesa, en su pequeño taller, en la cama, antes de dormir, soñaba prendas, las concebía al ver mujeres caminando por la calle, recargadas en un mostrador, esperando la última llamada en el teatro, comiendo en un gran bistró de moda, bailando en una sala de fiestas, o simplemente descendiendo de un automóvil de lujo, momentos en que imaginaba aquellas formas decoradas con sus prendas y sus toques exquisitamente concebidos, pensados para despertar la imaginación y estimular el apetito de los hombres sensibles, adoradores de la belleza femenina. Sus tíos eran propietarios de unos viñedos cerca de Riquewihr, en donde producían el licor de pera que Luis estaba tomando.

—¿Pero a qué hora viste la taza de café ya casi vacía, el tipo de pastel y el licor si apenas me viste al entrar?

—Los hombres son muy tontos. Una mujer tiene adiestrado el ojo y puede hacer una inmediata composición del lugar antes de que ustedes parpadeen, Luis. Pero dime —agregó poniéndose repentinamente de pie—, ¿me acompañarías mañana a recorrer los viñedos de mis tíos y a conocer la bodega? Ahí comeremos. Ellos están en Lyon, fueron a comprar provisiones. ¿Vendrás conmigo?

Antes de que mi tío Luis aceptara, ella le dio una tierna cachetadita no sin antes precisar:

—Te veré aquí mismo a las nueve de la mañana —acto seguido se retiró sin voltear a verlo.

A la mañana siguiente mi tío Luis hizo acto de presencia puntualmente en la Cafetería Colmar. Iba impecable de pies a cabeza, y hasta con un saco prestado que resaltaba su aplomo. Se abstuvo de ordenar café por dos razones: una por el aliento fresco condenado a contaminarse y, la otra, porque no tenía más francos para pagar. Lo único que sí le sobraba y en absoluta abundancia era una ilusión desbridada por entrevistarse con Adèle, volver a verla, llenarse el alma con su mirada llena de fuego, la de una adolescente traviesa; disfrutar su compañía, tal vez tomarla del brazo para cruzar un riachuelo o un charco, caminar por los viñedos acariciando una de sus manos o su talle como si se tratara de un descuido; comer uvas, todas las que pudiera y de ser posible obtener una botella de vino de la cava de sus tíos y beberla, junto con ella, a la sombra de un peral, sentados sobre el césped desde el que se podía contemplar las interminables y fértiles planicies alsacianas, uno de los más ricos y coloridos jardines del mundo.

Adèle llegó evidentemente tarde. Tenía que hacerse esperar y desear. ¿A dónde va una mujer que llega a tiempo a una cita de amor? ¿No desearía detonar la imaginación del galán, del supuesto pretendiente y jugar con sus sentimientos para empezar el proceso de control y de dominio del sexo débil sobre el así llamado sexo fuerte? Ella había escogido su ropa desde la noche anterior, al regresar a casa. Sacó tres o cuatro vestidos y varios pares de zapatos que colocó en el piso a un lado de la cama para comprobar cuáles iban mejor con su atuendo florido; desde luego que no llevaría pantalones, ¿no le había dicho Luis que lo que más adoraba de las mujeres era lo más opuesto a la virilidad? ¿Pantalones…? ¡Fuera los pantalones! Encima de la almohada acomodó varios corpiños con brocados, de diversos colores y texturas y varios calzones. Medias no llevaría en esa ocasión. Eran, en realidad, un estorbo. Probó diversas pañoletas de distintos colores, eligió el peinado, tomó un largo baño de tina con hierbas aromáticas de la Provence y se envolvió en su pijama mientras la luna inmóvil presenciaba la escena. Muy pronto quedó dormida con las imágenes de mi tío Luis en la mente. Desde que lo vio la primera vez entendió que era un desterrado, echado de su país a balazos, eso sí, un hombre incapaz de ocultar el sello intelectual de su rostro ni prescindir de las suaves maneras, exquisitas, con las que se conducía y la seducía. Sin duda alguna se trataba de un hombre refinado, educado, víctima, como millones, de las calamidades de la política. Su mirada no engañaba a nadie: inspiraba nobleza, dignidad y sentido del honor. Existían ocasiones en que ni a lo largo de toda una vida se podía conocer a fondo a una persona y, sin embargo, en otras, bastaba ver el brillo de los ojos de alguien para leer con claridad el alma de nuestros semejantes y adivinar sus intenciones. Adèle había logrado confirmar sus primeras impresiones cuando Luis se decidió a abordarla movido por un impulso incontrolable, dirigiéndose a ella en un francés apenas entendible, sin mostrar miedo alguno al ridículo. La cautivó su autenticidad, su bondad al verla de frente, invitarle un café, mostrándole generosamente, con la mano extendida, unas monedas que sumarían dos francos, mismos que, sin dudarlo, representarían todo su patrimonio y su fortuna. ¿Qué comería él al día siguiente...? ¿Qué más daba? Por lo pronto, su único interés radicaba en el hecho de poder cruzar con ella un par de palabras, verla de cerca, imaginarla, imaginarse y disfrutar un suculento banquete visual, el mejor alimento de los mortales. Mañana era un plazo demasiado largo como para detenerse en ese momento a pensar en ello.

Luis la esperaba en la cafetería sentado a una de las mesas orientadas, como en toda Francia, hacia la calle, para ver pasar a los transeúntes y sorprenderse por los hombres, mujeres, niños, ancianos, vestidos de diferentes maneras, cada uno portando diferentes indumentarias, sombreros, uniformes, sotanas, velos, caftanes de Argelia o Marruecos. Frente a él desfilaron plomeros, sacerdotes, músicos cargando al hombro sus estuches con chelos o violas o saxofones, agricultores, comerciantes, catedráticos, prostitutas, actores, policías, militares, el gran escenario del mundo caminaba enfrente de la Cafetería Colmar. Cuando Adèle vio a Luis y se acercó para constatar la ausencia de vasos, tazas, paneras y mermeladas sobre la mesa, le extendió la mano izquierda porque sostenía con la diestra una canasta de la que asomaba el cuello de una botella de vino tinto. No dieron dos pasos sin que mi tío se ofreciera a cargar el cesto, a lo que ella accedió pero con un silencioso detalle: ella se colgó de su brazo con gran familiaridad, como si se tratara de una novia que se dirigiera sonriente hacia el altar. Momentos después estaban frente a la puerta de entrada del viñedo. Mi tío creía vivir un sueño, el mejor de su existencia, más aún cuando los parientes de Adèle estaban en Lyon de compras. ¿Sabrían que en cualquier momento Hitler podría bombardear Francia, tal y como lo había hecho en Polonia?

Mi tío no dejó de sorprenderse cuando Adèle tomó de nueva cuenta la iniciativa. Ella, por lo visto, siempre iría varios pasos adelante. ¿Nunca la alcanzaría...? ¿Quería hacerlo...? La dejaría hacer, siempre la dejaría hacer. Adèle era una hermosa caja de sorpresas. Se sentaron en donde ella dispuso, claro está, después de recorrer buen tiempo los interminables callejones de los viñedos que se encontraban listos para iniciar la vendimia. Escogió un lugar bajo la sombra de un peral, ubicado en las márgenes de un pequeño lago artificial, una previsión para los momentos de sequía, en donde se desplazaban indolentes y altivos un par de cisnes. Ordenó, claro está, con una sonrisa, que sacara un mantel con cuadros rojos y blancos, del cesto y lo extendiera sobre el césped. Luis cumplió las instrucciones al pie de la letra en tanto ella buscaba unas ramitas secas para calentar café. No podía creer la belleza de sus pantorrillas perfectamente torneadas que ella mostró intencionalmente al agacharse como si se tratara de un movimiento involuntario. Mi tío, por contra, se sintió un bellaco al ceder el paso a fantasías prohibidas. ¿No podía pensar en una relación de largo plazo? ¿Por qué atropellarlo todo por más que la guerra estuviera a las puertas e invitara a vivir con intensidad antes de la debacle? El sentimiento de culpa lo inutilizó. A continuación Adèle instruyó con mucha gracia a su invitado para que tuviera la atención de descorchar la botella de vino. Misión cumplida. Acto seguido, que sacara los vasos, los platos, la sal, los embutidos, jamón, *foie gras*, chorizos, salami, quesos de la región, como el Munster, el Tomme Fermiere des Hautes Vosges, algo de Brie y Camembert, mantequilla, salchichón de Lyon, la imprescindible *baguette* bien tostada que debería ser cortada en rebanadas pequeñas. A continuación dispuso que las uvas y las frambuesas fueran colocadas en un recipiente especial para echar mano de ellas a la hora del postre.

¡Ay, cómo lo acosaban los recuerdos del campo de concentración y la sopa vomitiva! En último lugar le pidió que le extendiera una pequeña botella de champán para dejarla enfriando en las aguas del estanque. Adèle se descalzó para hundirla en la orilla y dejarla reposar hasta alcanzar la temperatura ideal para beber el elixir de los dioses, esa bebida mágica inventada por Pérignon, un monje sabio digno de ser canonizado. Una mujer que se descalza ya es mía, pensó mi tío recordando experiencias pasadas. Nunca había fallado su predicción, de ahí que en sus estrategias de abordaje intentara invariablemente desprenderlas de sus zapatos. De nueva cuenta lo asaltó otro malestar por haber vuelto a alojar malos pensamientos en su mente. Algo indecoroso. ¿Por qué, por qué lo acosaban tan ruines imágenes y perversas generalizaciones? ¿No se trataba de contemplar a Adèle como se adora a Dios frente a su altar? ¿Entonces? Entonces tenía que controlar a la fiera que habitaba en su interior. O la domaba o echaría a perder ese momento histórico.

Adèle regresó empapada de los pies a tomar asiento en un extremo del mantel. Mientras se acomodaba con la debida naturalidad a comer los manjares adquiridos en una charcutería cercana a su casa, sin previo aviso y aprovechándose del factor sorpresa, sólo ella sabía cómo iba a proceder, le pidió inopinadamente a mi tío que le secara los pies con una servilleta de papel, con el mantel o con las manos, lo que tuviera a su alcance. Luis la contempló con el rostro que ponen los alumnos en la escuela cuando desconocen la respuesta exigida por el maestro. No reaccionaba. Parecía un conejo encandilado con las luces de un automóvil. Permanecía petrificado, hasta que ella subió ligeramente su falda para acercarle su pierna desnuda a mi tío, quien no salía del estupor. Al comprender el deseo de Adèle, se quitó el saco apresuradamente para envolverle el pie empapado. En lugar de verla a la cara para comprobar el resultado de la maniobra, prefirió arroparla muy bien sin perder detalle de su operación. Tan pronto concluyó de forrarla, Adèle dio el segundo paso: acercó su otra extremidad también desnuda y congelada, con la pequeña diferencia de que, en esta ocasión, y tal vez con el fundado ánimo de cooperar en los trabajos de mi distinguido pariente, dejó ver con más agresividad sus muslos de princesa alsaciana. ¡Qué bárbara!

Luis se desprendió de inmediato de la camisa para cubrir sus pies helados. ¡Claro que en ese momento no pensó, ni por asomo, exhibir su musculatura, la del atleta que había nadado toda su vida, un fogoso amante del ejercicio y del deporte! Los planes de Adèle marchaban a la perfección. Así se había imaginado el pecho expandido, cubierto de vello espeso de ese leñador vasco singular. El hecho de imaginar que mi tío Luis podía derribar un roble con dos golpes de hacha le despertaba una catarata de imágenes eróticas. Sus manazas ásperas y enormes, sus brazos duros tallados con maderas preciosas de los bosques españoles, su cuello tal vez tres veces más grueso que el de ella, el tamaño del hombrón, según lo describía Adèle, su fortaleza física, quedaron expuestos en ese instante. Así, exactamente así había imaginado ese feliz momento.

Luis se arrodilló ante ella, la desprendió del saco y de la camisa envueltos en sus piernas, y de inmediato, tomándola por los tobillos, colocó las plantas de sus pies sobre sus muslos cubiertos con sus pantalones planchados con esmero. Ya no había espacio para dudas, y menos cuando se atrevió a subirle la falda para dejar totalmente expuestas sus piernas sin que ella opusiera resistencia alguna. Sus calzones eran azul cielo adornados por múltiples moñitos color rosa. Un deleite. Adèle había pensado hasta en el último detalle. Acarició su piel de arriba a abajo. Repasó con las palmas de sus manos las pantorrillas de aquella mujer caída del infinito directamente a sus brazos. La miraba a la cara, la escrutaba para medir sus respuestas. Nunca supuso salir con vida de Argelès-sur-Mer, pero menos, mucho menos, tener a su alcance una hembra tan joven y hermosa, intrépida y espontánea, en un vergel, en la Alsacia, dispuesta, por lo visto, a volar junto con él, abrazados, trenzados, enroscados, enrollados, entrepiernados, hasta perderse en los espacios sin fin. Una visión con la que bien podía cerrar los ojos para siempre. Cuando se disponía a subir a lo largo de aquellas columnas que sostenían el templo del amor y mi tío Luis iniciaba un lento recorrido por la cara interna de sus muslos, ella lo contuvo con dulzura, se incorporó, recogió sus piernas y las cubrió bajo sus amplias faldas: era la hora de comer... Adèle siempre tenía que dar la pauta, controlar, dirigir, administrar, mandar y decidir. ¿Qué tal un breve descanso en el camino para abrir un poco más el apetito? Mientras más fantasías insatisfechas tuviera el mancebo dócil y desconcertado, más intenso, feliz y placentero sería el desenlace. Estiraba la liga para soltarla de golpe como si tuviera una larga experiencia en las artes de la seducción a pesar de su corta edad. Volvía a darse a desear, insistía en arrebatarle otra vez la iniciativa a mi tío, quien se vio obligado a rendirse por caballerosidad sin insistir ni suplicar ni apelar a razón alguna. Sólo tenía que someterse a los deseos de Adèle. Ella sonreía esquivamente como si no se percatara del efecto de su acaramelada estrategia.

—¿Me pasas el pan y la mostaza...? No, esa no, la de Dijon, Luisito, la más amarilla.

Después de acercarle la mostaza, el pan, el jamón y el paté, mi tío Luis no acusó golpe alguno ni mostró el menor resentimiento, si bien sirvió dos vasos con vino y brindó por ella, como si no hubiera acontecido nada. Él adivinaba sus intenciones y sabía que la rendición incondicional era inevitable. Se ofrecieron recíprocamente embutidos, jamón, chorizos, salami, los quesos de la región, pepinos agrios, aceitunas, rebanadas de jitomate, la mantequilla y el salchichón de Lyon. Resultaba imposible no comparar ese suculento banquete y evitar los recuerdos del campo de concentración, así como el hambre pavorosa padecida durante la guerra. ¡Cómo había aprendido a saborear la paz y a recuperar la tranquilidad sin el pánico de escuchar a la distancia el rugido de las escuadras aéreas nazis bombardeando Madrid sin tiempo para refugiarse y, lo que era peor, sin conocer la suerte de los suyos! ¿Qué tal el terror de llamar a casa y descubrir que nadie respondía, es más, que ya nunca nadie respondería porque de su piso sólo quedarían meros escombros humeantes entre los cuales podían estar sepultados sus seres queridos? ¿Y Ernesto...? Bueno, sí, pero ahora mi tío Luis no tenía que vérselas con Franco ni con Himmler ni con Hitler ni Mussolini, sino con una diosa francesa que la vida había puesto en su camino. Con tal de escapar a las imágenes siniestras que su mente obsesiva proyectaba una y otra vez para acongojarlo de día y de noche, propuso un juego sin dejar de acariciar los dedos de los pies de Adèle:

—¿Qué tal si jugamos a recordar los sonidos más gratificantes, los más hermosos que hayas escuchado y que siempre te gustaría volver a oír? —propuso mi tío Luis—. Yo comenzaría con tu voz, me encanta tu voz y quisiera recordarla siempre. Habla, habla, habla siempre, ¿de acuerdo?

Adèle aceptó fascinada el reto. Un desafío a su imaginación. No se podía quedar atrás. No era lo suyo. Lo veía fijamente al rostro con la mirada de niña traviesa, ante la cual empezaba rendirse mi querido tío.

—Me fascinó el sonido del corcho al salir de la botella, es señal de fiesta, de alegría, de bienestar —contestó como quien se saca un boleto premiado.

—A mí gusta el hablar del viento cuando mueve las ramas de los árboles. Ese murmullo es fantástico, esos diálogos entre las ramas de los árboles —prosiguió mi tío Luis. El duelo había comenzado mientras saboreaban la charcutería y bebían vino plácidamente en la así llamada «Pequeña Francia».

—Otra: cuando cambias la página de un libro que te revela verdades desconocidas —apuntó Adèle.

—Los relámpagos previos a la lluvia —contraatacó Luis.

—La lluvia, el ruido de la lluvia —apuntó y disparó la francesita apasionada devolviendo el fuego nutrido.

—No, tramposa, yo dije ya la lluvia —aclaró el pretendiente con aire de ansiedad a punto de soltar la carcajada—. A ver, rápido, rápido, piensa en más sonidos mágicos...

—El beso, el contacto de los labios de los enamorados —agregó sin pensarlo.

La imaginación se disparó al abordar ese tema.

—Las súplicas de una mujer en pleno orgasmo, nnnnnoooo pares, nnno, máaaasss, máaaas...

No había tiempo ni tregua. Tal parecía que quien se quedara en silencio, sin arrojar ideas sobre el mantel rojo y blanco a cuadros, perdería la partida.

—El choque de dos copas de champaña —adujo ella, engolosinada.

—Cuando cruje la leña en la chimenea —aventó Luis la ocurrencia como un chiquillo jugando a las adivinanzas.

—El berreo de un recién nacido —contestó en su turno Adèle, satisfecha porque la pelota estaba del lado de Luis.

—El llanto de la mujer eufórica al dar a luz —interceptó mi tío acusando preocupación porque se le estaban agotando los cartuchos y las municiones.

—Una tonada musical que recuerda años felices de la infancia... ¿Te gustaba el charlestón...?

—El trino de los pájaros —cortó él sin responder nada del charlestón ni de ningún otro tipo de música.

—Un violín lejano y melancólico —repuso ella sin permitir la derrota.

—El ruido de los hielos al golpear las paredes del vaso lleno de licor —replicó el andaluz hurgando más argumentos en su cabeza.

—El de los flashes de los fotógrafos de la prensa —acotó ella cortando una de las uvas verdes de un tamaño provocador. Mi tío nunca las había conocido de semejantes dimensiones.

—El sonido de los tacones de una mujer —apretó Luis el gatillo a quemarropa.

—El chasquido de las uvas aplastadas cuando te metes muchas a la boca y las muerdes sin pensar que se te saldrá el jugo por la nariz —exclamó Adèle, risueña, llevando a cabo la acción ante la mirada sorprendida de mi tío. Muy pronto sólo quedaron dos pequeños racimos sobre el mantel. Ella siempre tenía que salir con algo nuevo y original. Era una criatura impredecible. Cuando ya no le cabía ni una sola más y las mordía como si empezara a levitar, Luis se acercó a ella y pidió compartir el banquete con él.

—Pásame uvas de tu boca. Tu saliva debe saber a almíbar. No seas egoísta.

Por toda respuesta ella contestó en silencio obsequiándole una desafiante mirada congestionada de picardía. Mi tío le tomó el rostro como si detuviera un cáliz entre las palmas de sus manos y empezó a morderle delicadamente sus labios empapándose del jugo y de su sonrisa. ¡Qué mujer! Estaba húmeda ya antes de tocarla. Adèle se incorporó y lo abrazó. Muy pronto algunas uvas masacradas estuvieron en la boca de Luis. Ambos contenían como podían la hilaridad. ¿Quién dijo que con dinero era posible comprar la felicidad? ¿Quién...? Superadas las sonrisas se estrecharon, se besaron, se arrebataron, se embelesaron y enajenaron. Parecían amantes separados durante el periodo de las entreguerras europeas. Veinte años sin verse y ahora se encontraban en el paraíso alsaciano sin contención alguna, más libres que las golondrinas que jugueteaban en el vacío alrededor de ellos. Mi tío acariciaba su pelo, ella su rostro. Él la estrechaba por la cintura con su mano izquierda, ella correspondía atrayéndolo con la derecha. Se fusionaban, se enlazaban, se acoplaban. Se chupeteaban, juntaban sus mejillas, inhalaban, cerraban los ojos, invocaban, añoraban, jadeaban al sentir el cuerpo adherido del uno contra la otra. Luis bajó las manos, la tomó por las nalgas y se estremeció al contacto con la mujer. Hacía tanto tiempo... El recuerdo de Anita se perdió en su memoria como si ella se extraviara al entrar caminando lentamente en un denso banco de niebla. Crispó los párpados. Nadie podía imaginar su sensación ni suponer el tamaño de la recompensa con la que lo premiaba la vida. No, no era tarde, siempre había tiempo para el amor. La estrechó aún más, la tuvo, la palpó, estrujó esa carne joven, tersa, obsequiosa, indefensa, inerme, vulnerable y finalmente suya. Sus dedos se llenaban de piel, de ensoñación. Sí, pero, ¡oh, sorpresa!, por lo visto las sorpresas nunca se acabarían con Adèle.

—¿No tienes ropa interior? ¿Dónde está? —preguntó mi tío arrugando hasta la última línea de la frente al meter ambas manos debajo de la falda de la doncella—. ¿En qué momento te quitaste las bragas, mujer de Dios...? No me di cuenta, por lo visto contigo no me doy cuenta de nada. Los moñitos rosas eran una maravilla...

—El día que sepas lo que va a pasar conmigo, te aburrirás, españolito... Tengo que ser como el mago que saca conejos, vinos y hasta aviones de la chistera —agregó volviéndolo a besar, sujetándolo firmemente de la cara en tanto él se aferraba a sus nalgas desnudas. Una suave brisa alsaciana animaba y refrescaba a la feliz pareja. Luis no tardó en desvestirla a plena luz del día, el momento ideal para que ella luciera su belleza a su máximo esplendor. El brasier, también azul con moñitos rosas, fue a dar a un lado del mantel junto con el vestido. Estaban de pie. Él la retiró como si la invitara a bailar un vals. Ella sostenía sus brazos en alto. La admiraba, la gozaba, se extasiaba con la sola contemplación. Deseaba apartarla para verla. Sus senos plenos y desafiantes eran una obra maestra de la naturaleza, un motivo digno para creer en Dios, si es que Él era en definitiva el Creador. ¡Qué talento, qué imaginación portentosa, el súmmum de la beldad que nunca nadie ni nada podía superar! Ella devolvía gustosa las miradas sin inhibirse. Le gustaba disfrutar el placer que producía la fascinación de su cuerpo en quien se conducía como un efebo. Veme, veme, endúlzate la vida, ve a la mujer, es tuya, gózala, adórala, parecía decir Adèle con los brazos en alto, como si se dispusiera a volar.

Pasados unos instantes se acercó al «españolito» y le desabotonó lentamente la bragueta. Por supuesto que no se sorprendió por la ausencia de un cinturón. ¿Cómo pretender semejantes lujos? Luis puso los brazos en cruz, levantó la cabeza y contempló al sol en el cenit. La dejó hacer. Mi tío llegó a preguntarse en su inocencia cuando la vio por primera vez en el café, si sería o no virgen. Los pantalones cayeron al suelo, se desplomaron arrugados para dar inicio a la función. Los calzoncillos mostraban una notable protuberancia que ella se apresuró a acariciar viéndolo a la cara, en tanto el hombre escrutaba el universo con los párpados nuevamente crispados. ¿A quién invocar ante esta sensación, sin duda la mejor de la vida? Ella continuó la faena con una exquisita ausencia de pudor que enloquecía a Luis. Sobre la tela mimaba, arrullaba, acariñaba su bastón de mando, la otra genialidad del Creador. ¡Qué deprimente hubiera sido que la reproducción humana se hubiera llevado a cabo con el solo contacto del dedo índice del hombre con el pulgar de la mujer! ¡Cuánta sabiduría mucho más que secular! Adèle se conducía como una esclava dúctil y obediente ante las instrucciones de su amo. Luis creyó enloquecer cuando sintió descender sus calzoncillos desgastados a lo largo de sus muslos, el último reducto de su supuesto decoro, para dar rienda suelta a la lujuria enfebrecida. La sombra del cuerpo de Luis proyectada sobre el césped podía haber inspirado al mejor de los poetas o pintores que inmortalizaron a los faunos crapulosos. Adèle tocaba con las yemas al coloso, al dios egipcio, al ser supremo, al gran señor, al rey omnipotente que sembraba mágicamente las semillas de la vida, que despertaba de un largo sueño al solo contacto de la princesa de los cuentos. Se pasó por el rostro al Todopoderoso como si se bendijera con él. Se acarició la frente, las mejillas, lo besó como un amuleto sagrado en tanto Luis se agachaba finalmente para ver extasiado la imagen y llevársela a la eternidad. Era suya, de nadie más. No había conocido a mujer alguna que disfrutara tanto el sexo opuesto como Adèle. Ella demostraba con sus caricias la inexistencia de territorios prohibidos, la libertad total, la espontaneidad sin cortapisas, la naturalidad más estremecedora y cautivadora. ¿Cuáles territorios prohibidos en el amor?

Al retirar a manotazos los restos de charcutería, pan y vino para recostar la espalda de Adèle sobre el mantel y el resto del cuerpo en la hierba, Luis le recorrió los senos con su barba cerrada que crecía por instantes por la emoción, besó delicadamente sus pezones y recorrió lentamente con la lengua la areola en círculos concéntricos en tanto se preparaba para iniciar un perezoso descenso a lo largo de la piel de Adèle, el mejor material que había tocado y que tocaría durante su vida. Se detuvo unos instantes para ver cómo se contraía el cuerpo de ella respondiendo a sus caricias. ¿Sería cierto?, se preguntaba mientras se hundía entre las piernas de Adèle, la fuente misma de la vida, el origen del sol, de las estrellas, del universo, de todas las galaxias conocidas y por conocer. Con los ojos cerrados disfrutaba el elixir reservado para el paladar de los vencedores, celebraba su privilegio, se percataba de la distinción y agradecía a quien fuera la prerrogativa. ¿A quién, sí, a quién darle las gracias...? Se embriagaba con el bálsamo milagroso, el líquido vital, el manantial prodigioso de donde había surgido el primer hombre, que después se multiplicaría para crear todas las civilizaciones que habían poblado el planeta. Adèle se estremecía y reclamaba con los labios secos, sedientos, su presencia encima de ella. Le tiraba de los cabellos. Suplicaba, no podía más, estaba a punto de estallar.

—Mátame o me muero —dijo Adèle en su delirio.

Luis empezó entonces a hundirse despacio, muy despacio, en ella. El rito sagrado se cumplía. Adèle clavó sus uñas en la espalda del varón, acariciada por el tibio sol alsaciano, en tanto Luis empezaba a arremeter delicadamente con la infundada esperanza de que aquel momento durara toda una vida. Mientras ella se abrazaba con ferocidad del cuello de mi tío en busca de ayuda para no precipitarse sola en un abismo sin fin, Luis apretaba las mandíbulas y abría los ojos desorbitados evitando un desenlace precoz, indeseable, absurdo, pero inevitable a pesar de cualquier súplica o resistencia. Adèle lo rescató del naufragio en el momento más inesperado al apartarlo precipitadamente como si se hubiera arrepentido o fuera víctima de un ataque de asfixia. ¿Qué pasaba ahora? Sí que era una mujer impredecible.

Luis jadeaba con el rostro congestionado por la sangre. No entendía nada. De pronto Adèle se puso de pie y le extendió la mano para que la siguiera. ¡Qué mujer de mujeres, sí que era hermosa, pero igual de hermosa que loca! Mi tío se dejó conducir sobre el pasto frío en dirección a un árbol. ¿Un árbol? Tan cómodos que estaban sobre el mantel... Ella trepó entonces desnuda sobre el tronco robusto hasta alcanzar la primera rama, la más fornida. Como buen mago, y esta vez sin chistera, un truco limpio, extrajo un columpio de madera que había mantenido escondido. Al soltarlo y dejarlo flotar, éste se balanceó en el vacío festejando su liberación. Una vez de regreso en el suelo, ella jaló a mi tío para que se sentara sobre la tabla del trapecio mientras lo detenía de una de sus cuerdas. Cumplía, como siempre, las instrucciones al pie de la letra, más aún cuando comprendió las intenciones de su mujer. ¡Claro que ya era su mujer! Se acomodó rápidamente sujetándose de las sogas, en tanto ella golpeaba sus rodillas con delicadeza para que cerrara sus piernas, momento que ella aprovechó para sentarse sobre Luis a horcajadas, viéndolo a la cara. Se encontraron, sin embargo, frente a dos problemas: uno, la inmovilidad y dos, el gran coloso, el dios egipcio había perdido transitoriamente sus poderes. ¿Podría recuperar con su varita mágica la virilidad de mi tío Luis? Las risas no se hicieron esperar. Las carcajadas se escuchaban a lo largo del inmenso jardín alsaciano. Era la hora de la imaginación. Ella puso la primera parte de la respuesta. Al mismo tiempo que se contorneaba sobre Luis, él alcanzaba a impulsarse con los dedos de los pies. Ella se puso de pie sobre el mecedor para empezar a columpiarse con más fuerza. Los dos hacían su mejor esfuerzo. Luis ganaba de todas, todas. Ningún paisaje más elocuente y maravilloso que ver a Adèle desnuda y con las piernas abiertas frente a él. Tan pronto adquirieron más ímpetu y de tan sólo arrastrarse empezaron a volar y despegaron estirando el cuerpo y echando la cabeza al mismo tiempo para atrás o para adelante, cuando ya desafiaban el vacío y alcanzaban las nubes, Adèle volvió precipitadamente a su lugar. Se acomodó, se alojó, se aposentó, se sentó en su trono de reina y soberana de los mundos. Luis soltó las cuerdas. Se sujetó de sus nalgas con una mano, mientras que con la otra tomaba el cuello de ella atrapándola, hundiéndola, inmovilizándola, decidido a no dejarla escapar. Gritaron, bramaron, suplicaron, rugieron, se apretaron el uno contra la otra, clamaban, se mordían, se enervaban, volaban, flotaban por los aires hasta que un rayo de luz disparado del infinito dio en el blanco mismo y los hizo estallar en mil pedazos. En ese instante ella se apartó para ver los ojos agónicos de su hombre que se petrificaba, se paralizaba, se erguía hasta que ella decidió morir la misma muerte a su lado... El columpio continuó sin impulso alguno su marcha ascendente y descendente como la vida misma...

—Pólvora, eres pólvora, Adèle, mi vida, Polvorita —alcanzó a balbucear mi tío Luis mientras continuaban balanceándose en el vacío...

La pesca en Marruecos resultaba, noche tras noche, más abundante. Los tesoros de plata congestionaban las bodegas del *Sardinero I*. La inesperada generosidad del océano Atlántico colmaba las aspiraciones de los audaces pescadores que sin hablar francés ni árabe ni haber navegado jamás ni haber visto pescado salvo los del mercado y los que les servían en los restaurantes y fondas antes de la guerra, ahora empezaban a hacerse de miles y más miles de francos. Vendían sardinas a los puestos ambulantes ubicados a lo largo de Safí, Casablanca y Agadir, en donde la clientela las adquiría fritas después de darles un baño de harina. Un manjar. Las frescas eran colocadas en los mercados para el consumo de las amas de casa que las adquirían a precios muy razonables como consecuencia de la inmensa oferta y finalmente, ya enlatadas, las empezaban a enajenar en Francia, en Inglaterra, ambos países ávidos de productos no perecederos. Estaban en guerra con Alemania. Que no se olvidara. En cualquier momento las escuadras de la Luftwaffe podrían atacar Londres, Liverpool, Manchester o París, Niza o Toulouse. La nueva debacle era inminente. Las cuentas de cheques empezaban a ser abultadas. Por supuesto abandonaron el domicilio en donde los había ubicado generosamente Rafael Vivas. Alquilaron en tres meses el *Sardinero II*, el *Sardinero III*, el *Sardinero IV* y el *V* y el *VI* y el *VII* en febrero de 1940. Adquirieron una residencia espléndida al sur de Safí con una vista espectacular al mar. El personal moro de servicio parecía interminable. En ocasiones se vestían mi padre y mi tío César con chilabas o caftanes y babuchas de seda con bordados de oro o con trajes finos de última moda francesa. Compraron relojes suizos de oro y platino de marca Patek Philippe, mancuernillas con rubíes y esmeraldas, así como se hicieron de automóviles de lujo importados de Europa conducidos por choferes vestidos a la usanza marroquí. Jamás pensaron llegar a obtener tanto dinero en el exilio ni comer el salmón ahumado, con vodka, a cucharadas.

Las mujeres árabes pululaban por toda la casa como si se tratara de un harem. Se les concedía una habitación dependiendo de su edad, su físico y sus medidas. Mi padre llevaba vida de jeque a sus veinticuatro años de edad. Bien se decía que no había mal que por bien no viniera. Él se quedó con la habitación principal dotada de tres inmensos ventanales que daban al Atlántico, misma que yo pude visitar muchos años después. El sol la invadía por los costados al igual que la brisa marina agitaba unas cortinas de gasa que hondeaban con alegría. Una parte importante del día la destinaba mi padre a las labores comerciales y bancarias, a cobrar las cartas de crédito, a revisar el estado de las embarcaciones que ahora le ofrecían a lo largo del litoral, a vigilar la existencia de materias primas para no detener las labores de la enlatadora, a controlar la asistencia de marineros cada vez más calificados, a supervisar el manejo de los recursos en efectivo para evitar robos por más que estuvieran sancionados por el islam, a buscar pedidos adicionales de Europa, a las relaciones públicas con clientes, proveedores y diplomáticos deseosos de obtener, siempre discretamente, una jugosa comisión, misma que al cobrarla parecían elevar plegarias parecidas a las de los curas al lograr un donativo importante para su iglesia, cuando en realidad iba a dar a su bolsillo o al de sus eternos y no menos sospechosos «sobrinos».

Mi padre jamás estudió administración de empresas ni contabilidad ni finanzas, pero como él bien decía, no hay mejor escuela que la vida ni mejor maestra y guía que la necesidad. Operaba sus negocios como experto sin descuidar los felices momentos de ocio. «Quien es bueno para trabajar debe ser bueno para divertirse.» A partir de esa convicción, que yo hice mía desde muy temprana edad, al igual que el famoso *Disziplin, Disziplin, Disziplin*, él pensaba qué cenaría al final de la jornada, qué vino Bordeaux bebería, en qué restaurante y, sobre todo, con quién pernoctaría de entre todas las odaliscas que tenía contratadas o que cohabitaban con ellos para que los bañaran, los masajearan con diferentes aceites y buen juego de varias manos, les prepararan el baño turco, les arreglaran la ropa, los vistieran, ordenaran el desayuno y la comida o sirvieran los entremeses o aperitivos en el jardín durante las reiteradas recepciones. Los desfiles de mujeres moras frente a su escritorio eran interminables. En muchas ocasiones le costaba trabajo tomar la decisión pero siempre habría un día de mañana para enmendar el error. Se trataba de jugar al sueño de *Las mil y una noches* en el marco de un erotismo inusual.

Se consolaban bebiendo el amarillo champán del exilio y con caviar para olvidar el negro pasado de la guerra. En ocasiones contrataban músicos españoles traídos del Marruecos español o árabes que los hacían vivir la sensación de estar suspendidos en un tapete mágico. Bastaba un chasquido de los dedos, seguido por un giro de la mano, para que se fuera una odalisca que no le había satisfecho y que entrara otra de inmediato obligada a mostrar su mejor sonrisa y, claro está, sus mejores atributos femeninos. ¿Qué se le podía pedir de más a la vida? Y pensar que se había lamentado al abandonar su carrera política y su revista, *Argos*, su esperanza editorial con la que empezaría a cambiar, con arreglo a las ideas de vanguardia, el rostro de España. La vida daba vuelcos inesperados, virajes repentinos, golpes de timón imprevisibles que podían descarrilar los proyectos existenciales más fundados y madurados. ¿Cuándo se iba a imaginar durante las cenas con Ernesto, ¡ay, Ernesto!, en el Café Gijón, que se iba a convertir en un potentado pesquero en Marruecos y que estaría rodeado de lujos y excentricidades como si se tratara de un sultán? ¿Cuándo se iba a imaginar él mismo que cuando Alemania invadiera Francia, precisamente en ese año de 1940, sus pedidos se multiplicarían hasta el infinito y que no habría suficientes sardinas en el Atlántico para satisfacer las necesidades alimentarias en los frentes militares? ¿Cuándo se iba a imaginar que llegaría a contar ochenta embarcaciones y tres enlatadoras de su propiedad antes de cumplir dos años de estancia en Marruecos? ¿Cuándo se iba a imaginar el acuerdo al que llegarían Franco y Hitler cuando éste se apoderara de Francia durante otra *Blitzkrieg* y el tirano español solicitara al líder de los nazis el favor de poder meterle mano a las ratas comunistas republicanas existentes en el Marruecos francés? ¿Cómo imaginarse nada de nada, más aún después de haber estado encerrado en un campo de concentración en Argelia esperando a diario la muerte? Mi abuela Felisa, claro está, también fue beneficiaria inmediata de la bonanza. Las remesas mensuales sí que la hacían sonreír... «¡Ay, Enrique, Enrique, Enrique, yo lo sabía, una madre lo sabe todo...!»

Mientras mi tío Luis descubría, poco a poco, la personalidad de Adèle y encontraba fascinantes los filtros de mil colores con los que contemplaba la existencia, al tiempo que se atrevían a sostener encuentros amorosos furtivos o de largo aliento en cada una de las habitaciones del llamado *petit château alsacienne*, propiedad de los parientes de su mujer, probaban las diferentes cosechas entre carcajada y carcajada, y confirmaba, embriagado, su estimulante presencia como la compañera de su vida, no dejaba de alarmarse ante la información proveniente de Polonia: el salvajismo nazi rebasaba el peor de los pronósticos y superaba la imaginación del más diabólico de los poetas malditos. Y pensar que esos mismos monstruos sanguinarios de desconocida malignidad atacarían Francia en cualquier momento... Si él, un humilde mortal, estaba informado de las atrocidades cometidas por los alemanes, ¿por qué el «Santo Padre», vestido con casulla y alba de seda, la capa y la mitra cubiertas de piedras preciosas con bordados de oro, el anillo del pescador engarzado con diamantes y zafiros, la cruz pectoral diseñada con rubíes y esmeraldas, no reaccionaba ni declaraba ni protestaba? ¿Por qué iba a hacerlo si había demostrado hasta el cansancio su amor y admiración por el Tercer Reich? Claro que nunca condenó el antisemitismo nazi de los años treinta expuesto abiertamente en la prensa del mundo, ni siquiera apoyó a los judíos convertidos al catolicismo, al tratarse, según él, de una cuestión de política interna, de la misma manera en que desoyó las quejas de tres cardenales y dos obispos alemanes que viajaron al Vaticano con la idea de suplicarle al Vicario de Cristo una sentida protesta de la Iglesia católica contra la persecución nazi. Bien sabía el propio secretario de Estado del Vaticano que, ayudado por unos jesuitas, mientras agonizaba Pío XI en 1938, redactaría su encíclica, intitulada *Humani Generis Unitas* («La unión humana de las razas»), saturada del mismo antisemitismo que había mostrado desde que pisó con sus zapatillas rojas el suelo bávaro, en Múnich. Para Pacelli «los judíos eran responsables de su destino, Dios los había elegido, pero ellos negaron y mataron a Cristo... Y cegados por su sueño de triunfo mundial y éxito materialista» se merecían «la ruina material y espiritual que se habían echado sobre sí mismos». Ahí estaba el futuro papa expuesto en su máxima expresión. Es natural caer en la conclusión de que semejante texto jamás vería la luz y se perdería en los oscuros archivos del Vaticano, impregnados de un olor mefítico y de un aire irrespirable. Jamás criticaría a Hitler, a quien había ayudado con tanto éxito a conquistar el poder.

El ejército alemán y la SS, la temible Gestapo, la policía secreta al mando de Himmler, cometían barbaridades nunca antes vistas en la historia del planeta. El porvenir aparecía más negro aún a los ojos de los observadores conspicuos si no se perdía de vista que Hitler y Stalin, dos infames tiranos ignorantes de la más elemental noción de piedad, habían acordado repartirse Polonia. Como bien decía mi tío Luis cuando alguien alegaba que los dos encarnizados dictadores eran un par de enfermos:

—Ahora sucede que desde que se inventaron los enfermos se acabaron de golpe los hijos de puta, ¿no...? ¿Ya no hay hijos de puta...? ¿Ya no...? ¡Vamos, hombre!, no disculpemos ni justifiquemos la inquina ni la perversidad... Son unos auténticos hijos de puta...

En aquel año de 1939 Hitler tuvo varios motivos para sonreír, ¿sonreír?, ¡qué va!, reír a carcajadas en la intimidad, porque sus planes se materializaban como si efectivamente hubiera sido llevado de la mano por la Divina Providencia. Su popularidad en Alemania alcanzaba niveles insospechados. En febrero de 1939, Pío XI, Achille Damiano Ambrogio Ratti, falleció después de diecisiete funestos años de reinado. ¡Cómo lamentaría México, mi país, entre otros tantos más, su patética existencia mientras estuvo sentado en el trono de San Pedro! El sucesor nombrado en marzo de 1939 no podía ser otro más que Eugenio María Giuseppe Giovanni Pacelli, el papa de Hitler, su ideal político y racial, su perfecto espejo ideológico. Dos personas tenía Pacelli en su mente fanática el día de su coronación en la Basílica de San Pedro: una, Adolfo Hitler y, la otra, la adorada madre Pascualina, la única mujer en la historia de la Iglesia católica a la que se le concedió el inmenso privilegio, sin precedentes, de presenciar el desarrollo del cónclave del que aquél saldría convertido en papa. A eso se llama audacia, ¿no...? El hombre de poder impuso su ley entre los purpurados, uno más hipócrita que el otro, y la convirtió en otra conclavista más. ¿Acaso la dejó abandonada en la nunciatura de Múnich, en donde la conoció desde 1918? ¡No! Por supuesto que la invitó a viajar a Berlín y vivir a su lado cuando lo elevaron al rango de primer nuncio, en 1920. No faltaba más. Le resultaba imposible prescindir de sus servicios. Cuando fue nombrado cardenal, en 1929, y al año siguiente secretario de Estado del Vaticano, ¿renunció por pudor a su compañía? ¡No!, claro que no, de la misma manera en que solicitó su exquisita presencia cuando fue electo máximo jerarca de la Iglesia católica. ¿Era o no evidente para el ya «Santo Padre» la imposibilidad de vivir sin ella, más aún si no podía olvidar la belleza natural de esa monja franciscana, su estatura, sus líneas ocultas bajo los hábitos que él conocía a la perfección, su rostro sin afeites, su mirada, sus manos impolutas, desnudas, sin exhibir joya alguna, su gracia al hablar con su marcado acento bávaro, una alemana de la más pura cepa conservadora? Por esa razón cuando Pacelli, después de más de veinte años de relación con la bellísima y no menos eficiente madre, esposa de Dios, se acomodó en los lujosos recintos papales en el tercer piso del Palacio Apostólico, sor Pascualina, por quien el Santo Padre deliraba desde buen tiempo atrás, se ocupó de preservar un entorno familiar, ciertamente hogareño y acogedor, el necesario para encontrar un refugio de paz propio de un jefe de Estado.

Desde el momento mismo en que el padre Agustín Bea, confesor de Su Santidad —¿qué sabría este prelado de las fantasías, pensamientos prohibidos y reflexiones de Pío XII?—, además de monseñor Ludwig Kaas, exlíder del partido católico alemán, un personaje clave en la política teutona, y el padre Robert Leiber, jesuita, su secretario, el círculo personal, el íntimo de Pacelli, supieron que Pascualina asistiría al cónclave para elegirlo papa, no hubo espacio para más dudas: ella continuaría controlando la vida íntima del vicario y seguiría exhibiéndose como un cancerbero al frente de las habitaciones. Las apariencias eran irrelevantes tanto para Pacelli como para Pascualina. Si no temían la ira de Dios, ¿por qué temer los comentarios perversos de los hombres? Ella y sólo ella tenía reservado el acceso a los santos aposentos a la hora que fuera, ella y nadie más. Ni siquiera los «sobrinos» de Su Santidad tenían derecho de picaporte a las estancias papales. A mi tío Luis siempre le pareció en extremo curioso que los sacerdotes estuvieran permanentemente rodeados de «sobrinos», más curioso aún si se tenía en cuenta que aquéllos supuestamente debían permanecer célibes. Pascualina se convirtió ya no en el muro del secretario de Estado que impedía el paso de cualquier buen Dios, sino en el auténtico valladar papal: ella administraba las visitas reducidas al personal de aseo, dos monjas, Maria Corrada y Erwaldiss, también alemanas de la absoluta confianza de la madre bávara, eso sí, ambas verdaderamente feas, sin ningún género de atractivo para no despertar tentación alguna en Su Santidad. Ese privilegio se lo tenía reservado Pascualina.

Su historia de amor comenzó a finales de 1919 durante una furiosa tormenta de nieve en Múnich. El nuncio apostólico se encontraba enfermo de un severo resfriado y permanecía acostado entre temblores de horror. Los edredones bávaros no elevaban la temperatura del prelado ni Pascualina, una hermosa joven alemana, lograba incrementarla después de haber colocado tinajas con agua hirviendo debajo de la cama. Nada daba resultado hasta que monseñor Pacelli tuvo una feliz ocurrencia que resolvió el problema en unos instantes. En aquel momento ella contaba veinticinco años de edad, se encontraba en la flor de su juventud, en tanto el destacado diplomático del Vaticano había cumplido los cuarenta y tres.

—Madre Pascualina, ¿no cree usted que el calor de cuerpo a cuerpo puede ser más eficiente? —preguntó Pacelli tratando de disimular toda emoción de su voz y de su rostro. Obviamente fingía—. Apiádese de mí...

Pascualina se quedó paralizada. Aun cuando ya se había percatado de las miradas esquivas del señor nuncio cuando le servía el desayuno, el té o la cena o cuando limpiaba el polvo de los anaqueles de la biblioteca subida en una pequeña escalera, prefirió abstenerse de imaginar intención alguna proveniente del Eminentísimo pastor. Con el paso del tiempo Pacelli se atrevió a verla descaradamente cuando ella colocaba las plumillas encima de su escritorio de caoba y dejaba rebosantes los tinteros acomodándolos ordenadamente al lado de unos pañuelillos para limpiar la tinta de los dedos o a agradecerle la exactitud del servicio y la calidad de los alimentos tomándola de las manos, después de despedir de la nunciatura a altas personalidades diplomáticas y políticas. Sobraban las oportunidades para ver a Pacelli, su jefe, al igual que los pretextos de ambas partes para hacerse presentes. En cualquier caso se obsequiaban una sonrisa de cómplice simpatía. Sí, pero hasta ahí: ahora la invitación de compartir el lecho con monseñor parecía un exceso y al mismo tiempo una coyuntura imposible de desperdiciar. Haría todo con tal de aliviar al alto prelado de sus males… La monja se descalzó y acompañó a Pacelli recostándose a su lado. Nunca lo había tenido tan cerca, al extremo de respirar su aliento.

—De nada me sirve que se acueste encima de los edredones, madre, no siento el calor de su cuerpo cerca de mí —advirtío Pacelli como si contara los diamantes del candil que adornaban su habitación. Su seriedad era sorprendente, la de un enfermo que pide ayuda sin exhibir ni una leve sonrisa. En realidad no estaba solicitando amablemente ayuda, sino ordenándola a sabiendas de que no había ninguna persona en la residencia.

—Pero, padre…

—El Señor todo lo sabe y nos está viendo en estos momentos, de modo que si no estuviera de acuerdo se opondría a este acto de comprensión y auxilio cristianos. Él sabrá entendernos y perdonarnos con su divina misericordia…

Cuando Pascualina se decidía a cumplir las instrucciones al pie de la letra y se disponía a meterse inocentemente a la cama con sus hábitos, se encontró con la voz imperativa de monseñor Pacelli:

—Sin hábitos, hija mía, despréndete de los ropajes con los que nos abrigaron nuestros padres desde pequeños y acompáñame como Dios nuestro Señor te trajo al mundo. Entiende que necesito tu calor para sobrevivir antes de evolucionar hacia una neumonía…

Pascualina sentía la boca seca. Jamás había tenido contacto con un hombre, ni siquiera había llegado a besarse con un muchacho durante la adolescencia. Su educación, en un internado sólo para mujeres, había sido de una rigidez extrema. Era virgen intocada dedicada a Cristo, su marido, con quien ella contrajo nupcias el día de su consagración. Los malos pensamientos, los pecaminosos, los había extinguido a base flagelaciones que le habían producido tantos orgasmos, cuyo precio fue una espalda ensangrentada y llena de cicatrices cinceladas en sus años de reclusión en el convento. ¿Cómo Pascualina iba a negarse a las peticiones del Eminentísimo pastor, si además admiraba su talento, su delicadeza, su valentía ya demostrada en los quehaceres diplomáticos, sus conocimientos, su astucia y compartía con él la ideología de extrema derecha? Resistirse, ¿por qué hacerlo, si estaba enamorada del nuncio, sentimiento profundo que experimentó desde que lo conoció, ocultándoselo, claro está, a su confesor, dueño de sus fantasías?

La satisfacción del nuncio fue infinita cuando ella, sin consultarlo, apagó la luz de la mesita de noche, la única que permanecía encendida en la lujosa recámara. Él lo entendió como una parte elemental de pudor femenino, más aún si no se perdía de vista la extracción religiosa de aquella mujer, realmente sometida a una prueba de fuego. Monseñor sudaba, el edredón estaba empapado, sin embargo su sudor era helado, como las manos de la monja, quien parecía moriría de frío en cualquier momento. Pascualina, bien lo sabía Pacelli, estaba desnuda por completo, recostada a su lado, contemplando de igual forma el techo o el candil en la oscuridad, lo que fuera, tiesa, inmóvil, haciendo escasamente contacto con su piel. Sus labios secos eran la mejor prueba de su nerviosismo. Para el nuncio resultaba imposible percatarse de que la monja alemana mantenía los ojos crispados. Ella, en el fondo de su alma, había soñado tener una experiencia semejante, pero nunca llegó a imaginar que se materializaría cuando menos lo esperara.

—¿Así nos vamos a quedar los dos, aprendiendo de memoria el candil? —preguntó el Eminentísimo pastor con un chispazo de humor.

Ella no contestó. Experimentaba una sensación de miedo y placer. Su confusión era total hasta que escuchó la siguiente orden seguida de una discreta insinuación cuando el nuncio colocó delicadamente su mano sobre su hombro para sugerirle que le diera la espalda y quedara recostada de un lado, viendo a la ventana desde la que se podían contemplar las dos torres iluminadas de Marienkirche, la Iglesia católica más famosa de Múnich. En aquel momento ya no pensaba en sus votos de castidad ni en su sagrado compromiso de lealtad contraído con Dios.

La mujer, turbada, se movió delicadamente en la dirección dispuesta por el alto prelado, momento que él aprovechó para tomar sus senos colmados, llenos, los de una colegiala, a lo que Pascualina respondió con un breve y silencioso estremecimiento al tiempo que sentía el cuerpo del supuesto enfermo firmemente adherido al suyo. Se mordía los labios. Nunca había sido tocada. Pensó en levantarse y huir y esconderse en el convento más apartado de la civilización, perdido en los Alpes alemanes, morir congelada, si fuera el caso en la Zugspitze. Las yemas de los dedos del Eminentísimo pastor hicieron despertar sus pezones dormidos durante casi toda su existencia, mientras le mordía levemente la piel de la espalda. Por primera vez sintió la firme presencia de un hombre entre sus nalgas. No pudo contener un breve salto, tratando inútilmente de evitar que sus posaderas volvieran a hacer contacto con aquella «cosa» prohibida que los hombres tenían entre sus piernas y que representaba la encarnación misma del demonio, de la que le habían enseñado a no pensar, a no imaginar, ya no se diga a sentir, a tocar ni a ver. Ahora sentía esa «pieza», sí, en efecto, creada por el Señor, pero que había jurado acostada boca abajo sobre los pisos helados de laja, con los brazos en cruz durante sus años de reclusión, que permanecería por los siglos de los siglos vedada a la mente, a los ojos y al tacto, sin embargo, ahora la sentía pegada a su trasero con el que ella intuía poder enloquecer a cualquier hombre, pero que había renunciado a utilizarlo jamás y había prometido ante el altar de Dios tenerlo invariablemente bien cubierto para no despertar tentaciones.

Pacelli creyó enloquecer al advertir cómo la piel de la monja hablaba, se expresaba, comunicaba, respondía, sí, señor, respondía, se empapaba con pequeñas e incontables perlas de sudor que mojaban los labios del prelado mientras besaba la espalda de la joven novicia. ¡Qué homenaje para un hombre despertar emociones tan intensas en una mujer! Pascualina contestaba inmóvil y muda a las caricias del destacado sacerdote. Se empapaba, más aún, cuando, el prelado sin detenerse, acarició su entrepierna con la mano derecha, mientras que con la izquierda, metida por debajo de la cintura, lograba la erección de sus pechos, ahora abiertamente desafiantes. ¡Cuántas pasiones y emociones contenidas que la vida le permitía al nuncio saborear como un privilegiado del Señor! A él y sólo a él lo había premiado la existencia obsequiándole a esa mujer entera, nueva, virgen, de piel exquisita, talentosa, eficiente y absolutamente discreta e incondicional. Era su esclava, ¿por qué no decirlo? ¿Acaso ella podía haberse negado, cuando él supuestamente contaba con poderes ultraterrenales que podían haberla condenado a pasar la eternidad en el infierno? Pero además, ¿por qué negarse o resistirse si ese hombre divino, en toda la extensión de la palabra, la encantaba? Decidido a llegar al final, aprovechando un instante sin tos, la hizo girar boca arriba para besarla y montarla, hacerla suya sin más preámbulos, penetrarla lentamente en tanto ella se abrazaba con fuerza de su cuello, dejándolo hacer, dispuesta a recorrer, a volar por los espacios infinitos, ignorados, prohibidos, vedados que ella se había resignado a no conocer ni a explorar, ni siquiera a imaginar. Fue la mujer de Pacelli cuando éste invadió los territorios reservados al Señor. ¿Dolor y sangre? Sí, sí hubo y abundantemente, ¿pero qué acaso Jesús no había sufrido por igual colgado en la cruz con una corona de espinas encajada en la cabeza? Sufrir era una manera de acercarse a Dios, lo había aprendido en el convento.

A la mañana siguiente el Eminentísimo pastor estaba mágicamente aliviado. Era el poder de la fe. Ordenó que su desayuno fuera servido en la terraza cubierta por enormes ventanales. Sin voltear a verla siquiera, como correspondía a un hombre sobrio, serio y comprometido con la causa de Dios y su carrera diplomática, abrió las páginas del Berliner Tageblatt y se fugó al Vaticano para recordar viejos tiempos. Ella acató, como siempre, las instrucciones, y puso delante de él un apetitoso plato de huevos tibios de cinco minutos servidos con jamón picado, pan de centeno y mantequilla... Nada había sucedido... ¡Ah!, también le sirvió una rebanada de *Sachertorte*, el pastel favorito del Eminentísimo pastor, en una pequeña charola de plata cubierta por una carpeta bordada a mano por unas monjas de Bélgica. Bastaron dos miradas del prelado, una para comprobar el detalle de ese suculento postre y la otra para volver a las líneas del diario, para que Pascualina entendiera que su lugar estaba en la cocina...

De aquel feliz momento ya habían transcurrido veintiún años y Pacelli, su amante, ya había sido catapultado al nivel de Sumo Pontífice...

No había sido suficiente la invasión por tierra de la Wehrmacht ni el bombardeo aéreo sobre Varsovia y otras ciudades polacas, de la misma manera en que Hitler y Goering habían enviado tres años atrás a la Legión Cóndor a España para reducirla a un conjunto de escombros y convertir, desde el aire, una República democrática en otra dictadura fascista; no, por supuesto que no, a los polacos, por cruel que pareciera, todavía no les había pasado nada, lo peor estaba aún por venir... Nunca debería olvidarse cómo los hunos habían destruido Europa siglos atrás ni las consecuencias del Sacro Imperio Romano Germánico de casi mil años de duración, objetivo que Hitler intentaba superar cuando el Tercer Reich, su creación inspirada por la Providencia, cumpliera mil años de antigüedad. Bien harían los franceses en poner sus barbas a remojar cuando los bárbaros del siglo XX atacaran a su país por aire, mar y tierra. ¿No bastaba con saber la suerte corrida por los polacos? Luis había padecido a los nazis en carne propia en Madrid...

Como la idea del Führer consistía en crear una nueva Alemania en los territorios del este, incluida la Unión Soviética, materializar su tesis del Lebensraum, su sueño de megalómano, al ampliar dramáticamente el espacio vital alemán, según lo aducía en su libro *Mein Kampf* publicado en 1925, no perdió tiempo en aplicar de inmediato los despreciables conceptos de «purificación racial» para hacer de Polonia un estado nazi modelo. Se exterminarían las razas inferiores, incluidos los rusos, quienes, según él, sólo habían aportado el vodka al desarrollo de la civilización. Durante la feroz embestida nazi en Polonia arrasaron con todo, murió un polaco de cada cinco, en tanto la división de los Pánzers destruyó a su paso, como una pavorosa marabunta, cualquier vestigio polaco, tal y como se decía de Othar, el caballo de Atila, que donde pisaba no volvía a crecer el pasto. Hitler fue elevado al nivel de héroe inmortal por la mayoría de los alemanes y de casi la totalidad de su alto mando, en razón de su indiscutible talento militar al haber recuperado territorios que correspondían históricamente, según ellos, a Alemania, durante una relampagueante *Blitzkrieg* de tan sólo cinco semanas. No tardaría en ser reconocido como la encarnación de una figura divina por haber rescatado el honor alemán perdido en Versalles.

Dentro del brutal proceso de germanización que incluía la detección de personas con sangre «impura» que deberían ser aniquiladas, los nazis desalojaron violentamente a los polacos no alemanes de sus propiedades rurales o urbanas, de sus negocios o empresas, los echaron a patadas o a punta de bayoneta a la voz de «*Raus!*», tan sonora como incontestable y horrorizante, subiéndolos a bordo de trenes o camiones con todas sus familias, bienes sin valor, desde luego, y animales domésticos. La evacuación fue masiva, patética y salvaje. Sus lugares fueron ocupados por antiguos alemanes que habían vivido en esas regiones hasta antes del estallido de la Gran Guerra. A otros, con menos suerte, los ahorcaron en plazas públicas como medidas ejemplares para causar terror en la población y garantizar la inmovilidad y el control social. El paisaje polaco cambió de golpe no sólo porque ya era difícil identificar lugares precisos en las ciudades devastadas por las bombas, sino por los cadáveres que pendían durante mucho tiempo de los dogales como una muestra irrefutable del sentido de la justicia teutón. Las noticias provenientes de la Polonia ocupada eran estremecedoras. Se instauró la esclavitud en pleno siglo XX. Se utilizó la mano de obra de los vencidos, unos subhumanos despreciables, para manufacturar artículos militares sin costo alguno. Se trataba de construir una región de esclavos dependiente de Berlín, que sirviera gratuitamente a los alemanes. El sur del país no tardó en ser reconocido como «El Basurero de los Nazis». Los polacos de ambos sexos, de todas edades y ocupaciones fueron echados a dicho basurero, en realidad, campos de concentración, superficies rodeadas por una alambrada que fueron habitadas por cientos de miles de personas arrancadas de sus hogares para instalarlas en agujeros sin agua ni electricidad ni la más elemental alimentación ni servicios sanitarios. Sí, pero nada comparable con la suerte de los tres millones de judíos polacos que sufrirían como nadie los horrores de los bárbaros del siglo XX, cuando, para comenzar se les concentró en ghettos en espera de misteriosas instrucciones relativas a su destino inmediato. En Alemania se decía que una sola gota de sangre «impura» podía contaminar a un individuo para siempre; por ello, al detectar cualquier impureza, había que destruir al individuo. Si conocían las leyes de Núremberg y las políticas antisemitas instrumentadas por los nazis en Alemania, entonces sus predicciones, conclusiones y pronósticos no podrían estar equivocados. Los judíos comenzarían por despojarlos de lo suyo y luego de la vida misma. Los ghettos eran lugares donde concentraban a los judíos, apiñados como ratas, antes de que se decidiera su destino. Sin duda alguna el más famoso fue el ghetto de Varsovia. Se decía que los judíos eran una amenaza mundial y, en especial, una amenaza para Alemania, porque estaban contaminados con teorías bolcheviques, y que por lo mismo, por sus teorías comunistas, además de otras razones, había que extinguirlos.

Una voz nueva, el nombre de un lugar desconocido hasta entonces, corrió como reguero de pólvora por Francia, Holanda y Bélgica, amenazados por la demencia nazi a principios de aquel 1940: el campo de concentración de Lodz, en Polonia, con una superficie de tres kilómetros cuadrados, en donde empezaron a ser ubicados cientos de miles de habitantes, ciudadanos de aquel país ultrajado. El frío mortal cobraba a diario cientos de vidas inocentes, sobre todo niños y ancianos incapaces de superar el espantoso rigor del clima ni el hambre ni las enfermedades respiratorias. ¿Cómo dormir o vivir a la intemperie en el entorno de un invierno infernal? O amanecían muertos por hipotermia o con la nariz, las orejas o los dedos de pies y manos congelados o quemados y el cuerpo amenazado por la gangrena. Lodz se convirtió en un lucrativo centro de negocios para los nazis, quienes de la noche a la mañana se hicieron de grandes extensiones de terreno o de fincas y edificios urbanos, obras de arte, dinero en efectivo, joyas, depósitos bancarios que los cientos de miles de judíos arrestados no habían tenido tiempo de enajenar a terceros y que pretendían canjearlos candorosamente a cambio de su libertad… Los alemanes polacos trocaban artículos de joyería como aretes, collares, relojes, anillos decorados con piedras preciosas que los deportados entregaban para hacerse, a cualquier precio, de pan o medicinas. ¿Dónde quedaba en medio de este espectáculo de decrepitud ética y moral el tan cantado código de honor germánico? Era un momento idóneo para lucrar con la desesperación de terceros y lucraron como correspondía al más primitivo de los asaltantes. El alto mando nazi, el ejército alemán, entendió la invasión a Polonia como la dorada oportunidad para enriquecerse y apoderarse de lo ajeno. En cada alemán invasor había un atracador, un pirata, un asesino cruel y despiadado, decidido a construir un gran patrimonio a costa del dolor ajeno. Mientras más crecían la rapiña, los despojos o los secuestros de dinero o joyas, más crecían las abultadas cuentas de los banqueros suizos, quienes también se beneficiaban del conflicto armado en su calidad de Estado neutral, para crear más y más cuentas anónimas con la esperanza de que los titulares perdieran la vida en combate o en los campos de concentración para que posteriormente nadie reclamara esos depósitos, ni siquiera los deudos y herederos por estar igualmente muertos o desconocer la fortuna de sus ancestros. Como bien se decía en México, «ladrón que roba a ladrón tiene cien años de perdón» o «nadie sabe para quién trabaja...». ¿Cómo suponer que los nazis iban a enriquecer a las familias de los banqueros suizos, quienes finalmente se quedarían con sus gigantescos recursos mal habidos? ¡Ja...!

En los ghettos o detrás de la alambrada del campo de Lodz se comerciaba con ropas y abrigos. Cuando ya no hubo ropas ni abrigos sobrantes, entonces se vendieron joyas y cuando ya no se disponía de más joyas, los judíos y polacos empezaron a morir de hambre en los ghettos o en los campos de concentración. Era la voluntad suprema del invasor que deseaba quedarse con un territorio libre de obstáculos que impidieran la construcción de la nueva patria germana, la alucinada por Hitler. ¡Cuidado cuando alguien era descubierto canjeando bienes con los enclaustrados sin haber sobornado previamente a los guardias nazis o era sorprendido in fraganti tratando de liberar a algún «preso», porque podía ser fusilado sin previo juicio en el mismo lugar en donde cometiera el delito de ayudar a un paisano! Pobres de las mujeres, peor aún, mil veces peor, si además eran guapas, porque eran violadas reiteradamente por los agentes de la SS hasta convertirlas en meros despojos humanos. En el ghetto de Lodz o en el de Varsovia se comerciaba con todo. Era, en realidad, un sistema de trueque, se cambiaban libros por un abrigo o un abrigo por pan, el contrabando era muy intenso, porque los nazis recibían sobornos a cambio de permitir el tráfico de mercancías dentro del ghetto. Rumkowski, presidente del Comité de Ancianos, un judío muy destacado, empezó a deshacerse de los opositores acordando mandar, a quienes él indicara, antes que a nadie, a los campos de concentración, logrando con esto tener cada día menos oposición. Las traiciones entre los judíos estaban a la orden del día, porque la vida estaba en juego, y nada más importante que la vida. Las traiciones se empezaron a dar entre ellos a cambio de ganar la supervivencia.

Rumkowski abusaba de las jóvenes del ghetto, disponía de ellas desde los quince hasta los veinte años de edad, so pena de mandar a sus padres al campo de concentración en Auschwitz, fue así como abusó de los cuerpos de miles de mujeres inocentes. ¿Para qué intentar explicar la suerte que corrían los padres, hermanos, esposos, novios o terceros incapaces de soportar el ultraje, si alguno de ellos osaba defenderlas...? Cualquiera que exhibiera un asomo de dignidad y demandara respeto era deportado. Cuando cerró el ghetto de Lodz, Rumkowski fue enviado a Auschwitz y asesinado, junto con toda su familia. Tampoco él se salvó, a pesar de sus influencias.

Sin embargo, había que cuidar de cualquier forma a los judíos y polacos porque ellos integrarían una fuerza de trabajo gratuita, mano de obra eficiente, imprescindible para financiar una economía de guerra. ¿Qué tal la manufactura de uniformes nazis confeccionados libres de costo alguno, al igual que la fabricación de equipos militares, en razón de la esclavitud a la que los nazis habían sometido a los polacos? El negocio era inmejorable.

Pero había más, mucho más: Stalin estaba aprovechando la coyuntura armada europea para invadir no sólo Finlandia, sino también Estonia, Letonia y Lituania, el fascismo expansionista en su máxima expresión; el amo y señor del Kremlin, no nada más Hitler, mandó pasar por las armas, a finales de 1939, a veintidós mil oficiales del ejército polaco con disparos en la nuca sin respetar sus derechos como prisioneros de guerra. Anteriormente había ordenado detener y fusilar a noventa y ocho integrantes del Partido Comunista, la alta jerarquía política soviética, a la misma usanza hitleriana, cuando se mandó encerrar y más tarde matar a una buena parte de los parlamentarios de la República de Weimar en los días que siguieron al incendio del Reichstag. La misma escuela criminal de Franco y de Mussolini. De Stalin se empezaba a saber que autorizaba la tortura en contra de los «obstinados enemigos del pueblo...». El protervo jerarca ruso mandaba asesinar a millones de sus compatriotas en los gulag, «campos de trabajo correctivos». Hitler y Stalin se tomaban de la mano recurriendo a los mismos métodos no menos salvajes y criminales. ¡Pobre Polonia! ¡Qué vecinos...!

A los gulag, herramientas muy eficientes de represión, iban a dar los criminales de la peor ralea, sí, pero además, los millones de presos políticos, detenidos en masa; los oficiales acusados de corrupción, sabotaje, «traición a la patria» que sostenían puntos de vista opuestos a la Nomenklatura; empresarios, sacerdotes y obispos de la Iglesia ortodoxa rusa, disidentes y «enemigos de la paz pública», intelectuales «con criterios independientes», contrarrevolucionarios, entre otros cargos inventados o insostenibles en un Estado de derecho democrático para deshacerse de cualquier tipo de oposición. ¿Y los opositores de Franco...? Jamás se sabrá con precisión, por el hermetismo propio de una sociedad cerrada y por la secrecía de los gobiernos fascistas interesados en ocultarle a la historia la realidad de los salvajes crímenes cometidos en contra de la humanidad, el número de muertes en estos «campos de trabajo correctivos» contadas por millones entre ejecutados y muertos de hambre o de enfermedades o las incontables pérdidas de vidas rusas derivadas de la explotación militarizada de los campesinos y de la colectivización forzada de la agricultura soviética. ¿La Revolución de octubre de 1917 sí democratizó a Rusia...?

Los bolcheviques encerraban en manicomios a quienes no coincidían ideológicamente con ellos o los mandaban en ferrocarril a Siberia, en donde comían sólo hierbas, musgo, hojas e intentaban subsistir sin agua ni techo ni ningún tipo de satisfactor, salvo carne cruda de los cadáveres de sus compañeros. ¡Pobres rusos cuando Stalin emprendió en esos años sus purgas que setecientas mil personas pagaron, tan sólo en un principio, con la vida! ¿No era un dato estremecedor que sólo en Moscú existían tres mil interrogadores con poderes inimaginables para disponer del patrimonio y la existencia de las víctimas acusadas con cualquier pretexto como enemigos del pueblo?

—¡Pobre del mundo si llega a caer en las manos de Hitler y Stalin! —alegaba mi tío Luis sin poder conciliar el sueño en espera de los primeros bombardeos nazis sobre Francia. ¡Pobres franceses y pobres de los españoles refugiados en este país si Hitler se apoderaba de él! ¿Cómo imaginar entonces una Europa tomada entre los nazis y los bolcheviques de la misma manera en que se habían apoderado de Polonia? La batalla en contra de esas fieras no podía tener cuartel. Había que darles un tiro en la nuca en donde se encontraran o el hombre perdería su mejor patrimonio: la libertad.

¿Y Dios...? ¿Dónde mierdas estaba Dios cuando ocurría esto, o al menos, en dónde estaba el papa, el santísimo padre, Su Santidad, el único ser humano infalible, su representante en la Tierra, el Vicario de Cristo, sucesor de Pedro, siervo de los siervos de Dios y Sumo Pontífice? ¿Dónde estaba el tal Señor cuando finalmente en mayo de 1940, el demonio nazi atacó Francia, después de haber bombardeado Rotterdam y haber convertido el puerto en ruinas cuando noventa aviones He 111 de la Luftwaffe dejaron caer sus obuses letales para privar de la vida a un número incontable de holandeses y destruir miles de hogares, negocios, escuelas, universidades e iglesias que fueron devorados por el fuego aéreo? La brutal embestida aterrorizó a la población indefensa y provocó la inmediata capitulación de los Países Bajos. La «guerra boba», guerra sin acción ni movimientos, la detonada verbalmente en la primera semana de septiembre del año anterior cuando Hitler masacró Polonia, había concluido estruendosamente en ese mayo de 1940 cuando la Wehrmacht, en su conocida *Blitzkrieg*, rodeó las instalaciones subterráneas de la Línea Maginot y a través de una Bélgica derrotada, después de bombardear París y de librar varias batallas, en cuarenta días se apoderaron de Francia mucho antes de lo previsto cuando entraron en la capital con su odioso paso de ganso el 14 de junio de 1940. La Línea Maginot no había servido para nada... Si bien París se había salvado de ser tomada en la Primera Guerra Mundial a pesar de que en 1917 se escuchaba la detonación de los cañones desde los Campos Elíseos, en esta ocasión la ciudad fue abandonada y declarada abierta para salvar su patrimonio. La armada teutona acabó con las esperanzas democráticas del pueblo francés incapacitado para librar una guerra moderna en contra de uno los ejércitos más poderosos del mundo, una impresionante marina y una temeraria fuerza aérea construidas y capacitadas en tan sólo siete años de estancia del Führer en el poder.

Mi tío Luis, incorporado a las fuerzas militares francesas, en la Legión de Honor, como aconteció con decenas de miles de españoles, exhibía en las mangas de su camisa los colores de la bandera de la Segunda República, salvó la vida escondiéndose al final de las hostilidades en el *petit château alsacienne*. Disparó tiros desde el anonimato, pasó unos miedos de horror, escuchó en las noches las voces de los invasores, lanzó granadas de mano, ayudó a tomar posesiones estratégicas que perdieron, accionó un par de veces una ametralladora abandonada por un miliciano francés caído a un lado, atacó con lo que pudo, a pedradas junto con los demás, para ser finalmente derrotado ante una inescapable fortaleza militar germana que funcionaba a la perfección. La famosa Línea Maginot, la muralla china en Francia, una supuesta fortaleza inexpugnable, el «No pasarán» de los franceses, se derrumbó como un castillo de naipes, se deshizo como papel mojado. Más tarde sabría que Hitler se había anexado la Alsacia y la Lorena, riquísimos y no menos hermosos territorios que Alemania y Francia se habían disputado desde el siglo XIX. El *petit château alsacienne* ya era otra vez alemán. Bueno, ¿y qué no amenazaba con ser alemán, es decir fascista, cuando Japón y Rusia también intentaban apoderarse de medio mundo en aquel 1940...?

Después de la rendición de Francia y de la suscripción de un armisticio, se creó el detestable «Gobierno Francés», el Régimen de Vichy, que «administraba» a medio país, al frente del mariscal Philippe Pétain, el famoso héroe de Verdún, al que se le rendían tributos populares, el gran traidor, otro fascista, que colaborará con Hitler poniendo a sus ciudadanos y a su ejército a disposición de los invasores, algo así como una Gestapo gala al servicio del nacionalsocialismo. A partir de la reunión sostenida entre Hitler y Pétain en octubre de 1940, en Montoire, quedaron sentadas las bases de la colaboración perversa entre el Tercer Reich y la Francia de Vichy. Después de esa siniestra entrevista la policía francesa colaboró con gran eficiencia en el arresto de judíos, en la cancelación de libertades y derechos democráticos a los que estaban tan acostumbrados los franceses. El Gobierno de Vichy tomó las propiedades de los judíos. Por supuesto que los judíos franceses fueron excluidos de inmediato de la vida pública, como había acontecido en Alemania ya desde antes de la promulgación de las leyes de Núremberg y condenados al hambre, en tanto los de origen extranjero fueron encerrados en campos de concentración en espera de una peor suerte. El brazo asesino del Führer era largo, muy largo, extraordinariamente largo. Si bien es cierto que Pétain se las arregló para evitar la entrada de Francia en la Guerra Mundial al lado de las Potencias del Eje que habían finalmente suscrito un pacto en septiembre de 1940, también lo es que ofreció su ayuda para atacar a Inglaterra, auxilio militar que Hitler despreció, en tanto aceptó gustoso el apoyo económico del mariscal francés cuando éste decidió entregarle las reservas en oro del gobierno belga depositadas en el África occidental francesa. Cuando los pastores se reúnen las ovejas balan...

Durante la dictadura de Vichy nada quedó de los históricos Derechos del Hombre, ni de la «Libertad, Igualdad y Fraternidad», sus grandes conquistas sociales y políticas. Sin embargo, Charles de Gaulle inició desde Londres el movimiento de independencia nacional, el de la Francia Libre, una valiente invitación a la resistencia, a la que miles de franceses, secundados por españoles refugiados, se sumaron con los brazos abiertos. ¿Acaso mi tío Luis podía ignorar este nuevo llamado a la libertad? ¿Qué diría el presidente Lebrun o Anthony Eden, Baldwin o el imbécil de Chamberlain o el propio Roosevelt cuando supieron del desfile de las tropas nazis rodeando el Arco del Triunfo? ¿Recordarían los gritos desesperados de los republicanos clamando auxilio militar ante la barbarie nazi?

¿Mi tío Luis se iba a quedar escondido en el *petit château alsacienne*, rodeado de nazis o de la policía de Vichy, dedicada, entre otros objetivos, a la búsqueda fanática de judíos y de bienes ajenos, propósitos en los que no podían faltar la localización de las exquisitas y abundantes cavas de la Alsacia? ¿Pasar día tras día envuelto en las sábanas al lado de Adèle por más que le fascinara su compañía, mientras el mundo se derrumbaba? Regresaría en la época de la vendimia para tratar de evitar una quiebra previsible, pero antes tenía que sumarse, sin tardanza, a las fuerzas de la resistencia, sí, pero, ¿y Adèle…? Abandonarla en el viñedo o en su pequeña habitación de Mulhouse implicaba correr un riesgo inaceptable, pero por otro lado, invitarla, nada menos, que a sabotear instalaciones alemanas o a colocar bombas en el centro de una reunión de uniformados nazis o hacer estallar campamentos llenos de teutones, constituía un disparate tal vez mayor. Adèle podía terminar sus días ultimada a balazos después de haber sido violada multitudinariamente. ¡Ni hablar! Ser mujer blanca, hermosa, joven, francesa, entrañaba un peligro infranqueable. Sólo que Luis no pensó en que a él no le correspondía tomar la decisión. ¿No la conocía? Su mujer rechazaba por igual el armisticio y vomitaba el régimen títere de Vichy. Tampoco pensaba quedarse inmóvil como si careciera de iniciativas y de fuerza para atacar a los invasores y a los traidores. Ella ya había decidido seguirlo para debilitar las estructuras nazis con sus modestas armas, jugarse la vida, exponerse al unísono como cualquier hombre, luchar por los valores en los que ella creía con tal de no sentirse culpable el día de mañana, en fin, hacer patria. Luis podía opinar, sí, podía hacerlo, pero ella decidiría en última instancia. ¿Someterse dócilmente ante algo o alguien…? Antes muerta. Sola o acompañada iría a matar nazis o funcionarios del Gobierno de Vichy. Ahora bien, prefería hacerlo junto con su amante. La discusión entre la feliz pareja fue muy breve:

—Yo voy a poner bombas o a colocar minas donde sea y espero poder hacerlo a tu lado, sería mi mejor deseo —aclaró Adèle haciéndole a Luis un cariñito en la mejilla—. Pero si te opones, tan pronto salgas por esa puerta, las pondré sola...

El pacto se cerró en silencio y quedó firmemente sellado con un abrazo y un choque de nudillos. Ella jamás se quedaría atrás, principio que mi tío perdía de vista en ocasiones... En un momento ambos estaban convertidos en guerrilleros, en maquis al servicio de la resistencia francesa y de la libertad. Igual hostigaban al régimen espurio de Vichy en la Provence que a la Wehrmacht, en zonas montañosas de la Bretaña. Se trataba no sólo de sabotear instalaciones germanas, sino de escribir octavillas en las que Luis aportaba las ideas y Adèle las redactaba en su perfecto francés. Los dos robaron prensas en las ciudades ocupadas para difundir los planes criminales de los nazis conocidos a través de un sofisticado sistema de espionaje digno de una película, e invitar a la población a resistir en contra de los invasores, a hacerles la existencia imposible o al menos difícil con lo que tuvieran a su alcance. Al unísono, insertos clandestinamente entre miles de seguidores, hicieron volar puentes por los aires en los campos y en las ciudades, envenenaron pozos de agua potable, auxiliaron a pilotos derribados de la fuerza aérea, se hicieron de información confidencial a través de supuestas prostitutas o de humilde personal de servicio en los cuarteles, en realidad espías republicanas, además de otras operaciones militares y logísticas. Ambos formaron parte destacada del Ejército de las Sombras, integrado por hombres y mujeres muy jóvenes, dedicado a estructurar una prensa clandestina, a divulgar folletos, a generar documentación falsa imprescindible para cruzar de una zona a la otra en Francia, a organizar huelgas, a rescatar prisioneros franceses o españoles fugados de las cárceles nazis y auxiliar a judíos perseguidos. Cotidianamente llegaban a saber de compañeros muy queridos atrapados y torturados por los nazis o por las autoridades de Vichy y después colgados en plazas públicas para escarmiento de la población. Era muy común escuchar en los pueblos franceses la espantosa detonación de las armas de los pelotones de fusilamiento que segaban la vida de los rebeldes opuestos a la ocupación. No, no era un juego, ni nada que se le pareciera, según se comentaba en ese histórico movimiento clandestino integrado hasta por adolescentes de diversas clases sociales, filósofos, escritores, pintores, poetas, obreros, comerciantes, profesores universitarios, periodistas, profesionales de diversas especialidades, militares y hasta aristócratas, judíos enfurecidos, comunistas, empresarios, antifascistas italianos y alemanes, republicanos españoles, escritores de diversas nacionalidades, unidos en contra del fascismo alemán, una radiografía de la respuesta ciudadana en los años aciagos de la Guerra Civil española, con algunas notables excepciones, como la de los aristócratas.

Mientras mi tío Luis continuaba empeñado en sabotear la ocupación nazi en Francia, los miles de españoles republicanos derrotados por la furia fascista y refugiados en la Francia colonial, sobre todo en el Marruecos francés, como mi padre y, por supuesto, sus hermanos españoles, los desterrados, compañeros ya de muchas vidas, empezaron a abrigar temores respecto a las intenciones del mariscal Pétain. Su destino dependía de las políticas de éste. Si odiaba por igual a judíos y a comunistas, ¿qué se podía esperar de este monstruo disfrazado de héroe que había traicionado a su patria al aliarse con Hitler? Por lo visto la desgracia y el infortunio perseguían a los exiliados como una sombra maligna. ¿Se trataría de una generación maldita? Todo parecía indicar que nunca recuperarían de nuevo la paz. Mi padre y mi tío se acostumbraban a ver cantidades muy importantes de dinero, montañas de billetes nunca imaginados, avanzaban en su francés callejero, vestían chilabas de seda cruda, fez y babuchas bordadas, comían cuscús y tajine, en lugar de jamón serrano y callos a la madrileña, bebían té de hierbabuena sin olvidar los vinos españoles, se habían habituado a escuchar los cinco llamados diarios de los almuecines desde los minaretes, pero no observaban el ayuno durante el ramadán ni se abstenían, eso nunca, de tener relaciones sexuales ni dejaban de agredirse verbalmente durante ese tiempo, cuando anticiparon la nueva amenaza que se cernía sobre ellos a través del gobierno de ultraderecha de Vichy.

Mi padre siempre temió las represalias que podrían resentir los desterrados españoles en Marruecos si Francia llegaba a ser derrotada por Hitler. ¿Qué podrían haber negociado Franco y Hitler cuando se reunieron en Hendaya, en octubre de 1940, un día antes de que el Führer se entrevistara con Pétain, en Montoire? Imposible saber que Hitler exigió la cesión de una de las islas Canarias, la instalación de una base naval en Mogador o en Agadir y que, a cambio, el Caudillo de España solicitó la devolución de la colonia británica de Gibraltar, la entrega de Orán, Marruecos y Guinea, pertenecientes al imperio francés. ¿Nada más...? Si bien hubo filtraciones respecto a los temas abordados por los dos fascistas en Montoire, no hubo consecuencias inmediatas para los desterrados en Marruecos, como tampoco las hubo, salvo unos rumores catastrofistas, cuando Franco y Pétain se entrevistaron en Montpellier en febrero de 1941. El Gobierno de Vichy no tenía buenos ojos hacia los refugiados españoles ubicados en Francia o en Marruecos, pero si bien había también cooperado con los agentes de Franco en su localización, no deseaba entregárselos al dictador. Admiraba al franquismo, aunque desaprobaba curiosamente la forma en la que había arribado al poder. Antes bien fue la Gestapo, los alemanes, quienes arrestaron y mandaron a España a miles de exiliados españoles que habían caído en sus manos, entre ellos algunos de los más brillantes dirigentes republicanos, como el caso de Lluis Companys, el mismo que fuera presidente de la Generalitat de Catalunya, fusilado en el Castillo de Montjuic, en Barcelona, el 15 de octubre de 1940, habiéndosele cumplido su última gracia al permitírsele tocar con sus pies desnudos la tierra española que tanto había amado.

Pétain, gran conocedor de Franco, a quien ayudó en Marruecos en la campaña del Rif, más aún durante su gestión como el primer embajador francés de la dictadura franquista, no inició una cacería de exiliados españoles en territorio francés ni en el colonial. El mariscal no ignoraba que el tirano español pretendía apoderarse de una parte del imperio francés en África del Norte. El mariscal, para la sorpresa de Franco, mantendrá Marruecos dentro del patrimonio francés y se abstendrá de entregar masivamente a los refugiados por más que los despreciara por sus ideas políticas, para mandarlos a la muerte en España. No se intimidó ante las presiones ni cuando Franco le insinuó la posibilidad de solicitarle directamente a Hitler dichas reivindicaciones territoriales, sobre todo en Marruecos. Nada. ¿Hitler podía haberle ordenado a Pétain que accediera a las peticiones de Franco? No, porque el Führer deseaba aprovechar a Pétain al final de la guerra en el proceso de reconstrucción europea, era un aliado importante, en tanto que despreciaba abiertamente a Franco. Los gritos del dictador español se escucharon a lo largo y ancho de la Península Ibérica cuando Pétain le hizo saber al Caudillo que debía tramitar las órdenes de extradición ante los tribunales franceses competentes, en tanto Indalecio Prieto y Juan Negrín escapaban de la furia franquista. Pétain no entregaría a los supuestos rojos a la «justicia fascista», porque los refugiados españoles significaban mano de obra gratuita para las autoridades de Vichy, por lo que regresarlos a su país para que los ejecutaran o encerrarlos en las cárceles francesas constituía un despropósito cuando la «Francia Libre» requería urgentemente la reconstrucción de carreteras y viviendas, así como la manufactura de equipo militar. No era una cuestión de piedad, sino de intereses económicos y políticos, una mierda, como bien hubiera podido decir mi abuela...

En el fondo, mi padre y los suyos, sus queridos compañeros de exilio, comenzaban a reprocharse el hecho de no haber viajado a México aprovechando la dorada oportunidad brindada por el gobierno de Lázaro Cárdenas para empezar a construir un nuevo futuro. Al descender del barco en el puerto de Veracruz, hubieran tenido acceso a un pasaporte mexicano, es decir, derecho a un trabajo, a sobrevivir en un país amigo de habla española. ¿Qué más pedir...? Sí, ¿qué más pedir...? Sí, ¿pero abandonar ahora violentamente Marruecos ante la incertidumbre producida por el arribo de Pétain, salir de Safí o Agadir, en donde la vida era coser y cantar, cuando, además, en tan sólo doce meses mi padre ya contaba con una enlatadora de su propiedad, otra rentada, además de decenas de embarcaciones pesqueras, unas de su pertenencia y otras asociadas aportadas por marineros marroquíes para compartir jugosas utilidades? Ése, francamente era otro cantar... El éxito había sido tan sorprendente como meteórico. Había que luchar por lo conquistado con sudor, imaginación y mucha audacia...

¿Amenazas? Tres: la primera, la posibilidad nada remota de que Hitler, una vez tomado París, se apoderara de las colonias francesas, las invadiera con su Wehrmacht, por lo visto invencible, y empezara a encerrar a los «comunistas», en realidad demócratas republicanos de cuerpo y alma, en campos de concentración, para, acto seguido, asesinarlos a la primera oportunidad. La segunda, dentro de una interpretación de los hechos perfectamente factible, se presentaba la alternativa de que el mismo Pétain iniciara la purga «comunista», como ya, de hecho, la había iniciado en contra de los judíos franceses y extranjeros, o que le permitieran hacerlo a Franco en forma encubierta a través de sus agentes siniestros en el Marruecos francés. ¿Qué habrían negociado por separado Hitler, Franco y Pétain? El insomnio volvió a aparecer. El miedo se hizo presente de nueva cuenta. Se congelaron las sonrisas. La fiesta del feliz exilio amenazaba con concluir. La tercera, otra amenaza real, era el juego, las apuestas, el póquer, el dinero a raudales, la abundancia desconocida, la exuberancia en sus diversos aspectos, una riqueza repentina, una orgía diaria de placer, el lujo del derroche, los bolsillos llenos de francos para dar y repartir. Fath, el dueño de la primera enlatadora, a quien ya se la habían comprado a un precio muy alto, indujo a mi padre y a mi tío a las mesas de póquer en excéntricos lugares de lujo fuera del control de las autoridades marroquíes, debidamente «aceitadas» para no molestar ni interrumpir a los apostadores.

—El peor de los vicios no es el alcoholismo —decía mi padre con justa razón—, sino la apuesta, porque si no te llega la carta necesaria puedes perder en una noche tu patrimonio, el de tus hijos y quedarte en la mismísima miseria.

Mi padre descubrió de inmediato esa parte de su temperamento que lo orillaba a jugarse el todo por el todo en una mano, lo que fuera...

—¡Cartas! ¡Cartas! ¡Cartas! ¿Han oído, joder? He dicho: ¡Cartas! Va mi resto, lo único que tengo y tendré esa baraja que vas a repartir...

Se extraviaba como en una borrachera agónica de meses. Era tal el trance que costaba recuperar la conciencia. Las consecuencias del embeleso se descubrían al otro día, al amanecer, cuando los acreedores venían a cobrar sus deudas, a extraer los bienes de las casas, a aposentarse en las empresas, a adueñarse de las cuentas de cheques, a disponer de los automóviles, de las joyas y relojes y, llegado el caso, hasta de las esposas, que se podían perder en la mesa cubierta por manteles verdes de terciopelo, si no les llegaba el «As» para completar la carrera o la flor imperial. El temperamento, la audacia, el cinismo, la determinación, las capacidades histriónicas, la habilidad para disimular emociones, se conocían en el juego, en una pavorosa confusión con la hombría y la valentía que se buscaba demostrar equivocadamente en los casinos clandestinos y no así en los escritorios ni frente a la hoja en blanco ni con la pluma, el pincel, la batuta o el buril en la mano o frente a los tornos o los restiradores de los ingenieros y arquitectos. ¿El valiente es el que se juega su pasado, su presente y su futuro, su prestigio y su estabilidad y la de los suyos a una tercia de reyes?

Mi padre y César se aficionaron por igual al juego. Cada noche mientras los barcos llenaban sus panzas con plata del mar, ellos apostaban, vestidos con *smokings* de seda negra cruda, mancuernillas de rubíes y esmeraldas, botonaduras de oro en las camisas, zapatos de charol y relojes suizos reservados para los magnates. Entre los dos promediaban si acaso veintisiete años de edad y ya eran millonarios sin que pudieran imaginar la cantidad de dinero que todavía ingresaría a sus chequeras ni qué efectos produciría en sus vidas. Mientras más gastaban, más tenían, más abultados eran sus depósitos y eso que apenas empezaban las exportaciones escandalosas a la Francia ocupada y a Inglaterra. El juego —una magnífica emoción, según me contaba mi tío César, sobre todo cuando se pierde y se tiene que demostrar entereza como si no hubiera acontecido nada, aun cuando hubiera advenido la ruina misma, el divorcio y la destrucción de la familia se hubiera convertido en una patética realidad ocultable a los acreedores— se disfrutaba mucho más si venía acompañado de coñac francés, un XO, de preferencia, cigarrillos Camel norteamericanos, mujeres y sus perfumes embriagadores. Las copas globeras al lado de las montañas de fichas, tabaco entre los dedos temblorosos de la mano, una expresión por esconder, las pupilas dilatadas por el miedo, el sudor de las axilas, los golpazos del corazón deseoso de romper el costillar, las venas del cuello congestionadas, la adrenalina más pura en la sangre, la respiración desacompasada, el rostro pálido delator que se debe disimular con suaves pellizcos discretos en las mejillas eran parte de esa arriesgada experiencia reservada, en algunos casos, para quienes sienten la capacidad de vencer cualquiera de los obstáculos y los desafían cotidianamente con una sonrisa. En una de esas noches de suerte, de auténtica buena fortuna, en que mi padre se jugaba la enlatadora a la llegada oportuna del «diez», a cambio de ganar un edificio en Casablanca, el más alto del puerto, cayó en cuenta de que su contendiente bien podía haber tenido un gran juego porque ya no había pedido otra carta. ¿Sería un *bluff*, otro más de los tantos que hacía y ahora le administraban la misma receta? ¿Y si el hombre del monóculo, de rostro impertérrito, no tenía tampoco nada y su estrategia consistía en quedarse con la misma baraja, tal y como se la habían repartido? ¿Se jugaría su resto? ¿Y si no le llegaba el famoso «diez...»? Se vio de nueva cuenta sentado en el café del puerto de Safí; recordó cómo se mecía el *Sardinero I* en las aguas frías del Atlántico; se agobió con tan sólo traer a la mente las imágenes de la paupérrima pensión en la que se habían alojado gracias a la ayuda de Vivas; pensó en volver a vender bolsas de puerta en puerta y en patear a la suerte en el hocico; se estremeció cuando el hambre podía haberse vuelto a apoderar de él y carecer de dinero hasta para comprar un café y tirar por el despeñadero un esfuerzo y una concepción empresarial que había sido muy gratificante y lo había rescatado de la pobreza. El golpe de auténtica suerte lo dio al contemplarse reflejado en el espejo de Fath, quien había perdido y dilapidado el dinero cobrado al venderles la enlatadora y ahora se encontraba sin recursos económicos ni empresa ni familia, consumiendo hachís y escupido por la sociedad y por los suyos, a tan sólo unos pasos de precipitarse en la miseria. Fath no pasaba de ser un mero despojo humano y él se convertiría en lo mismo esa noche si no le llegada el dichoso «diez».

—No voy —adujo mi padre dentro de una expresión cortante, mientras el siniestro sujeto del monóculo arrastró compulsivamente las fichas colocadas en el centro de la mesa sin disimular una sonrisa sardónica. Revolvió sus cartas entre la baraja de modo que nunca nadie supiera qué tenía entre manos.

Établissement Martín Moreno subsistía, había sobrevivido, esa era la verdadera fortuna. Esa noche abandonó no sólo el casino al darse cuenta de que la vida lo había premiado concediéndole una última oportunidad, sino que se negó a que le sirvieran más coñac, puso de lado los cigarrillos y se separó de las mujeres que rondaban las mesas en donde los jugadores permanecían sentados y sepultados en fichas de todas las denominaciones. Fue inútil tratar siquiera de sacar a César del antro. Regresarían a casa con los bolsillos llenos de dinero o vacíos, acompañados de mujerzuelas que les ayudarían a guardar el equilibrio por el exceso de alcohol. Se sacarían los francos hasta de las solapas de sus *smokings*, en ocasiones vomitados, los arrojarían en dirección del techo de la sala o del bar de la casa con vista al océano para ver caer los billetes como una lluvia divina y se desmayarían a dormir la mona en horas que deberían estar controlando el proceso de enlatado de las sardinas. Luego vendrían las jaquecas, los lamentos, las maldiciones y los pleitos entre ellos al incumplir sus obligaciones.

—No cualquiera sabe tener dinero —me repitió mi padre hasta el cansancio cuando recordaba sus años en Marruecos—. No sólo se trata de ganarlo, de cuidarlo y multiplicarlo, sino de evitar que el exceso te destruya...

Esa misma noche mi padre rompió con el juego. Él y sólo él contaba con los poderes para actos de dominio de los negocios. Nadie podía jugarse la enlatadora ni sus embarcaciones, además de otros activos, en una apuesta. Alguien tenía que tener la cabeza encima de los hombros y tratar de no perderla, como cuando César conoció a una mujer, una hermosa bereber de ojos rasgados, de casi veinte años de edad, piel canela, ojos negros como el carbón, una diosa del desierto, graciosa, de excelente estampa, señorial y de muy buena posición social, hija de un influyente general marroquí, ante quien se cuadraba medio ejército. Adassa y César enloquecieron. Sobrios o borrachos llegaban a cometer excesos en público, mismos que, por supuesto, nunca lamentaron. Bastó verse y conocerse para no poder vivir separados a pesar de las amenazas del destacado militar, mismas que ignoraba la hija a sabiendas de que controlaría, como siempre, a su padre con tan sólo hacerle un arrumaco. Adassa era su debilidad y ella lo sabía sin duda alguna, como también sabía dominar a César, más aún cuando se presentaba como su amuleto, su talismán a la hora de recibir las cartas ganadoras.

—Tu vida sin mí sería oscura, aburrida y fracasada. Sígueme y viviremos juntos el sueño de *Las mil y una noches…*

Y efectivamente ganaban dinero, mucho dinero, recursos que ella invertía en la compra de joyas para las vacas flacas… Mi padre, quien había tenido la fortuna de adelantarse a su futuro, le canceló a César los préstamos y los anticipos de efectivo a cuenta de utilidades. Ni hablar. A responsabilizarse. Era la hora. Y si no, con tu pan te lo comas. Se acabaron las discusiones. Además, y para que quede bien claro:

—Quien no se presente a trabajar a sus horas tampoco cobrará…

Claro que César no llegaba a sus horas pero sí cobraba. Resultaba difícil, si no imposible, el hecho de imponerse. Mi padre no quería llegar a los extremos, pero César los rebasaba sin consideración alguna. De nada servía recurrir a argumentos como «quien evita la ocasión evita el peligro», abstente de ir al casino, se aducía cada vez en voz más alta para poder convencer. Nada.

—Sólo me debes la vida —contestó César alguna vez cuando la situación llegó a adquirir tal tirantez que el rompimiento parecía inevitable. No se dio.

La debilidad debería ser uno de los pecados capitales, se dijo siempre mi padre y fue débil, muy débil con César, sus razones tenía y, por cierto, incontestables.

Los eventos siguieron evolucionando favorablemente. Établissement Martín Moreno adquiría más barcos pesqueros, aumentaba su plantilla de personal y hacía una oferta para comprar otra enlatadora, esta vez en Agadir. Existía una paz tensa, preocupante, en ocasiones insoportable no sólo por los malos pasos de César, sino por el ingreso de los franquistas en Marruecos, como cuando Moby Dick, la ballena blanca, en la obra inmortal de Melville, se sumergía herida y enfurecida produciendo un silencio artificial en lo que volvía a salir embravecida a la superficie para matar o destruir lo que se encontrara a su paso.

Entre el Marruecos francés y el Gobierno de Vichy existían buenas comunicaciones. En varias oportunidades, cuando lograron hablar con gran alegría por teléfono, Luis le contó a Enrique de su visita a Valencia en el tiempo en que ellos ya habían huido; abordaron, sin dejar de llorar, el asesinato de Ernesto a manos de los franquistas ávidos de sangre inteligente y constructiva; comentaron la patética conducta de mi tía Ángeles cuando los denunció ante los fascistas al grito de «atrapad a esas ratas comunistas, no les permitáis huir, matadles...». Mi padre le hizo saber de su estancia en el campo de concentración cerca de Orán en tanto Luis narró su fuga de Alicante sin detenerse a considerar si las líneas telefónicas estaban intervenidas, su espantoso paso por Argelès-sur-Mer y cómo había logrado sobrevivir a esa pavorosa debacle en la que habían perdido la vida miles de españoles. Detalló su vida en Francia sin olvidar la presencia de los agentes franquistas o de la policía secreta alemana, la Gestapo, dedicada afanosamente a la búsqueda de españoles destacados para secuestrarlos o matarlos. Ese era el miserable de Franco, arrestaba clandestinamente en Francia y asesinaba en España. Jamás se cansaría de matar.

No podía faltar en la descripción de los hechos el feliz encuentro de Adèle, finalmente había dado con la mujer de sus sueños aunque en una coyuntura trágica. Los dioses de la Hélade castigaban, según Luis, a los humildes mortales, concediéndoles lo que más añoraban en el momento más inoportuno. Ese era su caso. A saber qué pasaría entre ellos, por lo pronto juntos sabotearían lo saboteable para hacerles imposible a los nazis su paso en Francia. Era evidente que la lucha en contra de cualquier forma de fascismo sería a muerte. No le ocultó que unos cien mil exiliados españoles, republicanos anónimos sin mayor renombre, estaban terminando sus días en campos de concentración alemanes, porque a Franco no le interesaba repatriar a prisioneros que no consideraba españoles debido a que habían luchado para instaurar una «España soviética», por lo que fueron enviados al campo de Mauthausen, en Austria, en donde eran ejecutados a su llegada o se les condenaba a trabajos forzados obligándolos a acarrear piedras de cuarenta kilos hasta fallecer de hambre, frío o agotamiento por haber luchado en contra del fascismo franquista, su supuesto gravísimo error. Por supuesto que Franco conocía en detalle la suerte que les esperaba a sus compatriotas y jamás cambió la instrucción.

Luis le contó a mi padre la parte final de un discurso de bienvenida, según le hicieron saber, que les brindó el comandante del campo Franz Ziereis, una vez que los primeros republicanos estuvieron formados en el patio central: «Habéis entrado por la puerta y saldréis por la chimenea del horno crematorio».

Mataron a miles y miles de españoles, sin olvidar lo que les ocurrió a otros tantos en Buchenwald, Bergen-Belsen, Dachau, Ravensbrück y Sachsenhausen, en Alemania.

A pesar de lo dicho, del intercambio de noticias, del conocimiento de los peligros para él y para Adèle, ambos se negaron a salir de Francia acogiéndose a la oferta de Cárdenas, de acuerdo a las desesperadas sugerencias de mi padre.

—Sal, Luis, sal, ahora que todavía se puede. A saber qué pueda venir, sal…

Pero mi tío nunca podría llevar una existencia feliz y plácida en México a sabiendas de que, al menos con algo, podría ayudar a alterar los planes o la estabilidad de los invasores. No hubo manera de convencerlo. Si tenía que morir lo haría con el fusil o la pluma en la mano luchando contra la opresión y la tiranía.

Por otro lado, mi padre, a su vez, se opuso a abandonar Marruecos cuando Luis le pidió que se fuera, que huyera de Marruecos, pues era sabido que Pétain bien podía cambiar de opinión y actuar en contra de los así llamados comunistas o Hitler disponer la invasión total y acabar con la Francia Libre…

—Que van por ti, muchacho, que van por vosotros, que te lo digo yo —arremetía mi tío Luis sin escuchar la respuesta esperada—. Escapad de los asesinos ahora que podéis, no seas iluso, si os pillan, os matan…

—Lo mismo te digo yo a ti, Luis, ¿qué coños haces en Francia? Si te pillan, te matan: ¡Sal!

Era un diálogo entre sordos.

—Manda el dinero a la mierda, Enrique. Vende tu enlatadora ésa, tu barco y sal y si no puedes vender nada ni te dan una triste perra por lo tuyo, abandónalo todo y lárgate de Marruecos con lo que tienes puesto. Eres un chaval, un crío y podrás rehacer tu vida en América, en el entendido de que sin vida no reharás nada, eso te lo juro... No patees a la suerte en el hocico, ¿te acuerdas que me lo decías en Valencia en tu carta?

—Pues tú tampoco la patees, Luis: sal de Francia con Adèle y construyan una nueva vida juntos en México.

—Ni hablar, Quiquiriqui, ni hablar, que Dios te bendiga, quisiera decirte, pero como el tío ése no existe, entonces te bendigo yo a la distancia...

El acuerdo entre ambos fue imposible. Se escucharon, sí, pero al final cada quien tomó su decisión. Los dos se quedaron, uno en Marruecos y el otro en Francia, a pesar de los peligros. La guerra, hasta ese momento sólo de dimensiones europeas, siguió su macabra marcha hacia la destrucción total.

Las recurrentes conversaciones telefónicas entre mi padre y mi abuela Felisa, muy a pesar de las dificultades de comunicación y de la posibilidad de que las líneas estuvieran intervenidas, así como el alud de cartas que recibía de ella enviadas desde Valencia, convencían a mi padre de que acertó al huir de España cuando todavía estaban a tiempo. Su agradecimiento hacia César era creciente y más justificado que nunca.

Mi abuela les hacía saber que Franco, ese malvado enano de mierda, el supuesto generalísimo con voz de maricón, el «Enviado por la Providencia», el tal «Salvador de la Patria», el «Caudillo de España por la gracia de Dios», un atrevimiento celestial que bendecía la Iglesia católica con singular desparpajo a cambio de privilegios políticos y de dinero, había hecho del país una cárcel y desaparecido hasta el último vestigio de la República. España, convertida en ruinas, con sus ferrocarriles destruidos y sus carreteras dañadas, así como las escuelas, las universidades y los hospitales devastados, la economía hecha añicos al igual que la moral pública, había dado un salto veladamente escandaloso al pasado. Los escritos de mi abuela parecían haber sido redactados por un político liberal.

—No debéis volver, jamás debéis regresar, aunque no me volváis a ver —insistía mi abuela—. ¿Podéis imaginaros que en ocasiones aquí, cerca en la Albufera, los chiquillos han encontrado bombas sin estallar con los escudos de la esvástica alrededor? ¿Qué cara pondrías si llegara a casa un hijo vuestro cargando una bomba entre sus manos?

»Nadie puede imaginar —repetía con la voz exaltada— el hambre que se pasa en España, donde se arresta a quien pronuncie un improperio. —Y mira nada más, pensar lo que disfrutaba ella mandando a hacer puñetas a quien le viniera en gana—. Se queman libros con la llamada "literatura disolvente", se vuelve a los años infernales de la Inquisición española del siglo XVI y se persigue a quien "piense peligroso", en particular a los escasos pensadores que no han logrado escapar de la España desangrada intelectualmente. Pobre país, con tantos talentos y virtudes y ahora dirigido por un gorila... Esta vez los combates ya no se libran en los frentes, sino en las cárceles sobrepobladas, en los campos de concentración franquistas, en los juicios sumarios, en los trabajos forzados y en las salas de tortura: la libertad ha desaparecido, sólo existe la justicia del sátrapa, que construye mecanismos de terror sin pensar en la reconciliación nacional, ni en la amnistía, ni en el perdón para empezar un proceso de reconstrucción. ¡Qué va! —decía mi abuela Felisa—, este simio lo que pretende es la represión, sin que concluyan nunca los asesinatos ni los fusilamientos, se trata de matar a aquél a quien se le considere un enemigo con causa justificada o sin ella... Mentira, mil veces mentira que "quien la hace la paga" y más mentira aquello de que "quien a hierro mata a hierro muere" —sentenciaba como en los viejos tiempos—; ya lo veréis con Hitler, Mussolini, Franco o Stalin: estos criminales morirán en la cama y no colgados de los cojones, con el perdón de los que me puedan estar escuchando.

»En Madrid —informaba desde Valencia, como si estuviera frente a un micrófono de la radio española—, se dice que fusilan a más de trescientas personas al día con la sola firma de Franco, en la inteligencia de que no existe otra ley más que su voluntad... Ya os podéis imaginar a la cantidad de gente que asesinan a diario en el resto del país, sin olvidar a los que torturan, y que cuando ya no resisten el dolor se tiran por las ventanas de los institutos policiacos. ¿Os acordáis de la Constitución republicana que concedía derechos y obligaciones a los ciudadanos y que limitaba los poderes del Estado cuando eran usados en perjuicio de los ciudadanos? Pues es letra muerta. No existen los derechos fundamentales del hombre, han desaparecido para siempre.

»Aquí —parecía confesar un miedo personal al haber engendrado hijos republicanos— te delatan con cualquier pretexto para quedar bien con los funcionarios venales de la dictadura. Los llamados "ciudadanos confiables" o los "buenos españoles" tienen el crédito para mandar a la cárcel a cualquier ciudadano sin mediar pruebas ni argumento alguno; basta con su palabra. A los acusados se les nombra un abogado defensor con quien no pueden hablar y el acusado no puede defenderse, por lo que su suerte queda dictada en un ambiente de impunidad. ¿Habéis visto una cosa igual? Ni siquiera las leyes de la selva o las del hombre paleolítico...

Según se sabía, aclaraba en algunos de sus correos, en las cárceles se encontraban enclaustradas más de doscientas cincuenta mil personas que sobrevivían gracias a los alimentos enviados por las familias de los presos, pero eso sí, en condiciones sanitarias de horror. Eran unos hacinamientos pavorosos en donde sólo cabían quinientas mujeres y apretaban hasta diez mil. Tres veces al día se les obligaba a cantar el himno falangista, el carlista y el monárquico, la *Cara al sol*, el *Oriamendi* y la *Marcha Real*, con el brazo extendido hasta rendirse desmayados de cansancio. A pesar de todo, esos infelices tenían que gritar «¡Viva Franco! ¡Viva la Falange! ¡España una, España grande, España libre!», atropellando su libertad y su futuro amenazado con terminar sus días en un paredón.

—¡Pobres de las mujeres republicanas que son violadas en cada cuartel! —continuaba mi abuela con su desgarrada narración—. ¡Pobres de los hijos de las decenas de miles de fusilados que son dados en adopción con quien desee recogerlos! ¡Pobres de los huérfanos españoles, pobre de España, la que piensa, porque le han metido la cabeza en la mierda a saber por cuánto tiempo...!

En octubre de 1941 los pedidos de botas militares superaban la capacidad de las fábricas de mi bisabuelo, a pesar de haber triplicado los horarios de trabajo y contar con tres diferentes turnos de obreros, de modo que las plantas trabajaran las veinticuatro horas del día. Si bien es cierto que en ocasiones llegaban a fallar los equipos, contaba con buen personal de mantenimiento para salir airoso de los escollos técnicos y evitar costosas suspensiones en los procesos de producción, mismos que también podían presentarse ante la falta de materias primas imprescindibles en una guerra. Los bancos alemanes resolvían cualquier estrechez financiera gracias a la solvencia de sus empresas. Nunca habían ganado tanto dinero, sin ignorar que antes de la llegada de los nazis al poder, Richard Liebrecht era un hombre absurdamente rico.

—Cuando pase esto —le decía a Hedwig a la hora de dormir abrazados en las noches interminables de Berlín en espera de ataques aéreos de los aliados—, iremos, haremos, construiremos, viajaremos, invertiremos, nos dedicaremos a esto, a lo otro, a lo de más allá —como si el hecho de soñar pudiera derogar la realidad.

En sus constantes intentos de negar lo que estaba aconteciendo dejó de percatarse de que Hedwig escasamente contestaba sus comentarios. Lo escuchaba en la oscuridad al tiempo que él mismo se contestaba sus afirmaciones sin soltar la mano de su mujer. Él se había instalado en un monólogo interminable, tal vez orientado a convencerla de la inutilidad de sus preocupaciones por más que fueran evidentes y demostrables, o para insistir en la validez de sus propias mentiras. Una de las pocas ocasiones en que ella intervino, lo hizo en los siguientes términos:

—Richard, amor, tienes un lápiz entre los dedos, lo estás viendo, lo estás tocando, lo sostienes y tocas su punta y, sin embargo, dices que se trata de un avión...

Mi bisabuelo no escuchaba a propios ni a extraños. Su máximo placer al llegar a su oficina cada mañana consistía en revisar los depósitos del día anterior, elevar ambos brazos como si agradeciera al cielo sus bendiciones y pedir café muy cargado.

Él siempre pensó, según me lo hizo saber mi tío Claus, que después del espantoso conflicto estallado en 1914, pasarían siglos antes de que el ser humano intentara de nueva cuenta resolver sus diferencias a bombazos. Los millones de muertos constituían la mejor invitación para desistir de otra conflagración como la padecida. Antes no se bombardeaba ciudades ni se asesinaba a inocentes, ahora la «civilización», por llamarla de alguna manera, había «evolucionado» hacia la devastación total. Sí, pero no sólo era la violencia entre las naciones, sino los ataques a las personas, a las familias por sus solas creencias religiosas. ¿Cómo era posible que por el hecho de ser judío se pudieran perder las pertenencias y la vida? Era el regreso de la barbarie en su máxima expresión. Se compadecía de

la suerte de tantos amigos y de sus hijos que habían desaparecido de Alemania o por haber huido presas de pánico o por haber
sido secuestrados por la Gestapo que los había sacado del país con
rumbo desconocido. Se resistía a aceptar las historias relativas a lo
acontecido en los campos de concentración y si lo creía, desde luego
que no lo reconocía y si lo reconocía en su interior, pensaba que ni
a él ni a los suyos podría jamás ocurrirle una tragedia similar. Ni un
solo judío tenía acceso telefónico con Joseph Goebbels, ¡ninguno!,
¿estaba claro?, ¡ninguno!, ¡nadie!, y lo que constituía una garantía
superior era la cantidad de dinero que le remitía mes con mes a una
cuenta secreta en Basilea. Si algo llegaba a sucederle a él o su familia amenazaría a Goebbels con una denuncia en los periódicos que
acabaría con su prestigio político al exhibir la podredumbre de los
nacionalsocialistas...

—No nos tocarán, Hedwig, no, no lo harán, te lo garantizo, es
más: ¡te lo juro! Tengo a Goebbels agarrado de las pelotas; además,
lo he hecho un hombre muy rico, al extremo de que ya no debe saber
ni lo que tiene ese malvado bribón —alegaba creyendo ser escuchado
en tanto Hedwig guardaba, como siempre de tiempo atrás, un escrupuloso silencio negando con la cabeza y crispando los párpados
como si elevara una plegaria.

—Lo importante —contestaba ella ocasionalmente— es que
Muschi y los niños ya no están aquí y aunque no les guste México,
por lo menos están a salvo —agregaba dejando escapar un breve
suspiro—. Por sus cartas sé que no les falta nada y que se adaptan
al país lentamente. Los niños van a la escuela y empiezan a hablar
español. Te encantaría leer las palabras que Inge me escribe en donde me cuenta de sus primeras andanzas con jóvenes mexicanos que
parecen ser muy atentos y corteses...

—Cuando pase «todo esto» tendré tiempo de leer las cartas de
mi nieta. Por lo pronto debo salvar el patrimonio de la familia y
luego saldremos juntos agarrados de la mano para no correr riesgos. Lo verás, Hedwig, querida, todo saldrá bien. Tendremos una
hermosa casa en los bosques de Carmel, en California, con muchas
habitaciones para toda la familia y con grandes ventanales que den
al océano y a los acantilados o a los campos de golf, lo que siempre
has soñado... Cree en mí como lo has hecho siempre...

—Deberías sacar de Alemania a tus hermanas, a tu familia, Richard. Si yo estuviera en tu lugar mañana mismo le ordenaría a Gre-

tel, Hans, Walter, Brigitte, Anna, Bertha y Paul que se vayan como puedan, pero que se vayan. Móntalos en un tren y sácalos de aquí, Richard, hazlo mañana, por lo que más quieras... Pon a prueba a Goebbels para que les extiendan un salvoconducto y puedan llegar a España para zarpar hacia México o cualquier país de América —contestaba Hedwig sin hacer mayor alusión al futuro ni a Carmel ni a California ni a la casa ni a nada...

—No se irán de Alemania si no salimos juntos, me lo han repetido hasta el cansancio, ¿ya se te olvidó? —preguntó mi abuelo sin ocultar un dejo de malestar, como si el peso de la responsabilidad lo estuviera aplastando y deseara evitar el tema—. A diario les explico que estoy a punto de venderle las plantas a un conocido de Herr Goebbels...

—Qué Goebbels ni qué Goebbels, Richard, imponte y súbelos a un barco mañana mismo. La situación se ha venido complicando con el tiempo, lo sabes y lo niegas, ahora mismo, judíos o no. Aun cuando pudieras embarcarlos juntos rumbo a México o América, a donde se te dé la gana, nos estaríamos comiendo las uñas con tan sólo pensar que los ingleses pudieran hundir el barco a la mitad del Atlántico.

—No seas exagerada, Hedwig, bastante estamos sufriendo en lo que vendemos. Es una carrera contra el tiempo.

—¿Exagerada...? ¿Es factible o no que pueda darse el caso?

—Remoto, pero factible...

—No vengas ahora con juegos de palabras...

—¡Es factible!

—¿Es factible sí o no que los nazis nos maten?

—¡Imposible!

—¿Imposible?

—Bueno, factible, si no es por las conexiones que tengo en la alta jerarquía nazi. Cualquier judío, con dos dedos de frente, ya debería haber abandonado Alemania salvo que contara con mis influencias en el alto mando.

—Si es factible, como lo es, entonces deberíamos largarnos con Goebbels o sin Goebbels, con influencias o sin ellas, Richard... ¡Larguémonos!

—Estoy a punto de vender y de sacar el dinero de Alemania, lo sabes...

—Qué voy a saber, larguémonos de aquí con dinero o sin dinero.

Es más, ahora mismo deberíamos desaparecer, así en pijamas, sólo con nuestro pasaporte; ya haremos la vida en otro lado...

Mi abuelo le obsequió a su mujer un escrupuloso silencio al volver a abordar ese asunto que le sacaba ronchas, como él decía.

—Por lo menos mándale dinero a Muschi en México. Debemos ayudarla —insistía Hedwig.

—Antes muerto, mujer: le dije que no se casara con Max y se casó... Le presté al mafioso de su exmarido una monstruosidad de dinero en contra de mi voluntad y se la robó, así, se la robó, como bien sabes.

—Pero Max es el padre de tus nietos, de Claus y de Inge, y no vive con él.

—Doy por concluido el tema. A partir de este momento tú y yo nos vamos a pelear si me sigues provocando: *Schluss!*, ¡se acabó! —contestó enfurecido como siempre cuando el nombre de Max Curt aparecía en la conversación.

A mi bisabuelo no le preocupó el profundo mutismo en que Hedwig quedó sepultada. Ella le seguiría enviando dinero a Muschi, echando mano de cuanta oportunidad se le presentara.

La guerra, una forma violenta e irascible de voracidad material elevada a la jerarquía de los gobiernos y no de las personas, continuó su marcha devastadora. Japón añoraba los territorios propiedad de sus vecinos y se anexó media Asia, Indochina y China por medio de las armas, claro está. Atacaron posesiones francesas y británicas, en lugar de aliarse con Hitler y arremeter con la fanática furia nipona a Rusia por dos frentes y repartirse posteriormente el país más grande de la Tierra. Stalin se hubiera visto atrapado entre dos fuegos. ¿No confiarían en los nazis? ¿No se acordaban los japoneses de que ya habían vencido a la Rusia de los zares en 1905? Franco, por su parte, salivaba por las colonias africanas: en sus delirios de grandeza se veía presidiendo un nuevo imperio español, al igual que Mussolini, quien en sus desvaríos imperiales soñaba con hacer de Etiopía una colonia italiana, en tanto Alemania sólo intentaba extender sus dominios desde Portugal, en el océano Atlántico, hasta Kamchatka, en el Pacífico. El fascismo se distinguía por sanguinario, totalitario, déspota y criminal, pero sumado a esas características, era finalmente venal y rapaz.

Mientras la Luftwaffe destruía Southampton, Birmingham, Liverpool y Glasgow y muchas ciudades y puertos ingleses para precipitar la rendición incondicional de Inglaterra, objetivo que Napoleón no había logrado, la Royal Air Force atacaba Colonia, además de otras poblaciones y centros estratégicos alemanes, con más de mil aviones que sorprendieron a Hitler, el Atila del siglo XX, el nuevo «Azote de Dios», quien juró dejar caer mil toneladas de bombas sobre el archipiélago inglés por cada tonelada que arrojaran los británicos. ¿Pensaba acaso que el Reino Unido se iba a quedar cruzado de brazos después de que Alemania atacó Polonia, Holanda, Bélgica y Francia? ¿Sólo él tenía derecho a bombardear, a matar y a destruir lo destruible? Europa se convirtió en un campo de batalla, la pavorosa humareda oscureció el continente entero. La Gran Bretaña recibió un feroz castigo, los nazis habían decidido hacerla desaparecer de la faz de la Tierra estallando toda la pólvora que la industria alemana pudiera producir, sí, pero los ingleses no se resignaron a la derrota, estimulados por un Churchill que inyectaba ánimo y vigor. Era el hombre ideal para enfrentar y resistir la furia de los bárbaros.

De pronto Hitler, sin haber logrado derrotar a Inglaterra, cometió uno de los más graves errores militares al ignorar el pacto Ribbentrop-Molotov, suscrito apenas dos años atrás y decidió atacar a la Unión de Repúblicas Socialistas Soviéticas en junio de 1941. Estaba convencido de que Alemania podría disfrutar en breve de la abundancia de trigo, carbón, hierro, madera y todas las riquezas inimaginables de Ucrania. Aunque claro, cuando colonizara Ucrania se abstendría de alfabetizar a los rusos, unos más ignorantes que otros. Mientras más conscientes fueran de sus carencias a través del conocimiento, más posibilidades tendrían de protestar y después de iniciar una revolución. Mandaría a doscientos cincuenta mil soldados alemanes y agricultores acompañados de sus mujeres para «arianizar» los Urales utilizando la mano de obra local en una primera instancia, en tanto se impondrían severos controles demográficos para impedir en lo sucesivo la reproducción indeseable y catastrófica de más campesinos inútiles, privilegiando la multiplicación de la recién llegada población germana. «La cuenca del Volga sería en el futuro, el granero de Europa administrado por nosotros, los futuros amos del mundo...» Imposible ignorar el ejemplo de la conquista de la India a cargo de los ingleses, quienes con los mismos doscientos cincuenta mil hombres, de los cuales cincuenta mil eran militares, gobernaban y controlaban a cuatrocientos millones de indios. En este orden de ideas, ¿los alemanes no podrían controlar a ciento setenta millones de rusos que soñaban con tener un pan con mantequilla aunque fuera de vez en cuando...? «El espacio ruso es nuestra India, espacio que debe ser dominado por alemanes que debemos crecer a razón de un millón de nazis al año para irnos filtrando por Eurasia.» La hegemonía alemana en el mundo entero dependía de la posesión del espacio ruso. «Berlín en el corto plazo no será el centro de Europa, sino la capital del mundo.»

Hitler decidió la invasión en contra del consejo de su alto mando, que le sugería aliarse con estonios, lituanos, finlandeses y millones de rusos resentidos en contra de Stalin, un carnicero. El Führer ignoró las enseñanzas del káiser Guillermo II, a quien, por cierto, despreciaba por imbécil, cuando éste le facilitó a Lenin el acceso a Moscú desde Suiza, para que hiciera estallar la revolución de octubre que obligaría a Rusia a abandonar la Gran Guerra. En aquellos años de 1917, la frontera alemana, a sabiendas de que quien venciera a Inglaterra ganaría la guerra, se extendió prácticamente hasta Moscú. ¿Por qué Hitler, el supuesto gran estratega que jamás pasó por una escuela militar, no escuchó a sus generales que le sugerían iniciar en forma encubierta una rebelión social en la Unión de Repúblicas Socialistas Soviéticas, otra guerra civil ciertamente justificada, en lugar de bombardear enloquecido los territorios que deseaba apropiarse y de mandar, dentro de la «Operación Barba Roja», a tres millones y medio de soldados en contra de la URSS? ¿Cuántos hombres mandó el káiser al frente para deshacerse de Rusia? Uno, ¡Vladimir Ilich Ulianov, Lenin! ¿Por qué en julio de 1941 Hitler envió a tres cuerpos de ejércitos hacia Leningrado, Moscú y Ucrania, en lugar de estructurar otra revolución doméstica, echando mano de la supuesta inteligencia alemana, de modo que los propios rusos se volvieran a matar entre ellos y facilitar, de esta suerte, su acceso al Kremlin sobre un mar de cadáveres, sin haber desperdiciado cartuchos alemanes ni empañado su imagen pública, si es que algo tenía de rescatable? Era cuestión de saber esperar, pero la palabra esperar no existía en el diccionario del Führer.

Mientras, Stalin descartaba la posibilidad de una invasión y desoía a sus informantes que le advertían la inminencia de la guerra, todavía alegaba, a pesar de la incontestable realidad, la validez del tratado suscrito con Adolfo Hitler, según él, un hombre de palabra. No tardaría en comprobar lo contrario. Cuando José Stalin supo de la brutal invasión nazi en territorio ruso, cayó en una aguda depresión al sentirse traicionado. Se encerró en su departamento del Kremlin. No aceptaría visitas de nadie. No estaba, no contestaría, iba a desaparecer sin hablar: no existiría. Precisaba rumiar a solas su desgracia y medir el tamaño del peligro que lo acosaba, más aún después de haber recibido reportes fidedignos del salvajismo nazi en Polonia. Lo que les esperaba a los rusos, sus compatriotas, no sería precisamente un día de campo. ¡Ay de él, si llegaba a caer en las manos de Hitler…! Se apartó de la vida pública por espacio de casi una semana en que no se supo de él. El golpe había sido demasiado rudo, violento, imprevisible y demoledor. Ese día el gran traidor de los suyos conoció el sentimiento de una traición. Creyó enloquecer. Nunca lo olvidaría.

Hitler estaba convencido de la incompatibilidad de la evolución y del progreso con un entorno comunista, confesaba su desprecio por los rusos, similar al que sentía por los judíos, al considerarlos seres humanos inferiores, al tiempo que subestimaba el poder del Ejército Rojo, por lo que se veía presidiendo un magno desfile de las tropas nazis exhibiendo millones de banderas decoradas con la esvástica en la Plaza Roja, antes de terminar 1941. ¿No se había apoderado en unas cuantas semanas de casi toda Europa? ¿Entonces por qué no materializar su sueño dorado consignado en *Mein Kampf* y extender las fronteras del Tercer Reich hasta el océano Pacífico para quedarse con los yacimientos petroleros rusos, imprescindibles para financiar la expansión imperialista?

Para Hitler la campaña militar soviética constituía una guerra de aniquilación a diferencia del frente occidental en contra de Francia e Inglaterra. A España ni la tomaba en cuenta. ¿Para qué? En Rusia se trataba de matar de hambre a poblaciones enteras, de devastarlas, de desocuparlas para construir una nueva Alemania poblada por superhombres descendientes de la más pura raza aria. El arma que utilizaría con insistencia y eficiencia sería la hambruna. Construiría inmensos corrales circundados con alambre de púas, electrificados y vigilados por su ejército y la SS, encerraría ahí a los prisioneros, civiles o soldados de cualquier sexo y edad y esperaría a que murieran de hambre. «¡Quemen, destruyan, maten, extingan, aniquilen lo que tenga vida y arrasen con lo existente!», gritaba desde la Cancillería. Las instrucciones provenientes de Berlín ordenaban a los infames Einsatzgruppen, grupos de acción que «peinaban» las zonas tomadas por la Wehrmacht, que ejecutaran a su paso a judíos, gitanos, bolcheviques y comisarios políticos soviéticos. Rusia, con otro nombre, se volvería a poblar, claro que sí, pero con alemanes de última generación, los mismos que construirían un imperio, el del Tercer Reich.

Para esos efectos se habían empezado a invertir cantidades ingentes en laboratorios dedicados a la investigación y desarrollo genealógico. Se trataba de llevar a cabo manipulaciones genéticas para poder inseminar artificialmente a las mujeres teutonas de modo que pudieran procrear trillizos. No había tiempo que perder... Los estudios iban muy avanzados en cuanto a lograr que las mujeres fueran embarazadas artificialmente para crear alemanes únicos, sobresalientes. De ahí que los millones de soldados rusos, prisioneros de guerra, fueran alojados en campos de concentración para matarlos de hambre, de enfermedad, o encerrados en herméticas salas de gas, la misma suerte de los judíos y de los polacos; había que extinguirlos para impedir su reproducción como si se tratara de perros callejeros. Los sacaban a jalones de sus casas y los asesinaban sin más ya fuera que se tratara de niños, mujeres, hombres o ancianos. Jamás nadie olvidaría los alcances del nazismo. Los futuros pobladores de los antiguos territorios soviéticos no podían aparecer como seres mediocres, frágiles o improductivos, por lo que las medidas radicales resultaban imprescindibles y, por cierto, según los nazis, justificadas. Imposible crear una raza superior con mezclas raciales o permitiéndole la existencia a los inútiles. El degüello masivo resultaba imperativo. Ni los tontos ni los incapaces ni los inútiles tenían derecho a vivir, ¿en qué o cómo podían aportar algo a la sociedad alemana moderna, la superior a todas las existentes, la llamada a dominar al mundo? Nada mejor para cualquier cuerpo sano que privarlo de parásitos que estorben su crecimiento...

La Segunda Guerra Mundial realmente estalló cuando los japoneses, desesperados por la ayuda encubierta proporcionada por Estados Unidos a Inglaterra en el sureste asiático, se convirtieron en una amenaza que podía arruinar el abastecimiento de petróleo nipón en las Indias Occidentales y con ello desbaratar sus planes de expansión territorial. Roosevelt era un poderoso enemigo inconfeso y beligerante en los hechos. A juicio de la Armada Imperial Japonesa, se trataba de hundir a la flota estadounidense en el Pacífico de modo que ésta no pudiera obstaculizar sus planes de apoderarse de posesiones inglesas, holandesas y francesas en el sureste asiático.

Sí, claro, claro que sí, sólo que el presidente Roosevelt deseaba entrar en la guerra por más que sus declaraciones públicas establecieran lo contrario, como cuando consignó ante la nación para que todas las familias norteamericanas no tuvieran duda de sus «auténticas» intenciones:

«Lo he dicho antes, pero voy a decirlo una y otra vez: Sus chicos no van a ser enviados a guerras ajenas.»

¿Acaso el mismo Roosevelt no le había hecho saber a Churchill en secreto, a través de las vías diplomáticas, que «ganarían la guerra juntos», que nadie se equivocara, que «apoyaría a Inglaterra por diversos medios mientras le quedara un ápice de fuerza»? Al comprender que Alemania no era el instrumento para entrar en la guerra, Roosevelt ejecutó un talentoso bloqueo de petróleo para asfixiar militarmente a Japón; decidió hundir navíos norteamericanos, *false flag*, para culpar a los japoneses de los naufragios y lavarse la cara ante la opinión pública que se oponía a participar en otro conflicto armado mundial. Roosevelt ocultó información *top secret* a su Estado Mayor cuando las unidades de inteligencia militar norteamericanas descifraron y desencriptaron los códigos de comunicación armada japonesa, por lo que el jefe de la Casa Blanca conocía, al pie de la letra, los planes nipones de ataque a Pearl Harbor. Por supuesto que le puso un señuelo al emperador Hirohito al atracar la flota del oeste en Hawái sin ninguna precaución adicional, liberando, eso sí, a sus tres portaaviones que les serían imprescindibles más tarde. Se trataba de dejar a los japoneses en la posición de disparar el primer tiro, de aislar a Hawái para que los nipones lo destruyeran y que el presidente Roosevelt pudiera aseverar al declarar la guerra al Imperio del Sol Naciente en su discurso pronunciado ante el Congreso de su país y ante su nación: «El 7 de diciembre de 1941 es una fecha que pervivirá en la infamia… Los Estados Unidos de América fueron deliberadamente y por sorpresa, atacados por fuerzas aéreas y navales del Japón…». Mientras pronunciaba «compungido» las anteriores palabras, ya había sido informado del hundimiento de dieciocho buques de guerra, incluidos los ocho acorazados, la destrucción de

188 aviones, y lo más importante, de la muerte de más de dos mil quinientos jóvenes marineros norteamericanos, que él había puesto como carnada para hacer estallar la Segunda Guerra Mundial. ¡Ay, los políticos, cuidado con los políticos...!

Cuatro días después, el 11 de diciembre de ese 1941, ¡qué año!, Hitler le declaró la guerra a Estados Unidos sin que los generales de la Wehrmacht tampoco entendieran la decisión. ¿Por qué primero la Unión Soviética y después la Unión Americana? Resultaba imposible comprender por qué el Führer se daba un tiro en el paladar. ¿Todos contra el Tercer Reich? Roosevelt suscribió el rompimiento de hostilidades también en contra de Alemania en aquellos días, con lo cual materializaba un viejo deseo, afortunado deseo que mi tío Luis aplaudió «hasta con los zapatos», como confesó en una carta a mi padre, porque finalmente se hacía un frente mundial en contra del fascismo. «Duele, Enrique, duele —sentenció— que al mundo le hayan metido un gran cohete por el culo, pero no había otro remedio, de otra suerte, estaríamos vistiendo en el corto plazo los uniformes nazis y hablando alemán, otra manera de ladrar...» Pobre de la humanidad en aquel 1941...

Hitler encontró otra alternativa para culpar a los judíos, esta vez del ingreso de Estados Unidos en la guerra, momento en el que en su fuero interno percibió, por primera vez, la posibilidad de ser derrotado. Se enfrentaba simultáneamente a las tres naciones más poderosas del mundo. Ya no tenía abierto un frente, ni dos, sino todos los frentes al mismo tiempo. Después de incitar a la población a seguirlo hasta el final, advirtiendo la presencia de tiempos muy difíciles, decide acometer con furia su viejo proyecto de extinción de los judíos. Ya no sólo era obligatorio llevar la estrella amarilla cosida en la ropa para identificarse como «Jude», omisión que era causal de fusilamiento, sino que ordenó su aniquilación inmediata, sin tardanza alguna ante la incertidumbre del sesgo que pudieran tomar las hostilidades. Sería una catástrofe que Alemania resultara derrotada, pero mucho más grave aún sería que sobreviviera a la debacle siquiera un solo judío. A partir de 1942 acabaría con los judíos de manera definitiva. Los que permanecieran en territorio alemán, en Austria, en Checoslovaquia, hombres, mujeres, niños y ancianos, pobres o ricos, científicos o maestros, se tratara de quien se tratara, serían concentrados en Polonia, junto con los judíos polacos, la deportación sería absoluta e inmediata, sin excepción alguna.

Los judíos, según Hitler, carecían del más elemental amor a la patria y eran incapaces de anidar en su interior la menor noción del agradecimiento. Habían sido los responsables de la muerte de dos millones de alemanes en la Primera Guerra Mundial y no integraban más que una red de especuladores excitados sólo por el dinero, el único móvil de su existencia, por lo que, entre otras razones, tenían que ser aniquilados. Si en Alemania sólo vivían quinientos mil judíos, de los cuales ya habían huido una buena parte, en tanto que entre Polonia y la Unión Soviética localizaron a seis millones que deberían desaparecer junto con otros tantos bolcheviques, había que apretar el paso, por lo que se tenía que aprovechar la coyuntura bélica para asesinarlos. «Nosotros no los matamos, perdieron la vida durante los bombardeos aéreos a las ciudades tomadas.» Los planes preliminares se dieron a finales de 1941, precisamente cuando estalló la Segunda Guerra Mundial y se concluyeron, en Wannsee, un distrito berlinés, en enero del año siguiente, cuando se decidió instrumentar la Solución Final, el asesinato en masa, las fábricas de la muerte, las ejecuciones industrializadas, el infierno en la Tierra como nunca se habían visto desde que el hombre era hombre. A Reinhard Heydrich se le encomendó ejecutar la Solución Final, el *Endlösung der Judenfrage*, junto con Adolf Eichman, en coordinación con las diabólicas SS. El objetivo consistía en exterminar a once millones de judíos, atraparlos por medio de redadas, reuniéndolos estratégicamente, transportándolos, repartiéndolos en los campos de exterminio para asesinarlos masiva y puntualmente.

Cualquiera que presenciara estos escenarios podría percatarse de que Lucifer no tenía imaginación. ¿El diablo? El diablo era una mierda que jamás hubiera podido concebir un infierno como Auschwitz. Los grandes jerarcas de la Gestapo aceptaron piadosamente que los fusilamientos masivos de judíos y de sus familias, a cargo de pelotones de ajusticiamiento, lastimaban el honor y la ética de los soldados asesinos, que llegaron a resistirse cuando disparaban en contra de mujeres indefensas que daban la espalda buscando proteger a sus hijos, sólo para caer muertas junto a ellos. A ciertos nazis les costaba trabajo dar todavía el tiro de gracia a los infantes, por lo que se pensó en recurrir al gas para poder matar a grandes grupos de seres humanos sin verles la cara ni tener que rematarlos a balazos, lo cual les parecía demasiado cruel... Entonces se autorizó el exterminio con gas, que desde luego eliminaría traumatismos indeseables en los verdugos. Heinrich Himmler se adjudicó el crédito por haber ayudado al equilibrio mental de los suyos, toda una hombrada...

Tan pronto como mi bisabuelo escuchó por la radio que Hitler también había declarado la guerra a Estados Unidos en un Reichstag saturado de nazis fanatizados que aplaudían y ovacionaban al Führer, enloquecidos como si acabaran de haber oído la interpretación más genial de un aria de Wagner, cerró su escritorio con llave, pidió su Mercedes Benz favorito, le ordenó al mayordomo que enfriara de inmediato una buena botella de champán Cristal, que la colocara en la cubeta de plata y casi dando saltos de alegría se desplazó, lo más rápido que pudo, hacia Grünewald para celebrar con Hedwig la gran noticia. Ahora, según él, empezaba una carrera contra el tiempo: Alemania tendría que defenderse del ataque conjunto de rusos, ingleses y norteamericanos. La Wehrmacht no tenía capacidad para enfrentarse al mundo entero y, por supuesto que no contaba con los payasos italianos, sólo buenos para vestir uniformes de gala, ni con los españoles que estaban devastados después de su Guerra Civil. Japón tampoco podría entrar al rescate porque le había dado una patada en los testículos a un gigante y ahora tendría que pagar, una a una, las consecuencias de su atrevimiento. La armada teutona no se daría abasto por sí sola. Los norteamericanos tenían para dar y repartir, lo habían demostrado hasta el cansancio en la Primera Guerra Mundial después de haber salvado a las democracias del mundo en contra de la bota imperial alemana que había quedado arrumbada, llena de mierda, en el basurero de la historia.

Cuando encontró a Hedwig al pie de la escalera la abrazó, la besó, trató de bailar un vals con ella, pero precavida, como siempre, apenas devolvía el entusiasmo poco contagioso de su marido. Lo único que la hubiera hecho reaccionar era la indicación de que arreglara sus cosas, lo que tuviera a la mano, para salir de inmediato de Alemania, pero ese argumento ya se había resignado a no escucharlo jamás. No se equivocó tampoco en esa ocasión.

—¿Por qué tanta alegría? —preguntó, dejándose escasamente conducir en el baile por mi bisabuelo.

—¿No escuchaste las noticias?

—No —repuso apática sin esbozar al menos una leve sonrisa y dejando ya casi caer los brazos.

Mi abuelo, sin inmutarse ante su actitud, agregó eufórico:

—El Führer acaba de declararle la guerra también a Estados Unidos. Los ejércitos yanquis, los rusos y los británicos acabarán por aplastar a Alemania antes de lo que nos imaginamos. Hitler tendrá que poner toda su atención en el desarrollo de estrategias militares en lugar de perseguir judíos. ¿Cuál crees que es su prioridad? —Antes de que Hedwig le contestara y se sentara en la escalera de la residencia, mi bisabuelo empezó a gritar como si hubiera perdido la razón—: ¡Nos salvamos, nos salvamos, nos salvamos! —al tiempo que levantaba los brazos para destacar su sentimiento de victoria.

—¿De qué nos salvamos, Richard? ¿No dijiste siempre que a nosotros no nos tocaría nadie? ¿Entonces de qué nos salvamos? ¿Acaso corríamos peligro y no me lo habías confesado?

—No seas pesimista, mujer —adujo sirviéndose champán en una copa de cristal de Bohemia—, es hora de festejar.

—Contesta —insistió Hedwig.

—Bueno, bien, si antes corríamos un poco de riesgo, ahora podemos declararnos completamente a salvo. Los nazis tienen algo más importante de qué ocuparse.

—Los nazis no tienen en mente otro objetivo que matar y en ese propósito estamos incluidos nosotros, ¿o crees que los judíos que vivían en Alemania, nuestros amigos, se fueron porque sí...? —exclamó mientras rechazaba la copa que le ofrecía su marido.

—¿Entonces no coincides conmigo en que nos dejarán en paz?

—Bebe tu champán, disfrútalo, Richard, porque tal vez sea el último trago que des en tu vida de tu famosa bebida milagrosa. Ya se acabó la época de las burbujas de las que tanto hablabas, ahora comeremos mierda —concluyó mientras regresaba como si cada una de sus piernas pesara varias toneladas. Mi abuelo tuvo que beber solo porque sus grandes amigos judíos ya no estaban en Alemania o habían desaparecido misteriosamente.

Un par de meses más tarde, impulsada por ese sentimiento intuitivo que sólo tienen las mujeres, le escribió una carta a Muschi.

5 de febrero de 1942

Querida Muschi, pequeña muñequita:

Tal vez ésta sea la última carta que te escriba en mi vida, mi querida niña. Tengo un negro presentimiento que me ha arrebatado el sueño desde hace mucho tiempo. Mi vida ya no es vida. Es muy angustioso poder contemplar con claridad lo que otros se niegan a ver cegados por circunstancias irrelevantes, absolutamente salvables, pero que comprometen gravemente la existencia. Nada, hija mía, vale más que la vida y, sin embargo, tu padre ha antepuesto sus intereses económicos como si existir no fuera más importante que tener... ¿Qué puede ser más relevante que la existencia? Cuando me percato de que en este mundo hay personas que anteponen el principio de tener al de ser, entonces caigo en cuenta de que el mundo está al revés, enloquecido y vamos derecho a un abismo llamado infierno.

Si te das cuenta esta guerra tiene un solo origen: la envidia. Hitler tiene envidia de los territorios rusos y polacos. Mussolini tiene envidia y desea apoderarse de Etiopía y de otras colonias en África del Norte. Stalin tiene envidia y pretende apoderarse de media Europa. Franco tiene envidia y quiere anexarse Marruecos. Los japoneses tienen envidia y pretenden quedarse con Asia completa, incluida China y la Cochinchina. Como ves, la envidia es el gran motor de nuestros tiempos y el origen de nuestros males. Cuando yo quiero lo tuyo y estoy dispuesto a quitártelo por las malas, recurriendo a la violencia, a la fuerza de las armas, a lo que sea con tal de hacerme de bienes que no son de mi propiedad, pero que me hacen salivar en mis apetitos por tener, entonces vienen los pleitos, los robos y hasta los asesinatos entre personas, familias, empresas y, obviamente, la guerra entre las naciones.

Nos estamos matando entre todos con tal de hacernos de aquello que no nos pertenece, que no es nuestro. ¿No estamos frente a una conducta propia del hombre primitivo que cuando deseaba a la mujer del otro simplemente recurría al garrote para apropiársela? Tu piel de oso debe ser mía, y o me la das, o te mato... Se trata de la desaparición del respeto, del orden legal, de cualquier principio civilizado en el que creíamos haber logrado la erradicación de la ley del más fuerte sin que el vencedor resultara ser el que pudiera dar más golpes hasta inutilizar a su contrario. ¿Dónde queda entonces la razón, la evolución del intelecto que nos distingue de los animales? El león caza para comer y mata para comer, pero el ser humano, el único animal que se aniquila en masa, mata para tener; al fin y al cabo, una vulgaridad. ¿No crees? Alemania, Italia y Japón, los grandes causantes de la actual debacle, las llamadas Potencias del

Eje, mejor dicho, las grandes potencias de la mierda, bien podrían haber sobrevivido dentro de sus fronteras, porque ninguno de los tres países estaba siendo consumido por la hambruna, la enfermedad, la ignorancia y el desempleo. La muerte no los acechaba. No necesitaban la expansión, no necesitaban invadir otras naciones, no necesitaban armarse, no necesitaban matar, tenían de sobra en sus propios países para satisfacer sus necesidades y sobrevivir cómoda y plácidamente. Si hubieras estado alguna vez en Etiopía, podrías comprobar, hoy en día, cómo ahí, efectivamente, hay hambre, hay analfabetismo, hay miseria, hay desesperación social y, sin embargo, no se matan entre ellos ni invaden a sus vecinos. Cómo tenemos que aprender de los africanos, de sus tribus nómadas, a quienes tanto se les desprecia...

¿Por qué el siglo XX ha sido el más violento, según recuerdo, en la historia moderna? Lo que acontece hoy no es de ninguna manera demoniaco porque aceptar semejante origen es tanto como disculpar a los nazis que presuntamente cometen estos atropellos bárbaros movidos por una fuerza extraña y malvada, como lo es la supuesta imaginación perversa de Lucifer. No se vale. ¿Ahora sucede que vamos a disculpar a aquellos que hacen mal porque están movidos por el diablo...? No, muñequita, esto que acontece es obra del hombre, sin tener que echar mano de fuerzas sobrenaturales para entenderlo. Hitler, los nazis y toda su pandilla son la encarnación del mal por excelencia. Nunca en la historia del crimen se ha conocido a una banda de asesinos que ostenten tanta crueldad, produzcan tanto terror y sean tan cínicos, como esta gigantesca pandilla de nazis, una auténtica vergüenza para Alemania, de la que ahora la humanidad es una víctima. Nunca nos perdonarán ni nos olvidarán. Alemania resistirá hasta la muerte, a toda costa, pero finalmente asistiremos al nuevo ocaso, a la destrucción total, al apocalipsis de Ragnarok, al «crepúsculo de los dioses», que resisten a toda costa hasta el irremediable final que no podrá ser otro más que una tragedia.

Estamos en una nueva lucha entre los héroes y los monstruos en donde los supuestos héroes, los miserables nazis, serán devorados a mordidas junto con nosotros, antes de la aniquilación total del mundo. Hitler nos ha pedido que lo sigamos a pesar de que sabe que su postura nos va a conducir al desastre total. He ahí la presencia de nuestro crepúsculo que tan bien interpretara Richard Wagner.

Aquí en Berlín, hija mía, no han comenzado los previsibles bombardeos masivos, pero existe un miedo fundado en que cuando los suframos los aliados arrojen bombas venenosas y tengamos que usar las máscaras de gas. No existen suficientes máscaras de gas: el miedo está presente y es horroroso.

Hitler ha sobrestimado su propio genio, su propio talento, cree que con fuerza de voluntad logrará todo y está completamente equivocado. También ha sobrevalorado el poder ofensivo y defensivo de la Wehrmacht y ha cometido el pecado de orgullo que los griegos llamaban *hybris*, la fanfarronería de creerse un ser sobrehumano, cuando en realidad es la encarnación del mal por excelencia.

Curiosamente, a partir del momento en que Hitler le declaró la guerra a Estados Unidos, las deportaciones masivas de judíos han sido escandalosas, te podría asegurar que ahora la purga es indiscriminada y no veo posibilidad alguna de que alguien se salve. Contra lo que sostiene tercamente tu padre, quien parece haber perdido la razón. Se habla de que solamente de Berlín han sido deportados más de cincuenta mil judíos. Las concentraciones se han llevado a cabo en la estación de trenes de Putlitzstrasse, de la que tantas veces salimos para hacer los paseos en el campo que tanto te gustaban porque ansiabas más aventura que la de viajar en el coche de tu padre y el tren era una oportunidad maravillosa. Ahora ahí reúnen a los judíos para mandarlos al este, a Polonia, para enfrentar un final trágico, según llegan cada día más rumores de una aniquilación masiva.

Hace unos días una vecina alemana me contaba que precisamente a esa estación llegó un tren proveniente de Fráncfort, un tren sin ventanas, como los que se usan para transportar alimentos o ganado o forraje u objetos industriales. Dentro de todos esos vagones en donde la gente se estaría asfixiando, se escuchaban voces de los niños que preguntaban «¿a dónde nos llevan mamá...?». Las madres contestaban envueltas en llanto con «un pórtate bien, no va pasar nada, ya verás, te lo aseguro, tu mamá te va a cuidar...».

¿Me creerías si te digo que los nazis encargados de la seguridad de la estación contestaban con «me extraña mucho que todavía no los hayan matado, malditos judíos», cuando los pasajeros solamente repetían «agua, por favor agua, agua»? Te puedo asegurar que todas esas personas que iban en los vagones y a todas las que están concentrando en la estación de Putlitzstrasse, los van a matar, ahora ya no tengo la menor duda: el exterminio prometido por Hitler ha comenzado, o al menos hasta ahora tengo la evidencia de que estamos frente a un proceso de aniquilación masivo que desconoce la mayoría de nosotros. Hitler debe estar pensando que ha de matarnos porque, de quedar uno solo de los nuestros vivo, lo mataría a él.

Tu padre se preocupa por los sótanos donde se ubican las porcelanas más preciosas, así como los óleos que representan «nobles damas y caballeros» y su mobiliario de Potsdam que evoca el estilo Luis XV. Todavía asiste al bar de Kempinsky —un poco como el bar del Ritz en Berlín— donde bebe su copa de champán o un Negroni, pero sin patatas fritas ni almendras asadas. Del Klosterstrasse, suerte de Montparnasse de las décadas de los veinte y los treinta, no queda casi nada. Los berlineses de las clases adineradas no dejan de consumir en las tiendas caviar ruso, alcohol escandinavo, jabalí de los Cárpatos, mantequilla danesa, aceitunas griegas. Se encuentran *sprat* de Noruega, jamón de las Ardenas, *foie gras* del Perigord. A los restaurantes de lujo puedes ir sin reservación; se beben cocteles, se recibe con champán a los soldados con permiso. Los trenes llegan llenos hasta desbordar con provisiones de Ucrania. El trigo es gratuito y distribuido por empleados del partido en la estación de Berlín. Todavía se conversa libremente sin temor a los espías. ¿Lo crees? Los servicios religiosos de las iglesias son seguidos cada vez más por gente de más de cincuenta años.

Es imposible saber cuántos alemanes saben a ciencia cierta lo sucedido en los campos de exterminio de Baviera. De hecho, el mundo se regocija. Los niños van a acampar a los bosques que rodean el aeropuerto de Tempelhof. Las mujeres acumulan, a bajo precio, sedas y perfumes. En ciertas calles se festeja como si fuera Navidad, hasta el anochecer. Jamás Berlín ha estado tan feliz, exaltada, confiada en la victoria final que implica, según los nazis en su demencia, apoderarnos del mundo.

Ya no quiero ni contarte lo que se dice del ghetto de Varsovia: en el cinco por ciento de la ciudad han hacinado a los judíos que se mueren de todas las enfermedades, de hambre, de sed y desesperación, lo que está ocurriendo es la peor tragedia de Alemania y yo que vomitaba sobre el káiser, que lo odiaba, que lo despreciaba, ahora me doy cuenta de que no tenía imaginación. Nadie podía siquiera suponer lo está pasando en Alemania. ¿Tú crees que mis padres o mis abuelos iban a imaginar una situación así? Este pueblo lector de Goethe, de Schiller, amante de Beethoven y de Mozart, de todas las bellas artes, amante de cualquier tipo de conocimiento y reconocido en el mundo como respetuoso de la ley de los hombres y de la naturaleza, ya enloqueció para siempre.

Te dejo, muñequita preciosa: te dejo esta vez para siempre, no creo que vuelva a escribir, pero quiero que sepas que gracias a tus hijos sentí lo que era ser madre aunque biológicamente nunca pude darle hijos a tu padre, pero me voy de este mundo con una sonrisa, la que se tiene cuando estás convencida del deber cumplido. Nada me gustaría más que estar equivocada. Como sabes, jamás dejaré a Richard solo, mi papel estuvo, está y estará a su lado en cualquier situación y condición. Cuida tus hijos como el gran tesoro que te dio la vida. Haz de ellos seres de bien, cuéntales lo que hicieron sus abuelos de esta Alemania para que nunca jamás vuelva a repetirse esta espantosa infamia que nos avergüenza. Es importante que estén informados y avergonzados para que esto jamás vuelva repetirse.

Amorosamente, Hedwig

Aquella mañana del 5 de febrero de 1942 Hedwig decidió ir a dejar la carta personalmente a la oficina de correos. Deseaba estar sola por lo que prescindió del coche y del chofer. Tal vez deseaba ver por última vez las calles de Berlín, Grünewald y la calle de Wallotstrasse, en donde había sido tan feliz. Iba vestida con su abrigo negro que contrastaba con su cabello canoso y no mostraba la odiosa estrella de David cosida al pecho, como era obligación de todos los judíos. Qué más daba... En el fondo, de acuerdo a la intuición, sus días estaban contados. De regreso a casa, una vez depositada la misiva en el buzón, pasó por el puesto de la prensa. Esta vez no adquirió periódicos ni sus revistas favoritas. No se detuvo, no compró nada. Adelantando la marcha, pasó de largo por la cafetería en donde siempre la atendían en las mesas que daban a la calle, durante el verano, y le servían chocolate con leche ardiendo con crema batida y un pastel de manzana al tiempo y sin helado de vainilla. Siguió extraviada en sus reflexiones. Tampoco se detuvo en las bancas del parque en donde alimentaba con migajas de pan a los gorriones. Una fuerza extraña la obligaba a regresar precipitadamente. Y no se equivocó: tan pronto se acercó a la calle de Wallotstrasse pudo constatar cómo su residencia estaba rodeada por una enorme cantidad de gente, en realidad, vecinos. No tardó en distinguir la presencia de muchos automóviles negros en donde aparecía la bandera de la SS, de la odiosa Gestapo. Se oían gritos, órdenes de los oficiales. Al abrirse paso precipitadamente entre el gentío, descubrió la cara de Richard totalmente ensangrentada. Por supuesto que rompió los cordones de seguridad con los que habían aislado su casa y se acercó corriendo al lado de su marido. Al abrazarlo y llenarse su abrigo de sangre, se dio cuenta de que le habían tirado los dientes.

—¿Qué le han hecho, malditos salvajes, miserables asesinos?

Fuera de sí se tiró encima del oficial para arañarlo, escupirlo, golpearlo; se vengaba de las leyes de Núremberg que le habían arrebatado su nacionalidad. Ya no era alemana, ¿qué era? Se vengaba de que los judíos no pudieran trabajar ni estudiar ni investigar, les habían quitado su patrimonio, eran unos apestados, malolientes condenados a la muerte civil.

—*Halt die Schnauze, du verfluchte jude* [31] —el oficial de la Gestapo la tomó por el pelo y la jaló hacia un vehículo negro, sin ventanas, con aspecto de ambulancia que transportara cadáveres al cementerio. De nada sirvieron las súplicas de mi bisabuelo para que la dejaran en paz, ni siquiera los intentos de encarar al policía para que la soltara.

—¡Ustedes no saben que yo soy el mejor amigo de Goebbels! Los voy a denunciar y tendrán su castigo —alegó escupiendo sangre y pedazos de dientes al tiempo que lo tomaban también del escaso cabello, como si fuera un animal salvaje, y lo conducían a empujones al mismo automóvil en donde ya habían encerrado a su mujer.

—Soy socio de Goebbels, asesinos, deténganse, ya no nos hagan más daño o se arrepentirán —dijo en el último momento de desesperación. Lo arrojaron con lujo de fuerza hacia el interior del vehículo siniestro, cerraron violentamente la puerta, pusieron dos candados, echaron a andar los motores de la comitiva y desaparecieron a toda velocidad. El mayordomo de mis bisabuelos y Rolf, el chofer, temerosos de que también pudieran ser atacados o apresados por la Gestapo, regresaron a la casa, se encerraron y contaron posteriormente lo acontecido a Muschi, mi abuela.

---

[31] Cierra el hocico, maldita judía.

Mientras tanto mi tío Luis había seguido trabajando intensamente en la resistencia francesa. Él redactaba octavillas, noche tras noche, y, después de imprimirlas, junto con otros españoles republicanos, las distribuía en plazas públicas, dejando los folletos sobre las bancas de los parques, en las iglesias a un lado de los altares, en las universidades abiertas, dejando los impresos en cualquier lugar del campus, en las butacas de los cines y de los teatros, aunque invariablemente jugándose la vida. De sobra sabían, tanto él como Adèle, y el resto de los refugiados, que si la policía secreta nazi o la de Vichy llegaban a sorprenderlos en actividades de sedición, los arrestarían y los colgarían en los parques públicos como escarmiento social.

Un día, a finales de enero de 1942, un grupo de republicanos tomó una vieja decisión de gran impacto para torcer los planes de los nazis. Mauricio Rubio, un gallego igualmente exiliado, había propuesto dinamitar un archivo secreto de la Gestapo, ubicado en Toulouse, el centro de operaciones de la policía secreta del Tercer Reich en Francia. La destrucción de documentos confidenciales sería útil para la causa porque se perderían muchas pistas de personas próximas a secuestrar para enviarlas después a los campos de exterminio en Polonia o en Austria. Estuvieron discutiendo durante un par de semanas la estrategia para provocar un incendio devastador que convirtiera todo en cenizas.

Como no hay plazo que no se cumpla, la noche del 23 de enero de 1942 los exiliados ejecutaron su plan sin permitir la presencia de mujeres: se presentaron con el rostro cubierto en el domicilio del archivo. Siguieron el diseño. Rubio decía tener perfectamente detectados los movimientos en el interior del inmueble. Sabía dónde estaban los perros, cuántos guardias había y en qué lugares se encontraban distribuidos. Cuando los pastor alemán se acercaron, les arrojaron carne con un potente somnífero. Los animales tardarían en dormirse entre tres y cinco minutos. El siguiente paso consistía en entrar por la puerta trasera en el momento preciso en que los custodios hacían el cambio de guardia y por un espacio muy breve se quedaba sin vigilancia el edificio. El propio Rubio, quien era un cerrajero experimentado, fue el primero en violar la cerca y en unos instantes pudo facilitar el acceso. Se trataba de un hombre seguro y determinado al que había que seguir. A continuación, apresuró al grupo para que ingresara al inmueble, y ser él el último en lograrlo. Hacía movimientos enérgicos con la mano para que aceleraran el paso al tiempo que se llevaba el índice a la boca para indicar la importancia de no hacer ruido alguno. Una vez adentro y luego que tras de sí Rubio había puesto un candado para evitar la retirada, se escuchó una voz de ultratumba, al tiempo que se prendían unos gigantescos reflectores y aparecían ciento cincuenta agentes uniformados de la Gestapo de la SS que apuntaban a la cabeza de los exiliados:

—He cumplido con mi palabra —exclamó Rubio satisfecho, desenfundando la Luger y apuntando al pecho de mi tío Luis.

De inmediato giraron y clavaron la mirada en Rubio al saberse traicionados.

—Aquí os traigo estos pillos, son vuestros. Le haríais un gran servicio a España si los mandarais allá, pero esa decisión os corresponde a vosotros —expresó en español sin que se sorprendiera el enviado a cargo del piquete de agentes nazis que también lo dominaba.

—¡Hijo de la gran puta! —gritó furioso mi tío Luis—, te creíamos un patriota, un hombre que estaba dispuesto a luchar por la libertad y por la democracia, un hermano nuestro, compañero de la causa, pero eres una mierda.

—Soy un gran patriota, Luis, por eso mismo os estoy entregando a la justicia española —repuso mientras desarmaban a los republicanos—. Aquí no hay más patria que la que conduce Franco, el gran Caudillo de España por la gracia de Dios, quien lo ha puesto a dirigir los destinos del país. Claro que soy patriota, ahora mismo lo estoy demostrando. Las ratas asquerosas que queríais destruir lo que habían construido generaciones de españoles sois vosotros, que sólo merecéis lo peor. Espero de corazón que os maten o que os manden a las cámaras de gas, miserables...

Cuando mi tío Luis se abalanzó sobre el tal Rubio, fue detenido por los agentes de la SS tras recibir un sonoro golpe la cabeza que lo dejó sin sentido.

Mientras más maldiciones e insultos decía el grupo de republicanos en su impotencia, más reía Rubio a carcajadas por haberlos burlado. Es tan fácil engañar a terceros cuando éstos creen ciegamente en el estafador o asesino.

Los prisioneros fueron conducidos al cuartel general de la Gestapo, en Toulouse. Los encerraron en una mazmorra hedionda en la que ni siquiera existía un escusado. El hedor era insoportable. Uno a uno fueron introducidos en la cárcel los miembros de la resistencia española acompañados de un par de franceses enemigos del Régimen de Vichy. Mi tío Luis tenía una herida en la cabeza, pero había dejado de sangrar, aun cuando la jaqueca no lo dejaba en paz. Aquella noche creyó haber conocido el infierno en esa celda, sin embargo, no tardaría en confirmar su falta de imaginación. A la mañana siguiente, después de haber dormido de pie y vomitado durante toda la noche, los presos fueron conducidos a empujones a un camión de redilas que los llevaría a la estación de trenes. Todos temían ser conducidos al campo de concentración de Mauthausen, de donde sin duda alguna saldrían muertos. Miles y miles de españoles habían perdido la vida en ese lugar; se sabía, era un secreto a voces. Al llegar a su destino los hicieron descender y pasar por un camino flanqueado por perros furiosos que exhibían los dientes y parecían dispuestos a atacar en cualquier momento. Sus amos, uniformados como agentes de la SS, los detenían sujetándolos con cadenas en tanto lanzaban diversos improperios a los detenidos. Se trataba de un mecanismo perfectamente calculado para intimidar a cualquiera. Las órdenes estentóreas dictadas por los soldados, la gran cantidad de animales dispuestos al ataque, los insultos, los uniformes siniestros de los carniceros, sus miradas negras saturadas de odio y apetito de venganza, la presencia de distintas armas en manos de aquellos salvajes, los silbatos de los trenes que parecían llamar con urgencia a los prisioneros para que fueran abordados sin tardanza, el frío helado de aquella mañana de enero, ese conjunto macabro les anunciaba encontrarse en la antesala de la muerte, en realidad el camino moderno al patíbulo.

Una de las grandes esperanzas para sobrevivir de mi tío Luis consistía, como siempre, en su gran fortaleza física. Sabía que muy pronto sería sometido a la ley del más fuerte. Los débiles o los enfermos, triste concepto darwinista, tendrían muchas menos posibilidades para salir adelante en esta espantosa coyuntura. Mientras era conducido a gritos, empujones asestados con la punta de los rifles de los nazis, insultos, ladridos y gruñidos amenazadores de los perros, Luis no dejaba de pensar en Adèle. ¿Cómo informarle, cómo tranquilizarla, cómo explicarle, cómo avisarle y para qué avisarle? Ambos sabían y de hecho lo habían conversado repetidamente durante las noches interminables que pasaban juntos abrazados en la cama, que un buen día podría faltar cualquiera de los dos a la cita en el lecho o a la cena humilde con un par de embutidos, un pan duro, una botella de vino sin etiqueta, si acaso tapada con un viejo corcho. Ni pensar en los vinos que degustaban en el *petit château alsacienne*, esos ya pertenecían a la historia.

Adèle sabía que si Luis no había regresado a su lado era porque lo habían matado o arrestado, no cabía ninguna otra posibilidad. De eso estaba absolutamente segura. Por supuesto que la francesita apasionada, ese milagro de mujer, esa aparición, según decía mi tío Luis, no perdió tiempo en buscar una explicación relativa a la ausencia de su amante. En los bares de Toulouse y en los prostíbulos se conocían todas las historias, se divulgaban diversos chismes y rumores de la región. No existía mejor medio de comunicación de lo acontecido en la guerra y en la resistencia que los comentarios que se filtraban en las cantinas y en los centros de vicio. Adèle hizo correr la voz entre los españoles y los franceses empeñados en la instauración de la Francia Libre para descubrir el paradero de Luis o, al menos, algo de lo acontecido. Muy pronto se supo que había desaparecido un grupo de republicanos, muy capaz, dirigido por Mauricio Rubio y que no se había vuelto a saber nada de ellos, con excepción del tal Rubio, el único que en la misma noche había logrado salir airoso y a partir de entonces había guardado un silencio escrupuloso. Raro, ¿no...?

La libertad de Rubio le parecía muy sospechosa y mucho más sospechoso aún que Rubio no explicara nada de lo acontecido como hubiera sido su obligación. ¿No era elemental que si una misión fracasaba, y habían desaparecido sus integrantes menos uno, ese uno tenía que haber llegado a contarle a los demás colegas, compañeros de fatigas, lo acontecido y no guardar silencio, un silencio inexplicable? ¿Desaparecieron, así porque sí, ocho de los más conspicuos miembros de la resistencia en una misión frustrada y el líder de la misión no rindió cuentas de lo sucedido? Fue entonces cuando Adèle decidió emplear sus mejores armas de mujer, a ver quién podía con ella... Sí que Rubio tenía mucho que decir y ella vería la manera de que lo dijera. ¿No había rendido en su oportunidad un reporte de los hechos? Pues ella haría que lo rindiera, pero claro que lo rendiría, sí señor...

De sobra sabía Adèle que el tal Rubio se reunía con sus colegas republicanos en un pequeño bar, La Caricatura, en la avenida de Luis Pasteur. Ahí se comentaban los hechos del día, se tramaban planes, se analizaban posibilidades, se intercambiaba información, se medían los avances de la resistencia, se sabía del papel que desempeñaba el general De Gaulle en Inglaterra y se animaba a quienes permanecían en territorio francés luchando por la libertad. Como Rubio conocía el romance entre Adèle y mi tío Luis, ella estaba obligada a tomar las debidas precauciones para que aquél adquiriera confianza y se decidiera a abordarla. Si Rubio era un traidor no tendría por qué respetar nada, tampoco a la mujer de un colega. ¿Qué más daba?

Noche tras noche Adèle se presentó en La Caricatura. Se sentó en una mesa apartada y sola en espera de Rubio, quien, se decía, iba a beber a diario por lo menos media botella de *brandy*. Ahí dio con él no sin sentir un terrible presentimiento. ¿De dónde sacaría el dinero un exiliado español muerto de hambre, como todos, para llevar ese nivel de vida?, se preguntó Adèle, cuestionamiento que se tenían que haber hecho desde un principio. Ella lo miraba de reojo al tomar una copa o salir al baño o a la barra a pedir aceitunas. Mientras más lo veía, un estremecimiento más intenso le recorría el cuerpo. La intuición femenina es infalible.

Tres días después, cerca de la medianoche, Adèle se hizo presente en la mesa de Rubio, hasta donde llegó tambaleándose como si estuviera borracha; era el momento propicio para abusar de ella. ¿Cuándo se ha visto a un traidor que no opere con ventaja y alevosía? Ella, en apariencia, apenas y podía hablar. Echaba mano de sus mejores capacidades histriónicas.

—Ya no hay hombres verdaderos en este mundo —le dijo a Rubio atropellando las palabras. Era difícil comprenderla. Estaba vestida de negro y cubiertos los hombros, los brazos y el pecho con un chal del mismo color.

—Pues es que no has buscado bien, hija mía, pero créeme que hay; por ejemplo aquí tienes uno entre mil —adujo Rubio en plan abiertamente seductor, pero permaneciendo sentado como si ella fuera una cabaretera. Adèle se presentaba confiada porque había confirmado que él sí había bebido en exceso, según pudo comprobar observándolo a la distancia.

—Pues si de verdad fueras un hombre, un caballero español de esos que dicen que todavía existen, te hubieras levantado ante la presencia de una dama y además le habrías ofrecido una copa...

No tardó Rubio en acatar los deseos de Adèle: puesto de pie le acercó una silla y pidió una botella de *brandy* para brindar con ella.

—¿No me preguntas qué quiero beber? ¿A eso llamas tú cortesía? ¿Estás acostumbrado a imponer tu ley? —disparó Adèle a quemarropa. Ella, como siempre, conduciría la relación.

—Disculpa, amiga, ¿qué quieres beber?

—*Brandy*...

—Joder con la tía...

Acostumbrada a beber vino y en exceso con sus tíos en el *petit château alsacienne* y con la inmensa ventaja que le llevaba a Rubio, muy pronto aquél empezó balbucear y más balbuceó cuando Adèle se quitó el chal luciendo sus espléndidas formas de mujer. Su escote amplísimo reveló la presencia de aquellos senos que materialmente enloquecían a mi querido tío Luis. Eran su auténtica debilidad. La mirada de Rubio no dejaba lugar a dudas. En su borrachera expresaba claramente su deseo de acariciarla sin dejar de mirarla. Salivaba...

—Bendito sea aquel que se deshizo de esos comunistas miserables disfrazados de republicanos españoles, que afortunadamente desaparecieron, hijos de la gran puta, sobre todo el malvado de Luis Yáñez, un traidor, un mamarracho que me engañaba con otra mujer, con quien ya tenía un hijo. Algún día la va a pagar ese cabrón aunque yo ya no se lo pueda cobrar, para mi desgracia —exclamó Adèle, para luego dar un largo trago de *brandy* y disfrazar sus emociones, sin ver a la cara a su interlocutor.

—Pero si yo siempre creí que eras su mujer —contestó Rubio, sin dejar de contemplar los pechos rebosantes de Adèle, sí que eran un manjar de los dioses, con el que los hombres, los humildes mortales perdían el juicio.

—Yo también creía, sí, que yo era su mujer, lo que no sabía es que él tenía otra u otras y críos por toda Francia y a saber cuántos en España. Yáñez es un descastado...

—Pues vaya que era un caradura tu novio...

—Hace tiempo que dejó de ser mi novio ese mamarracho que un día habrá de pagarlas todas juntas.

—Bueno, bueno, entonces acércate para ver si yo puedo tomar su lugar, porque aquí tienes hombre para rato.

Adèle tuvo que permitir entonces que Rubio la tocara y metiera las manos debajo de su escote y se agasajara con ella, mientras empezaba a besarla con un aliento pestilente.

Entre beso y beso, entre arrumaco y arrumaco, entre caricia y caricia, dejó que la pasión de Rubio subiera de tono y él se avorazara metiéndole la mano bajo las faldas. Bufaba el monstruo, momento que ella aprovechó dejándole hacer, para decirle al oído:

—Nada me gustaría más que saber dónde está Yáñez para ir a sacarle los ojos con mis dedos...

—No te preocupes de eso, hija mía, que al tal Yáñez ya se los sacarán otros por ti; pero ven, ven, déjame lamerte —agregó Mauricio Rubio acariciando los muslos de Adèle.

—¡Qué alegría me das!, ¿cómo?, ¿quién?, si ya no existe la justicia.

—Sí la hay, primor, ven —agregó tocando los calzones de Adèle—. En este momento en que tú y yo nos besamos —agregó Rubio tropezándose con las palabras—, Yáñez ya estará llegando a Auschwitz, a donde deben llegar los diablos de nuestros días, en especial los malvados comunistas que amenazaban con destruir España. Mañana ya será ceniza y no podrá lastimar a nadie más, de modo que tranquila, hija mía —concluyó enervándose con la cabellera de Adèle.

—¿Lo sabes de seguro? ¿Te puedo creer...?

En aquel momento Rubio, perdido en el alcohol, no supo que de esa respuesta pendía su propia existencia. Para tratar de ganar sus favores, todavía agregó:

—Joder, niña, que si lo sabré, si yo mismo fui quien lo entregó, y por eso sé que ya estará rindiendo cuentas —aseveró sonriente y absolutamente ebrio, mientras con su lengua babosa trataba de lamer los labios de ella.

Adèle sintió como si un cuchillo le cortara la garganta y la degollara. Se apartó discretamente fingiendo un estornudo o una tos repentina, ocasión que aprovechó para tomar un trago del vasito de *brandy*. A continuación giró para supuestamente tratar de sacar un pañuelo de su bolsa, de donde extrajo, en su lugar, un revólver y antes de que Rubio pudiera responder o defenderse, imposible resistirse en ese grado de embriaguez, le disparó un tiro tras otro en plena cara sin cerrar los ojos hasta vaciar la cartuchera, así, a la vista del público, que salió aterrado del lugar en tanto que otros se tiraban al piso, desesperados, sin encontrar explicación alguna. Una vez caído el traidor en medio de un charco de sangre, antes de que pudiera llegar la policía, Adèle salió caminando del bar, envolviéndose en su chal y guardando tranquilamente la pistola en su bolsa como guardaría un monedero al abandonar un mercado después de comprar las ostras de Bretaña que tanto disfrutaban como pareja. Esa era Adèle, una mujer por la que bien se podía dar la vida.

El pánico, el terror cerval, la intimidación, la violencia hicieron que mi tío Luis no resintiera los golpes que le daban en la espalda. No distinguía si los impactos que recibía eran propinados con la cacha de un rifle, con cualquier objeto o con el puño cerrado. En esa terrible coyuntura sólo deseaba cumplir al pie de la letra las instrucciones sin tener tiempo todavía para sentir dolor alguno en el cuerpo o en el alma. Devolver las agresiones le hubiera costado la vida y como él bien decía, haría su mejor esfuerzo por subsistir. Lo más fácil era atacar a cualquiera de los uniformados de negro de la SS. Pero hacerse respetar y rescatar el honor perdido era tanto como recibir un tiro a quemarropa en la nuca.

A empujones, a patadas, con los insultos más procaces, lo hicieron entrar en el vagón del ferrocarril en donde si acaso, muy apretadas, hubieran cabido cuarenta personas y contadas, con la lista en la mano, ya llevaban más de setenta y cinco. Era un pavoroso hacinamiento. Nunca entendió cómo fue posible cerrar la puerta ante los gritos de angustia y de sofocación de los miserables pasajeros. Al colocar por fuera un cerrojo y un candado se cumplió el primer capítulo de ese espantoso viaje a la nada. La oscuridad que reinaba en el interior del vagón, la falta de aire, el espacio asfixiante, aunado a los gritos de angustia de las madres que viajaban con sus niños y que exigían un cuidado y precauciones para los menores que en ningún caso se les podía conceder, más la incertidumbre en relación a su destino inmediato, hicieron que comenzará una pesadilla de proporciones inimaginables. Entre los pasajeros se empujaban sin que siquiera pudieran levantar los brazos para quitarse alguna comezón del rostro o de la cabeza. Los enfermos de claustrofobia hicieron de aquel viaje un auténtico manicomio. Todos esperaban que en cualquier momento se echara andar el tren para salir de aquel hacinamiento y volver a respirar, sin embargo la inmovilidad era total. Los nazis estarían cargando vagón tras vagón con pasajeros que se dirigirían al infierno. Pasaron una hora y dos en la inmovilidad total. El sadismo nazi era ilimitado. Cuando empezó a anochecer sin que arrancara el convoy, las pasiones parecían desbocarse entre los gritos de los niños hambrientos, los de sus padres incapaces de controlarlos, cansados ya de pedir calma y de apelar a su paciencia, sin olvidar el clamor de los demás adultos que desesperados exigían su liberación y un poco de agua, agua, agua, aire, aire, aire...

Cuando arrancó el convoy se produjo un pasmoso silencio, ahora comenzaba realmente el viaje hacia lo desconocido. En algo había mejorado la situación. Una mujer que se encontraba al lado de mi tío Luis y que momentos antes lanzara auténticos chillidos agónicos y suplicaba aire y libertad, de repente quedó sepultada en un profundo mutismo. Ya no clamaba ni se agitaba en ese reducido espacio, en el que era imposible desplomarse porque la presión ejercida entre los cuerpos de los pasajeros lo impedía. Parecía haberse resignado a su suerte. Resultaba imposible ver su rostro en medio de la oscuridad de la noche y más aún girar para ver si seguía con vida o había perdido el sentido. No existía la menor posibilidad de auxiliarla.

Cuando el tren comenzó a rodar y sólo se escuchaban el traqueteo de sus ruedas entre una vía y la otra, de repente surgió la voz de un rabino en ese reducido vehículo que sin duda conducía al averno. Ningún momento mejor que ese para recibir unas palabras de aliento y consuelo. Recordó cuando «Moisés hizo un pacto con Dios y sentenció que el pueblo obedecería su ley porque entre los pueblos, nosotros los judíos seríamos el suyo, sus elegidos». Nadie hablaba.

—¿Por qué nos castiga así, en lugar de hacerlo con Hitler? ¿Qué crimen que hayamos cometido puede justificar un castigo como éste? ¿Qué castigo merece un niño? —se preguntaba el rabino sin poder respirar. Jadeaba—. Hablemos de purificación en lugar de castigo. El mal en este momento se puede convertir en un bien, todo está diseñado para mejorar. Imaginen ustedes que Dios es un cirujano y tiene que cortar una pierna o un brazo con gangrena para curar el resto del cuerpo. Es un acto violento, es un acto doloroso, ¿qué tal que estamos viviendo un momento como ése, un auténtico acto de amor por Dios?

La asfixia era insoportable, sin embargo, nadie se quejaba en ese momento.

—La primera purificación fue el diluvio —continuó hablando mientras su voz retumbaba en la oscuridad—. La segunda fue la destrucción del templo por Nabucodonosor. Fuimos llevados al exilio en Babilonia. Éramos una nación sin un país. Al no tener tierra, fuimos hacia el mundo, y tomamos el conocimiento de la Torá y del único Dios todopoderoso hacia campo abierto. Si nos hubiéramos quedado como estábamos, ¿habríamos logrado tanto? Seríamos una tribu en el desierto, nada más. Fue doloroso, pero también hermoso. ¿Y si estuviéramos pasando por otro evento catastrófico? ¿Y si aquellos que sobrevivieran fueran el santo remanente y viviéramos una época de sabiduría, comprensión y conocimiento? ¿Qué tal si algo bueno resultara de esto? —se preguntó en un tono sombrío—. ¿El sufrimiento es obra de Dios? ¿Es verdad? En otras palabras, ¿Hitler y Himmler son obreros de Dios? ¿Es cierto? —nadie contestaba ni articulaba una palabra.

»Es desagradable, pero es posible —repuso el rabino sin detenerse—. Cuando Nabucodonosor invadió Israel y saqueó el templo y llevó al pueblo al exilio en Babilonia, Dios lo llamó: "Mi siervo, Nabucodonosor". Él era el bisturí y Dios era el cirujano. Podemos odiar el bisturí, pero amamos al cirujano.

Sólo se escuchaba el traqueteo de las ruedas de acero del tren al hacer contacto con las uniones de las vías. El rabino agregó, ante la sorpresa de los pasajeros, como poseído de un miedo repentino:

—El Señor, nuestro Dios, no es bueno. Él no es bueno. Nunca fue bueno. Nunca estuvo de nuestro lado. Dios no es bueno. Al principio, cuando se arrepintió de haber creado seres humanos e inundó la Tierra, ¿por qué lo hizo? ¿Qué habían hecho para merecer ser aniquilados? ¿Qué pudieron haber hecho para merecer tal masacre? Dios no es bueno. Cuando le pidió a Abraham que sacrificara a su propio hijo, Abraham debió haber dicho que no. Debimos de haberle enseñado a nuestro Dios sobre la justicia que existía en nuestros corazones. Él no es bueno, simplemente ha sido fuerte, pero no ha estado de nuestro lado.

La autoridad espiritual del rabino confundía a los judíos.

—Nosotros sí hemos creído en Él, por eso el nombre de Israel significa «El que ha batallado por Dios», pero él nos ha traicionado. ¿De qué nos ha servido en cuatro mil años usar sombreros y trenzas, sin rasurarnos el pelo, ni las patillas, ni la barba, si Dios no nos escucha…? Cuando nos trajeron aquí me abofeteó, hasta cansarse, un guardia nazi que tenía grabado *Gott ist mit uns*[32] en una hebilla gruesa del cinturón. Tal vez lo está. ¿Hay alguna otra explicación? ¿Qué veremos aquí, al bajarnos? Su poder, Su majestad, Su fuerza. Todas estas cosas, sólo que en contra de nosotros. Él sigue siendo Dios, pero no nuestro Dios. Se convirtió en nuestro enemigo. Eso le

[32] Dios está con nosotros.

sucedió al pacto. Ha hecho un nuevo pacto con otro pueblo. Por ello —concluyó en forma contundente—, Dios es culpable. Ya estamos viviendo la suerte del supuesto «pueblo elegido por Dios...».

Qué pueblo elegido por Dios ni qué mierdas, pensó mi tío Luis. Los alemanes son unos asesinos y estos judíos, unos desgraciados, son gente común y corriente, víctimas, como los españoles, de la demencia nazi. ¿Por qué tratar de desentrañar los designios de la divinidad? Quien lo intente también debe ser declarado loco, al final de cuentas sólo es otra forma de demencia.

El tren se detuvo en varias ocasiones, tal vez en París, más tarde en una estación intermedia antes de la frontera con Alemania, otra vez quizá en Fráncfort, más tarde en Berlín y en otras estaciones polacas hasta que finalmente llegó, después de casi cuatro días, a un lugar llamado Auschwitz. En ninguna de estas localidades se abrió la puerta para darles agua, ni siquiera una cubeta con nieve. El hedor en el vagón era insoportable porque cada quien vomitaba por el asco o defecaba u orinaba en el lugar en que se encontraba ya sin ningún pudor ni contención. El ambiente era irrespirable al igual que incontenibles la sed y el hambre. Los gritos, las maldiciones y los momentos de desesperación se daban por ciclos cada vez menores.

De pronto, después de haber estado detenidos durante una hora más, alguien abrió el candado y corrió el cerrojo. Fue posible volver a ver la luz y respirar aire limpio. El día no podía ser más claro. Jamás se había visto tan resplandeciente el azul infinito del cielo. Se escuchaba el sonido de una sirena como si anunciara un incendio pavoroso. Se distinguía un letrero a la distancia: *Arbeit Macht Frei*,[33] que animaba a muchos de los recién llegados a comportarse dentro de las reglas y trabajar lo mejor posible para ser liberados por buena conducta...

El viento traía un olor ácido casi irrespirable mientras una enorme línea de chimeneas arrojaban un humo negro, denso. Al descender por la plataforma y girar en dirección del vagón, se observaban muchos cuerpos inmóviles de adultos y niños tirados sobre el suelo asqueroso y pestilente, que probablemente habían muerto de sed, hambre, asfixia o de ataques de nervios, durante el trayecto. Sus deudos los lloraban desesperados en medio de las heces fecales. La escena no podía ser más patética. Sólo que bastaba con ver a los pe-

[33] El trabajo nos hace libres.

rros alemanes ladrando y mostrando una pavorosa dentadura para darse cuenta de que no había tiempo para lamentos. Cualquiera de esos animales salvajes podría dar cuenta de un hombre adulto en cuestión de minutos, ya ni hablemos de un chiquillo o de un anciano indefenso. Tampoco dejaban de intimidar esos gruñidos lanzados en alemán y pronunciados por esos seres despreciables llamados nazis, armados con poderosas ametralladoras como si alguno de los que estaban ahí tuvieran siquiera una navaja o una piedra para defenderse. No tardaron en producirse las órdenes, el rigor propio de los alemanes para que se formara una línea de hombres, otra de mujeres y otra de niños, que se sujetaban férreamente a las faldas de sus madres. Los agentes de la SS, por el momento, no se opusieron a que permanecieran juntos. La muchedumbre nauseabunda se encaminó entonces hacia unas barracas en donde cada uno recibiría una calificación. Habían dejado su maleta sobre el andén, al pie del vagón en el que habían llegado. Sus pertenencias les serían «devueltas» después de tomar un baño y una taza de café. ¿Cuál maleta? Mi tío Luis, como siempre, sólo era propietario de lo que llevaba puesto.

La larga línea de los viajeros se acercaba hacia un par de escritorios en donde estaban sentados dos nazis que decidían la suerte de cada uno de los visitantes. Con un simple giro de la cabeza se les ubicaba de lado izquierdo o derecho. Era el principio del fin. Unos seguirían a las fábricas de armas o de uniformes, entre otros artículos militares, otros a trabajos forzados los demás, los inútiles o indeseables, como los niños, los inválidos, los ancianos, los gitanos y muchos homosexuales, a las cámaras de gas dos o tres horas después de haber llegado.

Sin que mi tío Luis entendiera lo que acontecía, uno de los agentes de la Gestapo le dijo que se ubicara al lado izquierdo de su escritorio junto con otros hombres que fueron conducidos a empujones a una barraca, en donde, uno a uno, se les afeitó la cabeza, el bigote o la barba con navajas muy mal afiladas y sin detenerse ante consideración alguna por si en el proceso inferían alguna herida en la cabeza o en la cara. Unos judíos barrían el pelo tirado sobre el piso y lo guardaban en unas bolsas que se llevaban misteriosamente. ¿Qué irían a hacer con tanto cabello? A continuación se les ordenó que se desvistieran y que se pusieran unos pijamas rayados con una gorra de los mismos colores y diseño, así como unas chanclas abiertas que, sin duda alguna, implicaban un enorme grado de dificultad para caminar. A saber a quién había pertenecido esa asquerosa indumentaria que apestaba a sudor, a miedo y a muerte.

¿A quién iban a vestir de esa manera para matarlo?, se preguntó mi tío Luis. Esa parte de la rutina nazi la entendió como una invitación a la vida, más aún cuando le cosieron el número en la ropa para ser distinguido como español, con lo cual también quedaba separado entre los vivos... Por lo pronto no lo matarían, estaba claro, clarísimo. Acto seguido, en un cuartucho inmundo aparte, mi tío tuvo que sentarse en una silla y extender su brazo para que fuera tatuado en la cara externa. Le grabaron para siempre el número 169425. Si bien los piquetes no le produjeron mayor dolor, el daño profundo y traumático se quedó fijo en su alma. ¿Se quedaría entonces encerrado para siempre en ese muladar en donde se asesinaba a los seres humanos en masa? ¿Eso significaba el tatuaje? Recordó que en el oeste de Estados Unidos grababan con fierros calientes a los animales para que nunca se olvidara quién era su propietario. ¿Él era una res, un animal?

Ahora ya carecía tanto de nombre y apellido como de nacionalidad: se trataba simplemente de un número. Ya sólo era dueño de sus ideas, no le pertenecía nada, por lo que creyó haber tocado fondo. La humillación parecía no tener limite al igual que la afrenta en contra del honor de las personas. ¿Acaso los nazis se iban a preocupar para conocer el daño inferido en el honor de los presos? Ya nadie era nada, todos se encontraban en la escala más ínfima de la humanidad. Para concluir, el mismo grupo de hombres fue conducido, flanqueado por los propios agentes nazis, a una barraca en la que cabían unas trescientas personas, sin embargo, quienes se encontraban ahí bien podrían haber superado el número de cuatro mil presos, un hacinamiento parecido al del vagón que los había conducido hasta Auschwitz. En una cama estrecha tendrían que dormir al menos tres personas en literas de cuatro pisos de altura, contando tan sólo con una pequeña manta para cubrirse. En su camino hacia lo que sería su alojamiento pudo ver, aterrado, por la puerta abierta de una bodega, la existencia de cerros de zapatos, cerros de maletas, cerros de lentes y de pelo de mujer, así como diferentes tipos de juguetes de niños, como muñecas y carritos arrumbados en macabro desorden. ¡Claro que habían asesinado a sus dueños!

Dormir en el piso constituía toda una temeridad, porque muy fácilmente se podría contraer una pulmonía, de ahí que mi tío tuviera que arreglárselas para encontrar un espacio en la cama después de hacerse imponer con su físico atlético, que tanto impresionaba a Adèle. Nadie deseaba un enfrentamiento con él. A la hora de la cena tuvieron que formar una larga cola para hacerse de un cacharro abollado, sin asas, en donde les servirían un caldo asqueroso preparado con nabos y algunas zanahorias y tal vez pedazos de carne que despedía un olor fétido. Cualquiera podría morir de hambre, de diarrea, de neumonía o de otra enfermedad, porque bastaba con asistir a la enfermería para darse cuenta de que sólo les interesaba precipitar la muerte de los enfermos, salvo que fueran muy fuertes para el trabajo.

Mi tío Luis decidió no morir, decidió no entregarse, decidió no dejarse vencer. Nunca se rendiría, eso jamás. Ni siquiera cuando visitó por primera vez los así llamados baños, en realidad unas asquerosas letrinas en donde nadie podía entrar sin contener el aliento y hacían sus necesidades cuatro mil personas en medio de hedores mefíticos. No se dejaría vencer. Sacaría fuerzas de la flaqueza, se cuidaría de no caer en contagio alguno, trataría de tener muy escasa comunicación con otros presos para no contaminarse con sus penas y sus dolores y tener que cargarlos encima de los suyos. Se convertiría en un ser huraño, poco comunicativo y apartado. Con sus penas tenía suficiente. ¿Para qué oír las demás? Mientras respirara estaría vivo, mientras comiera estaría vivo, mientras no se enfermara estaría vivo, mientras se aseara con lo que tuviera a su alcance estaría vivo, mientras no decayera el ánimo, mientras pensara en Adèle, mientras soñara con tener hijos con aquella mujer, mientras tuviera esperanza en el futuro, mientras lo siguiera alimentando la idea de la venganza en contra de los fascistas, mientras tuviera fantasías e ideales, estaría vivo y podría contar lo acontecido, una formidable fuerza que reportaba una gran entereza: contar lo acontecido.

Los grandes retos están hechos para los grandes hombres, pensó mi tío Luis a la mañana siguiente, cuando en la madrugada los agentes de la SS despertaban con golpes de macana, gritos, ladridos de perros hambrientos pronunciados en alemán, rugidos e insultos a los presos. De inmediato tenían que formarse con el pijama a rayas afuera, en el patio, sin importar que las temperaturas fueran inferiores a los doce grados bajo cero. Los pies se congelaban en esas chanclas diseñadas para producir mucho más frío en el cuerpo, además de las orejas y la nariz, se trataba de un frío glacial, mortal. ¡Ay de aquel que se le ocurría golpearse los costados y la espalda con los brazos extendidos para tratar de tener un poco de calor, porque de inmediato recibía trancazos en la espalda o latigazos para hacerlo desistir de sus propósitos! Lo mismo acontecía con quien perdía el equilibrio y se desmayaba víctima de la fatiga o del congelamiento, porque era pateado y molido a golpes por los nazis. En esas horas del amanecer se pasaba la lista en voz alta y si alguien faltaba porque había muerto durante la noche, su cadáver se tenía que encontrar tirado en las literas, porque la ausencia de un preso era entendida como un intento de fuga por lo que, a título de castigo y de escarmiento, se tomaba al azar a diez presos que eran ahorcados o se les encerraba en una celda hasta que morían de hambre, como medidas ejemplares para que nadie intentara evadirse de Auschwitz. Quien desafiara a las autoridades del campo y lograra escabullirse provocaría que sus compañeros perdieran la vida y, si esto fuera insuficiente, todavía irían por algunos familiares de los fugados para fusilarlos en presencia del resto de los detenidos en los patios del campo.

Después de pasar lista a los prisioneros se les encaminaba, bien custodiados por los SS, a cumplir con los trabajos forzados durante catorce horas en la nieve en esa época del año, no sin antes haber consumido una inmunda taza de algo llamado café a la hora del desayuno y de la cena, que no tenía más allá de un escaso y parecido color nauseabundo. Se trataba de destruirlos física, mental y espiritualmente. Por supuesto que no se les proveía del equipo indispensable para cumplir con sus labores como instrumentos, martillos, cinceles, según fuera el caso, herramientas, guantes, botas o viseras. Las heridas en las manos, pies y cabeza eran tan frecuentes como la imposibilidad de buscar alivio. ¡Pobre de aquel que tenía una herida incurable porque la gangrena lo devoraría día con día![34] La debilidad física propiciaba las enfermedades respiratorias y las enfermedades respiratorias conducían a la muerte no sin antes haber contagiado a un número indeterminado de prisioneros. Nada mejor que una epidemia de tifus o vómitos o una epidemia de piojos o de enfermedades gástricas originadas por la ingesta de agua podrida para ahorrar dinero en la cámara de gas. Muy pronto mi tío Luis entendió la importancia de no ir en ningún caso a la enfermería por-

[34] Algunos pasajes fueron tomados del libro de Primo Levi.

que era bien conocido que ese punto era la antesala de la cámara de gas reservada a los inútiles o enfermos. No había recursos ni tiempo ni ganas ni deseos de curar a ningún enfermo, sobre todo para aligerar las cargas del campo.

Tres aspectos impresionaron sobremanera a mi tío Luis: uno, la existencia evidente de las cámaras de gas; dos, comprobar que efectivamente se habían construido hornos crematorios para quemar los cadáveres y, tres, descubrir que el campo de exterminio de Auschwitz contaba con áreas de experimentación para esterilizar a las mujeres de modo que no volvieran a procrear «seres inferiores», además de otra sala precisamente para lo contrario, es decir, para la fertilización artificial de modo que las mujeres pudieran engendrar trillizos o hasta cuádruples de raza aria, la invencible y todopoderosa, imprescindible para poblar los grandes territorios polacos y rusos que Hitler estaba conquistando durante la guerra. Las pruebas químicas y los ensayos se llevaban a cabo con personas sanas, mismas que de fallecer se les arrojaba a los hornos crematorios y se buscaban nuevas candidatas. No tardarían en tratar de llegar auténticas manipulaciones genéticas para que los futuros niños nacieran rubios, altos y con ojos verdes o azules. A los pequeños no mayores de diez años los nutrían con leche, carne, pan y huevos, a modo de aumentar su resistencia en las pruebas clínicas, un esfuerzo inútil porque la mayoría de ellos moría en las salas de operaciones o de experimentación.

Un mal día, tal vez el peor de la existencia de mi tío Luis, se dio el 8 de febrero de 1942, cuando le ordenaron salir de su barraca e instalarse en unos cuartuchos apartados del resto de los prisioneros de forma que no tuviera comunicación con ellos. A partir de ese momento, a quince días de su llegada, lo habían convertido en un *Sonderkommando*, sin duda alguna, pronto lo descubriría, la profesión más siniestra y espantosa a la que hubiera podido dedicarse cualquier persona en la historia de la humanidad. Reubicarlo era concederle otra oportunidad para vivir, sí, vivir a cualquier precio, y volver con Adèle. A ningún preso que le hubieran encargado semejante actividad habría podido sobrevivir más allá de tres meses. Los nazis lo tenían más que demostrado. Estos trabajos, los más denigrantes como humillantes y dolorosos que podía concebir la mente más perversa, se los encargaban a los judíos y a los prisioneros considerados como muy peligrosos que mostraban fortaleza física. De hecho, muchos de ellos habían preferido quitarse la vida con tal de no cumplir las terribles instrucciones, las cuales tenían que acatarse, so pena de ser colgados de los brazos en el patio central ante la presencia de los presos, para ser empapados con una manguera en pleno invierno y perecer congelados en un tiempo no mayor a media hora. Cualquier *Sonderkommando* que no ejecutara las órdenes precisas impuestas por los nazis tenían dos opciones: suicidarse como pudiera o perecer helado en las condiciones antes expuestas: no había otra alternativa.

Lo que antes, al pasar el tiempo, había sido una enorme ventaja, en esta ocasión se convertía en una pesadilla. Su capacidad atlética también tenía un lado oscuro, de otra suerte no lo hubieran nombrado *Sonderkommando*. Mi tío Luis fue ubicado en la zona de vestidores, una antesala previa a las cámaras de gas. Ahí recibía a interminables filas de niños, de ancianos, a una buena cantidad de mujeres inútiles para procrear, además de judíos de diferentes edades y sexos y de una buena cantidad de prisioneros soviéticos, que cumplían las instrucciones de los agentes de la SS, siempre bien armados. Era evidente y palpable que ninguno de los judíos imaginaba su destino inmediato, de otra manera, tal vez en cada uno de los grupos hubiera habido alguna revuelta, alguna muestra de resistencia con el riesgo de morir ametrallados, pero, por lo menos, se hubieran ido al otro mundo con la convicción de que habían luchado hasta el último instante. Nadie protestaba, se encaminaban dócilmente, como corderitos hacia la muerte.

La feliz ignorancia, en este caso, los ayudaba y los llenaba de esperanza. Mientras tanto se les permitía tomar agua de unas llaves colocados estratégicamente en los pasillos para distraerlos y afianzar su confianza. Después de todo recibían alguna gratificación. Autorizarles a saciar la sed, sin duda alguna, constituía una recompensa que se debía agradecer. Por otro lado era importante reducir sus niveles de desesperación para controlarlos mejor. La ingeniería de la muerte sorprendentemente precisa, exacta, parecía haber sido diseñada por el mismísimo Lucifer.

Un nazi de gran estatura, ubicado a la entrada de los vestidores, con látigo en mano, ordenó de pronto, en términos contundentes e irrefutables, como si ladrara, que todos estaban obligados a desnudarse, a colgar en unos ganchos numerados, un principio de orden teutón, la ropa hedionda, llena de mierda y otras excreciones, después de un largo viaje de tres o cuatro días en tren. Familias enteras, integradas por hombres y mujeres, se resistían a desvestirse en público por elemental pudor, sin embargo, no existía ninguna otra alternativa. La intimidación era total. Cualquiera podía suponer la dimensión de los castigos para quien mostrara resistencia alguna. Tal pareciera que los nazis deseaban la presencia de un rebelde para hacer notar su poder, otra vertiente de su salvajismo y de su cobardía. Las mujeres y las niñas, las jóvenes judías, escrutaban en silencio los rostros de sus madres, amigas o compañeras de destino. Se negaban, en un principio, a dejar expuesto su cuerpo hasta que escucharon el sonido de un látigo, la voz furiosa de un SS, que gritaba rabiosa:

—*Sofort, si haben nur zehn minuten! Ausziehen, habe Ich gesagt!*[35]

El orden es el orden. Una de las claves del progreso alemán es precisamente el orden. En un instante todos estaban desnudos. Los zapatos tenían que anudarlos con las agujetas y dejarlos junto a sus pertenencias debajo de las perchas numeradas y de unos pequeños bancos de madera pintados de blanco. La ropa y el calzado serían enviados de inmediato a las ciudades alemanas bombardeadas y en donde los ciudadanos se habían quedado a la intemperie y sin poder guarecerse del frío invernal del norte de Europa. Las casas abandonadas por los judíos también serían habitadas por quienes carecían de ellas.

Mi tío Luis, enfundado en su uniforme rayado y cubierta la cabeza con su gorra, contemplaba aterrado las escenas infernales y ayudaba a los minusválidos, a los enfermos, a las madres afligidas o a los niños incapaces de desvestirse por ellos mismos respetándoles, cuando podía, la tenencia en su poder de su último juguete o su muñeca entre sus manos. Todo lo anterior con el ánimo de que no recibieran golpes, jalones ni empujones de los guardias por no cumplir a tiempo con las instrucciones. Ninguno de ellos podía suponer que en los próximos quince minutos estaría muerto. A Luis lo habían apartado de las barracas para que no se comunicara con ningún judío o recluso y claro que pagaría con la vida si llegaba a ser sorprendido hablando con uno de ellos en los vestidores. Cierto, pero ahora comprobaba la verdad: estaba en un campo de exterminio, de aniquilación, y no en uno de concentración para «rehabilitar» a las personas. Aquí se les mataba con precisión matemática teutona.

---

[35] ¡Rápido!, sólo tienen diez minutos: ¡desvístanse, he dicho!

Una vez desnudos, emprendieron su camino para bajar por una escalera que conducía a un sótano. Eran visibles los letreros en alemán, francés y polaco que anunciaban la obligación de entrar a las salas «para bañarse». A continuación saldrían por otra puerta para recoger sus bienes y tomar un café... La inmensa mayoría confiaba y se reconciliaba a pesar de la desnudez. Sus suposiciones habían resultado finalmente equivocadas. Nadie moriría aquí, eran habladurías, Hitler no era el diablo, asfixiaba, pero no mataba...

Mi tío Luis conducía a los presos hasta la entrada misma de la cámara de gas. Los condenados a muerte no entendían las voces del exterior que ordenaban tener listo el fuego en las calderas de los hornos crematorios para incinerar de inmediato los cadáveres. Sólo escuchaban ruidos extraños provenientes de los cuartos de máquinas anexos que cargaban de energía los generadores para echar a andar el sistema de ventilación y dispersar los venenos de las cámaras de gas una vez concluida la «operación limpieza».

Los reclusos ingresaban arrastrando pesadamente las plantas de los pies y tomando en algunos casos a sus hijos de la mano. Se lamentaban de su suerte pensando con cierta esperanza, infundada, en el arribo de tiempos mejores. Los rostros congestionados por la fatiga después de un viaje tortuoso dejaban poco espacio para otras preocupaciones. El cansancio era demoledor. Al entrar a un gran salón iluminado con intensa luz blanca eléctrica, constataban de inmediato la presencia de las regaderas colocadas en el techo. En cualquier momento empezaría a caer agua y podrían frotarse con ella las manos inmundas, el pelo y el resto del cuerpo saturado de orines y heces fecales. Se trataba de un momento de alegría largamente esperado. El pabellón de la muerte era un galerón de menor espacio que los vestidores. Se encontraban muchas columnas sosteniendo la pesada estructura del inmueble, rodeadas de canaletas saturadas de pequeños agujeros por donde habría de salir el gas en abundancia hasta que no quedara ni rastro de vida de los judíos, el sueño dorado de Hitler. Cuando en la habitación diabólica ya no cabía una persona más, se escuchaba en los altavoces una voz que ordenaba a los *Sonderkommando* salir de inmediato de ese recinto. «¡Abandonen ahora mismo los cuartos de baño y de desinfección!»

A continuación se escuchaba un sonoro golpazo al cerrarse herméticamente la pesada puerta de acero, seguido del ruido de un cerrojo, que clausuraba cualquier salida, un sonido similar al que se oía cuando cerraba por fuera el vagón del tren. Todos se miraban aterrados y sorprendidos hasta que se apagaba la luz. En la oscuridad total el pánico cundía ahora sí como nunca. Las familias se aferraban entre sí en espera de lo peor. ¿Por qué cortan la luz? ¿Y el agua? ¿Y el baño? Acto seguido escuchaban pasos en la azotea. Debían ser muchos hombres. Los agentes de la SS llevaban latas con un veneno conocido como Zyklon-B que al hacer contacto con el aire generaba un gas mortal. Los asesinos se colocaban unas máscaras para evitar inhalar el poderoso tóxico. Varios kilos de pequeñas pastillas verdes, un poco más grandes que un frijol, serían vertidos por las chimeneas que iban a dar a las canaletas agujeradas. Diversos agentes contemplaban la escena a través de unas mirillas colocadas alrededor del recinto. Reían a carcajadas. El gas empezaba a salir profusamente por la parte más baja de las columnas y comenzaba a matar a los niños, los de menor estatura, quienes al sentir la asfixia se llevaban, en algunos casos, una mano a la tráquea y la otra la empleaban para aferrarse desesperados a sus padres. Éstos los cargaban en sus brazos para ayudarlos, los levantaban en vilo en dirección al techo, en tanto el tóxico se elevaba a los estratos más altos para acabar también con los adultos. El veneno relajaba los esfínteres y se producía una defecación masiva. La sala se llenaba de inmediato de un vapor infernal, denso, sofocante. Todos se orinaban antes de morir, se retorcían, emitían sonidos guturales, se contorsionaban hasta dejar de moverse gradualmente. Nadie maldecía, ya no era tiempo de maldecir, de pensar, de razonar, de denunciar ni de defender ni de poder atender a los suyos, en realidad, era la hora de la nada. Se oían ruidos extraños, gruñidos animales, exclamaciones de dolor. Los padres, quienes, en razón de su altura, sobrevivirían unos momentos más, caminaban sin darse cuenta sobre los cadáveres de sus hijos o de sus mujeres, antes de derrumbarse contra el piso. En unos instantes perecerían dos mil quinientas personas en esa reducida cámara de gas.

Cuando se ordenaba la apertura de las puertas para oxigenar la cámara, se prohibía, por un tiempo, la entrada a los *Sonderkommando* antes de permitirles cumplir con sus siguientes obligaciones. Los ventiladores esparcían los venenos hasta dejar la atmósfera libre de tóxicos. La primera ocasión en que mi tío Luis escuchó la voz «¡Adentro!», y le permitieron entrar a una maldita sala del infierno, no pudo controlar el vómito al contemplar una escena que el pobre de Dante jamás pudo imaginar, como tampoco lo consignaron ninguno de los pintores renacentistas, quienes plasmaron en sus óleos sus versiones del infierno. Claro que mientras deponía cualquier rastro insignificante de alimento que hubiera podido tener en su estómago, recibió una patada en las nalgas al tiempo que lo obligaban a ponerse a trabajar.

—*Du musst arbeiten, Scheisskerl.*[36]

Los cadáveres no se encontraban tirados sobre el suelo, sino que se apiñaban los unos sobre los otros, trepados como si hubieran intentado hacer un último esfuerzo para respirar algo de aire puro. Era evidente que se habían pisoteado entre sí antes de resignarse a lo peor. Integraban pequeñas montañas de personas con rostros agónicos cubiertos por la mierda de los suyos. Ahí se encontró mi tío Luis con los menores a los que momentos antes había ayudado a desvestirse con una mirada piadosa. Ahora los veía muertos, tendidos y boquiabiertos, al lado de los últimos juguetes de su existencia. Cuánto asco y desprecio le producía el ser humano, sin embargo, no podía detenerse, había que continuar con su trabajo o de otra manera él sería el siguiente candidato a la cámara de gas o a la horca.

A mi tío Luis le correspondía sacar, uno a uno, junto con otros *Sonderkommando*, los cuerpos todavía húmedos de las víctimas, subirlos en unos carritos y conducirlos hacia donde se encontraba el «equipo de los dentistas», armados con unos cinceles, martillos y pinzas para extraer los dientes de oro o piezas de plata de los judíos muertos. Convenía matar a la mayor cantidad posible de personas para extraer las prótesis de metal de sus bocas antes de que las cambiaran por pan o por caldo en el interior del campo. Se trataba de uno de los negocios más lucrativos de los nazis en Auschwitz y, claro está, se abstenían de mandar una buena parte de las piezas a Berlín, como era su obligación. Cuando los cuerpos quedaban en poder de los odontólogos del Reich, el oro y la plata empezaban a ser controlados para financiar la guerra o para que la jerarquía nazi estafara a Hitler y mandara el dinero a Suiza, muy a pesar del supuesto sentido del honor y de la estructura ética de los alemanes. Donde había un nazi había también un bandido, no sólo un criminal.

Los tales dentistas colocaban los cadáveres boca arriba, abrían las mandíbulas apretadas con unas grandes tenazas y rompían con

[36] Tienes que trabajar, hombre de mierda.

tremendos y sonoros golpes de cincel las dentaduras para extraer las piezas de oro arrojándolas sobre unos enormes recipientes llenos de ácido muriático para disolver los restos de carne y huesos y sustraer el metal, actividad que era supervisada por los agentes de la SS colocados a los lados de los dichos supuestos odontólogos para que no se robaran ni un solo molar de oro... Las cadenas, los anillos y las pulseras eran puestas en cajas de seguridad vigiladas por los mismos nazis, quienes después de convertirlos en lingotes, iban a dar con ellos al banco del Tercer Reich. Una vez rapados los cadáveres de las mujeres y apartado el pelo para hacer cuerdas, almohadas o costales, los cuerpos ya «limpios» eran colocados sobre unas literas de metal con ruedas, que mi tío conducía hacia los hornos crematorios, con capacidad para incinerar hasta diez mil personas al día. Era cierto, los seres humanos entrarían por la puerta y saldrían convertidos en humo por las chimeneas de Auschwitz. La ceniza restante se utilizaría como relleno para construir carreteras o para fertilizar los campos anexos, en donde los nazis tenían sus huertas para comer fruta y vegetales frescos y alimentarse sanamente con sus animales de granja.

Mi tío Luis creyó que enloquecía. Consideraba imposible cumplir, día tras día, con sus infernales obligaciones. Sabía que de continuar perdería la vida muy pronto, tal y como había acontecido con los otros *Sonderkommando*. ¿Por qué no suicidarse de una vez? La muerte, el silencio eterno, la paz de los sepulcros, la renuncia a toda realidad, fue ganando espacio en su mente perturbada. ¿Por qué a él le habían encargado también que vigilara los hornos de modo que ninguno se apagara para garantizar una combustión total? ¿Podría existir un trabajo más diabólico que verificar que los huesos de los judíos se hubieran convertido en cenizas, para, en caso contrario, romperlos a golpes para volver a quemarlos con nuevos cadáveres de manera que no quedara ninguna huella de un ser humano?

Sí, sí, ésta es una tragedia, una espantosa tragedia de la que yo soy inocente, repetía mi tío, lo que sea, pero antes que nada estoy yo, yo y nadie más que yo. Había sobrevivido a los bombardeos alemanes y franquistas sobre Madrid, había logrado salir con vida de la Guerra Civil española, había podido escabullirse del sitio de los nacionales e italianos en Alicante para lograr escapar a Francia, había salido adelante sin sucumbir, en el campo de concentración francés en Argelès-sur-Mer, había salido airoso en su lucha por la

Francia Libre hasta que fue traicionado por el miserable de Rubio, sin embargo, ahora en Auschwitz enfrentaba el reto más grande de su existencia. ¿Cómo dejar de sentir ante un crimen de proporciones históricas? Pues tenía que dejar de sentir pero sin caer en la indiferencia o se extraviaría para siempre. En cada nazi advertía la encarnación del mal. Cada agente de la SS implicaba la personificación del demonio. Lucifer deambulaba de un lado al otro del campo. El hombre, era cierto, recordaba, es el único animal de la naturaleza que se aniquila en masa. Las guerras eran aniquilación, sí, pero un campo de exterminio superaba cualquier concepto de maldad existente en la historia del humanidad. Si se endurecía y perdía toda sensibilidad, se convertiría en un fantasma. Se trataba de mirar, pero no de ver; de escuchar, pero no oír; de soñar, pero no de enloquecer; de captar, pero no comprometer; de compartir, pero no de morir por salvar a nadie; de adaptarse, pero no de aceptar, so pena de convertirse en un animal sin sentimiento alguno.

A saber cuánto tiempo resistiría en sus labores de *Sonderkommando*. Día con día se le partía el alma; día con día era claro cómo se le escapaba la vida; día con día sentía hundirse en el mundo eterno del silencio, en el de la oscuridad absoluta de donde tal vez no regresara jamás. La rutina lo mataba. De noche lo devoraban pesadillas de horror y en la mañana, las vivía. Tenía los pies llenos de ampollas sangrantes, los dedos tumefactos, pesaba la mitad, parecía un esqueleto andante. Poco quedaba ya del hombre atlético y fornido. Con el tiempo se había convertido en un conjunto de huesos, una osamenta espantosa. Después de cuatro meses, sus compañeros habían muerto, unos en la cámara de gas, otros de enfermedad. Cualquier infección insignificante podría costar la vida por falta de medicamentos. Una muela infectada bastaba para que el proceso infeccioso acabara con la vida. Su rostro macilento, cansado e hinchado reflejaba las dimensiones de los estragos sufridos. Uno de sus máximos placeres consistía en el espacio de ocio que a veces disfrutaba solamente para recordar, encerrado en sí mismo, a Adèle, sus años en Madrid, el éxito de mi padre en Marruecos y la posibilidad de volver a reunirse en México, así como el tiempo que destinaría a escribir, narrar y divulgar los horrores que había padecido en Polonia. ¡Qué afortunado había sido Ernesto en morir tan precipitadamente! ¿Qué habría sido de él si hubiera asistido a contemplar esta asquerosa debacle humana? Jamás hubiera permitido que lo aporrearan en la cara, que le golpearan la espalda, que le dieran latigazos, que le asestaran patadas en los testículos, que lo mataran de hambre, que lo encerraran en mazmorras inmundas y que supiera del fallecimiento de sus amigos utilizados para experimentos médicos. Dado el temperamento explosivo de mi tío Ernesto, sin duda alguna lo hubieran colgado al día siguiente sólo por haber tratado de defender su sentido del honor. ¡Qué caro podía ser en ocasiones tener sentido del honor!

Todo se traficaba en el campo, menos la vida. Se cambiaba pan por una prótesis de plata o de oro, sin que imaginara el adquiriente de unas migajas que su diente descubierto se traduciría en una infección y la infección en muerte. Se obtenían lugares en las barracas para dormir, se rentaban mantas, se cambiaban objetos o derechos por pedazos de carne maloliente en la sopa.

¿Morirse...? Cualquiera se muere, pensaba mi tío Luis. Lo difícil era resistir y luchar, luchar hasta el cansancio. El verdadero reto consistía en sobrevivir.

Un día de febrero de 1942, imposible saber cuál con toda precisión, mi tío se dirigió al salón de vestidores, anexo a la cámara de gas, para esperar a un nuevo grupo de judíos que también serían exterminados en los próximos minutos. En esa ocasión en particular, había perdido toda ilusión por vivir, existir le pesaba como nunca. La imagen de Adèle cada día le parecía más lejana y desdibujada, así como la posibilidad de poder huir de ese campo infernal de exterminio vigilado férreamente las veinticuatro horas del día. Dedicado a ayudar, como siempre, a los inválidos, a los enfermos, no así a los niños, a quienes con el tiempo decidió evitar, abstenerse de verlos a la cara a sabiendas de lo que les esperaba, de pronto advirtió la figura de un hombre que parecía haber sido extraído de la alta aristocracia alemana. Parecía un prusiano de la vieja guardia con su pelo blanco ciertamente escaso, bigote amplio y piocha del mismo color, una ropa fina y exquisita por más que estuviera manchada de mil inmundicias, aún cuando su rostro se viera desencajado con los ojos hundidos y una palidez de muerte. Ese judío se distinguía no solamente por su estatura, sino por su porte, del resto de los demás. Lucía un sello de distinción inconfundible, más aún al contemplar sus manos bien cuidadas. Podría ser un duque, un conde, un director de orquesta, un destacado empresario, un famoso científico o tal vez un conocido escritor alemán. Sin duda alguna se trataba de un personaje excepcional. Se encaminaba a las duchas con la cabeza agachada, los brazos caídos, encorvado y con la mirada extraviada en la nada. Parecía haberse convertido en un espectro. No reflejaba la menor emoción, era como un cadáver insepulto que deambulaba por la Tierra sin destino ni atractivos ni ilusiones. Nada parecía importarle. De pronto, cuando mi tío Luis contemplaba esa figura devastada que había perdido por lo visto el interés por la vida, el tal supuesto caballero prusiano, de repente cruzó su mirada con la de Luis. No se dijeron nada pero al mismo tiempo se lo dijeron todo. Movido por un extraño deseo y a pesar de que se jugaba la vida, a la primera oportunidad que tuvo mi tío Luis se acercó al condenado a muerte como nunca lo había hecho con ningún otro reo. Ambos continuaron la marcha silenciosa hacia el patíbulo sin pronunciar, al inicio, palabra alguna. El hombre de marras inició la conversación sin ver siquiera el rostro de su interlocutor. Bien había entendido sus intenciones de establecer alguna comunicación entre los dos.

—¿Habla usted alemán?

—No, francés.

Como quien sabe o presiente que tiene los minutos contados, sin pérdida de tiempo alguna, el personaje le hizo saber a mi tío Luis, en francés, que se llamaba Richard Liebrecht, que había sido, hasta hacía unos días, un industrial del calzado y que tan sólo en una semana se había quedado sin esposa, sin familia, sin dinero y sin futuro, que todo había cambiado con una violencia indescriptible. La última decisión de su vida consistía en el hecho de poder ayudar todavía a alguien que tuviera alguna esperanza de vivir, para lo cual contaba con escasos minutos. Bien sabía él lo que le esperaba, estaba resignado, exclamó en voz baja:

—Quiero ayudarlo y que me ayude en estos últimos momentos de mi existencia. Adiviné en usted una mirada piadosa y generosa —adujo mi bisabuelo con la vista agotada clavada, ahora sí, en el rostro de mi tío Luis, quien escuchaba perplejo volteando hacia ambos lados para no ser sorprendido por los agentes de la SS.

—Usted dirá, señor, créame que lo que yo pueda hacer por cualquiera de los reclusos que están aquí, lo haré con el máximo desinterés, siempre y cuando la muerte no me sorprenda a mí también.

—Lo sabía —repuso mi bisabuelo—, soy un buen lector de los hombres.

En ese momento, mientras se desplazaba arrastrando unos zapatos en apariencia muy costosos, Richard Liebrecht se metió la mano en una bolsita ubicada al lado izquierdo de su pantalón, abajo del cinturón, para extraer un pequeño saquito de terciopelo que le extendió a mi tío Luis, quien lo tomó con la mano izquierda sin cuestionar su contenido.

—Son diamantes de enorme valor, los he traído conmigo en esta misma bolsa durante muchos años para utilizarlos en un momento de verdadera urgencia, sólo que ahora, en esta espantosa coyuntura de la existencia, ya no me son de utilidad... Se los entrego a usted con mis mejores deseos, con el ánimo de que se salve o ayude a otras personas a salvarse. Apártese ahora mismo de mí y que la suerte lo acompañe hasta el último de sus días —afirmó aquel hombre, acostumbrado a mandar, antes de que fueran descubiertos en esa última oportunidad de ayudar a terceros que le obsequiaba la vida.

Mientras mi tío Luis se alejaba y se guardaba discretamente los diamantes en una costura interna de su cachucha rayada, se escuchó una voz tronante que informaba a los integrantes de la línea que estuvieran atentos a las instrucciones para saber en qué barraca pasarían la noche. El baño se llevaría a cabo hasta el día siguiente.

Mi tío Luis, a sabiendas de que todas las cámaras de gas estaban saturadas y los hornos crematorios trabajaban a toda su capacidad y que en ese día, tal cual marcaba el orden, ya no se producirían más envenenamientos masivos, aprovechó entonces la oportunidad para ir por una escoba y barrer al lado de mi bisabuelo. Su interés consistía en saber más, mucho más de ese personaje y tratar de intercambiar toda la información posible de lo que ocurría en la guerra. Sin duda ese refinado anciano tendría noticias frescas.

Mi bisabuelo le confirmó a mi tío Luis que era judío y, hasta hacía unos días, uno de los grandes potentados alemanes del calzado, que con Joseph Goebbels había hecho negocios extraordinarios y le había depositado cantidades multimillonarias en diferentes bancos suizos a nombre de empresas fantasmas controladas por el líder de la propaganda nazi, quien finalmente lo había traicionado y se había apropiado de todas sus empresas. Afortunadamente le quedaban ya pocas horas de vida porque jamás podría soportar el peso de la culpa que lo abrumaba. Su esposa Hedwig, la mujer de su vida, la más lúcida, generosa e inteligente que había conocido, le había insistido hasta el cansancio en la necesidad impostergable de huir de

Alemania con lo que llevaran puesto con tal de salvar la vida y él, torpe, ciego y egoísta, había preferido rescatar sus empresas antes de cuidar la vida de él y la de su familia. Jamás se lo perdonaría. Pasara lo que pasara, toda la culpa, absolutamente toda, había sido de él y de nadie más. ¿Cómo vivir con esa carga? Prefería morir mil veces, morir y morir, ¡ya! Nada, absolutamente nada, tenía ya sentido en su existencia. ¿Cómo gozar los viajes, los museos, las obras de arte, los restaurantes, la buena mesa, los manteles largos, los grandes vinos, la música, los interminables paseos en automóvil a lo largo de la campiña alemana o la francesa o los recorridos en barco o en yate sin la adorada compañía de Hedwig? El mundo había palidecido de golpe. Los colores habían desaparecido de su vida. Finalmente comprendía que su éxito era inútil si no podía compartirlo con ella y ella ya no estaba, ni estaría nunca jamás.

—¿Qué fue de ella? —preguntó mi tío Luis—, ¿qué le sucedió?

—Mi mujer siempre insistió en que saliéramos de Alemania, sobre todo a partir de la publicación de las Leyes de Núremberg, de 1935, hace ya siete años, y yo me negué, me negué rechazando una realidad que ella sí percibía con meridiana claridad. El dinero, la riqueza, el poder, la avaricia, me obnubilaron. Yo deseaba lucrar con estos asquerosos nazis, sacarles las tripas si fuera posible y esperar hasta el último momento para vender mis empresas, pero como le dije, me traicionaron y me quedé sin nada, tal y como mi esposa me lo había advertido.

Mi bisabuelo repetía y repetía la misma historia, obsesionado por haber ignorado durante tanto tiempo los ruegos cada vez más airados de su esposa, hasta que ya nada había tenido sentido. Luego de una nueva petición de mi tío Luis, finalmente Richard explicó que después de la terrible golpiza que ambos habían recibido el día de su arresto y una vez curadas las heridas, Hedwig había decidido callar para siempre. Cuando los subieron a violentos empujones en el vagón de un tren al norte de Berlín con destino al campo de concentración de Lodz, en Polonia, Hedwig empezó a gritar desesperada, se asfixiaba, se sofocaba, no podía respirar, se moría, dio de manotazos, arañó a los de junto, se arañó ella misma, pateó para atrás y para adelante, se tiró de los cabellos como enloquecida, suplicó, lloró, pero todo fue inútil, resultaba verdaderamente imposible moverse ni siquiera para pestañear en medio de un auténtico ataque de nervios del que fue víctima.

—Pedí ayuda también a gritos. Solicité auxilio, que alguien la tranquilizara, que la ayudaran por piedad, porque, además, ella se encontraba fuera de mi alcance. De repente guardó un inquietante silencio. Creí que había perdido el sentido, que se había desmayado, nada mejor podía acontecerle. Hedwig no se movía ni hablaba ni protestaba ni contestaba mis insistentes llamados. Cuando llegábamos a alguna estación y continuamos el viaje puestos de pie, ella no reclamaba agua o un bocado de nieve, como lo hacíamos, a voz en cuello, la mayoría de los pasajeros. Fui víctima de una sensación de terror al presentir lo peor. Después de un día y medio de viaje, al arribar a Lodz, se abrió la puerta del vagón y pudimos apearnos para disfrutar una libertad transitoria. Hedwig fue de las personas que ya no descendieron. Se quedó tirada como un bulto encima de las heces y los orines de los pasajeros. De nada me sirvió tratar de volver a subir al vagón para ayudarla porque los perros de los agentes nazis me lo impidieron. No volví a saber de ella. Ni siquiera pude despedirme ni besar sus manos ni sus mejillas ni acariciarle por última vez su pelo blanco. Nada. A empujones me sacaron del andén y nos metieron a los hombres en una barraca inmunda y a las mujeres en otra igual. El último recuerdo que tengo de ella es la imagen de cuando la vi tirada en el piso del vagón, en las condiciones que ya le he contado, una visión espantosa que me recuerda mi terquedad y me hace sentir el asesino que fui y que soy.

¿Por qué mi bisabuelo se confesaba en esos términos ante un extraño? Porque él muy bien entendía que se trataba del último grito, el último suspiro que daría en esta Tierra antes de partir a un viaje sin regreso. Tal vez buscaba algo de paz, alguna reconciliación en el postrer momento de su vida.

—Fui testigo de la misma experiencia a bordo de uno de esos trenes de la muerte, por lo que entiendo perfectamente bien el sufrimiento de su mujer —repuso mi tío Luis—; pero, dígame, ¿tiene usted hijos?

—Tengo una hija que vive en México hace muchos años por razones muy distintas a la persecución judía, que no me interesa recordar. Ella se salvó, como también lo hicieron dos de mis hijos, que viven en Estados Unidos, eso sí, gracias también, en parte, a Hedwig. El resto de la familia creo que fue arrestada el mismo día en que nos privaron de la libertad a mi mujer y a mí. Hoy deben estar ya muertos, porque sería de gran interés de Goebbels que ningún heredero mío pudiera reclamar mi fortuna, ni mis empresas ni mis bienes. Ninguno de ellos debe sobrevivir en estos momentos. De modo que ya no tengo nada que hacer aquí...

Como en cualquier instante podrían llamar a las barracas a mi bisabuelo y al resto de los condenados a muerte, mi tío Luis le preguntó:

—¿Qué quiere usted que haga con los diamantes? —dijo presa de un gran nerviosismo.

—Las piedras tienen un gran valor, fueron pulidas y cortadas por los mejores joyeros de Bélgica. Que no te engañen, valen en su conjunto hasta dos millones de marcos, tenlo por seguro... Yo quisiera que las utilizaras para sobornar a los nazis, de modo que tengas privilegios, tales como poder salir de aquí o para ayudar a terceros a hacerlo. Tienes que ser muy inteligente para aprovechar esta poderosa arma que te estoy entregando, porque si te llegaran a descubrir una parte de las joyas, ten por seguro que estos miserables te sacarán los ojos para revelarles dónde tienes escondido el resto de los diamantes. Si manejas torpemente este enorme patrimonio, esta herramienta mágica que te estoy dando, puedes perder no sólo las piedras sino la vida misma. Ten cuidado, hijo...

Al día siguiente mi tío Luis fingió un desmayo cuando conducían a los judíos en dirección a la cámara de gas. Vio a mi bisabuelo por última vez después de cruzar un par de miradas cómplices. Permaneció tirado por unas horas hasta que dos uniformados de la SS lo echaron a un lado de las barracas para que no estorbara el paso. Un olor ácido, insoportable, lo hizo levantarse por sí solo, cuando vio de nueva cuenta que por las chimeneas de Auschwitz salía un humo negro denso y pestilente.

Había concluido un día más en ese infernal campo de exterminio. Mi tío Luis escogió el lugar idóneo para esconder la pequeña bolsa con los diamantes. Se trataba de un pequeño orificio ubicado en la litera donde dormía y que tenía perfectamente identificado en su barraca. Pensaba que un día pudiera confundirse su cachucha con las de otros *Sonderkommando* a la hora de bañarse, si es que le llegaban a conceder el privilegio del agua corriente. ¿Y si la perdiera por cualquier razón o alguien decidiera jugar con ella? Lo mejor sería dejarla a salvo en un espacio donde nadie pudiera sospechar.

El tiempo pasó, un mes y otro mes en lo que mi tío Luis se apagaba. Su vida empezaba a parpadear como la flama de una vela, cuyo pabilo está próximo a extinguirse. Levantarse implicaba un esfuerzo faraónico, tragar esa inmundicia de café equivalía a beber una purga cotidiana, asistir a los vestidores para auxiliar a las personas a desnudarse antes de que las asesinaran, resultaba una tragedia insoportable, de la misma manera en que era tremendo sacar a los cadáveres de la cámara de gas y conducirlos hacia los dentistas del Reich y, después de que estos terminaran sus trabajos, llevarlos en las literas con ruedas hacia los hornos crematorios para convertirlos en cenizas. No podía más, no resistía más, la máxima ilusión de su existencia era el suicidio. Adèle era una imagen hermosa que contemplaba perdida en la bruma. ¿Adèle...? Si al menos hubiera recibido una línea de ella, un pañuelo con su perfume, una brizna con su aliento, una mirada tangencial o un algo, algo, pero nada, nada, nada...

Mi tío Luis no se había percatado de que alguien lo había estado observando cuidadosamente desde el primer día de su llegada a Auschwitz. Se trataba nada menos que de un alto oficial de la Gestapo, uniformado de negro, que a diario constataba el creciente agotamiento del preso y se convencía de que, en cualquier momento, podía perderlo como había acontecido con los demás *Sonderkommando*, por lo que discretamente había decidido acercarse a él para comenzar a alimentarlo. Un día le ordenó pasar a su oficina ubicada al fondo de la barraca número 11, la de los experimentos genéticos con niños que llevaba a cabo Joseph Mengele. Sentados en los sillones del despacho equipado sin mayores lujos, en donde se distinguían varios retratos de Hitler, en especial una gran fotografía que trató de inmortalizarlo el día en que el Führer le declaró la guerra a Estados Unidos en medio de estruendosos e interminables aplausos tributados por los legisladores nazis puestos de pie en el Reichstag, empezaron a intercambiar puntos de vista en algo de alemán, palabras aisladas en francés o en inglés. Se entendían. Aunque pareciera increíble, empezaba a gestarse una relación de simpatía entre ellos, sobre la base, claro está, de que no trascendieran sus conversaciones ni se supiera, en ningún caso, lo que acontecía en esas cuatro paredes.

En una ocasión le ofreció manzanas, fruta fresca, un manjar increíble en esa espantosa coyuntura. En otro momento le sirvió pan de centeno y queso, cuidando que su rostro no reflejara una buena alimentación ni rubor en las mejillas, algo impropio en los presos de Auschwitz. El oficial deseaba informarse de la historia de mi tío

Luis, saber sus antecedentes ya que no tenía el aspecto de un judío; las razones por las que estaba recluido. Luis aceptó, como buen hijo pródigo, las muestras de afecto y sobre todo la fruta fresca y, por qué no, la compañía, en un momento en que la soledad era su mejor amiga.

Al terminar en la noche las horrendas jornadas de trabajo, mi tío Luis entró a la oficina como si cumpliera una rutina y tuviera que bolear las botas de Manfred. Una vez sentados uno frente al otro, el oficial de la SS colocó una de sus manos, la derecha, encima de la rodilla de mi tío, con la idea de acercarse a él fraternalmente en medio de ese infierno. Sí, sí era posible tener un amigo alemán perteneciente a los nazis asignados a Auschwitz, no todos eran unos malvados asesinos. El preso no le concedió ninguna importancia en esas primeras instancias, sólo que con el tiempo, el oficial le tocaba el hombro, le acariciaba las mejillas y tomaba una de sus manos entre las suyas, situación que empezó a llamarle la atención a Luis. A su mente llegó el recuerdo de quien estaba llamado a ser su suegro, el padre de Anita, su novia madrileña, quien finalmente le había confesado su deseo de tener una relación sexual y al que había dejado solo tomando café en la Plaza Mayor, no sin antes calificarlo como un puto de mierda. Pero no, no podía dar espacio en su mente a esos malos pensamientos ni a esas generalizaciones absurdas. ¿Cualquier muestra de afecto de un hombre hacia otro tenía que tener forzosamente una connotación erótica? No, ¡por favor, no...!

El hambre, la ansiedad y la desesperación obligaron a Luis a visitar con más frecuencia al oficial, quien llegó a confundir los vacíos anímicos del *Sonderkommando*, su constante presencia en su oficina, con un acuerdo implícito para sostener relaciones amorosas, es más, creyó que mi tío Luis buscaba sexo, carne y lujuria en lugar de protección y ayuda. Fue entonces cuando decidió no dejar espacio a interpretaciones y trató de besarlo en la boca, convencido de que Luis no rechazaría su amor, más aún después de tantas insinuaciones y toqueteos esquivos que mi tío nunca rechazó de manera fulminante. Si se negaba al intercambio amoroso se quedaría sin comida y bien podía ser acusado con cualquier cargo ante los SS. La coartada de chantaje funcionaría a la perfección. El oficial se había confundido. Ante la negativa de mi tío, en lugar de amenazarlo y amedrentarlo, Manfred trató de sobornarlo ofreciéndole una parte del pobre botín que había obtenido de los otros presos, a cambio de favores de toda naturaleza, a saber... En lugar de montar en cólera y sentirse ofendido por una agresión sexual, Luis guardó toda la calma del caso, lo apartó delicadamente, y le hizo saber al nazi que no tenía esas debilidades por los hombres, sino por las mujeres, pero que entendía la necesidad de amor que aquél tenía. No lo acusaría ni lo criticaría ni respondería con violencia alguna, en todo caso le ofrecería su comprensión y su amistad. ¿Pagar con su cuerpo la supuesta y remota liberación? ¿Antes la muerte? Menuda encrucijada...

En tanto el oficial se mostraba apenado ante el rechazo, como si se hubiera desnudado en público, mi tío aprovechó esa feliz oportunidad para hacerle una oferta que seguramente llamaría su atención, una vez descubierta su veta comercial y la inclinación manifiesta hacia los valores materiales que utilizaba como trueque a cambio de lo que fuera.

—*Geliebte* Manfred —expuso mi tío con más respeto que nunca ante el sujeto avergonzado—, yo tengo en mi poder un diamante, sólo un diamante que vale lo que costaría este campo de concentración. Se lo confieso a usted como uno de los grandes directivos de este campo, no para que me traicione, sino para entregárselo a cambio de que me ayude a fugarme.

Si el uniformado de negro con la esvástica colocada en una banda roja a modo de brazalete, alrededor del brazo, se sintió ruborizado al ser declinada su oferta sexual, más pena le dio el ofrecimiento de soborno de un recluso, en apariencia, un muerto de hambre. Su código de ética no le permitía acceder a semejante invitación.

—No puedo aceptar tu ofrecimiento, mis principios me lo impiden —repuso con un cierto aire de solemnidad.

—Escúcheme usted, con el debido respeto —empezó mi tío Luis su proceso de liberación con cautela—: en este campo se mata a los judíos y yo no soy judío; se mata a los comunistas y yo no soy comunista; se mata a los gitanos y yo no soy gitano, de modo que soy inocente. Si caí en este lugar fue por una trampa, la traición de un malvado, ésa es toda mi culpa —adujo sin mencionar que también se mataba a los homosexuales por no complicar la situación a sabiendas de que tal vez Manfred había leído su expediente y conocía las verdaderas razones de su detención al intentar la explosión de unas oficinas y bodegas de la oficialidad alemana en Francia.

El oficial se quedó petrificado ante semejante respuesta. El uniformado contaba con una salida perfecta para cubrir la fachada. Guardó un silencio prudente en lo que ordenaba sus argumentos. Antes de pronunciar una sola palabra, empezó a negar con la cabeza.

—Pues bien, supongamos que aceptara tu oferta —arguyó tomando diversas precauciones—, pero ¿y qué tal si las piedras que me ofreces a cambio fueran falsas? En ese caso tú habrías obtenido tu libertad y a mí me colgarán junto con otros presos, una tarde como ésta, acusándome de haber ayudado a tu fuga —concluyó ajustándose la cruz gamada en el cuello de la camisa perfectamente almidonada.

—La nobleza obliga, Herr Manfred —repuso Luis ya en ese momento de las confianzas—: yo sería incapaz de engañar a alguien que se está jugando la vida por mí y que además, está por devolverme el bien más preciado para cualquier ser humano: mi libertad. Traicionarlo y engañarlo me parecería una canallada, ¿no lo cree usted...? Pero además, yo soy de los católicos convencidos que temen la ira de Dios —contraatacó mi tío mordiéndose la lengua y esperando que el nazi no pudiera leer sus pensamientos.

—¿Cómo puedes comprobar que los diamantes son genuinos, muy a pesar de tu buena fe?

Mi tío Luis captó perfectamente la trampa encerrada en las palabras del SS, un hombre de cuidado carente de cualquier tipo escrúpulos:

—Nunca dije, Manfred, que se tratara de diamantes. Fui lo suficientemente claro para referirme a un solo diamante, no tengo más, en primer término; en segundo lugar, puedo meter las manos al fuego para garantizar el origen y la calidad de la piedra.

—¿De dónde los obtuviste?

—¿De dónde lo obtuve...? Ése es un secreto...

—Si comenzamos con secretos no habrá operación posible. Yo sé cómo sacarte de aquí sin que nadie resienta el menor perjuicio. De sobra sabes que cuando alguien se escapa de Auschwitz mandan matar por lo menos a diez personas. Yo te garantizo tu libertad sin consecuencias para nadie y tú dame seguridades del valor de la piedra, pero sin cuentos entre nosotros.

—Si se lo confieso, usted me podría matar mañana mismo.

—Tienes la garantía de mi palabra de que sabré guardar el secreto. No olvides que los alemanes tenemos un alto sentido del honor.

—Bien, Herr Manfred —arguyó mi tío después de medir sus palabras como quien finge remordimiento—, yo fui quien asaltó la joyería más famosa de París antes de que estallara la guerra y tengo en mi poder el diamante más puro que extraje de la caja de seguridad localizada en el sótano, misma que volamos con dinamita para poder arrancar la puerta. Como usted sabrá, ese diamante no iban a tenerlo bajo semejante custodia los dueños del negocio. Pero además yo me permití llevarlo a valuar después para confirmar su valor. No tengo la menor duda, quien se quede con él se hará millonario. Los bienes sirven para resolver los males —concluyó viendo al piso helado de la capilla y evitando la mirada escrutadora del SS. Nunca revelaría la personalidad del legítimo propietario, de mi bisabuelo, porque de esa suerte corría el peligro de no poder demostrar el valor de la piedra.

¿Por qué no creerle a ese hombre, a ese español, quien desde luego no parecía ser un comunista como los otros republicanos ni mucho menos un asqueroso judío y que aparentaba decir la verdad? La apuesta valía la pena. De ser buena la piedra ganaría una fortuna, de ser falsa, ¿que tanto daba un prófugo más?

El pacto quedó cerrado. Las dos semanas siguientes se perfeccionaron los detalles de modo que no quedara ningún cabo suelto. Mi tío tendría que ingresar al coro de los *Sonderkommando* que cantaba cada sábado en la tarde en Auschwitz y en Birkenau para alegrar de alguna manera la vida de los reclusos y de la alta oficialidad. Ensayarían todos los días canciones francesas, polacas y alemanas. ¿Cantar en Auschwitz? Joder, bueno, pues cantaría, pero no se acostaría con el SS. Imposible seguir la vida con semejante fardo sobre los hombros...

Finalmente la estrategia quedó diseñada a la medida en los siguientes términos: en un plazo no mayor a quince días tendrían que ir a cantar a las instalaciones de Birkenau, otro espantoso campo de exterminio ubicado a tres kilómetros de Auschwitz. En el camino que recorrerían a pie, mi tío Luis tendría que fingir un terrible agotamiento que le impediría seguir avanzando, ocasión que aprovecharía el SS para darle sin más un tiro, obviamente de salva, y dejarlo abandonado en la cuneta, a un lado de la carretera congelada, como acontecía con tantos reclusos que caían, desfallecientes de cansancio o de frío, al piso. En ese lugar, el propio agente dejaría bien escondida ropa de civil y zapatos, de modo que mi tío pudiera quitarse el traje de reo y evitar persecuciones; sangre de los gallos de granja de Höss, el director general de Auschwitz, para mancharse la cara y la cabeza y simular una herida; un par de trapos con restos de gasolina y tabaco mascado para evitar que el olfato de los perros de la Gestapo pudieran seguir su rastro; un mapa detallado para escoger las mejores brechas y huir del campo a la máxima velocidad y una pequeña cantidad de marcos. No se había dejado nada al azar, sólo que ¿cuándo se haría el pago de la piedra de tal manera que ni mi tío ni el nazi resultaran estafados? Se necesitaban garantías, pero al mismo tiempo requerían confiar de alguna manera entre sí. Acordaron entonces que Luis entregaría el diamante tan pronto pusiera un pie fuera del campo de concentración, ya en camino, rumbo a Birkenau. ¿Que podía ser traicionado en ese momento y vuelto ingresar en Auschwitz? Podría pasar, como podría pasar que la piedra fuera falsa. ¿Que el SS antes de salir del campo denunciara a Luis para que lo esculcaran, arrebatarle la piedra y ahorcarlo de inmediato? También podría suceder, sólo que en dicho evento ambos se quedarían sin el diamante, el cual podría ir a dar a la bóveda de seguridad de un banco suizo a nombre de Höss, el director, si es que llegaba la piedra a sus manos... Luis bien podría no llevarlo consigo para evitar una trampa pero señalaría, con toda precisión, en dónde se encontraba la preciosa joya antes de abandonar el campo. Lo que era muy probable es que el diamante jamás llegará al Banco Central del Tercer Reich. Todos contentos, todos seguros. El SS cuidaría muy bien su pistola para que estuviera cargada con balas de salva y no cometer equivocaciones fatales.

La fecha llegó más rápido de lo imaginado. Mi tío Luis ensayaba, noche tras noche, con un ímpetu contagioso. Al mismo tiempo el SS lo alimentaba a discreción para que durante su fuga no cayera desplomado, víctima del hambre y de la debilidad. La noche anterior a la fuga, cuando el elegante oficial y mi tío Luis repasaban los últimos detalles, de repente el primero lo detuvo en la salida para dedicarle unas últimas palabras, mientras colocaba su mano cálida en el hombro de quien había sido su preso predilecto:

—Antes de que te marches para siempre, quién sabe si podré volver a verte, quisiera pedirte un último favor.

—Usted dirá, Manfred —repuso mi tío, con las mejores intenciones por los días tan difíciles que habían compartido.

—Quiero que me beses aunque no sientas nada por mí...

Mi tío Luis se quedó petrificado y pensativo. ¿Le escupiría a la cara? No, claro que no, el esputo no sólo le hubiera echado a perder el plan, sino que le hubiera costado la vida. Con su conocida nobleza, y sin pensarlo, se acercó al oficial y lo besó fraternalmente en la mejilla.

Antes de que Luis pudiera retirarse, el SS, de repente, tomó con firmeza la cara de mi tío entre sus manos y lo besó en los labios con una pasión desbordada que había controlado y ocultado a saber desde cuánto tiempo atrás.

Mi tío Luis se apartó violentamente, lleno de asco, limpiándose la boca con el antebrazo como si le hubieran dado a beber un vaso repleto de vómitos. Le clavó al tipo una mirada de odio, sin embargo, repentinamente sintió un gran agradecimiento por ese hombre al que no sólo le debería la vida, sino al que muy pronto también le debería la libertad. Sin su auxilio hubiera fallecido y, por supuesto, adiós Adèle, adiós futuro, adiós Enrique, adiós vida en México, adonde anhelaba llegar. Era evidente que ya no lucharía en contra de fascistas ni de franquistas ni de nazis ni los combatiría en campos de concentración ni deseaba poner en riesgo su vida.

Cuando el SS esperaba, tal vez, una bofetada, Luis se acercó y ahora fue él quien lo tomó por la cara y le besó los labios apretándose al rostro del nazi. No, no era un beso dulce y tierno ni pretendía transmitir emoción carnal alguna; era una expresión obligada, viril, a pesar de las circunstancias, para agradecerle al oficial su esfuerzo en un lenguaje que éste comprendería, al mismo tiempo que implicaba un rechazo radical a la invitación amorosa. El sujeto lo entendió muy bien. Cuando se apartaron, aquél se concretó a acariciar el pelo de mi tío Luis. Mostraba en el rostro una sonrisa beatífica. A continuación se despidieron sin pronunciar una sola palabra más. Todo se había dicho.

Al día siguiente, cuando habían ensayado un breve repertorio de canciones, el grupo coral de los *Sonderkommando*, entre el cual caminaba mi tío arrastrando las viejas chanclas que habían pertenecido a muchos, ahora muertos, el coro flanqueado por un nutrido piquete de agentes de la Gestapo, emprendió la marcha a pie hacia Birkenau.

El pacto se cumplió a la perfección según habían empezado a caminar. Mi tío se quitó la cachucha como si quisiera sacudirla, sólo para extraer de un doblez un diamante ligeramente más grande que un frijol. La piedra era de una limpieza y de un tamaño excepcionales, aun para los neófitos en la materia. Se trataba de una auténtica joya que brillaba de mil formas. El SS la contempló sorprendido, cruzó una mirada de complicidad con mi tío Luis y se la echó en una de las bolsas del uniforme. Como si se fumara un cigarrillo se desplazó a buena velocidad para permanecer incorporado al coro. De acuerdo al plan original, Luis empezó a rezagarse por más órdenes y gritos que daban los SS para que nadie se quedara atrás. Trataba de levantar la cabeza y arrastrar los pies sobre la nieve con un esfuerzo descomunal. Los brazos le colgaban como si ya no pudiera dar un solo paso más. Parecía no escuchar los reclamos de los nazis. Pasada la mitad del camino cayó de rodillas con el rostro agónico, suplicante. Uno de los agentes de la Gestapo se acercó y le apuntó a la cabeza:

—Si no se pone de pie en este preciso momento, le sacaré los sesos con un balazo —advirtió, sin espacio para dudas, y dejando en claro que cumpliría su advertencia. Por supuesto que no bromeaba...

De pronto Manfred se acercó para pedirle a su colega otra oportunidad para el moribundo. Cuando el nuevo agente repitió la instrucción después de hacerle un guiño, Luis se puso de pie para continuar la marcha hacia el calvario de Birkenau, en donde existían ya doscientos mil judíos y se construían apresuradamente cuatro hornos crematorios más. Mi tío Luis contempló con horror la presencia, a ambos lados del camino, de cadáveres de hombres, mujeres y niños que además de presentar heridas de bala, tal vez habían caído muertos por las privaciones y maltratos a los que eran sometidos por los nazis una vez que los habían matado de hambre.

Cuando concluyó la actuación del coro, después de interpretar música de la ópera *Tannhäuser* ante unos trescientos nazis, que comían exquisiteces alemanas en mesas vestidas de gran lujo, los SS les arrojaron a los integrantes del coro, entre carcajadas, huesos de los corderos que habían devorado, en tanto caía la tarde y la nieve adquiría un color azul de muerte. El grupo coral emprendió la marcha de regreso a Auschwitz al anochecer en medio de un frío de horror. Cuando ya se perdían de vista las chimeneas humeantes del infierno de Birkenau, en el lugar preciso en que se encontraba un tractor descompuesto y abandonado, mi tío extrajo un tubito robado del laboratorio de experimentos genéticos, que llevaba adherido a las ingles, en el que guardaba la sangre los gallos. Dio unos pasos y volvió a caer de rodillas. Esta vez, su cabeza también continuó el viaje en dirección al suelo para estrellarse contra la nieve, momento que aprovechó para vaciar el tubo de sangre en su cabeza antes de que llegara Manfred, encargado de dispararle en la cabeza, promesa que cumplió después de haberle amenazado una y otra y otra vez, a gritos estentóreos. Ante la inmovilidad de Luis el nazi disparó dos tiros de gracia...

Mientras el SS empujaba con las botas el cuerpo inerte de mi tío en dirección a la cuneta, llegó el jefe de los oficiales del piquete y riéndose ayudó a quitarle del camino para que el cuerpo no estorbara el paso de otros vehículos.

—¡Bravo! —exclamó—. Un cochino judío menos. A éste ya le tenía yo ganas desde la mañana, *verfluchte jude*...

Ninguno de los integrantes del coro hizo nada por mi tío ni se acercaron al cadáver y, por el contrario, continuaron su marcha hacia Auschwitz, salvo el SS que sí concurrió al lugar de los hechos para despedirse, por última vez, de su preso favorito y éste permaneció inmóvil hasta que desapareció por completo junto con el grupo de cantantes y se hizo un silencio total. El frío era glacial. Exactamente enfrente del tractor, en el lugar acordado, encontró la ropa de civil escondida en un agujero cubierto de nieve. Se desprendió rápidamente de su uniforme a rayas y lo cubrió con tierra en el mismo hoyo, no sin antes haber guardado la bolsa de cuero con el resto de los diamantes en su bolsillo. Su cachucha la llevaría siempre consigo. Antes de vestirse y para engañar el olfato de los perros, se untó el cuerpo con trapos impregnados del olor de gasolina y tabaco, se puso unos calcetines, el mejor invento, según él, en la historia de la humanidad, se calzó los zapatos, se guardó dos grandes pedazos de pan y algo de mantequilla que jamás se derretiría a esas temperaturas, tomó el mapa y los billetes y huyó en busca de Adèle, Adèle, Adèle, que estuviera viva, amor de mis amores, vida de mi vida, sueño de mis sueños, visión de mis visiones, razón de mis razones, luz de mis ojos...

Si mi abuela le escribía frecuentemente a Hedwig a raíz de su llegada a México a mediados de 1939, el intercambio epistolar fue mucho más fluido e intenso después del estallido de la Segunda Guerra europea. Habían transcurrido ya tres años interminables y las cartas iban y venían constantemente de Alemania a México y viceversa. En muchas ocasiones hablaban por teléfono muy a pesar de la distorsión de las voces, de las dificultades para entender con claridad las palabras y de percibir la intensidad de las emociones. Las interrupciones y los ruidos constantes podían erosionar la paciencia del más sereno, más aún si no se perdían de vista los severos momentos de ansiedad por los que pasaba mi familia. Mientras avanzaba el conflicto armado, más complejas eran las comunicaciones telefónicas y más lento se volvía el correo. La ausencia de noticias enloquecía a Muschi, a quien asaltaban, de día y de noche, los negros presagios de Hedwig. ¿Qué podían esperar los judíos de Hitler después de casi diez años de dictadura cuando se había cansado de declarar el asco que le producía su existencia? Mientras Hedwig contestara sus misivas o pudiera conversar telefónicamente con ella, podría vivir en paz. ¡Ay del instante en que esto ya no fuera posible! ¿Y si mataban a su familia...? *Ach, du lieber Gott...!*[37] Entonces ella también envidiaría a los muertos, se culparía de existir, sentiría, como millones de personas, el haber perdido el derecho a existir. ¿Por qué ella sí y los demás, los suyos, no...?

A lo largo de aquel 1942, Muschi empezó a renegar a fondo de su religión judía. En realidad, aunque no lo confesaba, la empezaba a odiar con toda la fuerza de su ser. Prescindía de los amuletos, cualesquiera que éstos fueran. Jamás volvió a un Brit Habat ni a un Brit Milá ni a un Bat Mitzvá ni respetó el Ha-Moyzi ni el Kidush a la hora de bendecir el pan o el vino. Ignoró el Janucá y los Mikra'ei Kodesh y no volvió a acatar las reglas del Shabat ni las dietas judías y desapareció los Menorah de su casa, así como supo pasar por encima de los Shehecheyanu y le importaron un pito y dos flautas las ceremonias del Yom Kipur, al igual que a mi abuelo, sólo que él por diferentes razones: por perseguir, siempre y cuando las hubiera, a mulatas y sí que las había, y de sobra, para perseguirlas sin cansancio. Jamás volvería a pisar una sinagoga ni a conversar con un rabino. Negaría su religión, sería protestante. Nunca se perdonaría sufrir, en lo sucesivo, consecuencia alguna por profesar el judaísmo. Ser judía se había traducido en la imposibilidad de trabajar, de estudiar, de ganarse la vida y estar condenada a morir de hambre sin tener derecho a recibir atención médica; ser víctima de persecuciones, de sospechosas desapariciones, de encarcelamientos, de expropiaciones de sus bienes, de encierros en campos de concentración o en ghettos como el de Varsovia, en donde la gente fallecía

---

[37] ¡Ay, amado Dios...!

en un hacinamiento infernal. Ser judía significaba llevar un sello, un tatuaje, un clavo ardiente remachado en el cogote, en realidad una maldición porque jamás se les dejaría vivir en paz, porque a buena parte de sus compatriotas los escupían en la calle o les prohibían caminar sobre la misma banqueta, como si fueran animales apestosos, o destruían sus negocios, y todo, todo por amar a un tal Dios que se había olvidado de su pueblo, un pueblo supuestamente elegido por Él...

En México evitaba la compañía de los judíos de su entorno. Llegado un extremo se esforzaría por hablar mal de ellos con el objetivo de no ser identificada con ese grupo religioso y garantizarse la paz en el país que la había acogido. No dejaría ni rastro de su pasado al igual que Inge, mi madre y mi tío Claus. ¿Los judíos? Una mierda. Iniciaría, tal vez, una vida nueva en otra ciudad mexicana, en Guadalajara, Jalisco, en donde nadie la conocería y se presentaría como una protestante alemana, sí, pero protestante sin la menor contaminación judía. ¡Tú, Dios!, no me proteges, ¿no...?, entonces me protegeré yo, parecía alegar con su conducta desesperada... El odio sería su escudo protector. Si mi bisabuelo hubiera conocido sus conclusiones, y más aún, hubiera llegado a sus oídos su indiscutible decisión de materializarlas, sin duda la hubiera negado como su hija y le hubiera exigido renunciar a su apellido: tú no eres una Liebrecht, eres una descastada. Me avergüenza que lleves mi sangre y que ahora ya no sólo me traiciones a mí, sino a nuestros ancestros, a nuestros abuelos y a los padres de nuestros abuelos, hubieran sido las últimas palabras antes del portazo final.

En tanto mi abuela se disponía a viajar a Guadalajara junto con mi madre porque había conseguido un trabajo en esa ciudad, se produjo el rompimiento definitivo entre ella y mi abuelo Max, quien supuestamente se encargaba de mi tío Claus. Ya no es que le molestara la existencia de maracas, güiros y guitarras en el armario de su casa ni mangas afroamericanas con coloridos dibujos de tucanes y pájaros silvestres estampados; no, ahora Max, mi abuelo, había decidido vivir en casa con dos señoras mulatas que le hacían perder absolutamente el juicio, cada una a su tiempo o conjuntamente. Ése sí que sabía vivir. La comprensión entre los tres era definitiva. Disfrutaban su muy personal convicción del pudor en el marco de una libertad desbridada. Se acostaban juntos, dormían desnudos, compartían sus bocas, acordaban entre ambas el derecho a recibir la abundante eyaculación del dios teutón y el turno para enjabonarle los genitales y afeitarlo delicadamente, en tanto la otra lo secaba, lo perfumaba y las dos juntas escogían la ropa del día y vestían al muñeco, como le llamaban, para servirle, acto seguido, un *Frühstück*[38] berlinés, como me repitió mi abuelo entre risotadas que nunca olvidaré.

—¿Acaso crees, Panchito, que dos alemanas, un par de germanas furiosas me iban a agasajar así con los inmensos complejos feminoides que las echan a perder? Son más frías que el hielo... Ninguna mujer como las mexicanas, por eso te aconsejo que tengas varias al mismo tiempo y que te llenes de su energía para siempre...

—Sí, Opa —le contestaba yo con el ánimo de agradarlo—, te lo prometo...

—No, no me lo prometas, Panchito, júramelo antes de que estos viejos huesos los guarden en una caja oscura para siempre... Si alguna mulataza se te niega, sólo ve el lucero vespertino durante cinco minutos y convenceré a la dama en cuestión desde el más allá... Quiero irme de este mundo sabiendo que morirás con la misma sonrisa con la que yo abandonaré el reino mágico de los vivos...

—Lo juro...

—¿Tendrás dos de planta?

—Dos, Opa...

—Vuélvelo a jurar...

—¿Te parece que te bese la frente a modo de compromiso y a título de agradecimiento?

Silencio con lágrimas en los ojos.

—Otro juramento, *Enkelchen*...

—Di, Opa...

—Cuando te vayas a morir, asegúrate de hacerlo con los güevos y la chequera vacíos...

—*Selbstaverständlich*,[39] Opa... —estallaba yo a carcajadas.

A mediados de febrero de 1942, cuando Muschi ya se disponía a viajar a Guadalajara, recibió un paquete de Alemania con su nombre escrito con una caligrafía de corte gótico desconocida. Un envío muy extraño. Al abrirlo cayó de rodillas sobre el piso del departamen-

---

[38] Desayuno.
[39] Por supuesto.

to de la colonia Del Valle, como si la hubiera fulminado un rayo. Contenía seis de las últimas cartas enviadas por ella a Hedwig, que obviamente nunca habían llegado a manos de su destinataria y se las devolvían sin haber sido leídas. Además, y por si fuera poco, anexaban un texto escrito precipitadamente y con trazos que delataban una furia demoníaca:

Maldita judía, no se te ocurra volver a mandar nada a esta dirección. Ésta ya no es tu casa. Aquí ya no viven perros. Alemania ya no es tu patria. Espero que te mueras muy pronto.

—No, no, no, no puede ser, no, no, no... —gritaba desesperada, llorando enloquecida y tirada sobre el piso, en tanto golpeaba con los puños el suelo de losa corriente de su comedor, un material incomparable con el mármol blanco de Carrara que lucía su casa de Grünewald—. No, no, no, no, no, no, no... ¿Por qué...? ¿Por qué...? ¿Por qué...? No, no, no, no... ¿Por qué a mí...? ¿Por qué...?

Nadie estaba en casa en ese momento para consolarla y muy pocas personas tendría a lo largo de su vida, si acaso llegaba a tenerlas, para poder reconciliarla con la existencia. Después de todo, para sus propios hijos era una desconocida. Hedwig los había educado, los había querido, les había contado los cuentos de noche y los había ayudado a las tareas escolares, los había instruido, los había formado, si bien nunca les dio pecho. Ellos no habían tenido otra madre más que la propia Hedwig. ¿A quién recurrir en ese momento de tragedia? ¿A su marido, a Max?

¿Dónde estaría su padre en este momento, y Hedwig, la adorada Hedwig? ¿Y sus hermanos y tíos, qué habría sido de ellos? Una espantosa zozobra le corroía las entrañas. Muschi maldecía cuanto le rodeaba. Despreciaba su vida en México, extrañaba a sus amigos berlineses de la alta sociedad, sus interminables paseos por el Tiergarten, la ópera, los conciertos, las exposiciones, los manteles largos, la exquisita cristalería y las lujosas vajillas, la buena ropa de marca, las conversaciones inteligentes, las excentricidades, su Mercedes Benz a la puerta con chofer uniformado, el codearse con los políticos, con intelectuales y con filósofos. Ahora en la Ciudad de México su mejor compañía era una sirvienta descalza que no sabía ni leer ni escribir, ya ni digamos entender una sola palabra de alemán. Nadie la comprendía. Su soledad era absoluta. ¿A quién culpar

de su desgracia? ¿Por que tenía ella que ser tan brutalmente castigada si nunca había hecho daño a nadie? ¿Qué podía esperar de Alemania? Imposible vengarse de Hitler. ¿Cómo hacerlo? Ni pensarlo.
Escupió entonces sobre los viejos y manchados muebles de la sala,
el comedor, las habitaciones, hasta quedarse sin saliva y dejarse caer
bocabajo en la cama envuelta en un llanto conmovedor. Pasadas un
par de horas decidió ir a buscar a mi abuelo al Sep's para contarle
lo ocurrido. Grave error: no imaginaba que a partir de ese momento
el rompimiento entre ellos sería definitivo e irreversible. Su negocio
se encontraba rebosante de clientes a la hora de la comida. No podía esperar. Tenían que ponerle atención en ese preciso instante o
comenzarían las agresiones, ella era Lore Liebrecht, la niña mimada
por su padre, la multimillonaria que jamás había conocido la adversidad ni límite alguno a sus caprichos y que en ese momento ya no
soportaba el peso del mundo entero sobre sus hombros agotados.

—Max —le dijo a mi abuelo sacudiéndolo por las solapas—, mis
padres, por lo visto, han sido arrestados. Me devolvieron las cartas
que yo le había enviado a Hedwig en un sobre diciéndome que esa
ya no era mi casa ni Alemania mi patria y que yo era una maldita
judía...

—¿Cómo que arrestados? —preguntó mi abuelo frunciendo el
ceño, con el rostro desencajado.

—Sí —exclamó ella sin dejar de llorar—, su casa, nuestra casa
de Grünewald, ya la ocupan, según creo, unos nazis, que fueron los
que me regresaron la correspondencia llenándome de insultos. Max,
no puede ser, no, no —agregó golpeando el pecho de mi abuelo sin
darse cuenta de que algunos comensales contemplaban sorprendidos
la escena.

Mi abuelo la tomó entonces del brazo y la condujo delicadamente hacia su oficina, un pequeño privado que se encontraba atrás del
bar.

—Te lo dije, Muschi, te lo dije, todo esto es por el cochino dinero. La avaricia de tu padre le puede costar muy caro —adujo sin
pensar que su aseveración provocaría la rabia de Muschi. No era
hora de reclamaciones.

—No vine aquí para que atacaras otra vez a mi padre, sino para
que me consolaras y buscaras la manera de ayudarme.

—Pero es que él tiene toda la culpa. La inmensa mayoría de los
judíos lo veíamos venir y él negó toda la realidad con una gran tor-

peza —concluyó tratando de aducir que se lo merecía por tonto y por avaro—. Desde cuándo tenía que haber huido de Alemania... ¿Qué puedo hacer yo desde México como dueño de un restaurante de la colonia Condesa? ¿Declararle la guerra a la Wehrmacht y derribar a salchichazos a los aviones de la Luftwaffe?

La mirada de mi abuela se congestionó de odio y rencor.

—Mira quién habla de culpa —respondió Muschi enfurecida al sentirse nuevamente incomprendida—. Si alguien tiene culpa aquí eres tú, que le robaste a mi padre doscientos cincuenta mil marcos —respondió Muschi sin hacer comentario alguno al tono irónico de mi abuelo.

—Yo no me los robé, su dinero lo usé para hacer nuevas inversiones y me desfalcaron, de eso soy inocente...

—Eres un ladrón, un completo ladrón —contestó mi abuela perdiendo los estribos—, si no, ¿por qué te largaste de Alemania el mismo día que te dieron el dinero y no volvimos a saber de ti hasta mucho tiempo después? —expulsó de golpe toda su amargura sin soltar ya una sola lágrima—. ¿Por qué te escondiste? ¿Por qué nunca has vuelto a poner un pie en Alemania? ¿Por qué te viniste a meter a este cochino muladar llamado México? Yo te lo digo —repuso sin permitir que mi abuelo contestara—: porque sabías que la justicia aquí no existe, ¿no es cierto...? En México compras a un juez con tres pesos y sabías muy bien que en Alemania eso no es posible, ladrón, ladrón, ladrón.

Fue entonces cuando mi abuelo la tomó de nueva cuenta del brazo, esta vez violentamente, para ponerla en la puerta de la calle:

—Lárgate, no quiero volver a verte nunca jamás en mi vida. ¿Lo entendiste...? Ve a tirar tus venenos a otro lado —concluyó, furioso, a sabiendas de que ciertos errores persiguen a las personas como una sombra maligna durante toda la existencia.

Muschi no sólo llamó ladrón a mi abuelo, sino que en su rabia y desesperación, todavía, desde la banqueta, lo insultó tildándolo de cobarde, miserable, prófugo de la justicia, patán, en tanto él, con oídos sordos, volvió a su restaurante para atender a sus clientes. Ese día sintió merecerse un buen baño de tina a cuatro manos...

Mi abuela regresó a pie, arrastrando los zapatos en dirección a su departamento, rodeada de un paisaje urbano que detestaba. Volver a Alemania complicaría aún más su situación porque correría el peligro de ser también arrestada por alguna delación o perecer en cualquier bombardeo sobre Berlín o simplemente morir al ser torpedeado el barco en el que cruzaría de nueva cuenta el Atlántico. Estaba fichada como judía indeseable, ¿cómo ocultarse...? No tenía más remedio que vivir en México sin dinero, sin posibilidades de ganárselo, porque nunca pensó que ella, Lore Liebrecht, podría llegar a tener algún tipo de necesidad insatisfecha en su vida cuando siempre había estado rodeada de una gran abundancia. ¿Acaso ella iba a poder sacar de su casa a los nuevos inquilinos en Grünewald? ¿Con arreglo a qué ley? ¿La de los nazis...? ¡Ja! ¿Podría localizar a sus padres y rescatarlos? ¡Misión inútil! La impotencia la devoraba.

Inge, mi madre, lloró desconsoladamente la noticia. Entendió las dimensiones de la pérdida, sobre todo en lo que a Hedwig se refería. ¿La volvería a ver? Nadie podía contestarle esa pregunta. ¿Cómo podían existir hombres tan malvados como los nazis capaces de robar y de matar sólo por profesar una religión? ¿No era suficiente el estallido de una nueva guerra mundial en la que perecerían millones de personas inocentes y se atrasaría la marcha del mundo? La propia Muschi se sorprendió al ver la reacción de su hija, una mujer próxima a cumplir los veinte años de edad. Mi abuela nunca había dimensionado el inmenso cariño que Inge sentía por Hedwig y, sin embargo, ni así de lastimada, ni así, en esas terribles circunstancias, pudo ponerle la mano encima para consolarla ni obsequiarle una palabra amorosa. Su dureza no tenía límites. Nunca llegaron a torturarla los celos porque su hija amaba, como su madre, verdadera madre, mucho más a otra mujer que a ella misma, la supuesta autora de sus días, si es que había sido cierto aquello de la adopción.

—¿Qué vamos a hacer? —preguntó mi madre a sabiendas de que ya no recibirían dinero de Hedwig—, ¿quién verá por nosotros? Mi padre no nos dejará morir de hambre...

—¿Max? ¿Tu padre? Ingelein, él es un bueno para nada...

—Verás que te equivocas: él no me abandonará, te lo puedo asegurar —repuso con firmeza justificada—: él nunca ha dejado de mandarnos unos pesos. Jamás me abandonará.

Dos días después de la recepción del paquete siniestro que devastó a Muschi, cuando ella se lamía las heridas y se resignaba a vivir en un estado de permanente angustia al no conocer la suerte de nuestra familia, llegó un sobre de Alemania con una carta de Rolf, el chofer de mi bisabuelo. Se trataba, sin dudarlo, del tiro de gracia. Este buen hombre que había trabajado durante los últimos treinta años al lado de Richard y de Hedwig le hizo saber a mi abuela los detalles de lo ocurrido en aquel febrero de 1942.

Muy respetable *Fräulein* Liebrecht:[40]

No podrá usted creerlo, hace como tres semanas llegó una brigada de uniformados, todos vestidos de negro. Los de la SS llamaron violentamente a la puerta y empujándome, entraron a la casa cumpliendo, yo creo, un plan de ataque. Momentos después, diferentes grupos de estos asaltantes, perfectamente coordinados, entraron en todas las habitaciones buscando a su padre y a su madre, como si quien los encontrara fuera a recibir una gran recompensa. Yo trataba de impedirlo pero ni siquiera me hicieron caso.

Mientras unos de esos vándalos abrían los armarios, vaciaban los cajones, buscaban posibles escondites o huecos o qué sé yo, golpeando el piso con bastones, acercaban detectores de metales a las paredes, desprendían los cuadros, intentaban dar con puertas falsas o pasajes secretos, quitaban tapetes, otros gritaban aquí no están, aquí tampoco, subiendo y bajando las escaleras como si hubieran enloquecido. Después de unos momentos se dieron por vencidos, pero ya cuando me estaba tranquilizando, a las doncellas del servicio y a mí nos encañonaron con sus armas preguntando cosas que no sé si me atrevo a repetirle. Algo así como, perdonará usted: «¿Dónde demonios está el cochino judío de Richard Liebrecht y su esposa? ¿Dónde? ¡Hablen! Tenemos instrucciones de llevárnoslos en este momento y si ustedes se resisten a decirnos dónde están escondidos, también tendrán que acompañarnos». Eso nos advirtió uno que parecía ser el jefe de la pandilla. Otro nos amenazó con que nos mandarían a un campo de concentración si no les decíamos en dónde estaba la caja fuerte, la de seguridad, los papeles y las cosas valiosas de su padre.

Yo guardé silencio, pero Ángela, la nueva recamarera, pobrecita, empezó a llorar y a decir que ella tenía dos hijos, que por favor no la lastimaran. Y no pude impedir que les dijera que en el sótano estaba todo. Su papá también. Perdóneme, *Fräulein*, pero no pude evitarlo.

---

[40] Señorita Liebrecht.

Su padre, de un tiempo atrás, pasaba buena parte del tiempo arreglando las vajillas, contando los cubiertos de plata, envolviéndolos, uno por uno, guardando en cajas de terciopelo sus joyas y sus relojes, acomodando, una y otra vez, sus cuadros y sus esculturas, en general su gran colección de obras de arte, de la que, como usted sabe, estaba tan orgulloso. Mandaba hacer cajas de madera para protegerlas, como si fuera a hacer un gran viaje, o forraba sus óleos con cartones o levantaba inventarios a mano para saber siempre cómo localizar con la máxima rapidez sus objetos más queridos.

Como su padre había mandado hacer una puerta de acero, igual a la de las bóvedas de seguridad de los bancos, para que nunca nadie pudiera entrar, los nazis colocaron cartuchos de dinamita para hacer estallar un muro anexo y bajaron precipitadamente para atraparlo. Ahí estaba nuestro querido viejo, sentado tras su escritorio antiguo, retorciéndose su mostacho blanco, haciendo cuentas con su monóculo, vestido con su camisa de seda impecable y sus pantalones de lana color gris Oxford. Casi se muere del susto por la espantosa explosión. Y entraron: eran una jauría, *Fräulein* Liebrecht, le juro que eran una jauría de perros hambrientos y rabiosos.

Afortunadamente la señora Hedwig no estaba en ese momento en casa, así que gracias a Dios no presenció cuando a su padre le dieron un golpe terrible en la boca con la cacha de una ametralladora al atreverse a ordenarles, furioso, que se largaran de su casa porque él era amigo y socio de Joseph Goebbels. Le tiraron brutalmente los dientes y le exigieron que les entregara sus documentos personales, en particular las acciones de sus fábricas. A ver, digo yo, ¿cómo sabían lo de las fábricas? Era obvio que quien le pedía a gritos esos papeles, lo hacía cumpliendo órdenes específicas de algún gran nazi. Yo creo que su padre sintió una puñalada en el pecho cuando no tuvo más remedio que confesar que la caja estaba en su habitación, detrás de un cuadro de Holbein. A jalones lo hicieron subir para que les proporcionara la clave y pudieran saquear sus bienes. Usted sabe el trabajo que le costó a su padre lograr lo que logró desde que llegó de Polonia en el hambre y casi descalzo. Yo siempre lo admiré por eso.

De pronto todas las acciones de sus compañías estaban colocadas encima de la cama. Unos las contaban y otros anotaban si correspondía o no a las fábricas de Berlín, la de Stuttgart, la de Dresden, que tanto visitaba para aprovechar su viaje y escuchar ópera, además de las instalaciones de Hamburgo y la de Múnich. Me llamó mucho la atención la presencia de dos mujeres, también uniformadas, que contaban las obras de arte colgadas en las paredes y las esculturas del jardín. ¿A quién le habría contado su padre de la existencia de esas obras de arte que ellas intentaban localizar con precisión matemática? Yo seguía sin poder hacer nada. Tuve que quedarme callado cuando vi su rostro consternado en el momento en que empezaron a subir los óleos a una camioneta negra. Le estaban arrebatando la vida.

Al concluir el inventario, estos salvajes empujaron a su padre escaleras abajo y salieron a la calle, momento en que desafortunadamente llegó la señora Hedwig. Cuando vio en ese lamentable estado a su marido, se abalanzó encima del agente de la SS que le quedó más cerca para arañarle la cara, patearlo y escupirlo, pero inmediatamente otro uniformado la tomó por la cabellera y tiró de ella hasta meterla en una camioneta negra mientras ella insultaba a diestra y siniestra en su espantosa desesperación. Después, lamento mucho decirle, se los llevaron, sí, a los dos, y hasta el momento no hemos sabido nada de ellos. Se los tragaron los nazis, *Fräulein* Liebrecht, se los tragaron...

Nosotros, en la casa, nos quedamos totalmente desconcertados, sin saber qué hacer. Llamamos por teléfono a los de la familia para recibir instrucciones, pero nadie contestó. No pasó mucho tiempo antes de que supiéramos qué hacer y qué iba a ser de nosotros. Muy pronto entendí que una residencia tan impresionante como la de Wallotstrasse no podía permanecer vacía. Días más tarde llegaron albañiles y carpinteros para arreglar fundamentalmente la destrucción que había sufrido la casa como consecuencia de la explosión. Un sujeto de unos cuarenta años de edad, vestido con un largo abrigo negro de cuero que casi le cubría las botas, un demonio de persona, era quien dictaba las órdenes. La mayor parte de la ropa de sus padres fue guardada en unos baúles y enviada a las ciudades alemanas más castigadas por los bombardeos. Justo es decir que los abrigos de piel de mink, los de castor de su madre, sus martas, sus cuellos de visón, los favoritos de su mamá, esos, por supuesto, no los enviaron a ningún lado... ¡Los usaron y los usan a diario en sus reuniones de gala!

¡Cuál no sería el tamaño de mi sorpresa cuando unos días después su casa de Wallotstrasse fue ocupada por un alto jerarca nazi que empezó a habitarla con su esposa, quien empezó a salir a la calle luciendo las prendas de su madre sin sufrir el menor rubor! Eran prendas robadas, *Fräulein* Liebrecht, usted y yo lo sabemos, robadas... Si los alemanes respetamos escrupulosamente la ley, al extremo de acatar puntualmente una señal de alto impuesta por un policía de tránsito, ¿cómo me iba a imaginar que se convertirían después en unos miserables ladrones y asesinos carentes de cualquier principio? ¿Cómo entender eso, señorita Liebrecht?, usted que sabe tanto, por favor explíqueme. ¿Qué nos ha pasado a los alemanes? Necesito que alguien me explique ¿por qué nos hemos vuelto locos? ¿Sabe usted que este alto oficial nazi usa los relojes y las mancuernillas de su padre los fines de semana, se bebe sus vinos, sus botellas de *eau de vie* y fuma su tabaco? ¿Sabe usted que esta señora sale en el coche de su padre y me obliga a ponerme mi uniforme para llevarla a cocteles por toda la ciudad? Estoy lleno de asco, *Fräulein* Liebrecht, realmente me avergüenzo de ser alemán...

Esta mujer, la usurpadora, arrogante y grosera, fue la que guardó sus cartas en un paquete y se las remitió a usted a su domicilio en la Ciudad de México. Puedo imaginarme su rostro cuando recibió las cartas cerradas de regreso y entendió lo que estaba ocurriendo en Berlín. Lo lamento tanto, *Fräulein* Liebrecht, como usted no se lo puede imaginar. Realmente me muero de vergüenza. Espero verla en esta vida o en la otra, según lo que Dios, nuestro Señor, decida en relación a nuestro destino como país...

Respetuosamente, Herr Rolf

Capítulo IV

CUANDO DIOS Y EL DIABLO SE TOMARON DE
LA MANO Y ESTALLARON OTRA GUERRA PLANETARIA

Nada bueno cabe esperar de un hombre que disfruta ensartando moscas con un punzón puntiagudo.

¿Cómo podría ser, querido lector, el epitafio de Hitler?

MARTINILLO

A menudo he experimentado un amargo dolor pensando en el pueblo alemán, que es tan estimable en sus individuos y tan perverso en su conjunto...

GOETHE

Lo más atroz de las cosas malas de la gente mala es el silencio de la gente buena.

MAHATMA GANDHI

Desde su arriesgada huida de Alicante, al final de la Guerra Civil, y de su patética estancia en el campo de concentración de Argelès-sur-Mer, mi tío Luis había aprendido a identificar las constelaciones y a guiarse por ellas en las noches, cuando había más seguridad y menos presencia de soldados y policías fascistas. Si bien ahora contaba con un mapa, su experiencia astronómica le permitiría caminar con más precisión rumbo a su destino. Sabía, a ciencia cierta, que tanto los polacos como los checoslovacos odiaban a los nazis y los contemplaban como sus enemigos más acérrimos. Ya se entendería con ellos para pedir posada y un plato caliente de lentejas o de sopa de papas. ¿Sopa de papas?, un manjar inimaginable.

Jamás había sentido una debilidad tan postrante ni un frío semejante en su cuerpo ni un pánico tan agudo ante la posibilidad de ser sorprendido y mordido por los perros furiosos de los nazis, de ser baleado por los guardias fronterizos o por los agentes de la Gestapo o simplemente por romperse una pierna y quedar imposibilitado de huir después de haber librado lo peor. Toda su ruta y su futuro pendían de un hilo. Casi dos días después de apurar el paso, el miedo lo llenaba de una sorprendente energía, sintió que cruzaba la frontera polaca y llegaba a Checoslovaquia, también invadida por los nazis. La guerra continuaba sin tregua alguna. El idioma era distinto, aun cuando los enemigos eran los mismos. A pesar de los calcetines y de los zapatos, percibió que los dedos de los pies se le congelaban, así como la nariz y las orejas, lo que fuera, sí, pero estaba vivo, finalmente vivo. Al encontrarse con un humilde agricultor checo en su caminata rumbo a Francia, mi tío vivió auténticas pesadillas, al extremo de llegar a pensar que no sobreviviría por el temor a ser denunciado. ¿Por qué la vida se ensañaba con él de esa manera?

No hay mal que por bien no venga, se dijo y se repitió en la noche helada en la que durmió escondido en la paja de un granero. Nunca nadie lo molestó a pesar de los interminables ladridos de los perros de los campesinos del lugar. A la mañana siguiente encontró a un labrador dispuesto a iniciar su jornada de trabajo. Fue imposible comunicarse con él. Entonces mi tío se remangó la camisa y le mostró el tatuaje de su brazo derecho. ¿Podía existir una prueba más elocuente? El hombre no conoció el significado de los números y por otro lado resultaba inútil tratar de explicárselo. Sin embargo, a quien identificaba como el dueño de la granja, sí comprendió a la perfección cuando mi tío le mostró la gorra rayada que llevaba guardada en un bolsillo. En ese momento le dio la espalda y salió caminando hacia su casa sin ocultar su miedo, o tal vez, su coraje. Quizá iba por un arma pensando que se trataba de un asesino fugado de una cárcel de los alrededores, o bien, se dirigía en busca de su mujer para que le ayudara a entenderse con el intruso. Luis no se detuvo a esperar la respuesta y salió huyendo del lugar a pesar del gran dolor que le producían los dedos de los pies a punto de la congelación.

—¡Venga, vuelva! —gritaba en checo ese hombre humilde haciendo diversas señales con las manos para que regresara.

¿Era inteligente hacerlo? ¿Convenía?

Luis decidió entonces regresar convencido de que si bien durante la guerra era imposible confiar en alguien, en ese caso bien valía la pena intentarlo. No se equivocó. Mientras se dirigía hacia donde se encontraba su anfitrión, éste decidió extenderle la mano para obsequiarle seguridad y confianza. Había comprendido que se trataba de un prófugo de un campo de concentración alemán. Entraron a su casa; le indicó dónde podía bañarse. Acto seguido le ofreció sopa caliente, guisado de papas y ternera en salsa de jitomate. Mi tío pesaba en aquel entonces cincuenta y dos kilos, casi la mitad de su peso normal. Bebió cerveza y comió pan, un evento gastronómico. Durante la comida se entendieron con dibujos. Luis dibujó unos barrotes con la figura de un hombre detrás para ejemplificar su caso. El campesino le arrebató el lápiz el papel y dibujó, muy mal hecho, un mapa de Europa para que Luis le indicara el país al que él quería dirigirse.

—¿Francia? —cuestionó aquél cuando Luis señaló con el dedo índice en el croquis lo que supuestamente representaba aquel país.

—Sí —fue la respuesta entusiasta de mi tío, al mismo tiempo que le brillaban los ojos. Francia, Francia, Francia...

Aquel hombre, de unos sesenta años de edad, deseaba comunicarse con mi tío a base de señas, tratar de explicarle que había perdido a dos hermanos en la guerra a manos de los nazis, que su familia se había desintegrado, en fin, desahogarse con alguien. Ante su desesperación fue a buscar dinero en una caja que mantenía escondida en la cocina. Extrajo unos billetes con la idea de preguntarle a mi tío si contaba con algunos recursos. Se había creado una repentina fraternidad en medio de la violencia inaudita. El interlocutor le enseñó una cantidad insignificante valuada en marcos alemanes y algunos *zlotys* polacos. Arropado con más calcetines y una chamarra obsequiados por aquel buen hombre, mi tío fue conducido en un automóvil destartalado a una estación de trenes en Bielsko-Biala rumbo a Brno. Valía la pena correr el riesgo, porque de seguir caminando en las noches a través del campo, tarde temprano moriría congelado o sería atrapado por los policías secretos; por otro lado, podía ser arrestado en cualquier estación, pueblo o ciudad de Checoslovaquia. El peligro existía, a saber cuál era menor. La segunda decisión consistía en saber si continuar el viaje rumbo a Francia a través de Alemania, o bien llegar allá pasando por Austria y después a Suiza...

La suerte estuvo al lado de mi tío Luis durante su breve estancia en Checoslovaquia. Llegó en tren a Brno sin problema alguno y de ahí se las arregló para viajar en un carro lechero que lo recogió en una carretera hasta llegar a Jihlaba. Trataba de dormir en las estaciones del tren o de camiones para guarecerse del frío. En ocasiones pudo viajar como polizón, imitando a unos estudiantes para llegar hasta Tabor y de ahí a Plzn. Cuando tenía oportunidad, al pasar, robaba manzanas o lo que pudiera de los puestos de los mercados, con el riesgo de ser capturado, o compraba en las panaderías pan duro, el sobrante que no se había podido vender hasta antes del cierre del negocio. Lo mismo hacía en las fondas humildes tratando de entenderse a señas para que le dieran los restos de la comida que iba destinada al bote de la basura, si es que esto era posible en plena guerra. Casi siempre acertó al llamar a la puerta y juntar los dedos de la mano derecha dirigiéndoselos, una y otra vez, en forma compulsiva, hacia su boca con la mirada suplicante. A saber cómo, pero lograba comer...

A lo largo del viaje, hundido en sus reflexiones, Luis concluyó que Alemania podría ser, en contra de toda lógica, la mejor opción para llegar hasta Francia. ¿Por qué? Porque el ejército alemán y la SS estaban ocupando casi toda Europa y, aun cuando los controles en Alemania podrían ser férreos, en todo caso, pensaba él, su tránsito podría ser menos riesgoso metiéndose en la boca del lobo. Así lo hizo. Emprendió la marcha para cruzar la frontera con el ánimo de llegar a Weiden, ya Alemania, y de ahí ver la manera de continuar para pasar al sur de Núremberg, pidiendo auxilio en las carreteras vecinales o volviendo a viajar escondido en los trenes de carga, durmiendo a bordo de ellos, en granjas, en humildes casas de huéspedes o donde pudiera, pero claro que tenía que llegar hasta Alsacia para buscar a Adèle, Adèle, siempre a Adèle. El coraje, la fuerza de voluntad de un hombre puede ser determinante cuando se está dispuesto a conquistar un objetivo. No hay obstáculo que valga, no hay pretexto que cuente, no hay argumento invencible ni excusa ni justificación cuando la decisión ha sido tomada, como en el caso de mi tío, más aún después de haber superado las mayores adversidades a las que podría enfrentarse una persona. Quien puede lo más, y yo he podido lo más, también debe poder lo menos... Ése era su aliento, su fortaleza: no podía ahogarse al llegar a la orilla, no, no, y no.

Del sur de Núremberg, pudo llegar en un camión de carga que transportaba cerveza hasta Stuttgart. Nunca a nadie se le ocurrió obligarlo a mostrar su brazo derecho, y, por otra parte, mucho se cuidó de esconder su gorra rayada que habría de acompañarlo por toda su vida. Un estudiante de arquitectura lo acercó en motocicleta hasta llegar cerca de Estrasburgo. Aunque pareciera increíble ya se encontraba de regreso en Alsacia. Se sentía de nuevo en casa, aunque fuera una casa ocupada por los nazis. Robó entonces otra bicicleta, repitiendo la misma hazaña que ya había ejecutado en Checoslovaquia, y se dirigió al viñedo, al *petit château alsacienne*, en busca de noticias de Adèle. De no dar con ella ahí por estar tomado el viñedo por los nazis y sus parientes arrestados o fusilados, se dirigiría entonces a su pequeño departamento en Mulhouse y si fallaba, sabría cómo entablar comunicación con sus amigos y colegas de la resistencia hasta localizarla, por su cuenta corría que así fuera, aun cuando esos huesos agitados no dieran para más.

Su primer intento resultó fructífero. Encontró al tío de Adèle recorriendo, como siempre, las interminables hileras de los viñedos en busca de alguna plaga. Todo parecía indicar que la vendimia sería extraordinaria. Se acercó entonces disimuladamente hacia él, murmurándole lo más fuerte que podía:

—Alain, Alain, soy yo, Luis...

Si la sorpresa de Alain fue enorme, el abrazo fue de una intensidad que pronto superó la emoción de mi tío. ¿Qué le quería decir estrechándolo con tanta fuerza y estallando al mismo tiempo en un llanto contagioso y estremecedor que le impedía pronunciar siquiera una palabra? El anciano no se separaba del pecho de mi tío, quien vio cómo caía su gorra al piso y dejaba ver su cabellera blanca y su antigua calvicie. El viejo no podía controlar un dolor que parecía aplastarlo y vencerlo.

Al separarlo, para verlo a la cara, Luis lo sacudió por los hombros. Evidentemente que se trataba de un problema de Adèle:

—¿Qué sucede, Alain? Por lo que más quiera, dígame ¿qué pasa con Adèle?, ¿acaso está muerta?, ¿la mataron los nazis?

—No, no, ella todavía vive, Luis, es lo que supongo, lo que pasa —dijo gimoteando— es que está arrestada y acusada de asesinato y lo más probable es que la fusilen cualquier día de estos... Le juro a usted que yo no podría superar su muerte. Ella ha llenado mi vida de alegría...

Luis sentía asfixiarse.

—¿En dónde está?, ¿lo sabe usted...? Por favor, dígame...

—La encontrará en una cárcel en Burdeos, en el norte, desde ahí nos ha escrito siempre en clave, que a veces entendemos y a veces no...

—¿Y a quién mató, lo sabe usted...?

—Sí, de acuerdo a lo poco que he podido entender ella asesinó a un espía español que informaba tanto a los nazis como al Gobierno de Vichy de los planes de la resistencia francesa que lucha por la Francia Libre...

—¿Mató a Mauricio Rubio?

—Sí, sí —repitió entusiasmado el viejo—, sí, se llamaba Mauricio Rubio el espía español al que Adèle asesinó; sí, claro, se trataba de él...

Mi tío Luis se quedó paralizado como si lo hubiera partido un rayo. Por supuesto sabía que Mauricio Rubio lo había traicionado el día en que intentaban incendiar el archivo de la Gestapo en Toulouse y ella había descubierto la identidad del traidor y lo había matado. Todo estaba muy claro. Sólo Adèle, sólo ella...

—¿Y cómo supieron que ella era la culpable?

—Porque la vieron dispararle al hombre en la cara hasta que se la acabaron las balas de la pistola. Para la policía fue muy fácil detenerla porque ya sabes que toda Francia está llena de espías...

Después de besar en la frente al viejo Alain, mi tío Luis salió hacia Mulhouse donde había una agencia secreta integrada por hombres de la resistencia. Obtuvo de inmediato documentos falsos para poder cruzar de la Francia de Vichy a la nazi, sin problema alguno. Lo recibieron sus camaradas con abrazos interminables, a quienes les contó lo acontecido en Auschwitz. No podían salir de su asombro, sólo que en ese momento tenía que viajar hasta Burdeos para tratar de sacar a Adèle de la cárcel a como diera lugar. Él jamás se perdonaría si llegaban a matarla sin que hubiera hecho su mejor esfuerzo para liberarla. Había aprendido de sobra que el gran móvil de los nazis, entre otros, era apoderarse de los bienes ajenos. A cada nazi lo movía un objetivo: el dinero, y Luis tenía dinero o al menos tenía la manera de hacerse de mucho dinero y, además, muy rápido. Una mañana de marzo de 1942 se presentó en la cárcel de Burdeos vestido con la debida elegancia exigida por las circunstancias. Había vendido en París, a buen precio, uno de los diamantes de mi bisabuelo y se había hecho de cuantiosos recursos, que llevaba en un portafolio, para sobornar al juez competente en el juicio de Adèle. Ningún dinero mejor invertido, sí, sólo que antes tenía que comprobar la existencia física de ella, verla personalmente aunque fuera a través de los barrotes o de una ventana. La solución resultó más fácil y efectiva de lo que pudo siquiera prever. El juez encargado de dictar la sentencia en contra de Adèle resultó un masón, como él, aunque de un grado superior al suyo. Formaba parte de la fraternidad y más aún cuando mi tío le ofreció, pese a su resistencia y de la ética masónica, una buena cantidad de francos en efectivo, oferta que no se podía desdeñar en plena guerra y con tantas necesidades por todas partes en diferentes sentidos. La «gratificación» equivalía a quince años de sueldo como empleado del poder judicial.

Mi tío, que ostentaba una gran riqueza con su indumentaria y el reloj que había comprado para impresionar a la autoridad, fue conducido ante la presencia de Adèle, a quien encontró dormida en su celda. Un intenso escalofrío recorrió su cuerpo al verla tirada en semejantes condiciones. En ese momento hasta olvidó el terrible dolor de dedos que tenía en su pie derecho.

—Polvorita, Polvorita —exclamó mi tío como si murmurara para no despertarla bruscamente. Si algún sobrenombre haría reaccionar de inmediato a Adèle era precisamente el de «Polvorita». Nadie lo conocía, sólo la persona que ella más quería en su existencia.

Adèle permaneció inmóvil sin que mi tío Luis pudiera comprobar si había abierto los ojos, como si ella se preguntara si era realidad o parte de un sueño lo que estaba escuchando.

—Polvorita, Polvorita... Soy yo, Luis, el Grandote, tu Grandote.

De repente Adèle se sentó violentamente sobre la cama y giró la cabeza en dirección a la puerta de la celda para encontrarse con Luis. No, no era un sueño, era una realidad. Descalza, como siempre, corrió a tocarlo a través de los barrotes. Acarició, una y otra vez, su cara, su pelo, besó sus manos y trató de abrazarlo, aunque impotente, mientras lloraba y lloraba y lloraba desconsolada.

—¡Luis, Luis, Luis, mi amor, estás vivo, estás vivo, no lo puedo creer! —se repetía, no sin alarmarse por el rostro demacrado y macilento de mi tío. Tenía la apariencia de un muerto. Había tanto qué contar...

Los guardianes encargados de la custodia de Adèle mostraban la misma emoción ante la escena que exhiben los sepultureros cuando inhuman un cadáver: ninguna. Luis hizo lo propio al tocar su cabellera y enjugarle las lágrimas con sus dedos pulgares, tocarle la frente y besársela al igual que sus labios. Ambos gimoteaban, ambos deseaban estrecharse y tenerse pero, de pronto, sintió mi tío un par de golpes insignificantes en su rodilla que indicaban la terminación de la visita. Era el momento de volver ante la presencia del señor juez, no sin antes haberle enviado a Adèle un guiño amoroso lleno de complicidad...

Mi tío no pudo desprenderse de la imagen de Adèle durante toda la cena en un pequeño bistró en las afueras de Burdeos, acompañado del magistrado. Ambos tenían que guardar toda la discreción. Mi tío se abstuvo de beber vino por su postrante debilidad. Estaba consciente de que le haría el mismo efecto que una poción de veneno. El juez pidió media botella mientras comía una sopa de pescado y un filete a la pimienta negra, banquete con el que lo acompañó mi tío Luis. No esperaron a los postres para ultimar detalles. El magistrado confesó su incapacidad de absolver a Adèle por medio de una sentencia. Imposible, de hacerlo así sería removido del cargo acusado de corrupción. La estrategia consistiría en trasladar a la mujer de una prisión a otra, previo soborno a los policías para que en un descuido la dejaran escapar ante la descompostura del vehículo de transporte. Un descuido, sería un descuido, y como tal se podía arreglar que no hubiera castigos para nadie. Esa era la mejor alternativa.

Al día siguiente, por la noche, el vehículo de transporte policiaco supuestamente «se descompuso» en dirección a la ciudad de Bergerac, un punto concreto en donde mi tío esperaba a Adèle abordo de un automóvil alquilado para dirigirse a Marsella. Al sentirse liberada y al ver a Luis del otro lado de la carretera, corrió a abrazarlo con el mismo vestido que había utilizado el día de su detención. Cuando ambos abordaron el vehículo, se perdieron en la oscuridad nocturna en busca de un hotel en donde encerrarse a piedra y lodo para amarse como si fuera el último día de la historia y para contarse, arrebatándose la palabra, los detalles de lo que había acontecido en tan sólo cuatro interminables meses de separación y de dolorosa ausencia saturada de miedos, angustias, desesperación e incertidumbre. Se abrazaron, se palparon, se antojaron, se acariciaron, lloraron, se consolaron, pero no se poseyeron, imposible, ciertamente imposible: mi tío carecía de energía, de fuerza, sus poderes habían desaparecido, además de que los dolores de los pies lo volvían materialmente loco; no podía más con ellos. Cuando ella le contó los pormenores del asesinato del miserable de Rubio, Luis la cubrió de besos en la frente, en las mejillas, en las orejas, en el cuello, en las manos, en los senos, en los brazos, en los hombros, ¿cómo era posible que existiera una mujer así?

—Pero te jugaste la vida, amor...

—¡Qué sentido tenía ya todo sin ti, maldito Grandote...!

Al saber los horrores que él había vivido en Auschwitz, los dos se fundieron en un abrazo eterno en el que, por lo visto, habían olvidado la necesidad de respirar.

En mi tío Luis, bien lo sabía ella, había hombre para rato, más aún cuando después de tanto quejarse de los dolores, ella prendió la luz de la habitación para encontrarse con los pies tumefactos. El aspecto era impresionante porque aun sin ser experta, la realidad indicaba que se trataba de una gangrena. El rostro de pánico de Adèle confirmó las suposiciones de Luis. La situación era ciertamente grave. Continuaron conversando durante toda la noche sin que Adèle externara, en ningún momento, su alarma respecto a una posible amputación de los dedos de los pies de su amante. Él, por su parte, comentó una y otra vez la necesidad de ir al consulado de México en Marsella para que un tal Gilberto Bosques, representante diplomático de México en Francia, les extendiera un par de pasaportes o de visas para salir de ese país, en realidad, de Europa a la brevedad. En su agonía había decidido buscar la paz a como diera lugar. Adiós a los fascistas, por lo menos, en ese momento...

—Ya hice, amor de mi vida, lo que tenía que hacer para combatir al fascismo con las fuerzas a mi alcance. No puedo más. No intentaré seguir luchando en contra de estos asesinos que no tienen la menor noción de piedad. Son la vergüenza del género humano y yo ya carezco de la energía y de la fortaleza para atacarlos. Ya lo hice en España, lo repetí en Francia y los conocí en su máxima expresión en Auschwitz; ya no quiero saber de ellos, ya no quiero saber de la violencia, ya no quiero exponer mi vida y menos aún después de haberte conocido y de pasar lo que hemos pasado. Esto se acabó, Adèle, Polvorita, quiero dedicarme a ti el resto de mi vida y a curar el dolor de la gente después de lo que yo he padecido. Ya no quisiera que nadie sufra: a eso habré de dedicarme, si me acompañas en esa nueva aventura.

—Y a tener hijos, nuestros hijos —aseveró Adèle ocultando, como podía, la preocupación por los pies de mi tío. Si la gangrena avanzaba podría perder la vida.

—Nos llenaremos de niños, claro que nos llenaremos de niños, los que quieras, por supuesto que sí, mi vida, pero antes que nada tenemos que conseguir del cónsul Bosques nuestras visas, y después buscar la manera para llegar a México sin que ni los aliados ni los nazis hundan nuestro barco a medio Atlántico. Los peligros todavía están presentes —agregó cuando un auténtico ataque de temblor por la fiebre le impidió continuar hablando.

Adèle no se había equivocado. Una vez instalados en Marsella, un doctor diagnosticó la necesidad imperativa de amputarle los dedos del pie derecho a mi tío Luis, antes de que la gangrena avanzara y fuera necesario cortarle la pierna.

—¿Puede usted hacerlo ahora mismo? —preguntó Luis como si se refiriera a un corte de pelo. A cambio de no perder la vida cualquier esfuerzo resultaba insignificante, sobre todo después de haber tenido contacto con la muerte durante tanto tiempo y haber conocido de cerca la cara de Satanás.

—Debemos practicar la amputación sin tardanza, pero debo hacerlo en un hospital. Los dedos del pie izquierdo creo que podemos salvárselos —aclaró el galeno sorprendido ante la formidable entereza de su paciente.

Durante las dos semanas que permaneció Luis en el hospital fue visitado un par de veces por agentes de la SS que recorrían los nosocomios en busca de judíos. Los papeles falsos fueron suficientes para convencer a los nazis de buscar en otro lado.

El periodo doloroso de la convalecencia lo pasó mi tío acompañado, en un principio, por Adèle, en una casucha rentada en el centro de Marsella. Ni el dinero ni los diamantes restantes que mantenía bien guardados se destinarían, de ninguna manera, al lujo ni al boato, finalmente unas frivolidades, unas vulgaridades. La única palabra existente en su vocabulario era ayudar y a eso tal vez se dedicaría si es que con el tiempo lograba recuperar el ánimo perdido. Aprovechaba la ocasión para tomar somníferos porque le resultaba imposible conciliar el sueño. Los espantosos recuerdos de Auschwitz lo asaltaban de día y de noche. No podía olvidar el rostro malvado de Höss, el director del campo. En particular el recuerdo de los niños condenados a muerte jalando un carrito o cargando una muñeca nunca le permitirían, por lo visto, volver a cerrar los ojos. Jamás olvidaría aquel momento en que los vio muertos cuando él, en compañía de otros *Sonderkommando*, extrajo los pequeños cadáveres de la cámara de gas para conducirlos a los hornos crematorios. En el fondo sentía una enorme culpa por el simple hecho de vivir. ¿Por qué iba a existir él en lugar de esos chiquillos inocentes que iniciaban la vida llena de ilusiones? Los remordimientos lo acosaban, le impedían descansar. Le costaba trabajo respirar, al extremo de no disfrutar siquiera la adorada presencia de Adèle. Despertaba de golpe empapado en sudor y con la respiración desacompasada. El corazón parecía salirse de su pecho. En sus pesadillas rompía la camisa de sus pijamas, se sujetaba el cuello como si se estuviera asfixiando, gritaba, suplicaba, en ocasiones levantaba los brazos invocando algo inentendible, en tanto emitía sonidos guturales. Sentía haber perdido el derecho a todo. Se negaba a comer, se negaba a hablar, se negaba a reír, sepultado en una gruta infernal de recuerdos de la que, tal vez nadie, nunca más, podría rescatarlo. Su confusión era total. Ya no sabía si viajar a México o quedarse en Francia para incorporarse de nueva cuenta a la resistencia o bien trasladarse a

España con el ánimo de asesinar a Francisco Franco, o simplemente abandonarse por completo y morir. Los hechos le habían arrebatado el alma a mi tío Luis.

Mientras Luis pasaba el tiempo recuperándose de los dolores físicos y mentales, salvados todos los peligros, con la mirada clavada en un muro desnudo, Adèle pretextó viajes al *château*. Alegaba la justificada necesidad de ver a sus tíos, en particular a Alain, quien había fungido como su padre durante casi toda su vida. ¿Qué hacía Adèle, en realidad, durante el tiempo en que Luis recuperaba su salud y su equilibrio mental?

Participaba en emboscadas para dispararle a automóviles o vehículos militares nazis en Tours, Nantes, Nevers, Nancy y Caen. Ante la sola posibilidad de viajar a México, Adèle había resuelto atacar instalaciones de la SS, colocar bombas en puentes, en vías férreas, en cuarteles, en centros de inspección de paso fronterizo. Sabotear lo que fuera alemán en cualquier circunstancia y con cualquier recurso. Días después regresaba a Marsella, al lado de Luis, con el rostro contrito, el de una monja solitaria que había vuelto cansada después de cuidar a unos ancianos. Adèle jamás dejaría de tener sus propias iniciativas.

El tiempo transcurría, las heridas sanaban lentamente. Mi tío Luis empezaba a probar algunas cucharadas de sopa, un poco de carne o de pescado sin tomar ni una sola copa de vino. No tenía absolutamente nada que festejar ni nada que disfrutar. Adèle comprendía el daño, el dolor, el vacío de su pareja y se abstenía de presionar para que recuperara lo más rápido la alegría de vivir. Ni hablar de las relaciones amorosas, ni siquiera de las largas discusiones que sostenían en torno de la guerra ni compartir carcajadas por las ocurrencias de ambos. Si mi tío Luis reaccionaba como un cadáver insepulto, pues había que respetar sus sentimientos y esperar y esperar y esperar... Cuál no sería su desastroso estado anímico que no le despertaba la menor ilusión llamar por teléfono a Casablanca para conocer la suerte de mi padre y de mi tío. Nada, no le importaba nada...

Adèle entendió que lo mejor sería insistir en el plan de mi tío y sacarlo de Francia, sacarlo de Europa y cambiar de horizontes antes de que se muriera de tristeza. Ella fue la primera en presentarse ante el Consulado General de México en Francia para intentar obtener las visas necesarias para viajar a ese país. Adèle renunció a su propia guerra, a seguir atacando cualquier posición fascista, a cambio de pasar su vida al lado de mi tío Luis. Ya no se trataba de salvar a Francia de los nazis, sino a su pareja de la muerte. Se presentó ante Gilberto Bosques, el cónsul de México, el mismo que había ayudado a veinte mil refugiados españoles republicanos a salir de Francia y a escapar de las garras de la Gestapo estimuladas por Franco, además de auxiliar a judíos franceses a huir, sin olvidar a los perseguidos políticos integrados a la resistencia antifascista para no ir a dar a los campos de exterminio y escapar de las atrocidades de los nazis. Bosques ya había salvado a más de cuarenta mil personas extendiéndoles visas, en realidad, pasaportes para vivir, para existir en donde fuera, además de haber colaborado en la renta de barcos que zarparan con destino a países africanos, como Marruecos, de donde podrían navegar en dirección a América, fundamentalmente a México. Se trataba de un héroe universal.

Adèle se presentó sin documento alguno en el castillo de Reynarde y más tarde en el de Montgrand, en Marsella, saturados por casi mil asilados, entre mujeres y niños, que buscaban las libertades existentes en México. Los espías franquistas deseaban meterle mano a los republicanos asilados en la representación diplomática mexicana, al igual que crecía la frustración de la SS al saber que Bosques colaboraba con judíos para exiliarlos de la Europa nazi. Su impotencia era tan rabiosa, como la furia del Caudillo de España, de no poder pasarlos por las armas y acabar con cualquier amenaza en contra de su dictadura. Adèle se había propuesto obtener dos de las famosas «visas de Bosques» y cualquiera podía suponer que lograría su propósito, muy a pesar de que mi tío Luis carecía de papel o documento alguno que demostrara su personalidad. Adèle no necesitó ni un solo franco para lograr la expedición de las visas, bastó llevar a mi tío Luis al castillo de Reynarde, sentado en una silla de ruedas, demacrado y ojeroso, para que mostrara a las autoridades mexicanas su tatuaje en el brazo derecho y su cachucha que lo acreditaba como preso de Auschwitz para alcanzar su cometido.

—Usted es uno de esos seres humanos que nacen cada mil años, señor cónsul —le dijo Adèle agradecida a Bosques cuando recibió de sus manos la documentación que les permitía abordar un barco y salir de Francia—. ¿Qué podemos hacer para agradecerle que nos haya salvado la vida? —le preguntó deseosa de abrazarlo y besarlo, pero él se mantenía como una figura de barro precolombino.

—Adonde sea que lleguen para rehacer la vida, luchen por la libertad —adujo con toda sobriedad, si acaso exhibiendo una sonrisa enigmática—. Luchen por rescatar lo mejor del hombre —concluyó el cónsul al regresar a su despacho en el castillo de Reynarde para continuar con sus obligaciones diplomáticas con las que se jugaba diariamente su existencia.

Días antes de salir, Adèle convenció a mi tío Luis para que hablara con Enrique, el querido sobrino. Se trataba de informarle de sus planes, sólo que nadie contestó ni en la residencia con vista al mar en el Atlántico ni en las enlatadoras hasta entrada la noche:

—¿Luis? —respondió finalmente César con sorprendente sequedad desde el otro auricular—: ¿Cómo estás?

—La he pasado mal, muy mal chaval, francamente mal; ya habré de comentaros —agregó Luis con la voz pastosa y fatigada—. Ahora, por lo pronto, viajaremos a Casablanca. Espero hacerlo cuando zarpe el primer barco rumbo a África. De ahí nos iremos a México porque el cónsul Bosques nos consiguió una visa para viajar a ese país, que según me dicen es muy amistoso y cálido —adujo con palabras apenas audibles, las de un enfermo que empezaba a recuperar cierta fortaleza para poder expresarse.

César advirtió la actitud densa, pesada, asumida por Luis. Algo muy serio tenía que haberle ocurrido porque en los escasos momentos en que hablaron, nunca había respondido con tanto pesimismo. Es más, ni siquiera había podido hacerlo reír como en otras ocasiones cuando se burlaba de su acento andaluz. No se trataba de la misma persona, no, claro que no, su voz parecía provenir de ultratumba. El sentido del humor parecía haber desaparecido para siempre.

—¿Qué haréis si Hitler se apodera de toda Francia y acaba con la ventaja que gozáis del Régimen de Vichy? El traidor de Pétain quedará reducido al papel de un triste payaso, ¿no lo crees? —preguntó a sabiendas de que César nunca se había involucrado en la política ni la entendía, pero su sentido de la amabilidad no le permitía ser de otra manera.

—Ya te puedes imaginar las consecuencias, querido tío —respondió César sin acusar la menor emoción—, si Hitler toma toda Francia... —La respuesta no le aportó información adicional a Luis, deseoso como siempre de llegar al fondo de los asuntos políticos. Ante la sensación de vacío todavía insistió:

—Si Hitler se apodera de toda Francia y concluye el Régimen de Vichy, que ha respetado a las colonias francesas, esta precaria paz que disfrutáis concluiría porque Franco se apresuraría a obtener un permiso de Hitler para arrestar, colgar y fusilar a los españoles que viven en el Marruecos francés. ¿Qué haréis con la enlatadora y con los barcos que habéis comprado? —preguntó deseoso de hablar ya con mi padre y quitarse de cortesías.

César repuso que se había hecho novio de una chica, hija del más influyente de los generales de Marruecos. Él le daría un pasaporte marroquí para convertirse en un intocable para el fascismo español y, en caso extremo de que Enrique tuviera que refugiarse en México, él se ocuparía de vender las enlatadoras y las embarcaciones y le enviaría el dinero a México.

Luis sabía que César era un apostador y un jugador, pero por recato y precaución prefirió no tocar el tema.

—No tenemos otra opción, tío, si mi hermano Enrique se queda a vender las empresas es muy probable que lo secuestren y lo fusilen sin más. No podemos correr ese riesgo: los franquistas lo matarán, te lo juro, tú los conoces...

Sobrevivir era lo único que contaba, insistió Luis, sobrevivir era lo que les pedía, sobrevivir era lo más importante, el cochino dinero lo podían hacer en cualquier otro lado, pero una vida no se podía comprar ni con todo el dinero del mundo, de modo que, general o no general influyente, deberían largarse mañana mismo de ahí, desaparecer. ¿Qué más daba que todo se perdiera si eran unos chavales? ¡Se tenían que dar cuenta...!

—Largaos, lárgate a México...

—No, tío, no, nos ha costado mucho trabajo construir nuestro pequeño imperio y haremos hasta lo último por cuidarlo y llegar *forraítos* a México —concluyó echando mano de su mejor humor, pero ocultándole, como pudo, una terrible realidad a Luis.

—Hace unos meses conocí a un anciano alemán, judío, un coloso de los negocios, un hombre absurdamente rico, proveedor de zapatos del ejécito alemán, que ignoró las advertencias de su mujer para vender sus bienes y salvar su vida y la de los suyos...

—¿Y qué pasó con él? —preguntó César mordiéndose los labios. De haber estado enfrente de mi tío, sin duda éste hubiera descubierto sus mentiras. Bastaba con verlo a la cara.

Aclaró entonces que su mujer tuvo razón, ella le había exigido vender, desaparecer de Alemania, a lo cual él se había negado con tal de esperar a cobrar hasta el último marco de sus negocios. El resultado fue que lo atraparon junto con toda su familia y los mataron en las cámaras de gas de Auschwitz... Ni mi padre ni César deberían jugarse su destino a cambio de un miserable puñado de dólares, eso sería comportarse como animales y negar la inteligencia que tenían. No quería saber que los habían fusilado por unas pesetas porque iría a escupir su tumba:

—Lárguense, querido César, lárguense, nos veremos en México y al abrazarnos nos daremos cuenta de que estamos vivos...

—Sí, claro, tío, así lo sentimos los dos...

—Ponme en la bocina a tu hermano Enrique —demandó impaciente como si dudara de las palabras de César. ¿Le estaría escondiendo algo...?

—No se encuentra, tío...

—Le llamaré más tarde a pesar del trabajo que cuesta comunicarme a Marruecos.

—No, tío, no lo intentes más, está de viaje —repuso César a punto de ser descubierto...

—¿Y cuándo vuelve...?

—Lo desconozco, ya ves que en estos negocios te embarcas y sabes cuándo te vas pero no cuándo vuelves.

Mi tío Luis guardó silencio. Algo le preocupaba en el tono y la respiración nerviosa de César, era claro que algo le ocultaba. Estaba seguro de que las cosas no iban bien. Enrique siempre estaba, siempre se reportaba, nunca faltaba ni ponía pretextos.

—Tengo el presentimiento, muchacho, de que no me estás diciendo la verdad...

—Claro que te digo la verdad, Luis, ¿por qué habría de decirte mentiras...?

—No, por supuesto que entre nosotros no caben los embustes. Debo estar equivocado —concluyó Luis la conversación consciente de que era inútil insistir.

—Tranquilo, Luis, tranquilo —arguyó César retirándose la bocina del rostro para impedir que su respiración lo delatara.

—Bueno, bueno, chaval, acordaros de que después de Ernesto, yo exijo ser vuestro segundo padre...

—Así lo sentimos mi hermano y yo. Te mando un abrazo y que llegues con bien a México junto con Adèle. Ahí nos veremos muy pronto, te lo juro por la virgen —concluyó con ese juramento quien sí creía en la divinidad para reforzar sus afirmaciones...

César se abstuvo de comentarle a mi tío Luis que Enrique, al mismo tiempo que dirigía los negocios y se convertía en un empresario exitoso, que acaparaba y despertaba un sinnúmero de envidias con su riqueza, simultáneamente realizaba delicadas acciones de espionaje al servicio del Reino Unido y de los Estados Unidos. ¿Razones? Mi padre sabía, en realidad era un secreto a voces sobre todo después del ingreso de Estados Unidos en la guerra, que en cualquier momento Hitler se apoderaría de toda Francia y que, como lo sostenía mi tío Luis, la eficacia del Régimen de Vichy sería reducida a su mínima expresión. En ese evento, Marruecos se convertiría en un bastión ahora sí fascista, en el que Franco podría intervenir a su gusto. En el entendido de que los Estados Unidos e Inglaterra eran enemigos mortales de Alemania, nada mejor que cooperar con dichas potencias para ayudar, dentro de sus posibilidades, a minar el poder nazi y el franquista en Marruecos, la colonia francesa. Franco era un miserable traidor enemigo de las mejores causas del hombre, ¿no? Tenía motivos de sobra para atacarlo aunque fuera a pedradas.

De las amables conversaciones que mi padre y César sostenían con el general marroquí tan influyente, futuro suegro de este último, le sacaban información valiosa que bien podría ser de la utilidad de ambas potencias aliadas. Claro que los datos que mi padre entregaba recurrentemente a las embajadas del Reino Unido y de los Estados Unidos podían no reflejar novedad alguna para la Casa Blanca, lo que era cierto era su deseo de aportar a ciegas lo que él tuviera a su alcance para debilitar a los nazis en Marruecos. A él no le correspondía juzgar hasta qué punto eran secretos de Estado o no, útiles o irrelevantes, lo verdaderamente importante era proporcionarlos a la brevedad posible. Mi padre se había vinculado a una organización extremista española conocida como la FAI, la Federación Anarquista Ibérica, en realidad un brazo de la CNT, la Confederación Nacional del Trabajo, organización a la que él también proporcionaba un buen número de informes para que los utilizaran a su mejor conveniencia con la debida secrecía. Si bien podría ser del dominio público o no, él de cualquier manera hacía saber, mediante notas escritas por medio de letras recortadas de los periódicos que pegaba para construir párrafos en los que hacía constar anónimamente, la importancia que tenía para Alemania colocar el carbón marroquí, además del cobre y del manganeso útiles para la fabricación de material bélico, en el puerto de Orán, Argelia, para de ahí transportar estas materias primas a la industria militar alemana. Subrayaba en sus envíos la vital relevancia de la construcción del ferrocarril transahariano que pretendía unir el África del Norte, desde Casablanca hasta El Cairo, de manera que los envíos no fueran alcanzados por la marina de los aliados y abastecer así al mariscal Rommel con dichas materias primas, entre otros objetivos estratégicos. En muchas ocasiones permanecía en las enlatadoras hasta altas horas de la noche en que preparaban la remisión de sardinas a Inglaterra para incluir en ciertas latas información muy valiosa de la realidad militar y de la trascendencia de Marruecos para realizar los planes de los nazis en el frente de África del Norte.

Por más que dejaba los sobres en diversos domicilios, en distintos buzones o se encontraba en iglesias, templos o mezquitas con representantes norteamericanos o ingleses, muy pronto empezaron a seguirlo las autoridades marroquíes, que no querían saber nada de extremistas ni de agitadores ni de espías ni de comunistas ni de anarquistas. Tal vez uno de los obreros de cualquiera de las enlatadoras lo vio buscando la mejor manera de incluir documentación en las latas de sardinas o alguien lo descubrió en un inicio, al entrar a las embajadas de Estados Unidos o de Inglaterra, a las que nunca volvió, para entrevistarse, en un principio, con los cónsules o con los agregados militares. Las huellas de un novato tendrían que haber quedado por algún lado. El hecho es que en una ocasión, en febrero de 1942, cuando el negocio se proyectaba al infinito con ganancias inesperadas, un grupo de agentes de la policía secreta marroquí lo apresó en la enlatadora de Safí ante la presencia de los empleados y de mi propio tío César, quien no pudo hacer nada para impedir la aprehensión, cuidándose de no mencionar la influencia de su suegro para detener el procedimiento. La liberación se podría haber complicado o hasta arruinado. Todo lo que alcanzó a decir mi padre, mientras era conducido con lujo de violencia escaleras abajo, por las autoridades, se redujo a lo siguiente que todavía pudo aducir entre gritos desesperados:

—Vende, vende ya, no sé qué será de mí ni de nosotros, pero vende y vete a México. Espero poder decirte en dónde me encerrarán. Ya sabes a quién preguntarle respecto a mi destino... Ella lo sabe todo.

Dos días después César descubrió, a través de su novia, que mi padre estaba en el campo de Missour, uno de residencia forzada, al este de Marruecos, obligado a construir el ferrocarril transahariano en pleno desierto y a temperaturas superiores a los cincuenta grados. Les daban por comida una pasta intragable o carne de camello, en algunas ocasiones descompuesta, además de una lata de sardinas, curiosamente de los Établissement Martín Moreno, para compartir entre cinco presos. La sed, ciertamente espantosa, complicaba los daños si no se perdía de vista que se trabajaban diez horas diarias bajo los efectos de un sol infernal. El zumbido de miles de moscas podría desquiciar hasta al más ecuánime, además de que las tormentas de arena eran de tal manera intensas que podrían levantar en vilo a una persona. ¿Para qué hablar de las enfermedades que acababan con muchos de los presos? Los encontraban muertos en sus literas. La gente se desmayaba empujando la carretilla o dando martillazos sobre los rieles. Los castigos para los rebeldes eran aún más severos que los que propiciaba la propia atmósfera natural. A ellos se les privaba de la ración de agua tan escasa que les correspondía a los reclusos, o se les hundía en el «tombó», un agujero en la tierra a más de cincuenta grados y sin ventilación, en el que ante la imposibilidad de moverse en el interior de una olla ardiendo, la desesperación podía conducir a la locura. Por lo general a los necios y reincidentes se les colgaba de los pies y se les golpeaba la espalda para que confesaran los nombres de sus colegas comunistas o anarquistas o la identidad de los líderes extremistas o incendiarios o de los espías que trabajaban a favor de los aliados. Otra auténtica tortura consistía en comer sopa salada que producía una terrible disentería que podía acabar con la vida. El director del campo de concentración decía que él era el amo de la vida y de la muerte, la máxima autoridad que contaba con derechos ilimitados para hacer lo que le viniera en gana.

La Francia colonial fue un auténtico infierno para los republicanos quienes, por otra parte, luchaban al lado del general De Gaulle para la liberación de París y que posteriormente buscarían, al final de la guerra, el Nido del Águila, donde se escondía Hitler para acabar con él. Muchos demócratas, como mi padre, apoyaban a Francia en contra de Hitler, porque según ellos, cuando fuera destruido el Tercer Reich, Francia, en reciprocidad por los heroicos servicios prestados por los republicanos, haría su mejor esfuerzo por derrocar a Franco, al advenir algún día la paz. ¡Qué equivocados estaban...!

Cuando mi tío César averiguó la naturaleza del campo de residencia forzada de Missour, a sabiendas de que su hermano menor no resistiría semejante castigo, se empleó a fondo con su suegro para conocer el nombre del director del campo o de la autoridad que podría liberar a Enrique con la condición de que no volviera a pisar jamás Marruecos. El espionaje era uno de los delitos imperdonables. Sin embargo, después de un mes y medio de gestiones, imaginándose el estado desastroso en el que ya se encontraría su hermano, logró una costosísima visa a cambio de un enorme soborno liquidado en francos en efectivo, además de pagar trescientos dólares, una fortuna para aquellos años, por un pasaje de tercera en el barco *Sao Tomé*, de bandera portuguesa. Por si fuera poco, todavía tuvo que conseguir, como una condición inescapable para su liberación, una visa mexicana que acreditara la disposición del gobierno para recibirlo. El contacto con otros españoles, amigos de mi familia, refugiados ya radicados en México, fue definitivo para cumplir ese objetivo. La Secretaría de Relaciones Exteriores autorizó al cónsul Bosques para que informara a Rabat de la expedición de la visa mexicana. Así Marruecos se deshacía de un «inmigrante indeseable».

Mi padre le informó a mi tío César, por medio de un telegrama fechado el 23 de marzo de 1942, que ya se encontraba a bordo del barco *Sao Tomé* en dirección a Portugal, Cuba y Veracruz. En dicha comunicación le decía: «Gracias por la maleta, la ropa y los francos, y por haberme salvado la vida una vez más. Vende el negocio. Te espero con los brazos abiertos en México». Sobra decir que cuando mi tío Luis llamó por teléfono, mi padre estaba recluido en el campo de Missour con destino impredecible...

Mientras tanto, la guerra mundial continuaba su demencial inercia depredadora en el globo terráqueo. En tanto los ingleses construían pesados aviones bombarderos para destruir las principales industrias alemanas, poniendo el acento en lugares como Peenemünde, en donde se producían los cohetes auto propulsados V-1 y V-2, así como en las carreteras de las que estaba Hitler tan orgulloso, los norteamericanos vengaban la afrenta sufrida en Pearl Harbor y atacaban ferozmente, en Asia, a los nipones que ya se habían apoderado del sudeste asiático y una parte de China. En agosto de 1942, millones de soldados nazis y comunistas libraban calle por calle, casa por casa, esquina por esquina, metro por metro, la batalla de Stalingrado, la más sangrienta en la historia de la humanidad, la misma que los propios alemanes llamaron *Rattenkrieg*, guerra de ratas. La toma, a cualquier costo, de dicha ciudad significaba para los nazis la puerta de entrada a la región petrolera del Cáucaso, la fuente de abastecimiento energético de la que dependía Hitler para ganar la guerra. El Führer pensaba que con su férrea fuerza de voluntad podría doblegar a las tropas de Stalin. Estaba en un craso error. Los ejércitos alemanes cumplían al pie de la letra las instrucciones y, sin embargo, Stalingrado permanecía en poder de los rusos, cuando el invierno, el principal enemigo de Napoleón Bonaparte, se acercaba manchando de un gris mortal el inmenso horizonte del río Volga. La exitosa estrategia de la *Blitzkrieg* que tanta popularidad le había reportado a Hitler en Alemania, al haber conquistado con sorprendente facilidad y rapidez Polonia, Holanda y Francia, entre otros países más, esta vez se estrellaba contra los muros del Kremlin para demostrar que las divisiones de la Wehrmacht, supuestamente invencibles, estaban siendo contenidas y despedazadas. Centenas de miles de soldados nazis eran masacrados en un cerco bien tendido por los militares rusos que no dejaban de alarmarse ante las cuantiosas bajas de sus propias divisiones.

El alto mando de Stalin había entendido a la perfección que si los alemanes no lograban tomar la ciudad de Stalingrado, empezaría el repliegue de la Wehrmacht y en ese momento comenzaría el verdadero proceso de destrucción del Tercer Reich. Sabían, con la debida claridad, que Hitler no podría dominar territorios que iban desde el mar Negro hasta el océano Ártico, por lo que si despedazaban al ejército nazi en Rusia, y al mismo tiempo Estados Unidos e Inglaterra invadían la Europa continental por el norte o por el sur, ¿qué más daba?, entonces la caída del Führer sería irremediable. ¿Quién sí preveía este escenario con deslumbrante nitidez? Las cabezas de la Wehrmacht alemana, entre cuyas filas empezaron a pensar en la posibilidad de asesinar a Hitler. ¿Qué sabía el Führer, ese siniestro personaje, de tácticas bélicas cuando jamás había pisado una escuela militar? El creciente malestar entre los estrategas teutones era ya difícil de disimular a finales de aquel 1942. Se preguntaban, en su furia y frustración, ¿por qué Hitler había atacado Rusia sin haber vencido

EN MEDIA HORA... LA MUERTE   411

previamente a Inglaterra...? ¿Por qué Hitler subestimó la fortaleza del Ejército Rojo e ignoró los consejos relativos a la capacidad industrial soviética? ¿Por qué Hitler no logró convencer diplomáticamente a los japoneses de atacar conjuntamente a Rusia, en lugar de que los nipones, en su sordera y ceguera fanática, satisficieran primero sus apetitos territoriales en el sureste asiático? Si Alemania y Japón hubieran atacado al mismo tiempo a Rusia, se hubieran podido repartir a sus anchas, por lo pronto, toda Eurasia. ¿Por qué había vuelto a fallar la diplomacia alemana cuando no pudo convencer a Japón de que se abstuviera de bombardear Pearl Harbor para impedir que Estados Unidos, un gigante dormido, entrara en la guerra? ¿Por qué Hitler tenía que declararle la guerra a Estados Unidos sólo para darse un tiro en el paladar y otro a la Wehrmacht, a la Luftwaffe y al ejército nazi? ¿Por qué Hitler se había negado a continuar con el proyecto atómico que le hubiera permitido a Alemania apoderarse del mundo entero, sólo porque los científicos Otto Hahn y Werner Heisenberg eran judíos y por lo mismo los despreciaba hasta llegar a la sinrazón? Si los científicos judíos se hubieran negado a continuar con estas investigaciones, porque no deseaban poner en manos de Hitler semejante artefacto que podía matar a millones de personas en un minuto, dicha resistencia bien se hubiera podido resolver ejerciendo presión, amenazándolos con enviar a sus familias a Auschwitz, especialidad bien conocida de Himmler... Si los nazis hubieran tenido la bomba atómica a finales de 1943, creada o no, concebida o no por judíos, Alemania sin duda alguna hubiera controlado el planeta. A los judíos científicos los podrían haber matado después...

Error tras error, equivocación tras equivocación, la armada alemana estaba perdiendo la guerra, la derrota se estaba llevando a cabo a partir de Stalingrado, gracias a la afortunada necedad insufrible del Führer. Había que matarlo, más aún cuando el alto mando nazi sabía lo que estaba haciendo la Gestapo en los campos de exterminio en contra de los judíos. ¿Iba a ganar la guerra bombardeando Nueva York, Boston o Washington o sólo quería vengarse de la derrota alemana de 1918?

Mientras, el papa Eugenio Pacelli, a tres años de su ascenso al poder, aprovechaba cualquier coyuntura para deshacerse de la Guardia Suiza y del personal burocrático del Vaticano, de modo que quedara garantizada una absoluta intimidad dentro de sus históricos recintos, una noche hizo el amor con la madre Pascualina precisamente en la Capilla Sixtina, en el palacio apostólico, a la derecha de la basílica de San Pedro, inmortalizada gracias al talento de Miguel Ángel, Rafael Sanzio y Botticelli. En tanto el Sumo Pontífice se recostaba en el piso trabajado por los mejores artesanos florentinos con mármoles de diferentes colores y contemplaba la inmortal bóveda pintada por Miguel Ángel, la madre Pascualina, sin descubrirse por completo, se acomodaba encima del representante de Dios en la Tierra y se sentaba en ese trono que únicamente ocuparía ella tomando las precauciones necesarias para incumplir aquello de creced y multiplicaos. Un embarazo hubiera destruido una de las relaciones amorosas más hermosas de la historia. Disfrutaba hasta el delirio el divino cetro pontificial, acomodándose a placer encima de él, se agitaba, sudaba, jadeaba, se movía de un lado al otro, subía y bajaba impulsándose con los muslos, en tanto con los labios resecos, la voz balbuceante y suplicante, elevaba plegarias de eterno agradecimiento al Señor por el favor concedido.

—Señor, mi amado, ven por mí, condúceme a tu santa gloria...

El papa y la madre Pascualina igual tenían encuentros románticos en el apartamento Borgia, que en las habitaciones papales, en la sala Clementina, en la de las audiencias, en la biblioteca del Vaticano o en las estancias de Rafael, o a los pies del baldaquino de la propia basílica de San Pedro o a un lado del altar papal, si se encontraban en Roma, de la misma manera en que buscaban un espacio durante los viajes papales para reconciliarse con la vida en las nunciaturas, en donde pasaban noches paradisíacas durante las visitas oficiales. No había tiempo que perder. Pascualina, celosa vigilante del Pontífice, jamás hubiera delatado sus amoríos aunque la quemaran viva en leña verde a un lado del obelisco de la propia plaza de San Pedro.

La madre milagrosa había logrado convencer al propio papa, su adorado amante, que le permitiera crear y administrar almacenes destinados a proporcionar elementales subsistencias a las víctimas de la guerra. Sor Pascualina logró que se abrieran las puertas de los conventos y de los monasterios, así como consiguió la apertura de la villa papal de Castelgandolfo, de los edificios extraterritoriales y de las dependencias de la Santa Sede para auxiliar a heridos y refugiados. En el fondo tenía un gran corazón por más que le costara disimular el odio feroz, que la devoraba, en contra de los judíos, un tema entre ella y Pío XII que discutían apasionadamente en el lecho cubiertos por sábanas rojas de satén, las preferidas de Su Santidad, porque de esa manera sobresalía el cuerpo de ella como una gota de tinta negra en una hoja de papel blanco. Un motivo de delirio, Dios mío...

Mientras tanto, Auschwitz y otros campos de exterminio se convertían en extraordinarios negocios para los nazis. Era mucho más rentable y conveniente prestar los servicios a la patria en un campo de exterminio con buena calefacción y buena comida, sobre todo caliente, gozar de diversión y entretenimiento, disponer de una cantina, cine, obras de teatro, ocasionalmente ópera interpretada por los presos, además de una gran cantidad de comodidades que se tenían al alcance como los bien surtidos burdeles integrados por judías hermosas antes de ser gaseadas en Auschwitz, a morir baleado por los soviéticos en Stalingrado o fallecer de frío o con la piel de las manos pegada a la cacha de los rifles ante la imposibilidad de meter el dedo índice con guante en el gatillo. Resultaba muy sencillo para los agentes de la SS engañar a los judíos mediante la venta de esperanza a cambio de que les entregaran sus pertenencias para, una vez logrado el objetivo, introducirlos a la cámara de gas. Muchos de los condenados a muerte llevaban escondidas pequeñas joyas o bienes de gran valor para utilizarlos como último recurso antes del cadalso. El propio tesorero de Auschwitz empezó a comprar bienes en el mercado negro polaco que le permitieron enriquecerse en forma escandalosa. Nadie sabe para quién trabaja, pensaba risueño mientras evaluaba el tamaño de su patrimonio.

¿Y Pacelli, el papa, no sabía lo que sucedía en los veintiún mil campos de concentración y de exterminio construidos por los nazis en toda Europa? ¿No tenía noticias del Holocausto? Por supuesto que los británicos, los franceses y los norteamericanos le habían proporcionado detalles increíbles de lo que acontecía con los judíos. Los representantes de organizaciones judías mundiales, reunidos en Suiza, le habían hecho llegar al Pontífice la política criminal antisemita que seguían los alemanes en los territorios conquistados. ¿Cómo ignorarlo? ¿Cómo ignorar cuando el gobierno polaco en el exilio en Londres hizo saber públicamente cómo habían asesinado a setecientos mil judíos en campos de exterminio, además de mencionar el uso de camionetas de gas en Chelmno? ¿Cómo ignorar cuando Szmul Zygielbojm, líder de la Federación Socialista Judía, transmitió al aire, a través de la BBC de Londres, detalles del Holocausto para informar al mundo del genocidio y para que se tomaran medidas inmediatas para cancelarlo? Si la BBC y sus repetidoras informaban de los hechos criminales, ¿cómo alguien, medianamente informado, como Su Santidad, el «Santo» Padre, el infalible, podía negar la realidad del Holocausto? ¿Acaso los papas no son infalibles...?

¿Respuestas del Vaticano? Sí, claro: «Las políticas antisemitas del Tercer Reich son asuntos internos de Alemania», declaró el Santo Padre, con un inadmisible cinismo, para referirse en diciembre de 1942 a «aquellos cientos de miles que, sin culpa propia, a veces sólo por su nacionalidad o raza, reciben la marca de la muerte o la extinción gradual». He ahí la máxima condena que se logró obtener del papa en razón a la tremenda presión internacional ante la evidencia de la Solución Final. No se requerían pruebas adicionales para demostrar que el Concordato entre Hitler y el Vaticano había creado la atmósfera idónea para la persecución de los judíos. ¿Acaso Pacelli no había sido el artífice de dicho Concordato en sus años de nuncio en Alemania? ¿Acaso el mismo Pacelli no había logrado desmantelar el Partido de Centro, el partido católico alemán, para abatir cualquier oposición en el Reichstag que le garantizara a Hitler el derecho a promulgar la Ley Permisiva con la que se convertía en un tirano desde que podía emitir cualquier ley sin pasar por el parlamento? ¿Acaso, otra vez Pacelli, el Sumo Pontífice, no ignoró las constantes protestas de sus mismos obispos católicos alemanes que se oponían al antisemitismo? ¿No...? Cuando Roosevelt, a través de Mylon Taylor, le suplicó que condenara la masacre judía en el verano de 1942, ¿no le comentó a Maglione, su secretario de Estado y a su asistente Montini, futuro Pablo VI, que «la exterminación de los judíos no estaba comprobada», que había sido «exagerada por los aliados» y que no podía denunciar las «atrocidades alemanas sin denunciar las de los soviets»? ¿Más...? Los franciscanos de Croacia, devotos religiosos ¿no participaron en las masacres de judíos y de serbios, mismos que encabezaron una «cruzada contra los judeobolcheviques»? ¿Silencio cómplice, otra vez? Si era del dominio público la escalada antijudía del Régimen de Vichy que envió al cadalso a decenas de miles de judíos, ¿por qué la Iglesia católica levantó la cabeza para mirar al cielo en espera de alguna señal divina, de la misma manera en que lo hizo cuando Hitler negoció con los húngaros la entrega de camiones militares a cambio de salvar la vida a un millón de judíos de las cámaras de gas? Nada, ¿el santo malvado de Pacelli nunca supo nada de nada...?

Claro que el papa Pío XII conocía a la perfección la realidad del exterminio judío y, sin embargo, guardó silencio y quemó diversas cartas y denuncias, pruebas y documentos confidenciales que hubieran podido involucrarlo. ¿No era evidente la admiración que profesaba por el Führer hasta llegar a la idolatría?

Mientras esto acontecía en Europa, en el *Sao Tomé* las noches y los días de travesía fueron espantosos en espera de alguna línea blanca submarina, un torpedo nazi que podría acabar con los sueños de los pasajeros. Al menos en el caso de mi padre, la angustia desapareció cuando conoció a una hermosa cubana que regresaba a su país después de un frustrado intento de matrimonio con un empresario marroquí.

La encontró una mañana, muy temprano, con los codos recargados en la barandilla y la mirada puesta en la inmensidad del horizonte. Sí que era muy linda, según me contó: alta, graciosa al hablar, de unos treinta y cinco años de edad —a mi padre siempre le gustaron las mujeres mayores que él—, rubia, totalmente distinta a las moras, de piel canela y necesitada de contarle a alguien la decepción que acababa de sufrir en Marruecos, país al que jamás volvería por la dolorosa traición que había padecido. Su sorpresa fue mayúscula cuando la ubicaron al lado de la esposa favorita del destacado empresario marroquí. Ella sería, en el futuro, una más de sus mujeres, ni siquiera la favorita. Este hombre, su supuesto prometido, a quien identificaban como el jeque, le ofreció dinero, le ofreció joyas, le ofreció construir un patrimonio, le ofreció hijos, pero la hermosa cubana detestaba ser una concubina más en esa cárcel de oro, inmersa en una promiscuidad asquerosa. Ella deseaba casarse con un hombre apuesto, joven, no como el tal jeque que tenía setenta años de edad, disfrutar una descendencia y tener una pareja para toda la vida, a la que cuidar y amar con devoción.

Mientras Sonia —así se llamaba su salvavidas mental para no pensar en el ataque de un submarino nazi, ¿qué tal ahogarse besando a la mujer amada o, al menos, a una mujer?— le comentaba a mi padre sus frustraciones y sus planes de cara al futuro, él se arreglaba la solapas de su traje blanco de gabardina inglesa, se alineaba el cabello, se peinaba el bigote, se pasaba la lengua por los dientes frontales para exhibirlos blancos, a todo su esplendor, se frotaba los zapatos contra las pantorrillas para dejarlos lustrosos, arrojaba vaho sobre sus lentes para, acto seguido, tallarlos con su pañuelo de seda perfumado con loción Varón Dandy, que llevaba en el bolsillo, y la miraba con una expresión de «a tus órdenes, querida Sonia…».

No pasó mucho tiempo, claro está, antes de que ordenaran el primer aperitivo y luego otro, otro y otro más, en tanto se arrebataban la palabra y empezaban a reír como chiquillos durante la caída de la tarde. En la cena tomaron más vino y en lugar de café siguieron tomando vino, de la misma manera en que siguieron tomando vino y más vino cuando salieron a bailar en cubierta, solos, a la luz de la luna de octubre y se besaron y se recorrieron, se estrecharon, hasta perderse en el camarote de la bellísima Sonia, de donde no salieron, si acaso para comer algo, hasta que el barco atracó en el puerto de La Habana.

Los problemas del amor se combaten con amor…

Una Sonia realmente desconsolada se negó a aceptar la realidad y la presencia de una nueva frustración en su vida: Fulgencio Batista, un dictador de extrema derecha, se abstuvo a darle visa de entrada a mi padre en Cuba por considerarlo un comunista español que venía a destruir las instituciones «republicanas» de ese país, tal y como lo habían hecho en España los rojos y los soviéticos en la Unión Soviética. No habría visa ni de turista, es más, ni siquiera podría bajar del *Sao Tomé*. Tendría que continuar su viaje hasta México para evitar cualquier contaminación ideológica en la isla más grande de las Antillas.

Mientras mi padre trataba de consolar a la mujer ante la imposibilidad de quedarse en su patria, en tanto la hermosa fémina lloraba y lo abrazaba con desconsuelo, él, en el fondo, agradecía para sus adentros la decisión tomada por el dictador Batista. En realidad deseaba huir a México con el mejor de los vientos. ¿Por qué? Pues porque Sonia debía tener furor uterino, es decir, al entrar al camarote se convertía en una auténtica pantera insaciable sexualmente.

Desvestía a mi padre en cuestión de segundos, en tanto que ella hacía lo propio con su ropa con una extraordinaria rapidez, como si se tratara de un acto de magia. En instantes quedaban desnudos y hacían el amor una y otra y otra vez, echando mano de una fortaleza propia de los veinticinco años, el formidable tesoro, divino tesoro de la juventud. La venturosa realidad empezó a complicarse cuando Sonia decidió poner el despertador a las seis de la mañana porque no se podía permitir el lujo de estar dormida a lado de mi padre sin disfrutar el placer del sexo. El hombre, prácticamente moribundo después de haber librado batallas heroicas en la cama la noche anterior, demandaba un justificado descanso para el guerrero. Cuando apenas y podía abrir los ojos, las manos de aquella mujer ya acariciaban, ávidas y juguetonas, su cuerpo provocando un nuevo combate campal, en un momento en que no había una sola bala más en el revólver y se imponía un riguroso momento para velar las armas con el debido respeto. ¿Cómo pelear en semejantes circunstancias y sobre todo con un hembrón como la tal Sonia? En un par de meses más, de mi padre no hubieran quedado ni los huesos, la fiera se lo habría devorado a mordidas...

Al día siguiente, cuando el *Sao Tomé* zarpó en dirección del puerto de Veracruz, sólo habían plátanos para comer durante el trayecto por el golfo de México. Dicho sea con precisión: plátanos y agua.

—Si Sonia no hubiera sido una devoradora de hombres —me contaba mi padre escondiendo una sonrisa sardónica—, tú hubieras sido cubano, te lo juro —argüía en tanto recordaba cómo se despidió de ella desde cubierta mientras el barco se apartaba del muelle hasta perderse en el majestuoso mar Caribe.

La llegada de mi padre a Veracruz no pudo ser más gratificante. Las condiciones de insalubridad y de abandono del principal puerto comercial de México no le sorprendieron, más aún después de haber zarpado de Casablanca y de haber vivido muchos años en Valencia, España. Como él mismo me lo confesó en muchas ocasiones: con tan sólo pisar territorio mexicano, se sintió como en casa, con una gran seguridad y una extraordinaria paz interior, sensaciones desconocidas después de la Guerra Civil y de las persecuciones que ya se iniciaban discretamente en Marruecos. Le fascinó volver a escuchar su idioma y poder comunicarse en español con cualquier persona. La identificación era total. De inmediato se sintió integrado a una misma familia en sus primeros contactos verbales con los veracruzanos. Le sorprendió la dulzura de las mujeres y le agradó la exquisita cortesía dispensada por los hombres.

—Los jarochos, al igual que los cubanos y los andaluces —decía al comentar sus primeras impresiones—, llevan la música por dentro. Contagian su sentido del humor y su felicidad, así como la ingravidez con la que contemplan su existencia.

No tuvo mayor problema en cambiar sus primeros francos en el Banco Nacional de México. Empezó a entender que en este, su nuevo país, se utilizaban diferentes pretextos antes de enfrentar una negativa determinante. Decir «no» radicalmente podría constituir un agravio. Resultaba más conveniente y diplomático contestar un «al ratito» o «mañana» o «vuelva más tarde» o «ahorita no». Una primera parte de la personalidad del mexicano la entendió después de comprar una revista en un puesto de periódicos, en donde leyó un letrero colocado en la caja, a un lado del vendedor, que decía así: «Hoy no se fía, mañana sí...».

Disfrutó de la misma manera la gran variedad de la cocina veracruzana con tan sólo entrar en La Parroquia, en donde comió por primera vez un huachinango a la veracruzana, servido en salsa de jitomate, una gran cantidad de aceitunas y chile de árbol. Un banquete, al igual que lo fue el descubrimiento de la cerveza mexicana con la que acompañaba las jaibas rellenas, el chilpachole de jaiba, el pescado en escabeche, la torta de elote, las empanadas de camarón y el arroz a la tumbada, entre otras variedades gastronómicas más. ¿El café? ¡Un manjar! ¿Los puros? ¡Un deleite! ¿Las mujeres? ¡Un agasajo! ¿La música? ¡Un obsequio para los oídos! ¿La simpatía jarocha y la alegría porteña? ¡La puerta de entrada a una felicidad contagiosa!

Sí, México era un país desconocido, pero al menos se hablaba español, la gente era cálida y amable, el ambiente era gratificante, la recepción no podía haber sido más generosa, las oportunidades estaban a la vista para quien quisiera tomarlas y aprovecharlas. Con hacer algo más que los demás, decía mi padre, el éxito estaría garantizado. De modo que, si el movimiento se demostraba andando, era el momento de echarse a caminar. ¿Sardinas...? Sardinas no habían ni parecía ser que Veracruz fuera un puerto pesquero por lo que, en tanto llegaba César con millones de francos en las alforjas, buscaría otra manera de ganarse la vida. Lo que fuera antes de la inmovilidad y sobre todo, antes de que se vaciaran sus bolsas con los ahorros traídos de Marruecos. ¿Qué hacer? En uno de esos atardeceres veracruzanos, sentados a las mesas que se encontraban a la intemperie de La Parroquia, mi padre le hizo saber a los amigos refugiados que se había empleado como vendedor de chocolates de una nueva empresa llamada El Fortín. Había que «hacer la América» y nada mejor que tener algo al alcance de la mano. Entre los exiliados diseñaron una estrategia para colocar el producto en todas las abarroteras que fuera posible del puerto de Veracruz. El plan consistía en llegar con un tendero para comprarle cuarenta cajas de chocolate El Fortín, mismas que, desde luego, no tendría en existencia al tratarse de un artículo novedoso en el mercado. En la tarde llegaría otro a la misma tienda para pedir sesenta cajas de chocolate El Fortín para un desayuno que se serviría en el hotel Mocambo. Al día siguiente un tercero de los españoles refugiados pediría veinticinco cajas de chocolate El Fortín hasta dejar en claro en el dueño del comercio la necesidad de comprar el dulce para hacer jugosos negocios. Una vez lograda una demanda artificial de la exquisita golosina, mi padre se presentaría en la tienda del caso como representante de la fábrica de chocolates El Fortín para fincar de inmediato el pedido.

Sobra decir que mi padre salía saltando de cuanto negocio visitaba con su portafolio lleno de órdenes de compra. La idea funcionaba, ganaba dinero, buenos pesos, pero necesitaba más, mucho más: si iba a vivir una sola vez había que hacerlo con toda intensidad dando lo mejor de sí mismo para repetir la experiencia marroquí. No moría de hambre, no, pero tampoco deseaba pasar el resto de sus días como vendedor de chocolates. De pronto cayó sobre la mesa de La Parroquia, su centro de reuniones empresariales, su cuartel general, la posibilidad de exportar ajos y cebollas desde Celaya a Estados Unidos, el gran coloso urgentemente necesitado de alimentos, verduras, legumbres y otros productos del campo para mandarlos al frente del Pacífico o al europeo en plena guerra. De la misma manera en que Francia consumía toneladas de sardinas enlatadas, el Tío Sam sería el gran importador de México, país que bien podría proveer de los comestibles requeridos por el gigante finalmente despierto.

El grupo se dividió entonces y sólo mi padre se dirigió a Celaya, en el estado de Guanajuato, para empezar el negocio de las exportaciones agrícolas, en lo que recibía noticias de César, que no respondía las cartas ni contestaba las llamadas. Algo extraño estaba aconteciendo. Después de rentar varias hectáreas de terreno para sembrar ajos y cebollas, cuando la cosecha parecía ser tan abundante como cuando sacaban las redes del *Sardinero I* llenas de plata, empezó a llover, y a llover, y a llover. Se caía materialmente el cielo del Bajío hasta producirse una espantosa inundación que arruinó a los agricultores de la región. Las pérdidas fueron cuantiosísimas. La catástrofe, sin igual. La ruina se presentó disfrazada de muerte. El revés fue muy doloroso porque consumió de golpe los recursos con que había llegado de Marruecos. No había un Mustafá del campo que lo acogiera como el viejo vendedor de telas en Safí. Mi padre siempre me contó que mientras no tuviera la necesidad de vender por un par de perras gordas su Patek Philippe, la crisis no habría tocado fondo. Si los toros bravos se crecían al castigo y él no era una vaca vieja y cansada, era el momento de enfrentar la adversidad y de poner buena cara al mal viento.

¿Qué hacer? Trasladarse a Guadalajara para empezar a vender y exportar tequila al mundo entero. Ese sería el negocio que empezaría, ahora como comerciante de alcoholes. No sabía nada de bebidas embriagantes, de la misma manera en que ignoraba técnicas pesqueras y agrícolas, así como el comercio del chocolate, pero, «caminante, no hay camino, se hace camino al andar...». ¿Resultado? Estados Unidos tenía prioridades distintas a la importación de tequila y, por el momento, el mercado mexicano se encontraba deprimido en ese aspecto. Otro fracaso escandaloso. ¿Darse por vencido? ¡Ni hablar! ¿De qué se trataba, de regresar a España como polizón, escondido en las bodegas de un barco? ¡Vaya idea! Si los problemas existían era para resolverlos y para atacarlos con las dos manos y viéndolos a la cara. ¡Cartas, vengan las cartas! ¡Juguemos!

Lo único que encontró mi padre en Guadalajara fue la posibilidad de contratarse como cobrador de una agencia de automóviles usados. Iría de puerta en puerta, de casa en casa, de comercio en comercio, para cobrar letras de cambio y obtener una pequeña comisión para vivir. Ya vendrían mejores tiempos. Lo que él ignoraba, sin poderlo siquiera suponer, es que en su nueva actividad económica que le permitiría, al menos, comprar un café y un pan en La Copa de Leche, una cafetería ubicada en el centro de la ciudad, claro está, en lo que llegaba César —que ya había dado noticias y avisó que estaba por viajar a México— con millones de francos, conocería a una mujer que cambiaría para siempre el resto de su vida.

Corría el mes de mayo de 1943 cuando mi padre caminaba cansadamente por la avenida Vallarta, en la ciudad de Guadalajara, buscando el número 38. Sería la última cobranza del día y después iría a descansar a la pequeña buhardilla en donde vivía junto con un grupo de cuatro refugiados españoles más. El hacinamiento requería de un gran compañerismo y comprensión por parte de los inquilinos que integraban una sólida fraternidad masónica. Como siempre confesó su incapacidad para contar correctamente, en esta ocasión se impuso de nuevo esa debilidad. Al no encontrar elevador en el inmueble y en la inteligencia de que la empresa que habría de pagarle se encontraba en el piso seis, empezó a subir escalón por escalón, como si llevara un muerto cargado en las espaldas, hasta llegar a la puerta de la compañía en cuestión. No se percató en ese momento de que entraba en una corporación alemana y, sin más, se dirigió a la recepcionista, una mujer muy distinguida, ciertamente exquisita y bien arreglada de aproximadamente cuarenta y cinco años, a la que después de saludarla, le mostró el pagaré para lograr su cobro. Se sintió impactado por su belleza, por sus ojos verdes, intensos, poderosos, llamativos y que sin embargo reflejaban una profunda tristeza interior. No dejó de llamarle la atención la abundante cabellera trigueña pulcra y bien cuidada, ni las manos blancas, como las de una pianista eslava o las de una escritora o una artista; algo tenía esa persona que lo conmovió como pocas veces le había sucedido. Con la debida amabilidad, ella le indicó en un imperfecto español marcado por un fuerte acento alemán, que la dirección que mi padre buscaba se encontraba en el quinto piso, por lo que había llegado a una empresa equivocada.

Disculpándose y agradeciendo la atención y una vez cobrado el documento de marras, al descender por la escalera rumbo a la calle, mi padre pensó en la posibilidad de invitar a esa mujer a tomar, al menos, un café y conversar con ella, saber más de su vida, conocer el origen de su melancolía y tal vez, por qué no, disfrutar toda esa capacidad amorosa que ella pretendía esconder por alguna razón desconocida. Su mirada era enigmática, dura, muy dura y al mismo tiempo tierna, muy tierna. Los sentimientos reprimidos de ella, si es que los tenía, si había contenido su emotividad, él los disfrutaría como cuando hacía estallar los corchos de las botellas de champán en Marruecos. Ese caudal sentimental de las mujeres cuando pasan los cuarenta años, es decir, cuando se encuentran en el umbral de lo mejor de su existencia, constituía una dorada oportunidad para vivir una experiencia gratificante, además de que algo le indicaba una profundidad filosófica y artística, con la que deseaba enriquecerse.

Estaba harto de frivolidades, de cuerpos huecos, indiferentes, en donde el único objetivo era la satisfacción de los apetitos lujuriosos equivalentes a una masturbación. Confesaba en su interior un claro cansancio de la promiscuidad, de estar en la cama con dos o tres moras al mismo tiempo, que salían de su ostentosa recámara con vista al océano Atlántico, con las manos llenas de francos. Pero había algo más en aquella recepcionista que lo hizo regresar y presentarse nuevamente para iniciar una conversación y, tal vez, una relación, al menos, amistosa.

—Vengo de regreso, a verla, porque quiero hacerle una confesión —le dijo mi padre a la alemana mirándola con una sonrisa saturada de picardía.

Ella lo miró con circunspección. Con su actitud indolente dio a entender que le importaba muy poco la confesión de ese señor, además un jovenzuelo, que acababa de conocer.

Sin que ella contestara y sin levantar la cabeza mientras revisaba unos documentos colocados encima de su escritorio, escuchó las siguientes palabras:

—Por favor no me juzgue por mi actual apariencia, sólo deseo que me obsequie un espacio de su tiempo que significaría un gran premio para mí...

—¿Y en qué consiste su premio? —preguntó la recepcionista sin retirar la vista de los papeles colocados encima de la mesa de la recepción.

—Tomar un café con usted significaría un premio para mí que tal vez ni me merezco. Disculpe el atrevimiento, pero, bueno, no sé usted, pero la mayoría de los inmigrantes estamos muy solos en estos días y en este mundo...

La recepcionista alemana sonrió. Se sintió conmovida por el argumento, el pretexto del abordaje, más aún cuando mi padre, adivinando su origen europeo, se dirigió a ella en francés. Ambos, por lo visto, estaban solos en Guadalajara, ¿por qué entonces no tener un amigo con quien, al menos, charlar, salir al cine, comer algo, tomar un jerez y distraerse? ¿Qué había de malo en ello, por más que se tratara de un hombre mucho más joven que ella?

Al otro día salieron, ¡claro que salieron!, conversaron, intercambiaron puntos de vista dentro de una estrategia muy conservadora de acercamiento. Ambos observaron sus delicados modales en la mesa. Hablaron de diversas banalidades sin enseñar apenas sus cartas. Ella dijo llamarse Lore Liebrecht, ser alemana, divorciada, refugiada de la guerra, protestante de corazón, enemiga mortal de cualquier tipo de fascismo. Había llegado a México en busca de paz junto con sus dos hijos, quienes merecían un mejor futuro que el de ella y el de Alemania. Trabajaba en una empresa de su país, en lo que dejaban de sonar los tambores de la guerra. Algún día acabaría y se impondría un nuevo orden mundial, ¿no...? Mi padre dijo llamarse Enrique Martín Moreno, ser español, madrileño, refugiado también de la masacre civil padecida en su patria, en donde no había podido estudiar la carrera de derecho ni construir el porvenir con el que siempre había soñado. La violencia había destruido una y otra vez sus planes y torcido su destino con la veleidad del viento. Tenía una hija, llamada María Sol, de cinco años de edad, era viudo, había vivido un cierto tiempo en Argelia y en Marruecos, donde fue encerrado en campos de concentración acusado de espionaje. Le hizo saber también que contaba con plantas enlatadoras de sardinas en Safí, que esperaba vender muy pronto para construir su futuro en México. Si algo los unió en un principio, era el asco y el coraje que ambos sentían en contra de los fascistas.

Salieron juntos al cine, asistieron en alguna ocasión al teatro, aunque mi futura abuela no entendía bien el español; fueron a un partido de futbol entre las Chivas del Guadalajara y el Club España, evento al que Muschi juró no volver ante los chiflidos y gritos vulgares de la fanaticada que parecía estar integrada, a su juicio, por salvajes. De suerte, aquella vez no la empaparon con líquidos extraños, muy extraños («jugos de riñón», se decía), arrojados desde las butacas superiores de difícil, muy difícil explicación y entendimiento para ella... Aunque el lugar costaba dos pesos, jamás intentaron siquiera ir a un juego de beisbol entre los Industriales de Monterrey y las Águilas de Veracruz. Era inútil. Visitaron, eso sí, Tlaquepaque, para escuchar la música de los mariachis y beber un tequila tomados de la mano; hicieron largos paseos en lancha en la laguna de Chapala, acompañados siempre de mucha gente. Ambos se abstuvieron de visitar la catedral de Guadalajara, si bien mi abuela asistía religiosamente cada domingo al templo protestante en busca de paz espiritual. Escuchaban conciertos interpretados por la banda municipal en la plaza principal y comían helado de limón arrebatándose la palabra, además de hacer recorridos por el centro de la ciudad, a bordo de calandrias tiradas por caballos. Construían una relación de confianza, un puente por el que podían pasar diariamente saludándose con una sonrisa. No perdían la oportunidad de oír ópera en el Teatro Degollado por más que a mi padre le aburría hasta las lágrimas, de la misma manera en que mi abuela despreciaba a morir la fiesta de los toros, a donde sólo pudo acudir una sola vez y para vomitar las carnitas a la salida. Nada le importó que, en aquella tarde inolvidable, Armilla, el Soldado y Silverio Pérez hubieran cortado seis orejas, una de las cuales cayó en su asiento, nada menos que sobre su falda, en su regazo, cuando el Soldado la obsequió lanzándosela al público al dar la vuelta al ruedo como recuerdo de una histórica tarde taurina.

—Ach, Enrique, Único, mi Único —así se dirigía mi abuela a mi padre—, quítame esta porquería por lo que más quieras o me muero... ¿Cómo es posible que los mexicanos se maten por una cochina oreja...?

Por supuesto que el tema que ocupaba la mayor parte de la conversación era la guerra, Hitler, los soviéticos, el ingreso de Estados Unidos en el mayor conflicto armado en la historia de la humanidad atacando simultáneamente a Japón y a Alemania al lado de los aliados. ¿Cuál sería el destino del nacionalsocialismo? Resultaba imposible siquiera imaginar que el fascismo se fuera a imponer en el mundo. ¿Y si Stalin, otro de los bárbaros, resultaba el vencedor indiscutible? Cada nazi y cada comunista, enemigos de la libertad, deberían ser enterrados, cuando menos quince metros bajo tierra. Abrían las barajas, se descartaban, mostraban su juego hasta llegar a quererse y pasar un fin de semana tras otro juntos, invariablemente juntos, sin considerar la diferencia de edades. ¿Qué importaba? ¿Desde cuándo en el amor cuentan las fronteras o los idiomas? En el mundo del corazón no caben las razones, pero sí las emociones que ellos compartían a su máxima capacidad.

El romance se desbordó con toda su intensidad a partir de julio de 1943. Compartían el lecho a diario gracias a la espléndida fortaleza física de mi padre, uno de los tantos legados de mi tío Luis, quien siempre insistió en el deporte y en contar con una gran musculatura. Dormían en fondas humildes o en la buhardilla de mi padre, siempre y cuando hubiera logrado que los otros inquilinos se abstuvieran de llegar a horas inoportunas.

—Hay personas que sacan lo mejor de ti y otras que extraen lo peor de tu personalidad, los venenos más concentrados —adujo mi abuela en alguna noche en un hotelucho de Zapopan—. Mi marido siempre me decía, las pocas veces que hicimos el amor, que Bismarck y yo éramos lo mismo en la cama, ¿tú crees que yo soy el Canciller de Hierro en la cama...? ¿Soy tiesa y fría, como un mariscal alemán? Dime la verdad...

Mi padre soltó la carcajada con tan sólo imaginar el rostro mofletudo de Bismarck y la rigidez prusiana con la que siempre se conduciría.

—Por supuesto que no. Siempre supuse que eras un manantial de amor que nadie había sabido explotar y yo me convertí en el privilegiado que ha disfrutado ese tesoro. Conmigo te has mostrado como quien eres, al natural. Conocerte tal cual eres me ha cautivado. Conmigo no tienes que representar ningún papel.

Por supuesto que la confianza entre ambos había crecido al extremo de que mi abuela le había confesado su origen judío. Conversaron sobre la riqueza de mi bisabuelo, de la vida de Muschi en Berlín, de sus lujos, de sus relaciones, de su poder social, de su influencia, de la vida que llevaban disfrutando su casa en el mar del Norte en el verano y esquiando en los Alpes suizos en diciembre, además de todas las orgías artísticas, filosóficas, políticas y musicales que existían en Alemania. Todo ese bienestar, tal vez, se habría perdido para siempre. ¿Con qué llenar entonces la existencia, sin su país, sin sus amigos, sin sus excentricidades, sin las compañías intelectuales que tanto gozaba, sin su comida, sin su bosque, sin su nieve, sin sus marcos con los que podría comprar medio mundo, sin sus lecturas, sin su idioma, sin su comida favorita, ni sus vinos del Rin, ni sus licores, ni su música?

Mi padre le había contestado una y otra vez que los seres humanos poníamos nuestra atención en lo que no teníamos y dejábamos ver lo que sí poseíamos.

—Tienes juventud, tienes belleza, tienes talento, tienes imaginación, hablas muchos idiomas, tienes experiencia, tienes visión del mundo, tienes salud, no estás manca, eres fuerte y así podrías reconstruir lo perdido.

—Ay, Único, ya quisiera yo tener una milésima parte de la capacidad comercial de mi padre. No le heredé esa habilidad ni pasé por una academia para tener la profesión que me permitiera ganarme la vida. Desconozco cómo hacer dinero y el que teníamos tal vez se perdió para siempre —agregaba con la mirada perdida en el vacío—, y por si fuera poco, además de estar sola en este mundo, únicamente acompañada de mi hija Inge, nunca pude entenderme con mi hijo Claus. Vivo en un país que desprecio profundamente por estar cuando menos tres siglos atrasado en relación a Alemania. Aquí nadie se toma nada en serio, es como caminar sobre una superficie jabonosa o pasarse la vida haciendo rayas en el agua sin poder edificar algo constructivo...

—No, no, no es así, México es el país de la oportunidad, mientras hagas un poco más que los demás ya tendrás garantizado el éxito. Yo llevo poco más de un año de haber llegado y creo haber descubierto una parte de los poderes que existen aquí para hacer grandes negocios.

—¿Entre analfabetas?

—Jamás se te olvide que en el país de los ciegos el tuerto es el rey.

—Me fascina tu optimismo; no me lo contagias, pero me sorprende y me emociona. Me es muy claro que a donde tú vayas siempre tendrás éxito porque estás hecho para devorar al mundo, en tanto yo continúo y continuaré lamiéndome las heridas...

—Mientras te lames las heridas, se te escapa la vida...

—Llegarás, Único, llegarás. Sólo te pido un favor, un compromiso —interceptó Muschi cortando de golpe la conversación.

—Di...

—No quiero que nunca alguien se entere de mi origen judío, aun cuando en la actualidad soy protestante. Si te lo he confesado es porque creo en ti y sé que no me traicionarás. Si se llegara a saber pondrías en riesgo mi vida...

—Soy un caballero español que no tiene memoria. Descuida, lo nuestro será un secreto eterno.

Un lunes de agosto de 1943, después de que mi padre había pasado un largo fin de semana con mi abuela y regresaba para darse un baño e ir a la agencia automotriz en busca de más documentos de cobro, de repente encontró una carta sobre la mesa de palo, en donde ocasionalmente desayunaban los refugiados que habitaban la buhardilla. Un estremecimiento similar al que padeció cuando le informaron del asesinato de mi tío Ernesto le volvió a despertar hasta el último de los poros. La letra era inconfundible, jamás la olvidaría. Se trataba, nada más y nada menos, que de la caligrafía de mi tío Luis. Rompió el sobre con los dientes, extrajo el mensaje contenido en una simple hoja de papel y empezó a leerlo presa de angustia.

Espero, Enrique, Enriquito, querido Quiquiriqui, que esta carta te alcance con bien y que yo acierte a ponerla en tus manos. Te he mandado ya varias comunicaciones a diversos domicilios que me proporcionó tu madre, mamá Felisa, con la esperanza de dar en una de ellas con tu domicilio correcto. Espero sinceramente que ésta cumpla sus objetivos. Me encontrarás en la calle de Balderas número 21, sexto piso, en la Ciudad de México. Mi teléfono es el 23 11 16.

Llámame tan pronto llegue la presente a tus manos.

Te quiere y te besa, tu tío Luis

Mi padre abandonó entonces el cuartucho dejando sobre la mesa su sombrero de fieltro, sin haber tomado el baño deseado y olvidándose también de dirigirse a la empresa para hacerse de más documentos destinados a la cobranza. Su único interés consistía en dar a la brevedad posible con una caseta telefónica. Emprendió una gran carrera para encontrar una a tan sólo dos cuadras, descolgó la bocina como si le estuvieran disparando una pandilla de maleantes, introdujo en exceso una buena cantidad de monedas, en tanto otras caían desordenadamente en el piso, e hizo girar de inmediato el disco para esperar, esperar y esperar... Al final descolgó una persona con voz de mujer y claro acento francés:

—¿Adèle, eres tú? —preguntó con un nudo en la garganta como si hubieran sido viejos amigos.

—¿Enrique, Quiquiriqui...? —respondió ella con toda familiaridad y una gran emoción. De pronto mi padre escuchó cómo alguien le arrebataba la bocina a Adèle.

—Enrique —tronó mi tío Luis—, por favor dime que eres tú...

—Sí, tío, soy yo, Enrique —repuso a gritos mi padre con los ojos inundados.

En realidad podrían haber subido ambos a sus respectivas azoteas para comunicarse a gritos desde el centro de la Ciudad de México y el corazón de Guadalajara. Había tanto que contar y era tanta la emoción del reencuentro, cuando, más aún, en muchas ocasiones, llegaron a pensar que cualquiera de los dos bien podría haber muerto ante tantas zancadillas y trampas de la vida.

—¡Estás vivo, tío, coño, estás vivo...!

—Y tú también, chaval, te oigo muy bien —contestó el tío Luis haciendo un esfuerzo para recuperar su timbre de voz original. Todavía era un cadáver en lo físico, en lo mental y en lo emocional. Sin embargo, hablar con mi padre le devolvió una buena parte de su vida y de sus ilusiones. Era recuperar el mundo perdido, la España perdida y arrebatada, algo así como volver a vivir momentos olvidados, como cuando intercambiaba puntos de vista con mi tío Ernesto en el Café Gijón.

—O vienes o voy, tío. Tenemos que reunirnos a hablar —volvía a exclamar mi padre cada vez con más fuerza—. ¿Pero estás bien? —preguntó, al sentir muy decaído a Luis.

—Que estoy bien, coño, y mejor estaré cuando te pueda abrazar. ¿Vienes?

—Voy...

—¿Cuándo?

—Ahora mismo, tío, voy a la estación y tomo el primer tren. Te veo mañana. No sé a qué hora pero te veo mañana; no te muevas de casa. ¿Cuándo llegaste a la Ciudad de México? —inquirió mi padre lleno de curiosidad, deseoso de saber y de adelantar la conversación.

—Llegué a Veracruz hace más de un año pero no dábamos contigo en el puerto, ni en Celaya ni en el Distrito Federal ni en Guadalajara. ¿De dónde me llamas ahora mismo?

—De Guadalajara.

—Bueno, bien, ven mañana, me urge verte, quiero abrazarte, quiero hablar contigo, quiero contarte, quiero que me cuentes, quiero que me expliques, quiero, quiero, quiero, ¡coño...!

Mi padre corrió de regreso hasta el departamento, echó ropa limpia revuelta sobre una maleta, metió en la bolsita algunos productos para su aseo y después de recolectar dinero entre sus amigos, salió en dirección de la estación de trenes de Guadalajara con el ánimo de volver a armar el rompecabezas de su existencia. A su salida lo interrogaban sus hermanos, compañeros del doloroso exilio:

—¿A dónde vas con tanta prisa, Enrique...?

—Llegó mi tío Luis, coño, llegó mi tío Luis —vociferaba cuando ya se alejaba sin cerrar la puerta—. Me voy a México...

Al día siguiente, en la tarde, mi padre llegó a la calle de Balderas número 21 y subió a grandes zancadas por la escalera del edificio hasta llegar al piso número seis. Tocó la puerta con cierta delicadeza y más tarde con más agresividad hasta que apareció mi tío Luis vestido en pijama. Permanecieron abrazados durante mucho tiempo, sin moverse, se besaron, se sostuvieron la cara viéndose fijamente para comprobar que lo que estaban viviendo era una realidad. No lo podían creer.

—Tío, ¡coño...!

—Enriquito, ¡coño...!

¿Quién les iba a decir que a tantos años de su separación en Madrid, cuando mi padre se había ido a Valencia para acompañar a María Luisa, su futura mujer, se volverían a encontrar nada menos que en México, del otro lado del Atlántico, después de haber vivido tiempos tan azarosos? Se daban palmadas en la espalda, pequeñas cachetadas, pellizcos en las mejillas, se despeinaban, sí, pero mi tío Luis, a los ojos de mi padre, era ya tan sólo medio hombre. Lo veía encorvado, demacrado, ojeroso, sumamente delgado y todavía se expresaba con un hilo de voz.

Después de abrazar y besar a Adèle, quien contemplaba gozosa la escena, sin soltar las manos de mi padre dejó muy en claro:

—Este tío que ves maltrecho te lo pondré a tono en un momento. Lo verás, no te preocupes, leí en tu mirada tu preocupación, pero déjamelo a mí, de éste me ocupo yo —aclaró esa mujer eternamente sonriente.

Entre taza y taza de café, mi tío Luis contó en detalle la última vez que había visto a Ernesto, el pleito espantoso que habían tenido en su departamento, en donde habían llegado a las manos ante su terquedad de abandonar Madrid a la brevedad posible; estaba seguro de que jamás lo volvería a ver, una voz interior se lo decía y no se había equivocado. Mi abuela Felisa le había informado del asesinato de Ernesto cuando César y Enrique ya habían abandonado Valencia. El dolor había llegado a ser insoportable. Sí, pero se trataba de huir de España lo más pronto posible y él se había ido a meter en la mismísima boca del lobo, en Alicante. Se había salvado gracias a su capacidad para nadar grandes distancias en las aguas frías como las del Mediterráneo en aquella época. Sin que mi padre pudiera ocultar su malestar al mirar el rostro cadavérico de Luis, éste continuó narrando sus peripecias hasta poder llegar a la frontera francesa, sólo para ser recluido en el campo de concentración de Argelès-sur-Mer, de donde había salido milagrosamente vivo gracias a que Hitler había bombardeado Polonia y los franceses necesitaban echar mano de nacionales y extranjeros, de los hombres para defenderse del inminente ataque nazi. Ingresado a la resistencia francesa para luchar en contra de los fascistas, había conocido afortunadamente a Adèle, la mujer de su vida, con la que logró hacer blancos espectaculares en objetivos militares alemanes, así como del Gobierno de Vichy. Más tarde había sido víctima de una trampa que tuvo como consecuencia su reclusión en Auschwitz, de donde había logrado huir en los huesos. Adèle había asesinado a balazos al traidor Rubio, el autor de la felonía, por lo cual había sido detenida en una cárcel de mujeres, de donde él la había rescatado con dinero propiedad de un judío alemán asesinado en la cámara de gas en Auschwitz. Le habían amputado los dedos del pie que se le habían congelado durante su fuga, en el invierno, del campo de exterminio. La historia era muy larga, en otra ocasión, con más calma, ya tendrían tiempo de charlar con más precisión. Gracias al cónsul Gilberto Bosques, un héroe mundial, un caballero que resume a la humanidad, a quien se le deberían construir monumentos en medio mundo, habían obtenido las visas para viajar a México desde Marsella hasta Casablanca y de ahí, en el *SS Serpa Pinto* habían navegado felizmente y sin mayores tropiezos, hasta Veracruz.

—Estás vivo de milagro, querido tío...

—Qué milagro, ni qué hostia, Enriquito: nunca sentí la presencia de ninguna mano divina que me hubiera ayudado y de haberlo intentado me hubiera cagado en ella sin saber si se trataba de la de Dios o la del diablo.

—Qué radical, tío...

—Escúchame bien, Quiquiriqui, si en algún lugar de la Tierra puedes demostrar la inexistencia de Dios, ese lugar se llama Auschwitz. El llamado infierno católico es simplemente una broma de mal gusto si lo comparas con ese campo de exterminio.

Dicho lo anterior, mi tío Luis se remangó para enseñar el antebrazo desnudo con el tatuaje que lo convertía en un número, en realidad en un animal, sin nada, ni dignidad, ni presente, ni futuro ni nada de nada, la mierda misma. Ya empezaba a zafarse el zapato para mostrar su pie con los dedos amputados, exaltado por los recuerdos y a enrojecérsele el rostro, cuando Adèle interrumpió la conversación para colocar unos pequeños panqués con chochitos, esos dulces mexicanos que acababan de descubrir y que resultaban su fascinación. De ninguna manera convenía la exaltación. A lo único que era necesario darle cabida era al olvido y esa charla no podía envenenarse, por lo que, diplomáticamente, aquella mujer supo separar a los púgiles para evitar otro desbordamiento de las pasiones que obligaría a mi tío a arrancarse una vez más las costras.

—Y tú, Enrique, ¿qué ha sido de ti durante este tiempo...? —terció Adèle con una sonrisa y acariciando la cabellera de mi tío Luis, quien mantenía la mirada feroz clavada en el piso. Pasaría mucho tiempo antes de que pudiera abordar el tema de Auschwitz sin sentir que perdía la razón.

Mi padre contó entonces su paso por Marruecos, los momentos difíciles de la llegada, la contratación del *Sardinero I*, la ayuda del tal Mustafá, la expansión de la flota pesquera hasta tener más de ochenta barcos, tres enlatadoras, un auténtico palacete, además de todos los lujos posibles e imaginables, mientras que en España morían de hambre como consecuencia de la Guerra Civil. Por supuesto que no olvidó contar su paso por los campos de concentración en África del Norte.

—¿Entonces también a ti te encerraron como a mí en Francia?

—Sí, tío, sí, pero al fin y al cabo los dos salvamos la vida.

—Pero, claro —interrumpió mi tío Luis conocedor de toda la historia—. En realidad no hay mal que por bien no venga: el hecho de que te hayan arrestado y expulsado de Marruecos te salvó la vida, porque cuando en noviembre del año pasado Hitler acabó con el Régimen de Vichy, Franco podría haber entrado a Marruecos y acabado con vosotros.

—Exacto, ya de hecho habían empezado los secuestros sospechosos de republicanos; una tragedia, tío. No sabes el trabajo que nos costó levantar el negocio y hacerlo crecer para que después, afortunadamente, me echaran con una patada en el culo... Pero César lo salvará todo.

—Lo importante es que os salvasteis...

—Claro, tío, lo que no sabíamos es que Eisenhower y los yanquis se iban a meter en Marruecos para cortarle las uñas y sacarle los dientes a Hitler y a Franco en el África Occidental. El enano de mierda quería quedarse con Marruecos y ese hecho nos tenía aterrorizados... Los yanquis ahí dentro nos hubieran garantizado las inversiones, pero esas ratas franquistas acostumbradas a atacar por la espalda nos quitaron toda la seguridad.

—¿Habréis tenido muchas novias? —preguntó Adèle, como correspondía a una mujer curiosa sin permitir que mi padre concluyera su explicación.

—Pues sí —contestó al esbozar una breve sonrisa—, mujeres no faltaban.

—No sólo no te faltarían, malvado Enricote, sino te sobrarían —interrumpió Luis con una sonrisa forzada.

—Sí, Adèle, sí, fue muy doloroso abandonar Marruecos, nuestro segundo exilio, sobre todo con el éxito que habíamos logrado en tan poco tiempo. Yo nunca había tenido tanto dinero en mi vida para comprar aquello que se me diera la gana... Pero sí les digo que más vale aprender a tener dinero o te extravías y enloqueces.

—Acuérdate que lo verdaderamente caro en la vida no se puede comprar con dinero, de modo que lo sustancial no puedes tenerlo por más billetes que tengas en el bolsillo o en el banco —concluyó Luis sin expresar siquiera una sonrisa, pero viendo de reojo a Adèle—. Esta mujer, Enrique, que ves a mi lado, me conoció en calzoncillos, como un muerto de hambre que no tenía ni para regalarle un café y por esa razón, entre otras muchas más, creo en su amor... Pobre de aquel tío que se devalúa al extremo de pensar que nada vale en lo personal porque quien se le acerca lo hace por su dinero, al rato no crees en nadie y te pierdes en la confusión. ¿Dónde está la verdad entre tanta mascarada?, se preguntarán...

—Tienes razón —repuso mi padre de alguna manera avergonzado—, lo que quiero decir es que con dinero podía comprar ¿coches? ¡coches! ¿Relojes de lujo?, ¡relojes de lujo! ¿Trajes de lino egipcio blanco?, ¡trajes de lino egipcio blanco! ¿Camisas de seda?, ¡camisas de seda! ¿Residencias con vista al Atlántico?, ¡residencias con vista al Atlántico! ¿Mujeres?, ¡mujeres!, las que se te diera la gana y cuando fuera...

—Cierto, Quiquiriqui —repuso mi tío Luis al tiempo que recomendaba no perderle el respeto a las mujeres y pensar que todas estaban al alcance de una chequera porque se le habría perdido el respeto a la mitad de la humanidad, de hecho, lo mejor de la humanidad, y en ese caso, la soledad sería la mejor compañía y nadie podría hacer nada por mi padre. Ojo con el escepticismo hacia las mujeres, porque se podría terminar la vida envenenado en lugar de hacerlo rodeado de amor y de ternura...

—De acuerdo, tío, de acuerdo, sólo que yo...

—Bien, Enrique —interrumpió mi tío Luis a mi padre convencido de que el mensaje había llegado a tierras fértiles, por lo que le recomendó que cuando volviera a tener dinero, porque sin duda lo tendría, y mucho, entonces tendría que dedicarlo a ayudar, no había nada más importante que ayudar: él debería ser el gran filántropo mexicano que le pudiera devolver el día de mañana a México todo lo que le daría...

—Es cierto —intervino de nueva cuenta Adèle—, que te cuente lo que ha estado haciendo desde que llegó a México.

Luis contó entonces cómo desde su llegada a México había rentado una casa en el centro de la ciudad, para hacer de ella un albergue y tratar al niño quemado o a los pequeños con cáncer o a los adultos con enfermedades terminales, a quienes ayudaba a bien morir o a paliar el dolor. Pocos podían imaginar el placer de auxiliar a terceros con absoluto desinterés. Quería ayudar a que el ser humano no sufriera como él había sufrido, a consolar al que le doliera algo, a alimentar al que tenía hambre, a darle abrigo y calor a quien durmiera en la calle, a consolar a quien tuviera pánico por la muerte, en fin, honrar la memoria de los cientos de miles de personas que él había conducido a la cámara de gas, haciendo ahora algo por los vivos, un pequeño homenaje a los que ya no estaban...

Mi padre entendió de inmediato. Él mismo había padecido en carne propia cómo los golpes violentos del destino podían alterar radicalmente los planes de las personas y la marcha de los países. Cualquier proyecto en el orden amoroso, en el político o en el profesional, en el campo que fuera, podía ser derrumbado repentinamente con la misma veleidad con la que jugaba el viento. Todo se puede descarrilar de golpe, despeñarse, destruirse en el momento menos pensado y por las razones más inverosímiles. ¿Qué había quedado de aquel periodista virtuoso, ávido de las noticias y defensor de la democracia? ¡Cómo olvidar sus pláticas en el Café Gijón o sus caminatas en el parque de El Retiro o en casa de Ernesto o en cualquier café de la calle del Príncipe o, por otra parte, sus poderosos escritos políticos en relación a la libertad y a la defensa de los derechos superiores del hombre! Su vida, después de Auschwitz, se reducía a una simple palabra: ¡ayudar!, un vocablo mágico que debería memorizar la humanidad si es que existía todavía un asomo de razón y de piedad.

—Cuenta conmigo en lo que sea tu lucha para acabar con el dolor, querido tío, pero dime, ¿ya te olvidaste de degollar a cada fascista que exista sobre la faz de la Tierra? —preguntó precavido mi padre para saber hasta qué punto se había agotado su capacidad de venganza.

Contra lo que era de esperar, mi tío sorprendió hasta la propia Adèle con la respuesta:

—He iniciado una charla en la Secretaría de Gobernación con funcionarios de alto nivel de este país, quienes están tramitando nuestro pasaporte mexicano y me han relacionado con agentes investigadores dedicados a analizar la penetración nazi en México. Tarde o temprano tendré nexos con la embajada de los Estados Unidos para ayudarles a reunir información destinada a extirpar a estos gusanos del tejido mexicano que vienen a complicar los planes de la Casa Blanca.

Bien sabía él que desde Porfirio Díaz los mexicanos habían sentido una formidable fascinación por lo teutón y años más tarde el propio káiser había intentado aliarse con México y con Japón para declararle la guerra a Estados Unidos, por lo que no era nada difícil que ahora, veinticinco años después, Hitler intentara de nueva cuenta desestabilizar México para obstruir las políticas estratégicas militares de los yanquis en Europa.

—Me habías dicho —alegó gratamente sorprendida— que sólo ayudarías a aliviar el dolor, Luis —continuó Adèle sonriente, pues si algo la fascinaba era la posibilidad de atacar aunque fuera a escupitajos y a pedradas a los execrables fascistas donde se encontraran.

—He cambiado de opinión, Adèle, mi vida, según recupero mi energía, ya no sólo pienso en ir a matar a estas asquerosas cucarachas sino también quiero ayudar en lo que me quede de vida...

—¿Y con qué dinero ayudas a la gente, tío? ¿Con qué dinero vives aquí? ¿Qué haces? —preguntó mi padre sin imaginar las dimensiones ni mucho menos las implicaciones personales de la respuesta.

Fue entonces que explicó cómo, en una ocasión, mientras cumplía con sus obligaciones de *Sonderkommando* en Auschwitz, dio con un anciano judío próximo a entrar a la cámara de gas quien, curiosamente, lo había escogido a él para obsequiarle unos brillantes que había guardado durante toda su vida para salir de cualquier apuro y que ahora ya no le servirían para nada, pues lo asesinarían en cualquier momento en la cámara de gas. Gracias a dichas piedras preciosas se había salvado de la muerte, había logrado escapar del campo de exterminio, sacar a Adèle de la cárcel y llegar hasta México. Por si fuera poco, todavía había logrado vender un par de ellas para financiar aquí, en la ciudad, sus obras filantrópicas y de caridad. Honraba así la memoria de aquel viejo prusiano que había confiado en él.

—¿Qué fue del viejo? ¿Lo mataron?

Explicó cómo al día siguiente había visto escapar por las chimeneas de Auschwitz un humo negro muy denso en el que se había convertido ese anciano adorable, así como otros diez mil judíos que ese mismo día habían perdido la vida.

—Pero dime —volvió Adèle a incursionar en temas de interés femenino, a sabiendas del daño que todavía le producía a mi tío Luis recordar esos dolorosos momentos—, por supuesto que ya tendrás una o mil novias mexicanas, ¿no?

Mi padre sonrió. Adèle era, sin duda, una extraordinaria embajadora que quitaba todas las piedras del camino.

—Estoy saliendo ahora con una mujer mayor que yo, alemana, muy distinguida, fina, una belleza, una gran conversadora, muy frustrada, refugiada de la guerra y que intenta rehacer su vida en México. En el fondo admito —reconoció mi padre— que nuestra relación no tiene futuro, ella es divorciada y tiene hijos bastante mayores, por lo que, por el momento, disfruto su compañía, su conversación y sus deseos de recuperar el tiempo perdido. Créanme que hago mi mejor esfuerzo por ayudarla —confesó con cierta picardía, que mi tío Luis captó de inmediato.

Nadie preguntó el nombre de la alemana, ni tal vez mi padre lo hubiera confesado pues pertenecía a su intimidad. Ya llegaría el momento de explayarse... La identidad de Muschi y de nuestra familia alemana quedó, por lo pronto, extraviada en el anonimato.

—¿Y qué piensas de este país? ¿Cómo lo ves? ¿Qué opinas? ¿Cómo te sientes?

—Aquí, en México —repuso mi padre satisfecho meditando detenidamente la respuesta al estilo de los analistas políticos—, el propio gobierno manda asaltar las casillas electorales y la gente no protesta a sabiendas de que la están engañando. No se reconoce el triunfo del indiscutible ganador en los comicios y no protestan; se roban los fondos públicos, creados por los contribuyentes después de haberse abierto los intestinos para poder pagarlos y no protestan; en las calles existen agujeros por los que se pueden caer cien coches; se percatan de que sus impuestos no se destinan a financiar los servicios públicos y no protestan; la policía es peor que los bandidos, porque los mismos rateros que te asaltan de noche, en las mañanas se disfra-

436 FRANCISCO MARTÍN MORENO

zan de guardias del orden para supuestamente imponer la ley y nadie protesta; a los políticos defraudadores del tesoro público los invitan a sus casas y todavía les llaman «don Miguel» y les obsequian sus mejores viandas, sin perder de vista que son unos ladrones que dispusieron ilegalmente de los ahorros propiedad de los mexicanos y nadie protesta —mi padre se expresaba como si hubiera vivido toda su vida en México—. Se hacen justicia por su propia mano; se balean en las calles y no protestan ante la falta de autoridad; se incrementan los precios y no protestan; hay desempleo y no protestan; la educación no funciona y no protestan, pero eso sí, cuando protestan y se despierta lo que llaman «el México bronco», se pueden matar entre sí hasta llegar al millón de muertos. Este país no se levanta en armas porque los mexicanos creen en la virgen de Guadalupe: la Iglesia paraliza a la población con rezos y con la venta de esperanza inmoviliza al pueblo siempre fiel, en tanto, clero y gobierno los saquean materialmente...

Mi tío Luis y Adèle permanecían boquiabiertos. Nunca habían escuchado un perfil tan bien cincelado de la personalidad mexicana.

—¿Y cómo te explicas la inmovilidad...?

—Primero porque creen en un más allá. Son fanáticos religiosos mucho antes de la llegada de los españoles; y luego, después de trescientos años de pira y de torturas impuestas por la Inquisición, la castración fue definitiva —agregó mi padre intentando hacer un apretado resumen de su estancia en México—. En el poco tiempo que llevo viviendo aquí ya podría escribir un libro que se llame *Las reglas básicas para vivir en México*... No se te olvide que es muy famoso el dicho «del bote», o sea, «de la cárcel salen, pero del hoyo, no...».

—¿Cómo es eso? —preguntó Adèle a punto de soltar la carcajada.

—Sí, mujer, aquí se impone aquello de «La Revolución mexicana fue la revolución perfecta, pues al rico lo hizo pobre, al pobre lo hizo pendejo, al pendejo lo hizo político, y al político lo hizo rico...» —concluyó mi padre riendo levemente con expresiones escuchadas desde su llegada a México y que le habían sido especialmente útiles para entender y enraizarse en este país—. Que nunca se te olvide un lema muy doméstico: «Mátalos en caliente...».

—¿O sea que te cargas a un tío y no pasa nada...?

—Éste es el país de la impunidad. Sólo los pendejos, te repito, como llaman por aquí a los gilipollas, van a dar a la cárcel. Es increíble pero los delitos casi no se persiguen, salvo que exista alguna persecución política.

El tío Luis sonrió por primera vez.

—Si quieren conocer a los mexicanos vayan al cine y conozcan a María Félix y a Jorge Negrete en *El peñón de las ánimas*, o a ese fenómeno llamado Cantinflas, un antiguo actor de carpas y después de cine. Actuó en *Águila o sol* y *Ahí está el detalle*, dos películas clave para entender la idiosincrasia nacional, como también lo es la letra de las canciones mexicanas. Nunca desafíes ni amenaces a un mexicano porque, como ellos dicen, son de mecha corta. Si te van a asaltar no te resistas porque te darán un navajazo por un quítame estas pajas. Siempre tienes que dejar que te roben o incluso llevar dinero para que el bandido no se vaya frustrado o te darán un balazo para que aprendas, cabrón, además cabrón, aun cuando tú seas la víctima... ¿Quieren saber más? —preguntó mi padre engolosinado—: imagínense a un líder sindical llamado Fidel Velázquez, quien planteó el compromiso obrero de renunciar al sacrosanto derecho de huelga. Ese es un líder y no como los de nuestra CGT española —agregó mi padre riéndose a carcajadas.

Sin que Adèle ni Luis pronunciaran una sola palabra, mi padre comentó que un país con casi cincuenta por ciento de analfabetos, y además fanáticos religiosos, era muy fácil de gobernar porque estaban resignados al juicio final, por lo que cualquier protesta terrenal sería inútil. Era mejor vivir ahora un infierno de perros, a cambio de disfrutar la eternidad en el paraíso.

Como el tiempo los atropellaba y no dejaban de arrebatarse la palabra, mi tío Luis insistió, una vez más, en su lucha por desarmar las fuerzas secretas de la inteligencia nazi en México, mismas que de hecho se habían empezado a desbaratar desde que ambos países se encontraban en estado de guerra, sobre todo después del hundimiento de dos barcos petroleros mexicanos que la marina teutona había torpedeado apenas un año atrás. Él, además, ayudaría a localizar a cuanto fascista se encontrara dedicado a obstaculizar el futuro de México y a complicar sus relaciones con Estados Unidos por conflictos encubiertos administrados por los nazis; no lo permitiría, los combatiría con lo que pudiera... Igual que Einstein había denunciado desde Estados Unidos los horrores de que estaban siendo víctimas los judíos, a él le tocaba, desde esta pequeña plataforma, hacer lo propio en contra de los fascistas...

—¿Tienes alguna pista? —preguntó mi padre lleno de curiosidad.

Mi tío Luis explicó que Arthur Dietrich, encargado de prensa en la legación alemana en México, hermano de Otto, el poderoso vocero del Tercer Reich, se reunía en secreto con un tal José Vasconcelos, un auténtico nazi encubierto, que pretendía, nada más y nada menos, que instalar en México una dictadura clerical-militar como la de Franco. Vasconcelos recibía apoyo económico del Vaticano y de hecho lo seguía recibiendo, además que había sido el director de una revista llamada *Timón*, cancelada por el presidente Lázaro Cárdenas, a través de la cual divulgaba los objetivos políticos y militares del nacionalsocialismo. Un nazi de mierda, de alto nivel, pero una mierda enmascarada como otros tantos mexicanos camuflados de demócratas.

—¿O sea que Vasconcelos quiere ser un Francisco Franco mexicano?

—Es exacto, así de fácil. Por lo pronto se reúne con el tal Dietrich para instrumentar un terrorismo, sin violencia, un terrorismo frío, por medio de la propaganda nazi y mira que cuentan con enormes recursos para lograrlo aprovechando las tendencias germanófilas de los mexicanos. Odian a los gringos y por lo tanto ven en los nazis un proyecto aspiracional para sacudírselos. Las ideas fascistas caen en tierra fértil, porque los mexicanos tienen nostalgia por una mano fuerte que imponga el orden y carecen de la perspectiva para entender de qué están hablando...

—Pero, según tengo entendido, Vasconcelos es una figura influyente, ¿no es así? —insistió mi padre sorprendido.

—Y tanto, como que se atreve a declarar que los mexicanos son unos traidores y cobardes que no merecen ni una sola hora de su sueño y que México ganará con la victoria alemana que ya se aproxima...

—¿Entonces Vasconcelos se ocupa en desestabilizar a los gobiernos de la Revolución? —preguntó Adèle.

—Está bien, él que se ocupe de desestabilizar, yo por mi parte trataré de desprestigiarlo, en la inteligencia de que el máximo capital de un político es su imagen, entonces yo haré lo posible por convertila en astilla, así lo neutralizaremos. Mira quién habla de traidores...

Adèle escuchaba encantada la conversación entre los dos hombres. Imaginaba las charlas que tendrían antes de la guerra, cuando Ernesto aún vivía. Eran dos políticos natos, eso era evidente.

Entre ambos aceptaron el rechazo que habían padecido los españoles a su llegada a México a la conclusión de la Guerra Civil. Convinieron en que no los habían recibido con aplausos, si bien les llamaban «gachupines», «refugachos», «desechos humanos», como los había calificado un connotado pintor, llamado Doctor Atl, otro fascista destacado. No dejaron de recordar cómo la propia colonia española radicada en México varios lustros atrás se había opuesto a la llegada de los republicanos, si bien habían recibido con las puertas abiertas a los quinientos niños huérfanos de la guerra en su arribo en junio de 1937.

Algunos periódicos decían que los refugiados eran una escoria social, que México tenía el ineludible y patriótico deber de regresarlos a su país; que ellos habían incendiado y destruido o que se trataba de «bandoleros que habían ensangrentado a su propio país», por lo que eran unos malditos; que «los excombatientes españoles venían a quitarle el empleo a los mexicanos», repetían insistentemente las notas filtradas por la Iglesia católica y por supuestas organizaciones anticomunistas dedicadas a exaltar los ánimos de la nación. Los catedráticos universitarios se quejaban de los privilegios que se les concedían a los maestros españoles, quienes supuestamente tenían mejores condiciones de trabajo que ellos. ¿Por qué se tenía que financiar la llamada Casa de los Amigos de España con recursos del erario mexicano? Gritaban y consignaban vivas a Franco por haber limpiado de carroña bolchevique a España y ahora esas sanguijuelas habían venido injustamente a México a disfrutar la paz y sus recursos ajenos como correspondía a cualquier asqueroso comunista.

—Tenemos que dejar en claro, tío, que los refugiados no vinimos a quitarle el pan a los mexicanos, sino a crear más pan, a construir más instituciones culturales y educativas, a incrementar los niveles de prosperidad, a aportar conocimientos, a sumarnos al crecimiento de este país tan generoso, a eso vinimos y no a lo que dicen la Iglesia y los fascistas... España invirtió sus ahorros durante varias generaciones de profesionales que hoy de la misma manera en que enriquecerán a los mexicanos, empobrecerán a los españoles que se queden a vivir en una dictadura. España se ha desangrado y esa sangre vital de abogados, doctores, ingenieros, poetas, escritores y empresarios, hoy vendrá a nutrir a México. Lo veremos con el tiempo —concluyó mi padre, mientras se abrazaban, despidiéndose, dándose fraternales palmadas en la espalda.

440 FRANCISCO MARTÍN MORENO

—¡Claro que lo veremos con el tiempo! —repuso mi tío Luis—. Seguro que lo veremos con el tiempo —agregó cuando ya despedía a mi padre en la puerta del departamento.

Cuando mi padre ya iba en el quinto piso descendiendo por la escalera, de pronto alcanzó a escuchar la voz pastosa de Luis, quien le preguntaba:

—Enricote, ¿qué sabes de César? ¿Qué has oído de él?

—Nada tío, nada, me llama, me escribe, me cuenta que está a punto, que ya casi, que todo va bien, que no me preocupe, que no se me olvide la guerra y las dificultades propias de la guerra para hacer negocios, a un año de distancia todavía no ha podido vender, pero como dicen en Madrid, pronto tardará en que nos lleguen noticias...

—Bueno, no te pierdas, escribe, Enricote, o habla; ¡te quiero mucho...!

Mi padre regresó apesadumbrado a Guadalajara, pues bien conocía el tamaño del sufrimiento en los campos de concentración de África del Norte, aunque las dimensiones del castigo a que había sido sometido mi tío Luis durante tanto tiempo, en Alicante, en Argelès-sur-Mer y, para ya ni hablar, en Auschwitz resultaban incomprabales en salvajismo. ¡Qué espantosa pesadilla el no poder distinguir si uno amaneció muerto en cualquiera de las barracas o pereció en uno de los campos de trabajos forzados y ya se estaba pasando la eternidad en el infierno y Auschwitz era el infierno y esa, y no otra, era la macabra eternidad...! ¡Cuánta confusión! ¿De dónde habría sacado tanta capacidad de resistencia ante la demencia y el sadismo de sus semejantes? Cualquiera, al oír su historia, bien podría haber alegado su incapacidad para soportar un dolor y unas privaciones similares, sin embargo, al estar expuesto a condiciones parecidas, ante la pérdida irremediable de la vida, tal vez sacaría fuerzas de flaqueza y sobreviviría, ¡claro que se haría lo posible por sobrevivir...! El terrible contacto con la adversidad obligaría a las personas a buscar en su interior recursos con los que jamás creyó contar. Todo antes de perecer. Luis era un ejemplo de coraje, de entereza, de dignidad y de fortaleza. ¡Qué pocos habían logrado huir de un campo de exterminio administrado férreamente por los nazis! Él, mi padre, confesó en repetidas ocasiones su debilidad para aguantar padecimientos tan espantosos como el hambre, los golpes, las celdas de castigo, las clausuras en letrinas pestilentes, el pánico al contagio por alguna enfermedad contraída por alguien que durmiera a su lado, el miedo a padecer la infección de un diente o de un dedo o de las amígdalas, insignificancia que bien podría haberle costado la vida. ¿Quién no se hubiera rendido, como acontecía en Auschwitz, sin comer ni beber más que inmundicias en medio de un frío espantoso, durmiendo seis personas en tres metros cuadrados, muertos de hambre, golpeados, congelados, haciendo las necesidades vitales en agujeros cavados para recibir las excrecencias de diez personas y no de diez mil condenados a morir? Mi tío Luis era finalmente un héroe.

Llegó en la noche a Guadalajara, ya muy tarde, con el ánimo de contarle a los demás lo acontecido. Ninguno de ellos pestañeaba al escuchar la dramática narración. Pocos sabían cómo los nazis habían matado a decenas de miles de españoles republicanos que se encontraban en Francia, derrotados después de la Guerra Civil. Cuando mi padre describía precisamente los horrores vividos por mi tío Luis en Auschwitz, de pronto tocaron a la puerta de la buhardilla con golpes muy tímidos, apenas audibles. ¿Quién podría ser a esa hora de la noche? ¿Alguna de las novias de los refugiados? Todos se vieron sorprendidos a la cara. Uno de ellos se levantó finalmente para conocer la identidad del intruso.

Era César.

Finalmente había regresado de Marruecos. Después de saludarse, no se oía en su trato mayor efusividad. Antes de que mi padre pudiera ponerse de pie, César preguntó como si estuviera murmurando:

—¿Está mi hermano Enrique ahí dentro?

Cuando uno de los amigos se disponía a contestar ya estaba mi padre en el pasillo seguido de los demás exiliados. En el momento en que César lo vio se lanzó a sus brazos repitiendo:

—¡No me llegó el diez!, Enrique, ¡no me llegó el diez...!

Como lloraba igual que un crío y empapaba con sus lágrimas las solapas del traje de mi padre, éste lo separó bruscamente para verlo a la cara y entender sus argumentos colocándolo a la luz del farol del pasillo.

—¿Me quieres decir qué coños te pasa? ¡Habla! —le increpó sacudiéndolo por los hombros para que dejara de gimotear y pudiera explicar lo acontecido.

—¡No me llegó el diez!, Enrique, ¡no me llegó el diez...!

—Explícate, demonios, ¿qué quieres decir con que no te llegó el diez? —preguntó mi padre presumiendo ya la debacle.

Con la nariz llena de mocos, los ojos anegados y balbuceante, César finalmente confesó:

—Yo tenía abierto sobre la mesa un seis, un siete, un ocho y un nueve, una perfecta corrida de diamantes rojos y mantenía una carta cerrada con un as que no me servía para nada y al devolverla y pedir una nueva me llegó otro seis en lugar del diez o un cinco y perdí, ¡perdí, perdí!, ¡no me llegó el diez, Enrique, no me llegó el diez! ¡No, no me llegó! —expuso para seguir llorando y tratar de volver a abrazar a mi padre, quien arrugó la cara como si hubiera envejecido de golpe cien años. Mirando al techo le preguntó:

—¿Me quieres decir, pedazo de imbécil, que te jugaste las enlatadoras y la flota a las barajas en Marruecos?

—Sí, Enrique, ¡perdón, perdón, perdón!, pero de haber ganado nos hubiéramos quedado por lo menos con siete edificios en Casablanca que nos hubieran dejado unas rentas gigantescas y jamás hubiéramos tenido que volver a trabajar, ¿lo entiendes, lo entiendes…? ¡Jamás hubiéramos tenido que volver a trabajar y me lo hubieras agradecido toda la vida!

Mi padre lo empujó y lo insultó, pero se contuvo para no golpearlo. Lo llamó descastado, malvado, irresponsable, ¿cómo se había atrevido el miserable a jugarse al póquer lo que no era de su propiedad? Lo había desfalcado, había traicionado su confianza, que se olvidara de él, que se largara, que se desapareciera, que se esfumara, era una mierda, «no te quiero volver a ver en mi vida, hijo de la gran puta… ¡Me cago en tu padre! ¿Qué vamos a hacer ahora? ¿Qué, qué, qué…? ¿Comenzar de nuevo cuando ya teníamos resuelta nuestra vida, la de nuestros futuros hijos y la de nuestros nietos, grandísimo cabrón…?».

Cuando se disponía a golpearlo con el ánimo de no dejarle un solo diente sano, con los puños cerrados colocados a los costados viéndolo furioso, en el último momento de escasa lucidez, antes de precipitarse en la violencia y en la sinrazón, recordó que a César sólo le debía la vida y se la debía en dos ocasiones, dos que él jamás podría olvidar por elemental agradecimiento. Una, cuando lo tomó prácticamente del cuello y lo sacó a la calle del edificio de Doctor Sumsi, en Valencia, y a jalones lo condujo hasta el barco, instantes antes de que llegaran las tropas franquistas para arrestarlo y fusilarlo sin más, porque a nadie le quedaba la menor duda de que habían ido a eso, a matarlo y a matarlo de inmediato; el otro rescate se había dado precisamente cuando Franco ya se adelantaba en Marruecos secuestrando a los republicanos para transportarlos a España colocándolos de espaldas a los paredones para acabar con ellos dentro de golpes espectaculares de prensa. César lo había salvado también en esa peligrosa coyuntura en que, con ayuda del general marroquí, su futuro suegro, ofreció el dinero que le permitió obtener la visa y pagar el soborno para sacarlo del campo de concentración sin que le lastimaran el pellejo. ¿Qué hacer con César...? ¡Carajo, pinche César...!

De pronto mi padre giró sobre los talones y se dirigió por el pasillo hasta bajar por la escalera y llegar precipitadamente a la calle. Con prisa César corrió tras de él, lo encaró, lo confrontó y finalmente lo abrazó, lo consoló, lo reconfortó. Bien sabía Enrique que él mismo hubiera incurrido en esa debilidad por ser otro fanático del juego y de la apuesta, al igual que su hermano mayor, con la sola diferencia de que él era consciente de su incapacidad para controlarse en las mesas cubiertas por paños verdes, y, por lo mismo, se abstenía de sentarse y de exponerse, de ahí que siempre repitiera «el que evita la ocasión evita el peligro...».

El tiempo, que todo lo cura, empezó a restablecer lentamente las relaciones entre César y mi padre. Cobraban juntos documentos de la agencia automotriz, o vendían chocolate en las abarroteras, o enajenaban bolsas de mujer de puerta en puerta, ganándose la vida como podían. Tenían para vivir lo suficiente sin dejar de husmear, de otear diferentes posibilidades de negocios.

—¿Y tu novia, aquella mora de ojos hermosos, la hija del general, qué fue de ella, por qué no la trajiste a México? —le preguntó un día mi padre a César, antes de dar por concluido el tema de Marruecos y por mucho tiempo.

—¿Te digo la verdad sin que se la cuentes a nadie?

—Por supuesto, ¿qué otra diablura hiciste?

—Al otro día, después de que perdí lo nuestro en otra de las tantas mesas de juego clandestinas, antes de que se conociera la noticia de mi quiebra, me volví a jugar las enlatadoras y la flota en un casino más, en el entendido de que ya nada era mío y de que no tenía con qué pagar, de haber ganado me hubiera traído ese dinero a México o lo hubiera pagado a mis acreedores para recuperar nuestro patri-

monio, pero volví a perder y del casino me fui a toda prisa al puerto
para tomar el primer barco, sin despedirme siquiera de Abigail para
salvar el cuero... Me hubieran matado, Enrique, de haber sabido
que apostaba lo que ya no era mío... Mujeres hermosas las hay en
cualquier lado, en México también, ¿no...? Si no hablan árabe, que
puñetera falta me hace. Gimen por igual en la cama y todos entendemos el lenguaje del amor...

¿Y la *Blitzkrieg* en Rusia? Si Hitler se había apoderado de Polonia,
Holanda y Francia en cuestión de seis a siete semanas en promedio,
a finales de 1943, después de más de un año y medio de feroz campaña en Rusia, la Wehrmacht y sus tres millones de soldados alemanes
estaban exhaustos, desesperados, congelados, fatigados, destruidos
anímicamente y hambrientos, mientras enfrentaban a otro horroroso invierno que podría acabar con ellos sin que tomaran la ciudad de
Stalingrado, la puerta de entrada para abastecerse de los ricos ma-
nantiales petroleros del Cáucaso, un carísimo objetivo estratégico
dentro de la guerra. Hitler, un absoluto incapaz en el orden militar,
había ignorado las sugerencias del alto mando nazi que le indicaba
los peligros de atacar Rusia sin haber tomado antes Inglaterra. ¡Por
supuesto que no los escuchó! Los militares ultracondecorados, con
el pecho de la guerrera cruzado por bandas tricolores y galardonado
con mil medallas, además de la cruz gamada y del brazalete en el
brazo izquierdo con la esvástica, le habían hecho notar la temeridad
que implicaba subestimar el poder de las fuerzas militares rojas, así
como desconocer la capacidad industrial de la URSS para armarse antes de lo imaginable. ¡Claro que no tomó en cuenta sus argumentos,
que trató de refutar gritando como enloquecido al tiempo que golpeaba la enorme mesa cubierta por un gran mapa de Europa salpi-
cado de esvásticas rojas, su gran orgullo! Ni su mirada penetrante ni
su sentido de la disciplina ni su rigor personal eran útiles para vencer
a los malvados comunistas, igual de odiados que los propios judíos.
El Führer no basculaba razones ni sopesaba argumentos, por lo que
también despreciaba los complejos problemas logísticos para abastecer con alimentos, medicinas y armamento a millones de soldados
alemanes que morían de frío y de penurias en las márgenes del Volga.
    Cuando en enero de 1943 las tropas alemanas se rindieron en
Stalingrado, Hitler se olvidó de la furia y de la angustia, se precipitó

en una pavorosa impotencia, porque bien sabía, en su interior, sin confesarlo, que la guerra estaba perdida. ¿Qué vendría a continuación? Los rojos comenzarían un contraataque incontenible, privados de rencor y de coraje por la agresión bestial y alevosa de que habían sido víctimas a partir de 1941, y también por la manera en que Hitler había arrasado, en su avance hacia Moscú, con cuanto encontrara a su paso, ya fueran ciudades, pueblos, personas, animales, pastizales, graneros, escuelas e iglesias para fundar un nuevo Estado alemán sin contaminación de ningún tipo: se trataba de destruir como la marabunta y destruyó buena parte de la Rusia Occidental, por lo que las dimensiones de la venganza eran impredecibles, así como funestas. Si los rusos habían sufrido lo insospechable, ahora los nazis y ya no se diga sólo los nazis, sino los alemanes, toda Alemania, el Tercer Reich, los culpables ante los ojos de los soviéticos, sufrirían el horror de una represalia sangrienta, salvaje y depredadora, mayor que la agresión inicial. Los escombros del imperio teutón diseñado para perdurar mil años serían todavía convertidos en polvo a bombazos, martillazos o lo que fuera.

El precio sería realmente elevadísimo e inolvidable y no sólo por el flanco derecho, claro está, siempre y cuando no se olvidara de que por el izquierdo atacarían los aliados por medio de un desembarco en cualquier punto del continente, tal vez el más imprevisible, para iniciar el avance hacia Berlín, hacia la Cancillería y hacia el edificio negro de la Gestapo, las instalaciones de la Wehrmacht y de la Luftwaffe. ¿Cuántos soñaban en aquel momento con el inmenso placer de atrapar vivos a Hitler, a Goering, a Goebbels, el Mefistófeles moderno, Himmler y tantas otras verdaderas encarnaciones de Lucifer?

¿Qué sería del Tercer Reich cuando las tropas de Estados Unidos, frescas, capacitadas, poderosas anímicamente y bien armadas, posaran sus pies en territorio europeo para defender los últimos baluartes de la libertad? ¿Hitler no le había declarado también la guerra a Estados Unidos? Mientras tanto la Royal Air Force, equipada con bombarderos pesados, destruía las industrias alemanas estratégicas, así como despedazaba pistas en los aeropuertos, líneas de ferrocarril, puertos, puentes y carreteras, así como algunas ciudades importantes de Alemania. Ya, ya, sí, claro que sí, pero si la BBC de Londres, las organizaciones judías y otras instituciones de derechos humanos denunciaban en el mundo lo que acontecía en Auschwitz, así como en miles de campos de exterminio localizados en Europa,

¿por qué entonces los aliados no lo bombardeaban y hacían lo propio en Dachau y Sachsenhausen, entre otros miles de sitios más...? ¿Por qué no hacían estallar los durmientes de ferrocarril, los puentes y las estaciones ferroviarias por donde atravesaban los trenes destinados a Auschwitz? ¿Por qué no destruían esas instalaciones y obras de infraestructura que conducían a la cámara de gas y a los hornos crematorios si las tenían detectadas desde el aire a través de los sistemas de inteligencia?

Los vuelos de reconocimiento de los aliados habían logrado retratar Auschwitz desde las alturas. Se conocían fotografías detalladas que permitían distinguir cualquier punto de las áreas de exterminio, como las rampas, los andenes, las filas de los judíos y de los prisioneros rumbo a la cámara de gas. ¡Claro que hubieran podido destruir los hornos crematorios y las salas de gas desde el aire, pero no hicieron nada, alegando que no eran «objetivos estrictamente militares»! Sin embargo, los aliados sí bombardearon la planta de IG Farben en cinco ocasiones, la empresa fabricante del veneno Zyklon-B, el gas utilizado para asesinar en masa a los judíos, sin tocar las cámaras de la muerte ni los caminos que conducían a Birkenau. Los asesinatos en masa continuaron. ¿Por qué, sí, por qué continuaron?

¿El odio hacia los judíos era mundial? ¿Por esa razón Roosevelt y también el presidente Cárdenas y el jefe de Estado francés habían limitado la migración judía a Estados Unidos, a México y a Francia, entre otros lugares? ¡Al diablo con el pretexto de que no bombardearon ni las líneas de ferrocarril ni puentes ni hornos crematorios ni cámaras de gases perfectamente localizadas por temor a herir a los judíos que estaban en los campos de exterminio! Si hubieran hecho añicos a Auschwitz y con ello hubieran privado de la vida a cincuenta mil condenados a muerte. Sí, una tragedia, pero en cambio, los nazis no hubieran podido matar a diez mil personas cada día durante diecisiete meses, o sea, habrían salvado a millones de personas de ser gaseadas e incineradas brutalmente.

Cuando el Führer fue informado de la debacle en Stalingrado, se arrepintió de haber ignorado las sugerencias de los científicos Otto Hahn y Werner Heisenberg, relativas a la construcción de una serie de bombas atómicas que podría haber arrojado sobre Nueva York, Washington, París, Londres y Moscú. El mundo entero se habría rendido a sus pies, pero el asco, el odio visceral que Hitler anidaba en contra de Einstein y de la «física judía», le había impedido tomar una decisión que lo hubiera convertido en el amo del planeta. De muy poco le servirían ahora los cohetes autopropulsados V-1 y V-2 desarrollados en Peenemünde. ¿En qué estaría pensando esa mañana cuando hizo abandonar a esos distinguidos sabios su oficina en la Cancillería? Empezaba a pagar un precio muy elevado por su desprecio hacia los judíos. Su fanatismo lo había dejado desarmado para siempre en ese remoto día de mayo de 1942. ¿Qué tal que esos «asquerosos perros judíos» que habían huido de Alemania con muchos secretos científicos obtenidos con capitales alemanes, ahora, como el propio Einstein, aconsejaban a Roosevelt que bombardeara Berlín, Hamburgo, Dresden, Stuttgart y Alemania entera con artefactos nucleares que no sólo extinguirían al Tercer Reich, sino a todo lo alemán para no dejar ni un solo rastro de nada parecido a lo teutón? ¿A quién le importaba la patria, a los judíos?

En la asfixiante soledad de su oficina recordaba la muerte de Reinhard Heydrich, un patriota, el encargado de la Solución Final, de la extinción de los judíos de cualquier nacionalidad, vivieran donde vivieran, se encontraran donde se encontraran, un connotado estratega que había sabido diseñar un plan excepcional para transportar por tren a millones de judíos a los campos de exterminio, sin necesidad de distraer vagones ni locomotoras imprescindibles en los frentes de guerra, el mismo que había industrializado la muerte de millones, y que había sido asesinado por dementes enemigos del nacionalsocialismo en junio de 1942. ¿Cuántos de los jerarcas nazis podrían morir en semejantes condiciones, o peores aún, de llegar a perder la guerra? O la ganaba Alemania y se imponía una dictadura nazi universal o que se atuvieran a las consecuencias. Y qué consecuencias...

¡Qué audacia la de Roosevelt y la de Churchill cuando se reunieron en Casablanca, Marruecos, en enero de 1943, para instar a Alemania, a Italia y a Japón a una rendición incondicional para evitar daños mayores! ¿Se habrían vuelto locos? ¿No sabrían lo que era el carácter alemán? ¿Nunca habrían oído una ópera de Wagner ni leído a Nietzsche? Ya se tragarían su afrentosa invitación. Él no era Mussolini, él era el Führer, y a diferencia del Duce, no tenía un rey como Víctor Manuel III, otro estúpido tragaespaguetis, que le pidiera la renuncia y lo hiciera arrestar como le había sucedido a aquel idiota a finales de julio de ese 1943. El coraje que había hecho golpeándose las botas perfectamente lustradas con un fuete manufac-

turado con piel de pene de rinoceronte africano, cuando supo de la
rendición de Italia en septiembre de 1943. ¿A dónde iba con aliados
así? ¿Derrocar a Mussolini porque Roma había sido bombardeada?
¿Qué creían los italianos, que la guerra era una parodia militar para
lucir sus uniformes de gala, sus espadas refulgentes y sus penachos
escandalosos? Estados Unidos tenía un aliado en Inglaterra; ese era
un aliado, un señor aliado, y no Italia, no un Mussolini, al que había
tenido que ir a rescatar, en septiembre del mismo 1943, de la cárcel
custodiada, claro está, por italianos, uno más inútil y miedoso que
el otro, del monte Gran Sasso, a poco más de cien kilómetros al
noreste de Roma, para transportarlo por avión a Múnich, en donde
se había encontrado con los restos del otrora estrafalario dictador
italiano que ahora se asustaba de sí mismo cuando se veía frente al
espejo. Mussolini le había jurado con lágrimas, como si interpretara
un pasaje de *La Traviata*, que castigaría al rey y a quienes lo habían
derrocado, sólo para hacer una vez más el ridículo en el escenario
político. ¡Claro que nunca se vengó de nadie ese pobre diablo que ni
siquiera hubiera hecho un papel digno a la hora de aparecer como
caballo en la «Marcha triunfal» de *Aída*...! Otra vez, claro, él había
tenido que apoderarse de casi toda Italia para controlar el continente antes del ataque de Estados Unidos...

¿Pero no era conveniente tomar precauciones elementales? Bueno, sí, en efecto, por ello, mientras meditaba y culpaba del desastre
a quien pasara por su mente, el Führer, el hombre seguro forjado en
acero, se escondía en su «Guarida del Lobo», en Prusia del Este, de
modo que muy pocos pudieran localizarlo y fuera imposible secuestrarlo o asesinarlo. Su refugio fue rodeado de minas y cercado con
bardas electrificadas, en la inteligencia de que los filtros de seguridad impedían cualquier usurpación de personalidad. Sólo los altos
mandos hubieran podido matarlo, pero el miedo a una delación los
paralizaba. Desconfiaban los unos de los otros, al extremo de que
el atentado se debería cometer a título individual, pero aun así, los
riesgos eran inmensos.

Hitler se sentía traicionado. Cuando en noviembre de 1943 se
reunieron Roosevelt, Stalin y Churchill, esta vez todos juntos en
Teherán, sabía que era para precisar el plan final de ataque en contra del Tercer Reich. La invasión sería inminente a partir de esa
fecha. Si Alemania era derrotada él no sería el gran culpable. ¿No
eran unos tontos sus soldados, almirantes y mariscales y generales,

tan tarados que estaban perdiendo la guerra? Si ese era el caso, como lo era, se las arreglaría para huir de Alemania sin dejar huella. ¿Pagaría con su vida los errores de terceros? Entonces sería igual de tonto que aquellos que despreciaba y escupía...

¡Ay, si los imbéciles japoneses, esos miserables sujetos de piel amarilla, hubieran escuchado y respetado sus consejos para atacar a la Rusia Oriental, mientras que él lo hacía por occidente, los resultados habrían sido maravillosos, la pinza militar hubiera funcionado a la perfección y hoy serían los amos de medio mundo! ¡Con qué ilusión habría conducido a la cámara de gas al emperador Hirohito y a toda su corte de analfabetos militares! Entre el animal de Mussolini y el estúpido del emperador no se hacía uno solo...

Pero no todos habían traicionado su confianza ni eran tontos ni cobardes ni incompetentes. Diversas empresas nacionales o extranjeras, puntales en la economía del Tercer Reich, lo ayudaban a reconciliarse con la existencia. ¿Ejemplos? Volkswagen había aprovechado exitosamente la mano de obra esclava localizada en los campos de concentración ubicados en Alemania y en Europa y había ahorrado costos significativos al echar mano de millones de prisioneros acusados de judaísmo, que trabajarían a título gratuito gracias a la política nazi, para fabricar un automóvil popular que competiría con las marcas inglesas y francesas a precios similares.

John D. Rockefeller, principal accionista del Chase Manhattan, había ayudado a financiar experimentos eugenésicos en Alemania. Rockefeller había mandado congelar cuentas propiedad de judíos exiliados de Alemania y Francia, para sumarse a la ejecución de los planes de Hitler. Wall Street en su máxima exposición. Y Henry Ford, un connotado antisemita, el autor de artículos como «El judío internacional», ¿no había sido galardonado por el Führer, en 1938, en pleno esplendor de la era nazi, con la Gran Cruz del Águila Alemana, la máxima condecoración otorgada a ciudadanos extranjeros, por haber fabricado un tercio de los camiones utilizados por la Wehrmacht durante la guerra obviamente con mano de obra de los esclavos judíos?

Imposible dejar fuera de este recuento siniestro a Bertelsmann AG, empresa editora de libros que había publicado difusamente propaganda nazi y literatura como la *Esterilización y eutanasia: una contribución a la ética cristiana aplicada*, ni olvidar a Kodak, fabricante de disparadores, detonadores y otros artículos de uso militar manufacturados en los campos de exterminio para el ejército alemán, para ya ni hablar de Coca-Cola, creadora de Fanta, una bebida con sabor a naranja producida específicamente para satisfacer el gusto de los nazis, en la inteligencia de que era muy complejo importar los ingredientes de la Coca-Cola durante el conflicto armado... La aseguradora Allianz, ¿no había asegurado las instalaciones y el personal de Auschwitz? ¿No le había entregado al Estado nazi la indemnización correspondiente a los judíos perjudicados por la destrucción de sus hogares y negocios durante la Noche de los Cristales Rotos? ¡Claro que los tribunales nazis se hicieron de oídos sordos ante la reclamación de los afectados!

Le agradecía a la empresa Bayer, en silencio y con los ojos cerrados, como quien acepta un favor concedido por Dios, que una de sus subsidiarias, IG Farben, hubiera fabricado el gas Ziklon-B para matar a millones de judíos en las cámaras de gas, al igual que reconocía el papel desempeñado por Nestlé al haber financiado la creación de un partido nazi en Suiza en 1939 y abastecido con chocolate al ejército alemán durante la guerra, y no tenía cómo reconocer el esfuerzo llevado a cabo por la BMW cuando utilizó a treinta mil judíos que cumplían trabajos forzados en los campos de concentración para construir motores de alto rendimiento para la Luftwaffe, ni a la General Electric, que junto con la Siemens habían hecho un estupendo trabajo al edificar rápidamente innumerables cámaras de gas de «alta eficiencia». ¿Y la familia Krupp que había fabricado armas pesadas, una artillería de alta precisión y potencia, fundamentales para llevar a cabo exitosamente la *Blitzkrieg*?

No, no sólo Henry Ford, sino que muchos otros capitanes de empresa merecían la Gran Cruz del Águila Alemana. Esperaría mejores tiempos para entregárselas en ceremonias suntuosas...

En octubre de 1943, el último domingo del mes, mi padre invitó a mi abuela a un paseo en una pequeña barca de pasajeros por el lago de Chapala. Ella amaba la naturaleza, el agua, los árboles, el bosque, el aire libre, el sol, y por lo mismo, había decidido agasajarla con uno de los paisajes más hermosos del estado de Jalisco. Navegaron en la mañana, por espacio de un par de horas, hasta que regresaron sedientos al atracadero, de donde salieron rumbo a un restaurante para comer unas tostadas de pollo, platillo que cada día conquistaba

el paladar de Lore Liebrecht, acostumbrado a las delicias gastronómicas de Europa. Como consecuencia de alguna euforia repentina, ambos pidieron tequila blanco y algunas rebanadas de jamón
acompañadas de queso fresco. Aun cuando ella ordenó su bebida en
las rocas, con hielo, muy pronto terminaron la ronda y acompañados por la música de mariachis, pidieron otra, otra, y otra más, en
contra de lo acostumbrado. Si bien mi abuela no era precisamente
amante del tequila, hubiera preferido mil veces una flauta de champán como la pedía en los elegantes bares parisinos, en esa ocasión se
dejó llevar por el impulso y hasta se atrevió a bailar en la pista sin
que le preocupara la ausencia de ritmo que se manifestó cuando otro
grupo tocó música tropical. ¿Qué más daba? ¿Por qué no intentar
al menos unos pasos del jarabe tapatío...? ¿Finalmente aceptaba el
hecho de vivir en México y disfrutaba las tradiciones, la cultura y
el imaginario popular? ¡Qué va! Se encontraba igual o peor que el
día en que pisó por primera vez las calles malolientes del puerto de
Veracruz y escuchó al Culongas o al Chilongas y se asqueó con los
niños mocosos que le pedían unas monedas a cambio de moverle la
panza. ¿Acostumbrarse? ¡Jamás!

Nunca se dio cuenta de en qué momento se le subió el licor a la
cabeza y se convirtió, de golpe, en una mujer desinhibida, feliz, libre
de prejuicios y absolutamente dispuesta a la diversión. El alcohol
sacaba lo mejor de ella, reía como nunca, se le veía gozosa, se abría
un breve paréntesis en su dolorida existencia, las ojeras parecían
desaparecer, en tanto su mirada extraviada de repente adquiría un
brillo contagioso que le hacía olvidar momentáneamente la desaparición de sus padres, de su querida Hedwig y de nuestra familia.
Dejaba de imaginar las estruendosas explosiones de los obuses caídos como lluvia de fuego sobre Alemania y de los horrores de los
campos de exterminio; sin embargo, el exceso imprevisto y la falta
de hábito, muy pronto la enfermaron. De la extrema alegría artificial
a la intoxicación había un paso y ella lo dio: la fiesta había acabado
para mi abuela... En su inesperado estado de embriaguez, sepultada
en una espantosa sensación de agonía, se mantuvo, antes que nada,
la mujer educada que se encerró en un rígido mutismo al sentirse
tocada. Su educación, su altivez y su dignidad se impusieron en esas
desafortunadas circunstancias hasta que se desvaneció sobre la silla de metal pintada con los colores de la cerveza Corona. Mi padre
encontró en su bolsa un sobre con la dirección del departamento

en donde ella vivía. Apenado y preocupado, sintiéndose, en parte, responsable por no haberse anticipado al desagradable desenlace, solicitó de inmediato un taxi en la recepción y cargándola se acomodó a su lado en la parte trasera del automóvil. Recargada en su brazo izquierdo parecía, en su balbuceo, lamentar su condición, la pérdida de su clase y de su figura. Se disculpaba. Negaba con la cabeza. Al empezar a llorar, mi padre le acariciaba cariñosamente la frente y trataba de consolarla mientras intentaba arreglarle discretamente el cabello. Sí que era hermoso su pelo trigueño, su fina nariz romana, su perfil perfectamente tallado, el de una princesa prusiana, cuyos ojos reflejaban una profundidad que sólo él había podido descubrir y disfrutar. No cabía la menor duda: con el paso del tiempo, a pesar de la gran diferencia de edades, la feliz pareja no solamente se hacía una gratificante compañía, sino que el afecto y el respeto los empezaba a unir preparándolos para una relación de largo plazo. Entre los dos se lamían las heridas de la guerra, el dolor del exilio, la pérdida de la patria, el pesar por la muerte de los seres queridos, la desintegración familiar, los rudos golpes del destino y la incertidumbre del futuro hasta que concluyera el conflicto armado y pudieran empezar a hacer los primeros trazos para reconstruir su futuro. Los dos eran devotos lectores, a pesar de las dificultades que ella enfrentaba a diario para encontrar textos en alemán. No podía con el español, si bien mi padre la inducía a conocer lo más rápido posible el idioma para penetrar en el alma de México, de la misma manera en que el aprendizaje del francés lo había ayudado a comprender y gozar las excelencias del mundo árabe en Marruecos. Era la herramienta ideal para descubrir las bellezas ocultas de México, sus atractivos, sus ventajas, sus valores escondidos para acelerar su adaptación y propiciar su enamoramiento de un país ciertamente mágico, según se cansó de repetirle una y otra vez.

Era un domingo a las seis de la tarde cuando mi padre, después de subir con todo género de dificultades hasta el segundo piso del edificio donde vivía mi abuela, hurgó, como pudo, de nueva cuenta en su bolsa para tratar de dar con las llaves y abrir la puerta. Fracasó: o la detenía para evitar que se precipitara al piso indignamente o esculcaba sus cosas. En su desesperación tocó el timbre con el ánimo de que alguien respondiera a su llamado. No pasó mucho tiempo antes de que apareciera una mujer espectacularmente guapa, de aproximadamente veinte a veintiún años de edad, quien al ver la condición de mi abuela se apresuró a ayudar:

—¡Dios mío...! —exclamó con el ánimo sobrecogido después de constatar el rostro alarmado de mi padre.

Entre ambos, sin pronunciar palabra alguna, condujeron a mi abuela hasta su habitación, recostándola sobre la cama sin que ella opusiera la menor resistencia. Parecía haberse desmayado. Al sentirse en un lugar seguro, simplemente giró hacia el lado derecho juntando las palmas de las manos bajo la almohada, como si fuera a elevar unas sentidas e interminables plegarias. A continuación, empezó a dormir el sueño de los justos...

Una vez en la sala, modesta por cierto, nada parecida a la que tenía mi bisabuelo en Grünewald, mi padre cayó de inmediato en cuenta de que estaba, nada más y nada menos, que enfrente de la hija de Lore, su adorada amante. Con tan sólo verla entendió las razones por las cuales mi abuela nunca lo había querido llevar a su departamento. Sabía que la competencia sería feroz y estaba condenada de antemano a perder la batalla. Sí que aquella mujer era hermosa, sí que lo era, pero además graciosa, dotada de un gran sentido del humor y dueña de una exquisita humildad natural. Antes de aclarar nada ni explicar las razones por las que había llevado a mi abuela en semejante estado, mi padre la revisó de arriba abajo y si ya se había enamorado de la madre, casi veinte años mayor que ella, no resultaba complejo, en lo absoluto, aceptar que caería de rodillas ante esa mujer, cuya juventud y belleza constituían toda una agresión. Le fascinó cómo hablaba el español con claro acento alemán. Su estatura media, su abundante cabello castaño claro, sus ojos llamativos, llenos de vida, su simpatía, sus suaves modales, su delicadeza y el timbre de la voz.

Sí que mi madre tiene buen gusto, pensó Inge en su interior, esquivando una sonrisa furtiva y pícara al tiempo en que le ofrecía asiento a Enrique en uno de los sillones viejos de la sala. Mi padre le llamó la atención desde el primer momento. Él le reveló, sin tardanza, los detalles de lo acontecido en Chapala, sin dejar de revisar las manos, las piernas, la sonrisa, la piel tan blanca y bien atendida, las uñas pulcramente pintadas, si acaso, con algún barniz, el rostro sin la menor huella de maquillaje, absolutamente innecesario en su caso (no había nada que corregir ni qué exaltar ni subrayar cuando casi rayaba en la perfección), hasta que su guapa interlocutora lo interrumpió con una carcajada en medio de la narración: nunca imaginó ver a su madre en esas circunstancias. Ella que era tan propia, tan cuidadosa de las formas, tan reservada, tan distinta, tan hermética como sobria, sabía que el destino le había jugado una muy mala pasada. Cuando despertara y le contara en qué condiciones había llegado, por supuesto que se querría morir una y mil veces. Inge no dejaba de reír, no veía agravio alguno ni en la dignidad ni en el honor, se trataba de un accidente ciertamente muy divertido que recordaría en el futuro con grandes sonrisas. Mi abuelo Max le había enseñado a reírse de ella misma, a no tomarse jamás en serio, a reírse de la adversidad, a reírse de los conflictos, por lo demás, casi todos pasajeros. La vida era demasiado breve y difícil como para todavía dificultar la realidad con complejos personales.

Tomaron café, conversaron, rieron por supuesto, como si no hubiera espacio para dramas. Hablaron de México, del sentido del humor negro de los mexicanos, uno de los grandes valores de este país en donde les había tocado vivir. ¿No era una maravilla que se burlaran de la muerte en sus canciones, en sus chistes, en sus comentarios, en su poesía, en sus películas? Los mexicanos eran felices naturalmente. Hablaron de la comida, de las bebidas, del agua de jamaica, de la de chía, de tamarindo, del universo gigantesco de frutas y legumbres, de la riqueza en colorido de los mercados, y su bullicio, de la abundancia de alimentos del mar, de la música, de los bailes, de las costumbres, de las tradiciones; se maravillaban de la inmensa riqueza cultural de México, un país fiestero y divertido. ¿Qué tal el pan de muerto? ¿Qué tal las canciones en los panteones? ¿Qué tal las calacas, las calaveras de azúcar, los altares y las ofrendas? ¿Qué tal la Semana Santa? ¿Qué tal los toros, las piñatas, las posadas, los ponches y las letanías, los voladores de Papantla, las danzas, los jaripeos, las charreadas, los boleros, los mariachis, las artesanías? ¿Qué tal el fanatismo religioso de los mexicanos? Ella no sabía cuál era más intenso, si el precolombino o el de nuestros días. ¿Y los «puentes» para no trabajar que se establecían con cualquier pretexto para hacer fiesta? ¿Y la famosa siesta? ¿Y la casa chica y la casa grande...?

Inge no había perdido el tiempo. Trataba de evitar, y lo hacía con éxito, la compañía de alemanes. Prefería a los mexicanos. Los escasos paisanos que conocía le parecían insípidos, aburridos, patéticamente aburridos. El día que viera a un alemán comiéndose unos chiles rellenos con picadillo, muy picantes, tal vez ese día pensaría en la posibilidad de acercarse a él. El español lo hablaba casi a la perfección, si acaso con un lejano acento extranjero. Trabajaba en una empresa transportadora de productos del campo y si no ganaba mucho, cada día aprendía más de los mexicanos a divertirse con poco o con nada. ¿Quién había dicho que para pasarla bien hacía falta dinero? Como bien decían por ahí, mientras tuviera la música por dentro, la fiesta estaba garantizada, y ella siempre tuvo la música por dentro y estaba dispuesta a reír a la menor oportunidad y a contagiar a aquellos que tenían la fortuna de rodearla.

Pasaron un buen tiempo conversando; ella, contando muy brevemente su pasado alemán y él, mi padre, explicando las razones por las que había llegado a México y su experiencia en Marruecos, para demostrarle que a pesar de su juventud, sólo siete años mayor que ella, había logrado construir un imperio pesquero y millonario a su edad. Si se trataba de lucirse se estaba luciendo a las mil maravillas. De que la impresionaba con su verbo ágil y su acento español no cabía la menor duda, y si además era talentoso, audaz, ingenioso. Comprobaba, una vez más, cómo su madre no se había equivocado en la elección y había sucumbido ante los encantos de este joven español. El panorama no podía ser mejor.

Mi padre, temeroso de que mi abuela pudiera despertar para confrontarlo y tener que explicar lo sucedido, prefirió huir del bochorno y despedirse con su pesar. Mejor, mucho mejor que su hija le explicara con gracejo lo acontecido en Chapala y evitarse la vergüenza de hacerlo él mismo por elemental pudor. Bastó un simple cruce de miradas para que ambos jóvenes confesaran en silencio su encantamiento. Era la hora de despedirse y se despidieron. Mi padre bajó de cinco en cinco los escalones de la escalera, en tanto Inge recargaba la espalda contra la pared sin contener una expresión de ensoñación. De repente se le congeló la sonrisa: evidentemente se trataba de un amor prohibido, inaccesible, una relación reprobable en la que cualquier sentimiento o pensamiento estaba absolutamente vedado, por lo que tendría que renunciar a cualquier fantasía en ese sentido.

A partir de enero de 1944, mi tío Luis empezó a padecer unas pesadillas de horror en su departamento de la calle de Balderas, en la Ciudad de México. Despertaba a medianoche con la cara cubierta

456 FRANCISCO MARTÍN MORENO

de perlas de sudor, la respiración agitada y el pecho convulsionado como si se le fuera a escapar el corazón. Las sábanas amanecían empapadas, al igual que el camisón de Adèle, quien lo despertaba, le acariciaba el cabello y el rostro sin dejar de repetirle una y otra vez:

—Ya, ya, Luis, ya *arrête* Luis, detente...

Luis amanecía verdaderamente rendido después de estas interminables batallas con su pasado, del que tal vez no se liberaría jamás. Una de tantas noches soñó en que compraba en Toledo un enorme cuchillo con forma de cimitarra que escondía en su pantalón. Podía cortar el mismísimo aire con el filo de esa arma.

A continuación, lograba emplearse como jardinero en el palacio de El Pardo, en donde gobernaba ya desde hacía un lustro Francisco Franco, el Caudillo de España, el dictador, el destructor de la economía, de la sociedad y de la democracia españolas.

Con papeles falsificados, tal y como los había conseguido en sus años como integrante de la resistencia francesa en contra de los nazis, había logrado el empleo entre un grupo de quince o veinte personas dedicadas a embellecer el jardín del tirano.

La primera vez que lo había visto caminar por el pasto al atardecer, tomando del brazo a Carmen Polo, su mujer, había experimentado un espantoso calosfrío. La boca se le había secado, había apretado instintivamente los puños, en tanto un frío helado le recorría el cuerpo. El sentimiento de odio, asco y rencor estimulaban el apetito de venganza que sólo se podía satisfacer degollando al usurpador, un momento de inigualable felicidad, a partir del cual podría vivir en paz el resto de sus días o morir en ese momento a manos de la guardia personal del dictador. En ambos casos disfrutaría una placidez eterna. No se necesitaba de un ejército de quinientos mil republicanos para cambiar abruptamente el destino de España, bastaba con que un solo hombre como él se decidiera a asesinar a este siniestro personaje extraído de las catacumbas infernales.

En sus sueños mi tío Luis vio pasar muchas veces a Franco durante varios días, en ocasiones acompañado de su mujer, otras de su Estado Mayor, algunas por los integrantes de su gabinete y otras tantas solo, con las manos cruzadas tras la espalda en busca de alguna solución o de alguna alternativa para mantenerse en el poder cuando concluyera la Guerra Mundial.

¿Cuál sería el momento preciso para matar al carnicero, al verdugo del gran sueño español? ¿Cuál? ¿Cuál?

Una tarde, cuando los jardineros ya se retiraban para registrar su salida, de repente vio bajar a Franco solo, sin su guardia personal, para recorrer los surcos llenos de flores que tanto disfrutaba. Parecía que a cada uno de ellos le dedicaba unas palabras. Para su sorpresa el dictador vestía un uniforme rosa, botas de charol del mismo color y gorra de plato rodeada de azucenas. Varias bandas rojas cruzaban su guerrera galardonada con varias medallas y condecoraciones saturadas de piedras preciosas. ¡Con cuánto placer publicaría una fotografía del sátrapa vestido de esa manera en su más hermética intimidad!

Mi tío Luis se llevó una mano al cinto para sentir en su costado el gran cuchillo toledano. Sintió una gran felicidad al tener contacto con la empuñadura del arma. Como quien va a recoger la escoba o la podadora, por primera vez lo tuvo a solas a tan sólo cinco metros de distancia. En esa feliz coyuntura y ante la imposibilidad de volver a tener semejante oportunidad, corrió unos pasos y al tenerlo al alcance, saltó encima de él y lo inmovilizó con la gran fortaleza atlética que ya había recuperado.

Franco ni siquiera pudo reaccionar ni defenderse o gritar ante la magnitud de la sorpresa. Cayó boca abajo. En ese momento mi tío lo hizo girar, lo puso boca arriba, se sentó encima de su pecho y, tapándole la boca y viéndolo a los ojos, que parecían salírsele de la cara al despreciable tirano, le dijo:

—Esto que voy a hacer es por la verdadera gloria de España, hijo de la gran puta.

En ese momento, el destructor de la Segunda República intentaba inútilmente liberarse de su verdugo agitándose como una víbora arrojada sobre una plancha ardiendo. Luis le hundió lentamente el cuchillo toledano por la papada hasta escuchar un chasquido de las vértebras y de la tráquea del malvado dictador. A continuación, mientras Franco pataleaba, empujó con toda su fuerza el arma por atrás de la garganta hasta tocar la base del cráneo del criminal más perverso conocido en la historia de España. Muy pronto dejó de agitarse en medio de un charco de sangre. Las botas con las cuales había caminado encima de miles de cadáveres llegaron gradualmente a una inmovilidad total. Al girar bruscamente hacia el lado derecho se percató de que alguien lo había sorprendido en el momento mismo de la ejecución del crimen. La pesadilla no concluía. Quien observaba la escena con un rostro de horror era Benito Mussolini en persona, vestido únicamente con un traje de baño diminuto y cubierta la cabeza con un casco plateado de acero refulgente coronado por un enorme penacho rojo. El líder fascista italiano se quedaba mudo y petrificado al contemplar el cadáver de su colega español. De pronto arrojaba el yelmo al piso y emprendía despavorido una carrera mientras el gran cobarde gritaba:

—*Mamma mía, mamma, mía... Dio mio aiutami...*[41]

Al sentir que nadie se había percatado de la hazaña, salió corriendo para tratar de alcanzar al grupo de jardineros que abandonaba el palacio. Sentía que las manchas de sangre podían delatarlo, aunque la luz parda del anochecer le permitió llegar a la salida para iniciar una carrera empedernida que concluyó a gritos, cuando se perdió en un bosque cercano antes de llegar a la carretera. El terrible asesinato de mi tío Ernesto había sido vengado junto con la muerte de cientos de miles de españoles caídos en el campo de batalla, en los paredones, en los campos de concentración o en las cárceles en su lucha desesperada por la libertad y la democracia. ¿Y si también se cargaba a los representantes de la alta jerarquía católica que se habían sumado desde los púlpitos a la destrucción de la República, los aliados favoritos de Hitler y de Mussolini, los perversos purpurados romanos que habían suscrito concordatos con los tres tiranos para garantizar su acceso al poder? ¿Con qué arzobispo comenzaría sacándole las tripas?

En otra ocasión, al regresar de un breve viaje por Cuernavaca, después de visitar los Jardines Borda, en donde había vivido Maximiliano de Habsburgo, mientras la emperatriz Carlota gobernaba el Segundo Imperio desde la Ciudad de México, mi tío Luis cayó en un nuevo ataque de pánico al despertar violentamente en la madrugada siguiente. Era otra pesadilla, ¿pesadilla...?, de la que de nueva cuenta lo rescató Adèle cuando gritaba o reía de forma compulsiva. Se trataba de una de esas risas siniestras y sonámbulas que de repente acababan en un estallido de llanto. Luis soñaba en que tenía la dorada oportunidad de asesinar a Adolfo Hitler. Según me contó, en su sueño, que se repitió durante muchas noches, estudiaba cuál de los refugios antiaéreos en los que se escondía el dictador nazi durante la guerra era el de más fácil acceso, ya fueran los de Francia, Bélgica, Polonia, Ucrania, Rusia o Alemania o el Obersalzberg, en Berchtesgaden, el famoso Nido del Águila. Finalmente se decidiría

[41] Dios mío, ayúdame.

por la «Guarida del Lobo», uno de los principales cuarteles militares del Führer, ubicado en la aldea de Gierloz, en la Prusia Oriental, hoy en día territorio polaco. El conjunto integrado por ochenta edificios, de los cuales cincuenta eran auténticos búnkers con techos de dos metros de granito, resistentes al más poderoso de los explosivos existentes en el mundo, se encontraba rodeado de innumerables minas de tierra y cercado por vallas electrificadas de gran potencia a la mitad de un bosque saturado de árboles para disimular la existencia de las instalaciones.

De manera recurrente una brigada especializada de técnicos de la Gestapo revisaba los inmuebles en busca de bombas y micrófonos ocultos o hasta intrusos, unos suicidas. Hitler sufría de una espantosa paranoia cuando pasaba por su mente calenturienta la sola posibilidad de que alguien pudiera introducirse de forma sigilosa en el búnker para envenenarlo o asfixiarlo, por lo que se tomaban precauciones excesivas, sólo que todavía no nacía quien se atreviera a ponérsele enfrente ni menos burlarse de sus instrucciones o debilidades. Himmler había contratado a la empresa alemana Zeidenspiner para que se encargara de plantar un jardín de vegetales que más tarde serían seleccionados por el chef del Führer, el Hauptsturmführer, quien ordenaba probar los platillos y el agua antes de servirla en la mesa del dictador y sus colaboradores. Pocos conocían la existencia de un grupo de mujeres encargadas de «degustar», obviamente contra su voluntad, la comida de Hitler y si en una hora no fallecían, entonces éste procedía a ingerirla... La ropa también era revisada a través de un complejo sistema de rayos X para descubrir sustancias tóxicas o explosivos, de la misma forma en que la Gestapo inyectaba oxígeno al búnker ante los miedos de Hitler de morir al inhalar los gases tóxicos que podían desprenderse del cemento armado. ¿Qué cara hubiera puesto el bellaco si se le hubiera empujado al centro de una cámara de gas en Auschwitz y hubiera visto salir el Zyklon-B de unas ranuras? ¡Cuánto placer se podía experimentar con el solo hecho de imaginar sus gritos al tiempo que se llevaría las manos al cuello según avanzara la asfixia! Claro que después quemaría unas mil veces sus cenizas...

Resultaba imposible asesinar a Hitler por medio de un disparo a larga distancia, puesto que pasaba la mayor parte del tiempo escondido y sus apariciones públicas se podían contar con los dedos de una mano, según perdía la guerra. La única opción, entre un millón, consistía en poder penetrar hasta la «Guarida del Lobo» burlando las vallas eléctricas y haciéndose de un mapa de ubicación de las minas colocadas estratégicamente para impedir el acceso a extraños al búnker principal. Supe después por sus más cercanos colaboradores que Hitler era llamado Herr Wolf, Señor Lobo, por la influencia mitológica germánica basada en la leyenda del Werwolf.

En su sueño, mi tío Luis volvía a Auschwitz y se las arreglaba para llegar hasta las letrinas en medio de un hedor nauseabundo, para cargar de mierda una mochila que llevaba a la espalda. Lograba mágicamente volver a salir del campo de exterminio con su «preciosa» carga, con el ánimo de dirigirse hasta Gieljoz. Su plan funcionaba a la perfección, al extremo de poder ingresar en una habitación, ubicada cuatro metros bajo tierra y dar repentinamente con Hitler y con Eva Braun, ambos sentados, uno enfrente del otro, sobre sendos escusados, en donde esperaban el momento gratificante de la defecación para empezar a excitarse sexualmente. ¡Cómo disfrutaban los sonidos y los olores que producía la última fase del proceso digestivo! Luis ya había escuchado rumores relativos a la coprofilia que practicaba la pareja más importante de Alemania, sin embargo, no podía creer lo que sus ojos y su olfato le decían. En su fantasía confundida con la realidad mi tío Luis no alcanzaba a aceptar la sola posibilidad de encontrarse en la mismísima habitación del Führer y más aún, escuchar las conversaciones escatológicas que sostenía con su supuesta amante. Sí, lo que fuera, sí, pero no había tiempo que perder, porque en cualquier momento podría aparecer un agente de la Gestapo que lo podía arrestar o, en el mejor de los casos, ultimarlo a balazos, con lo cual se echaría a perder el plan más trascendental de su existencia al salvar a la humanidad de un monstruo como Hitler. La escena, increíble para cualquier persona a quien se la revelara, de pronto perdió el colorido para ser observada únicamente en blanco y negro.

Aprovechando el factor sorpresa, de golpe irrumpió en el baño y asestó un tremendo golpe a Eva Braun, quien cayó de inmediato desmayada encima del piso de granito rojo. Antes de que Hitler pudiera apretar un botón azul ubicado al lado derecho del escusado para pedir auxilio, mi tío Luis le pateó la mano, lo golpeó en la cara y lo jaló de la corbata derribándolo contra el suelo, en donde, tirado boca arriba, al igual que Franco, con los insignificantes genitales del asqueroso Führer al aire, según pudo comprobar, se sentó encima del pecho del amo de Alemania, quien lo miraba aterrado como si los ojos se le fueran a salir de las órbitas. Después de haberlo visto repetidamente durante tantos años en incontables fotografías, rodeado de una gran fatuidad, ahora que lo aplastaba con su peso le parecía un hombre francamente insignificante. En el fondo lo veía como un cobarde impedido de hablar al sujetarlo con fuerza de la garganta. Si algo le llamó la atención a mi tío en este complejo momento del encuentro, fue el hecho de descubrir que Hitler, en lugar de contar con una musculatura propia de uno de los héroes wagnerianos, un hombre superior dotado de una gran fuerza física, en realidad era un alfeñique incapaz de defenderse y que se encontraba próximo a llorar como un niño asustado.

Fue entonces cuando lo inmovilizó, después de colocar sus rodillas encima de los brazos extendidos del Führer, en tanto le tapaba la boca con una toalla blanca con la que, por lo visto, Hitler se secaba el culo. Eva Braun permanecía inmóvil y respiraba pesadamente. A continuación mi tío se desprendió de la mochila que colgaba en su espalda y empezó a extraer la mierda que había cargado desde Auschwitz, untándosela a Hitler en la cara, mientras éste pateaba desesperado el suelo.

—Te vas a morir tragando mierda de judío, miserable asesino. Te voy a llenar el hocico de mierda de los republicanos españoles y de los judíos que mandaste asesinar, mierda de millones de seres humanos que pagaron con su vida tu terrorífica existencia... ¡Toma, toma, toma! —repetía frenético mientras extraía más materia fecal y la introducía en la boca del tirano, misma que le tapaba con sus manos poderosas sin que su víctima pudiera oponer la menor resistencia ni lograra escupirla. ¡Cuántos millones de personas desearían tener en esa posición a Hitler y asfixiarlo o al menos, disfrutar el inmenso placer de un sueño, durante el cual pudiera arrebatarle la vida al malvado jefe de las hordas nazis! ¡Cuántos se disputarían ese señalado privilegio!

Hitler movía desesperadamente la cabeza de un lado al otro, se azotaba contra el piso tratando de incorporarse, a sabiendas de que el final de sus días estaba próximo. Emitía sonidos guturales y suplicaba perdón con la mirada, mientras mi tío rodeaba con la mano la quijada del diablo apretándosela con los dedos para obligarlo a abrir la boca y meterle más, mucha más mierda, toda la mierda de la historia, la producida por el primer ser humano que hubiera posado las plantas de sus pies sobre la faz de la Tierra, de modo que se la tragara ese inmundo chacal que nunca debería haber nacido. Cuando mi tío sacó la última parte de su preciada carga y cubrió con toda su fuerza la nariz y boca del tirano hasta empezar a asfixiarlo, éste trató de girar inútilmente la cabeza e intentó sin suerte sacudirse del pecho a su ilustre victimario sin dejar de patear el piso con las botas perfectamente boleadas en tanto llegaba poco a poco a la inmovilidad total, momento de un placer inaudito que hubiera envidiado casi toda la humanidad: Adolfo Hitler fallecía con los ojos abiertos y sorprendidos y la boca llena de mierda.

Una vez comprobada la muerte del Führer, Luis salió por donde había llegado, extraviándose en las densas sombras de la noche polaca...

Respecto a Himmler, mi tío soñó despierto varias noches después o a media mañana, cómo lograba meterle un cartucho de dinamita encendido por el culo tras haber entrado disfrazado hasta los cuarteles generales de la Gestapo, en Berlín, de donde lograba huir por una salida de emergencia, después de haber amordazado y atado al antiguo vendedor de pollos debajo de su escritorio que no tardaría en volar por los aires. Del encargado de la Solución Final no quedarían ni cenizas... A Goering lo tiraba en pleno vuelo, a gran altura encima de las cimas nevadas, imponente macizos rocosos de los Alpes alemanes, de uno de sus aviones de la Luftwaffe habiéndole rasgado previamente su paracaídas... ¡Los gritos de horror de ese miserable al precipitarse en el vacío y las súplicas del genocida cuando las chispas se acercaban eufóricas para quemarle el ano...!

Cuál no sería mi sorpresa cuando hace un par de años encontré en los archivos de mi padre un cuaderno propiedad de mi tío Luis, que a su vez Adèle había puesto en sus manos. Lo abrí engolosinado y lleno de ilusión para encontrarme con sus apuntes relativos al sistema de espionaje nazi en México, además de telegramas, tarjetas anónimas redactadas a mano o a máquina que contenían diversos nombres de personas y de empresas alemanas, direcciones, reportes de investigadores respecto al comportamiento de funcionarios y personajes mexicanos de la política, de la sociedad o de la academia que, de una u otra forma, prestaban sus servicios secretos a Hitler o a Goebbels a través de la embajada alemana en nuestro país. Todo parecía indicar que obtenía la información de la Secretaría de Gobernación o de agentes o amigos. Lo importante era la inmensa cantidad de datos de un innegable valor histórico que él había recopilado a partir de su llegada a México.

Una de sus páginas contenía el siguiente texto redactado de su puño y letra:

Los nazis necesitan abastecerse en forma imperativa de diversas materias primas imprescindibles para la fabricación de armas, equipos militares y de transporte, municiones, pólvora, diversos productos químicos y obviamente petróleo, todo ello para matar, siempre para matar y destruir, claro está, apoderándose de bienes ajenos imposibles de encontrar en Alemania.

Cuando Lázaro Cárdenas expropió el petróleo mexicano explotado fundamentalmente por norteamericanos e ingleses, el Führer empezó a comprárselo al gobierno de México. En Londres y en Washington pensaban que un boicot petrolero pondría de rodillas al gobierno mexicano al prohibir a sus empresas la adquisición de una sola gota del crudo «robado», por lo que Cárdenas se vería obligado a revertir el decreto expropiatorio. Fue entonces cuando Hitler y las Potencias del Eje empezaron a comprar clandestinamente petróleo mexicano, aprovechando el odio nacional en contra de los yanquis, después de tantos años de abusos y vejaciones, como el despojo de la mitad de su territorio en el siglo XIX. Los alemanes parecían almas de la caridad si se les comparaba con los malvados gringos que tantos traumatismos históricos habían producido. Entre nazis y gringos, mejor los nazis, se decía en medio de una población ignorante de los alcances de los diabólicos carniceros fascistas.

¿Por qué repentinamente Panamá se convirtió en el tercer socio comercial de México? Pues porque una buena parte del petróleo lo exportaba México a Panamá y desde ahí, junto con otras materias primas, cruzaba el Atlántico hasta llegar a las refinerías de Eurotank, en Hamburgo, para surtir de gasolinas a la Wehrmacht y a la Luftwaffe, además de otros productos, como el tungsteno, el aluminio y el mercurio imprescindibles en la industria militar nazi. Los japoneses, por su parte, transportaban el mercurio en inofensivos barcos pesqueros mexicanos desde Colima hasta la isla del Socorro, en donde los submarinos nipones lo cargaban para llevárselo al Imperio del Sol Naciente.

Cuando el presidente Franklin Roosevelt le pidió a Cárdenas, por medio de un memorándum confidencial, que suspendiera las ventas de materias primas, las que fueran, principalmente petróleo, a la Alemania nazi, Hitler desesperó pues se cancelaba una fuente importante de energía. Sin embargo, cuando Manuel Ávila Camacho fue electo presidente en 1940 y encabezó un gobierno de derecha absolutamente distinto al de Cárdenas, los nazis se frotaron las manos en espera de una oportunidad de abasto de energía que nunca se presentó porque el jefe de la Casa Blanca tenía puesto un ojo en México y el otro en Europa.

¡Claro que Roosevelt no le permitió a Cárdenas imponer a Francisco Mújica como nuevo jefe de la nación mexicana, otro líder de izquierda, inconveniente para los intereses yanquis, por ello Ávila Camacho era el hombre que necesitaba Washington de cara al complejo futuro que ya se avecinaba, salvo que algún iluso mexicano soñara con la posibilidad de enfrentarse al imperio gringo, más aún en la difícil coyuntura que se vivía en Europa y que muy pronto afectaría al mundo entero! Si México le vendía a Alemania, al principio de la guerra, el cuarenta y ocho por ciento de su producción petrolera y Roosevelt había «prohibido» continuar con dichas operaciones, ¿qué opción le quedaba a Ávila Camacho antes de llegar a la quiebra? Muy simple: autorizar a las compañías norteamericanas expropiadas, la compra de petróleo mexicano a través de empresas fantasmas, en el entendido de que el propio Roosevelt lo permitía con tal de no jugar con la estabilidad de sus vecinos del sur, lo anterior para la profunda frustración de Hitler, quien llegó a pensar en cierta independencia de México hacia Estados Unidos, más aún tratándose de un militar de derecha como lo era Ávila Camacho. ¡Qué equivocado estaba!

Según pude desprender de los documentos anexos al cuaderno de mi tío Luis, en 1940 México era un auténtico hervidero de espías de todas las nacionalidades. A Estados Unidos le preocupaba fundamentalmente que Alemania pudiera instalar bases secretas de submarinos en el golfo de México que bien podrían amenazar los ricos yacimientos de petróleo localizados en el estado de Texas o bien que se pudieran instalar dichas bases, ahora japonesas, en Baja California, lo cual implicaría un severo peligro para los puertos militares de San Diego y Los Ángeles, además de toda la costa oeste de los Estados Unidos.

«Querido amigo Luis:», comenzaba una nota ciega escrita a máquina, sin nombre ni firma ni fecha:

A partir de nuestra conversación de ayer me permito confirmarte que desde 1935, dos años después de la llegada de Hitler al poder, los nazis empezaron a organizar en México un excelente servicio de espionaje como sigue:

- Heinrich North coordina los trabajos del Partido Nacionalsocialista Alemán de Trabajadores, de las Juventudes hitlerianas en el Colegio Alemán y en otros institutos y sociedades teutonas.
- George Nicolaus, jefe camuflado de la Gestapo en México, investiga la capacidad armada de Estados Unidos como un supuesto «cobrador» de la Blaupunkt Radio Company.
- Gustavo Aldama Ohm intercepta las líneas telefónicas de diplomáticos, funcionarios, periodistas y empresarios mexicanos.
- Kurt Benois Duems siembra el ideal nazi y consigue adeptos para la causa del Tercer Reich, mediante la compra de espacios periodísticos y de plumas mercenarias.
- Alejandro Holste informa lo relativo a la producción industrial y las importaciones y exportaciones mexicanas.
- Ewald Bork administra los recursos para sobornar y comprar información secreta y paga el espionaje y la propaganda nazi en la República Mexicana y en Estados Unidos.
- El Partido Nacionalsocialista Alemán en México, una auténtica cueva de espionaje, coordina las tareas de la colonia alemana, del Club Alemán, del Club Hípico Alemán, de la Asociación de Remo Alemana, de la Casa Alemana, el punto de reunión de los agentes nazis, del Colegio Alemán, en donde se diseñan los programas de propaganda entre la juventud de México, de la Cámara de Comercio Alemana en México, de la Sociedad México-Alemana «Alejandro de Humboldt», de la Sociedad Alemana de Mexicanistas, del Grupo de Mujeres de la Comunidad Alemana, del Seguro Alemán de Enfermedad en México, de la Organización Religiosa Alemana, de la Sociedad Mutualista Alemana de México, de la Escuela Nocturna

Alemana, entre cuyos maestros se encuentra Kurt Schlenker, jefe de la juventud hitleriana y Karl Hyser, que trabaja para la Gestapo, y de la Asociación Cristiana Alemana para Jóvenes, entre otras tantas organizaciones más que guardo celosamente en mis archivos.

Deberías asistir un 20 de abril a las fiestas que organizan en México los alemanes para celebrar el cumpleaños de Hitler. No puedes creer la ceremonia de juramento de eterna fidelidad al monstruo. De que cada uno tiene un nazi en las venas no tengas la menor duda...

Desconozco para qué deseas esta información, querido Luisote, pero si la idea es matarlos, cuenta conmigo. Aprovecha mi odio por esa gentuza, auténtica basura humana.

PD: No sabes cuánto me impresionó tu tatuaje en el brazo derecho. Quítatelo cuando hayas olvidado lo ocurrido en Auschwitz, o sea nunca...

A mitad del cuaderno me encontré con un breve texto escrito a mano que me dejó perplejo. Por supuesto que no se trataba de la letra de mi tío Luis. El encabezado decía así:

Atenta Nota

El talento alemán en materia de espionaje es sorprendente, entre otras razones porque gracias a ello pude descubrir el uso del «micropunto» para transmitir información secreta a Berlín. ¿Qué es el «micropunto»? Una sofisticada técnica que comprime una gran cantidad de datos para ser introducidos en el punto de una simple letra «i». Increíble, ¿no...? ¿Es posible imaginar cuántos puntos de la letra «i» caben en un solo documento y, por ende, cuánta información se puede mandar en un envío, sobre la base de que se pueden hacer llegar a Berlín infinidad de cartas y de supuestos trabajos aparentemente inofensivos? Un detalle importante: Los «puntos» en cuestión, en los que cabe una página de un periódico, pueden ser amplificados hasta doscientas veces al llegar a Alemania...

Si lo que se buscaba era penetrar e influir en el grupo cerrado del gabinete del presidente Manuel Ávila Camacho, nadie mejor que Hilda Krüger, una bella actriz, audaz e inteligente, simpática y jovial, sumamente accesible, de veintisiete años de edad, enviada por Goebbels para obtener, por cualquier medio, la información privilegiada y secreta, de los más altos funcionarios del gobierno. ¿Ejemplos? Hilda Krüger conoció de inmediato al subsecretario de Finanzas, Ramón Beteta, hombre de gran simpatía, quien cayó a sus pies en la segunda ocasión en que se encontraron en Acapulco, según se hizo constar en un memorándum enviado por la embajada de Estados Unidos al Departamento de Estado el 1 de julio de 1941. Nunca imaginaron nuestros políticos que a pesar de su discreción estaban colocados como en un aparador por los espías gringos. Más tarde sucumbirían Miguel Alemán Valdés, secretario de Gobernación, con quien Hilda viajaría frecuentemente a Toluca, además de Ezequiel Padilla, secretario de Relaciones Exteriores y el propio general Juan Andrew Almazán, contendiente de Ávila Camacho por la presidencia de la República. Un hembrón, ¿no...?, querido Luis.

Hilda había a entrado ilegalmente a México por Nuevo Laredo con un pasaporte falso, acreditándose como ciudadana americana gracias a una carta de recomendación de Jean Paul Getty, un multimillonario yanqui, admirador de los nazis, como igualmente lo fueran Rockefeller y Henry Ford, según consta en los archivos del FBI. En aquel entonces Hilda ya conocía a medio mundo en Hollywood. El 3 de julio de 1941 la actriz decidió legalizar su estancia en el Registro de Extranjeros del Servicio de Migración. Su ficha, la número 137348 se encuentra en el Archivo General de la Nación, en la que declara ser alemana, tener veintiocho años de edad, 1.65 de altura, soltera y actriz de teatro, referida por el «Lic. Miguel Alemán», bajo cuya protección, Nicolaus pudo exportar «cientos de toneladas» de materias primas para fabricar explosivos en Alemania. Tan pronto entró a México se convirtió en una valquiria despampanante, una valquiria seductora, simpática, dulce y ocurrente que cantaba con gracia sin igual los corridos mexicanos de la Revolución. Su belleza, su talento, su simpatía fueron definitivos para que fuera invitada a recepciones, en donde se relacionaba perfectamente bien, al extremo de visitar las camas de los políticos más destacados, a quienes les arrancaba caros secretos de Estado.

Miguel Alemán Valdés creyó haberse ganado sus favores y llegó a pensar que ella era su amante privada, por lo que le obsequió, con dinero público, claro está, a nadie escapaba que Alemán siempre fue un gran ladrón antes que otra cosa, un lujoso piso en los apartamentos Washington, a donde llegaba después de trabajar y se quedaba hasta las cuatro de la mañana, según hicieron constar en sus reportes los agentes norteamericanos. El flujo de información que Hilda, la Matahari mexicana, hacía llegar a los espías alemanes era enorme en aquellos tiempos, sin embargo le ordenaron poner el acento en la internación legal de sus compañeros nazis en México, función que llevó a cabo con gran éxito, al igual que el contrabando de materias primas hacia Alemania. Goebbels aplaudía a rabiar los triunfos de esa belleza aria que enloquecía a los mexicanos.

A pesar de que la red de espías nazis en México se desintegró a partir de junio de 1941 cuando Hitler atacó sorpresivamente a Rusia y los agentes soviéticos secretos, antes aliados de los nazis, denunciaron a título de represalia a los espías alemanes, sus anteriores colegas, ante la Secretaría de Gobernación, nadie podía imaginar que en la reunión entre Roosevelt y Ávila Camacho sostenida dos años después en el majestuoso Palacio de Gobierno de Monterrey en 1943, un teniente coronel llamado Roberto Trauwitz Amézaga, en realidad un espía al servicio del Führer estratégicamente bien colocado en la oficina de la presidencia mexicana, se hubiera atrevido a fungir nada menos que como traductor durante la entrevista entre ambos mandatarios. Claro que Roberto Trauwitz se apresuró a informar a Hitler, uno a uno, los detalles de la conversación entre ambos jefes de Estado. Las carcajadas escuchadas a puerta cerrada en la Cancillería de Berlín fueron el gran regocijo de Hitler, Goebbels y Goering, invitados al festejo de las fieras. Resultaba increíble que en aquel momento no se supiera que Margot Trauwitz, la hermana del traductor, también era la líder de las juventudes hitlerianas en México. Como bien decía mi tío Luis, de no haber sido realidad los hechos, de no haberlos conocido él de primera mano y de fuentes indudables, éstos podrían haber sido fuente de inspiración para escribir la mejor de las novelas políticas de la historia.

Después de los penosos acontecimientos del lago de Chapala, transcurrieron al menos un par de semanas antes de que mi abuela decidiera contestar siquiera las llamadas insistentes de mi padre. La vergüenza era mayúscula, un error imperdonable en una prusiana como ella. Nunca se perdonaría haber perdido la compostura en un antro de mala muerte en un municipio olvidado de Jalisco. Si al menos los hechos se hubieran llevado a cabo en un lujoso café cantante después de escuchar ópera en Dresden, el ambiente hubiera justificado la euforia, pero no, había extraviado la figura en una fonda, bebiendo tequila y comiendo tostadas de pollo... ¡Horror!

Sin embargo, una vez superada la pena que la embargaba, echando mano del muy escaso sentido del humor de mi padre, pero al fin y al cabo con buena voluntad, comprensión y dulzura, volvieron a su vida normal, a ir al cine para ver las películas mexicanas que mi abuela odiaba, en donde aparecían borrachos, hombres despreciados por las mujeres, los llamados ardidos, curas, militares que siempre cantaban canciones inentendibles e indigeribles, diferencias irreconciliables entre ricos y pobres, los auténticos retratos del pueblo de México. Iban al teatro, cuando había recursos o alguna buena obra en cartelera o paseaban por las calles y asistían a los quioscos y conversaban y conversaban y conversaban, en tanto mi padre se comportaba en forma extraña con ella como si tuviera atorada una gigantesca espina de bacalao en la garganta. Las relaciones amorosas se habían suspendido, de hecho, eran inexistentes y ninguno de los dos, por diversas razones, insistía en sostenerlas. Se movían en una atmósfera de hipocresía sin que ninguno se atreviera a expresar el origen de su malestar.

En una ocasión, al inicio del invierno de 1943, en el momento más inopinado, cuando como siempre tomaban café en La Copa de Leche, mi padre puso sobre la mesa sus barajas abiertas de modo que mi abuela pudiera conocer su juego. Armándose de valor, le recordó que él era viudo, que tenía una hija en Valencia, que era muy joven todavía y que deseaba casarse otra vez y tener hijos, muchos hijos, contar con una familia para entregarle lo mejor de sí y que ella era una mujer maravillosa, inteligente, tierna, cariñosa, afectuosa, profunda, sabia, una gran compañera, sin embargo, tenía veinte años más que él, y aunque era divorciada, había sido madre y había disfrutado a sus descendientes, vástagos de su propia sangre, agregó, tomándole la mano: su relación ya no tenía futuro, sus proyectos de vida no coincidían en el tiempo, cada uno tenía objetivos diferentes y que, por el respeto que se debían, ninguno merecía ser engañado.

Mi abuela había esperado largamente ese momento. Su inteligencia no le permitiría confundirse ni abrigar esperanzas infundadas. Tarde o temprano mi padre la abandonaría, sólo que lo que nunca imaginó fue la razón que él expuso a continuación:

—Lore, Lore querida, tú sabes que soy un hombre de bien —adujo con gran sobriedad escudriñando la mirada sorprendida de mi abuela.

—Lo sé, lo sé, ¿pero a dónde vas con eso, Único? —repuso echando mano del apodo que le calaba el alma. En esa ocasión no sonrió al escucharlo.

Mi padre guardó entonces un cauteloso silencio. Medía sus palabras y sus silencios al igual que medita un atleta antes de dar un triple salto mortal.

—Lo que quiero pedirte —agregó haciendo acopio de fuerzas— es que me permitas salir con tu hija, la que tuve el gusto de conocer cuando regresamos del lago de Chapala.

En ese momento, al escuchar semejante solicitud entendida como una afrenta, mi abuela soltó violentamente la mano de mi padre, se cruzó de brazos, endureció el rostro, frunció el ceño y pensó en abandonar la cafetería sin volver siquiera a verlo. Otra vez se sentía rechazada y en esta ocasión nada tenía que ver su religión ni su nacionalidad. Se sentía devaluada y despreciada. Por esa razón, y sólo por esa razón, ella se había abstenido de invitarlo a su departamento los fines de semana, porque sabía, claro que lo sabía, el peligro que corría su relación si mi padre llegaba a conocer a Inge, de escasos veinte años de edad, dueña de un porte y de una simpatía con la que podía enloquecer a cualquier hombre y él, por ningún concepto, podía ser una excepción. Una prusiana, una auténtica prusiana, pensaba en su interior, debería conducirse con la mente fría, la de una buena calculadora de riesgos.

Mi abuela permaneció entonces mordiéndose la lengua, mascullando mil insultos, analizando la mejor manera de expulsar sus venenos.

—¿Y si te digo que no, si me niego a considerar que tus pretensiones por considerarlas perversas porque ya me tuviste a mí...? —repuso después de meditar sus palabras.

—En ese caso yo me retiraría como un caballero, porque ni puedo ni debo hacer nada a tus espaldas ni intentaría seducir amañadamente a Inge sin tu consentimiento.

—Ella, mi querido Único, no es ninguna tonta, sabe de nuestra relación de buen tiempo atrás y podría colocarla en tu contra con sólo tronar mis dedos —respondió en plan provocativo mientras unía el pulgar y el anular para producir un fulminante chasquido.

—Te repito, Lore, que no pretendo abordar a tu hija sin tu aprobación —adujo mi padre pronunciando muy lentamente cada palabra—. A la menor y más insignificante negativa desapareceré para siempre de sus vidas.

Muschi se sintió desarmada. Si se oponía jamás volvería a saber de «Único», el hombre que la había rescatado de un pozo en el momento más oscuro de su vida. Él la había animado, la había ayudado y le había transmitido calor, resignación y esperanza, la había acompañado en su doloroso duelo y sentía por él un profundo agradecimiento. ¡Qué cierto era aquello de que Enrique era un hombre bueno, noble, ambicioso, un gran candidato para encabezar una familia y que sin duda alguna, de llegar a convencerla, él podría convertirse en el marido ideal de su hija, el que soñaría cualquier mujer!

Cuando Muschi entendió que la negativa implicaría la pérdida definitiva de Enrique, el Único, su amor, dio por terminada la conversación, tomó sus guantes negros de piel de cordero, se los puso sin pronunciar palabra alguna, se puso de pie y sin voltear a ver a mi padre ni besarlo, decidió retirarse no sin dejar caer sobre la mesa la siguiente posibilidad:

—Lo pensaré, no debo ser egoísta y no eres un hombre que se pueda desperdiciar así porque sí...

La Navidad de 1943 la pasaron mis padres en el departamento de mi abuela, en Guadalajara. Los tres cortaron el pavo, comieron bacalao, se sirvieron ensalada y bebieron un vino dulce del Rin, un jarabe para la tos, según Enrique... Entre ellos hicieron lo posible por ocultar, al menos por esa noche, sus sentimientos. A partir de entonces mis padres empezaron a salir en forma recurrente. Él descubría una personalidad femenina totalmente distinta, un jocoso sentido del humor inesperado en una alemana, pues amaba pronunciar las palabras mexicanas altisonantes con un lejano acento prusiano. No se tomaba en serio, se burlaba a carcajadas de sus errores y de los de terceros. Ella no tenía tiempo para solemnidades:

«Lo primero que es un solemne, es un pendejo...» «En la vida tienes que escoger, no te puedes sentar con el mismo culo en dos sillas.» «En la cama que te hagas te vas a acostar.»

Sólo mi madre y César tenían la capacidad para hacer reír a mi padre, lo cual no era poca cosa. Ya hubieran querido muchas personas tener a su lado una compañía gratificante que contemplara la existencia con tanta gracia y alegría y que, además, fueran capaces de contagiarlas. Él, por su parte, dejaba evidencias por diferentes lados de que sería un gran proveedor, un gran jefe de familia, ambicioso, muy ambicioso, puntual, responsable y generoso: no había nacido para ser mediocre. Una y otro llenaban respectivamente sus vacíos, se entendían, se comprendían, empezaron a necesitarse y a besarse y a tenerse, hasta que, tan sólo tres meses después, se casaron en la Ciudad de México y rentaron un humilde departamento en la calle de Astrónomos, en la colonia Tacubaya. Posteriormente, cuando hubo un escaso dinero para celebrar la boda en un restaurante del centro, durante el banquete pagado después de empeñar el alma al diablo, ¡ay, paradojas de la vida!, se conocieron mi tío Luis, Adèle y Muschi entre el reducido número de invitados. Mi abuelo Max se sentó al fondo con sus dos mulatas como si no formara parte del ágape.

En la vida existen coincidencias realmente increíbles, de tal manera que el azar, un personaje mudo e invisible, entra en escena, en ocasiones, en el momento más inesperado. ¿Acaso era posible que durante las múltiples conversaciones sostenidas entre mi tío Luis y mi padre, sólo hubiera salido a relucir el nombre de la mujer alemana, una tal Lore, con quien llevaba prácticamente un año compartiendo el lecho? Hasta ahí, la verdad sea dicha, jamás surgió el apellido Liebrecht ni mucho menos el nombre de Richard. ¡Claro que en sus charlas telefónicas o personales, en su constante intercambio de cartas, salía a relucir el apellido Bielschowsky, el de la novia, que igual podía haber sido Schell o Mayer o Schmidt, porque finalmente no indicaba nada, ni se le podía relacionar con nada. La casualidad acomodó entonces arteramente sus fichas para propiciar un encuentro fortuito entre mi tío Luis y mi abuela sin que ninguno de los dos, ni nadie, pudiera suponer la importancia de la histórica reunión entre ambos personajes de mi familia.

A partir del momento en que mi abuela renunció a mi padre, experimentó la sensación de haber recibido una puñalada por la espalda, en la inteligencia de que no tenía a quién culpar. Enrique la hubiera abandonado de igual forma y se hubiera unido a una chica mucho menor que ella. Si como decían en México, de los males el menor, por lo pronto Enrique se había quedado con su hija, al menos un desenlace gratificante en pequeña escala porque implicaba para ella una especie de reconciliación, sobre la base de que podría verlo de tarde en tarde, de vez en cuando, aunque jamás en las mismas condiciones, imposible, si se trataba del marido de Inge, de su *Tochterchen*, de su hijita, la pequeña *Mummerle*, la Caniquita, que ya no le lavaría los platos ni la ropa ni le plancharía sus blusas ni sus faldas de lino adquiridas durante sus viajes a Egipto, en aquellos años en que vivía en el Berlín de sus sueños.

Muschi estaba obligada a asistir a la boda y a cumplir, sí, he dicho cumplir y, además, con muy buena cara para no despertar sospecha alguna. Comieron callos a la madrileña, chistorra, morcilla, chorizo a la sidra, angulas y bonito en escabeche, para rematar con una suculenta y abundante paella de mariscos remojada, como decía mi tío César, con mucho vino español. Como mi abuela no dejaba de preguntar de qué estaba hecho cada platillo, en un caso le dijeron que eran tripas, en otro carne de cerdo, además de las viborillas blancas con ojos hundidas en aceite hirviendo, que también la indujeron casi al vómito. Comió un poco de arroz sin ningún bicho raro del mar en su plato, diciendo que los españoles eran los abuelos de los mexicanos porque éstos comían crudos los testículos del toro...

Sentada al lado de mi tío Luis, disfrutó las natillas con canela y bebió un par de tazas de un café muy distinto al que servían en Berlín. Todo lo que para ella no fuera Berlín, simplemente era malo, muy malo. Fue entonces cuando mi tío Luis se dirigió a ella en un pésimo alemán para decirle:

—Cualquier persona que no consuma por lo menos tres postres al día no es digna de mi respeto...

Muschi se sorprendió con la gracia de ese español ocurrente que trataba de ser amable abordándola en su propio idioma, mientras Adèle contemplaba la escena con una generosa sonrisa. Cuando ella repuso que la comida era un largo camino hasta llegar al postre, ambos chocaron sus tazas de café porque para mi abuela el vino español equivalía a tomar un trago de gasolina, ya ni pensar en el orujo...

La debacle comenzó a gestarse cuando Muschi le preguntó a mi tío Luis la razón por la cual podía hacerse entender en alemán, aun cuando lo hacía con muchísimas dificultades. De golpe se le endureció la cara al recordar el infierno que había sufrido en Auschwitz, si bien no cabía la posibilidad de que estuviera hablando con una nazi, porque mi padre le había hecho saber que se trataba de una prófuga del nacionalsocialismo.

Mi tío Luis le contó con la voz ronca y sin que se le moviera un músculo del rostro, que él era exiliado de la Guerra Civil española, que había pasado mucho tiempo en un campo de concentración en Francia y que luego, al incorporarse a la resistencia francesa en contra de los nazis, lo habían traicionado y había ido dar a Auschwitz, como tantos otros españoles que Hitler había mandado asesinar en Austria, en Alemania o en Polonia.

Ella contó cómo había venido a México en el año 31 y, luego, por diversas razones que no venían al caso, había regresado a Alemania en 1932, un año antes de la llegada de Hitler al poder, para regresar otra vez a México tan sólo tres meses antes de que los nazis atacaran Polonia en el 39. Muschi no tardó en darse cuenta de que su conversación era realmente anodina y estúpida cuando estaba frente a un sobreviviente de Auschwitz, el primero que ella conocía. Como quien se echa una ametralladora al hombro, preguntó qué comían, en dónde dormían, cómo lo hacían, cuántas personas habitaban el campo de exterminio, cuáles eran los castigos, qué pasaba si alguien enfermaba, si era cierto que existían las cámaras de gas y los crematorios, si era verdad que mataban a los judíos y era imposible resistirse ni huir, si hacían experimentos genéticos con niños para mejorar la raza o si manipulaban los óvulos de las mujeres, cómo había logrado escapar, en fin, mi abuela disparó una serie de preguntas mientras mi tío Luis la escuchaba sin pestañear.

Habiéndose convertido en otro hombre que en nada se parecía al que antes había articulado algunas palabras en alemán, contestó brevemente, por cortesía, algunas de las preguntas de mi abuela. Ella comprendió la desgana y las evasivas. Entendió que la boda de su hija, cuando los escasos invitados empezaban a bailar, no era el mejor momento para conocer la realidad de uno de los miles de campos de exterminio de los nazis, sus compatriotas, que bien podría odiar con todas sus fuerzas su gentil y ameno interlocutor sentado a su lado derecho. Prefirió entonces hacer una pregunta socialmente aceptable, para desviar por completo la conversación, sin adivinar que la respuesta la partiría en dos:

—¿Y qué hace usted para ganarse el pan en México? —preguntó Muschi a un hombre dotado de una generosidad natural.

—Yo, señora mía, después de Auschwitz —expresó con una voz cansada y apenas audible—, me dedico a quitarles el dolor a las personas desde que me levanto hasta que me acuesto. Ayudo a bien morir a los enfermos terminales porque, créame, ya no le temo a la pálida blanca de las eternas manos frías —agregó tratando de suavizar la conversación amablemente—. Es una compañera invisible de viaje que se puede presentar en cualquier momento, pero ya no me asusta ni me espanta, es más, no tendría empacho en tomarla del brazo para invitarla a bailar —la había visto actuar durante mucho tiempo arrebatándole sin piedad la vida a decenas de miles de personas, decenas de miles de niños hasta que se acostumbró a su presencia y ahora ya no le impresionaba en lo absoluto. Adèle escuchaba la conversación en silencio, sin interrumpir, percatándose de que mi tío se aliviaba y superaba lenta, muy lentamente, el traumatismo, desde el momento mismo en que se atrevía a hablar de un tema tan espinoso y doloroso, y además, por primera vez, con un tercero. A saber qué le inspiraba Muschi para atreverse a semejante apertura. ¡Bravo!

—¿Es usted doctor y por eso alivia a tanta gente aquí en México? —preguntó mi abuela intrigada. Nunca imaginó una respuesta así—. ¿Es usted sacerdote o pastor de algún templo?

—Qué va, señora mía —soltó mi tío la carcajada—, no, qué va, sólo los nazis son peores que los curas que mandan matar a miles con una bendición para entrar después a saco en los bienes de los difuntos...

—¿Entonces no todo es alivio espiritual? —cuestionó mi abuela llena de curiosidad.

—No, señora, no, también alivio el dolor físico.

—¿Y cómo, si es posible saberlo?

—Por supuesto, señora mía —adujo mi tío como si le pavimentaran el camino hacia un tema que, de tiempo atrás, justificaba su existencia. Hacía grandes donativos a instituciones filantrópicas, como las que atendían a enfermos terminales que tenían los días contados, además de ayudar a asociaciones mexicanas dedicadas a curar a los niños con cáncer o a los ciegos o a los desamparados que carecían de techo, de leche y de amor...

—¿Cómo que ayudaba? ¿Ya no ayuda? —preguntó mi abuela en su pésimo español.

—No, ya no ayudo señora, ya no puedo ayudar, ya no tengo dinero...

—¿Por qué?

—Señora mía, nunca tuve una empresa ni tengo talento empresarial ni sé cómo ganar ni un peso ni un marco ni una peseta.

—¿Entonces heredó el dinero? ¿Cómo lo obtuvo, con todo respeto? —preguntó Muschi intrigada sin poner atención a la música de Agustín Lara que las parejas bailaban al ritmo de un pianista improvisado. ¿A quién se le ocurría pensar en Agustín Lara en semejantes circunstancias?

—Es una historia muy breve y muy larga que se la puedo resumir en dos palabras, en la inteligencia que después de Adèle, mi mujer, aquí al lado —hizo una mueca cariñosa para subrayar su presencia— y mi sobrino Enrique, su yerno, nadie más la sabe... No es un tema que me guste abordar, es muy doloroso.

—Si usted prefiere, lo dejamos, no se preocupe...

—No, señora mía, dado su interés y al ser alemana, entiendo que le llame la atención lo relativo a su país.

—¿Enrique conoce su historia? —repuso animada al haber obtenido los permisos para penetrar en la vida de su interlocutor.

—La conoce superficialmente...

—Entonces cuente, cuente, cuente —exigía mi abuela devorada por la ansiedad.

—¿Usted sabe lo que es un *Sonderkommando*? —abrió fuego mi tío Luis llegando de golpe al meollo del tema.

—No, disculpe, ni idea, ¿qué es eso? Entiendo y hablo alemán, pero es la primera vez que escucho esa palabra.

Mientras mi tío Luis explicaba sus obligaciones como *Sonderkommando* en Auschwitz, no lograba imaginar el alcance de sus palabras ni mi abuela podría con el peso de la narración, sobre todo cuando mencionó que hasta en el mismísimo infierno se podría tener la suerte de encontrarse con un alma caritativa...

—¿Cómo dio con ella?

Luis contó cómo entre los condenados a muerte, entre los que ya se habían resignado a morir gaseados por los asquerosos nazis, de repente se había encontrado con la mirada de un hombre alto, elegante, exquisito, de una altísima dignidad, casi se podría decir un aristocrática que se veía muy desesperado y resignado a su destino fatal.

—¿Habló usted con él? ¿Lo pudo hacer? Hablamos de Auschwitz, ¿verdad?

—Sí, de Auschwitz... Claro que hablé con él... Me contó que tenía negocios con Goebbels y éste lo había traicionado.

—¿Qué dijo?, ¿que hacía negocios con Goebbels...?

—Sí, y a pesar de eso lo iban a matar. De nada le había servido a ese pobre hombre decir que era socio de Goebbels cuando lo arrestaron en Berlín...

Muschi frunció el ceño. Se quedó paralizada ante un negro presentimiento.

—¿Ha dicho usted Berlín...? ¿Era mayor?

—Sí... Berlín —repuso haciendo un esfuerzo por pronunciar bien.

¡Qué coincidencia!, pensó Muschi entornando los ojos y frunciendo sospechosamente el ceño.

—¿De qué edad? —preguntó palideciendo al imaginar a su padre en esa misma situación—. ¿De setenta y cinco a setenta y ocho años de edad...?

—Sí —contestó Luis sorprendido ante tantas preguntas, en tanto el rostro de Adèle se endurecía y desaparecía su sonrisa. ¿Quién era esa mujer? ¿Qué sucedía?

—¿Bigote blanco bien alineado al estilo del káiser? —continuó la descripción como si hubiera conocido al condenado a muerte en Auschwitz.

—Síii...

—¿Pelo blanco, escaso? —preguntó Muschi sin ocultar su ansiedad.

Adèle no podía creer lo que ocurría. Ni quien prestara atención a las invitaciones de personas para reunirse a bailar ni quien respondiera a las preguntas de los meseros que atendían la mesa.

—¿Un hombre robusto? —continuó mi abuela el interrogatorio a pesar de sentir la punta del estilete florentino en la garganta.

—Sí, robusto y bien vestido, pero sobre todo bien calzado a pesar de las circunstancias —contestó Luis sin ocultar su confusión—. No sé a dónde vaya usted con sus preguntas, doña Lore, pero eso sí, puedo asegurarle que ese hombre cambió en dos minutos mi vida...

—¿Por qué? —preguntó Muschi...

—Pues porque decidió irse de este mundo, como él me dijo, con una sola palabra en la boca: ¡ayudar!

—¿Cómo podía ayudar en ese momento si lo iban a matar?

—Se las arregló para darme, con toda discreción, un bultito que sacó de una pequeña bolsa secreta colocada al lado izquiedo de su pantalón, abajo del cinturón...

Con los labios temblorosos mi abuela alcanzó a preguntar con el rostro inyectado de sangre a punto de estallar:

—Por favor, por lo que más quiera, no me diga que era una bolsita de diamantes...

Mi tío Luis guardó silencio. Volteó ver a Adèle a sabiendas de que al contestar le daría un tiro en la cabeza a su interlocutora.

—No sé qué decirle, doña Lore, habla usted como si hubiera estado a mi lado en Auschwitz... ¿Usted estuvo ahí? —cuestionó, con la idea de ganar tiempo y tratar de no hacer polvo a la suegra de Quiquiriqui. ¿Por qué él, demonios? ¿Por qué él tenía que disparar el tiro de gracia? ¿Esto no acabaría nunca? ¿Se eternizaría la pesadilla? ¿Era posible que esa señora, la tal Lore, tuviera algún vínculo con el generoso anciano que acabó sus días en la cámara de gas? El mundo era un pañuelo, sí, pero lleno de mocos... ¿Qué hacer...? ¡Auxilio...! ¿Por qué mentir? ¿Por qué matar a muerte lenta? Mejor, mucho mejor, un tiro en el centro de la frente y ya:

—Sí, señora mía, me entregó una bolsita llena de diamantes.

La cabeza de mi abuela se estrelló contra la taza de café. Se desvaneció de golpe como si hubiera sido alcanzada por un rayo. Mi padre y mi madre ya habían salido rumbo a Michoacán a su luna de miel, absolutamente ajenos a lo que acontecía entre mi abuela y mi tío Luis. Varios invitados auxiliaron a Muschi, sobre todo Adèle, quien a gritos pedía alcohol o sales mientras le daba respiración de boca a boca. No volvía en sí. Tenía una palidez de muerte como si ya se hubiera ido de este mundo. Le arrojaron agua y le abanicaron el rostro con los menús del restaurante hasta que empezó a parpadear y a mover los labios de un color blanco verdoso. Le ofrecieron entonces un refresco, coñac, café, azúcar y lo que fuera cuando empezaba a recuperarse sólo para articular unas cuantas palabras:

—¿Ese hombre se llamaba, de casualidad, Richard Liebrecht? —preguntó mi abuela con la boca seca y haciéndose escuchar con grandes esfuerzos.

Luis se quedó petrificado.

—Sí, doña Lore —repuso, acariciándole la frente.

—¿Y cómo cree usted que me apellido yo...?

Adèle no podía cerrar la boca. Cruzaba miradas de terror con mi tío Luis. Antes de que ambos pudieran responder, una Muschi, en apariencia agonizante, contestó balbuceante:

—Me llamo Lore Liebrecht y soy hija de Richard Liebrecht, o mejor dicho, era hija del hombre al que usted vio la última vez en vida, el que le entregó los brillantes que siempre cargaba para casos de extrema urgencia, que, por lo visto, ya no le sirvieron para salvarse...

Se produjo entonces un denso silencio. Nadie hablaba. Todos se veían contritos. Mi tío Luis sentía un nudo en la garganta. ¿Por qué precisamente la suegra de Enrique tenía que ser la hija del tal Liebrecht? Mientras la contemplaba ya recostada sobre un sillón, confirmó su elegancia, un evidente sello de dignidad real. Efectivamente, ella bien podía ser la hija de Liebrecht.

Con los párpados entreabiertos, Muschi alcanzó a preguntar:

—¿Qué me puede decir de Hedwig, su mujer? ¿Qué fue de ella? ¿Por qué sólo habla usted de él...?

Mi tío Luis pensó en mentirle, alegando que sólo se lo había encontrado a él, sin embargo, convencido de la crueldad de alimentar falsas esperanzas, acabó por confesarle la verdad a aquella mujer despedazada:

—Su madre murió en el tren de Berlín a Lodz, Polonia, asfixiada entre la gente. Cuando abrieron la puerta del vagón ella se desplomó al piso sin vida.

Mi abuela intuía todo ello, sólo necesitaba confirmarlo. De la misma manera en que es necesario enterrar a un ser querido o cremar sus restos, en fin, despedirse de él, ella necesitaba la confirmación de la muerte de sus padres y ahora la tenía a ciencia cierta.

—¿Y usted utilizó los brillantes para ayudar, según se lo pidió mi padre? ¿Cumplió usted al pie de la letra su compromiso?

—Así es y así fue, señora mía —contestó sin poder contener un deseo de tomarle espontáneamente una mano, tan helada como la de los muertos, mientras resbalaban un par de lágrimas por sus mejillas.

—Ha sido usted un hombre de bien, señor Yáñez —repuso mi abuela buscando su bolsa—. Yo, como usted, me hubiera gastado hasta el último quinto en cumplir la palabra empeñada.

Se acomodó en el sillón, pidió que la liberaran, ya no necesitaba ayuda de nadie. No había espacio para lamentos ni requería de más auxilios. Tomó su polvera, se dio unos toques de carmín en las mejillas, se pintó los labios, extrajo un pequeño espejo para alinearse el cabello, se acomodó la blusa y su saco, vio a los contertulios a la cara, se puso de pie y adujo:

—Señores, esta fiesta ya concluyó para mí. Si ustedes me lo permiten, me retiraré.

Dicho lo anterior y suplicándole a mi tío Luis que no la siguiera ni la ayudara ni se compadeciera de ella, salió por una puerta giratoria y se perdió en la muchedumbre de la Ciudad de México.

¿La guerra? La guerra continuó su marcha destructiva orientada a convertir en escombros el aparato nacionalsocialista. Del Tercer Reich, llamado a durar mil años, según lo había profetizado el Führer, iban quedando sólo ruinas malolientes como si se hubieran destapado de golpe los caños y drenajes del planeta. Cada fascista muerto despedía un hedor putrefacto y mefítico como si lo hubiera engendrado el propio Satanás. Instantes después de haber sido abatidos a balazos o de haber muerto como consecuencia de un bombardeo, sus cuerpos se convertían en un conjunto execrable de miles de gusanos de todas las familias de parásitos. El asqueroso proceso de transformación de sus cuerpos invitaba al vómito. Las innumerables viborillas y lombrices gelatinosas de diversos colores provocaban una repulsión incontenible, más aún cuando el olor fétido de estos seres infernales podía invadir ciudades y comarcas enteras.

Si las ciudades alemanas terriblemente castigadas con los bombardeos aliados despedían una pestilencia insoportable sobre todo cuando los obuses caían en los cuarteles o en los edificios de la Gestapo o en las oficinas del Partido Nacionalsocialista, mucho peor fue la hediondez a partir del momento en que los aliados invadieron Normandía a mediados de 1944. La «Operación Overlord» tenía como objetivo primario liberar a Francia y acto seguido, aplastar a Alemania, destruirla por completo con los cien mil aviones que Estados Unidos construía al año, más aquellos bombarderos pesados fabricados en la Gran Bretaña. Si Adolfo Hitler contemplaba con verdadero horror el furioso avance de las tropas soviéticas que arrasaban como una marabunta los territorios reconquistados con la consigna de no tomar prisioneros y acabar con todo ser viviente, quemar lo que encontraran a su paso, más, mucho más se aterrorizó cuando constató la acelerada penetración de los aliados por su frontera occidental, misma que también resultaba indefendible.

¡Con qué furia tiraría bombas atómicas sobre Nueva York, Washington y Detroit, donde fabricaban los aviones que estaban acabando con Alemania, además de lanzar cien de esos mortíferos artefactos, de ser posible, sobre Londres, Manchester, Liverpool, París y sobre el mundo libre por entero! Su sueño dorado de ver vestida a la humanidad con el uniforme nazi se desvanecía con el transcurso del tiempo. El ejército alemán lo había decepcionado, no estaba preparado para imponer su ley en el planeta, en realidad estaba integrado por estúpidos mediocres que no habían sabido cumplir al pie de la letra sus instrucciones, aun cuando en Stalingrado hubieran muerto más de un millón de sus soldados, unos más inútiles que otros. Lo único que contaba eran los resultados. Cuando le informaron que de los trescientos mil soldados alemanes que se habían rendido en Stalingrado solamente nueve mil habían regresado con vida a Alemania, tiró el papel al cesto de la basura alegando que ni los nueve mil merecían vivir... ¡Claro que él era inocente, no faltaba más! A su barco invencible, el *Bismarck*, lo habían hundido los ingleses. ¿A dónde iba con una marina incompetente destruida por la británica, una Wehrmacht derrotada por los rusos, unos diplomáticos incapaces de convencer a los japoneses de las ventajas de sumarse a los planes nazis, unos empresarios enanos superados por la industria militar soviética?

La verdad es que nadie en Alemania, según el Führer, nadie lo merecía. ¿O algunos de sus mariscales alemanes, militares de alto rango, en el fondo no eran también unos estúpidos, como el inútil de Claus von Stauffenberg, cuando fracasó en su intento de matarlo en julio de 1944 en su querida «Guarida del Lobo», en donde mi tío Luis sí dio cuenta de él, al menos en sus envidiables sueños...? Claro que eran unos imbéciles que ni siquiera sabían matar... ¿Y el tal Johann Georg Elser, que también había fracasado al tratar de asesinarlo junto con otros jerarcas de su Estado Mayor, al colocar una bomba en la cervecería Bürgerbräukeller de Múnich en 1939? *Arschloch, alle sind Arschloch*... La *Vorsehung*, la Providencia, estaba siempre con él. ¿Cómo que se les había congelado el percutor por tanto frío y por esa razón no había estallado la bomba? ¿Así iban a ganar la guerra...? Eran unos asesinos idiotas, según él, como lo había sido el coronel Rudolf Christoph Freiherr von Gersdorff, un militar destacado que se había escondido un poderoso explosivo en el cuerpo para suicidarse al hacerlo estallar a su lado y había tenido que correr a un baño para desactivarlo porque Hitler había salido antes de lo programado del aeropuerto. Más que militar, Gersdorff debería ser un vulgar payaso de opereta. Era cómico, ¿no? ¿Y Axel von dem Bussche que había planeado matarlo lanzándole granadas de mano, pero el tren en que venían no había llegado a tiempo porque lo destruyeron los aliados? Me querían matar en mi Wolfsschanza y no pudieron, llegó a rumiar, porque me fui a Berchtesgaden, al frío que tanto adoro... Habían vuelto a probar suerte en otra ocasión pero él había cancelado el evento y sus enemigos se habían quedado con las ganas, de la misma forma en que Eberhard von Breitenbusch se había ofrecido como voluntario para acabar con él disparándole una pistola 7.65 mm, pero sus guardias no le habían permitido el paso por no haberse acreditado. ¿No estaba claro que Dios estaba de su lado?

Ninguna herramienta había resultado más eficiente para gobernar que la imposición del terror de día y de noche. La publicidad de Goebbels había sido su gran aliada. Cualquier grupo pequeño, los grandes eran muy visibles, o individuos asilados que se organizaran para atentar en contra de su vida fueron ejecutados de inmediato. No había espacio ni para asesinos dudosos o escépticos ni para traidores. A la horca, al paredón o a la cámara de gas con los opositores, con los necios o con los tontos que no entendían las ventajas del nacionalsocialismo.

¿Que muchos alemanes confundidos se resistieron a la dictadura? Sí, claro y por esa razón había tenido que encerrar a casi tres y medio millones en campos de concentración para hacerlos entender. A quien asomase la cabeza lo mataban, así entenderían los demás que planearan una subversión o una conspiración. En la Alemania nazi dos por dos eran cuatro: es decir, conspiras y desapareces para que no contamines a nadie más. Por ello Hitler se había visto obligado a neutralizar a la sociedad civil, a suprimir los partidos políticos, a dominar el Reichstag, a los sindicatos, a la prensa y a la radio y a negociar con la Santa Sede para que lo ayudara a controlar al cincuenta por ciento de católicos existentes en Alemania. Cuando hubo una manifestación pública de estudiantes en contra del régimen, un grupo llamado La Rosa Blanca, en Múnich, pero con conexiones en Berlín, Hamburgo, Stuttgart y Viena, no había tenido más remedio que ejecutar a Hans Scholl, Sophie Scholl y Christoph Probst, entre otros pocos más, porque si no se aplastaban los movimientos juveniles de raíz se perdería el control en un suspiro. Sus colegas aprendieron la lección muy bien. No se puede ser tolerante cuando se es dueño de la verdad absoluta y cuando la Providencia está con uno. ¿Resistencia encubierta? Sí, sí la hubo y el castigo fue devastador. Había dos maneras para desbaratar a la oposición: una, conquistarla con éxitos militares imprescindibles para edificar otro Imperio Germano y embriagar de gloria a los alemanes, una tarea sencilla; y dos, recurrir a la Gestapo, a la habilidad de Heinrich Himmler para acabar con los escasos necios y con los supuestos valientes, en el fondo unos estúpidos suicidas enemigos del gran futuro alemán... ¡Ay, si Manuel Azaña hubiera tenido la misma determinación de Hitler para fusilar a Sanjurjo y al resto de los militares sublevados y defender la democracia con la ley en la mano para aplastar en sus inicios el levantamiento fascista...!

¡Claro que Hitler redobló sus esfuerzos para intensificar el régimen de terror y que nadie olvidara lo que le esperaba si se atrevían a atentar contra su vida, una escuela similar a la de Franco!

Cuando el 6 de junio de 1944 se conoció la noticia del desembarco aliado en Normandía, la alta jerarquía nazi que había jurado eterna lealtad al Tercer Reich, la representante del honor teutón que había prometido, en posición de firmes, eterna fidelidad al Führer, saludando las esvásticas con el estruendoso *Heil Hitler!*, tronándose los tacones de las suelas de sus lustradas botas y levantando el brazo derecho en dirección al infinito, mientras interpretaban con los ojos inundados el *Deutschland, Deutschland, über alles*, abandonaron sus patrióticas ocupaciones militares para entrar en comunicación con sus bancos extranjeros con el propósito de sacar de Alemania el dinero posible antes de la derrota definitiva. Como bien se decía en México: cuando el barco se hunde, las ratas son las primeras en tirarse al agua...

Los mismos empresarios alemanes enriquecidos hasta límites impredecibles gracias a los pedidos militares de los nazis, los cómplices industriales y técnicos del Holocausto dotados de gran imaginación y talento productivo, también empezaron a defender su riqueza tan pronto supieron del arribo de las tropas norteamericanas en el norte de Francia. A partir de ese momento giraron instrucciones para mandar sus capitales, sus recursos y sus ahorros, con la máxima discreción posible, a Suiza y a Estados Unidos. La Bayer, la IG Farben, los fabricantes del gas Ziklon-B, los constructores de las instalaciones en los campos de exterminio, los mismos que habían lucrado con siete millones de personas encerradas en los campos de concentración, la famosa «mano de obra gratuita», también expatriaron sus riquezas y le asestaron puñalada tras puñalada por la espalda al régimen nazi que los había hinchado de dinero.

Ya de nada le serviría a Hitler el talento alemán para construir el primer rifle automático, un alarde de la ingeniería alemana, ni los cañones Railgun ni las bombas volantes V-1 y V-2, las de Werner Von Braun, ni los monstruosos submarinos de ataque como el U-boot 21 ni los cañones Bertha, ni el descubrimiento de los gases que le habían ocultado al Führer, una novedad en la guerra biológica como el Clostridium Botulinum, el veneno más poderoso conocido o el Tabún o el Sarín o el Soman que afectaban a los centros nerviosos, generando un asesinato masivo en el que las víctimas sufrían vómitos, náuseas, diarrea y contracciones musculares antes de fallecer. Bastaba una décima de miligramo para matar a un ser humano.

Tiempo, tiempo le faltó para tener la bomba endotérmica, la que tanto prometía Goebbels, que al detonar creaba una zona de intenso frío que congelaría en un radio de un kilómetro toda forma de vida sin generar radiación. Tiempo, tiempo le faltó, un poco de tiempo para tener el primer avión a reacción de la historia, el *Schwalbe*, la golondrina, el primer *jet* verdaderamente efectivo, el Messerschmitt Me 262 que estremeció a los pilotos aliados que nunca lo vieron llegar ni pasar pero sí destruir a gran distancia y con gran puntería «a una rapidez tan increíble que sólo podía disparar hacia atrás, ya que volaba más deprisa que las balas que disparaba». La misma suerte corrió una «turbina que aspiraba aviones enemigos y los estrellaba contra el suelo». No se había logrado perfeccionar oportunamente, al igual que los modelos de radiadores infrarrojos con que se pensaba equipar el Pánzer V para localizar cañones o vehículos enemigos a más de ciento treinta kilómetros de distancia y poder acabar con ellos al apretar un botón.

A finales de 1944 sólo los necios o los ilusos no se percataban de que la guerra estaba completamente perdida. Los días del Tercer Reich estaban contados, salvo que el cruce de casi tres millones de soldados frescos y bien armados, llenos de mística democrática, por el Canal de la Mancha desde Gran Bretaña a la región de Normandía en la Francia ocupada, no vinieran a asestar un golpe demoledor al aparato nazi que se desmanteló cuando los soldados alemanes, acostumbrados a atacar y a vencer en sus sorprendentes *Blitzkrieg*, no sólo no acataron órdenes de resistir ante el ataque de los aliados, sino que escenificaron una escandalosa huida al comprobar el poder de las legiones extranjeras. De nada sirvieron los insistentes llamados de los generales, comandantes y mariscales para evitar la retirada y persistir en el combate.

Si realmente era válido aquello del *Deutschland über alles*, Alemania sobre todo, a partir del momento en que Hitler supo del desembarco tenía que haberse suicidado para evitar el tremendo castigo que le impondrían los aliados en los siguientes meses. ¡Cuánta desgracia, destrucción y muertes le hubiera evitado el Führer a Alemania si se hubiera suicidado a mediados de 1944 para precipitar, con esta gesta patriótica, la rendición incondicional del Tercer Reich! Pero no, no solamente no estaba dispuesto a rendirse negando la más incontestable realidad, no, claro que no, todavía ordenó en su desesperación que incendiaran París, aceleró la carrera armamentista para luchar hasta el último momento por una victoria imposible. Cuando ya se vio completamente perdido, invadido por ambos costados, en lugar de quitarse la vida ordenó la destrucción de los restos de Alemania, el estallido de puentes, puertos, líneas férreas aeropuertos, sus adoradas autopistas para que nadie pudiera aprovecharlas. La maldad en su máxima expresión.

Si en el oeste los aliados avanzaban como miles de locomotoras incontenibles en dirección a Berlín y su aviación continuaba devastando pueblos, ciudades y fábricas hasta la demolición total, en el frente del este la situación no era menos agobiante ante el imparable empuje del Ejército Rojo, que se engullía Polonia, voracidad que agobiaba a Churchill porque éste bien sabía que jamás pondrían sacar a los soviets de los territorios arrebatados a los nazis. Ellos serían los nuevos usurpadores de la propiedad ajena, que jamás devolverían so pena de volver a recurrir al lenguaje inconfundible de las armas. Stalin, se decía, sería el nuevo Hitler si nadie lo detenía a tiempo. Él iniciará la Tercera Guerra Mundial. Sacar a José Stalin a través de interminables negociaciones diplomáticas de Polonia, Bulgaria, Hungría, Checoslovaquia, Yugoslavia, Rumania, Estonia, Letonia, Lituania y Finlandia, si es que no deseaba apoderarse también de Austria, Noruega y Suecia constituía un desatino, una falta de visión imperdonable. ¿Cómo controlar ahora al salvaje oso ruso, otra fiera insaciable ávida de sangre y de la instalación de nuevos feudos comunistas? Quienes pensaran que al concluir la guerra y destruir al nacionalsocialismo comenzaba una etapa de reconstrucción, libertades y paz, se equivocaban radicalmente; la presencia soviética y sus archipiélagos gulag continuarían la política de supresión y tortura similares a las nazis: la pesadilla continuaría... Bueno, sí, pero Roosevelt no parecía entender los móviles de Stalin, ni aceptar que se trataba de otro asesino, tal vez de proporciones mucho mayores que el propio Hitler... ¿No bastaba con saber que en los campos de concentración rusos, los gulag, existían más de cuatro millones de prisioneros, en la inteligencia de que muchos perdían la vida víctimas de la enfermedad y la inanición? Por supuesto que Churchill había sido informado de la Marcha de la Muerte, ejecutada a finales de 1944, cuando los nazis tomaron la decisión de evacuar los campos de exterminio ubicados en Polonia, enviando a pie, hasta Baviera, en pleno invierno, calzando suecos, unas chanclas de madera, sin otro abrigo que su pijama a rayas, a los judíos que no habían podido asesinar, para concluir en Dachau con el proceso de la Solución Final. Claro está que antes de abandonar Auschwitz-Birkenau recibieron órdenes de Berlín de destruir los archivos, las cámaras de gas y los crematorios para esconder las evidencias del Holocausto. Sólo que para el primer ministro inglés todo ello significaba ya un problema menor, puesto que la nueva y verdadera amenaza se llamaba José Stalin, Hitler ya era un cadáver insepulto...

Hitler envejecía por minutos, le costaba trabajo articular ideas o entender las que le planteaban, ya no aparecía en público ni enviaba mensajes radiados a la población, salvo el que pronunciara en enero de 1945, unos meses antes de la rendición total, y se alojaba en secreto en los refugios de Berchtesgaden urdiendo la mejor manera de huir de Alemania y todavía se resistía a pagar con su vida las culpas y los errores de unos militares incapaces de defender el honor y la integridad de su Tercer Reich. Los alemanes contemplaban con horror la espantosa violencia y crueldad con la que los rusos se vengaban de los prisioneros de la guerra nazis y de las personas y objetos que encontraban a su paso y temían, con justa razón, las represalias de sus propios paisanos opuestos al nacionalsocialismo desde sus inicios, pero que habían tenido que convivir en contra de su voluntad, con el sistema autoritario para no ir a dar a un campo de concentración, eso, por lo pronto... El miedo era masivo y fundado por el lado de los soviéticos, pero no menos válido el que sentían por los aliados que bombardeaban ciudades y poblados varias veces al día con la consigna de no dejar una sola casa con techo ni un edificio en pie.

Las mujeres se suicidaban al conocer los horrores de lo que les esperaba al llegar los soviéticos. Se esparcía la noticia de que las violarían diez o quince veces al día y que en cualquier momento las matarían, como había hecho Hitler con las rusas. Era más conveniente privarse de la vida en casa, aventarse amarradas a los ríos junto con sus hijos, administrarles veneno para ratas, que sufrir las vejaciones de los nuevos vándalos soviéticos. La suerte de los hombres era impredecible. Mejor, mucho mejor huir de Alemania y esperar que se extinguiera el fuego, el furor y los ánimos con el paso del tiempo. Por esa razón los altavoces berlineses ladraban insistentemente el siguiente mensaje: «Váyanse de Berlín, abandónenla lo más pronto posible...». Los alemanes cumplían las instrucciones y abordaban los trenes hasta por las ventanas y sin pagar el boleto. ¡Pobre de quien se quedara o no pudiera esconderse...!

Cuando los soviéticos liberaron Auschwitz el 27 de enero de 1945, lograron rescatar a cientos de niños a pesar de haber sido víctimas de los experimentos de Mengele, así como a un número reducido de adultos en condiciones infernales. Todavía lograron encontrar siete mil prisioneros con vida, la mayoría de ellos escondidos en campos anexos. La euforia judía era mucho más que justificada. Para su horror descubrieron seres humanos que no pesarían más allá de veinte kilos. Visitaron sorprendidos los restos de los vestidores, de las cámaras de gas, de los hornos crematorios, de las fosas comunes, la enfermería, las letrinas, las barracas. La evidencia del Holocausto, ya con la letra inicial mayúscula signada por la historia, estaba a la vista. Por supuesto que los lingotes de oro y plata, hechos con los dientes de los condenados a muerte, se los habían llevado los nazis y no precisamente a la tesorería del Führer, sino a las bóvedas particulares de los bancos suizos, los grandes y finales beneficiarios de la demencia nazi. En las bodegas dieron con «trescientos setenta mil trajes de hombre, ochocientos treinta y siete mil abrigos de mujer y vestidos, enormes cantidades de ropa de niños, unos cuarenta y cuatro mil pares de zapatos, tapetes, prótesis, cepillos de dientes, bienes del hogar, empacados para transporte, pacas saturadas de cabello de mujer equivalentes a ciento cuarenta mil presas, además de cientos de cadáveres mal incinerados o sin incinerar, abandonados a la intemperie». ¿Quiénes eran esos buitres capaces de semejante salvajismo?

A Hitler se le puede atacar de muchas maneras, sólo que resulta imposible etiquetarlo como un idiota. Un hombre que fue capaz de revivir la destruida economía alemana en seis años y que tuvo la habilidad de poner a casi el mundo entero en su contra, un líder natural que supo cautivar a la inmensa mayoría de los alemanes extraídos de las mejores universidades y academias del orbe, un gran impulsor de la ciencia, de la tecnología con la que estuvo a punto de aplastar a los aliados y dominar el mundo entero, de haber tenido oportunamente el armamento requerido, uno de los personajes más temidos y odiados en la historia de la humanidad, ¿se iba a dejar atrapar por los rusos o por los aliados a sabiendas de lo que le esperaba? Él, quien despreciaba a propios y extraños por incapaces, débiles o insignificantes, ¿se iba dejar arrestar por personas irrelevantes dotadas de una inteligencia inferior a la de un perro? De dejarse controlar por ellos, en ese caso habría aceptado una posición de subordinación incongruente con la manifiesta superioridad con la que él se conducía y exhibía.

Hasta el último momento de su existencia él, Hitler, el Führer, tendría que demostrar una jerarquía mayor, unos poderes avasalladores, una destreza insuperable que le permitiría volar por encima de todo: él era el amo y al amo no se le arrestaba ni se le perseguía ni se le tocaba ni se le enjuiciaba ni mucho menos se le fusilaba ni se exhibía su cabeza colocada encima de una bayoneta. ¿Cómo podía permitir que unos auténticos subhumanos lo atraparan, lo juzgaran y lo ahorcaran, además, a la vista del público? ¿A él lo iban a sentar en el banquillo de los acusados frente a un tribunal de embirretados o de uniformados, cubierto por una campana de vidrio antibalas, como si fuera una fiera salvaje a los ojos de la humanidad convertida en el público de un zoológico? ¿Él no era un semidiós? Pues entonces que los mortales desarrollaran sus poderes terrenales para atrapar a una deidad y por ello jamás darían con él, como los hombres nunca encontrarían a Dios. Como amante de los grandes retos, el presente sería el más importante de su vida, insistía Goebbels en los últimos minutos de vida del Führer en el fondo del nauseabundo refugio que materialmente apestaba después de que los bombardeos aliados habían destruido el sistema de cañerías y de aire acondicionado.

Goebbels, quien por idolatría a su jefe, había insistido en su deseo de entregarle a su mujer sólo para que ésta fuera rechazada una y otra vez ya que Hitler no era afecto a las damas, precisó los detalles por seguir para ejecutar la fuga del «Lobo» desde los restos de la Cancillería de Berlín. De cara a la historia, le explicó a su jefe un plan genial: se despediría de sus colaboradores, abrazaría a sus más cercanos ayudantes con un profundo dolor, toda una trama bien urdida, aparentaría un suicidio mediante sendos disparos de pistola en el cráneo, estrategia en la que el ministro de Propaganda nazi sería el principal protagonista. Acto seguido, los supuestos cadáveres de Hitler y de Eva Braun, disfrazado él con su uniforme tradicional y ambos colocados boca abajo de modo que los rostros no fueran reconocibles, serían rociados con gasolina. Una vez que los cuerpos de los recién casados, puesto que la pareja finalmente había contraído nupcias el 29 de abril de 1945, hubieran sido incinerados para engañar al enemigo; Goebbels y su esposa procederían a matar con cianuro a sus cinco hijos y después ellos mismos se liquidarían entre sí a balazos, en las afueras del refugio antiaéreo. El mariscal Doenitz, encargado de rendirse ante los aliados, anunciaría por Radio Hamburgo que Hitler había caído luchando heroicamente. A la llegada de los rusos encontrarían sin vida a los dos máximos jerarcas del nazismo, aun cuando en lugar del cuerpo del Führer sólo hallarían cenizas. Ante una evidencia de semejantes proporciones, de inmediato quedarían canceladas las persecuciones y las búsquedas. Joseph Goebbels, el único testigo de los hechos, estaría muerto, más muerto que los muertos.

Hitler no debería perecer en un sótano, en un callejón sin salida, rodeado de soldados del Ejército Rojo deseosos de encontrarlo con o sin vida y lograr una histórica fotografía con su cabeza colgada en la punta de una lanza. Por ello, Goebbels se encargaría de transportarlo, junto con Eva, en un avión anfibio a la base de submarinos alemanes del mar del Norte, la del puerto de Horten, la más importante del Tercer Reich, desde donde abordarían un sumergible U-977, una hazaña tecnológica y partirían rumbo a Argentina, a la Patagonia, llenos de oro para concluir una larga vida en el marco de una merecida prosperidad, extraviado en un anonimato garantizado por Juan Domingo Perón, el dictador fascista argentino que era capaz de venderle su alma al diablo a cambio de dinero viniera de donde viniera, aun cuando los recursos extranjeros tuvieran un origen judío...

La estrategia de Goebbels le pareció impecable a Hitler. Lo contempló con una mirada ceniza, lánguida, resignada. Le tomó entonces el antebrazo izquierdo con su mano derecha y, negando con la cabeza, le respondió mirándolo a los ojos:

—Soy un incomprendido, Joseph, me adelanté cien años a mi generación y tengo que desaparecer. Muy pronto seré el hombre más buscado del planeta. Me encontrarán en cualquier lugar, disfrazado de lo que sea, no tengo remedio, esto se acabó: ni la Wehrmacht ni la Luftwaffe ni toda nuestra marina ni mis colaboradores, con excepción tuya, estuvieron a la altura de las circunstancias. No me merecen.

—¿No hay alternativa posible?

—No, no me gustaría encabezar la cacería más sádica de la historia. Imagínate si me llegaran a encontrar como al imbécil de Mussolini disfrazado de campesino... Me matarían mucho peor que a él, no, no...

—Podríamos ocultarlo bien, cambiarle el rostro con una cirugía, teñirle el pelo, rasurarle el bigote, hacerlo engordar, dejarle crecer la barba, en fin, existen un sinnúmero de posibilidades...

—Claro que existen un sinnúmero de posibilidades también de que los polacos, los rusos, los franceses, los ingleses, los judíos, los holandeses, los belgas y tantos otros más me busquen hasta debajo de las piedras. No hay hombre sin hombre, Joseph, los médicos que me cambien el rostro pueden ser sobornados salvo que los matemos y matemos a los que maten a los doctores y así armaríamos una cadena interminable que no serviría para nada. Sólo me quedan dos últimos recursos: una cápsula de cianuro o una bala en el cráneo...

Goebbels guardó silencio. Hitler tenía razón. Esconderse era imposible ante tantos millones de enemigos, todos ellos ávidos de venganza y llenos de dinero para encontrarlo. Además, cualquiera lo delataría a cambio de dinero...

—¿Cuál sería su último deseo de cara a la posteridad?

—Hice lo posible por limpiar de ratas judías Europa y casi lo logré.

—¿Pero y cuál sería su último deseo?

—Mi último deseo sería poder convertirme al judaísmo para que en el próximo instante en que me suicide, muera un asqueroso judío más...

Mientras se apagaba gradualmente el ruido ensordecedor de los bombardeos en el mundo entero, mis padres, llenos de un muy justificado entusiasmo, asistían al nacimiento de mi hermano Enrique en enero de 1945. Nacía un hijo varón, el sueño de ambos. Su matrimonio se consolidaba, la familia crecía, los ingresos familiares, sin embargo, en nada se parecían a los de Marruecos, ¿pero qué podían importarle las carencias económicas a una pareja joven e ingeniosa, alegre y solidaria, que tenía toda la vida por delante para alcanzar el bienestar anhelado? A pesar de que los ingresos eran escasos e inconstantes, mi padre, con justa razón, deseaba traer de España a su hija María Sol, a quien no veía desde 1939, cuando tuvo que abandonar violentamente España. Habían transcurrido seis años sin haberla visto por lo que soñaba con la rendición alemana para poderla tener a su lado en la Ciudad de México, objetivo que, para su buena fortuna, finalmente pudo cumplir ese mismo año. Con la llegada de María Sol empezó la politización de la familia. Mi madre decidió, sin confesarlo, su intención de tener una hija pero de su propio matrimonio, una niña que acaparara la atención de su marido, que compitiera en silencio con su hijastra, para lo cual imprimió sus mejores esfuerzos con tal de lograrlo.

En abril se produjo finalmente el diferido suicidio de Hitler —un sujeto que jamás debería haber nacido— y en mayo se rindió Alemania para marcar la afortunada conclusión del Tercer Reich. Los acontecimientos se sucedieron los unos a los otros, puesto que en agosto de ese mismo 1945, Harry Truman ordenó arrojar bombas atómicas sobre las ciudades de Hiroshima y Nagasaki para cancelar las hostilidades y cerrar para siempre las páginas ensangrentadas de la Segunda Guerra Mundial. La detonación estruendosa de artefactos nucleares, la visión de un hongo dotado de un espantoso poder mortífero, cambiaron para siempre el rostro del planeta desde que existió un arma con la capacidad suficiente para destruir países enteros y matar a millones de personas en minutos. Advendría una revolución moral, nacerían tesis existencialistas, con el tiempo se diría «haga el amor y no la guerra», más aún cuando se inventó la píldora anticonceptiva que equilibró la convivencia y las relaciones entre hombres y mujeres. En el mundo se creyó que dicho ataque, el más brutal conocido en la historia militar de la humanidad, respondía a la intención de Estados Unidos de provocar la rendición incondicional de los nipones, cuando, en realidad, el objetivo de tan brutal agresión consistía en la contención inmediata del avance soviético en Europa, so pena de arrojar un obús semejante sobre el Kremlin. Los expertos sabían que las fuerzas armadas japonesas estaban prácticamente rendidas... Truman, gracias a las denuncias de Churchill, había entendido las intenciones de Stalin de apropiarse ahora de un «Lebensraum ruso». Stalin, el carnicero, comprendió la insinuación y se replegó hasta donde Churchill llamó la Cortina de Hierro. Tres años después Stalin tendría la bomba gracias a los científicos alemanes que secuestró a su paso por Alemania. Empezaría otro episodio, el de la Guerra Fría...

Pues bien, en ese mismo agosto de 1945, mi madre, al saberse embarazada de nueva cuenta, insistía en su fuero interno, en la llegada a este mundo de una mujercita para recuperar, digámoslo al menos así, los equilibrios en el seno la familia... ¿Qué sucedió? ¿Nació finalmente la niña...? A las siete de la mañana del 4 de abril de 1946, en lugar de que llegara a casa una nenita hermosa y rubicunda, una bebé de un rostro perfectamente acabado, una criatura que despertara ternura y alabanzas con tan sólo verla, vine a nacer yo, Francisco, el autor de estas líneas. El comité de recepción, a cargo de mi hermano Enrique, de un año y tres meses de edad, se ocupó de darme una bofetada desde el primer momento en que me vio. Mi madre se sintió profundamente frustrada, ella deseaba una hembra, ¿no estaba claro?, y la hembra finalmente vio la luz hasta cuatro años más tarde después de dos abortos que llegaron a poner en juego la vida de mi madre. Para la inmensa alegría de toda la familia nació mi hermana Mariluz, un dechado de belleza, el gran premio que esperaba y que sin duda alguna se merecía mi madre. La atención de nuestros progenitores se concentró en el primogénito, en mi hermano Enrique, un príncipe de la sencillez, un niño simpático, muy simpático y ocurrente, inteligente y cálido; en otro nivel, mi hermana María Sol; en tercer lugar Mariluz, la alegría del hogar, la dueña de las miradas y de los afectos de propios y extraños, una niña dulce, traviesa y juguetona, eternamente risueña y graciosa. ¿Y yo...? Yo a la escuela, a repetir año tras año, desde Palitos Uno, Palitos Dos y Palitos Tres, ante mi manifiesta incapacidad de concentrarme, según entendí más tarde, al sentirme invadido de imágenes y fantasías que me distraían sin poder controlarlo, tal y como acontece hasta la fecha en que redacto estas líneas.

Mientras más avanzaba en mi carrera escolar, más fracasos padecía, más enfrentamientos tenía con mi padre, más castigos recibía, más exclusiones y humillaciones familiares lamentaba, más desprecio sufría por ser, según se dirigían a mi pequeña e insignificante persona, como el patito feo o posteriormente, la oveja negra. Mi infancia se había convertido en una espantosa tortura, como algo insoportable que sólo podía concluir con el suicidio. A muy temprana edad empecé a soñar con el eterno silencio, un lugar mágico en el que nunca nadie podría tener acceso para perturbar mi paz. Ahí no habría tenido por qué soportar las constantes y humillantes reprimendas de los maestros del Colegio Alemán, algunos de ellos nazis inconfesos dignos de haber sido juzgados en Núremberg, ni me habría visto obligado a escuchar los sonoros insultos de mi padre llamándome vago, haragán, inútil, para echarme, acto seguido, de la mesa familiar por ser indigno de estar sentado en ella; en tanto él, como siempre, empezaba a crear un patrimonio y se hacía de un nombre al organizar, al final del gobierno de Miguel Alemán, las Carreras Panamericanas que, como él bien decía, pondrían a México en las primeras planas de los periódicos del orbe.

Él no se cansaba, la adversidad no acabaría con él jamás, no había nacido para ser un don nadie. Si los golpes y los fracasos lo derribaban, él se levantaría de nueva cuenta, una y otra vez, y demostraría, como bien decía mi abuela Felisa, la hija pródiga de Castro Urdiales, que los toros bravos se crecen al castigo, en tanto que yo fracasaba a diario, para su enorme frustración y coraje. Mientras su nombre empezaba a sonar intensamente en México, se relacionaba en los altos círculos empresariales y sociales del país y comenzaba a hacerse de muy buenos pesos, las carencias iban quedando atrás, no podía aceptar la idea de tener en casa a un hijo parásito, un incapaz, un inútil, un «flojonazo de siete suelas», según concluía mi madre sus comentarios antes de azotar la puerta de mi recámara y de formar una alianza con su esposo en contra mía. Ninguno de los dos imaginaba en esos difíciles momentos de mi vida que mis tropiezos, mis reveses, mis constantes derrotas escolares y los regaños familiares me estaban convirtiendo en un guerrero. Sí, pero a los ocho años ¿quién puede contemplar los quebrantos, las torturas y los pesares con esa perspectiva que sólo se adquiere con la madurez?

Crecí con el «vete a la mierda» en las orejas; con la puerta que no se abre ni al tratar de derribarla a patadas; con los humillantes oídos sordos que no escuchan las súplicas ni el llanto de un niño; con los giros indiferentes del rostro de los mayores en dirección opuesta al lugar desde el que yo discutía; con el breve levantamiento de hombros, seguido de un movimiento brusco que me mostraba, de golpe, la espalda de mi interlocutor. Padecí las muecas de hastío por mi presencia o por mis planteamientos, seguidos de una señal inconfundible dictada por el dedo índice apuntando en dirección a la salida más próxima. ¡Cobardes! ¿Con un menor...?

Pasé de la niñez a la adolescencia y a la juventud escrutando rostros invariablemente fatigados al exponer mis razones, ojos suplicantes que elevaban la mirada hacia el infinito apelando a la paciencia de un Señor que con el tiempo aprendí a desconocer, luego a ignorar y a despreciar en mi vida adulta. ¿Dónde estaba el Dios piadoso, misericordioso, bondadoso y comprensivo cuando de niño me contestaban con un «no me jodas, ahora» o «eres tontito porque eres chiquito», un simple y breve *verschwinde, du, dummes kind?*[42] ¿Qué estaría haciendo Jesús cuando, en mi remota infancia, mi padre me corría con gritos airados a comer en la cocina al ser yo indigno de compartir su mesa por haber reprobado un año más en la primaria? ¿Por qué no venía en mi rescate el famoso «Salvador» antes de que concluyera mi destrucción moral? Un Dios verdaderamente justo no podía permitir que se mofaran de mí al ponerme las orejas de burro en la escuela... ¿Justicia? ¿Qué era eso...? Lo que yo no hiciera por mí, principio que memoricé cuando todavía era un chiquillo que usaba pantalones cortos y tenía las rodillas eternamente sangrantes, no lo haría nadie, absolutamente nadie. ¿Por qué el supuesto Dios permitió que acabaran con mi precaria estructura espiritual y emocional, en tan tierna edad? ¿Cuál misticismo? Sí, finalmente era cier-

---

[42] Desaparece, niño tonto o, mejor dicho, chamaco pendejo, a la mexicana.

to, lo mejor era que todo se fuera a la mierda, gran recurso mágico, yo, el primero... Yo, tú, él, nosotros, vámonos juntos a la mierda... Tú, sí, tú, el justiciero, el que se siente libre de toda culpa, el superior intocable, tú, sí, tú, también vete a la mierda...

Cualquiera podría pensar que al ser hijo de refugiados de las guerras europeas, víctimas del autoritarismo, en casa se abrirían los espacios suficientes de libertad para no dar cabida a la intolerancia. Grave error: quien se atreviera a refutar o a contradecir a mi padre en la sobremesa familiar sería objeto de una violencia verbal que no sólo le impediría verter sus argumentos, sino que lo precipitaría en una confusión intelectual que le impediría articular cualquier otro razonamiento. Era una gran paradoja de la vida que la revolución española hubiera tenido, entre otros objetivos, que defender el derecho a la libre expresión y que en nuestro hogar quien ostentara un punto de vista opuesto al paternal fuera humillado a gritos. La contradicción era evidente. La confrontación armada entre españoles estalló por diversas razones, entre ellas, la de que cada español se siente poseedor de la verdad y está dispuesto a defenderla con cualquier objeto que tenga a su alcance, menos con palabras.

«¡A callar! ¡He dicho que a callar!» era la respuesta del autor de mis días ante una argumentación bien estructurada y serena que lo ponía contra la pared sin defensa alguna. El «he dicho que a callar» venía, por lo general, acompañado de un tremendo golpe asestado sobre la cubierta de la mesa que hacía temblar a las tazas y derribaba los vasos llenos de agua de jamaica. El autoritarismo no sólo lo padecí en casa, no, qué va, sino en la escuela, en el Franco-Español, de donde fuimos fulminantemente expulsados cuando una maestra abofeteó a mi hermano Enrique, de seis años de edad, por cualquier insignificancia, sin saber la fragilidad nasal que padecía y que al ser golpeado se tradujo en una formidable hemorragia que manchó su camisa blanca almidonada en casa. Al terminar las clases, cuando salimos tomados de la mano y mi madre nos esperaba a bordo de su modesto automóvil, al ver el rostro y la ropa ensangrentada de Puli, así nos referíamos a él de cariño, sólo alcanzó a preguntarnos:

—¿Qué te pasó, por Dios, dime...?

—Me pegó la maestra porque estaba harta de mi mala letra...

—¿Qué maestra? ¡Llévame con ella ahora mismo!

Mi madre descendió del vehículo de un salto y sin estacionarlo ni apagar el motor, abandonándolo en plena calle con las puertas abiertas, a paso de ganso, la encaminamos hacia el salón de profesores en donde encontramos a la interfecta fumando un cigarrillo y tomando café entre sus colegas. Todo pudimos imaginar cuando la señalamos menos que mi madre iba a saltar por encima de un mostrador que impedía el ingreso del público y correr en dirección de la profesora atacándola por la espalda y derribándola hasta que ambas cayeron al suelo, momento en que mi progenitora la sujetó, boca abajo, del cabello, y empezó a golpearle la cabeza contra el piso sin que aquélla pudiera defenderse ni conocer a su agresora ni mucho menos imaginar las razones de la feroz embestida.

—¡Ten miserable, ten, ten, ten, maldita cobarde! —gritaba fuera de sí mi madre como si se vengara de las vejaciones sufridas a lo largo de su vida, como si se desquitara de la exclusión de los judíos de la vida civil, de la expropiación de sus bienes, de las persecuciones, de su reclusión en campos de concentración y su ejecución en campos de exterminio. ¿Ahora en México, después de huir un par de veces de Alemania, tenía que soportar que una maestra o quien fuera, golpeara a uno de sus hijos por mala letra o por racismo? ¿Qué? ¿Todo se repetía...?—. ¿Cómo te atreviste a tocar siquiera a mi Puli, grandísima cabrona?

Los colegas de la víctima lograron separarlas cuando la profesora ya sangraba profusamente de la nariz y de un par de heridas en la frente. El grupo de supuestos educadores se escandalizó y no dejó de insultarnos ni de sacarnos a empujones del área reservada para ellos, en tanto auxiliaban a la «forjadora» de niños de cara al futuro...

Mamá siempre dijo ignorar lo que había acontecido a partir del momento en que le señalamos a la autora del atentado. Simplemente perdió el juicio, su universo se volvió color rojo y dejó de escuchar, de medir las consecuencias, de pensar en el ejemplo que nos daba para dirimir diferencias. De pronto se le olvidó su imagen materna, el lugar en donde se encontraba, así como los pasos sensatos a dar para lograr las explicaciones y solicitar las sanciones respectivas de acuerdo a los protocolos escolares. ¿Resultado? Al día siguiente, sin mediar igualmente razones, se nos impidió el paso a las instalaciones. ¡Fuera!

La siguiente decisión consistió en ingresarnos en el Colegio Alemán, en donde, como lo descubrí más tarde, impartían clases, entre grandes maestros, algunos nazis fugados del Tercer Reich a través de la llamada Ruta de las Ratas. Los odié por intolerantes, por extremistas, por déspotas si no pertenecíamos al grupo estrictamente alemán. Tuve que echar mano de mis recursos para sobrevivir en un ambiente hostil diseñado para acomplejarme y acabar conmigo al no ser una academia orientada a las humanidades, sino a las ciencias. Conocimos el dolor del escarnio y la burla, las humillaciones más degradantes quienes carecíamos de facilidad para las matemáticas, la química, la física y el dibujo constructivo; un daño que bien podía llegar a ser irreversible en la personalidad.

¿Cómo imaginar que a un chamaco se le pudieran poner unas orejas de burro y colocarlo en una esquina del salón de espaldas a los pupitres, por no entender los quebrados o recibir terribles jalones de las patillas o del pelo, entre las carcajadas de los compañeros de clase, al no poder hacer un cálculo de la superficie del círculo dibujado en el pizarrón, razón por la cual el maestro me hundía en el estómago una regla de madera de un metro de longitud o bien la punta de un compás con el que se dibujaba en el tablero? Las ofensas y las deshonras fueron interminables y dolorosas y no sólo en casa, sino, como se ve, también en la escuela, la pinza perfecta para abatir y destruir a un menor. Claro que los vejámenes los padecíamos antes que nadie los mexicanos y si acaso algunos alemanes dotados de talentos diferentes. Sobraban, justo es reconocerlo, alumnos agraciados con grandes capacidades por las ciencias exactas que disfrutaron la instrucción teutona, pero se mostraban incapaces, en la mayoría, de estremecerse de emoción al leer un poema de Quevedo, entre otros tantos más. El sol sale para todos...

Sólo que, con el paso del tiempo, lejos de intimidarme y acobardarme ante el peso aplastante de la autoridad, decidí empezar a trazar planes «clandestinos», los de la resistencia bélica de extracción civil para salirme siempre con la mía. No me dejaría vencer ni acataría las órdenes de los mayores, los burlaría con imaginación, mi mejor aliada, mi herramienta más eficaz. Yo sabría qué estrategia seguir para aprovechar la fuerza ajena en mi propio beneficio, según me enseñaron en mis clases de judo. Como me dijera años más tarde una gringa cuando ya estudiaba en la facultad de derecho en contra de mi voluntad:

—*Your tongue is like a letal weapon*...

Descubrí que mi lengua era un arma mortal, aprendí a lanzar palabras a la diana para convencer a terceros de mis intenciones. ¿No entendía las matemáticas aunque me las explicaran una y mil veces? ¿No? Pues logré que dos de mis maestros alemanes se condolieran de mí y me facilitaran las pruebas a las que nos someterían en los próximos exámenes en mis años de estudiante de secundaria. Me apenaba sobremanera ser el mayor de mi generación después de haber reprobado tres años de primaria al no poder concentrarme en clase, defecto que me acompaña hasta el día en que redacto estas líneas. ¿El nombre del catedrático que me ayudó y todos temían? Me lo llevaré a la tumba. Fue un pacto de honor que jamás violaré. Fui aprobado, además, con la ayuda de mis compañeros que me permitían copiar las respuestas relativas a temas que nunca entendí. Si los problemas se hicieron para resolverlos, pues había que buscar soluciones y mostrar después buena cara al mal viento. Tal y como me confesó un amigo judío, por cierto, todo un personaje, cuando trabajaba en la Secretaría de Hacienda y crecía profesionalmente proponiendo reformas tributarias, en un entorno distinto al espectacular mundo de los negocios en que se desarrollaba mi padre:

—Tú inventas el normas y yo invento el trampas...

Contra cualquier pronóstico salí adelante con una ventaja adicional: me enamoré de los retos, me aficioné a enfrentar a la adversidad; me encantaban (y me encantan) los desafíos para medirme y para evolucionar.

No fue el caso que yo me volviera proclive a las trampas, las desprecio, sino que la fórmula de darle la vuelta a los asuntos complejos, siempre dentro de la ley o la costumbre, fue una alternativa que me fascinó. Darle la vuelta a la ley dentro de la ley me pareció una aventura fascinante. ¡Cartas! Juguemos...

Nunca entendí ni durante mi infancia ni durante mi juventud, cómo los obstáculos mientras más altos y más complejos se presentaban, más me atraían y me ayudaban a formar un músculo poderoso que me serviría a lo largo de mi existencia. ¿Mañoso? Tal vez, pero al igual que las grandes enseñanzas de mi tío Luis, se trataba de sobrevivir en unas atmósferas hostiles y yo logré sobrevivir y hacer de mi vida lo que se me diera la gana, sin acatar consejos de nadie opuestos a mis planes y saliéndome invariablemente con la mía, como bien lo dijera Konrad Lorenz: «La vida de un autor debe ser, en sí misma, una obra de arte».

Ya podía gritar mi padre, elevar la voz para intimidarme, golpear la mesa y castigarme, al igual que mis maestros me humillaban frente al pizarrón tirándome desesperados de los cabellos, que yo a la larga, haría de mi capa un sayo, como dicen los madrileños. O bien sea dicho, lo que me saliera de *lo cojone*, al más puro estilo andaluz y gracias a ello hoy puedo recordar y parafrasear al enorme poeta Amado Nervo: «¡Vida nada me debes! ¡Vida, estamos en paz...!».

Desde muy joven aprendí a valerme por mí mismo, a no depender de nada ni de nadie y por ello, en mi clausura laberíntica, dejé de amar a quien me rodeara, a todos por igual, porque el amor significaba dependencia, vinculación y sometimiento, nada que ver con la libertad absoluta y anárquica que yo pretendía. Decidí ser autosuficiente escondido invariablemente debajo de la cama, el único refugio, perdido en la penumbra, en el que sentía estar a salvo de las agresiones y desprecio de los mayores y de la adversidad que enfrentaba en mi vida cotidiana. ¿A quién querían engañar con aquello de «Ayúdate que Dios te ayudará...»? ¿Qué...? ¿Quién...? ¿Dónde...? Nunca, hasta el mismo día de hoy, supe de alguien que fuera asistido con el auxilio divino, una mínima prueba de la existencia del tal Señor, en cambio pude comprobar las espantosas depresiones de los auténticos creyentes, quienes a pesar de observar escrupulosamente todas las reglas y cumplir con la liturgia, el milagro esperado nunca llegó a producirse. Pobres de quienes lo esperan, pobres... De nada sirvieron las plegarias de mi querida tía Gloria, la esposa de mi tío César, para lograr mi iluminación en la escuela, nunca «nadie» la escuchó por más que rezara con las manos atadas con un sinnúmero de rosarios y las colocara extendidas en forma suplicante, bajo la barbilla, en dirección al cielo, ni mucho menos tuvo mejores resultados el hecho de que me llevara aterrorizada a la iglesia, a escondidas, para confesarle al sacerdote mis pecados escolares en busca de una solución superior: ni así, prosternado ante un supuesto representante de Dios en la Tierra, aprendí ni entendí jamás las reglas más elementales de la aritmética. Si ni con la ayuda de Dios podía comprender los quebrados, ¿qué podía esperar de él, así, con minúsculas, cuando fuera mayor? La confusión era total.

Pasaron muchos años, tantos como treinta y tres, antes de que yo me decidiera a escribir, dedicarme a narrar, a contar, a soñar, a fantasear con la pluma, tal y como me lo decían, a diario, mis voces internas, mismas que me ocupé de ignorar con gran eficiencia. ¿Por qué mi vida escolar se tradujo en un escandaloso fracaso? ¿Por indolente o apático o flojo? ¡Qué va! Recuerdo cuando un maestro de física y matemáticas del Colegio Alemán, sin duda un antiguo nazi frustrado, estaba desarrollando con la mano derecha una complicada ecuación en el pizarrón, en tanto que la izquierda la tenía doblada sobre la espalda, de modo que exhibía ante nosotros la palma extendida. Era en esos momentos cuando me asaltaban fantasías como la de convertirme en el famoso Capitán Tormenta, pirata de los siete mares, quien con toda la dentadura de oro, perico en el hombro, pata de palo, sudado y sucio de siete siglos, desafiaba en plena clase a mis compañeros, unos corsarios, con las siguientes palabras: «Vengan aquí, cobardes, prueben el filo de mi espada que he probado mil veces como soberano de la Mar Océana...».

En estas felices y apasionantes aventuras me encontraba cuando era brutalmente arrancado de mi sueño por una aterradora voz extraída de la ultratumba:

—Martín Moreno, acércate al pizarrón y acaba la ecuación.

¿Cuál pizarrón? ¿Cuál ecuación? ¿Cuál salón de clases? Yo estaba navegando en mi velero bergantín, a mitad del mar Caribe, con mi ojo izquierdo cubierto por un parche, a punto de abordar un barco, tal vez el del Corsario Negro, lleno de tesoros robados de las colonias españolas...

Por supuesto que al vivir en otro mundo o mundos, me doctoré en cada uno de los años de primaria, los repetí una y otra vez, sin que mi padre aceptara las recomendaciones de mi querido tío Luis, quien insistía en que yo no debería estudiar en una escuela de corte científico, sino en una de humanidades, en donde pudiera desarrollar mi capacidad artística:

—Tienes un hijo poeta en casa, Quiquiriqui, date cuenta, por favor...

—Tengo en casa un hijo zángano y tú lo confundes al perdonarlo, haciéndolo sentir lo que no es. Si sus hermanos pueden, él también debe poder. No es excusa su supuesta sensibilidad poética con la que se morirá de hambre —alegaba un hombre fraguado en el combate y que pensaba que los pretextos y los fracasos eran propios de la gente débil.

La incomprensión se dio desde un principio, sólo que la adversidad permanente, tal vez sin percatarme de ello, fue haciendo de mí un guerrero. Los obstáculos me hacían crecer y empezaba a adquirir una especial habilidad para salvar o saltar encima de las piedras que a diario me encontraba en el camino. Empezaban a fascinarme los escollos, las contrariedades y las penurias. Si los problemas cotidianos existían, había que resolverlos con imaginación y gozo, el resto del tiempo navegaría por el mar sin límites de mis fantasías, herméticamente encerrado en mí mismo, en el mundo mágico que había creado en mi mente. Ningún lugar mejor para vivir, ningún espacio más cómodo para estar a mis anchas.

Me las arreglé de mil maneras para concluir mis estudios en el Colegio Alemán, echando mano de recursos inimaginables para sortear las crisis de horror que padecí durante toda mi instrucción a fin de aprobar los exámenes. Me hice de una herramienta maravillosa para resolver los entuertos: mi creatividad. No tenía mentalidad científica, no, no la tuve ni la tendré, pero aprendí algo mejor que los números y las fórmulas inentendibles: la manera ingeniosa de resolver los problemas o evitarlos. Toda una escuela que me serviría para siempre. ¿No asistían las personas a los colegios para aprender? Bueno, pues yo había aprendido de mí el diseño de estrategias para enfrentar y resolver las dificultades y desatar los nudos gordianos. Me encantaba saber de frases célebres de personajes de toda naturaleza que resumían su concepción de la existencia. Cuando el Cordobés, un torero, decidió lanzarse a los ruedos a los dieciséis años de edad, le dijo a su madre al despedirse: «O te compro una casa o te visto de luto...». Esas eran las definiciones que me deslumbraban y me animaban a continuar con determinación y coraje.

«Todo aquello que tú desees conquistar en la vida podrás tenerlo, siempre que imprimas tu máximo esfuerzo y empeñes cuanto tú eres para conquistar el éxito», me repitió mi padre muchas veces mientras caminábamos alrededor de la manzana en donde vivíamos en la Ciudad de México.

En una ocasión, durante esos paseos, cuando yo escasamente tenía doce años de edad, empecé a descubrir una parte muy importante de la naturaleza humana. Una tarde de domingo asistimos a un accidente vial entre un taxi y un ciclista, quien vendía, de puerta en puerta, botellas de vidrio llenas de leche. No pudo cruzar a tiempo la calle y un automóvil alcanzó a rozarlo en la rueda trasera de su bicicleta, con lo cual se estrelló contra el piso, destruyéndose su preciada carga. Al instante la calle se tiñó de blanco en tanto el atribulado vendedor estallaba en llanto no tanto por el golpe, sino por el daño económico que implicaba el percance para su familia.

—Mis hijos —repetía entre sollozos—, ¿qué comerán, Dios mío, qué comerán...? —insistía desconsolado sentado en el suelo, empapado, rodeado de astillas, con las manos llenas de sangre y leche.

Mi padre se apiadó de él. Nos acercamos para ayudarlo a ponerse de pie y retirarlo de la vía pública para que no fuera arrollado por otro vehículo. Al llegar a la acera y proporcionarle un pañuelo para limpiarse la cara y sacudirse de los pantalones los pedazos de vidrio, le preguntó el autor de mis días:

—¿Cuántas botellas se te rompieron?

—Todas, señor, todas. Usted lo vio...

—¿Cuántas eran...?

—Catorce contaditas, *verdá* de Dios...

—¿Y a cuánto las vendes con envase?

—A tres pesos, señor...

Mi padre sacó un billete de cincuenta pesos y se lo puso en las manos. El vendedor no podía creerlo. Más lágrimas agradecidas rodaron sobre su rostro para mojarle un bigote escasamente poblado.

—Gracias, señor, muchas gracias —adujo maravillado el humilde lechero a punto de besarle los pies a mi padre.

—Hoy fue tu día de mala y de buena suerte, amigo: ve a casa y olvida lo sucedido.

—Gracias, otra vez gracias, señor. Dios nuestro Señor se lo pague...

Dicho lo anterior emprendimos la marcha para continuar nuestra conversación.

Mi padre me estaba aleccionando con aquello de «haz el bien y no veas a quien», lo mejor de la vida es contar con la posibilidad de ayudar, cuando nos alcanzó por la espalda el ahora siniestro lechero armado con dos pedazos de botella sujetas por el cuello, con las cuales nos amenazaba blandiéndolas como espadas asesinas:

—No eran catorce botellas, carajo, o me pagan las veintitrés que se rompieron o les encajo en la cara estos vidrios, *verdá* de Dios...

—¿Qué...? —preguntó mi padre sin dudar que la advertencia iba en serio a juzgar por el rostro del vendedor antes muy agradecido que nos deseaba buena suerte.

—Órale, chingao, cáigase con la lana o ahorita mismo me chingo al niño...

Mi padre no tenía cambio, por lo que le dio otro billete de cincuenta pesos que el malvado hijo de Tezcatlipoca le arrebató echándose a correr de inmediato. Todavía recuerdo a tantos años de distancia, los saltos de placer que daba el vendedor en tanto se alejaba de la «escena del crimen...».

—A partir de hoy no vuelvas a confiar ni en tu padre —adujo mi progenitor con el rostro impertérrito, olvidándose de su letanía en torno al ejercicio del bien.

Estudié para obsequiar a los demás y adquirir aceptación familiar al menos una vez en mi vida. Cuando le expuse a mi padre mi deseo de estudiar filosofía y letras me contestó con brutal claridad:

—Ahora resulta que te dejarás crecer la barba y el pelo, usarás huaraches, aretes y espejuelos oscuros como los de los cantantes degenerados que escuchas a diario; te perforarás la nariz, no te bañarás, vestirás camisetas de *Peace and Love* y te veré con un morral colgado del hombro viviendo en una comuna de *hippies* fumando marihuana. Bueno, ¿qué nunca madurarás...?

—Ésa no es la carrera de las letras ni de la filosofía, papá, yo quiero saber lo que otros hombres y mujeres hicieron en su momento para resolver los problemas que ahora yo enfrento. Quiero saber qué pensaban Nietzsche o Sócrates o Kant o los grandes pensadores en la historia de la humanidad y leer a los grandes novelistas y poetas.

—Eso hazlo en tus ratos libres, salvo que estés dispuesto a morir de hambre y fumando yerbas raras. ¿Cómo te vas a ganar la vida, a ver, dime?

¿Cuál era la única persona en la Tierra que podía venir en mi rescate? Un hombre especializado en aliviar el dolor ajeno que había sufrido todas y cada una de las penalidades, las suficientes para doblarle el lomo a cualquiera y sin embargo, había salido airoso y ahora, hasta sonriente de una espantosa cadena de tragedias...

Sólo a mi tío Luis le contaba mis descalabros escolares; sólo él conocía mis frustraciones emocionales; sólo él me contestaba el teléfono cuando yo lo buscaba, estuviera con quien estuviera, y fuera a la hora que fuera; sólo él siempre estaba para mí invariable e incondicionalmente; sólo él me entendía; sólo él me comprendía y se entusiasmaba con mis fantasías y reía a carcajadas cuando se las contaba; sólo él se fascinaba con mi imaginación y se sorprendía por las diferentes imágenes que me asaltaban de día y de noche; sólo él veía en mí al escritor en ciernes y me invitaba a no preocuparme por mi mente inquieta y difusa que el día de mañana me ayudaría a abrazar una carrera como narrador que ni yo me imaginaba; sólo él me pedía que anotara mis pensamientos por más extraños que me parecieran para que se los leyera a la primera oportunidad; sólo él me obsequió una libreta forrada con cuero rojo para vaciar ahí mis ideas, «tu tesoro más preciado, algo que nadie compra con dinero»; sólo a él me atrevía a leerle mis apuntes; sólo él no me llamaba holgazán, sino que se dirigía a mí como «mi pequeño poeta»; sólo con él yo me convertía en un auténtico libro abierto; sólo él sabía quién era yo en el fondo; sólo él me descubrió y entendió el destino que me esperaba; sólo él me tomaba firmemente del brazo y me decía y me repetía y me insistía:

—Escribe, sobrino, escribe, escribe, escribe, y cuando te etiqueten de patán, de flojo, de ignorante o de inútil, tú siempre debes saber que no lo eres, que eres un artista, un pintor de imágenes y de sensaciones, un extraordinario retratista del ser humano.

Cuando él ya no estuviera para repetírmelo, yo me lo debería repetir, yo me lo debería decir frente al espejo, yo me lo debía gritar cuando saliera a la calle, yo me lo tenía que decir cuando me reprobaran en la escuela, yo me lo tenía que memorizar cuando paseara por un parque, en la cama antes de dormir, en el pupitre, en mi mesa de trabajo, al hacer la tarea, en el cine o donde me encontrara y con quien me encontrara.

Dejo a continuación una nota que me mandó la última vez que lo vi. Si un día me volviera a encontrar con él, situación que jamás se dará, sólo podría decirle, muy a su estilo: «Misión cumplida», tiazo de mi vidaza:

Cuéntale al mundo lo que ves y lo que sientes y serás inmensamente feliz. Nunca escribas nada para satisfacer a terceros porque en ese momento te estarás traicionando. Lucha toda tu vida por parecerte cada día más a ti mismo. Húrgate, nunca seas el changuito del organillero que pasa a recoger monedas después de que el músico interpretó las piezas musicales que le gustan al público. Toca siempre las melodías que te salgan del alma, no complazcas a nadie con tu arte, sé egoísta a la hora de redactar, piensa solamente en satisfacer tu necesidad de decir y encontrarás la plenitud... Júramelo, sobrino de mi alma, júrame que nunca te traicionarás... Júrame que ignorarás a quienes te critiquen y traten de detener tu impulso como escritor; empuja a un lado a quien se interponga en tu camino, aun cuando sea tu propio padre; si ya logras contenerlo a él, si ya logras que sus críticas no te duelan, habrás madurado y entonces y sólo entonces, podrás con los demás.

¿El camino a seguir, con independencia de la complacencia? ¡El derecho, las leyes! Concluí la carrera y me recibí como abogado. La vida me premió al conocer a Ulises Schmill, un filósofo genial, melómano incomparable, lector voraz y amigo insuperable, magistrado en el Tribunal Fiscal, institución en la que ingresé como proyectista de sentencias. Ulises me entendió y lo seguí a la Secretaría de Hacienda desde la que se lanzó, poco tiempo después, al mundo diplomático, carrera efímera que canceló para ingresar al Poder Judicial, institución que llegó a presidir como presidente de la Suprema Corte de Justicia. Ulises fue el gran maestro, mi primer maestro y el último. Jamás se burló de mis inquietudes, sino que las estimuló hasta más no poder. Me llenó de confianza en mí mismo. Sí, sí se podía. Yo no estaba equivocado. Un hombre con una cultura impresionante y un sentido del humor contagioso me animaba y me llenaba de energía creativa cuando nos encerrábamos en su biblioteca a escuchar música de Sibeliuis, Shostakóvich, Rostropóvich, Ashkenazi, Richter, Rubinstein o de Menuhin, Perlman, Gidon Kremer, los grandes, mientras bebíamos vasitos, dedales, decía Ulises, de *whisky* de malta.

Transcurridos nueve años en la Secretaría de Hacienda, percatándome de haber cometido la peor de las traiciones al haber ignorado durante tanto tiempo los ahora gritos desesperados lanzados por mis voces internas, convencido de que la sangre se me estaba convirtiendo en veneno al intoxicarme con todas las fantasías y reflexiones que pasaban por mi mente sin poderlas ventilar transformándolas en letra escrita, odiando mi entorno profesional, social y hasta familiar, decidí saltar al vacío, abandonar mi carrera como funcionario público, muy a pesar de haber conquistado una posición jerárquica muy significativa en la institución, para dedicarme a la narrativa. Henry Miller me dio un gran empujón cuando cayó en mis manos su biografía:

—¿Qué consejo le daría usted a la juventud? —le preguntaron a los ochenta años de edad al connotado autor.

—Escucha tus voces internas y respétalas antes de convertirte en un «don nadie» con éxito...

¡Ah!, ¿entonces, dicho sea con toda pedantería y vanidad, si yo llegaba a ser secretario de Hacienda, sería un «don nadie con éxito»? ¡Horror!

El golpe final me lo dio Eduardo de Guzmán, un republicano de la más pura cepa, extraordinario periodista y escritor español, gran amigo de mi padre, con quien me abrí de capa en Madrid, cuando salíamos del Museo del Prado y le externé mi deseo de dedicarme a escribir hasta el último de mis días.

—¿Y por qué no escribes si es lo que más quieres en tu existencia? ¿Crees que puedes desaprovechar esta oportunidad como si fueras a vivir siete vidas como los gatos?

Pude mentirle, engañarle, darle un mar de disculpas ingrávidas, una tras otra, sólo que me enfrentó de golpe con mi realidad. ¿Por qué no me convertía en escritor y materializaba el gran sueño de mi vida? Me quedé mudo sin que Eduardo me soltara del brazo mientras subíamos por la calle de Atocha para beber un amontillado en su bar favorito. Al sentirme indefenso, disparó el tiro de gracia en el centro de la frente:

—¿O sea que no sabes por qué razón no materializas el más caro de tus deseos, el que le dará sentido a tus días? ¿Eso es...? A tus treinta y tres años de edad no sabes qué hacer contigo, ¿verdad? Seamos claros...

—Sí sé —repuse airado, pensando en Henry Miller.

—¿Y entonces, qué esperas...?

—No sé...

—Pues da un golpe sobre la mesa, rompe con todo, arroja el lastre por la borda, da un grito como los karatecas para armarte de valor y arrójate para que no vivas divorciado de ti mismo como dos personas, una que recibe los aplausos y otra que lamenta su suerte y quiere escupir a la cara a quienes te lisonjean. Es ahora o nunca, te lo dice alguien que ha muerto muchas veces y que ahora disfruta de la vida como nadie haciendo lo que me da la gana desde que me levanto hasta que me acuesto, a mis ochenta y un años de edad.

Eduardo me había contado cómo las tropas fascistas lo habían arrestado en Alicante al término de la Guerra Civil española, que como él decía, de civil nada, chico, nada, y Francisco Franco, el tirano, lo había encerrado en la cárcel de Yeserías en el pabellón de los condenados a muerte, junto con el poeta Miguel Hernández, durante más de dos años sólo por la publicación de sus escritos consignados en el periódico *Castilla Libre* y en *La Tierra*. Ahí, en prisión, había muerto a diario cuando los pelotones de fusilamiento marchaban a paso marcial a lo largo de las celdas invariablemente a las siete de la mañana, deteniéndose con la temible sonoridad de las botas, frente a la puerta de cualquiera de los innumerables calabozos para llamar a uno de los reclusos que de sobra conocía su suerte con tan sólo oír su nombre pronunciado por el sargento, quien con una sonrisa sardónica requería su presencia para ser escoltado por un grupo integrado por una docena de militares. Los abrazos y los besos, los juramentos externados en voz baja, las lágrimas y las maldiciones no se hacían esperar.

—Llevadme a mí, quiero morir —gritaban y suplicaban los prisioneros incapaces de soportar una tortura similar todos los días—. Hijos de la gran puta, asesinos, sois unos asesinos, matadme a mí que yo no quiero vivir ni soporto esta tortura. Habéis matado a España, cabrones...

Las súplicas se acallaban cuando, exactamente media hora después de la extracción del calabozo, se escuchaba la descarga del pelotón y a continuación dos tiros de gracia disparados en la sien del caído. Por ello, además de la tragedia vivida por mis ancestros alemanes, intitulé mi narración *En media hora... la muerte*. ¿Cómo agradecer, a quienes ya no están con nosotros, sus esfuerzos para que fuéramos, existiéramos y continuáramos la lucha en busca de la libertad? ¡Escribiendo!, al menos ésa sería mi propia responsabilidad.

El suplicio al que era sometido Eduardo no concluía ahí, durante esas espantosas e interminables madrugadas, sino que todavía golpeaban en las noches a los convictos, al menos un par de veces a la semana, en espacios apartados de los pabellones, por no haber estado al lado de Francisco Franco, el asesino de la República, el padre del atraso español, el criminal que privó de la vida o de la patria a un millón de sus compatriotas amantes de la libertad y que todavía tuvo la osadía de hacerse llamar «Caudillo de España por la gracia de Dios». Los dientes de Eduardo eran postizos, sus pómulos y orejas habían sido reconstruidos, si bien ni su rostro ni su mirada reflejaban el horror de los trancazos recibidos durante los años de retención en Yeserías. ¿Cómo olvidar cuando, una vez liberado, transcurridos diez años, fue a comprar unas alpargatas y de pronto se dio cuenta de que quien le probaba el calzado en la zapatería era el mismísimo verdugo que lo golpeaba semanalmente en Yeserías, hasta deshacerse los nudillos que se estrellaban una y otra vez contra su rostro ensangrentado?

—¿Y qué hiciste, Eduardo? ¿Saltaste sobre ese miserable para sacarle los ojos con los pulgares en plena zapatería?

—¡Qué va! Ya no tienes fuerza ni para vengarte, envidias a los que ya están muertos... No tienes energía ni para llorar... La sensación de la impotencia sufrida durante tantos años equivale a una castración que a veces te hace perder la fe en la humanidad; sin embargo, jamás debes rendirte, por más que ya no tengas ni pómulos ni dientes y tus quijadas se muevan de un lado al otro como consecuencia de los golpes...

—Pero, ¿y qué hacer, Eduardo?

—Lo más fácil hubiera sido dejarme vencer por la ira, la poca que me quedaba y estrangularlo, por más que yo soy un individuo escuálido, como ves, pero sólo hubiera logrado que me arrestaran y que me fusilaran tan pronto conocieran mis antecedentes políticos y penales, con lo cual ya no habría escrito nada ni heredado nada a la posteridad... Evita la violencia, de ahí nunca sacarás nada que valga la pena.

¡Claro que hombres como Eduardo crearon en mí la conciencia de la urgencia! No había tiempo que perder. De regreso a México presenté mi renuncia a mi cargo público, me despedí de mis amigos, mis hermanos hasta el día de hoy, di el sonoro golpe sobre la mesa, rompí con todo, arrojé el lastre por la borda, grité como los karatecas, me armé de valor y me arrojé sin más al vacío sin saber a dónde iría a dar en mi caída libre ni con qué golpearía antes de dar violentamente contra el suelo, salvo que cayera en un tapete mágico que me transportara a lo largo de la historia para ver lo que nadie había visto. Ese fue el caso, para mi buena fortuna.

Cuando le anuncié a mi padre mi decisión irrevocable de renunciar para dedicarme a la novela histórica, marcó su posición con las siguientes palabras:

—A la suerte no se le golpea y tú la estás pateando en el hocico: la vida te la va a cobrar en efectivo, sin descuentos y al riguroso contado.

Por si fuera poco, en esa terrible coyuntura de fracturas familiares, mi entonces esposa, Jessie, hoy gran amiga, además de talentosa y generosa persona, se sintió confundida con mi decisión de lanzarme al vacío sobre la base de contar con tres hijas maravillosas en nuestro matrimonio, mismo que quedó tocado de muerte cuando uno de esos días, a las doce de la mañana, cuando garrapateaba párrafos y más párrafos en busca de explicaciones y conclusiones para redondear mis investigaciones históricas, de golpe se presentó en mi estudio para recetarme estas palabras que le imprimieron un severo vuelco a mi vida:

—Los maridos y la basura deben de salir de casa antes de las once de la mañana, porque si lo hacen más tarde, la casa apesta.

Por supuesto que abandoné el hogar, mas nunca mis responsabilidades. Hoy entiendo, visto a la distancia, que había sometido a Jessie a una prueba de fuego muy severa y que su apuesta consistía en hacerme reaccionar y recuperar la lucidez llevando la situación a un extremo. Lamentablemente la estrategia fracasó, porque tiempo después nos divorciamos.

Por supuesto que no permitiría que nada ni nadie se interpusiera en mi camino. ¡Claro que sólo iba a vivir una vez! Renuncié y me retiré a escribir a pesar de todas las amenazas y advertencias siniestras con las que intentaron impedir mi «suicidio». Muchos de los que trataban de detener mi marcha insistían en hacerme desistir porque, según lo entendí a tiempo, los colocaba yo, sin habérmelo propuesto, frente a un espejo en el que no deseaban verse reflejados. Era el caso de un grupo cerrado de borrachos que se reunían a beber varias veces a la semana hasta que uno anunciaba su decisión de retirarse para reconstruir su vida poniéndose en manos de un experto en adicciones. La protesta de los dipsómanos sería intensa y feroz ante la impotencia de seguir el ejemplo de quien se apartaba del alcoholismo con valentía y coraje. Conocí de cerca el rostro de la envidia. ¡Cuántas personas ignoran lo que les ordenan sus voces internas y se traicionan a cambio de reconocimiento público, aceptación social y familiar, aplausos y la comodidad de hallarse en una zona de exquisito confort! Tarde o temprano pagarían un precio muy elevado...

Al haber aprendido a financiar el Presupuesto Federal de Egresos, me pregunté cómo se habría financiado la Revolución mexicana. ¿Quién habría armado al brazo asesino para que nos matáramos entre todos nosotros, si México no contaba con una industria militar en los años del movimiento armado de 1913, ni podíamos echar mano de dólares, libras esterlinas o marcos alemanes, ni disponíamos de oro o plata en las cantidades necesarias y, sin embargo, teníamos carabinas, cañones y municiones para matarnos a balazos? Así se publicó en 1986, mi *México negro*, el origen del financiamiento de la Revolución mexicana, cuya aparición afortunada acaparó hasta nuestros días la atención de cientos de miles de lectores. La nobleza de mi padre se hizo presente en una comida a la que me invitó con toda solemnidad después de cinco años de investigaciones en archivos, hemerotecas y bibliotecas mexicanas y extranjeras:

—Te invité a comer para ofrecerte una disculpa. Nunca imaginé que pudieras escribir un libro como *México negro*. A partir de hoy seré tu seguidor más fanático.

No quise dejarlo continuar por un prurito inentendible, pero no me dejó interrumpirlo hasta que no concluyó con su discurso largamente meditado, necesario y honesto para recuperar su paz y escapar del atropello que había cometido.

—Debes escribir tu vida desde la Guerra Civil hasta el día de hoy —repuse para devolver la cortesía y el estremecedor gesto de nobleza—. Es una narración maravillosa en la que puedes y debes involucrar a mamá, otra refugiada de la Guerra Mundial. Tienes una pluma ágil, es como un estilete florentino, agudo, cortante, penetrante. Escribe, te sobra el talento, lo has demostrado en innumerables ocasiones. Tienen razón, toda la razón, Eduardo y el tío Luis: debes a la posteridad y a tu propia generación un relato de lo vivido y sufrido en España y en el resto de Europa, además de tu experiencia en Marruecos. Estás endeudado con los tuyos —insistí infructuosamente, como siempre, en un objetivo que de antemano consideré fallido. No, mi padre jamás escribiría lo ocurrido, a saber por qué... Es más, de la misma manera en que mi madre no me contó nada de sus orígenes judíos ni de sus abuelos ni de su vida en Berlín, él nunca se refirió a su estancia en los campos de concentración en Argelia y en Marruecos, ni mucho menos habló de haber sido un honorable espía en el Marruecos francés al servicio de las corrientes políticas opuestas al fascismo franquista y alemán. Se llevó las razones a la tumba, razones que nos hubieran llenado de más orgullo a quienes lo rodeábamos.

—En esta familia no hay más escritor que tú. Cuenta la historia de la familia, a ti y a nadie más le corresponde dicha tarea —me repitió una y otra vez, mientras aparecían en las librerías más títulos con mi nombre, ediciones que lo llenaban de placer, sólo comparable con el mío. Después de *México negro*, aparecieron *Las cicatrices del viento, México sediento, México secreto, México mutilado, México ante Dios, México acribillado*, entre otra docena de publicaciones adicionales. Mis padres jamás quisieron que yo fuera alemán ni español, sino que amara a México, mi verdadera y única patria, sin confusión alguna.

—No eres alemán ni español, no tengas confusiones. Tu madre y yo queremos que seas el mejor de los mexicanos y ames y respetes a este país que recibió a tus padres con los brazos abiertos... Quiérelo con toda la fuerza de que seas capaz y defiéndelo con las armas que tengas a tu alcance —me repitió mi padre una y otra vez hasta el cansancio—. No hablarás con la «zeta» ni tendrás acento alemán, no: eres mexicano...

Era evidente el dolor y el pesar de cada refugiado. Pasaron muchos años antes de que me decidiera escribir *En media hora... la muerte*, objetivo que, tal vez, tampoco hubiera abrazado de no haber sido por las confesiones de mis tíos Luis y Claus que fueron definitivos para iniciar y terminar la investigación de la vida de mis ancestros en Israel, Alemania, España y Marruecos. ¡Qué alegría viví cuando visité enlatadoras de sardinas en Safí y todavía se podía leer en una de las paredes, a un lado de la entrada el siguiente texto: «Établissement Martín Moreno»! ¡Qué hazaña la de mi padre a tan corta edad! Nunca olvidaré cuando pude comprobar en Yad Vashem, el museo del Holocausto en Jerusalén, que una buena parte de mi familia alemana había sido asesinada en Auschwitz. A un lado de sus nombres en los registros, a renglón seguido, aparecía: *Executed in Auschwitz...! Executed in Auschwitz...! Executed in Auschwitz...! Executed in Auschwitz...! Executed in Auschwitz...!*

Claus, un hombre exquisito y sensible murió sin acabar de digerir las dimensiones de la verdad que él conocía parcialmente tanto por la vertiente española, como por la alemana. Luis y él llegaron a ser grandes amigos.

El tiempo transcurrió. Mi mente alucinada jamás me dejó en paz y me condujo de la mano por los siete círculos del infierno sin poder remediarlo. En una ocasión, en 1960, a cuatro años del despegue económico de mi padre al convertirse en el importador exclusivo de la marca Renault y Citröen en México, esto pudo acontecer cualquier día del mes de diciembre, cuando ya era accionista de dos compañías de seguros y consejero de un banco, constructor de inmuebles y filántropo donador a escuelas, una vez que contó con los recursos para invitar a los hijos de Rafael Vivas, los hombres buenos y generosos de Marruecos como su padre, a vivir en México, mi tío Luis se presentó en casa acompañado por Adèle para hacer un balance de su vida y trazar los planes de su futuro en el íntimo círculo de la familia, la única que tenía. Mientras los mayores tomaban un vino español y comíamos unos embutidos que él mismo había traído, exigió que los hermanos estuviéramos reunidos, Pedro incluido, de apenas seis años de edad. Alejandro, un hombre químicamente puro, empresario y hermano virtuoso, nacería hasta 1964. Nos hizo saber lo satisfecho que se encontraba no sólo por su trabajo filantrópico, sino por la inmensa cantidad de personas que había ayudado a no sufrir, tratando de erradicar cualquier sufrimiento o dolor de sus vidas, o al menos intentar mitigárselos. Había logrado crear un fondo para comprar lentes a los niños que carecieran de medios para adquirirlos y que hubieran tenido que abandonar la escuela por esa razón. Había podido conjuntar, además de muchas otras obras, un instituto para operar las cataratas a personas muy humildes y así permitir la reincorporación a sus trabajos para volver a generar recursos y financiar la educación de sus hijos. No se había cansado de ayudar, no, qué va, lo que acontecía en la realidad, según nos contó, es que había tenido acceso a un documento redactado por un grupo de judíos dedicado a cazar nazis o fascistas en Argentina, país que les había abierto las puertas de par en par a esos malvados carniceros a cambio de dinero. Soñaba con poder encontrar a varios de los oficiales de la Gestapo en Argentina, aquellos que lo habían torturado casi hasta la muerte durante su estancia infernal en Auschwitz. Tiempo después trataría de volver camuflado a España para cobrarle unas deudas insolutas al tirano. Estudiaría las rutas por las que pasaba Franco y colocaría una bomba de alto poder, como las que hacía estallar en la resistencia francesa y en el momento preciso lo haría volar por los aires con todo y automóvil y comitiva. Nada quedaría del maldito enano de mierda. Al matar a ese hombre cambiaría el destino totalitario de España. Sí que tenía cuentas que cobrar en la Madre Patria, pero antes buscaría a los asesinos de millones de judíos y de decenas de miles de republicanos en la Patagonia y de que los encontraría, claro que los encontraría: él sabría cómo abordar la estrategia adecuada.

Mi tío Luis tenía en su poder pruebas enviadas por su eternos amigos de la resistencia francesa para demostrar cómo el Vaticano, a través del papa Pío XII, por medio de la «Pontificia Comisión de Asistencia» (PCA), había diseñado una estrategia secreta para ejecutar exitosamente la fuga de Europa de por lo menos treinta mil grandes jerarcas nazis, sus históricos aliados desde la época de los concordatos suscritos con Alemania. A los cómplices de la matanza en masa la Cruz Roja Internacional les proporcionaría pasaportes falsos, una intermediaria humanitaria supuestamente neutral, con cuyos documentos espurios podrían llegar principalmente a Argentina y, acto seguido, se les permitiría trabajar en ese país gobernado dictatorialmente por Juan Domingo Perón, otro fascista admirador de los nacionalsocialistas y de su obra, sobre todo la tecnológica. El plan funcionaría a las mil maravillas, claro está, a cambio de cientos de lingotes de oro y plata hechos con las prótesis de los judíos sacrificados en los campos de exterminio y que fueron sacados de contrabando de Alemania para que los lavaran los altos prelados católicos en «cumplimiento» de sus divinos mandamientos y de sus votos de pobreza, para ya ni hablar de los de castidad... Este tráfico encubierto de carniceros, de asesinos de la peor ralea, conocido como la «Ruta de las Ratas», *ratlines*, en inglés, o la «Ruta de los Monasterios», con sede en Roma, representó la más eficaz de todas las vías de escape de los despreciables, por llamarlos de alguna manera, autores sanguinarios del Holocausto.

¿Por qué mi tío Luis no se rendía, no se cansaba ni se consumía y parecía estar hecho de fuego, una brasa incandescente, incombustible, sin duda el atractivo magnético que hacía de él un Dios ante Adèle?

¿En qué parte de Argentina peronista podrían estar escondidos esos execrables gusanos?, se preguntaba una y otra vez como si no existiera otro tema sobre la faz de la Tierra.

Él me ayudó a entender que la pasión es la materia prima indispensable para acometer cualquier tarea. ¿A dónde iba un músico, un poeta, un político, un científico o quien fuera, sin pasión por su trabajo? Pues bien, la pasión por la justicia lo conduciría ahora a atrapar criminales de guerra, según se lo dictaba el estómago, la fuerza de la sangre y los latidos de su corazón.

Antes de que nadie pudiera dar con la identidad de los encubridores, al menos iguales que los propios asesinos —¿quién podía auxiliar nada menos que a un nazi?—, soltó nombres de gran calibre para dejar en claro las dimensiones de una conjura internacional a favor de los genocidas, tales como Eugenio Pacelli, el propio papa, nada nuevo, y Giovanni Montini, su subsecretario de Estado, más tarde Pablo VI, además del obispo austriaco Alois Hudal, furioso antisemita, autor del documento *La base del Nacionalsocialismo* y rector del Colegio Alemán Santa María dell'Anima y Walter Rauff, otro criminal de guerra nazi y asesino en masa de judíos, el famoso inventor de las cámaras de gas móviles... Entre ellos, en hermético cónclave de purpurados, fijaron las infames rutas de escape organizadas para hacer llegar a los genocidas a paraísos seguros en Argentina, Paraguay, Brasil y Chile, además de otros destinos que incluían Estados Unidos, Canadá y el Medio Oriente. ¿Sólo ellos? No, no, qué va: el Vaticano trabajaba de la mano con Estados Unidos, a través de la OSS, predecesora de la Agencia Central de Inteligencia, la CIA, que «pidió prestado» transitoriamente a Rauff de la «Santa» sede, para que proporcionara información de los agentes comunistas que operaban en el Occidente. Una vez revelada la red de espías soviéticos establecida en Europa, Rauff volvería a Milán, en lugar de ser conducido al patíbulo, para concluir el armado de las rutas clandestinas, junto con Federico Schwendt, uno de los más talentosos falsificadores de todos los tiempos, su excolega de la SS y la terrible Gestapo, quien podía falsificar cualquier tipo de pasaporte a la perfección. La principal preocupación de los yanquis ya no radicaba en el arresto de los nazis, por más que hubieran constituido el tribunal de Núremberg para ahorcarlos, sino que imprimían sus mejores esfuerzos para ubicar los brazos siniestros de Stalin dispuesto a dinamitar cualquier institución republicana y demócrata, de ahí que, aunque pareciera increíble, organizaciones como Cáritas, el OSS americano y el MI6 británico, proveyeran de fondos para facilitar la fuga de los nazis a cambio de información privilegiada relativa a los rojos depredadores de las libertades y del progreso, igual de peligrosos que los fascistas. ¿Qué país había votado libremente por el comunismo? Ninguno: tenía que imponerse por la fuerza de las bayonetas pasando por alto la voluntad popular.

A Siri, arzobispo de Croacia, quien ocultó en un monasterio a monstruos infames como Eichmann, se le encomendó la operación de la ruta de Génova a Sudamérica pasando a través de Baviera, Salzburgo y de los Alpes tiroleses, el centro de reunión para los nazis prófugos de la justicia, la primera región de la ruta de escape a los puertos italianos, la autopista para criminales (*Reichsautobahn für kriegsverbrecher*) hasta llegar a Génova o Trieste, para de ahí embarcarse rumbo a Argentina, porque los aliados habían retirado sospechosamente la vigilancia de Italia...

La RSHA (*Reichssicherheitshauptamt*, oficina de máxima seguridad del Tercer Reich) expedía documentos personales falsos para facilitar la huida de líderes de la Gestapo y de la cúpula nazi, incluyendo a Joseph Mengele, a Joseph Schwamberger, comandante de tres importantes campos de trabajo forzado en Polonia, Dinko Sakic, comandante del campo de concentración de Jasenovac, en Croacia, el que fuera llamado el «Auschwitz de los Balcanes», sin olvidar a Franz Stangl, comandante de Treblinka, Gustav Wagner, comandante de Sobibor, quienes pasaron noches interminables refugiados en conventos católicos o en monasterios famosos durante muchos años, antes de que Hudal les consiguiera la documentación falsa para viajar a América del Sur.

El enlace en Argentina se hacía a través de Carlos Fuldner, otro exagente del Servicio Secreto de la SS con pasaporte argentino, ahora convertido en ayudante directo de Juan Domingo Perón. Fuldner se encargaba del ingreso de miles de criminales de guerra y colaboracionistas y de la creación de miles de compañías fantasmas dedicadas a lavar capital nazi en Argentina, un enorme negocio, a través del cual se extendían permisos de trabajo y documentos de identidad que garantizaban la «desnazificación» de los malvados verdugos que habían ocasionado la muerte de casi sesenta millones de personas durante la Segunda Guerra Mundial.

Cuando después de la guerra, Alois Hudal empezó por reconocer abiertamente su franca admiración por Hitler y su antisemitismo descarado ante un mundo horrorizado por la divulgación del Holocausto y con tal de evitar el peligro de que trascendiera al ámbito público la existencia de las rutas clandestinas y se descubriera el papel desempeñado por el Vaticano para sacar de Europa a los asesinos y torturadores, el papa Pío XII no tuvo más remedio que reemplazar a su querido obispo austriaco y hacerlo desaparecer discretamente del escenario para recomendarle un retiro espiritual dedicado a la oración y a la meditación... Para continuar eficazmente con el trabajo de la Ruta de las Ratas, el «Santo Padre» nombró a Krunoslav Draganovic, un sacerdote católico croata ingenioso, asistente cercano del obispo Saric de Sarajevo, un notorio antisemita conocido como el «Ahorcador de Serbios». Draganovic, representante croata de la Cruz Roja en Roma, se ocupó no sólo de administrar en secreto la también llamada Ruta de los Monasterios, sino de extender documentos falsos para los asquerosos fugitivos. El laberíntico monasterio en la calle Tomaselli pronto se convirtió en el más famoso albergue de prófugos nazis de la justicia internacional, de la misma manera en que San Girolamo se volvió en centro nervioso para el contrabando continuo de criminales de guerra nazi a Sudamérica y otras partes del mundo.

—¿Cómo se explican ustedes —volvía a cuestionar mi tío Luis— la frustración de muchos agentes norteamericanos y británicos dedicados a capturar a los criminales, quienes curiosamente llegaban casi siempre a destiempo al lugar en que se escondían los criminales? No se confundan —replicaba, sin dejarnos responder, como siempre que estaba entusiasmado con un tema—, los espías yanquis e ingleses ignoraban que sus propias agencias le hacían llegar en absoluto secreto, al «buen padre» Draganovic, las órdenes de arresto de ciertos criminales, como el caso de Ljubo Milos, un alto oficial del campo de concentración de Jasenovac, donde mataron a unas trescientas mil personas. ¡Claro que cuando llegaban a arrestar a los nazis éstos ya habían desaparecido como por arte de magia...!

Ljubo Milos había gozado de la «matanza ritual de judíos», cortando gargantas, astillando costillas y rasgando vientres con un cuchillo especial, o haciendo que los arrojaran a la caldera de la fábrica de ladrillos, o simplemente haciendo que los mataran a garrotazos. ¡Claro que Draganovic impidió la captura de Milos y muchos miles más escondiéndolos en lugares seguros, mientras Pío XII, rezando de rodillas en el altar mayor de la basílica de San Pedro, a un lado de la madre Pacualina, elevaba sus plegarias a Dios dando gracias por la ayuda divina concedida para auxiliar a los genocidas! Como bien decía un cacique mexicano: La moral es un árbol que da moras...

¿No era toda una paradoja que mientras una sección, bajo órdenes de Washington, procuraba arrestar a criminales de guerra, otra, también dependiente de Washington albergaba y utilizaba criminales de guerra nazis para sus propios fines, en lugar de haberlos juzgado en Núremberg? Ahí estaba el caso del infame Claus Barbie, jefe de la Gestapo en Lyon, Francia, acusado de escandalosos crímenes de guerra y delitos cometidos en contra de la humanidad, a quien la sede central del CIC de los Estados Unidos, en Stuttgart, Alemania, dio albergue durante más de cinco años, mientras lo usaba como delatador de comunistas, para ayudarlo posteriormente a escapar por las rutas clandestinas del Vaticano.

Para mi tío Luis era evidente que el papa Pío XII y un sinnúmero de altos «dignatarios» vaticanos, encabezaba la «principal organización implicada en el movimiento ilegal» de personas, el orquestador de *ratline*, la gigantesca red de evasión que conseguía asilo, dinero y documentos antes de embarcar a los nazis rumbo a puertos seguros. Para él era obvio que en los archivos papales y los de Santa María dell'Anima, se podrían encontrar muchas respuestas relativas al Holocausto y a la Segunda Guerra Mundial, pero que permanecerían cerrados *ad eternum* por la alta jerarquía católica, misma que trataría de esconder las cuantiosas aportaciones del gobierno de Estados Unidos al Banco del Vaticano para financiar a grupos anticomunistas, una alianza a favor de los nazis que habría que ocultar a como diera lugar. ¿Llegaría a canonizar a Pío XII en el futuro? Todo era posible en la diplomacia vaticana... ¿Y en la diplomacia europea y norteamericana? ¿Cómo había sido posible que las grandes democracias del orbe hubieran sostenido a la dictadura fascista de Franco hasta su muerte, cuando éste había cooperado con Hitler y los propios republicanos españoles habían luchado al lado de la resistencia para liberar a Francia del monstruo nacionalsocialista? ¿Por qué permitieron que muriera de viejo en la cama en lugar de colgarlo? ¿No se decía que quien la hace la paga? ¿Eh...?

Una mañana del 12 de abril de 1960, cuando mi tío Luis cumplió su última visita en el Hogar del Niño Ciego y se despidió de ésa y de todas las organizaciones en las que participaba porque iba a hacer un largo viaje por Argentina y otros países del Cono Sur, entró, cojeando como siempre, a una lonchería para desayunar en el centro de la Ciudad de México, invariablemente acompañado por Adèle, quien lucía más juvenil y hermosa que nunca. Escogieron una mesa del fondo para tomar un café con leche y un bolillo, su pan favorito, mientras hacían los planes inmediatos para llegar a Argentina lo más rápido posible y al menor costo que se pudiera. Antes de que llegara el mesero con los platos, los vasos y el pan, se acercó sospechosamente a ellos un sujeto armado con una pistola con la que de pronto apuntó a la cara de mi tío, amenazándolo con la voz titubeante y la mano temblorosa:

—Deme su reloj y su cartera, el dinero que traiga, hijo de la chingada, o lo mato...

Mi tío Luis lo vio a la cara y no se inmutó, como no lo haría un hombre que lleva hablándose tantos años con la muerte.

—Baja el arma, chaval, y siéntate. Te invito un café y conversemos —agregó ante la mirada aterrada de Adèle.

—Qué café ni qué carajos —repuso el ladrón—, o me das la lana o te mueres, pinche gachupín —adujo el individuo aquél escasamente calzado, vestido con una camiseta raída, de piel oscura, rostro aceitunado, un sujeto que seguramente no sabía ni leer ni escribir, de una extracción humilde pues los dedos de sus pies rebasaban su calzado deshilachado. El acento español de mi tío era inconfundible.

—¡Siéntate he dicho! —insistió mi tío—. No seas tonto, tengo algo importante que decirte que habrá de cambiar tu vida...

—¡Qué vida ni qué vida! Deme el dinero o se muere; no tengo tiempo, viejo cabrón.

—¿Acaso no sabes que un ladrón como tú, antes que nada es un tonto porque al robar demuestra que no sabe ganarse la vida de otra manera? ¿Tú eres tonto? —preguntó poniéndose de pie y viendo a la cara al ratero—. Yo no creo que seas tonto, ni flojo, sino que estás confundido, hijo...

—Dale lo que quiere, Luis, amor, nosotros podemos hacer más dinero. Si el señor éste te lastima echaremos a perder nuestros planes, es una tontería. Dale todo, amor, dáselo...

—Tiene razón la señorita —repuso el intruso en tanto cortaba cartucho con la mano izquierda y daba dos pasos atrás como si previera un ataque de su víctima.

—Una puta es tonta porque en los hechos reconoce que no sabe hacer otra cosa, al igual que tú pareces tonto al asaltar a quienes trabajamos para comer un pan limpio...

—¡La lana, cabrón! Es la última vez, vete con tus discursos al carajo...

—Escucha, muchacho —fue lo último que alcanzó a decir mi tío Luis antes de recibir dos balazos en la cara y caer muerto como un fardo, en tanto el asesino le arrancaba el reloj de insignificante valor para comprar, si acaso, una torta y hurgaba sus bolsillos para dar con unos miserables pesos con los que iba a pagar el café. Mientras el delincuente lo esculcaba compulsivamente como una hiena devora las entrañas de su presa, Adèle se le fue encima arañándolo y golpeándolo con los puños sin recibir ayuda alguna de los comensales.

Al no encontrar nada en los pantalones ni en la chamarra de mi tío, salvo unos papeles arrugados, pequeñas cartas escritas por niños con letras de colores, además de una asquerosa gorra de tela rayada, simplemente la aventó a un lado y salió corriendo de la lonchería, perdiéndose en la muchedumbre que empezaba a poblar el centro de la Ciudad de México. Adèle lloraba de rodillas ante el cuerpo sin vida de mi tío Luis, tirado en medio de un charco de sangre oscura:

—Luis, Luis, amor, Luis, la vida de un millón de esos cerdos no vale la tuya, ¿qué has hecho, que has hecho, qué, qué, qué...? —repetía mientras golpeaba desesperada el pecho de un hombre de esos que nacen cada mil años.

Una especie de mandril, un orangután con forma de hombre, asesinó a mi tío Luis, apagó la luz que iluminó mi camino y el de otras miles de personas hasta nuestros días. Ya no estaría para darme consejos, para animarme cuando la adversidad parecía aplastarme, para inundarme de confianza y de optimismo en relación al futuro, para recordarme, una y otra vez, mis facultades, mis habilidades aun cuando él las considerara o no intrascendentes, sí, pero me estimulaba en la dirección que yo más deseaba en mi existencia insistiendo en su concepto: «Panchito, querido: no hay más realidad que una ilusión y si tú quieres ser escritor, ésa es tu ilusión y, por lo tanto, tu realidad».

La pérdida de mi tío Luis me enlutó para siempre. Nunca volví a dar ni en las mejores novelas con un personaje como él. Su muerte creó un vacío que sólo pude llenar con letras, mi mejor manera de homenajearlo y recordarlo. Mi padre agachó la cabeza, se cubrió los ojos y se retiró en silencio de la casa en busca de la calle. No permitió que nadie lo acompañara. Tardó mucho tiempo en regresar y más tiempo transcurrió antes de poder pronunciar su nombre en las pláticas de sobremesa. ¿Adèle? Adèle se llevó las cenizas de su amado y se dirigió a Argentina a arreglar viejas cuentas insolutas que mi tío tenía con los nazis. Nunca volvimos a saber ni una palabra más de ella. Cuando busqué y encontré el *petit château alsacienne* durante un viaje por Francia, sus tíos ya habían muerto y el viñedo había cambiado de propietario; sin embargo, encontré el pequeño lago en donde Luis y Adèle se amaron por primera vez, no así el árbol ni obviamente el columpio sobre el que desafiaron el vacío y besaron las estrellas.

Cuando mi tío Claus recuperó la libertad después de haber estado preso durante dos años en el campo de concentración de Perote, Veracruz, mis abuelos decidieron mutilar de inmediato nuestro apellido cambiándolo de Bielschowsky a Biehl, en tanto mi madre nos inscribió en el Colegio Alemán con el ánimo de proseguir con una estrategia armada para esconder el menor rastro semita de la familia, sobre la base de que a nadie se le iba a ocurrir registrar a niños de extracción judía en una escuela germana a pesar de haber concluido la guerra. La paranoia, justificada por cierto en un principio, continuó hasta nuestros días, mismos en que mi madre no se atreve a hablar de su pasado en Alemania ni aborda el tema de su religión ni la de mis ancestros. Cuando le hice saber el resultado de mi conversación con mi tío Claus, semanas antes de su muerte, me contestó que él ya era una persona muy mayor y que, tal vez, padecía confusiones fácilmente explicables, es decir, negó lo ocurrido. Negó que a la mitad de nuestros ancestros los hubieran ejecutado en Auschwitz; negó que hubieran sido judíos; negó que los hubieran perseguido en Alemania; negó que sus padres se hubieran casado en una sinagoga; negó las versiones de mi tío Claus; negó que mi abuelo hubiera desfalcado a mi bisabuelo, en fin, negó, negó y negó toda realidad, algo así como un autodio a su formación religiosa por los daños y perjuicios que les había ocasionado. Ya que toda mi información era falsa, según ella, le hice saber entonces mi determinación de solicitar mi pasaporte alemán, al que yo creía tener derecho en razón de mis antecedentes familiares. Se quedó muda. Sólo me dijo:

—Si te quieres deshacer de tu madre, ve a la embajada, mijito querido, llena la solicitud con mis datos y cuando mucho tres días después vendrán por mí...

—Pero mamá, por favor, ¿quién va a venir por ti...? ¿Quién? La guerra terminó hace sesenta y ocho años. ¿Cómo puedes creer que alguien va a venir a lastimarte tanto tiempo después y, además, en México? Los nazis ya no existen... ¿Crees que Ángela Merkel va a ordenar tu arresto desde Berlín...?

—Tú haz la prueba, habla con los cónsules alemanes y espera los resultados que no tardarás en conocer.

Esa conversación con mi madre me demostró una vez más la dificultad de olvidar los momentos de terror, sobre todo que Hitler había buscado sangre judía hasta en la cuarta generación. El auto-odio por los espantosos daños sufridos sigue presente.

Yo, por mi parte, empecé un largo proceso de reconciliación con «lo alemán», a partir de una visita que hice a Berlín en donde presencié cómo proyectaban terribles videos del Holocausto a los niños de tercero y cuarto de primaria. Los pequeños se cubrían la cara al ver los tractores empujando cadáveres de judíos, en realidad, casi osamentas en dirección a las fosas comunes saturadas de cal, de la misma manera en que no soportaban ver los lingotes de oro o plata hechos con las prótesis de los condenados a muerte ni las lámparas manufacturadas con su piel ni los jabones producidos con grasa humana, entre otras calamidades más. Me llamó poderosamente la atención la claridad de los maestros cuando advertían a los jóvenes estudiantes: «Más les vale ver con detalle lo que estamos proyectando porque vamos a preguntárselos en un examen y quien no pueda responder será reprobado. Queremos que lo vean para que jamás olviden los crímenes cometidos por algunos de nuestros ancestros de modo que nunca se vuelva a repetir. Los alemanes tenemos que trabajar mucho para que el mundo nos perdone aunque sabemos que no podrá ser posible olvidar lo ocurrido».

Entendí que la gran purga organizada por el gobierno y la sociedad había comenzado, que había vergüenza y fundados y genuinos deseos de restañar los daños. En la actualidad está prohibida la venta de *Mein Kampf*, como están prohibidas fotografías de Hitler, artículos y textos del nacionalsocialismo. Nadie puede portar los símbolos nazis, como la esvástica, en la vía pública, salvo para demostrar el repudio al nazismo. Se trata entre otras medidas, de combatir la violencia xenófoba y castigar a los nostálgicos del Tercer Reich, por ello se imponen severas multas y penas de hasta tres años de cárcel para quienes «aprueben, nieguen o minimicen en público o en una reunión los actos perpetrados durante la dictadura nazi». Cualquier esfuerzo será insuficiente para controlar a los grupos neonazis que se presentan disfrazados en el parlamento alemán y ganan espacios políticos cada día.

Los bombardeos aliados destruyeron ciudades, pueblos y empresas, pero no acabaron con el espíritu académico alemán ni con la ejemplar disciplina y el talento germanos, después de no haber dejado una piedra encima de la otra y de resistir el saqueo soviético de los científicos germanos. Sí, destrozaron justificadamente el país,

pero Alemania, que no pasaba de ser un conjunto de fierros retorcidos humeantes, sesenta y ocho años después del final de la guerra, es
la principal economía exportadora del mundo y la gran locomotora
de Europa. Una Alemania pacífica y respetuosa de los derechos universales del hombre, es sin duda, un ejemplo por seguir.

¡Qué diferencia cuando mi abuela, llena de resentimientos y rencores, con el alma envenenada porque en Alemania, a donde viajaba
de manera recurrente gracias a una generosa pensión otorgada por
la Bundesrepublik, era considerada como la mexicana y en México,
como la alemana! Ya no pertenecía a ningún país. Hasta donde yo
supe no volvió a tener un amante después de mi padre, al que adoró
hasta el último momento. Había perdido su fortuna, a su familia,
nuestra familia que yo ya no conocí. No pudo aclimatarse ni echar
raíces en ninguna parte y no sólo eso, sino que también se sintió perseguida por un fantasma nazi hasta el final de sus días, muy a pesar
de haber renunciado a su religión y haberse cambiado el apellido
porque sentía que detrás de cada puerta se encontraba en la actualidad un agente de la Gestapo.

—Yo soy alemana de Alemania y no alemana de la mierda —decía a quien deseara escucharla.

Nunca olvidaré la cantidad de veces que me repitió aquello de:
«Panchito, querido Enkelchen: nunca olvides que primero vienen
los alemanes, luego los perros; más tarde los judíos y, al final, los
mexicanos, como tú...».

La última vez que me lo dijo fue en el entierro de mi abuelo,
el querido Max, el de la sonrisa eterna que me repetía «tú coge,
coge, coge y muérete con los *güevos* y la chequera vacía», aquel
que insistía en que plantar un árbol, tener un hijo y escribir un
libro es fácil, lo difícil era regar el árbol, criar el hijo y que alguien
leyera el libro. En esa ocasión, cuando yo contaba diecisiete años
de edad, el mismo día en que asesinaron al presidente Kennedy, en
noviembre de 1963, le dije al oído, en la funeraria, frente al ataúd
de su exmarido:

—Muschi: no me vuelvas a repetir tu poemita porque me duele,
me lastimas, yo soy más mexicano que nada, ni alemán ni español.
Así quisieron mis padres que fuera, que adorara a este país que ya
adoro, de modo que si me vuelves a ofender no volveré a verte ja

más... —aduje de manera contundente atreviéndome por primera vez a ponerla en su lugar.

Ella guardó un prudente silencio ante mi amenaza para acercarse a su vez a mi oreja para sostener lo siguiente:

—Perdona, Panchito, Panchito querido, tal vez no me entendiste o me expliqué mal, muy mal, lo que yo quería decir... —esperaba yo una gratificante satisfacción que nos llevara a la reconciliación—: Panchito, querido Enkelchen: nunca olvides que primero vienen los alemanes, luego los perros; más tarde los judíos y, al final, los mexicanos, como tú...

Muschi se suicidó una noche de 1973 mediante la ingesta de una enorme cantidad de somníferos, en un asilo para ancianos, sin que yo la volviera a ver nunca más, muy a pesar de que las enfermeras que la atendían me anunciaran varias veces su irremediable agonía. Nunca me despedí de ella y hasta la fecha no me he arrepentido. El año siguiente, trágico por cierto, quedó enlutada mi vida para siempre cuando perdí a mi hermano Enrique en un quirófano, víctima de una apendicitis, a manos de un conjunto de médicos irresponsables e ignorantes que cubrieron, como siempre, sus errores con tierra. La pérdida de Puli, mi compañero y cómplice en mil batallas, me dejó tocado para siempre. El profundo vacío que dejó en mi existencia con su temprana partida no podré llenarlo nunca, absolutamente con nada. Nunca dejaré de llorarlo a casi cuarenta años de su muerte. Mi hermano Alex, un gigante, me ha ayudado a recuperar la confianza en el género humano. Su presencia cálida y noble, su recio concepto del honor me ha ayudado a reconciliarme con la existencia, al lado de varios amigos con los que la vida me ha premiado y a quienes les firmaría en blanco y con los ojos cerrados. Valen su peso en cientos de miles de brillantes como los de mi bisabuelo Richard. Gracias es la palabra mágica que viene a mi mente cuando me encuentro con ellos.

Yo, por mi parte, he honrado en cada línea, en cada párrafo, en cada página y en cada libro que he escrito, la memoria de mi tío, la única manera de agradecerle a los que ya no están ni estarán nunca más. Escribí y escribí novelas históricas mexicanas por el inmenso amor que tengo por este país a pesar de todas sus contradicciones, sus traumas y dolores. No puedo ignorar una anécdota que dibuja a mi madre integralmente el día en que el Club de Periodistas de México me concedió el Premio Nacional de Periodismo y al volver a la mesa después de recibir mi diploma, me dijo al oído, en medio de los aplausos del público:

—Nunca se te olvide, mi hijito, que mientras más importante te sientas en la vida, más pendejo serás...

Hoy puedo decir que gracias a la literatura he podido vivir más de ciento cincuenta vidas, porque he sido doce veces presidente de México, siete veces jefe de la Casa Blanca; he sido papa, cardenal, petrolero, bananero, pintor, *tlatoani* azteca, monja, maestro de escuela rural, notario, diputado, senador, emperador de México y de Francia, káiser alemán, espía británico, prostituta, lesbiana, asesino, campesino, revolucionario villista, entre otros tantos protagonistas más de mis novelas, sin olvidar a «Martinillo», el personaje que siempre quise ser en la historia. Yo, sí, yo soy «Martinillo» el héroe que de haber podido vivir en aquellos años hubiera cambiado el destino de México con sus fantasías liberales. Dediqué a la investigación histórica de mi país una buena parte de mi existencia para entender las razones de nuestro atraso y desenmascarar a los grandes enemigos de México, como sin duda lo ha sido y lo es el perverso clero católico que nos ha empobrecido material e intelectualmente y ha hecho de nosotros una nación de cínicos, ignorantes, supersticiosos y resignados, entre otros defectos más que se encargaron de consolidar los caciques y jefes máximos, supuestos dueños de la verdad y de la voluntad política del pueblo. Grité mi verdad en decenas de libros, la divulgué en los medios después de haber estado encerrado a piedra y lodo en archivos y bibliotecas públicas y privadas, al igual que en hemerotecas nacionales y extranjeras. Hoy sé que unas de las explicaciones para entender el subdesarrollo mexicano se encuentra en la catástrofe educativa, en la superstición religiosa y en la intolerancia política.

Estoy en paz con la vida después de haber tenido cuatro hijas mágicas: Beatriz, Ana Paola, Claudia e Isabella y de vivir al lado de una Beatriz que ya la hubiera soñado Dante, Beatriz Rivas, una escritora de grandes vuelos con la que comparto fantasías, pasiones, protagonistas, temas, arrebatos, la mujer que saca lo mejor de mí en discusiones interminables en las que hasta hoy, jamás, en ningún caso, me ha concedido la razón, pero que me obliga a pensar y a someterme como cualquier marido que se respete...

En estas páginas de *En media hora... la muerte*, me abrí el pecho ante mis lectores; sí, sí lo hice enfrentando adversidades y enfermedades a la hora de investigar y de redactar, porque ¿a dónde va un autor que no se descubre el pecho ante sus lectores con quienes espera formar un coro en el que todos griten: «¡justicia, justicia, justicia!»? ¿A dónde?

Por eso, aquí estoy.

Por eso escribo. Por eso no soy culpable.

EPÍLOGO

¿De Adèle? ¡Ay!, de Adèle no se volvió a saber nada. No sería remoto suponer que hubiera sido descubierta, arrestada y asesinada por las autoridades fascistas argentinas organizadas para esconder la identidad y la ubicación de los nazis prófugos del Tribunal de Núremberg, los mismos genocidas buscados por instituciones judías empeñadas en dar con los autores del Holocausto. Ella iba dispuesta a matar a los carniceros alemanes en donde se encontraran en la Patagonia para recordar sus viejos tiempos cuando hacía estallar bombas en la Francia de Vichy y se vengaba de los nazis, sin suponer los sofisticados sistemas de protección diseñados en el Cono Sur para apartar de la justicia a esos desalmados asesinos. ¿Matarían a una de esas mujeres que nacen cada mil años? A saber... Lo importante era que mi tío Luis se llevó su hermoso y refrescante recuerdo a la tumba y ya nunca nadie podrá arrebatárselo. Bien podría ser que Adèle hubiera fallecido con un cartucho de dinamita encendido en la mano, por algo mi tío la llamaba Polvorita...

Mi tío Claus lamentablemente falleció a las cinco semanas posteriores a nuestro encuentro en un restaurante al sur de la Ciudad de México, en donde me reveló, entre otros datos, mi nombre y apellidos completos después de casi seis décadas de haberlos ignorado. Nunca olvidaré cuando, gracias a la información que él me proporcionó en relación a la vertiente alemana de mi familia, visité Yad Vashem, el museo construido en Jerusalén para honrar y recordar los horrores del Holocausto y pude desentrañar la suerte de mis ancestros. A pesar de no haberlos conocido padecí momentos de un espantoso mareo cuando, al escribir sus nombres en la computadora, invariablemente aparecía la leyenda:

Executed in Auschwitz.
Executed in Auschwitz.
Executed in Auschwitz.

Al salir trastabillando de la biblioteca y recargarme, sentado en el piso, contra un gran ventanal de vidrio, se presentó un guardia armado para ordenarme que me retirara de dicho lugar y que me acomodara en una banca. Al contarle mi historia y constatar el color pálido verdoso de muerte de mi rostro, se acomodó la ametralladora a la espalda y me ayudó hasta llegar a un lugar cómodo, bajo un árbol, en donde le hice saber los detalles de mi descubrimiento. No volví a saber de él, pero habríamos sido hermanos para siempre.

Mi tío César falleció en 1971; mi abuelo Max, cuya pérdida lloramos por igual sus mulatas y el autor de estas líneas, murió en 1963; mi abuela, Muschi, en 1973; mi hermano Enrique, en 1974, y mi padre en 1998, después de haber construido en México un patrimonio importante de la nada. Mi madre, víctima de un derrame cerebral propiciado por una mala atención médica, sobrevive hasta nuestros días profundamente temerosa de que yo tramite mi pasaporte alemán porque podría ser descubierta y arrestada por fuerzas extrañas.

—Inténtalo, mijito, y verás lo que tardan en venir por mí...

El miedo a la persecución nazi la tiene paralizada a pesar de haber transcurrido ya más de sesenta y ocho años de la rendición incondicional de la Alemania nacionalsocialista. El daño, evidentemente, es irreversible.

Al concluir la guerra, el mundo cambió radicalmente, sobre todo a raíz de la detonación de las bombas atómicas en Japón y de las gigantescas inversiones destinadas a financiar una carrera armamentista vesánica, en lugar de invertir en educación, en cultura, en servicios sanitarios, en controles demográficos y en ayudar a paliar el hambre en el planeta. Diversas potencias, con excepción de Alemania y Japón, construyeron múltiples artefactos nucleares con capacidad para mover el eje de la Tierra y no dejar vestigio de la presencia de ningún animal vivo en el globo terráqueo. (En el concepto «animal vivo», por supuesto incluyo al ser humano, el único que cuenta con la capacidad para destruirse en masa.) ¿Por qué construir más armas si no se iban a utilizar para matar? ¿Para qué las quería Hitler...? El ser humano, caracterizado por el uso de la razón en el mundo animal, ¿no había aprendido nada ni de la Primera ni de la

Segunda Guerra Mundial? *¿Homo homini lupus?* ¿El hombre es un lobo para el hombre? Sí, sí, lo es, sobran las evidencias.

En la historia militar universal jamás se habían producido tantas muertes ni destrucción como la padecida en el siglo XX, los cien años de máxima violencia en la historia de la humanidad. A modo de resumen, ahí están las dos conflagraciones planetarias, en las que deben quedar incluidos los estallidos de las bombas atómicas en Hiroshima y Nagasaki, la Revolución mexicana, la bolchevique que concentró el poder en Stalin, durante cuya dictadura fueron asesinados veinticinco millones de rusos, sin olvidar las matanzas ejecutadas por órdenes de Mao Tse Tung que costaron la vida a decenas de millones de personas ni las masacres perpetradas por los japoneses en Asia ni las de Ruanda, Afganistán, el Congo Belga, Armenia, Camboya y Vietnam, entre otros países devastados por los horrores de la guerra y por las sangrientas luchas por el poder político o religioso. ¿Es posible que el ser humano se tropiece tantas veces con la misma piedra...? ¿De dónde proviene la ira, los apetitos de venganza, los resentimientos y la envidia que destruye a los individuos, a las familias y a las naciones?

Alemania fue justificada, justificadísimamente bombardeada hasta el último de sus rincones, sus ciudades destruidas, sus universidades desplomadas, su moneda erosionada e inutilizada, su mano de obra desaparecida o encerrada en campos de concentración, sus sistemas de transporte y su infraestructura hecha añicos, sus líneas férreas devastadas funcionando a su mínima capacidad, después de sufrir la ausencia de tranvías, autobuses, pupitres, camas de hospital, llaves de agua, automóviles, pan, empleo, periódicos, semillas, alimentos, casas, calzado, textiles, medicamentos, libros, gas para cocinar o calentar los hogares, dentífricos y jabones, es decir, en una Alemania paralizada, confundida, aturdida y desmoralizada, tan sólo un año después, en junio de 1946, casi la totalidad del sistema ferrocarrilero alemán empezaba a funcionar con alguna normalidad, se habían reparado ochocientos puentes en menos de doce meses, la industria volvía a proveer a la sociedad muy a pesar de la escasez de materias primas y de la incertidumbre política del país que fue desapareciendo en razón de los planes de recuperación financiera y comercial creados por los aliados, uno de los grandes negocios de Estados Unidos durante la posguerra... Cincuenta años después del suicidio de Hitler Alemania se convertiría en la primera economía exportadora del orbe.

530 FRANCISCO MARTÍN MORENO

Mientras que en la España posterior a la Guerra Civil, en buena parte una invasión extranjera en la que los españoles pudieron dirimir por medio de las armas diferencias políticas irreconciliables a lo largo de su historia, la corrupción, convertida en un cáncer incontenible, aceleró la putrefacción de una dictadura caciquil sostenida en los paredones «por la gracia de Dios» y por una oligarquía adoradora del generalísimo —con minúscula— que hizo de España su finca campestre.

Los afortunados privilegiados de la dictadura, entre los que se encontraba el clero católico, la aristocracia, los terratenientes y el ejército, formidables enemigos de las instituciones republicanas, no sólo no sufrieron los horrores de la depresión económica, sino que todavía lucraron con el estraperlo, el mercado negro, el comercio ilegal organizado para aprovecharse de las necesidades apremiantes de la nación y todavía insistieron en una sangrienta represión para evitar impensables y remotas respuestas armadas en defensa de una democracia extinguida y sepultada. ¡Claro que se olvidaron de los cientos de miles de muertos, del hambre, de las carencias, de las enfermedades y, por supuesto, se opusieron en su sevicia a cualquier posibilidad de reconciliación para repatriar a eminentes cerebros liberales, catedráticos, científicos, pensadores y maestros, cuya ausencia hundiría a España de nueva cuenta en un atraso medieval!

Franco continuó encabezando la tiranía con todo y su evidente pasado fascista, al haber puesto a España al servicio de los Estados Unidos, potencia triunfadora a la que permitió la instalación de bases aéreas y militares al estallar la Guerra Fría en el marco del surgimiento de una poderosa y amenazadora China comunista, de la tenencia temeraria de bombas atómicas en la URSS y del conflicto armado entre ambas Coreas. La Casa Blanca requería de estabilidad política y militar en España y en Europa y nadie mejor que Franco para colocar dócilmente a España a los pies de las democracias vencedoras opuestas al fascismo que él continuó encarnando hasta su muerte. ¿Quién dijo que quien la hace la paga...?

¿El antisemitismo concluyó con la extinción del Tercer Reich? ¡Qué va! Hoy en día, los judíos abandonan Noruega, el Reino Unido, Suecia, Francia y Holanda, principalmente por presiones de los musulmanes europeos que han llegado a solicitar la construcción de nuevas cámaras de gas para extinguirlos, durante sus marchas callejeras. Es evidente la presencia de actividades encubiertas antisemitas en la Europa moderna, así como de crecientes grupos neonazis, de movimientos racistas, de uniones xenofóbicas, de facciones de ultraderecha, de muchedumbres extremistas que invitan a la violencia en contra de minorías étnicas o de ciertos extranjeros indeseables en sus países, sobre todo, en los atenazados por las crisis económicas y el desempleo.

En Europa existen en la actualidad casi sesenta millones de musulmanes que se reproducen a un ritmo muy superior al de las parejas europeas; surgen barrios notablemente poblados por musulmanes; por las calles caminan cada vez más mujeres cubiertas de la cabeza hasta los pies por el hiyab negro; proliferan las mezquitas, el fiel reflejo de la abundante penetración musulmana que rechaza en las escuelas a Voltaire, a Diderot y a Darwin, entre otros muchos pensadores más que «ofenden» a su religión; una discreta minoría acepta los ataques suicidas de los fundamentalistas islámicos que han escandalizado al orbe. Muchos de ellos han decidido adoptar la sharia, el cuerpo de derecho islámico, un código fanático de conducta, autoritario e intransigente como el de cualquier ideología totalitaria similar a la que acabó convertida en ruinas humeantes en 1945, en lugar de someterse a las leyes y a las costumbres de sus anfitriones respetuosos de su orden jurídico, de su libertad y de su democracia.

El malestar propiciado por la invasión musulmana y la defensa de los valores históricos nacionalistas parecieran producir un ruido lejano de tambores de la guerra que llaman tímidamente y de nueva cuenta a la violencia en el viejo continente. ¿De qué sirvieron el Holocausto y las dos guerras mundiales? ¿Qué lección nos dejaron? ¿Qué aprendió la humanidad? ¿El sacrificio de mi familia tanto en Alemania como en España, como el de tantas otras personas, fue inútil? ¿Nada sirvió? Antes no se bombardeaban ciudades, hasta que se bombardearon. Antes no se utilizaban artefactos nucleares para dirimir diferencias, hasta que se utilizaron. ¿Qué sigue...?

El conflicto xenofóbico que ya ha dado muestras de su existencia podría extrapolarse si no se pierde de vista que antes de cincuenta años algunos países europeos podrían estar gobernados por musulmanes, quienes, por supuesto, tendrían acceso y control de los arsenales atómicos de Francia e Inglaterra. Una Europa islámica dirigida por mullahs o imanes o ayatollahs «europeizados», un escenario por ahora remoto, empieza a ser un motivo de preocupación entre líderes políticos y algunos sectores sociales y académicos del viejo continente, un foco intermitente que ya se ha encendido en Japón, en donde se encuentran registradas escasas embajadas de países islámicos y se conceden visas muy selectivas a musulmanes, además de que entre otras políticas, se les impide alquilar casas con tal de obstaculizar su migración al archipiélago.

¿México? México, como acontece después de casi todas las revoluciones, volvió a convertirse en el país de un solo hombre hasta que la bala detuvo a Obregón en aquel lejano 1928 y entonces México pasó a ser propiedad de un partido corrupto y violador de la voluntad popular hasta configurar una «dictadura perfecta», en la que el Jefe de la Nación nombraba a ministros y a jueces y, por otro lado «elegía» a los legisladores, representantes del Congreso de la Unión, además de controlar a sindicatos privados y públicos y dirigir a una prensa supuestamente libre. México se precipitó en la corrupción propia de una sociedad cerrada y en medio del desastre educativo y de la cerrazón política nadie advirtió un conflicto de tremendas dimensiones que atentaría en contra de la viabilidad de la nación: la explosión demográfica. En sesenta años, que van de 1950 al 2013, la población creció de veinte millones de personas a casi ciento veinte millones, a la mayoría de los cuales fue imposible proporcionarle llaves de agua, camas de hospital, pupitres, puestos de trabajo y el bienestar exigido por la más elemental dignidad humana. Las masas ignorantes y supersticiosas, la existencia de cincuenta millones de mexicanos sepultados en la miseria constituyen un enorme desafío para cualquier gobierno y una jugosa tentación para los líderes populistas especialistas en lucrar con la desesperación ajena. Hoy en día la información y el conocimiento son acaparados por una minoría que detenta el noventa por ciento del ingreso nacional. ¡Claro que la Iglesia católica ha impedido el despertar del México bronco, al igual que la televisión y la escuela, instituciones diseñadas para embrutecer y controlar al pueblo hasta que ya no puedan controlarlo...!

La gran paradoja social y económica de México es que contamos con un país rico, extraordinariamente rico, con gente pobre, extraordinariamente pobre. Soluciones las hay en la misma medida en que la nación entienda que la política es un asunto demasiado serio como para dejarlo en mano de los políticos, a los cuales la ciudadanía debería irle arrebatando el poder con el que se podrá construir el país con el que soñamos.

Yo, por mi parte, continúo convencido de que nací para contar y lo seguiré haciendo con pasión y entusiasmo por la búsqueda de una verdad que nunca hallaré, pero que no por ello dejaré de acercarme lo más posible a ella, a la luz...

El mañana y el mañana y el mañana avanzan con estos pequeños pasos, de día en día, hasta la última sílaba del tiempo registrado; y todos nuestros ayeres han alumbrado a los locos el camino hacia el polvo de la muerte... ¡La vida no es más que una sombra que pasa, un pobre cómico que se pavonea y agita su hora sobre la escena, y después no se le oye más; es un cuento narrado por un idiota, lleno de sonido y furia que nada significa!

SHAKESPEARE, *Macbeth* (V, 5, 18)

UNA CONFESIÓN FINAL

Una parte significativa de los hechos narrados en esta novela me fueron dados a conocer a través de explicaciones, narraciones y recuentos de los acontecimientos vividos por mis familiares. Estos últimos, en ocasiones, tuvieron acceso indirecto a diferentes datos por medio de terceros que supieron de los sucesos a título personal o por medio de otras personas. Estoy consciente de que el rastreo de la trayectoria familiar no concluye en estas páginas, sino que habrá de llevarme varios años de mi vida purgar la historia de equivocaciones o malentendidos, propios de la emoción o de la pavorosa desventura de los protagonistas o de sus herederos, ávidos de acercarnos con la mayor certeza y rapidez posible a la verdad.

Vaya entonces una disculpa al lector por las imprecisiones involuntarias que haya encontrado a lo largo de la lectura, mismas que el paso del tiempo y la acuciosa investigación podrán ir aclarando de la misma manera en que la luz del amanecer va retirando las últimas brumas de la noche.

AGRADECIMIENTOS

Si en algún momento durante mi carrera como escritor experimenté una gran alegría y satisfacción al llegar al capítulo de los agradecimientos fue al poner un punto final en *En media hora... la muerte*, porque jamás hubiera podido concluirla ni llegar al fondo de la investigación de no haber sido por la presencia vigorosa e incansable de mi hija Claudia, Co, y de mi sobrina Beatriz Martín Moreno, Manzanita, ambas empeñadas en la búsqueda de nuestras raíces y de la verdad histórica de lo acontecido durante los años infernales del Holocausto. Nunca se rindieron e invariablemente mostraron una férrea voluntad a pesar de lo doloroso de la temática y de los traumatismos familiares.

Silvia Cherem y Moy e Isaac Shamosh me explicaron, en su exquisita calidad de inolvidables anfitriones, las tradiciones judías con las que enriquecí mi información para poder recrear escenas fundamentales en el contexto de la presente novela.

Guadalupe Juárez, Lupita, me condujo ante la presencia de Jacobo Dayán, quien me mostró en detalle el Museo Memoria y Tolerancia y me reveló datos conmovedores de la historia judía contemporánea.

Imposible olvidar en este afortunado recuento a Peter Frohmader y a Klaus Hoffman, queridos compañeros de pupitre en el Colegio Alemán Alexander von Humboldt, quienes aportaron y corrigieron varias expresiones alemanas que usábamos en nuestros años de estudiantes en la secundaria y en el bachillerato.

Ramón Alberto Garza y Mariana Alonso, mi querida cuñada, me dieron asilo en sus casas cuando buscaba serenidad y refugio en los instantes en que requería de soledad para concluir la narración en medio de diversas enfermedades psicosomáticas.

Las aportaciones de Ana Paula Rivas y de María de los Ángeles Magdaleno, colosales historiadoras, fueron determinantes para dar con hallazgos que habrán de darle un gran significado a la narración que el lector tiene en sus manos.

José Luis Seoane Moro me hizo saber detalles desconocidos relativos a la vida de mi padre desde su salida de España al final de la Guerra Civil, hasta llegar al campo de concentración de Argelia y posteriormente al de Marruecos. No tengo palabras para agradecerle su pasión por la verdad y su generosidad incondicional para proporcionarme hechos impresionantes y realidades sorprendentes que jamás pude conocer en voz del autor de mis días. Gracias, José Luis, querido José Luis.

Qué decir de mis queridos editores, Carmina Rufrancos y Gabriel Sandoval, la querida «Tirana» y el «gran Gabo», quienes me enriquecieron con sus puntos de vista para fortalecer la novela, aligerarla, tensarla y apretarla hasta sentir en las yemas de mis dedos el pulso acelerado del lector.

Carmen Izaguirre estuvo invariablemente a mi lado con su máquina de escribir vaciando textos, notas e historias, cuya captura mecanográfica me ahorró horas interminables de trabajo.

¿Beatriz...? Sí, ahí estuvo Beatriz, siempre Beatriz, como siempre Beatriz, revisando párrafo por párrafo, cuartilla por cuartilla, repasando escenas, revisando lenguajes extemporáneos, aportando, corrigiendo, purgando, criticando (¿qué esposa que se respete no lo hace?), sugiriendo y alumbrando con sus grandes luces como escritora y con su inequívoco talento editorial.

BIBLIOGRAFÍA

Abrams, Kevin, Lively, Scott, *The Pink Swastika: Homosexuality in the Nazi Party*, USA, Veritas Aererna Press, 1995.

Amos, Elon, *The Pity of it all. A portrait of the German-Jewish Epoch, 1743-1933*, Nueva York, Picador, 2010.

Arasa, Daniel, *Por la gracia de Franco*, Ediciones Robinbook, 2005.

Azaña, Manuel, *Causas de la guerra de España*, Barcelona, Grijalbo Mondadori, 1986.

Baker, Edward, *Materiales para escribir Madrid. Literatura y espacio urbano de Moratín a Galdós*, España, Siglo XXI, 1991.

Ballbé, Manuel, *Orden público y militarismo en la España constitucional (1812-1983)*, España, Alianza, 1985.

Beevor, Antony, *The Battle for Spain*, Penguin Books, 1982.

Bravo, Blanca, *et al.*, *Nuevas raíces. Testimonios de mujeres españolas en el exilio*, México, Joaquín Mortiz, 1993.

Carr, Raymond, *España 1808-1975*, Barcelona, Ariel/Historia, 1982.

Cedillo, Juan Alberto, *Los nazis en México*, México, Debate, 2007.

Cercas, Javier, *Soldados de Salamina*, España, Tusquets, 2001.

Cornwell, John, *Hitler's Pope: the secret history of Pius XII*, USA, Penguin Books, 1999, 2008.

Davidson, Martin, *El nazi perfecto*, Barcelona, Anagrama, 2012.

De Albornoz, Aurora, *et al.*, *El exilio español de 1939*, Taurus, 1977.

De Guzmán, Eduardo, *Madrid Rojo y Negro*, Madrid, Oberon, 2004.

Eickhoff, Georg, *El carisma de los caudillos. Cárdenas, Franco, Perón*, México, Herder, 2010.

Fallada, Hans, *Solo en Berlín*, México, Océano, 2010.

Faye, Jean-Pierre; Anne-Marie de Vilaine, *La sinrazón antisemita y su lenguaje*, Buenos Aires, Ada Korn, 1993.

Ferguson, Niall, *The War of the World: Twentieth Century conflict and the descent of the West*, Penguin Books, 2006.

Fest, Joachim, *Conversaciones con Albert Speer, Preguntas sin respuesta*, Barcelona, Destino, 2005.

Ford, Henry, *The International Jew*, Estados Unidos, The Dearborn Publishing, 1920.

Friedman, George, *The Next Decade: Empire and Republic in a changing world*, Anchor Books, 2011.

Friedrich, Otto, *Blood and Iron. From Bismarck to Hitler the Von Moltke Family's Impact on German History*, Nueva York, Harper Collins Publishers, 1996.

Gilbert, Aarón, Alejandro Zenker, *El último sobreviviente*, México, Ediciones del Ermitaño, 2007.

Goldhagen, Daniel Jonah, *Peor que la guerra*, Madrid, Taurus, 2011.

Grass, Günter, *Mi siglo*, Madrid, Alfaguara, 1999.

Hastings, Max, *La guerra de Churchill. La historia ignorada de la Segunda Guerra Mundial,* Barcelona, Crítica, 2010.

Heinemann, Yizhak, *et al.*, *Anti-Semitism*, Jerusalén, Keter Books, 1974.

Hoare, Samuel Sir, *Misión en España*, Buenos Aires, Losada, 1946.

Hobsbawm, Eric, *Age of Extremes. The Short Twentieth Century 1914-1991*, Gran Bretaña, Abacus, 1995.

Johnson, David Alan, *Germany's Spies and Saboteurs*, USA, MBI Publishing Company, 1998.

Judt, Tony, *Postguerra. Una historia de Europa desde 1945*, Madrid, Taurus, 2011.

Kennedy, Paul, *The Rise and Fall of the Great Powers*, USA, Vintage Books, 1987.

Kershaw, Ian, *Luck of the Devil. The Story of Operation Valkyrie*, Nueva York, Penguin Books, 2009.

_____, *Hitler, the Germans and the Final Solution*, Nueva York, Yale University Press, 2008.

_____, *Hitler 1889-1936: Hubris*, Nueva York, W.W. Norton & Company, 1999.

Krebs, Christopher B., *El libro más peligroso. La Germania de Tácito. Del Imperio Romano al Tercer Reich*, Barcelona, Crítica, 2011.

Larson, Erik, *En el jardín de las bestias*, Barcelona, Ariel, 2012.

Lengyel, Olga, *Los hornos de Hitler*, México, Diana, 1961.

Levi, Primo, *Trilogía de Auschwitz*, Barcelona, El Aleph, 2012.

Lewin, Ronald, *Ultra Goes to War*, Nueva York, MacGraw Hill, 1978.

Lewis, Bernard, *Semites and Antisemites*, Nueva York, W.W. Norton and Company, 1986.

Lopezarias, Germán, *El Madrid del ¡No pasarán!*, La Librería, 2007.

Lottman, Herbert, *La rive gauche. La élite intelectual y política en Francia entre 1935 y 1950*, Barcelona, Tusquets, 1982.

Machtan, Lothar, *El secreto de Hitler. La doble vida del dictador*, Planeta, 2001.

Mandel, Ernest, *El fascismo*, Madrid, Akal, 1997.

Mann, Michael, *Fascists*, Nueva York, Cambridge University Press, 2004.

Marabani, Jean, *Berlín bajo Hitler*, Argentina, Javier Vergara, 1991.

Matesanz, José Antonio, *Las raíces del exilio. México ante la Guerra Civil Española 1936-1939*, México, UNAM/Colmex, 1999.

McDermott, Kevin; Matthew Stibbe (eds.), *Stalinist terror in Eastern Europe*, Manchester, Manchester University Press, 2010.

Meyer, Lorenzo, *El cactus y el olivo. Las relaciones de México y España en el siglo XX*, México, Océano, 2001.

Meyer, Michael, *The Year that changed the World*, Londres, Simon & Schuster, 2009.

Neitzel, Sönke; Harald Welzer, *Soldados del Tercer Reich. Testimonios de lucha, muerte y crimen*, Barcelona, Crítica, 2011.

Overy, Richard, *The Third Reich. A Chronicle*, Gran Bretaña, Quercus, 2010.

Perednik, Gustavo Daniel, *Judeofobia*, Panamá, Universidad de Panamá, 1999.

Preston, Paul, *El Holocausto español. Odio y exterminio en la Guerra Civil y después*, Barcelona, Debate, 2011.

_____, *The Spanish Civil War*, USA, W.W. Norton & Company, 2006.

_____, *Franco «Caudillo de España»*, Barcelona, Debolsillo, 2003.

Rehak, David, *Hitler's English Girlfriend*, Gran Bretaña, Amberley Publishing, 2011.

Richard, Lionel, *Berlín 1919-1933*, Madrid, Alianza, 1993.

Riding, Alan, *Y siguió la fiesta. La vida cultural en el París ocupado por los nazis*, Barcelona, Crítica, 2012.

Robinson, Jacob, *et al.*, *Holocaust*, Jerusalén, Keter Books, 1974.

Sereny, Gitta, *Desde aquella oscuridad. Conversaciones con el verdugo: Frank Stangl, comandante de Treblinka*, Barcelona, Edhasa, 2009.

_____, *El trauma alemán, Testimonios cruciales de la ascendencia y la caída del nazismo*, Barcelona, Península, 2005.

Serra Puche, Mari Carmen; José Francisco Mejía Flores; Carlos Sola Aype (eds.), *De la posrevolución mexicana al exilio republicano español*, México, FCE, 2011.

Shirer, William L., *Auge y caída del Tercer Reich* (2 t.), México, Planeta, 2010.

_____, *«This is Berlin», Radio Broadcast from Nazi Germany*, Nueva York, The Overlook Press, 1999.

Steinbacher, Sybille, *Auschwitz. A History*, England, Penguin, 2004.

Thomas, Hugh, *La Guerra Civil española*, París, Ruedo Ibérico, 1962.

Vidal, César, *El Holocausto*, Madrid, Alianza, 1995.

Vilanova, Francesc, *1939. Una crónica del año más terrible de nuestra historia*, Barcelona, Península, 2007.

Varios, *El exilio español en México: 1939-1982*, FCE, 1982.

LA HOMOSEXUALIDAD DE HITLER

La mayoría de las notas para intentar demostrar la homosexualidad de Hitler fueron tomadas del libro de Machtan Lothar, *El secreto de Hitler. La doble vida del dictador*, Barcelona, Planeta, 2001. Blüher Hans, *Die Rolle der Erotik in der männlichen Gesellschaft. Eine Theorie der menschlichen Staatsbildung nach Wesen und Wert (El papel del erotismo en la sociedad masculina. Una teoría de la construcción del Estado según esencia y valor)*, Stuttgart, 1962, p. 28. Böll Heinrich, *Was soll aus dem Jungen bloss werden? Oder: Irgendwas mit Büchern (¿Qué será de la juventud? O: algo con los libros)*, Bornheim, 1981, p. 37. Geuter Ulfried, *Homosexualität in der deutschen Jugendbewegung. Jugenfreundschaft und Sexualität im Diskurs von Jugendbewegung, Psychoanalyse und Jugendpsychologie am Beginn des 20. Jarhunderts (Homosexualidad en el movimiento juvenil alemán. Amistad juvenil y sexualidad en el discurso del movimiento juvenil, psicoanálisis y psicología juvenil a comienzos del siglo XX)*, Fráncfort del Meno, 1945. Grau Günter, *Homosexualität in der NS-Zeit. Dokumente einer Diskriminierung und Verfolgung (Homosexualidad en la época nacionalsocialista. Documentos de una discriminación y persecución)*, Fráncfort del Meno, 1993, p. 74. Hanisch Karl, *I was Hitler's Buddy*, parte II, p. 272. Hanisch Karl, *«Wie ich im Jahre 1913 Adold Hitler kennenlernte» («Cómo conocí a Adolf Hitler en 1913»)*, escrito del 31-5-1939, en BAB, NS 26/27 a; reproducido en Joachimsthaler. *Hitlers Weg began in Munich (El camino de Hitler se inició en Múnich)*, p. 52 y SS; Heiss Stefan, *Die Polizei und Homosexuelle in München zwischen 1900 und 1933 (La policía y los homsexuales en Múnich entre 1900 y 1933)*; en Michael Farin (ed.), *Polizeireport Munich* (catálogo de la exposición), Múnich, 1999, pp. 194-207. Al parecer la plaza del Odeón solía ser uno de los puntos de encuentro favoritos de los homosexuales al anochecer, así como el Café Stefanie en la calle Amelien (p. 198); *Hess Rudolf, Briefe 1908-1933 (Cartas, 1908-1933)*: Hess a Ilse Pröhl, del 24-10-1923, en *Briefe 1908-1933*, Wolf Rüdiger Hess (ed.). Con una introducción y comentarios de Dirk Bavendamm, Múnich/Viena, 1987, p. 309. Esta edición de cartas de Rudolf Hess preparada por su hijo supone la rara fortuna de una colección de testimonios auténticos de un íntimo amigo de Hitler. Hirschfeld, *Die Homosexualität in Wien (La homosexualidad en Viena)*; Manfred Herzer, *«Hirschfeld in Wien» (Hirschfeld en Viena)*, en Capri. *Zeitschrift für schwule Geschichte*, 24, 1997, pp. 28-38. Hockerts Hans Günter, *Die Sittlichkeitsprozesse gegen katholische Ordensangehörige und Priester 1936/1937. Eine Studie zur nationalsozialistischen Herrschaftstechnik und zum Kirchenkampf (Los procesos por inmoralidad contra los sacerdotes y monjes católicos en 1936/1937. Un estudio sobre la técnica de dominio nacionalsocialista y sobre la lucha contra la Iglesia)*, Mainz, 1971, p. 11. Jellonnek, *Homosexuelle unter dem Hakenkreuz (Homosexuales bajo la cruz gamada)*, p. 110 y ss. Jetzinger Franz, *Hitlers Jugend. Lügen und die Wahrheit (La juventud de Hitler. Fantasías, mentiras y la verdad)*, Viena, 1946. Joachimsthaler Anton, *Hitlers Weg begann in München (El camino de Hitler se inició en Múnich)*, Múnich, 2000. Kirsten Holm, *Hitlers Besuche in Weimar (Magisterarbeit) (Visitas de Hitler a Weimar [Tesis])*, Jena, 1999, p. 72 y ss. Durante los años de 1925 a 1933 se produjeron más de treinta visitas demostrables de Hitler a Weimar, sin contar las numerosas estancias de incógnito, de las que sólo hay indicios, pero no pruebas precisas; Kirsten Holm, *Cronología de las visitas de*

544 FRANCISCO MARTÍN MORENO

Hitler. Este trabajo apareció en el otoño de 2001 con el título *Weimar im Banne des Führers. Die Besuche Adolf Hitlers 1925-1940 (Weimar en el hechizo del Führer. Las visitas de Adolf Hitler, 1925-1940)*, Colonia, 2001. Kubizek August, *Adolf Hitler. Mein Jugendfreund (Adolf Hitler. Mi amigo de juventud)*, Graz Göttingen, 1953. Sigmund, Anna María, *Die Frauen der Nazis (Las mujeres de los Nazis)*, Viena, 1998, p. 136 y 138; así como Schroeder, *Er war mein Chef. Aus dem Nachlass der Sekretärin von Adolf Hitler (Él era mi jefe. De la herencia de la secretaria de Adolf Hitler)*, p. 296 (apartado de notas, elaborado por Anton Joachimsthaler); vid. Además Alfred Maleta, *Bewältigte Vergangenheit Österreich 1932-1945 (El pasado superado. Austria 1932-1945)*, Graz, 1981, p. 48 y SS.; Smith Bradley F., *Adolf Hitler, His Family, Childhood and Youth*, Stanford, 1967; Sommer Kai, *Die Strafbarkeit der Homosexualität von der Kaiserzeit bis zum Nationalsozialismus. Eine Analyse der Straftatbestände in Strafgesetzbuch und in den Reformentwürfen (1871-1945) (La penalización de la homosexualidad desde los tiempos del Kaiser hasta el nacionalsocialismo. Un análisis de las circunstancias penales en el código y en los proyectos de reforma (1871-1945)*, Fráncfort del Meno, 1998, p. 310 y SS. Wagener Otto, *Hitler aus nächster Nähe. Aufzeichnungen eines Vertrauten 1929-1932 (Hitler muy de cerca. Notas de un amigo íntimo, 1929-1932)*, p. 358. Henry A. Turner (ed.), Fráncfort del Meno, 1978, p. 195 y SS. Von Schirach Henriette, *Frauen um Hitler. Nach Materialien von Henriette von Schirach (Mujeres en torno a Hitler. A partir del material de Henriette von Schirach)*, p. 244 y SS. Memorias de Hanfstaengl, no publicadas, 1956, en BSB, NL, Hanfstaengl, Ana 405/407; y también del mismo autor, *Zwischen Weissem und Braunem Haus. Memorien eines politischen Aussenseiters (Entre la Casa Blanca y la Casa Parda. Memorias de un outsider político)*, p. 184; Goebbels-Tagebücher (Diarios) I/2, 1987, p. 253 (anotaciones del 5-10-1932). Zinn Alexander, *Die soziale Konstruktion des homosexuellen Nationalsozialisten. Zu Genese und Etablierung eines Stereotyps (La construcción social de los nacionalsocialistas homosexuales. Sobre la génesis y consolidación de un estereotipo)*, Fráncfort del Meno, 1997, p. 114. Zinn, que ofrece una genial reconstrucción y análisis del discurso del exilio sobre esta cuestión, se sitúa por su parte en el marco de un modelo interpretativo estereotipado en cuanto al papel político de la homosexualidad en el nacionalsocialismo, lo que a menudo lo conduce a conclusiones excesivamente apresuradas. Probablemente, los constructores del «nacionalista homosexual» no eran en conjunto tan homófobos como nos asegura su estudio. La novela, completada en 1944 en Estados Unidos, apareció primero en Nueva York, en 1947, con el título *The end is not yet*. En 1948 fue publicada por la editorial Hallwag de Berna. Los pasajes más significativos sobre la homosexualidad de Hitler se encuentran en la edición alemana, en las pp. 434 y ss. y 446 y ss.

FUENTES DE INTERNET

www.walkerlaw.com
www.jewishvirtuallibrary.org
www.johndclare.net
www.holocaustresearchproject.org
www.holocaust-history.org
www.spartacus.schoolnet.co.uk
www.encyclopedia.com
www.nationalarchives.gov.uk
www.historylearningsite.co.uk

ÍNDICE